重返開端

新時期文學的「群眾性」

(1977-1984)

石岸書　著

本書為中央高校基本科研業務費項目華東師範大學青年預研究項目「文化館系統與新時期文學的興起研究」（2022ECNU-YYJ035）成果，由華東師範大學傳播學院資助出版。

目錄

導論　新時期文學與「群眾性」 …………………………… 009

　第一節　「新時期文學」的概念與研究的再回顧 ……… 011

　　（一）作為歷史概念與政治過程的「新時期文學」… 011

　　（二）從「重返」到「重寫」：
　　　　　「重返八十年代」的反思 ……………………… 023

　　（三）文學與政治，或文學與群眾：
　　　　　中國當代文學制度研究的反思 ………………… 033

　第二節　「群眾」、「群眾性」與黨群互動 …………… 045

　　（一）重釋「群眾」的概念：
　　　　　「無限性」與「溢出」 ……………………… 045

　　（二）「群眾性」的概念：普遍的群眾參與 ………… 055

　　（三）黨群互動的群眾性模式 ……………………… 065

　　（四）改革初期：群眾性的延續與新變 …………… 078

　第三節　作為「新群眾運動」的新時期文學 …………… 094

　　（一）作為「運動」的新時期文學 ………………… 094

　　（二）群文系統與新時期文學 ……………………… 103

　　（三）非支配性動員：
　　　　　新時期文學與新民歌運動的比較 …………… 118

第一章　群眾參與與新時期文學的興起 ……………… 135

第一節　黨群互動與傷痕文學的發生：
　　　　重審〈班主任〉、〈傷痕〉的出世 …………… 136

（一）「文學習性」與自覺的創作 ………………… 137

（二）包容性的情感政治與「傷痕」作為政治過程的
　　　產物 ………………………………………… 147

（三）作為制度的「讀者」與作為群眾的「讀者」… 157

第二節　工人文化宮系統與改革政治的生成：
　　　　以《於無聲處》為中心 …………………… 168

（一）工人文化宮系統的文藝工作 ………………… 168

（二）上海市工人文化宮與《於無聲處》的生產 …… 178

（三）「進京」：《於無聲處》與改革政治的生成 …… 190

第三節　群眾評選、制度支撐與全國優秀短篇
　　　　小說評獎的舉辦 …………………………… 205

（一）李季與群眾性評獎的發生 …………………… 206

（二）評獎：作為文學民主的操練 ………………… 215

（三）軍隊文藝系統、基層群文單位與文學評獎的
　　　制度支撐 …………………………………… 222

討論：個人性、地方性與群眾性 ………………… 233

第二章　文化館系統與新時期文學 ……………… 241

第一節　同步與互補：作為「小文聯」的文化館系統 … 242

（一）同步：文化館系統的建設 …………………… 242

（二）互補：文化館系統的文學工作 ……………… 255

第二節　新時期文學在基層：以湖南省漣源縣為例 …… 264

（一）縣文化館與基層文學生產的組織 …………… 264

（二）《漣河》：基層刊物中的新時期文學 ………… 273

第三節　文化館系統、文聯－作協系統與社會流動：

　　　　以陳忠實為例 ……………………………… 286

（一）城鄉壁壘與文學之路的凸顯 ………………… 287

（二）作為制度階梯的文化館系統 ………………… 294

（三）向下銜接的文聯－作協系統 ………………… 301

討論：群文系統、文學基層與作為社會建制的

　　　「當代文學」……………………………… 307

第三章　新時期文學的群眾性危機 ………………… 321

第一節　「群眾」的再想像與改革寓言的生成：

　　　　重述喬廠長的故事 ………………………… 321

（一）「政治衰老－精神萎縮」與「社會主義精神」

　　　的轉移 ……………………………………… 323

（二）「群眾」想像的轉變與「反官僚主義」的置換· 330

（三）「群眾」的「治癒」與改革敘事的誕生 ……… 336

第二節　知識分子的「去群眾化」：以張賢亮為中心 … 345

（一）知識分子政策與「群眾」的重構 …………… 345

（二）從「反革命分子」到「既得利益分子」：

　　　張賢亮的上升之路 ………………………… 357

（三）從〈靈與肉〉到〈綠化樹〉：

　　　張賢亮的思想轉向 ………………………… 365

第三節　「反溢出」與「剝離」：

　　　　新時期文學的制度性危機 ………………… 375

（一）群眾參與的衰落與群眾性評獎的終結 ……… 376

（二）新時期文學的「體制化」與「專業化」 ……… 383

（三）「自負盈虧」、「以文補文」與文學體制的

市場化改革 ………………………………… 394

討論：從「新群眾運動」到知識分子運動 ……………… 411

結語 …………………………………………………………… 429

附錄 A　石卓秋：我的創作歷程 …………………………… 431

附錄 B　宗福先訪談錄 ……………………………………… 445

附錄 C　採訪對象簡介 ……………………………………… 471

附錄 D　瀋陽市鐵西區輸送業餘作者表（1978-1988）…… 473

附錄 E　上海市楊浦區部分工廠輸送工人業餘作者表

（1949-1990） …………………………………… 475

主要參考文獻 ………………………………………………… 479

後記 …………………………………………………………… 485

導論 ─────────────────────────

新時期文學與「群眾性」

　　如今，改革中國已處在歷史的又一個轉折路口，這個路口本身就陷於重重迷霧之中。此時，重新理解我們今天的歷史處境的必要方式之一，或許就是重返改革的開端之處。

　　1980年代就是中國社會主義改革的開端。然而，1980年代同時也是終結。從整體上來說，它是被稱為「革命世紀」的「短20世紀」之尾聲。這一從1911年辛亥革命開始一直伴隨著「革命」與「不斷革命」的「短20世紀」[1]，在1980年代末以一次劇烈的社會運動劃上句號。其次，它也是毛澤東時代的終結。這一從延安時期開始直至「文化大革命」結束的毛澤東時代，[2]在1980年代依然投下了無比濃重的影子。──然而，1980年代又終究是改革的開端，它開啟了中國社會主義

───────────────────────

1　汪暉：《去政治化的政治：短20世紀的終結與90年代》，北京：生活・讀書・新知三聯書店，2008年，第1頁。

2　「毛澤東時代」在《人民日報》的最早用法，可以追溯到1947年。在這篇名為〈給林彪叔叔的一封信〉中，侄兒從吉給林彪寫信，說到：「如今我很健康，在共產黨的懷抱裡生長著，一天一天在向前進步著，知道將來要為人民服務，要做毛澤東時代的新少年，為咱受難的家人報仇，還知道了不少事情，學到了些小小的本領。」參見從吉：〈給林彪叔叔的一封信〉，《人民日報》，1947年10月2日，第4版。

新的探索，沒有這一新的探索，就不可能成就今天的「中國道路」。這就是 1980 年代的複雜性。它是終結，也是開端，暮氣沉沉而又朝氣蓬勃。就此而言，重返 1980 年代，既是重返終結，也是重返開端。

但更是重返開端。薩義德曾說，「開端是製造或生產差異的行為」，然而，沒有「新事物和傳統事物的互相作用」，「開端就不可能真正發生」。誠然，如果沒有清醒地反思和回應毛澤東時代乃至整個「短 20 世紀」的歷史遺產，1980 年代就不可能開啟新的歷史探索，因而也就無所謂終結。是開端標記了終結。作為開端的 1980 年代不僅是「起源」。薩義德也曾偏愛地說，同樣意味著新的開始，「開端」包含著「相對主動的意義」，而「起源」則更為「被動」。[3] 的確，作為開端的 1980 年代是改革者集體的能動的產物，這種集體的能動性雖然導致了重重危機，卻也是歷史的新穎性之由來。1980 年代就是這樣的開端。

從 1980 年代的「新時期文學」入手，或許是理解這一開端的恰切的方式。不僅因為中國現代文學自五四以來就是「感時憂國」[4] 的，也不僅由於從左翼文學到社會主義文藝，從來都是「時代的風雨表」，[5] 從來都是「文藝服從於政治，這政

---

3 [美] 愛德華・薩義德：《開端：意圖與方法》，章樂天譯，北京：生活・讀書・新知三聯書店，2014 年，第 16-17、22 頁。

4 夏志清：〈現代中國文學感時憂國的精神〉，《感時憂國》，廣州：廣東人民出版社，2015 年。

5 周揚：〈文藝戰線上的一場大辯論〉，《人民日報》，1958 年 2 月 28 日，第 2 版。

治是指階級的政治、群眾的政治」，[6]原因更在於，「新時期文學」本身就是 1980 年代創造開端的基本方式。

第一節　「新時期文學」的概念與研究的再回顧

（一）作為歷史概念與政治過程的「新時期文學」

　　「新時期文學」概念的起源由一系列歷史事件來標記。首先是 1977 年 8 月中共十一大上華國鋒、鄧小平和葉劍英的報告和講話都使用了「新的發展時期」或「新的時期」的說法，用來描述「文革」結束後的歷史新階段。不過，這種關於「新」的說法並不「新」，二十世紀中國從來不缺乏有關「新」的命名，例如新民、新文學、新青年、新中國等，而「新的時期」或「新時期」的說法在毛澤東時代也不乏例子，《人民日報》就常有「和平建設新時期」、「工會新時期」、「經濟建設的新時期」、「社會主義新時期」、「新時期的新疆文藝」等語詞；尤為有趣的是，1952 年高崗的建國三週年紀念文章和 1953 年林伯渠的建國四週年紀念文章都使用了「經濟建設的新時期」的說法。[7]可以說，從「新時期」的說法的提出到它被確立為一個歷史概念，中間還存在具有根本意

6　毛澤東：〈在延安文藝座談會上的講話〉，《毛澤東選集》（第 3 卷），北京：人民出版社，1991 年，第 866 頁。

7　高崗：〈迎接經濟建設的新時期〉，《人民日報》，1952 年 10 月 1 日，第 2 版；林伯渠：〈有計劃的國民經濟建設的新時期的開始〉，《人民日報》，1953 年 10 月 3 日，第 2 版。

義的政治過程。正是這一政治過程將某種偶然的、非正式的說法塑造為具有特定歷史內容和政治內涵的概念，並給予儀式性的處理方式。「新時期」作為一個歷史分期概念的形成過程，便是意識形態實現轉型的過程。

「新時期」作為歷史分期概念的形成所經歷的歷史事件和程序如下。按照黃平的梳理與考證，[8] 首先是指 1978 年 2 月底召開的第五屆全國人大第一次會議，時任國務院總理華國鋒做題為〈團結起來，為建設社會主義的現代化強國而奮鬥〉的政府工作報告。工作報告共分六部分，第一部分便題為「三年來的鬥爭和新時期的總任務」，其中宣布：

> 打倒了「四人幫」，這是我國革命歷史上又一個偉大的轉折。我國人民在社會主義革命和社會主義建設的新的發展時期的總任務，就是要堅決貫徹執行黨的十一大路線，……深入開展階級鬥爭、生產鬥爭和科學實驗三大革命運動，在本世紀內把我國建設成為農業、工業、國防和科學技術現代化的偉大的社會主義強國。[9]

8　黃平：〈「新時期文學」起源考釋〉，《文學評論》，2016 年，第 1 期。蔣守謙批評黃平一文混淆了「新時期文學」與「新時期文藝」的概念及其各自的起源，參見蔣守謙：〈史料考釋中的非史料學「考釋」——黃平《「新時期文學」起源考釋》讀後〉，《文學評論》，2016 年，第 6 期。不過，關鍵的是要追溯「新時期」成為一個歷史分期概念成型的時刻，這才是「新時期文學」和「新時期文藝」兩個概念的真正起源。因此，追溯到中共十一大和第五屆全國人大第一次會議，及其與文藝界發生關係的時刻，才是正確的方向。

9　華國鋒：〈團結起來，為建設社會主義的現代化強國而奮鬥〉，《人民日報》，1978 年 3 月 7 日，第 1 版。

　　全國人大會議、政府工作報告、「新時期的總任務」的說法被置於報告行文中的小標題的位置，這些正是一個特定的歷史概念形成所需要的標誌性事件、標誌性文本和儀式性的處理方式。相比之下，在中共十一大中，華國鋒關於「新的發展時期」的說法只是在行文中的最後一部分提到過一次，它與過去歷史和文本中眾多的關於「新」的說法一樣，只具有修辭的意義。更為重要的是，五屆人大一次會議修訂憲法，時任人大常委會委員長葉劍英做修憲報告，將「新時期總任務」寫入憲法。這兩個事件和儀式性的處理方式，是真正使得這一說法被塑造為概念的轉換機制，而位於這一轉換機制的核心的，是政黨與憲法。

　　然而，「新時期總任務」作為歷史概念鑲嵌到意識形態、官方話語和日常語言之中，仍然需要在現實中反復的操演。1978 年 4 月 18 日，《人民日報》第一次以「新時期總任務」為標題發表題為〈大張旗鼓地宣傳新時期的總任務〉的社論，發出宣傳「新時期總任務」的總動員令：

> 廣泛地、深入地、大張旗鼓地宣傳新時期的總任務，是當前的一項極其重要的政治工作。……各級黨委要像當年宣傳抗戰、打日本侵略者，宣傳打倒蔣介石、解放全中國，宣傳抗美援朝、保家衛國，宣傳過渡時期總路線那樣，把新時期的總任務宣傳到廣大群眾中去，做到家喻戶曉，深入人心，使全黨全軍全國各族人民都動員起來，為實現新時期的總任務而奮鬥。……各級黨委要把宣傳新時期的總任務作為一項政治運動來抓。領導幹部要帶頭宣講新時期的總任務，親自作動員。要集中一段時間，充分利用報

紙、刊物、電台、電視，利用各種宣傳工具大造聲勢，然後轉為經常工作，繼續抓緊抓好。要講究實效，有的放矢，緊密聯繫群眾的思想實際，有針對性地講解問題，切不可搞形式主義、做表面文章。要注意總結經驗，推廣過去行之有效的、群眾喜聞樂見的各種宣傳方法，特別是那些能夠用最少時間收到最好成效的宣傳經驗。[10]

從這一社論可以看出，「新時期總任務」的宣傳是被當作一場全國性的「政治運動」來操作的。這是一場聲勢浩大的「新時期總任務」的政治宣傳運動：依靠政黨的動員結構，調動各行各業、各級各地的幹部進行大力宣傳，其目的是動員人民群眾的認同和參與。果然，此後《人民日報》陸續刊發各行各業、各級各地宣傳、學習「新時期總任務」的新聞，小到連隊支部，中間地方省委，大到全國總工會，都被動員起來宣傳、學習「新時期總任務」。[11] 無疑，「新時期」的概念及其所內涵的與「文革」決裂、開啟一個新時代的歷史意識，之所以能夠嵌入到黨政幹部、人民群眾和知識分子的意識和語言中，與這一全國性的政治宣傳運動有關。

10　社論：〈大張旗鼓地宣傳新時期的總任務〉，《人民日報》，1978 年 4 月 18 日，第 1 版。

11　〈「愛民模範連」新時期總任務教育針對性強效果好〉，《人民日報》，1978 年 4 月 20 日，第 1 版；〈動員全國工人為實現新時期總任務而奮鬥 中華全國總工會發出召開中國工會「九大」的通知〉，《人民日報》，1978 年 5 月 1 日，第 1 版；〈遼寧省委主要領導幹部深入基層 帶頭宣講新時期的總任務〉，《人民日報》，1978 年 5 月 12 日，第 4 版。

　　處在這一全國性的政治宣傳運動中，文學界也正是被這政治運動所動員起來的一個部門、一條「戰線」，接納、宣傳、運用乃至再生產「新時期總任務」的話語是文學界的一項「政治工作」。1978 年 5 月 27 日，距離《人民日報》發布總動員令僅僅月餘，第三屆中國文聯全委會第三次擴大會議舉行，中宣部、文化部、《紅旗》、《人民日報》、《光明日報》、新華社和國家出版局的高層幹部紛紛出席，這些單位正是發動這場政治宣傳運動的核心單位。可以說，在這場政治宣傳運動的背景下，文聯三屆三次擴大會議首次提出並將「新時期文藝」的說法寫入決議便是自然的，這也同時意味著「新時期文藝」的正式誕生。[12] 總之，「新時期」的概念從政治領域進入文學領域，首先是一項政治宣傳運動的直接後果，而文藝界創造「新時期文藝」的概念，則是被動員起來參與這一政治宣傳運動的自然結果。

　　創造出「新時期文藝」的概念後，文藝界便有了宣傳、實踐「新時期總任務」的概念工具和話語手段。於是，文學史會依次強調「新時期文學」正式提出的事件：1978 年 12 月，周揚在廣州召開的文學創作座談會上作題為〈關於社會主義新時期的文學藝術問題〉的講話；1979 年 10 月，周揚在第四次文代會作題為〈繼往開來，繁榮社會主義新時期的文藝〉主題報告，「以官方權威發言人的身分，正式確認了『新時期』的提法，『新時期』成為一個嶄新的文學史分期概念。」[13] 在改革

12　劉錫誠：《在文壇邊緣上》（上冊），鄭州：河南大學出版社，2016年，第 94 頁。

13　丁帆、朱麗麗：〈新時期文學〉，《南方文壇》，1999 年，第 4 期。

初期，「新時期」能夠成為一個特定的歷史分期概念，既能自明地指稱中國社會主義的歷史新階段，也能自明地指稱中國當代文學史的新階段，與政黨、憲法以及一系列的政治運動、政治事件和政治儀式的反復形塑、提煉和實踐關係密切，也與文學體制和文學生產的反復再生產直接相關。總之，「新時期」與「新時期文學」作為歷史概念是改革初期一系列政治過程的結果。這是一個總體性政治過程，它成功地動員起社會主義體制方方面面的資源，席捲中央與地方的各個層面，在政治、經濟、社會和文化諸方面形成持續而劇烈的改革，並以「新時期總任務」為其總命名；而「新時期文學」則是「新時期總任務」這一總體性政治過程的組成部分，正是在其中，「新時期」和「新時期文學」的概念確定性得以形成。這一總體性進程對歷史概念的形塑是如此穩固和成功，以致概念本身竟然具有一種使人情感性地接納、認同和再生產這一概念所內涵的意識形態的力量。1979 年，張賢亮的小說中便這樣寫道：

> 從〈春〉，他又想起了聖桑的〈天鵝〉。〈天鵝〉是他一直非常喜愛的樂曲。自一九七六年十月以後，他總是把〈天鵝〉和「新時期」三個字聯在一起，而且越到後來這種聯想就越強烈。他覺得，「新時期」這三個字就像美麗悠揚的〈天鵝〉一樣，使他感到春天來臨的氣息，感到到處都彌漫著一種欣欣向榮的希望，感到在人民中間普遍地產生了和平與友愛的氣氛。[14]

14　張賢亮：〈霜重色愈濃〉，《寧夏文藝》，1979 年，第 4 期。

　　正是基於對「新時期文學」的生成過程的歷史考察，基於對此概念得以形成的總體性政治過程在改革初期的根本重要性的強調，本書堅持使用這一概念來描述改革初期的文學生產和文學體制，而不使用學科化、中性化的「80 年代文學」的概念。[15] 也正是由於新時期文學是作為總體性政治過程的重要組成部分而生成並獲得合法性的，它與此前的文學進程構成了連續關係。已有諸多研究指出，自延安時期以來，一種獨特的文學形態逐漸生成了，這種文學形態在新中國成立後被稱為「當代文學」，以區別於五四以來的「現代文學」；按照洪子誠的論述，作為歷史概念的「當代文學」正式確立於 1950 年代，並延續到改革初期，其關鍵特質是高度組織化和政治性，[16] 簡言之，「當代文學」同樣是總體性政治進程的重要組成部分。「當代文學」與改革初期的「新時期文學」的延續性，「特別

15　程光煒表述了「新時期文學」作為文化政治史概念的意圖並從文學史的角度表達了擔憂：「當人們企圖以『文化政治』的概念來指認『新時期文學』時，他們實際給它加進了許多本來不應該由它獨自承擔的巨大的社會文化概念，例如，『平反昭雪』、『撥亂反正』、『團結一致向前看』、『文藝與政治』、『從屬論』……等等。就是說，『新時期文學』被強行拉出了文學史的框架，而變成了一個大於文學史的概念；確切地說，人們實際已不再把它當做一個文學史概念來看待，而把它作為一個文化政治史的概念來解讀了。」參見程光煒：《文學講稿：「八十年代」作為方法》，北京：北京大學出版社，2009 年，第 47 頁。這種看法不無道理，但作為一個歷史概念，「新時期文學」卻正應該從大於文學史的角度來理解，因為學科史的理由而拋棄這一概念，對於理解「新時期文學」來說，反而有「脫歷史」的傾向。

16　洪子誠：〈「當代文學」的概念〉，《文學評論》，1998 年，第 6 期。

明顯地表現在『國家』與『文學』的關係上，也即具有鮮明中國特色的現代全能主義國家體制（既表現為文化和知識體制，也表現為經濟和政治體制）與文學創作（包括圍繞創作而產生的出版、批評、宣傳等活動）之間的多重聯繫、相互影響和彼此衝突上。」[17] 因此，依然使用「新時期文學」的概念，也是為了突出「新時期文學」與「當代文學」的歷史連續性，正是這種基本的連續性構成了本書展開論述的起點。

然而，1984 年以後，新時期文學的體制結構和文學形態都開始發生根本性的轉變，從而使得新時期文學不再以原有的方式構成這一總體性政治過程的內在組成部分，而「改革當作一種革命」[18]，在 1984 年左右也迎來了革命性轉折。

首先，1984 年開始，改革進入第二階段。1984 年 10 月召開十二屆三中全會，通過〈中共中央關於經濟體制改革的決定〉，城市改革取代農村改革成為重心。1978 年至 1984 年農村改革的重心，「在於局部地改變城鎮居民的社會地位普遍高於農村居民的『城鄉分割』的二元社會體制」，逐漸縮小城鄉收入的差距，以社會平等為主要取向，而 1984 年以後的城市改革，其核心是「引入市場機制」，實際的社會內容則是「放權讓利」，「即通過分散和轉移原先由國家直接控制和支配的某些社會資源，重組社會的利益關係」，結果是日益導向社會不平等。[19] 其次，中央與地方的關係、以及地方政府的性質開

17　羅崗：〈在「縫合」與「斷裂」之間：兩種文學史敘述與「重返八十年代」〉，《文藝研究》，2010 年，第 2 期。

18　鄧小平：〈我們把改革當作一種革命〉，《鄧小平文選》（第 3 卷），北京：人民出版社，1993 年，第 82 頁。

19　汪暉：〈中國「新自由主義」的歷史根源〉，《去政治化的政治：短

始發生變化。「1980 年代中期，中央－地方的財政關係開始
了重大調整，實施了長達近十年之久的財政包幹制。……包幹
制的最大意義，是將地方政府變成了有明確的自身利益的行動
主體。」[20] 再其次，外交關係逐漸進入平穩期。1984 年 4 月，
美國總統裡根訪華，兩國關係邁向平穩發展；1984 年 12 月，
蘇聯部長會議第一副主席阿爾希波夫訪華，簽署一系列經濟、
技術和貿易協定，提升經貿往來，此後各方面的交流合作越來
越頻繁。正是在 1984 年，鄧小平認為沒有必要與美國聯盟反
對蘇聯，而轉向獨立自主的外交政策。[21]

　　最重要的是加速商品化與城市化改革的後果，使得 1985
年成為 1980 年代的分水嶺。莫里斯‧邁斯納總結說：

> 1985 年，中國既感受到市場經濟帶來的經濟活力，也感
> 受到其造成的社會負面作用。工業、商業和對外貿易處
> 於典型的「繁榮－蕭條」循環圈中的繁榮階段。僅 1985
> 年一年，工業生產增長率達到令人不可思議的 20%，但
> 是，與此同時，許多人感受到了商品經濟發展帶來的痛苦
> 後果。1985 年上半年，在北京和其他大城市，通貨膨脹
> 的爆發使居民生活必需品的價格上升了 30%，普通城市
> 居民、特別是工廠工人和政府下層職員的生活水平大幅度

20 世紀的終結與 90 年代》，第 102-105 頁。

20　渠敬東、周飛舟、應星：〈從總體支配到技術治理〉，《中國社會科
　　學》，2009 年，第 6 期。

21　李放春等：〈中國社會主義和改革道路的新思考〉，《開放時代》，
　　2017 年，第 1 期。

下降。此外，隨著貨幣和商品的迅速增加，官僚腐敗現象也越來越嚴重——群眾對幹部腐敗現象的憎恨情緒更是日益高漲，揭露出來的一些特大腐敗案件進一步激化了群眾的情緒。再加上前面提到的，在越來越商業化的農業經濟中，由於穀賤傷農，很多農民不種糧食，轉而種植有利可圖的經濟作物，導致 1985 年糧食產量意外地大幅度下跌。糧食產量下降在經濟上、更在心理和政治上給中國社會帶來了強烈的衝擊，這也是 1980 年代後半期中國社會焦躁和不安的原因之一。事實上，許多中國人回過頭來看這一段歷史，都感到 1985 年是一個分水嶺。[22]

從文學的角度而言，1984 年後同樣構成了新時期文學的轉折點。

1984 年 12 月 30 日，中國作協第四次代表大會召開，即將卸任的作協黨組書記張光年，作為新時期文學的開創者和領導者，代表中國作協做最後的大會報告。這篇題為〈新時期社會主義文學在闊步前進〉的報告，用長達三萬餘字的篇幅全面地總結了新時期文學的各個層面。或許可以說，第四次作代會召開的標誌性意義在於，它以文學機構最高權威和最隆重的儀式，將新時期文學區分為前後兩期，新時期文學的前半期已蓋棺論定。

從作家代際上而言，1984 年以後，青年一代知識分子包括青年作家大規模地、集體性地崛起，與此前的中老年作家形

22　[美] 莫里斯・邁斯納：《毛澤東的中國及其後》，杜蒲譯，香港：香港中文大學出版社，2005 年，第 452-453 頁。

成鮮明的代際差異。正如張光年在〈新時期社會主義文學在闊
步前進〉中所提及的，新時期文學前半期的主力作家的組成主
要是兩部分：一部分是「復出作家」，或稱之為「新中國第
一代青年作家」，[23] 如王蒙、張賢亮、高曉聲、陸文夫等，另
一部分則是「在新時期才在文壇上以其優秀作品馳名的文學
新人」，[24] 如蔣子龍、劉心武、諶容、張潔等。1984 年之後，
青年一代作家集體登上文壇。隨著作家代際的更替，文學圖景
也已大變。中國當代文學史習慣將 1985 年視為「新時期文學
的轉折點」，此時，創作、理論批評的創新出現「高潮」，以
「尋根文學」和「現代派」所開啟的文學形態與改革初期、毛
澤東時代都迥然有別，「回到文學自身」和「文學自覺」成為
熱門話題。[25] 與此同時，文學也開始「失卻轟動效應」，中老
年作家的影響力也急劇回落。以高曉聲為例，高曉聲從 1979
到 1984 年連續出版年度短篇小說集，但 1985 年的小說集遲

23　王蒙：〈我們的責任〉，《王蒙文集·演講錄》（上），北京：人民
　　文學出版社，2014 年，第 3 頁。

24　張光年：〈新時期社會主義文學在闊步前進〉，《人民文學》，1985
　　年，第 1 期。

25　洪子誠：《中國當代文學史》，北京：北京大學出版社，2007 年，
　　第 200-203 頁。電影史和藝術史也經歷相似的歷程。1979-1984 年是
　　第四代導演的黃金時代，而從 1984 年左右開始，「子一代」即第五
　　代導演登上舞台，新時期電影史迎來新變，參見尹鴻、凌燕：《新中
　　國電影史：1949-2000》，長沙：湖南美術出版社，2002 年，第 118-
　　126 頁；同樣，1985 年開始，新一代青年藝術家的崛起產生「85 新
　　潮」，其前衛藝術的探索與實踐明確區別於此前，參見呂澎：《中國
　　當代藝術史（1978-2008）》，石家莊：河北美術出版社，2014 年，
　　第 68-100 頁。

至 1988 年才得以出版，年度小說集的寫作計劃不得不終止，高曉聲此後發表的小說不僅數量銳減，也無法再引起廣泛的社會反響。[26]

最為重要的，是整個文學體制的市場化轉型。1984 年 12 月 29 日，〈國務院關於對期刊出版實行自負盈虧的通知〉發布，要求絕大部分期刊一律「獨立核算、自負盈虧，一律不得給予補貼，現有的補貼從 1985 年 1 月 1 日起一律取消」，並特別說明，「省、自治區、直轄市以下的行署、市、縣辦的文藝期刊，一律不准用行政事業費給予補貼」，[27] 這是期刊業俗稱的「斷奶」——取消財政撥款——的開始。[28]1985 年 4 月 17 日，又發布〈國家工商行政管理局、廣播電視部、文化部關於報紙、書刊、電台、電視台經營、刊播廣告有關問題的通知〉，1985 年 6 月 7 日發布〈文化部關於出版社兼辦自費出版業務有關事項的通知〉。文化、文學體制的市場化轉型迅猛鋪開。與此同時，1985 年之後，自建國以來開始的群眾文化系統的建設，到 1985 年左右完成，此後也迅速開啟市場化轉型並走向衰落。這場名為「以文補文」、「以文養文」、「以宮養宮」的市場化改革，同樣以國家財政撥款的銳減為前提，通過大量開展商業性的文化活動，擠占群眾文化活動的時間和

26　趙天成：《重構「昨日之我」：「歸來作家」小說自傳性研究（1977-1984）》，博士論文，中國人民大學，2018 年，第 21 頁。

27　〈國務院關於對期刊出版實行自負盈虧的通知〉，載國家法制局編：《中華人民共和國現行法規彙編（1949-1985 教科文衛卷）》，北京：人民出版社，1987 年，第 342-343 頁。

28　邵燕君：《傾斜的文學場》，南京：江蘇人民出版社，2003 年，第 29 頁。

場地，改變群眾文化活動的性質和功能，群眾文化系統在基層的文化功能逐漸被剝離。可以說，從上到下，整個文學－文化體制同步開啟市場化轉軌。

可以說，1980 年代發生了「兩次改革」，第一次是 1977-1984 年的「撥亂反正」，第二次則是 1985-1989 年的「市場化改革」。行進在 1980 年代的改革者，如本雅明所描述的「歷史的天使」那般，頭朝後地順著歷史的颶風向前奔跑。如果說 1980 年代是開端，那麼 1977-1984 年的「第一次改革」則更是開端之開端。

正由於這種轉折，作為總體性政治過程組成部分的新時期文學逐漸轉型。新時期文學的後期已經不再表現為一個與毛澤東時代有明顯延續性的政治過程，而是與市場化進程發生日益密切的關係。儘管作為文學史段落的新時期文學徹底終結於 1989 年，但作為改革初期的總體性政治進程組成部分的新時期文學，卻的確轉變於 1980 年代中期。論述作為特定政治過程的新時期文學的制度條件、表現形式及其轉變，正是本書的核心任務。這也同時意味著，本書所聚焦的是 1977-1984 年這一「改革初期」的「新時期文學」。

（二）從「重返」到「重寫」：
「重返八十年代」的反思

對於身處歷史之中的人來說，作為歷史段落的 1980 年代終結於 1989 年夏天。1990 年代市場化的迅猛推進則強化了這種告別和遠離 80 年代的歷史斷裂感，但同時也驀然發現 1980 年代潛藏著身處其中時無法意識到的歷史秘密。例如，汪暉發現主導 1980 年代的新啟蒙主義本質上是一種「現代化意識

形態」[29]，而張旭東也發現，「『文革』後中國思想生活追求的是一種世俗化、非政治化、反理想主義、反英雄主義的現代性文化」，「在這個意義上，八十年代變成了九十年代的感傷主義序幕。」正是從這種現代性意識出發，從 1990 年代後期開始，作為整體的 80 年代就已明確成為「重返」的歷史對象。[30]

　　同樣重要的是，從市場經濟時代的語境中隔岸而觀整個「革命世紀」[31]之時，「80 年代」與「文革」乃至整個毛澤東時代的連續性便成了新的風景。90 年代以後的人們日益清醒地發現，相比於市場經濟時代與整個「革命世紀」的「斷裂」，80 年代與此前時代的「斷裂」並沒有那麼突兀：「『80 年代』是以社會主義自我改革的形式展開的革命世紀的尾聲，它的靈感主要來自它所批判的時代，而『90 年代』卻是以革命世紀的終結為前提展開的新的戲劇。」[32]而在 90

29　汪暉：〈當代中國的思想狀況與現代性問題〉，《天涯》，1997年，第 5 期。這一點也為韓少功所強調，參見韓少功：〈反思八十年代〉，《韓少功讀本》，石家莊：花山文藝出版社，2002 年。

30　張旭東：〈重返八十年代〉，《讀書》，1998 年，第 2 期。

31　「革命世紀」出自汪暉的論述：「『20 世紀中國』指的是從辛亥革命（1911）前後至 1976 年前後的『短 20 世紀』，亦即中國革命的世紀。這個世紀的序幕大致可以說是 1898 年戊戌改革失敗（尤其是 1905 年前後）至 1911 年武昌起義爆發的時期，而它的尾聲則是 70 年代後期至 1989 年的所謂『80 年代』。」「革命世紀」將 80 年代也納入其中。參見汪暉：《去政治化的政治：短 20 世紀的終結與 90 年代》，第 1 頁。

32　汪暉：〈序言〉，《去政治化的政治：短 20 世紀的終結與 90 年代》，第 1 頁。

年代清晰展開之前，確立新時期文學與「文革」乃至毛澤東時代的「斷裂」關係，構成了 80 年代文化意識的一部分，這一文化意識的核心框架是「新時期」與「文革」、現代與傳統、中國與西方的二元對立，與之相同構的，則是「政治」與「文學」的二元對立。[33]1986 年左右李澤厚的〈啟蒙與救亡的雙重變奏〉、劉再復的〈論文學的主體性〉與魯樞元的〈論新時期文學的「向內轉」〉等，[34] 可以說是表達這一文化自我意識的典型文獻。這種文化意識體現在 80 年代文學中，則是日益占據支配地位的「現代化想像」[35]，並固化在中國當代文學史教材之中。

　　最近二十年來，不但對 80 年代文化意識的追憶與反思已多有成就，[36] 以「重返 80 年代」為主題的文學研究更是致力

33　賀桂梅：《「新啟蒙」知識檔案：80 年代中國文化研究》，北京：北京大學出版社，2010 年，第 14-22 頁。

34　李澤厚：〈啟蒙與救亡的雙重變奏〉，《走向未來》，1986 年，創刊號；劉再復：〈論文學的主體性〉，《文學評論》1985 年第 6 期、1986 年第 1 期；魯樞元：〈論新時期文學的「向內轉」〉，《文藝報》，1986 年 10 月 18 日。

35　程光煒：《當代文學的「歷史化」》，北京：北京大學出版社，2010 年，第 45 頁。

36　關於對 80 年代的回憶，參見查建英：《八十年代訪談錄》，北京：生活・讀書・新知三聯書店，2006 年；馬國川：《我與八十年代》，北京：生活・讀書・新知三聯書店，2011 年；朱偉：《重讀八十年代》，北京：中信出版社，2018 年。關於對 80 年代文化意識的核心框架「救亡－啟蒙」二元論的反思，參見李楊：〈「救亡壓倒啟蒙」？──對八十年代一種歷史「元敘事」的解構分析〉，《書屋》，2002 年，第 5 期；羅崗：〈五四：不斷重臨的起點──重識李澤厚《啟蒙與救亡的雙重變奏》〉，載丁耘主編：《五四運動與現

於突破這種斷裂論，重新發現 80 年代與「文革」乃是整個毛澤東時代的連續性。

在這種「連續論」的歷史－理論視野中，李楊提出了一個典型的追問，「沒有『十七年文學』與『文革文學』，何來『新時期文學』？」[37] 這一追問所引導的「重返 80 年代」，是將 80 年代文學與 20 世紀 50-70 年代文學視為同一個問題，即「反思文學與制度的關係」，進而揭示「80 年代文學的政治性」，「化解 80 年代文學與 50-70 年代文學的對立」。[38] 程光煒對重返 80 年代進行大量的個案研究和理論提煉。他展開連續論的方式，主要是從文學史的立場提出「新時期文學的起源性問題」：「80 年代的『現代化想像』與『十七年』的『當代史』之間由於某些『根源性』矛盾和衝突所引起的一系列問題。」[39] 一定程度上，程光煒同意 80 年代文學與「文

代中國》，上海：上海人民出版社，2009 年，第 5-28 頁；賀照田：〈啟蒙與革命的雙重變奏〉，《讀書》，2016 年，第 2 期。關於對 80 年代文學生產中主導性的「純文學」觀念的反思，參見李陀、李靜：〈漫說「純文學」：李陀訪談錄〉，《上海文學》，2001 年，第 3 期；蔡翔：〈何謂文學本身〉，《當代作家評論》，2002 年，第 6 期。關於對「新啟蒙主義」的文學實踐的反思，參見劉復生：〈「新啟蒙主義」文學態度及其文學實踐〉，《文藝理論與批評》，2004 年，第 1 期。

37　李楊：〈沒有「十七年文學」與「文革文學」，何來「新時期文學」？〉，《文學評論》，2001 年，第 2 期。

38　李楊：〈重返「新時期文學」的意義〉，《文藝研究》，2005 年，第 1 期；李楊：〈重返 80 年代：為何重返以及如何重返〉，《當代作家評論》，2007 年，第 1 期。均收入程光煒編：《重返八十年代》，北京：北京大學出版社，2009 年。

39　程光煒：《當代文學的「歷史化」》，第 44 頁。在別處，他也追問

革」文學的斷裂，但與「十七年」則仍然是連續的。在他看來，80年代的「現代化想像」推動了文學生產與「十七年」的文學生產的決裂，但這種決裂的方式是「對歷史記憶的故意遺忘」，事實上，「『十七年』的精神生活和文學規範又在暗中支配並影響著他們對自己所創制的80年代和90年代文學的理解，在這個意義上，如果沒有具有中國當代史思想特色的十七年文學資源，就不可能有真正的80年代和90年代。」[40] 由此推進，楊慶祥等學者持續展開對80年代文學各個複雜向度的探測，通過對「重寫文學史」等問題的討論，致力於呈現80年代文學史的「多重面孔」，[41] 而黃平則以「新時期文學的起源」為核心問題，通過概念考據、觀念清理、文本分析和歷史勾勒等縝密的歷史工作，[42] 將新時期文學與過去歷史的錯綜

道：「也許我們更應該關心的不是『新時期文學』如何成功地排斥和替代『當代文學』的歷史性的豐功偉績，而是1976年以前的『當代文學』何以被統統抽象成了『非人化』的文學歷史？假如說歷史性地反省80年代文學與50至70年代文學的關係，是基於擺脫固有的意識形態話語的深度干涉，使其呈現出更為豐富、複雜的研究維度，那麼究竟該如何重新識別被80年代所否定、簡化的50至70年代的歷史/文學？它們本來有著怎樣沒有被80年代意識形態所改寫的歷史面貌？另外，哪些因素被前者拋棄而實際上被悄悄回收？哪些因素因為『新時期文學』轉型而受到壓抑，但又卻是通過對歷史遺忘的方式來進行的？」參見程光煒：《文學講稿：「八十年代」作為方法》，第12頁。

40　同上，第53頁。

41　楊慶祥等：《文學史的多重面孔──八十年代文學事件再討論》，北京：北京大學出版社，2009年；楊慶祥：《「重寫」的限度：「重寫文學史」的想像和實踐》，北京：北京大學出版社，2011年。

42　黃平：〈「新時期文學」起源考釋〉，《文學評論》，2016年，第1

複雜的關係一一勾畫，從而為理解新時期文學與過去歷史的連續性提供更為堅實的基礎。

此外，蔡翔、羅崗、倪文尖則提出「壓縮的前三年」的說法，強調 1977-1979 年這「前三年」「包含了各種相互矛盾、相互衝突的敘述，這些敘述被『壓縮』在『前三年』這一特定的歷史時空中，一方面壓制了許多敘述，另一方面還收編了不少敘述，還有則是以各種扭曲的方式催生出新的敘述……顯示出歷史的多種可能性。」[43] 在這意義上，正是「前三年」確立了「80 年代」與「十七年」的複雜糾葛關係。王堯則以強調 80 年代各個方面的複雜性的方式，指出 80 年代文學無論是就其發生歷程、還是文學體制的變革，抑或是文學觀念內部的演變，都始終存在著「矛盾運動」，始終存在著新與舊的「衝突、妥協與選擇」，為了探索這種複雜性，他甚至嘗試通過個人經驗史來探索「一個人的八十年代」。[44]

期；黃平：〈「自我」的誕生——再論新時期文學的起源〉，《當代作家評論》，2016 年，第 6 期；黃平：〈《哥德巴赫猜想》與新時期的「科學」問題——再論新時期文學的起源〉，《南方文壇》，2016 年，第 3 期；黃平：〈從「天安門詩歌」到「傷痕文學」：關於「新時期文學」起源的再討論〉，《文藝爭鳴》，2015 年，第 8 期；黃平：〈「共同美」、大和解與新差別——再論新時期文學的起源〉，《文藝研究》，2016 年，第 12 期。

43　蔡翔、羅崗、倪文尖：〈文學：無能的力量如何可能——「文學這三十年」三人談〉，載羅崗：《英雄與丑角——重探當代中國文學》，上海：東方出版中心，2021 年。

44　參見王堯的〈「重返八十年代」與當代文學史論述〉與〈衝突、妥協與選擇：關於「80 年代文學」複雜性的思考〉，均載王堯：《作為問題的八十年代》，北京：生活・讀書・新知三聯書店，2013 年；王堯：《一個人的八十年代》，上海：華東師範大學出版社，2009 年。

　　總體上，「重返 80 年代」成功地解構了 50-70 年代與 80 年代的對立，發掘出了新時期文學的歷史複雜性，同時從個案入手，梳理出新時期文學與毛澤東時代的複雜關聯。然而，所有的歷史線索仍然處於散布的狀態，它們並沒有完全被綜合、提煉，以形成一個有著清晰方向和邊界的整體性解釋框架。

　　從整體解釋框架的重建的角度而言，「重返 80 年代」仍然處在挑戰現有解釋框架的位置。儘管「現代化範式」或「文學性」的框架漏洞百出，但就文學史的意義而言，「重返 80 年代」仍然並沒有發展出有效的、整體性的替代性框架。很多研究指出了替代性框架的方向。例如，李楊申明 50-70 年代與 80 年代是同一個問題，都可以從文學與制度的關係維度將兩個歷史時期貫穿一起，但迄今為止這仍然停留在口號的層面；王堯認為應該把「『80 年代文學』置於社會主義體制的形成與變革之中加以考察，可能會使文學與當代歷史的複雜關係有更多的揭示」，不過，這一「關聯研究」始終沒有獲得系統展開。[45] 蔡翔、羅崗與倪文尖的三人談裡提供了理解 80 年代的一組富於啟發性的概念，例如「前三年」、「少數」的時代 /「多數」的時代、「八五新潮」 /「主潮」等，羅崗又進一步提出了「前三年」與「後三年」的概念 [46]，這些都開闢了整體性地重述 80 年代的新方向，然而，這些方向依然有待具體落實。總的來說，「重返 80 年代」的卓越研究已然具有「重

45　王堯：《「重返八十年代」與當代文學史論述》，第 29 頁。

46　羅崗：〈「前三年」與「後三年」——「重返八十年代」的另一種方式〉，《預言與危機》，杭州：浙江大學出版社，2014 年，第 108-120 頁。

寫文學史」的取向，但它的歷史限度在於它並沒有或不願達到 1980 年代中期所開啟的「重寫文學史」的程度。1980 年代開啟的「重寫文學史」是明確地基於清晰可見的解釋框架（現代化範式）和確定的立場（新啟蒙主義）而展開的，因此它能夠從理論上獲得把握，甚至也獲得了理論性的表述，例如「新文學整體觀」、「20 世紀中國文學」等解釋框架。[47] 而「重返 80 年代」研究則仍然只是歷史線索的片段式整理，其複雜性已得到充分呈現，但卻還沒有綜合成一個完整的解釋框架。這樣，「重返 80 年代」研究就始終不能從整體上挑戰、顛覆那已然問題重重的現有解釋框架。總而言之，的確只是「重返」，而不是「重寫」。

因此，儘管「重返 80 年代」發掘出了 80 年代與 50-70 年代多種多樣的連續性的歷史線索，但「80 年代文學」與「文革」文學和「十七年文學」的連續性的基本面到底是什麼？這種連續性能否導向一個整體性的解釋框架的出現？這些問題似乎需要得到更多澄清。尋找新的解釋框架，將業已充分發掘出的連續性要素重新綜合，重建一種邊界清晰的、具有整體性的歷史解釋的框架，推動「重返」走向「重寫」，實現「重寫 80 年代」，這已經構成了「重返 80 年代」研究能否繼續推進的關鍵問題。

就整體性地重述新時期文學而言，早在 1990 年代，張旭東就通過文學形式與社會改革之間的歷史辯證，將中國現代

47　陳思和：《中國新文學整體觀》，上海：上海文藝出版社，1987 年；黃子平、陳平原、錢理群：〈論「20 世紀中國文學」〉，《文學評論》，1985 年，第 5 期。

主義在 1980 年代的起承轉合確立為核心線索，由此來展開對
1980 年代的整體性分析。在這種論述中，想像、表達層面的
「現代主義」，經濟、技術層面的「現代化」，制度、經驗
層面的「現代性」，三者互相同構，從而「中國現代主義」
遠遠超出了形式層面，成為「具體的、政治化的歷史經驗的
表徵與結晶」，指涉著「一個本土性的、民族性的文化建設方
案。」[48] 然而，這一論述的起點是從 1980 年代中期的「文化
熱」開始的，1980 年代前期則成為隱沒的背景。賀桂梅的整
體性研究也同樣偏重於 1980 年代中後期。她的《「新啟蒙」
知識檔案》的主要研究時段是 1985 年到 1989 年左右，換言
之，主要是新時期文學的後期，因為這一時期單獨地構成了一
種「短暫卻穩定的文化形態」。[49] 她以知識社會學的方式，清
晰地勾勒出這一文化形態作為「現代化範式」的整體性，但處
理這一文化形態與 80 年代前期的關係，乃至與 50-70 年代的
關係，並不是其直接目標。事實上，「新啟蒙文化」作為穩定
的文化形態與此前歷史的結構性關係是理解「新啟蒙文化」生
成的關鍵；在這一點上，賀桂梅在各個細部勾勒了「新啟蒙文
化」與其前史的關係，但並沒有展開結構性的描述和解釋。黃
平嘗試「以一種歷史化的文化研究的方式」，嘗試以「技術治
理」的整體框架來理解新時期文學的起源。沿著「文革政治」
的「政治的人」如何轉化為「改革政治」的「專業的人」的線

48　張旭東：《改革時代的中國現代主義：作為精神史的 80 年代》，
　　崔問津等譯，北京：北京大學出版社，2014 年，中文版代序第 1-14
　　頁，正文第 1-23 頁。此書英文版出版於 1997 年。

49　賀桂梅：《「新啟蒙」知識檔案：80 年代中國文化研究》，第
　　41 頁。

索，黃平的系列論文重點討論了新時期文學的科學、管理、自我、美學這四個面向。[50] 這是一種新的理解新時期文學起源的方式，具有整體性地重寫 1980 年代的取向。

本書將在以上述為代表的豐碩成果的基礎上，繼續嘗試整體性地「重寫」1980 年代前期新時期文學的興起、發展與轉型的歷史，並由此延伸到對整個 1980 年代的整體性解釋的初步探索。

在探索「重寫 80 年代」的可能性上，賀桂梅曾指出，需要創造「新的批判語言」。[51] 本書認同並分享這一理論追求，然而，對於本書來說，創造「新的批判語言」意味著更徹底的歷史化。如果說新時期文學是「革命世紀」的尾聲之一的話，那麼更徹底的歷史化就意味著從「革命世紀」的整體視域中理解新時期文學及其與 50-70 年代的關係，也意味著從「革命世紀」的內部提煉恰切的理論概念來展開「重寫」，更意味著需要重新將已然「去政治化」地理解的「革命世紀」「再政治化」——政治地理解「革命世紀」的文化政治實踐，才是更徹底的歷史化。「重寫 80 年代」既是那些重新理解改革時代的努力的一部分，也是那些重新理解中國社會主義革命與建設時代的努力的一部分。

50　黃平：〈有關《新時期文學的起源》〉，《當代作家評論》，2019年，第 1 期。

51　賀桂梅：《「新啟蒙」知識檔案：80 年代中國文化研究》，第 360-373 頁。

（三）文學與政治，或文學與群眾：
　　中國當代文學制度研究的反思

　　自洪子誠 1990 年代正式開展中國當代文學制度研究並推出一系列成果以來，[52] 這一領域如今已有相當程度的拓展。現有的中國當代文學制度研究，主要以文聯－作協系統為研究領域，將中國當代文學生產的諸基本制度，從文學組織、發表、出版、流通和消費等外部制度，到文學成規、創作機制等內部制度，都進行了清晰的歷史描述，為從整體上把握中國當代文學體制的生產、流通和消費制度提供了基本前提。[53]

52　按照洪子誠的自述，他的中國當代文學制度研究緣起於 1980 年代末，在 1997 年香港出版的《中國當代文學概說》中獲得全面展開，參見洪子誠：〈當代的文學制度問題〉，《中國現代文學研究叢刊》，2015 年，第 2 期。更值得提出的是，洪子誠的研究的深入推進和集中闡釋落實在 1999 年出版的《中國當代文學史》和 2002 年出版的《問題與方法：中國當代文學史研究講稿》，同時在〈關於 50-70 年代中國文學〉（《文學評論》1996 年第 2 期）和〈當代文學的「一體化」〉（《中國現代文學研究叢刊》2000 年第 3 期）中也有簡要概括。

53　這在如下的研究中各有側重、各有特色地獲得了展開：洪子誠的《中國當代文學史》（北京：北京大學出版社，1999 年初版，2007 年修訂版）和《問題與方法：中國當代文學史研究講稿》（北京：生活・讀書・新知三聯書店，2002 年），邢小群的《丁玲與文學研究所的興衰》（濟南：山東畫報出版社，2003 年），王本朝的《中國當代文學制度研究（1949-1976）》（北京：新星出版社，2007 年），吳俊、郭戰濤的《國家文學的想像和實踐：以〈人民文學〉為中心的考察》（上海：上海古籍出版社，2007 年），斯炎偉的《全國第一次文代會與新中國文學體制的建構》（北京：人民文學出版社，2008 年），李潔非、楊劼的《共和國文學生產方式》（北京：社會科學文獻出

　　就從新中國成立直到 1980 年代中期市場化改革之前這一研究時段而言，現有的中國當代文學制度研究的核心問題意識，是文學與政治的關係。的確，從 1942 年〈在延安文藝座談會上的講話〉（以下簡稱〈講話〉）以後，這當然是文學制度的最為重要的維度。〈講話〉對「文藝為工農兵」的要求，「使文藝很好地成為整個革命機器的一個組成部分」的定位，成為創制中國當代文學體制的指導原則，文學體制的高度組織化，也成為文學與政治密不可分的確證。從這一點出發，中國當代文學制度研究可以說就是政治權力如何通過制度化的方式指導、干涉和規訓文學生產的研究。這一問題意識當然從一開始就埋伏在中國當代文學的創始之際，而在文學體制初步成型後，文學與政治的鬆緊關係常常體現在周揚的搖擺不定之間。改革初期，周揚亦從未停止對這一關係維度的反思，在他看來，重新調整文學與政治的關係，是「新時期」文學體制重建的題中之義。而這一點，上至鄧小平、胡耀邦，下至一般作家、評論家乃至一般讀者，都已經成為共識。「雙百」（百花齊放、百家爭鳴）、「二為」（文藝為人民服務、文藝為社會主義服務）、「三不」（不抓辮子、不扣帽子、不打棍子）等指導性原則的重申或確立，文學評獎制度的施行，文學批判運動的抑制或弱化，都在在致力於調整文學與政治的關係。中國當代文學制度研究的問題意識延續自改革初期，無論是對文

版社，2011 年），張均的《中國當代文學制度研究（1949-1976）》（北京：北京大學出版社，2011 年），王秀濤的《中國當代文學生產與傳播制度研究》（北京：文化藝術出版社，2013 年），丁帆的《中國現當代文學制度史》（北京：作家出版社，2020 年）等。

聯－作協系統各個層級、部門的聚焦，還是對期刊、出版和批評的種種制度的描述，或是對文學成規的勾勒，都致力於從文學與政治關係的維度出發，建構起文學體制的總體圖景。

洪子誠首先建構起中國當代文學體制的總體圖景，他名之為「一體化」：

所謂當代文學的「一體化」，在我的理解中，首先，它指的是文學的演化過程，或一種文學時期特徵的生成方式。在20世紀的中國文學過程中，各種文學主張、流派、力量在衝突、滲透、消長的複雜關係中，「左翼文學」（或「革命文學」）到了50年代，成為中國大陸惟一的文學事實。也就是說，「中國的『左翼文學』（『革命文學』），經由40年代解放區文學的『改造』，它的文學形態和文學規範……在50至70年代，憑藉其影響力，也憑藉政治的力量的『體制化』，成為惟一可以合法存在的形態和規範。」其次，「一體化」指的是這一時期文學的生產方式、組織方式。這包括文學機構，文學團體，文學報刊，文學寫作、出版、傳播、閱讀，文學的評價等環節的性質和特徵。顯然，這一時期，存在一個高度組織化的文學世界。對文學生產的各個環節加以統一的規範、管理，是國家這一時期思想文化治理的自覺制度，並產生了可觀的成效。第三，「一體化」所指稱的再一方面，有關這一時期的文學形態。這涉及作品的題材、主題、藝術風格，文學各文類在藝術方法上的趨同化的傾向。在這一涵義上，「一體化」與文學歷史曾有過的「多樣化」，和我們所理想的是「多元共生」的文學格局，構成正相對立的

狀態。[54]

　　在這一解釋框架之中，中國當代文學體制的「一體化」是文學與政治的互動關係的歷史進程，也是這種互動關係的制度化表達，還是這種歷史進程的結果。對於洪子誠來說，「一體化」既是歷史描述，也是價值判斷。就這種價值判斷而言，「一體化」預設文學的獨立自主與知識分子的主體性是同構的，文學生產應當是多元共生的，「一體化」壓抑了文學的自主性和多元共生，也壓抑了知識分子的主體性。在這裡，政治成為一種否定性的力量，而不是一種生產性的力量。此外，在洪子誠的實體性指稱中，政治或「政治的力量」，指的是「國家」，這裡並沒有「黨」，在這種解釋框架中，已經暗含著將黨國等量齊觀，「政黨」與「國家」毫無差別，它們都是統一規範、管理文學生產的各個環節的「政治的力量」。

　　後續的中國當代文學制度研究，或多或少都分享和發展這種「一體化」論述及其所內涵的預設和價值判斷。例如王本朝的基本判斷是社會主義文學「借助文學制度實現了對文學觀念、作家思想、作品創作以及讀者閱讀的全面制約和規範」，[55]邢小群也基本認為新中國「以國家把文學工作者全部包下來，把文學活動全面管起來為特徵。尤其是在毛澤東時代，更具有全能國家的特點，文學全部納入黨和國家意識形態的軌道。」[56]與「一體化」的論述相呼應，吳俊提出「國家

54　洪子誠：〈當代文學的「一體化」〉，《中國現代文學研究叢刊》，2000 年，第 3 期。

55　王本朝：《中國當代文學制度研究》，第 268 頁。

56　邢小群：《丁玲與文學研究所的興衰》，第 1 頁。

文學」的概念，以描述新中國成立以來直到七八十年代之交的
「中國當代文學」。在吳俊看來，「國家文學」是「由國家權
力全面支配的文學」，這意味著，中國當代文學「就是國家意
識形態的一種直接產物」，是「意識形態領域中國家權力的代
表或代言者之一，它為國家權力服務。」[57] 與吳俊相似，李潔
非提出「超級文學」的概念。「超級文學」起源於〈講話〉所
催生出的「有史以來最強大、最有力的文化領導權，它同時也
是一種以高度組織化為特徵的新型的文化生產領導方式」；文
學的高度意識形態化和高度組織化，是「超級文學」的特徵，
並且在建國後「具體化為一種『國家設施』——共和國文學體
制。」[58] 張均的文學制度研究則致力於使「一體化」的敘述框
架更為複雜化，他將當代文學制度的形成部分地歸於文學場域
內部各種力量和因素博弈、妥協的結果，在他看來，「新啟蒙
主義的國家 / 文藝界的二元對立的講述模式，應當被調整為國
家 / 制度 / 文學勢力之間的三維關係。」[59]

　　順延而下，新時期文學制度研究很自然地將新時期文學描
述為「一體化」解體、多元共生的文學形態逐漸形成的過程，
或描述為「國家文學」、「超級文學」逐漸「去政治化」、逐
漸回到「審美本位」、「民間本位」和由官方文化部門管理的

57　吳俊、郭戰濤：《國家文學的想像和實踐：以〈人民文學〉為中心的
　　考察》，第 1-2 頁。

58　李潔非：〈「超級文學」——認識一種文學形態及其影響〉，《小
　　說評論》，2010 年，第 5 期；李潔非、楊劼：《共和國文學生產方
　　式》，第 40-49 頁。

59　張均：《中國當代文學制度研究（1949-1976）》，第 13 頁。

專業本位的制度改革過程。[60] 例如，作為一種典型的新時期文學制度研究，吳義勤主編的《文學制度改革與中國新時期文學》由中國當代文學制度研究的多名專家合著，涵蓋了新時期文學的作家身分制度、文學評獎制度、期刊發表制度、出版與編輯制度、文學的市場化轉型等多方面，全書對新時期文學制度改革的敘述，基本沿著從文學與政治的關係到文學與市場的關係的轉型為主導線索，而這種轉型的潛台詞即是從一元到多元的發展。例如，在此書開篇第一章中，吳義勤便聲明：「從結構層面上說，處於新時期文化語境結構核心的仍然是政治話語」，而新時期文學的發展歷程則總體上經歷了「由集體言說走向個人言說、由一元化文學景觀走向多元化文學景觀演進的軌跡。」[61] 可以說，全書基本以「一體化」及其解體的文學史觀作為整體框架。

除卻文學制度的市場化轉型研究之外，[62] 新時期文學制度研究的另一重心就是文學評獎制度研究。文學評獎可以說是新時期文學制度的新創造，全國優秀短篇、中篇小說評獎和茅盾文學獎可以說是研究的重心，並產生了一系列成果。[63] 其研究

60　張麗軍：〈當代文學制度的內在屬性、歷史變革和改革趨向〉，《小說評論》，2012 年，第 4 期。

61　吳義勤主編：《文學制度改革與中國新時期文學》，北京：文化藝術出版社，2013 年，第 1-2、10 頁。

62　邵燕君：《傾斜的文學場》，南京：江蘇人民出版社，2003 年。

63　以專著和資料彙編來看，有范國英：《新時期以來文學制度研究：以茅盾文學獎為中心的考察》，成都：巴蜀書社，2010 年；王鵬：《中國當代文學評獎機制研究》，北京：中國社會科學出版社，2019 年；任南南編：《茅盾文學獎研究資料》，南昌：百花洲文藝出版社，2018 年等。

的主導線索，依然是沿著國家權力部門與文學生產之間的關係來展開，在這樣的視角下，文學評獎制度是國家調整文學政策、重構國家權力與文學生產的關係、實現意識形態規訓的新手段，它不再是國家權力部門剛性地治理文學生產，而注重「權力話語以隱蔽的方式與此發生聯繫，它毫不掩飾地表達著主流意識形態的意圖和標準，它通過獎勵制度諭示著自己的主張和原則。」[64]

可以說，從十七年文學直至新時期文學，整個中國當代文學制度研究的推展方向主要是沿著文學與國家權力的關係維度，去透視文學與國家權力的關係如何強化、削弱和轉變，以致最終為文學與市場的關係維度所取代。因此，展開新時期文學制度研究的新面向的前提，需要對中國當代文學制度研究的整體取向進行反思。

無論是「一體化」還是「國家文學」、「超級文學」的概念，或是「國家／制度／文學勢力」的三維關係，都似乎遺忘了，在毛澤東時代以至改革初期，「黨的文學」一直是描述和理解中國當代文學的主要概念。「黨的文學」出自列寧〈黨的組織和黨的文學〉，[65] 自 1942 年〈講話〉以後，已經深嵌在中國當代文學的理論話語之中；正是這一概念表明文學與政黨的密切關係，而不是與國家的密切關係。「黨的文學」暗示了黨

64　孟繁華：《1978：激情歲月》，濟南：山東教育出版社，1998 年，第238 頁。

65　在胡喬木的大力推動下，列寧的〈黨的組織和黨的文學〉被重新翻譯為〈黨的組織和黨的出版物〉，並發表在《紅旗》1982 年第 22 期上。然而，「黨的出版物」雖然淡化了「黨的文學」的概念，但顯然，「黨的出版物」仍然內在地包含著「黨的文學」的必然性。

與國家的不可抹煞的差別，然而，「黨的文學」的消逝和「國家的文學」的盛行，正表明中國當代文學制度研究已經預設了黨國一體，從而忽視了以「黨國有別」為前提所探索的中國社會主義政治的複雜性。

從歷史上來說，社會主義國家孕育、成形於人民戰爭的條件下，在這一條件下，政黨、國家與人民群眾三者處在一種運動狀態之中；這種運動狀態、這種政黨與國家的複雜關係，構成了毛澤東時代社會主義政治的典型特點。在毛澤東時代，政黨一方面的確經歷了「政黨國家化」即「一體化」的進程，但另一方面，抵抗這種「政黨國家化」的趨勢也相當強大，這種抵抗以政黨作為政治價值的承擔者，不斷地自我改造以「避免自身的官僚化」，同時不斷地激活和改造國家，「使國家成為一種包含著自我否定趨勢的政治形式，即包含著參與性民主活力的政治形式」。[66] 正是這種抵抗的逐漸消逝和「政黨國家化」的危機，成為「文革」爆發的因素，而也正是對這種危機的應對，中國當代文學體制總是處在「反官僚化」的壓力之下，以致「文革」期間整個文聯－作協系統的癱瘓和解體。有意味的是，一方面「政黨國家化」是中國社會主義政治所要致力於克服的危機，另一方面，中國當代文學制度研究卻又恰恰按照「政黨國家化」的模式來描述中國社會主義的政治與文化實踐。這表明，中國當代文學制度研究的展開，是以這種危機的常態化為前提的，或者說是以中國社會主義的複雜政治邏輯的終結為前提的。中國當代文學制度研究預設了「黨」與「國」的同化和無差別，忽視了社會主義政治實踐的複雜內

66　汪暉：《去政治化的政治：短 20 世紀的終結與 90 年代》，第 13 頁。

涵，這使得這種研究和批判一開始就有些陷入到它所要批判的
對象的邏輯內。

　　與忽視「黨」、「國」差異的研究取向相連帶的是，文
學制度中文學與政治的關係的雙重內涵也被減省了。在中國當
代文學的制度實踐中，文學與政治的關係包含著兩個層面的內
涵，其一是指文學與權力結構的關係，其次，則是指文學與群
眾的關係。這兩層內涵有所重疊但指向性不同。無論是「一體
化」的歷史解釋還是「國家文學」、「超級文學」的概念框
架，或是「國家 / 制度 / 文學勢力」的三維框架，所研究的對
象都是文學與權力結構的關係，這種關係包含著文學生產諸層
面與文聯、作協作為文學權力組織的關係，文聯－作協系統內
部諸文學勢力之間的關係，以及最重要的，文聯、作協與國家
權力機構的關係。然而，作為一種要實現「文藝為工農兵」的
目標而創制的中國當代文學體制，其基本的政治內涵當然也坐
落於文學與群眾的關係之中。如朱寨 1987 年出版的《中國當
代文學思潮史》所言的，中國當代文學思潮的「直接源頭，則
是一九四二年的延安文藝座談會。以延安文藝座談會為標誌，
中國新文學運動進入一個新的歷史階段」，「毛澤東同志的
〈在延安文藝座談會上的講話〉的主要精神就是要求新文學
運動自覺地與新的時代、新的群眾相結合，從而提出首先為工
農兵服務的文藝方向」，這個方向成為「建國文學思潮的指
歸」。[67]

　　中國當代文學體制的創制、運行、調整乃至一度的崩潰，

67　朱寨主編：《中國當代文學思潮史》，北京：人民文學出版社，1987
年，第 3-4 頁。

不但在於文學體制與權力機構的矛盾摩擦，也同樣在於這種文學體制始終無法滿意地實現「文藝為工農兵」的目標。中國當代文學生產的體制化，至少在毛澤東看來，日益地與這一目標相背離。例如，1964 年 6 月，毛澤東作關於文藝工作的第二個批示，嚴屬斥責道：「這些協會（按：指文聯－作協系統各協會）的大多數，十五年來基本上不執行黨的政策，做官當老爺，不去接近工農兵，不去反映社會主義的革命和建設。」[68]1977 年，周揚「文革」後第一次公開露面，他也承認：「『十七年』有沒有缺點、錯誤？……三年困難時期，我授意寫了〈為最廣大的人民群眾服務〉的社論，說文藝服務的對象除工農兵外，還有知識分子，這就錯了。第一次文代會上，為工農兵服務的口號提得很高，第二次文代會就不那麼高了。第三次文代會由於反修，又提得高些。說明為工農兵服務的思想，在我們頭腦中扎根不深，脫離群眾，同工農兵結合得不夠好。」[69] 因此，對中國當代文學體制的研究，不能回避對文學體制所內在的文學與群眾的關係維度的考量。

事實上，即使是在改革初期，研究者在編寫中國當代文學史時，對文學與政治的關係的理解，也仍然是理解為文學與群眾的關係：

社會主義文藝不應當脫離政治。文藝脫離政治便會走入歧

68 中共中央文獻研究室編：《毛澤東年譜（1949-1976）》（第 5 卷），北京：中央文獻出版社，2013 年，第 368 頁。

69 劉錫誠：《在文壇邊緣上》（上冊），第 56 頁。在毛澤東時代，「群眾」的主要內涵是指「工農兵群眾」，這在周揚的這一反省中可以明確地看到。關於「群眾」的具體內涵，參見下節。

途。但我們所說的政治，是階級的政治、群眾的政治……無產階級的政治就是要為無產階級和最廣大的勞動群眾謀利益。我們黨所制定的路線、方針和政策，歸根到底，都是為了人民的利益。文藝為無產階級政治服務，實際上就是為人民的利益服務。從這個意義上說，文藝與政治的關係，實際上就是文藝與人民的關係。[70]

現有的中國當代文學制度研究，所致力於敘述的，是以制度為中心分析文學體制的創制、完善和危機，但這一敘述卻始終置身於文學與權力結構的二元關係之中，而對文學制度的形成如何有利於實踐「文藝為工農兵」的目標以及這種實踐的危機，卻常常不是中心。主流的中國當代文學制度研究執著於追問：中國當代文學生產為何以及如何被權力所穿透、被權力結構所宰製？然而，同樣值得追問的是，中國當代文學體制是如何通過一系列的制度過程，如何通過對文學生產的各個環節的重塑、改造和再發明，去實踐「文藝為工農兵」的？這種實踐遭遇到什麼困難和危機？前一種問法是追問文學與權力的關係，後一種問法則是追問文學與群眾的關係。在中國當代文學體制的創制、完善和改革的歷史進程中，文學與權力的關係維度和文學與群眾的關係維度雖始終交織但終究有所區別。

更為重要的是，後一種追問是嘗試內在於中國社會主義文化政治的追問，因為「文藝為工農兵」正是中國當代文學體制得以創制的內在理由。從這一中心問題出發，作為歷史過程的

70　二十二院校編寫組：《中國當代文學史》，福州：福建人民出版社，1980年，第25頁。

中國當代文學的「一體化」或「國家文學化」本身並不直接構成問題所在，而在於中國當代文學的群眾性是否喪失？因此，「一體化」、「國家文學」或「超級文學」的框架只有當其是用來描述、解釋乃至批判中國當代文學體制如何剝離、喪失群眾性時，才是有效的。換言之，對中國當代文學與權力結構的關係的描述、解釋乃至批判，只有經由文學與群眾的關係維度的定位，才是有效的。

一旦我們重新突出文學與群眾的關係維度，那麼「黨的文學」（而不是「國家文學」）作為中國當代文學的特質，便重新得到凸顯。由於「群眾」預設了政黨的存在（參見下節對「群眾」與「黨群互動」的解釋分析），因此文學與群眾的關係維度著重人民群眾在文學生產中的位置與重要性（而不僅僅是知識分子），凸顯黨群互動在文學生產中的關鍵作用（而不僅僅是權力結構與知識分子的互動），強調黨的政治價值及其實踐與文學生產的關係（而不僅僅是國家權力及其官僚制與文學制度的關係），重視黨的各部門對文學生產各環節的組織與特定的政治價值、政治目標之間的往返互動（而不僅僅是權力結構對文學生產的等級化治理）。

同樣重要的是，由於「群眾」不僅是政治性的，也是社會性的集體存在（參見下節對「群眾」概念的解釋分析），因此，相比於以文學與政治權力的關係維度為中心，以文學與群眾的關係維度為中心不僅意味著將文學制度理解為政治性的，同時也理解為社會性的。一旦如此，文學制度研究就會向廣闊的社會領域敞開，幫助我們從社會性的角度理解文學制度的諸種功能，而不僅僅局限於文學制度的政治功能，也引導我們去發現、勾勒和描述那些承擔著文學生產功能的更廣泛的社會制

度，而不僅僅局限於以各級文聯、作協及其所屬刊物、出版社
為制度核心的文學系統（簡稱為「文聯－作協系統」）——而
目前的中國當代文學制度研究往往將文聯－作協系統視之為中
國當代文學體制的唯一架構。

　　具體落實到新時期文學制度研究，如果我們從文學與群眾
的關係維度出發，那麼所要探問的是，新時期文學如何再造新
的文學生產方式，如何重構和拓展「工農兵」的內涵，如何重
構和拓展群眾性，從而以新的方式實踐「文藝為工農兵」，
將文學與群眾的關係轉換為「文學為人民服務、文學為社會
主義服務」？新時期文學的興起、繁榮與什麼樣的群眾性制
度有關？新時期文學的危機與這些群眾性制度的轉型又有什麼
關係？從文學與群眾的關係維度出發，或者說從文學的群眾性
出發，新時期文學體制的群眾性面相方能得到聚焦，而新時期
文學的興起、繁榮與危機也能夠從群眾性的角度獲得必要的補
充。從文學與群眾的關係維度出發，新時期文學制度研究雖
然會與原有研究對象有所重疊，但會重新賦予這些研究對象
以新的理解方式，而且會拓展至更廣闊的社會領域，去定位和
捕捉在改革初期依然承擔著文學生產功能的更廣泛的社會文化
制度。

第二節　「群眾」、「群眾性」與黨群互動

（一）重釋「群眾」的概念：「無限性」與「溢出」

　　在中國社會主義概念史中，「群眾」是使用頻率極高的概
念，但它的內涵卻並不那麼清晰。但正是這個概念所意指的模

糊地帶，包含著理解「群眾」概念的秘密。

　　毛澤東數次清晰明確地界定了什麼是「人民」。例如，1949 年〈論人民民主專政〉中說：「人民是什麼？在中國，在現階段，是工人階級，農民階級，城市小資產階級和民族資產階級。這些階級在工人階級和共產黨的領導之下，團結起來，組成自己的國家，選舉自己的政府。」[71]1957 年，在〈關於正確處理人民內部矛盾的問題〉中，毛澤東清晰明確地賦予「人民」的概念以歷史性，並且是從敵我關係的角度來界定的：「人民這個概念在不同的國家和各個國家的不同的歷史時期，有著不同的內容。……在現階段，在建設社會主義的時期，一切贊成、擁護和參加社會主義建設事業的階級、階層和社會集團，都屬於人民的範圍。一切反抗社會主義革命和敵視、破壞社會主義建設的社會勢力和社會集團，都是人民的敵人。」[72] 對於毛澤東來說，「人民」是一個儘管歷史地變動但始終清晰可辨的政治概念。「人民」是主權者，它與作為整體的國家、政府相同構，因而「人民」所意指的是一個整體性的、統一性的存在。

　　然而，毛澤東從未如界定「人民」一樣明確地界定「群眾」。的確，在表示人口的「大多數人」的意義上，「群眾」與「人民」含義重疊，因此常稱之為「人民群眾」，但當我們思考「群眾」與「人民」的差異時，「人民」的明晰性與「群

71　毛澤東：〈論人民民主專政〉，《毛澤東選集》（第 4 卷），北京：人民出版社，1991 年，第 1475 頁。

72　毛澤東：〈關於正確處理人民內部矛盾的問題〉，《毛澤東文集》（第 7 卷），北京：人民出版社，1999 年，第 205 頁。

眾」的模糊性就構成了深有意味的對照。

如已經指出的，與「人民」、「民眾」、「大眾」等與外文詞匯關係密切的概念相比，「群眾」是一個本土性的概念，它在中國傳統中就已使用並具有「易受蠱惑、非法聚集、肆意破壞」的貶義。[73]1918 年，李大釗在〈Bolshevism 的勝利〉中首次將「群眾」引入馬列主義理論傳統，[74] 文中說，「Bolshevism 實是一種群眾運動」，「二十世紀的群眾運動，是合世界人類全體為一大群眾。這大群眾裡邊的每一個人、一部分人的暗示模仿，集中而成一種偉大不可抗的社會力。」[75] 雖然五四時期已經開始流行勒龐的群眾心理學對群眾的貶低性理解，[76] 但李大釗憑藉馬列主義重新為「群眾」賦予了肯定性內涵，從而開啟了使「群眾」成為中國社會主義理論的核心概念的第一步。繼而，1922 年中共二大中，「群眾」「首次在中共中央文件中成為一個核心概念」，「群眾黨」甚至成為剛成立的共產黨的定位。[77] 從延安時期開始，「群眾」

73　李里峰：〈「群眾」的面孔——基於近代中國情境的概念史考察〉，載王奇生編：《新史學》（第 7 卷），北京：中華書局，2013 年，第 34-35 頁。

74　李博：《漢語中的馬克思主義術語的起源與作用》，趙倩譯，北京：中國社會科學出版社，2003 年，第 403 頁。

75　李大釗：〈Bolshevism 的勝利〉，《李大釗選集》，北京：人民出版社，1978 年，第 115、117 頁。

76　李里峰：〈「群眾」的面孔——基於近代中國情境的概念史考察〉，載王奇生編：《新史學》（第 7 卷），第 41 頁。關於五四時期群眾心理學的流行及其對「群眾」概念的影響，參見 Xiao Tie, Revolutionary Waves: The Crowd in Modern China. Massachusetts: Harvard University Asia Center, 2017, pp.25-58.

77　同上，第 48 頁。

便取代一度流行的「大眾」，成為了中國共產黨人的最常用詞彙之一。例如，有人曾統計〈在延安文藝座談會上的講話〉中「群眾」和「大眾」的使用情況，其中「群眾」的使用次數為101次，「大眾」則為34次，而且「大眾」在使用時「只具有群眾的內質（如『工農兵大眾』），或者只是一種策略性的說法（如『人民大眾』），顯然『群眾』對『大眾』獲得了壓倒性的優勢」，從而凸顯了革命文藝的轉變。[78]

　　然而，作為馬克思主義中國化的本土概念，「群眾」的內涵的確相當模糊。與對「人民」的理解類似，毛澤東對「群眾」的理解也是從階級的視野出發的。在《毛澤東選集》開篇的〈中國社會各階級的分析〉中，毛澤東起頭就說「革命黨是群眾的嚮導」，而對群眾的分析又具體落實為對中國社會各階級的分析；在談到生活下降的小資產階級時，毛澤東直接稱之為「數量不小的群眾」，他同時將絕大部分的半無產階級稱之為「數量極大的群眾」。[79] 在別處，他也會使用諸如「農民群眾」「小資產階級群眾」之類的說法。可見，毛澤東是從階級視野出發來理解群眾的，並主要將農民、工人、小資產階級等下層階級理解為群眾。然而，群眾是多種多樣的，在諸如「關心群眾生活」、「解決群眾的穿衣問題，吃飯問題，住房問題，柴米油鹽問題，疾病衛生問題，婚姻問題」[80] 這樣的說法

78　周冰：〈「群眾」如何取替「大眾」——從詞匯變遷看革命文藝權力機制的轉換〉，《中國現代文學研究叢刊》，2011年，第11期。

79　毛澤東：〈中國社會各階級的分析〉，《毛澤東選集》（第1卷），北京：人民出版社，1991年，第1、6頁。

80　毛澤東：〈關心群眾生活，注意工作方法〉，《毛澤東選集》（第1卷），第136-137頁。

裡，「群眾」又指涉著生活世界中的普泛的存在，因此有人認為，「群眾」的概念「受到『階級』的制約，又經常溢出『階級』的範疇。」[81] 此外，群眾常常相對於黨員而言，但「黨員群眾」的常見說法又表明，群眾也不受政黨的限制，政黨內外都存在群眾；「群眾」與「公民」的概念所指涉的往往是同樣的存在，但群眾又超出了法律的範疇。總之，「群眾」的概念常在社會領域中使用，但也是一個政治概念，既有階級維度，又不限於階級性，既外在於政黨，也內在於政黨，既與法律密切相關，又超出法律的範疇，在「群眾」的概念中，彙集著社會生活、政黨內外、階級劃分、身分認同乃至法律規定等諸多維度。有人因此從否定性的角度批判「群眾」是「非個人化的、模糊性的整體概念。」[82]

問題在於，作為中國社會主義理論中的核心概念，「群眾」所特有的模糊性該如何理解？尤其是當這種模糊性與「人民」概念的明晰性相對照時，我們更應該為此提出解釋，而不是輕率地否定。

「人民」的明晰性與「群眾」的模糊性，或許都可以從唯物史觀出發來理解。唯物史觀的要義常被視為凝聚在毛澤東的這句話中：「人民，只有人民，才是創造世界歷史的動力。」[83] 與這一說法類似，毛澤東也說：「堅決地相信人民群眾的創造力是無窮無盡的」，「人民群眾是歷史創造者」，

81　蔡翔：《革命／敘述：中國社會主義文學－文化想像（1949-1966）》，北京：北京大學出版社，2010年，第90頁。

82　叢日雲：〈當代中國政治語境中的「群眾」概念分析〉，《政法論壇（中國政法大學學報）》，2005年，第2期。

83　毛澤東：〈論聯合政府〉，《毛澤東選集》（第3卷），第1031頁。

「群眾是真正的英雄，而我們自己則往往是幼稚可笑的。」劉少奇將之總結為：「人民群眾是真正偉大的，群眾的創造力是無窮無盡的，我們只有依靠了人民群眾，才是不可戰勝的，只有人民群眾，才是歷史的真正創造者，真正的歷史是人民群眾的歷史。」[84] 在革命領袖的理解中，人民群眾內在地擁有無限的創造力，他們就是正在展開的歷史的總體本身。我們或許可以將這種理解臨時性地化約為「人民群眾」的「無限性」，這種「無限性」是從唯物史觀對人民群眾的基本定性中提煉出來的，指向的是人民群眾所內在的無限的歷史潛能。

如何理解人民群眾及其「無限性」？在 1930 年代初期，當丁玲如其他左翼作家一樣，開始通過「文藝大眾化」去把握人民群眾的這一「嶄新的實體」時，曾創作小說〈水〉來比喻性地理解。在〈水〉中，遭受洪災的、饑餓的群眾，慢慢生發出階級覺悟，最終「比水還兇猛」地開展集體行動。「水」似乎成為把握人民群眾及其無限性的典型喻象，與古代的「水能載舟、亦能覆舟」的傳統喻象相連接。毛澤東則喜歡用「汪洋大海」來形容人民群眾及其無限力量，例如他就曾針對抗日戰爭說，「動員了全國的老百姓，就造成了陷敵於滅頂之災的汪洋大海。」[85] 而清晰典型的黨內文獻，或許要數 1939 年張聞

---

84 劉少奇：〈論黨〉，《劉少奇選集》（上卷），北京：人民出版社，1981 年，第 350 頁。

85 毛澤東：〈論持久戰〉，《毛澤東選集》（第 2 卷），北京：人民出版社，1991 年，第 480 頁。趙樹理也曾用大海來形容：「我們這六億人也確實像『海』，不過這種海本來是平靜的，要是被什麼人損害著它，它便會沸騰起來，淹沒那些損害它的人——它曾淹沒過清朝、蔣介石的寶座、日本帝國主義的入侵者，在今後如果誰還想來統治它、

天發表的〈略談黨與非黨員群眾的關係〉這篇尚未被重視但卻典型地表達了黨對群眾的看法的文獻。

在此文中，張聞天用「群眾的大海」來描述群眾，它包含著兩重內涵。一方面，「群眾的大海」除了意指群眾是人口意義上的廣大存在之外，還意指群眾內在構成的多樣性，「群眾是多種多樣的，他們的要求也是多種多樣的」，「大海」的比喻更暗示了群眾的多樣性是無限的。這種無限的多樣性也就是群眾實踐的無窮無盡：「沒有群眾的革命實踐，就不會有馬列主義……群眾的實踐是無窮的，它比馬列主義所能預見的要複雜得多，豐富得多。」[86] 群眾的本質是無限性，這種無限性既意指它內在的多樣性也意指它的實踐性，正是這種無限性構成了歷史。就此而言，這種無限的多樣性與無窮的實踐，與毛澤東所說的人民群眾的創造力的「無限性」是同一個意思——這是群眾的「無限性」的肯定性。就肯定性來說，群眾作為整體是「先進群眾」或「革命群眾」，此時「群眾」的概念與「人民」的概念是同一的，於是有「人民群眾」的常見說法。

群眾所內在的肯定性的無限性正是政黨生成、發展和更新的基本動力之一。政黨扎根於群眾的這種肯定性的無限性之中，從中汲取創造歷史、開創新政治和自我革新的無窮動力與靈感。因此，張聞天談到「群眾的大海」時便說：「黨是群眾中的一部分」，「它必須同群眾有密切的聯繫，同群眾生活在

　　侵犯它，它就還要淹沒誰。」參見趙樹理：〈談六億：中華人民共和國成立五週年雜感〉，《趙樹理全集》（第5卷），太原：北嶽文藝出版社，2018年，第265頁。

86　張聞天：〈略談黨與非黨員群眾的關係〉，《張聞天文集》，北京：中共黨史出版社，2012年，第19、21頁。

一起，處處依靠群眾」。[87] 事實上，黨無時無刻不強調依靠群眾的重要性。例如，毛澤東便常說這樣的話：「信任群眾，緊緊地和群眾一道，並領導他們前進，我們是完全能夠超越任何障礙和戰勝任何困難的，我們的力量是無敵的。」[88]「過去我們什麼也沒有，現在都有了，不都是依靠群眾才有的嗎？」[89]

　　另一方面，「群眾的大海」又意指「群眾自發性」無窮無盡地彙集在一起，形成如大海一般沒有確定方向、漫無邊際的狀態，使黨容易「溶化於群眾的大海中」，失去它的「特性」。因此，「大海」的喻象又意指「群眾的落後」，「群眾的保守性」，需要經過「群眾的多樣性，去實現黨的領導的統一性」，「群眾的實踐，沒有馬列主義政黨的總結，只能成為一大堆混亂的原料。」[90] 這是群眾的「無限性」的否定性。就否定性而言，群眾是「落後群眾」，此時「群眾」的概念又與「人民」的概念不同一。但正是這種否定性，才預設政黨存在的必然性：無限的多樣性需要某種統一性，豐富無窮的實踐需要理論的總結，政黨的必然性在於它提供這種統一性和理論總結，因而其必然性正在於克服這種否定性，將這種否定性揚棄為肯定性，甚至於政黨就是這種否定性的克服本身。正因如此，張聞天也強調黨「是群眾的學生，而又是群眾的政治領

87　同上，第 19 頁。

88　毛澤東：〈目前的形勢和我們的任務〉，《毛澤東選集》（第 4 卷），第 1269 頁。

89　毛澤東：〈依靠群眾辦好鐵路建設事業〉，《毛澤東文集》（第 5 卷），北京：人民出版社，1996 年，第 306 頁。

90　張聞天：〈略談黨與非黨員群眾的關係〉，《張聞天文集》，第 19、21、22 頁。

袖」，呼籲黨要「發揚群眾的革命性，克服群眾的保守性，提高群眾到黨所要求的更高的政治水平。」[91]

無論從肯定性還是否定性而言，政黨都內在於群眾的「無限性」之中：正因為群眾的無限性所內在的否定性，為政黨的必然存在預設了前提，正因為群眾的無限性所內在的肯定性，政黨才得以生成、持存和自我革新。我們必須說，無限性正是群眾的本體論，而政黨內在於群眾的無限性之中，或者說政黨根植於這一本體論並以之為前提。

群眾的「無限性」意味著，群眾原理上是朝向並保持在它的本體論狀態的——群眾無限地朝向任何可能性並實踐著任何可能性。在這意義上，當群眾與對象物發生關係時，群眾的無限性既傾向於肯定它的對象物，也傾向於否定它的對象物。如果說「群眾的大海」是一個絕妙的政治比喻，那麼當群眾的無限性與對象物發生既肯定又否定的關係時，我們或許可以將其理解為「溢出」，一種基於「無限性」而生發的永無止盡和不可遏制的「溢出」。

群眾的「無限性」所內在的「溢出」，意味著群眾越過已完成之物的限制而始終處於形成新事物的運動之中，也是越過已給定之物的限制而始終處於向充滿可能性的未來運動的過程之中。這就是說，群眾必然會「溢出」任何給定的命名和確定的結構，從階級的命名到法律的命名，從階級結構、社會－國家的二元結構到生活世界－政治世界的二元結構。「群眾」的概念既肯定又否定階級的命名和法律的命名，因此「群眾」的概念既包含著階級性又不限於階級性，既與「公民」的概念重

91　同上，第19頁。

054 | 重返開端：新時期文學的「群眾性」（1977-1984）

疊又不與之混同；「群眾」的概念既肯定又否定階級的結構，因此，群眾既容納於清晰的階級結構之中，化身為無產階級、小資產階級等，又超越階級的清晰界限，一切階級的革命分子在特定條件下都可以成為「群眾」。正是因此，「群眾」的指向才是模糊不清的，而它所指涉之物，既是政治性的，又是社會性的，可以說，群眾不可遏制地「溢出」政治領域，直達或返回社會領域裡，從而使國家與社會的分野模糊、使國家與社會經由「群眾」而密切交織在一起。

　　鄒讜即從「群眾」的雙重指向性來理解中西國家－社會的不同關係。在他看來，「公共領域與私人領域，或國家（即政治權力）與市民社會（即個人與社會群體）之間的聯繫有兩種不同的方式。」「公民權觀點」將社會成員理解為孤立的個人，平等地擁有一系列剛性的抽象權利，在此基礎上結成社會團體，由此形構出國家與社會的關係。「群眾」的概念則意味著個人屬於社會某一部分的成員，他們擁有一系列軟性的實質性社會經濟權利，他們組成社會需要政治積極分子動員並組織起來；「一旦他們得到政治領導，他們對社會經濟正義的主動的或潛在的要求將激勵他們採取積極的政治行動。這樣，群眾、群眾運動和群眾路線的觀念重視在政治運動中積極參與並履行義務。」[92] 剛性的抽象權利與軟性的具體社會經濟權利，構成了「公民」與「群眾」的分野，同時也構成了國家與社會構成方式的分野。可以說，「群眾」概念的凸顯和普遍化，意味著中國社會主義理論對國家－社會關係的理解，突破了西方

92　鄒讜：《中國革命再闡釋》，香港：牛津大學出版社，2002年，第18-19頁。

主流政治理論對國家－社會二元對立關係的基本預設，特別是主流自由主義的基本預設——在所謂市民社會或公民社會的理論中，在所謂「大市場、小政府」的口號中，我們能很清楚地把握到國家與社會二元對立的基本預設是如何支配這些理論與口號的邏輯和政治取向的。就此而言，「群眾」的概念所提示的，是中國社會主義理論對國家－社會關係的獨特理解。

我們需要從唯物史觀出發來理解「群眾」概念的模糊性，這就是說，從群眾的「無限性」與永無止盡和不可遏制的「溢出」來理解它。「群眾」概念的模糊性正包含著中國社會主義理論的創造性和獨特性的秘密。

（二）「群眾性」的概念：普遍的群眾參與

「群眾性」是「群眾」的衍生用法，它與「群眾」一樣，是常用詞匯。以《人民日報》為例，1946 到 1999 年底《人民日報》包含「群眾性」為標題的條目 828 篇，而同一時段正文含有「群眾性」用語的則有 18747 篇。如果說「群眾」的模糊性是這一概念本身的獨特性，那麼「群眾性」卻尚未明確地被接受為一個概念，因而其內涵更為模糊。「群眾性」的使用如此頻繁，它與群眾、政黨、群眾路線等中國社會主義的核心要素又如此關係密切，我們值得將其提煉為一個內涵較為清晰的理論概念。關於「群眾性」的內涵，或許可以通過分析毛澤東和鄧小平的使用方式來確定。

毛澤東經常使用「群眾性」。在毛澤東的使用方式中，「群眾性」有多重內涵。首先，「群眾性」即「普遍性」。例如，1952 年「三反」、「五反」中，毛澤東說，「貪汙一千萬元以下的中小貪汙分子占全體貪汙人數的百分之九十五至百

分之九十七，帶著很大的群眾性。」[93]1959 年，毛澤東針對農村中「以貪汙形式無償占有別人勞動的問題」時說，這「是一個普遍的問題」，「一個群眾性的大問題。」[94]在這一意義上，「群眾性」是從規模或數量上來中性地使用的，意指規模或數量的巨大。不僅如此，「規模或數量的巨大」同時意味著「階級成分的多樣性」。1937 年，毛澤東認為抗日戰爭「參戰的地域雖然是全國性的，參戰的成分卻不是全國性的，廣大的人民群眾依然如過去一樣被政府限制著不許起來參戰，因此現在的戰爭還不是群眾性的戰爭。」[95] 1942 年，毛澤東又說：

> 五四運動是有群眾，還是沒有群眾？我認為五四運動是有廣大的群眾性的，比起大革命來自然是差些。那時資產階級、小資產階級和無產階級是統一戰線，還沒有農民參加，只有廣大的工人。到大革命，就有農民參加了。土地革命時，參加的農民就廣泛多了，但是統一戰線不夠廣。到抗戰，農民參加得更廣泛了，比大革命時廣，比土地革命時也廣。[96]

93　毛澤東：〈關於「三反」、「五反」〉，《毛澤東文集》（第 6 卷），北京：人民出版社，1999 年，第 193 頁。

94　毛澤東：〈價值法則是一個偉大的學校〉，《毛澤東文集》（第 8 卷），北京：人民出版社，1999 年，第 36 頁。

95　毛澤東：〈和英國記者貝特蘭的談話〉，《毛澤東選集》（第 2 卷），第 375 頁。

96　毛澤東：〈如何研究中共黨史〉，《毛澤東文集》（第 2 卷），北京：人民出版社，1993 年，第 404 頁。

在這意義上，「群眾性」在這裡顯然包含著各種階級成分，從資產階級、小資產階級到工人、農民等各種階級成分都涵括在其中。因此，作為一個政治概念，「群眾性」不只是意指規模或數量的巨大，而且同時意味著階級成分的多樣，這種多樣性又以工農群眾為主體成分。

正是由此出發，「群眾性」包含「普遍的群眾參與」的內涵。如上所引，當使用「群眾性」來描述五四運動、大革命、土地革命到抗日戰爭等一系列事件時，都是在強調廣大群眾參與其中的重要性。不只是這些事件，近代史上的運動和戰爭都被毛澤東用「群眾性」來觀察。例如1945年，毛澤東說，「太平天國之前，有反對英國侵略的廣東平英團，後頭有太平天國革命，有義和團運動，有辛亥革命，有五四運動，所有這些，都是帶著群眾性的民族主義的性質和民主主義的性質。」[97] 而識字、減租減息、農民入社、民俗改革、整風等，也都被形容為「群眾性」的，並被當成群眾運動來看待。[98] 在

---

97 毛澤東：〈在中國革命死難烈士追悼大會上的演說〉，《毛澤東文集》（第3卷），第433頁。

98 「識字要成為群眾性的識字運動，單靠我們下去教『一、二、三、四』，『人、手、刀、牛、羊』，那是不行的，老百姓裡頭有識一百字的就可以教別人。」參見毛澤東：〈在延安大學開學典禮上的講話〉，《毛澤東文集》（第3卷），第151頁；「各地務必在一九四六年，在一切新解放區，發動大規模的、群眾性的、但是有領導的減租減息運動。工人則酌量增加工資，使廣大群眾，在此運動中翻過身來！並組織起來，成為解放區自覺的主人翁。」參見毛澤東：〈一九四六年解放區工作的方針〉，《毛澤東選集》（第4卷），第1175頁；「按照《共同綱領》的規定，少數民族地區的風俗習慣是可以改革的。但是，這種改革必須由少數民族自己來解決。沒有群眾

這個意義上，當描述規模廣大的群眾普遍地參與到各種運動和戰爭之中時，「群眾性」在上述內涵的基礎上還突出了「群眾參與」的內涵，換言之，「群眾性」強烈地指涉著群眾的普遍的「參與性」。不但如此，這種普遍的群眾參與又往往是與群眾運動密切聯繫起來的。對於毛澤東來說，群眾運動的核心就是普遍的群眾參與，普遍的群眾參與能夠充分激活群眾無限的政治潛能，使群眾內在的「無限性」獲得現實性，從而完成革命的任務；可以說，「群眾性」是「群眾運動」的本質。正是基於這樣的認識，建國後毛澤東甚至認為「什麼工作都要搞群眾運動，沒有群眾運動是不行的。」[99]

不只是如此，「群眾性」也用來描述政黨和組織。1938年，毛澤東說：「為了克服困難，戰勝敵人，建設新中國，共產黨必須擴大自己的組織，向著真誠革命、信仰黨的主義、擁

條件，沒有人民武裝，沒有少數民族自己的幹部，就不要進行任何帶群眾性的改革工作。我們一定要幫助少數民族訓練他們自己的幹部，團結少數民族的廣大群眾。」參見毛澤東：〈不要四面出擊〉，《毛澤東文集》（第6卷），第75頁；「群眾有的張羅入新社，有的張羅入老社。今年不準備入社的人們，也在積極地醞釀插入互助組。動的面很廣，已經形成了一個群眾性的運動。這是農業合作化大發展的一個新的突出的特點。」參見毛澤東：〈關於農業合作化問題〉，《毛澤東文集》（第6卷），第439-440頁；「一九五七年，在〈關於正確處理人民內部矛盾的問題〉的報告中，講了工農業同時並舉、中國工業化的道路、農業合作化等問題。這一年發生了一件大事，就是全民整風、反右派，群眾性的對我們的批評，對人們思想的啟發很大。」參見毛澤東：〈在成都會議上的講話〉，《毛澤東文集》（第7卷），第370頁。

99　毛澤東：〈巡視大江南北後對新華社記者的談話〉，《建國以來毛澤東文稿》（第7冊），北京：中央文獻出版社，1992年，第433頁。

護黨的政策、並願意服從紀律、努力工作的廣大工人、農民和
青年積極分子開門，使黨成為一個偉大的群眾性的黨。在這
裡，關門主義傾向是不能容許的。」[100] 也就是說，「群眾性」
的這種「參與性」還意味著通過群眾的普遍參與，破除群眾與
政黨的制度性邊界（「開門」），從而使群眾與政黨的關係轉
變為開放的互動關係。

　　在這裡要重點分析 1939 年毛澤東的〈《共產黨人》發刊
詞〉。此文可以說是毛澤東使用「群眾性」最多的文章，前後
使用了 6 次，全部圍繞著黨的性質展開，而僅「建設一個全國
範圍的、廣大群眾性的、思想上政治上組織上完全鞏固的布爾
什維克化的中國共產黨」就重複了 4 次。那什麼是毛澤東在此
文中具體所指的「群眾性」？毛澤東指出，「我們黨已經走
出了狹隘的圈子，變成了全國性的大黨」，但「現在有大批
的新黨員所形成的很多的新組織，這些新組織還不能說是廣大
群眾性的，還不是思想上、政治上、組織上都鞏固的，還不是
布爾什維克化的。」對於毛澤東來說，有大批群眾加入黨、壯
大了組織，這只能成就「全國性的大黨」，但要成為「群眾
性」的政黨，這還與「思想上、政治上、組織上」的鞏固有密
切關係。因此，群眾參與的巨大規模並不足以賦予政黨以「群
眾性」，還需要政黨自身能動的介入，這就是「黨的任務是動
員群眾克服投降危險、分裂危險和倒退危險」，從而在思想
上、政治上和組織上獲得鞏固，這就是「黨的建設」的要義之

100　毛澤東：〈中國共產黨在民族戰爭中的地位〉，《毛澤東選集》（第
　　　2 卷），第 523 頁。

一。[101] 簡言之，群眾普遍地參與政黨必須與政黨對群眾的動員、組織和領導結合起來，才能成就「群眾性」的政黨。這就是說，政黨的「群眾性」以普遍的群眾參與為基礎，但它也是政黨自我革命、自我塑造的政治過程的產物，還是政黨動員、組織和領導群眾的政治過程的產物。

正是在這篇宣示了「三大法寶」和「黨的建設」作為「偉大工程」的〈《共產黨人》發刊詞〉中，「群眾性」與政黨獲得了最為清晰的關聯，政黨的關鍵性質被界定為「群眾性」。可見，「群眾性」既是普遍的群眾參與的結果，也是政黨組織、領導群眾的產物。在「群眾性」這個概念中，凝聚著中國社會主義理論的核心：密切互動、互相塑造的黨群關係。

鄧小平使用「群眾性」的頻率低於毛澤東，不過，我們依然可以從鄧小平有限的使用中把握到重要信息。

鄧小平也將「群眾性」理解為「普遍性」，例如他會說：「我們還需要採取一切有效辦法做廣泛的群眾性教育工作」，「節約、儲蓄、安排生活是最大的群眾性問題」，「平反，對群眾性的問題，一風吹」，「解決群眾性的思想教育問題」等，這些使用都意在指出「工作」是面向大多數人的，「問題」是屬於大多數人的，但這種「普遍性」更多意指規模和數量的巨大，並沒有明確突出階級成分的多樣性。從這一內涵出發，鄧小平也同樣強調「普遍的群眾參與」。例如，鄧小平會提及「群眾性的緝私工作」、「群眾性的大會」，「群眾性的武裝組織」，「群眾性的科學實驗活動」、「群眾性的批評和

101　毛澤東：〈《共產黨人》發刊詞〉，《毛澤東選集》（第 2 卷），第602-614 頁。

自我批評」等；也會將「群眾性」用於描述各種運動：「廣泛的群眾性的增加生產、厲行節約運動」，「大規模的群眾性的鎮壓反革命運動」，「廣泛的群眾性的反浪費運動」，「把黨中央這個決定變成一個群眾性的運動」等。

　　鄧小平同樣將「群眾性」與「群眾運動」關聯起來，突出了政黨組織、領導群眾的重要性，強調政黨應當使群眾運動成為塑造群眾的政治主體性的方法。1943 年，鄧小平針對根據地群眾運動時指出，在發動、組織群眾的任務完成之後，「應將重心轉入教育群眾，把群眾運動提高到民主政治和武裝鬥爭的階段，使群眾形成一個自為的階級力量，去參加統一戰線，去參加群眾性的游擊戰爭」，黨應該「誘導群眾運動逐漸由低級向高級發展」，「逐步地提高群眾到自為階級的階段」。[102]1951 年，鄧小平又指出，黨必須「依據群眾的覺悟程度和組織程度來決定和審查黨的方針、政策和策略」，從而使黨「在每一次每一步的運動中，都具有廣大的群眾性，運動的每一步都提高了群眾的政治覺悟和革命積極性。」[103] 鄧小平清晰地指出群眾運動的政治功能，即群眾運動不僅僅在於動員、組織和領導群眾去完成一件件具體的任務，而在於它本身所具有的塑造群眾的主體性、把群眾鍛造成「自為階級」的政治功能。實現此一政治功能的前提，則是普遍的群眾參與，即「群眾性」，只有通過動員、組織和領導群眾實現普遍的

102　鄧小平：〈根據地建設與群眾運動〉，《鄧小平文選》（第 1 卷），北京：人民出版社，1994 年，第 67-68 頁。

103　鄧小平：〈緊密地聯繫群眾是我黨的光榮傳統〉，《鄧小平文集（1949-1974）》（上卷），北京：人民出版社，2014 年，第 274 頁。

參與，群眾運動的這一政治功能才能實現。可以說，鄧小平和毛澤東都認為，普遍的群眾參與是群眾運動的本質，或者說，「群眾性」正是群眾運動的本質。

在社會主義建設時期，鄧小平也用「群眾性」來理解黨的性質。1950 年，鄧小平在黨的紀念大會上強調黨需要團結黨外人士，克服關門主義傾向，因為關門主義「把黨理解為一個狹小的宗派團體，而不是一個領導中國革命的群眾性的政黨。」[104] 在這裡，「狹小的宗派團體」和「群眾性的政黨」相對立，「群眾性的政黨」與黨外人士的制度性邊界是開放的或是靈活的，黨內與黨外的有機互動成就政黨的「群眾性」。1951 年，鄧小平又說：

> 三十年的鬥爭歷史證明了我們的黨是偉大的、光榮的、正確的。目前它有五百八十萬黨員，是一個真正具有群眾性的黨，與人民群眾有著血肉聯繫，取得了人民的信任……三十年來，我們黨之所以能不斷領導群眾走向勝利，根本的原因就是黨不僅從未脫離群眾，而且為群眾制定了符合他們利益的鬥爭綱領，並組織他們進行鬥爭，這是我們黨的光榮傳統。正因為我們黨聯繫群眾，所以人民群眾，首先是勞動人民群眾響應與擁護我們黨的號召，並信賴我們黨三十年如一日，不斷將最優秀的部分輸送到我們黨內來，使黨由幾十人、幾萬人發展成為幾十萬、幾百萬人的

104　鄧小平：〈在西南局、西南軍區紀念中國共產黨成立二十九週年大會上的講話〉，《鄧小平文集（1949-1974）》（上卷），第 101 頁。

群眾性的大黨。[105]

　　對於鄧小平來說，「群眾性的黨」首先是指黨員數量大，而黨員數量大的直接原因是人民群眾「將最優秀的部分輸送到我們黨內來」，從而成就「群眾性的大黨」。在這裡，「群眾性」所意指的「普遍的群眾參與」獲得了新的展開，即普遍的群眾參與不僅意味著群眾普遍地參與到黨所組織和領導的運動之中，還意味著群眾通過黨群互動源源不斷地從黨外進入黨內，轉換為「黨員」和「幹部」，使群眾成為內在於黨的存在。從群眾向黨員、幹部的轉換是一個政治覺悟、組織紀律性提高昇華的過程，這是「普遍的群眾參與」或「群眾性」的另一內涵。這就是說，「群眾性」不僅是指政黨的性質，也不僅是指政黨動員、組織和領導群眾開展運動的政治過程，而且也是政黨自我構成、自我組織和自我更新的方式，它是通過「群眾性」的方式組織起來的、或者說構成起來的。

　　其次，在鄧小平談論「群眾性的黨」時，他同樣強調的是政黨密切「聯繫群眾」，「從未脫離群眾」，「制定了符合人民群眾利益的鬥爭綱領」，從而取得「人民的信任」，獲得了人民群眾的「響應和擁護」。所有這些表述所展現的是，「群眾性的黨」是代表人民群眾利益的黨，政黨的「代表性」成為政黨的「群眾性」的必然結果。

　　鄧小平對「群眾性」與「代表性」的理解，或許從他在1953年談基層選舉的試辦工作時表現出來，他談到，「所有

105　鄧小平：〈永遠記取黨的鬥爭經驗和教訓〉，《鄧小平文集（1949-1974）》（上卷），第 252、257 頁。

選出的代表，都是群眾所愛戴和信任的，並且具有廣泛的代表性。……各地試辦工作之所以取得這些成績，關鍵在於選舉工作中充分發揚了民主，密切地結合了生產，所有幹部經受了群眾性的鑒別。」[106] 在鄧小平看來，群眾代表的「代表性」是通過「群眾性的鑒別」創造出來的，普遍的群眾參與是創造這種代表性的前提，簡言之，「代表性」是「群眾性」的產物。對於政黨來說也是如此，「群眾性」所意指的「普遍性」和「參與性」，本身便共同創造著政黨的「代表性」：首先，通過普遍的群眾參與，政黨源源不斷地吸收群眾中各階級成分的「最優秀的部分」，這些「最優秀的部分」就是廣大人民群眾的代表，他們自己就是群眾，而又不僅僅是群眾；其次，普遍的群眾參與使得政黨與群眾密切地交互在運動之中，群眾與政黨的制度性邊界不斷被重塑，群眾的情感訴求、利益需要和價值認同都得以通過這種互動關係凝聚於政黨，或者說由政黨代表；最後，普遍的群眾參與包含著普遍的群眾監督的內涵，群眾監督作為群眾參與的一種方式，監督、保障和鞏固著政黨的代表性，這也正如毛澤東所說的：「共產黨是為民族、為人民謀利益的政黨，它本身決無私利可圖。它應該受人民的監督，而決不應該違背人民的意旨，它的黨員應該站在民眾之中，而決不應該站在民眾之上。」[107]

在毛澤東和鄧小平對「群眾性」的使用中我們可以看到，「群眾性」既是指群眾的普遍參與，也是指政黨的性質，即政

---

106 鄧小平：〈關於選舉試點工作的報告〉，《鄧小平文集（1949-1974）》（中卷），北京：人民出版社，2014 年，第 123-124 頁。

107 毛澤東：〈在陝甘寧邊區參議會的演說〉，《毛澤東選集》（第 3 卷），第 809 頁。

黨通過動員、組織和領導群眾的普遍參與而創造出來的獨特性質，「群眾性」這一概念本身就預設了密切互動、互相塑造的黨群關係。無論是指涉政黨還是群眾，群眾性所意指「群眾的普遍參與」都是核心，它意味著，政黨要充分依靠群眾、發揚群眾的主體性，使群眾的肯定性的無限性充分現實化並表現在中國社會主義實踐中的方方面面。

（三）黨群互動的群眾性模式

如上所述，無論是從「群眾」概念的重新理解出發，還是從「群眾性」概念的初步梳理出發，我們都能夠從中把握到一組核心關係：密切互動、互相塑造的黨群關係。

首先，從「群眾」的本體論及其與「人民」的關係中，我們能夠清晰地把握到政黨的必然性。如上所述，「群眾」內在的「無限性」就其肯定性而言，它與「人民」同一，可以說，「人民」是「群眾」的「無限性」所內在的肯定性獲得現實規定性的結果。一方面，作為整體性的、統一性的政治主體，人民正是群眾永恆「溢出」的目的形態，在這意義上，「人民」與「群眾」是同一種運動的不同狀態，如汪暉所說，「群眾概念就包含了有待出現和有待形成的政治主體的內涵。群眾是形成中的政治能量」[108]，而人民是已形成的政治主體。不但如此，人民也是群眾「溢出」的中間環節。毛澤東所說的「人民」的歷史性表明，「人民」需要被不斷地賦予新的歷史內容，形成新的「人民」，就此而言，正是群眾永恆不斷地「溢

108　汪暉：〈代表性斷裂與「後政黨政治」〉，《短二十世紀：中國革命與政治的邏輯》，香港：牛津大學出版社，2015 年，第 383 頁。

出」賦予了「人民」以自我更新的動力和內容。可以說，「人民」意指一個永恆的運動，是「群眾」永恆不斷地形成「人民」的運動。關鍵的是，群眾越過自身的模糊而向清晰運動的過程，越過生活世界和社會領域的「非政治化」和「去政治化」的限制，永無止盡和不可遏制地形成為政治主體即「人民」的過程，是與政黨不可分離的。群眾所內在的「無限性」能夠獲得現實規定性，離不開政黨的中介，因為政黨就是群眾的辯證法；群眾的「溢出」能夠向著清晰的目的形態運動，離不開政黨的組織和領導，因為政黨賦予群眾以方向，「革命黨是群眾的嚮導」。另一方面，群眾所內在的無限性就其否定性而言，群眾的「溢出」又始終是溢出「人民」的舊有政治框架，溢出「群眾」向「人民」成形的制度慣性，從而將特定歷史階段的「人民」的現實規定性轉變為中間環節，由此群眾不斷地重返生活世界和社會領域，並將這種「溢出」表達為「非政治化」、「去政治化」的態勢和可能性，換言之，這就是群眾的「無限性」的否定性。在這樣的條件下，群眾的政治主體性的維繫、鞏固和再創造需要政黨的組織、政黨的領導、政黨的形塑和政黨的整合。可以說，作為政治概念的「群眾」，其概念構成本身就已然內在地預設著政黨的必然性。

其次，從「群眾性」的概念出發，我們也能夠清晰地把握到群眾的必然性。如上所述，「群眾性」是政黨的關鍵性質之一，這表明，群眾亦是政黨的不可或缺的構成性條件。「群眾性」的內涵正意味著，政黨是通過普遍的群眾參與而生成、發展和自我更新的，黨領導的社會主義事業也離不開群眾積極主動的普遍參與，正如毛澤東所言，黨「任何時候也不要離開群眾。黨群關係好比魚水關係。如果黨群關係搞不好，社

會主義制度就不可能建成；社會主義制度建成了，也不可能鞏固。」[109] 從群眾的本體論出發，我們可以說，基於群眾的「無限性」而在政治領域中的「溢出」，形成了普遍的群眾參與，因此，普遍的群眾參與正是群眾「溢出」的特定方式。就此而言，「群眾性」已先在地分享著群眾的「無限性」，分享著群眾所內在的無限的政治潛能。這種無限的政治潛能表現在，普遍的群眾參與不僅僅是內在於政黨所制定的舊有議程和舊有的黨群關係，而且還「溢出」它們，推動政黨創造新的議程、新的黨群互動的架構，以實現政黨對「溢出」的群眾的重新組織、重新領導和重新賦形。因而，普遍的群眾參與又始終蘊含著形塑新的政黨政治、開闢新的黨群互動關係的可能性。在這意義上，群眾正是政黨永恆不斷地自我更新的基本動力，政黨正是通過借助這一動力得以「不斷革命」，永恆不斷地汲取創造「新政治」的靈感。脫離群眾及其無限的政治潛能，不依靠群眾、不發揚群眾的主體性，政黨就無從實現它的發展與永恆不斷的自我革新。在這意義上，「群眾性」的政黨同樣預設了群眾的必然性。

可見，「群眾性」也預設著一組核心關係：黨群互動關係。在這一關係中，「群眾性」既指向群眾，也指向政黨，群眾和政黨都既是主體又是客體：從群眾參與的角度，群眾是主體，政黨為客體，政黨必須依靠群眾、發揚群眾的主體性；從動員、組織和領導群眾的角度，則群眾為客體，政黨為主體，政黨肩負著主動聯繫群眾、教育群眾、塑造群眾的主體性的政

---

109 毛澤東：〈一九五七年夏季的形勢〉，《建國以來毛澤東文稿》（第6冊），第547頁。

治使命。在中國社會主義理論中，這種循環往復、互為主體的黨群互動關係進一步被提煉為「群眾路線」。群眾路線的完整表達，體現在毛澤東的這段著名的話中：

> 在我黨的一切實際工作中，凡屬正確的領導，必須是從群眾中來，到群眾中去。這就是說，將群眾的意見（分散的無系統的意見）集中起來（經過研究，化為集中的系統的意見），又到群眾中去作宣傳解釋，化為群眾的意見，使群眾堅持下去，見之於行動，並在群眾行動中考驗這些意見是否正確。然後再從群眾中集中起來，再到群眾中堅持下去。如此無限循環，一次比一次地更正確、更生動、更豐富。[110]

可以說，群眾路線是永恆不斷地生產與再生產政黨的「群眾性」的基本方法。已有研究表明，群眾路線所內在的「普遍的群眾參與」即「群眾性」，被視為「中國特色的參與式民主」[111]，它體現在兩個主要方面。首先，群眾路線強調領導幹部的「逆向參與」。[112] 領導幹部主動地深入群眾，通過身體性的在場與「群眾打成一片」，這有利於實質性地建立與群眾的交往關係，推動幹群兩方建立立場上的「共鳴」、情感上的

---

110 毛澤東：〈關於領導方法的若干問題〉，《毛澤東選集》（第 3 卷），第 899 頁。

111 許一飛：〈群眾路線：中國特色參與式民主及其網絡實現策略〉，《理論導刊》，2014 年，第 2 期。

112 王紹光：〈毛澤東的逆向政治參與模式──群眾路線〉，《學習月刊》，2009 年，第 23 期。

「共情」。這樣，領導幹部就成為了連通群眾與政黨、生活領域與政治領域的中介，為群眾經由這一中介實現積極的「正向參與」提供了條件。其次，群眾路線在解決具體問題的具體實踐中，問題的解決和幹部的以身作則「有效調動了群眾積極性，調動了群眾的參與意願」[113]，並逐漸地促進群眾積極的「正向參與」，這正是群眾路線的當然結果，換用謝覺哉所說便是：「問題的解決必須能調動群眾積極性，成為群眾自己的事，這叫做到群眾中去。」[114]領導幹部的「逆向參與」和群眾的「正向參與」的結合，正是黨群互動的表現。

的確，「參與性」正是「群眾性」這一概念的核心，以「群眾性」作為黨的關鍵品格意味著，動員、組織和領導普遍的群眾參與，構成了中國社會主義政治實踐中的核心方面。

群眾、群眾性、群眾路線都共同指向的互相塑造、互為主體的黨群互動關係，這是中國社會主義理論中的一組核心關係。理解這一核心關係的意義，或許可以將其置於兩種脈絡中進行初步的比較。首先是民粹主義的脈絡。從理論上來說，我們會發現，民粹主義就其肯定性而言，它與中國社會主義理論都「肯定平民大眾的首創精神」，「重視人民群眾的歷史作用」，[115]然而，以互相塑造、互為主體的黨群互動關係為核心

---

113 賀照田：〈如果從儒學傳統和現代革命傳統同時看雷鋒〉，《開放時代》，2017 年，第 6 期。

114 謝覺哉：〈讀雷鋒同志的日記摘抄〉，轉引自賀照田：〈如果從儒學傳統和現代革命傳統同時看雷鋒〉，《開放時代》，2017 年，第 6 期。

115 俞可平：〈全球化時代的民粹主義〉，《國際政治研究》，2017 年，第 1 期。

要素的中國社會主義理論還強調政黨在與群眾互動的每一環節中的不可或缺的組織和領導作用，強調政黨能動地將群眾的否定性揚棄為肯定性的政治使命。其次是當代西方左翼理論的脈絡。在巴迪歐看來，「自從八十年代中期以來，革命政治在它的傳統架構中，也就是在階級鬥爭、政黨、無產階級專政等等中，越來越趨於飽和。」[116] 這可以說是當代西方左翼理論的基本共識。由此出發產生兩種代表性的進路。其一是相信在全球資本主義的歷史條件下，受剝削和壓迫的人民自身能夠內在地自我組織起來，形成具有革命能力的政治主體，而不需要任何政黨的外在性的領導和組織，例如安東尼奧‧奈格里和邁克爾‧哈特所描述的 Multitude（「諸眾」）即是如此。[117] 其二是認為需要在新的歷史條件下重新發明新的領導形式和組織形式，例如齊澤克的「回到列寧」論：既要學習列寧「重新發明馬克思」的那種決斷和想像力，但又要放棄列寧的「具體的解決方案」[118]。然而，由群眾、群眾性、群眾路線等核心概念建構起來的中國社會主義理論，將黨群互動關係視為一切理論與實踐開展的前提，因而從前提上就區別於當代西方左翼理論：

---

116 [法]阿蘭‧巴迪烏：〈飽和的工人階級一般認同〉，傅正譯，見觀察者網：https://www.guancha.cn/ALan-BaDiWu/2013_06_17_151887.shtml，2021 年 1 月 12 日訪問。

117 Michael Hardt and Antonio Negri, *Multitude:War and Democracy in the Age Of Empire*. New York: Penguin Press, 2004, pp.97-139. 有趣的是，曾有人將 Multitude 翻譯為「群眾」，參見尼古拉‧布朗、伊莫瑞‧澤曼：〈什麼是群眾？——邁克爾‧哈特和安東尼奧‧奈格里訪談錄〉，王逢振譯，《文藝研究》，2005 年，第 7 期。

118 [斯洛文尼亞]斯拉沃熱‧齊澤克：〈為列寧主義的不寬容辯護〉，周嘉昕譯，《馬克思主義與現實》，2010 年，第 2 期。

面對徹底放棄政黨和組織的理論，黨群互動關係展現的是政黨之於群眾的必然性，面對與舊有政黨形式革命性斷裂的理論，黨群互動關係展現的是本有的政黨形式的可能性，政黨能通過與群眾的密切互動和互相塑造的永恆運動，不斷汲取群眾的「無限性」的政治潛能，在連續性中不斷生發「新政治」。

為了突出黨群互動關係並非靜態的、結構性的，而是動態的和參與性的，讓我們近似同義反復地將中國社會主義政治的要點理解為黨群互動的群眾性模式。

黨群互動的群眾性模式是中國社會主義革命實踐的歷史產物，對它的歷史及其特徵的敘述、理論化與評價產生了迄今未停止的爭論。例如，在馬克・賽爾登那裡，這一模式被他追溯到延安時期，並被命名為「延安道路」，其核心在於「在戰爭、革命、政治和經濟各方面都將群眾參與作為一個基本原則。」[119] 斯考切波則將基於黨群互動的群眾性模式所創造的國家稱之為「大眾動員型政黨國家」，[120] 而革命政治的群眾

---

119 「作為一個整體綱領，『延安道路』是關於經濟發展、社會改造和人民戰爭的別具一格的方式。其特色包括民眾參與、簡政放權、社區自治等。它基於這樣一種人性觀念：人們可以超越階級、經驗、意識形態的局限，創造一個新中國。……這些綱領的最高表現形式可以歸結於中共新的領導觀念，也就是在戰爭、革命、政治和經濟各方面都將群眾參與作為一個基本原則。……『延安道路』是一個鬆散的概念，指的是使黨、農民和地方精英形成新的關係的革命思想和實踐。它既指民族解放戰爭的道路，也指政治、經濟和社會方面的變化。」參見 [美] 馬克・賽爾登：《革命中的中國：延安道路》，魏曉明、馮崇義譯，北京：社會科學文獻出版社，2002 年，第 201、203-204、266 頁。

120 在分析中國與俄國、法國革命的不同時，斯考切波說：「儘管法國和

動員方式被稱為「大眾參與式動員」。所謂「大眾參與式動員」，首先是黨的領導、黨的組織和黨的幹部是直接進入到群眾動員之中的，甚至承擔領導、組織和動員的幹部也大部分來源於群眾；其次，由於整個動員所要實現的目標和前提都是有利於群眾的，群眾也傾向於主動參與，因此，群眾參與雖伴隨著強制，但卻也同樣依賴他們的能動性。[121] 鄒讜則說：

俄國革命後的國家彼此間存在著不同，但都是一種職業化的官僚型政權。但在中國革命中，農民不僅充當了革命反叛的主要力量，而且成為鞏固國家權力的有組織群眾基礎。其結果是，新型的革命政權不同尋常地推動廣泛的民眾參與，令人驚訝地抵制科層化官員與職業專家式的常規型等級支配。……共產黨和農民必須結成同盟來完成革命。結果，上述同盟創造了某種特殊的可能性使得革命者在獲得國家政權之後，能夠通過大眾參與式的群眾動員方式，來增進經濟與社會的轉型，而農民的行為和福利問題自然就成為中國國民經濟發展中的基本組成部分。」參見 [美] 西達・斯考切波：《國家與社會革命》，何俊志、王學東譯，上海：上海人民出版社，2007 年，第 289、329 頁。

121 斯考切波認為，「為了激發農民潛在的政治能力，中共就不得不採取各種措施──鼓勵對於農業、鄉村工業以及社會服務的投資，提高農民在教育、醫療、消費等方面的水平以接近全國標準，同時還不允許比較現代化的城市過快地擴大它們的優勢。反過來，要貫徹這樣的政策要依靠地方上那些負責任的、積極的政治領導以及反復的集體化動員。如果沒有上述政策和領導模式，想說服農民參與根本不會成功。只有運用這些政策和模式，整個中國才能夠向前發展，儘管可能會緩慢，甚至一再出現問題，但中國的經濟發展與社會平等仍然獲得了全面的顯著進步。」參見 [美] 西達・斯考切波：《國家與社會革命》，第 329 頁。這就是毛澤東時代典型的「大眾參與式動員」。當然，斯考切波的討論仍過於宏觀，除了政策上的側重，動員大眾參與仍然依賴複雜的動員技術，如土改、訴苦、階級的政治劃分等等，而動員大眾參與的過程，當然也是形塑群眾特別是農民的階級認同的過

中國政黨以它嚴密的組織和逐漸強大的能力去發動群眾、
組織群眾、引導群眾參加政治，於是在這一革命過程中，
中國人民參與政治的格式起了數千年以來第一次根本變
化，工農及貧苦大眾下層階級都變成了政治生活中的重要
角色，不少上升為幹部，最高層次的政治領袖也以他們為
「參考群體」，這是共產黨戰勝國民黨的最根本的原因。
這個大眾參與政治形式的變化，正是中國建設社會主義高
度民主不可缺少的基礎。[122]

黨群互動的群眾性模式的歷史條件，首先是基於中國社會
「各階層的軟弱性」，[123] 人民群眾生成政治主體性的過程不
可能單純依賴階級的客觀結構，而只能依賴無產階級政黨的動
員，以及由這一目標和動員的必要性和必然性所產生的社會
革命，特別是依賴人民戰爭這一「中國革命中更具原創性的發
明」：

人民戰爭不是一個純粹的軍事概念，而是一個政治範疇，
是創造新的政治主體的過程，也是創造與這一政治主體相
適應的政治結構和它的自我表達形式的過程。……在人民
戰爭中，現代政黨的代表性關係被根本地轉化了，以農民
為主要內容、以工農聯盟為政治外殼的人民這個主體的誕

程，只有在階級認同形成的條件下，群眾參與才真正具有主體性。
122　鄒讜：〈全能主義政治與中國社會〉，《人民日報》（海外版），
　　　1986 年 8 月 30 日。
123　[美] 莫里斯・邁斯納：《毛澤東的中國及其後》，第 5 頁。

生，促成了一切政治的形式（如邊區政府、政黨、農會和工會等）的產生或轉型。政黨在人民戰爭中與軍隊的結合、政黨在人民戰爭中與紅色政權的結合、政黨在人民戰爭中通過土地革命而與以農民為主體的大眾的結合，政黨在人民戰爭中與其他政黨和其他社會階層及其政治代表的關係的改變，都提醒我們人民戰爭創造了與歷史上的政黨全然不同的政黨類型，創造了與歷史上無產階級截然不同的、以農民為主要成員構成的階級主體。[124]

人民戰爭的根本重要性，正在於它決定性地塑造了一種全新的政黨類型：

正是在人民戰爭、土地革命和建國運動的相互滲透之中，黨本身從一個城市精英及其工人階級的政治組織轉化為一個具有高度組織性的、滲入了整個鄉村機體的、具有廣泛群眾基礎並團結了不同社會階層的運動。我將這個人民戰爭中形成的政黨稱為具有超政黨要素的超級政黨。所謂超政黨要素，是指共產黨與大眾運動、建國運動、軍事鬥爭和生產鬥爭相互結合，所謂從群眾中來到群眾中去的群眾路線，也使得它不只是一個先鋒黨，而且也是一個大眾運動。所謂超級政黨，是指這個黨並不準備與其他政黨在憲法框架下分享權力，而是通過自身的大眾性和有機性形成

---

124 汪暉：〈十月的預言與危機：為紀念 1917 年俄國革命 100 週年而作〉，《文藝理論與批評》，2018 年，第 1 期。

其「民主專政」。[125]

　　可以說，黨群互動的群眾性模式生成於「人民戰爭」，生成於「人民戰爭」所塑造的「超級政黨」。無論是「延安道路」、「大眾動員型政黨國家」或者是「人民戰爭－超級政黨」，都指涉著一種總體性的政治構造，在這種政治構造中，政治、經濟、社會和文化諸層面都密切互動、關聯著，其最核心的關係，是黨及其各層級、各功能性組織與群眾密切互動、關聯在一種總體性的構造裡。這種總體性構造通過群眾動員和群眾運動來運作，表現為「永不停息的流動性的鬥爭方式」。[126] 因此，「群眾性」的概念指涉著中國社會主義革命政治的核心特點，指涉著中國社會主義的黨群互動的獨特模式。[127]

125　同上。

126　[美] 詹姆斯・湯森、布蘭特利・沃馬克：《中國政治》，顧速、董方譯，南京：江蘇人民出版社，1992 年，第 21 頁。湯森、沃馬克還總結說，人們根據中國革命政治的特徵「多樣化地稱之為動員系統、運動政權、新列寧主義的大眾政黨系統，或是激進的或集權主義的一黨體制。不同的研究者對這一類型的定義也有區別，但都認為這一類型包含下述核心因素：一個政黨壟斷了政治權力並滲入所有其他具有政治意義的組織；一個明確的官方意識形態使革命的目標合法化和神聖化；將全體公民政治化和動員起來的決定，其典型方式是通過黨領導的群眾運動來實現。」同書第 20-21 頁。

127　對黨群互動的群眾性模式的否定性看法往往強調政黨對群的支配性，即使從中性的角度來描述這種支配性，也已經無視了群眾參與的首要性與具體性。例如鄒讜便曾以「全能主義（totalism）」來描述這種支配性，「政治權力可以侵入社會的各個領域和個人生活的諸多方面，在原則上它不受法律、思想、道德（包括宗教）的限制。」參見

　　在黨群互動的群眾性模式生成的過程中，文藝已經內化為這種總體性的政治構造的重要組成部分，群眾性也構成了文藝體制、文藝生產的關鍵特徵。1940 年，毛澤東在〈新民主主義論〉中就將文化視為新民主主義政治、經濟之後的重要組成，革命的「文化運動和實踐運動，都是群眾的」，「是革命總戰線中的一條必要和重要的戰線。」[128] 而文藝則是這一戰線的最重要環節。1942 年，毛澤東〈在延安文藝座談會上的講話〉中說：

> 在我們為中國人民解放的鬥爭中，有各種的戰線，就中也可以說有文武兩個戰線，這就是文化戰線和軍事戰線。我們要戰勝敵人，首先要依靠手裡拿槍的軍隊。但是僅僅有這種軍隊是不夠的，我們還要有文化的軍隊，這是團結自己、戰勝敵人必不可少的一支軍隊。……在「五四」以來的文化戰線上，文學和藝術是一個重要的有成績的部門。……要使文藝很好地成為整個革命機器的一個組成部分，作為團結人民、教育人民、打擊敵人、消滅敵人的有力的武器，幫助人民同心同德地和敵人作鬥爭。[129]

　　文藝作為革命機器的組成部分，這既是革命的要求，也是

鄒讜：《二十世紀中國政治》，香港：牛津大學出版社，2000 年，第258 頁。

128 毛澤東：〈新民主主義論〉，《毛澤東選集》（第 2 卷），第708 頁。

129 毛澤東：〈在延安文藝座談會上的講話〉，《毛澤東選集》（第 3 卷），第 847-848 頁。

馬克思主義政黨的要求。而文藝工作者與人民群眾結合，實現「文藝為工農兵」，它既是「延安道路」的題中應有之義，是大眾動員型政黨國家的有機組成要素，是「人民戰爭－超級政黨」的必然要求，也是建國後整個文學體制的制度建構的目標，簡言之，是實現群眾性的重要手段之一。文藝領導人如周揚對此意識明確。例如，周揚在很多場合都曾說，「文藝工作是一個階級鬥爭的戰線」，[130]「應該考慮文學事業還是整個革命事業的一部分，不是超過其他事業之上」，[131]「要建成社會主義社會，必須解決文化革命的任務……文學藝術是整個文化戰線的一個重要方面，是影響人民精神生活的一種有力工具」，[132]「黨中央、毛澤東同志重視文藝工作，不只是簡單當成文藝現象來看待，而是當成整個思想戰線、甚至整個革命戰線裡面的一個重要因素來看待的」，[133]「文學事業不能對黨的整個事業鬧獨立性。」[134] 可以說，社會主義政治構造中的文學體制及其文學生產，其制度環境也是黨群互動的群眾性模式，並且作為這一模式的內在的、有機的組成部分而運作。群眾性的文學體制及其文學生產，對於推動、維繫黨群互動的群眾性

130　周揚：〈在中國共產黨第二次全國宣傳工作會議上的發言〉，《周揚文集》（第 2 卷），北京：人民文學出版社，1985 年，第 288 頁。

131　周揚：〈在全國青年文學創作者會議上的講話〉，《周揚文集》（第 2 卷），第 374 頁。

132　周揚：〈讓文學藝術在建設社會主義偉大事業中發揮巨大的作用〉，《周揚文集》（第 2 卷），第 472 頁。

133　周揚：〈建立中國自己的馬克思主義的文藝理論和批評〉，《周揚文集》（第 3 卷），北京：人民文學出版社，1990 年，第 31 頁。

134　周揚：〈在文藝座談會上的講話〉，《周揚文集》（第 3 卷），第 348 頁。

模式的運轉，有著關鍵的作用。[135]

（四）改革初期：群眾性的延續與新變

在改革初期，黨群互動的群眾性模式依然有較強的延續性。事實上，改革的興起，一定程度上仍然源於這種群眾性模式的活力。

例如，眾所周知，改革最初從農村改革開始，而在杜潤生看來，農村改革的政治前提在於「群眾與領導的互動關係」，農村改革的歷史說明，「一種關係大局的制度形式，需要有群眾創新加上政治組織這兩方面的因素一起發生作用」，「人們用上下互動關係描述人民公社體制的改革，這是有一定道理的。」[136] 又如，中國當代史（包括中國當代文學史）往往

---

135 研究者從不同層面指出文藝在社會主義政治中的重要性。有人指出：「適應艱苦的革命動員的需要，中國共產黨不僅形成了一套嚴密的意識形態理論，並且對意識形態路線，特別是政治合法性非常敏感。由於這個原因，國家的意識形態觀念對政體的創制及運作具有奠基性和中樞性影響。」參見馮仕政：〈中國國家運動的形成與變異〉，《開放時代》，2011 年，第 1 期。李潔非用「超級文學」的概念描述社會主義國家對文學的「異乎尋常的重視，把文學擺到與政權、國家興亡相關的高度上」，「幾乎無一例外地，在經典形態的社會主義政權下，文學均呈現少有的擴張態勢，負載重大而廣泛的社會責任，至於政治領袖人物親自制訂文學方針、指導文學實踐的情形──例如斯大林為蘇聯規定了『社會主義現實主義』創作方法，毛澤東為中國規定了『兩結合』創作方法，金日成也為朝鮮規定了『文學的主體思想』──更是史無前例。」參見李潔非：〈「超級文學」──認識一種文學形態及其影響〉，《小說評論》，2010 年，第 5 期。

136 杜潤生：〈農村制度變遷中的群眾與領導的互動關係〉，載杜潤生主編：《中國農村體制變革重大決策紀實》，北京：中央文獻出版社，

將改革的興起歸之於兩大最重要的政治事件：首先是打倒「四人幫」，其次是思想解放運動和十一屆三中全會突破「兩個凡是」，重新確立「實踐是檢驗真理的唯一標準」的路線。總之，是「黨的領導」開創了改革。這當然正確。然而，要提出的問題是，「四人幫」的倒台與「四五運動」前後阻絕不斷的群眾政治是什麼關係？1981年中共十一屆六中全會通過的〈關於建國以來黨的若干歷史問題的決議〉中明確提出，四五運動「擁護以鄧小平同志為代表的黨的正確領導，它為後來粉碎江青反革命集團奠定了偉大的群眾基礎。」[137]如何理解這種政治「擁護」、群眾基礎的「奠定」與黨內政治的內在關係？從群眾性的角度來說，無法脫離黨群互動的關係來理解。其次，作為官方確定的改革興起的標誌性事件，是1978年5月以「真理標準」討論為契機的思想解放運動，1978年11月到12月底的中央工作會議和十一屆三中全會，以及1979年1月初開始的理論工作務虛會，都可以說重心在黨內。然而，此時期在黨外湧動的，則是1978年11月開始進入高潮的西單民主牆運動以及全國各地的類似集體行動。有人指出，西單民主牆運動的興起，是黨內「發動的思想解放運動的副產品」，「『西單民主牆』直接受到中共十一屆三中全會精神的鼓舞，受到天安門事件平反和一系列重大的冤假錯案陸續平反的鼓舞。」[138]而西單民主牆運動也反過來與黨內進行互動，並與黨

1999年，第4-10頁；杜潤生：《杜潤生自述：中國農村體制變革重大決策紀實》，北京：人民出版社，2005年，第126-127頁。

137　中共中央文獻研究室編：《〈關於建國以來黨的若干歷史問題的決議〉注釋本》，北京：人民出版社，1983年，第33頁。

138　蕭冬連：《歷史的轉折：從撥亂反正到改革開放（1979-1981）》，

內改革派結成政治同盟，有力地在黨內外形塑出改革共識。[139] 可以說，正是這種群眾政治與政黨政治的內外互動，推動了改革的興起。[140]

　　不過，從 1980 年代中期開始，政治、經濟、社會、文化各方面的顯著變化開始發生。毛澤東時代所大致遵循和堅持的黨群互動的群眾性模式，在改革時代開始發生重要變化。已有相當多的研究從不同方向來描述這種變化。很多學者主要是從國家與社會關係的結構性分析入手，或認為改革的實質是逐漸退出社會領域以重新調整國家與社會的關係，[141] 或認為改革之前是國家壟斷全部重要資源的「總體性社會」，不存在相對獨立、相對自治的社會領域，而改革的開啟，開始導致國家與社會間的結構分化，開始形成一個「分化性社會」；[142] 或認為從毛澤東時代的「總體支配」經由 1978 至 1989 年的「雙軌制下的二元社會結構」，過渡到 1990 年代以後的「一體化的市

　　香港：香港中文大學出版社，2008 年，第 42 頁。

139　同上，第 42-68 頁。

140　從黨群互動的角度重新理解改革的興起，其意義也在於糾正中國當代史（包括中國當代文學史）所習慣採用的「頂層設計」的歷史敘述思路。「頂層設計」的歷史敘述方式過於強調上層和黨內的政治變革，遮蔽了黨群互動的政治過程之於改革興起的根本意義。這種「頂層設計」的歷史敘述本身，已經是「去政治化」的。事實上，從黨群互動的角度理解改革的興起，或許才能全面地把握改革所創造的「新政治」的真正內涵。

141　鄒讜：《二十世紀中國政治》，第 237-303 頁。

142　孫立平、王漢生、王思斌等：〈改革以來中國社會結構的變遷〉，《中國社會科學》，1994 年，第 2 期。

場體制」，最終進入「技術治理」社會。[143] 而從革命政治的內在視野出發，這種變化被命名為「去政治化」。這包括兩個方面，首先是「政黨國家化」：「政黨國家化一方面導致中心化的權力集中於政黨，另一方面則使得政黨與大眾的距離日益擴大。伴隨政黨角色的變化，社會主義的國家體制得到鞏固，而馬克思預設的這一國家體制的自我否定性卻近於消失。」其次則是「社會主義國家體制內經濟與政治的逐步分離」，「這一分離的實質是探索勞動者與生產資料相結合的實踐的轉向與終止。」[144] 從群眾性的角度來說，這種變化的根源，是由於黨群互動的群眾性模式逐漸體制化、結構化，從而逐漸喪失群眾性，才導致國家與社會的結構性分化的最終成型。

　　中國當代文學體制以黨群互動的群眾性模式為其制度環境，也是這一制度環境的有機構成，因而這一模式的延續與轉變同樣意味著文學體制的延續與轉型。在改革初期，整個文學體制是以一種「撥亂反正」的方式進行改革的，即是以延續的方式進行變革，斷裂與連續密切交織在這一時期的文學生產之中。無論是文學形態、文學生產方式還是文學體制，都既與此前有千絲萬縷的連續性，又日積月累地生成著新的要素。

　　在毛澤東時代，工農群眾和知識分子同時參與到文學生產之中，文學生產的群眾性表現為工農群眾的廣泛參與。就知識分子參與到文學生產中而言，表現為「文藝為工農兵」而寫作，從組織、意識形態和日常生活各方面要求作家與工農兵相

143　渠敬東、周飛舟、應星：〈從總體支配到技術治理〉，《中國社會科學》，2009 年，第 6 期。

144　汪暉：〈十月的預言與危機：為紀念 1917 年俄國革命 100 週年而作〉，《文藝理論與批評》，2018 年，第 1 期。

結合，而「中心作家」也都認定「文學是服務於革命事業的一種獨特的方式」；在具體的文學實踐中，工業題材、農村題材和軍事題材占據文學題材的最高等級，因為題材問題關係到工農兵方向的確立；文學形式同樣要為人民群眾考慮，追求人民大眾喜聞樂見和民族形式。[145] 這些都已經是中國當代文學史的常見描述。群眾性所意指的「群眾參與」也同樣如此，毛澤東時代致力於調動人民群眾的積極性，動員群眾積極參與到文學生產之中。從制度性的層面而言，群眾參與主要體現為讀者來信制度、文藝通訊員制度和業餘作家培養等方面，其中最為重要的是對「業餘性」的重視。正如 1965 年周揚在全國青年業餘文學創作積極分子會議所說的，業餘創作運動的鋪展，目的是「走一條真正革命化、勞動化的道路，一條逐步縮小腦力勞動和體力勞動的差別的道路，一條通向共產主義的道路」，「我們的文藝隊伍，包括專業和業餘兩個部分。業餘是大量的，專業只能是少量的。將來的發展，是業餘愈來愈多。到了共產主義社會，可能都是業餘。」[146]

可以說，「文藝為工農兵」這一在〈講話〉中正式提倡

---

145 洪子誠：《中國當代文學史》，第 29-30、74-81 等頁。

146 周揚：〈高舉毛澤東思想紅旗，做又會勞動又會創作的文藝戰士〉，《紅旗》，1966 年，第 1 期。此文又說：「我們文藝事業的接班人要接老一輩的班，但是又不完全走老一輩的道路，甚至要走根本不同的道路」，「你們是社會主義時代的新農民，新工人、新戰士，你們有勞動的經驗，有打仗的經驗。老一輩作家中，絕大多數沒有你們的這種經驗：……你們一開始就是完全在黨和毛澤東思想的培養下成長起來的，老一輩作家不完全這樣。你們中間絕大多數的人，將一直不離開生產崗位和基層工作，一邊勞動，一邊創作，這是同老一輩的作家根本不同的地方。」

的群眾文藝路線，決不只是意識形態的空洞言辭和權力結構的強迫性動員，它在整個毛澤東時代落實為具體而實際的文藝制度，而人民群眾也被充分地動員起來，積極地參與到文學生產的各個環節之中，使得中國當代文學真正地具有了群眾性。當然，從1950年的「《武訓傳》批判」直到「文革」，建國以來似乎無窮無盡且愈演愈烈的文藝批判運動，也表明中國當代文學日益被權力結構所宰製，這也是不可否認的事實。這表明毛澤東時代的文學實踐始終在兩個維度之間劇烈地撕扯著：時而順著文學與權力結構的關係維度推展，時而沿著文學與群眾的關係維度探索，這兩方面的實踐更常常交織在一起，難解難分，最終導致了中國當代文學體制的全面危機。

　　在改革初期，新時期文學的文學生產延續了群眾性的傳統，這是本書第一、二章的主要線索。在此要提綱挈領地提及的是，這種延續首先指的是文藝方針的延續性。在毛澤東時代，「文藝為工農兵」逐漸激進化地理解為「文藝為政治服務」。按照劉錫誠的考證，「文藝為政治服務」這個口號的正式開端，始於1960年時任中宣部部長陸定一在中國文學藝術工作者第三次代表大會上的祝辭，陸定一明確地宣稱，「我國的革命文學藝術從來都是為政治服務的，是忠實地服務於人民革命事業的。」[147] 在陸定一的論述中，政治仍然意指著「人民革命事業」，然而，政治口號中語詞的變動卻意味著政治內涵的改變，從「為工農兵」到「為政治」，暗示著「政治」

147　陸定一：〈陸定一同志代表中共中央和國務院在中國文學藝術工作者第三次代表大會上的祝辭〉，轉引自劉錫誠：《在文壇邊緣上》（上冊），第349頁。

的概念包含著群眾性之外的要素，這些要素用當時的政治語言，就是「脫離群眾、脫離實際」的官僚主義及其權力結構。1979 年第四次文代會上鄧小平的祝辭、周揚的報告和 1980 年鄧小平的講話〈目前的形勢和任務〉都避免乃至明確地提出不再使用「文藝從屬於政治」的口號。然而，這並不意味著文藝方針的群眾性的喪失，事實上，鄧小平在第四次文代會祝辭中仍然宣布：「我們的文藝屬於人民」，「我們要繼續堅持毛澤東同志提出的文藝為最廣大的人民群眾、首先為工農兵服務的方向」，「為人民負責的文藝工作者，要始終不渝地面向廣大群眾。」[148] 最終，文藝政策確定以「二為」（「文藝為人民服務、文藝為社會主義服務」）作為基本的文藝方針之一。1980 年 7 月《人民日報》發表社論〈文藝為人民服務、為社會主義服務〉，在「為人民服務」的口號中將「為工農兵服務」的口號包含進去：「我們的文藝工作總的口號應當是：文藝為人民服務、為社會主義服務。……為人民服務，就是為除一小撮敵對分子外的全體人民群眾，包括廣大的工人、農民、士兵、知識分子、幹部和一切擁護社會主義、熱愛祖國的人們服務，首先是為工農兵服務。」[149]1982 年 6 月，中國文聯全委會第四屆第二次會議討論和制定〈關於文藝工作的若干意見〉，重申「二為」方針是「新時期文藝工作的根本方向」，也重申「社會主義文藝是億萬人民的事業，應當具有最廣大的群眾性。要

---

148 鄧小平：〈在中國文學藝術工作者第四次代表大會上的祝辭〉，《鄧小平文選》（第 2 卷），北京：人民出版社，1994 年，第 209-213 頁。

149 社論：〈文藝為人民服務、為社會主義服務〉，《人民日報》，1980 年 7 月 26 日，第 1 版。

重視普及工作，大力發展群眾文化。」[150]

其次，則是文學體制的重建、鞏固和發展。1978 年以後，各層級文聯－作協系統陸續重建，組織結構仍然延續毛澤東時代。這一高度組織化的系統仍然以黨群互動的群眾性模式為制度前提，因此，這一系統仍然具有群眾動員的功能。同樣重要的是群眾文化系統的重建和飛速發展。自建國初便開始建設的群眾文化系統，在改革初期迎來了高速發展的黃金時期，群眾文化政策第一次以中共中央的名義批轉，從而成為全國性的政策。[151] 群眾文化單位的數量迅速增長，迅速地落實「六五」計劃所提出的「基本上做到市市有博物館，縣縣有圖書館和文化館，鄉鄉有文化站」[152] 的規劃。特別是各地基層文化館作為群眾文化系統的核心制度，在改革初期承擔著繁榮基層文藝創作的重任。縣一級文化館組織、輔導和培養業餘作者，創辦內部和公開文藝刊物，群眾性的文藝創作活動出現全國性的繁榮景象，基層文化館所承擔的這種文藝生產的角色，使得文化館被視為「小文聯」和「小創作室」。[153] 群眾文化系統及其文學生產的功能，將是本書的重要內容之一。

不僅如此，新時期文學也創造了新的群眾性和實踐群眾

---

150 〈關於文藝工作的若干意見〉（草稿），轉引自劉錫誠：《在文壇邊緣上》（下冊），第 741-742 頁。

151 1981 年 8 月，中共中央發布改革時期群眾文化工作的綱領性文件《關於關心人民群眾文化生活的指示》，1983 年 9 月，中共中央再次批轉中宣部等四部門《關於加強城市、廠礦群眾文化工作的幾點意見》。

152 中共中央文獻研究室編：《十二大以來重要文獻選編》（上），北京：中央文獻出版社，2011 年，第 174 頁。

153 文化部：〈全國文化館工作座談會紀要〉，載四川省文化廳編：《群眾文化工作文件選編》，內部資料，1984 年，第 52 頁。

性的新方式。這主要指的是改革初期文學與政治關係的調適、
「群眾」概念的重構和以文學評獎為主的新的文學制度的
發明。

在改革初期，調適文學與政治的關係是鄧小平、胡耀邦、
胡喬木、周揚等黨和文藝界領導人的共識，也是大多數的文藝
工作者的共識，並引發了熱烈的討論。[154] 這種調試首先在政策
上體現為停止使用「文藝為政治服務」的口號，也體現為對列
寧的〈黨的組織和黨的文學〉的重新翻譯。[155]1982 年 6 月，
時任中共中央書記處書記胡喬木特別在中國文聯全委會第四
屆第二次會議上發表〈關於文藝與政治關係的幾點意見〉的
講話，系統地闡釋並論定「新時期」文學與政治關係的若干
界限。在這篇講話中，確認文藝是一種「廣泛的社會文化現
象」，「屬於整個社會、整個國家和人民」，不應「納入黨獨
占的範圍」，「為人民服務、為社會主義服務」相比於「為政
治服務」，「在表達我們的文藝服務的目的方面，來得更加直
接，給我們的文藝開闊的服務途徑，更加寬廣」；歸根到底，
政治「的範圍是有限的，是比較狹窄的。而人民、社會主義，
這是根本的目標，是非常寬廣的概念。它們把政治包含在內，
但不單單歸結為政治。它們是政治的目的，政治的正確性歸根

---

154 1980 年底到 1981 年，《人民日報》、《文藝報》、《文匯報》等報
紙發起「黨與文藝關係」的討論，參見王瑩：〈《黨的組織和黨的文
學》的版本與改譯〉，《揚子江評論》，2013 年，第 4 期。

155 在胡喬木大力推動下，列寧的〈黨的組織和黨的文學〉被重新翻譯為
〈黨的組織和黨的出版物〉，並發表在《紅旗》1982 年第 22 期上。
參見劉錫誠：《在文壇邊緣上》（下冊），第 754-758 頁。

到底要用人民的利益、社會主義的利益來衡量和保證。」[156]

　　從群眾性的視野出發，文學與政治關係的調適具有重要意義。文學根源於人民群眾，這意味著文學作為群眾的自我表達形式，也始終與群眾所內在的「溢出」密切相關。我們甚至應當說，文學就是群眾實現「溢出」的形式和渠道。這意味著廣大群眾所參與的文學也始終是「溢出」的，它總是溢出文學體制，總是「溢出」黨為文學生產所設定的政治邊界。文學的「溢出」既會創造出「新文學」，這種創造本身蘊含著「新政治」的潛能和要素，但也會帶來「非政治化」乃至「去政治化」的趨勢。正如此前已經論及的，「新政治」的生成與「非政治化」乃至「去政治化」的生產，都根源於群眾本體論意義上的「溢出」狀態，因此，問題的關鍵不在於根除文學生產的「非政治化」乃至「去政治化」（這種根除同時就意味著群眾「溢出」的限定，這必然導致這種限定的飽和及至破裂），而在於確立這種始終的「溢出」狀態的合法性。胡喬木為代表的黨和文藝界領導人的貢獻正在於定位出了文學生產始終「溢出」政治體制的那種不可限定性。其次，從這一前提出發，既需要不斷地為這種「溢出」創造可能的政治方案，也需要不斷地創造吸納這種「溢出」的政治框架，前者意味著群眾參與度和參與自由的增強，後者意味著文學生產的代表性框架的拓展，即文藝「為最廣大的人民服務」，「社會主義文藝是億萬人民的事業，應當具有最廣大的群眾性。」只有這樣，文學與政治的互動循環才能重新激活和運轉，而這種互動循環的生效

156　胡喬木：〈關於文藝與政治關係的幾點意見〉，《胡喬木文集》（第2卷），北京：人民出版社，1993 年，第 529-541 頁。

正是改革初期黨群互動的重新激活的動力和環節之一。

　　如果說，改革初期的意識形態和政策依然將「工農兵」視為「群眾」的主要構成的話，那麼工農兵的概念卻已然被重構，從而「群眾」的概念也被重構。1978 年，周揚說：「我們的文藝要為工農兵服務，為社會主義服務，這是我們堅定不移的方向，但是新時期的工農兵，經過『文化大革命』，成分有了很大的不同，有了新的不同的精神面貌，不同的思想情感，我們怎樣去表現他們呢？」[157]「我們的時代是社會主義的新時代，文藝工作者要同工農兵相結合，就是要與這個時代的工農兵相結合，這是一個根本的問題。」[158] 1978 年，劉白羽在一次會議上也說：「毛主席提出的文藝為工農兵服務是不變的。現在的工農兵是不是還是延安時代的工農兵？（張光年插話：要與新時期的工農兵結合）以兵來說，抗日時期的兵，大都是文盲，但覺悟高。今天的兵是什麼？65% 是高中或初中水平。是不是工農兵？是，是新時期的兵。如不從實際出發研究問題，就是不看對象。」[159] 改革初期的工農兵的最大變化，是知識分子一勞永逸地劃入工人階級的範疇。1978 年 3 月，鄧小平在全國科學大會開幕式上正式宣布：「總的說來，他們的絕大多數已經是工人階級和勞動人民自己的知識分子，因此也可以說，已經是工人階級自己的一部分。」[160] 這一論定甚至

157　周揚：〈在鬥爭中學習〉，《周揚文集》（第 5 卷），北京：人民文學出版社，1994 年，第 3 頁。

158　周揚：〈談社會主義新時期戲劇創作的任務〉，《人民戲劇》，1978 年，第 10 期。

159　劉錫誠：《在文壇邊緣上》（上冊），第 128 頁。

160　鄧小平：〈在全國科學大會開幕式上的講話〉，《鄧小平文選》（第

進入憲法，獲得最高的保證。1982 年 11 月，彭真在第五屆全國人民代表大會第五次會議上作〈關於中華人民共和國憲法修改草案的報告〉，宣布：「在建設社會主義的事業中，工人、農民、知識分子是三支基本的社會力量」，《憲法》序言因此加寫了一句：「社會主義的建設事業必須依靠工人、農民和知識分子，團結一切可以團結的力量」，理由在於，在社會主義制度下，「知識分子並不是工人、農民以外的一個階級。」[161] 正因為如此，1980 年出版、由陳荒煤擔任顧問的《中國當代文學史初稿》中便說：隨著時代的發展，「『工農兵』也不是一成不變的。在今天，為工農兵服務，就是為包括科學技術人員、知識分子和幹部在內的一切體力和腦力勞動者服務，為全體人民服務。」[162]1982 年，顧驤在紀念〈在延安文藝座談會上的講話〉四十週年時，也明白宣布「和新時代的人民群眾相結合」，而所謂「新時代的人民群眾」，主要是指知識分子被劃入工人階級所帶來的新變化，因此，「文藝工作者也應和知識分子相結合，是理所當然的事。」[163]「群眾」概念的重構，對於曾被打倒的知識分子來說，甚至具有「人的解放」的

---

2 卷），第 89 頁。

161　彭真：〈工人、農民、知識分子是建設社會主義的三支基本社會力量〉（1982 年 11 月 26 日），摘自彭真在第五屆全國人民代表大會第五次會議上所作的〈關於中華人民共和國憲法修改草案的報告〉，載中共中央組織部、中共中央文獻研究室編：《知識分子問題文獻選編》，北京：人民出版社，1983 年，第 249 頁。

162　馮剛等：《中國當代文學史初稿》，北京：人民文學出版社，1980 年，第 9 頁。

163　顧驤：〈和新時代的人民群眾相結合〉，《顧驤文學評論選》，長沙：湖南人民出版社，1984 年，第 14 頁。

意義。[164] 這充分調動了知識分子集體性地參與新時期文學的熱情，從而賦予新時期文學以活力、生機，尤其是更為廣泛的群眾性。

文學評獎制度的發明也是新時期文學群眾性的再創造。1978 年開始的全國優秀短篇小說評獎活動被認為是「空前的、過去沒有做過的」，「是建國三十年來的一個創舉」，[165] 是「中國文學史上的首創」。[166] 評獎活動的一個關鍵制度設計，是發動群眾投票，試圖以這種方式調動群眾的積極性，動員群眾參與到文學評獎之中。經歷過「文革」激進而大規模的群眾運動洗禮後，發動群眾評選的方法果然得到群眾積極熱烈的響應。有意味的是，評選意見表不但要求評選人填寫性別、職業這些信息，還要求評選人填寫姓名和工作單位，這種實名投票方式使得人民群眾視此為一種「文學民主」，一種真正

---

164 張賢亮便說：「20 世紀 70 年代末鄧小平倡導的『思想解放』運動，在中國思想史、文化史乃至中國整部 20 世紀史上，其規模及深遠的社會影響，我認為大大超過『五四運動』。那不是啟蒙式的、由少數文化精英舉著『賽先生德先生』大旗掀起的思潮，而是一種迸發式的，是普遍受到長期壓抑後的普遍噴薄而出；不僅鬆動了思想上的鎖鏈，手腳上的鐐銬也被打破，整個社會突然產生一種前所未有的張力。從高層和精英人士直到普通老百姓，中國人幾乎人人有話說。更重要的是那不止於思想上的解放，一切都是從人的解放開始。沒有人的解放，便沒有思想的解放。所以，人們才將那個時期稱之為『第二次解放』，並且我以為那才是真正的『解放』。」參見張賢亮：〈一切從人的解放開始〉，《美麗》，貴陽：貴州人民出版社，2013 年，第 3 頁。

165 茅盾：〈在一九七八年全國優秀短篇小說評選發獎大會的講話〉，《人民文學》，1979 年，第 4 期。

166 劉錫誠：《在文壇邊緣上》（上冊），第 182 頁。

實踐「人民民主」的方式，因而將「評選意見表」稱為「選票」。[167] 這種群眾參與的評獎方式直到 1983 年短篇小說評選活動時才取消。評獎制度意味著新時期文學努力創造一種制度約束更為寬鬆的制度形式，以實踐文學生產的群眾性。

　　然而，在改革初期，新時期文學也同時積累著「群眾性」自我解構的要素。這些自我解構的要素可以從四個角度來立體、交叉地理解，並構成本書第三章的主要內容。

　　觀念與制度。在觀念層面，革命價值觀的式微與啟蒙意識形態的興起，使得幹部與群眾、知識分子與人民群眾的關係被重新構想和安置。相對於幹部，人民群眾逐漸被重新想像為「政治衰老」因而沒有「當家作主」的能力，而幹部則成為了生產的管理者、秩序的開創者、歷史的創造者，獨自擔綱「社會主義精神」的「新人」；相對於知識分子，人民群眾逐漸被重新想像為「愚昧落後」的「小生產者」，被啟蒙者「阿Q」，非主體性存在，而知識分子則成為了改革者和啟蒙者，知識分子日益「去群眾化」。在制度層面，新時期文學的群眾參與的制度渠道日益狹窄，文學生產日益專業化，文學體制的重建和發展也日益以專業化為唯一取向，互補、互助的群眾文化系統和文聯－作協系統逐漸相互脫節、斷裂，市場化改革徹底將群眾文化系統從文學體制中「剝離」出來，並進而將整個文學體制從黨群互動的群眾性模式中「剝離」出來。

　　群眾文化系統和文聯－作協系統。根植於地方、以「業

167　《人民文學》記者：〈報春花開時節：記 1978 年全國優秀短篇小說評選活動〉，載中國作家協會編：《1978 年全國優秀短篇小說獲獎作品集》，北京：人民文學出版社，1980 年，第 641 頁。

餘」作為文學生產的主要特點的群眾文化系統，與根植於中心、以「專業」作為文學生產的主要特點的文聯－作協系統，日益地互相脫節、以致斷裂，這導致廣大的業餘作者、地方作者（家）日益邊緣化，日益難以通過文學實踐獲得文聯－作協系統所壟斷的經濟、文化和政治資源。由於這種脫節、斷裂，文學生產的主導潮流逐漸脫離群眾性，日益成為形式和語言的純粹實驗，文學生產也日益被專業化的知識分子作家所主宰，業餘化的文學生產方式逐漸邊緣化。毛澤東時代以來由群眾文化系統和文聯－作協系統所共同組成的文學體制，也逐漸轉變為單一的、以文聯－作協系統為主導結構的文學體制，這使得整個文學體制逐漸陷入了群眾性危機。

群眾參與和代表群眾。新時期文學依賴大規模的群眾參與而興起，但隨著新時期文學體制合法性的確立和專業化成為文學體制重建和發展的主導取向，群眾參與的門檻迅速提高，群眾參與的規模迅速壓縮，群眾參與的方式越來越間接和形式化，最終被排斥在精英化、知識分子化的文學生產之外。新啟蒙知識分子在確立起啟蒙者的身分、獲取改革者的權力後，逐漸地「去群眾化」，這使得知識分子的文學生產也不再「代表群眾」，毋寧說，這種文學生產日益地「向內轉」，成為表現知識分子自我，僅僅代表知識分子自身的知識分子文學，成為局限在新啟蒙知識分子內部、以維繫知識分子精英身分和權威資格的生產與再生產的「純文學」。

「溢出」與「反溢出」。新時期文學的群眾性意味著新時期文學是群眾「溢出」的直接表達。群眾的「溢出」創造了新的文學和新的政治，緩解、修復了黨群互動的危機。然而，新時期文學的興起，卻也同時伴隨著「反溢出」的發展。無論是

觀念上還是制度上，群眾「溢出」的方式既日益被「去政治化」的權力機制所滲透、宰製，例如「苦戀」風波，也日益被新啟蒙主義的霸權話語所壓抑、扭曲，例如文學生產的精英化和純文學化；而群眾「溢出」的渠道也被日益嚴格地管控、壓縮乃至封堵，例如〈將軍，不能這樣做〉評獎風波、「人道主義與異化」批判、全國優秀短篇小說評獎的群眾投票制度的取消等等。[168] 隨著文學體制的重建和改革的啟動，文學體制的「反溢出」取向日益占據主導，最終，新時期文學已日益難以把握住人民群眾的真實需要，日益難以創造出具有政治能動性的文學形式和文學實踐。

　　新時期文學的群眾性的再生成與再生產，同時意味著新的群眾性的再創造，但最終也包含著群眾性的自我解構的危機。由於新時期文學是作為總體的黨群互動的群眾性模式中的一個關鍵組成部件，因此，新時期文學的群眾性的變遷同樣意味著黨群互動的群眾性模式在改革時代的延續、變異與危機。

168　參見王燁：〈黨的文藝路線調整與傷痕文學的生成〉，《武漢理工大學學報（社會科學版）》，2009 年，第 1 期；徐慶全：〈《苦戀》風波始末〉，《電影文學》，2008 年，第 23 期；亞思明、徐慶全：〈《將軍，不能這樣做》評獎始末〉，《新文學史料》，2013 年，第 3 期；崔衛平：〈「人道主義和異化問題」討論始末〉，《炎黃春秋》，2008 年，第 2 期。

第三節　作為「新群眾運動」的新時期文學

（一）作為「運動」的新時期文學

　　從「運動」的角度來理解新時期文學，事實上在改革初期就已有或明或暗的把握。如在本章第一節闡明新時期文學的歷史概念的起源時所指出的，「新時期」的概念從政治領域進入文學領域，首先是「新時期總任務」的政治宣傳運動的直接後果，而文藝界創造「新時期文藝」的概念，則是被動員起來參與這一政治宣傳運動的自然產物，同時新時期文學作為「新時期總任務」的組成部分，是改革初期總體性政治進程的組成部分。

　　在這樣的背景下，重返文藝界領導位置的周揚理解新時期文學的方式也與之相關。1978 年底，在〈關於社會主義新時期的文學藝術問題〉這篇講話中，周揚明確地提出，實現「社會主義新時期的總任務」的鬥爭，「是一個偉大的群眾運動」，並號召文藝工作者投身其中；[169] 這種表述方式顯然包含著周揚從「運動」的角度來理解新時期文學的意圖。1979年，在紀念五四運動六十週年的報告中，周揚又提出將五四運動、延安整風運動和改革初期的思想解放運動視為三次連續的思想解放運動，這一認識也已經包含著周揚從思想解放運動的角度來理解新時期文學的思路；1979 年底，在四次文代會上的報告中，周揚延續這一思路更明確地說道：「從『五四』到

169　周揚：〈關於社會主義新時期的文學藝術問題〉，《人民日報》，
　　　1979 年 2 月 23 日，第 2 版。

『四五』，革命文藝歷來是中國人民思想解放運動中重要的一翼」，「我們的革命文藝家，在歷次思想解放運動中，都發揮了自己的作用」，「我們的文藝應當深刻反映我國人民思想解放運動的偉大歷程，促進和鼓舞這個運動持續深入地發展。」[170] 不僅周揚將新時期文學視為思想解放運動的組成部分，另一文藝界領導人張光年也同樣如此。1984 年底，在作協第四次代表大會上，張光年在總結初興的新時期文學時，將改革初期的總體性政治進程統稱為「思想解放運動」：「全國範圍內的思想解放運動，橫向地看，遍及從經濟基礎到上層建築的各個領域，遍及社會現實生活的各個方面」，這是一場「既廣又深的思想解放運動」，而新時期文學則是思想解放運動的一部分，並且與之內在地互動著：「思想解放運動造成的我國社會生活的深刻的變革，為新時期社會主義文學的繁榮，造成了客觀的條件。這種客觀條件和上述兩種主觀條件珠聯璧合，便形成了新時期文學的勃興。在這裡，文學史的行程和思想史的行程，思想的邏輯與歷史的邏輯，是緊密契合的。」[171]在報告最後，張光年自然而然地使用了「新時期文學運動」這一概念，來描述「新時期文學全域」，使之與思想解放運動相

170　周揚：〈三次偉大的思想解放運動——在中國社會科學院召開的紀念五四運動六十週年學術討論會上的報告〉，《人民日報》，1979年 5 月 7 日，第 2 版；周揚：〈繼往開來，繁榮社會主義新時期的文藝——一九七九年十一月一日在中國文學藝術工作者第四次代表大會上的報告〉，《人民日報》，1979 年 11 月 20 日，第 2 版。

171　張光年：〈新時期社會主義文學在闊步前進〉，《人民文學》，1985年，第 1 期。

匹配、相呼應。[172]

上述講話都是關於新時期文學興起的標誌性文件，這些講話所展現的，是文藝界領導人周揚和張光年自然而然的思路：新時期文學是作為運動的「新時期總任務」建設歷程和思想解放運動中的重要組成部分，必須從「運動」的角度來理解它的興起與功能。

文藝界領導者如此，改革初期的文學評論和文學史編寫也同樣如此。例如，1979 年就有人在《人民日報》發表評論，認為剛剛興起的文學熱潮已經成為一場「運動」：

> 粉碎「四人幫」之後，在短短的兩年多的時間裡，揭露和批判林彪、「四人幫」這類題材的文學作品（短篇小說在其中占有十分突出的位置）如雨後春筍，數量如此之多，對千千萬萬讀者產生的思想影響如此之大，都是十分罕見的文學現象。因此，從某種意義上來說，已經成為社會主義條件下的一種文學運動。目前湧現出來的一批優秀作品，只不過是這場文學運動的最初果實。我們有理由相信，在若干年後，未來的文學史家們會給這一文學運動以應有的評價，或許會把它們和「四五運動」中光輝的天安門革命詩歌相提並論。[173]

1980 年，由全國二十二院校集體編寫的《中國當代文學

172　同上。

173　杜雨：〈怎樣看當前短篇小說的新發展〉，《人民日報》，1979 年 8 月 20 日，第 3 版。

史》也是從「文學運動」的角度來理解新時期文學。在編寫組看來，縱觀 1949 年新中國成立直到 1979 年，三十年來的中國當代文學就是一場漫長的文學運動，他們用一句話就自然而然地說出這一判斷：「作為社會主義革命事業重要組成部分的當代文學運動」[174]。編寫組認為，這場文學運動的特點是：有「黨的領導」，「跟廣大工農群眾打成一片」，「為社會主義革命和社會主義建設，為無產階級的解放事業作出了貢獻」；並將這場漫長的文學運動劃分為四個階段：1949 年至 1956 年，1957 年至 1966 年，1966 年至 1976 年，1976 年 10 月至 1979 年 9 月。[175] 在這一敘述中，新時期文學的最初階段被歸結為文學運動的第四階段，與 50-70 年代的文學運動具有同一性質。令人感興趣的不只是這一看法，而更是這種看法的「自然而然」——一種幾乎不需要論證就理所當然地給出看法的直觀方式。這表明，二十二院校編寫人員身處在新時期文學的最初階段，他們體驗、理解新時期文學的方式，就是從「文學運動」的角度出發的。

在改革初期，把新時期文學理解為「運動」的方式之所以顯得如此自然而然，或許是因為，自「五四」以後，文學常常是以「運動」的方式開展或以「運動」的方式獲得理解的，1944 年甚至有人抱怨，無處不在談論「文學運動」，「文學運動」被嚴重泛化使用。[176] 這種文學的開展方式或理解方式，一直延續到新中國成立以後的社會主義文藝實踐中：數不勝數

174　二十二院校編寫組：《中國當代文學史》，第 1 頁。

175　同上，第 1-30 頁。

176　袁犀：〈「文學運動」〉，《中國文學（北京）》，1944 年，第 1 卷第 2 期。

的運動席捲而至，文學領域甚至一度成為運動的風暴之中心。因此，剛剛經歷過 50-70 年代運動風暴的歷史參與者不假思索地將新時期文學理解為運動，實在是自然而然的事情。這種自「五四」以來就成為主導範式的理解方式，總是意味著，文學是大多數人有組織地參與的集體行動，是與政治或政治的生成密切相關的共同實踐。簡言之，文學即政治。

事實上，就新時期文學的迅速繁榮和巨大規模而言，的確可稱之為「運動」。1985 年出版的《新時期文學六年》（由中國社科院文學研究所編寫）如此感慨：

> 在「百花凋零，萬馬齊瘖」的十年文壇荒蕪後，中國的社會主義文學非但迅即復蘇，而且短短六年間便達到空前繁榮的境地。……六年中（按：指 1976 年 10 月到 1982 年 9 月），我們的文學期刊從僅剩《人民文學》、《詩刊》、《解放軍文藝》等寥寥數種，發展到今天，僅省級以上的文學刊物便超過 200 種。不但各省、市、自治區都有文學月刊，而且大多數省區還創辦了大型文學叢刊。像《收穫》、《當代》、《十月》、《花城》、《鍾山》等大型文學刊物，發行量都高達數十萬份，擁有十分廣泛的讀者。全國文藝期刊的年發行量，一九八一年便達到十二億冊以上。文學書籍的需求量同樣超過以往任何時期。不少著名小說，像《人到中年》、《高山下的花環》和《李自成》等，都銷行數百萬冊。據不完全的統計，如果包括專區和縣一級創辦的文學刊物在內，全國文學刊物已超過千種。文學出版物的這種繁榮狀況，是自「五四」新文學運動以來從未有過的。

六年中，發表和出版的文學作品，詩歌以數萬首計。小說
方面，僅據《小說月報》一九八二年所附全國三十七家
主要文學期刊一年刊載的小說目錄，長篇就有 72 部，中
篇有 343 部，而短篇則高達 3119 篇。截至一九八二年九
月，六年間發表和出版的中篇小說近 1500 篇，長篇小說
達 500 多部。一九七九年以來，戲劇、電影的年產量也
連年增長。幾年來，兒童文學讀物也已出版 3000 餘種。
如果加以比較，則六年新時期發表和出版的中篇小說篇數
遠遠超過「文化大革命」前十七年的總和。而一九八一年
長篇小說出版的部數，幾乎相當於五十年代產量最高的
一九五九年的四倍。[177]

新時期文學短時間內如此迅速的興起和壯大，被文藝界領
導集體認為是「建國以來最活躍、最繁榮」，[178] 其程度、規
模遠超五四新文化運動，的確給人一種「文學運動」的直感。
同樣作為文化／文學運動，五四新文化運動與新時期文學在規
模、組織程度上有著巨大的差別。從組織程度上，新文化運動
僅僅憑藉中心城市的大學、社團和期刊來組織、發起，並沒有
多少組織性，甚至可以說是「一盤散沙」，[179] 而新時期文學卻

177　中國社會科學院文學研究所當代文學研究室：《新時期文學六年》，
　　　北京：中國社會科學出版社，1985 年，第 1-2 頁。
178　〈關於文藝工作的若干意見〉（草稿），轉引自劉錫誠：《在文壇邊
　　　緣上》（下冊），第 739 頁。這一文件由周揚主持起草，並遞交 1982
　　　年 6 月中國文聯全國委員會第四屆第二次會議討論。
179　太雷：〈五四運動的意義與價值〉，《中國青年》第 77、78 期合
　　　刊，1925 年 5 月 2 日。

有一套從上至下、從中央到基層的完整、高效的文學體制進行
組織、發動和領導。從規模上，五四新文化運動主要局限於中
心城市和沿海地帶，主要局限於受過新式教育的新青年群體；
1919 年五四運動以前，新文化運動可以說影響微弱，即使是
五四運動以後，「新文化」成為全國性的「運動」，影響力也
大都只能抵達部分省城，即使在省城，《新青年》的銷量也不
過數百本，而五四運動後全國各地由學生團體所創辦的白話報
刊，也不過約四百種。[180] 而新時期文學卻遍及全國，大至北京
上海，小到區縣城鎮，無處不在，上引的各項數據表明，如此
數量巨大的發行量、期刊種類和文學創作，無一不顯示著存在
一個數量極為龐大的讀者群和作者群；因此，將新時期文學體
驗、理解為一場「文學運動」，或許並不難以理解。

　　新時期文學不但是思想解放運動的組成部分，而且自身就
是一場文學運動，這一在改革初期顯而易見的直感和理解，卻
逐漸消失在 1990 年代以來的中國當代文學史的經典敘事中。
在這一敘事中，日益占據主導的，其實是反省、否定和廢棄從
「運動」的方式來直接理解新時期文學的嘗試。這種文學史
的政治，同樣起源於改革初期，起源於改革初期對文學生產
和組織的「文革」方式的否棄。1980 年，由陳荒煤擔任顧問
的《中國當代文學史初稿》出版，其中便明確提出「戒絕用
政治運動和群眾鬥爭的方式來對待文學藝術領域中的問題」，
新中國成立以來的文藝批判的「有害傾向」之一就是「運動式

180　王奇生：〈新文化是如何「運動」起來的〉，《革命與反革命：社會
　　文化視野下的民國政治》，北京：社會科學文獻出版社，2010 年，第
　　1-38 頁。

的做法」，「一哄而起」，「基本上聽不到不同的意見」，
造成「虛假的『輿論一律』」，致使「四人幫」「那樣容易
得手」。[181] 在這種認知中，文學一旦成為「運動」，就有淪
為「文革」式的「運動」的危險，就既不利於文藝民主，且造
成政治災難，因此，如果仍然用「運動」來理解新時期文學的
話，與新時期文學的空前繁榮、改革政治的新氣象，似乎總不
太相稱。為了理解、凸顯和構造改革與「文革」的斷裂，切割
新時期文學與「十七年」文學特別是「文革」文學之間的連續
關係，構造文學與政治的二元對立，將新時期文學理解為主要
是文學逐漸擺脫政治、追求自我發展的歷程，便成為改革意識
形態支配下的日益凸顯的文學史政治。

　　隨著 1990 年代後期以來現代性視野的開啟、「重返 80
年代」研究的持續推進，這種文學史政治如今已被批判性地反
思，但這種反思卻始終無法突破它自身的限度。作為這種局限
的結果，便是我們依然可以在中國當代文學史的經典敘事中看
到，改革初期作為整體的「文學運動」總是被「文學潮流」
的說法所替代，新時期文學的興起過程被細分為一個個不那麼
自圓其說的「文學潮流」，如傷痕文學、反思文學、改革文
學等。然而，「文學潮流」的說法，就其規模、組織化方式和
政治目標的統一設定而言，實乃是「文學運動」的婉轉說法，
一種有意無意「去政治化」的說法。如今，在「文革」的暗影
已祛除的情況下，如果不「再歷史化」地直接從「運動」的角
度直接理解新時期文學的興起，我們就很難全面理解改革初期
被分割成的一個個「文學潮流」所內在的統一性和動力機制，

181　馮剛等：《中國當代文學史初稿》，第 20-21 頁。

我們也很難透徹理解新時期文學何以能夠在如此短暫的時間內迅速興起且空前繁榮，最後，我們也很難真正突破 80 年代以來所形成的文學史框架，以及潛藏在這種文學史框架背後的政治－歷史－文化意識。

作為「運動」的新時期文學或許有助於我們重新思考改革的興起。在毛澤東時代，基於黨群互動的群眾性模式，運動既是政治變革的方式，也是社會重組的方式，還是經濟發展的方式，或是文化創造的方式，總而言之，運動（特別是群眾運動）是毛澤東時代的中國社會主義實踐展開的基本方式。無論各種運動曾結出過怎樣苦澀的果實，作為「運動」的新時期文學的歷史仍然表明，在改革初期，經過修復的黨群互動的群眾性模式依然有很強的延續性。

事實上，改革的興起過程本身就表現為一系列的「運動」。1976 年的四五運動、1978 年上半年開始的思想解放運動、1978 年下半年開始的西單民主牆運動和民刊運動、1980 年高校競選運動、1983 年底到 1984 年初的「清除精神汙染」運動、1980 年代中後期興盛的新啟蒙運動、1986 年底到 1987 年初的學生運動、1987 年初的「反對資產階級自由化」運動和 1989 年的風波等等。除了那些已被明確命名為「運動」的運動，還有很多可以從運動的角度來把握的事件或進程：1978 年前後開啟的「四化」建設熱潮（「洋躍進」是第一波）、1979 年「對越自衛反擊戰」前後全國性的宣傳動員、1979 年開始的知青大規模的返城請願和各類人員大規模的上訪伸冤辯屈、1983 年年中開始的「嚴打」（嚴厲打擊刑事犯罪活動）等；在思想文化領域，新時期文學、新時期美術、人道主義思潮、以《走向未來》叢書為代表的思想學術運動等等。從「運

動」的角度來觀察，我們會發現，1980 年代的「運動」之頻繁，其實並不亞於毛澤東時代。總之，由於黨群互動的群眾性模式在 1980 年代的延續，改革仍然是以「運動」的形式興起的。

（二）群文系統與新時期文學

《辭海》對「運動」的定義中包含三個特徵：即運動的「有組織、有目的、規模較大。」[182] 可以說，組織性的問題構成了理解「運動」的關鍵特徵，而「運動」的規模也與組織動員機制密切相關。新時期文學的興起就是以文聯－作協系統的組織性重建為前提的。

上文已將傳統文學史意義上的文學體制稱之為「文聯－作協系統」，因為文聯－作協在中國當代文學體制中占據主體位置。即使是在改革初期，重建以文聯－作協系統為中心的制度體系也成為新時期文學的中心任務。1978 年初，文化部決定恢復所屬藝術表演團體的原來建制和名稱，1978 年 5 月 27 日至 6 月 5 日，召開第三屆中國文聯全委會第三次擴大會議，標誌著文聯及各文藝家協會開始恢復，這次會議重申了文聯的定位：文聯和各協會「都是全國性的從事革命文藝工作的專業性團體，是黨在文藝戰線上不可缺少的助手。」[183]1979 年 10 月召開的第四次全國文代會選舉了全國文聯新的領導機構，11 月，中國作協改選「文革」後新的領導機構。但與「文革」前

182　夏征農主編：《辭海》（1999 年版縮印本（音序）），上海：上海辭書出版社，2002 年，第 2115 頁。

183　黃鎮：〈在毛主席革命文藝路線指引下，為繁榮社會主義文藝創作而奮鬥〉，《文藝報》，1978 年，第 1 期。

不同，中宣部認為文聯與各協會不再是「文革」前的平等關係（作協的第一任主席茅盾同時兼任文化部部長，正部級，與文聯平級），而變為上下級關係，「中宣部領導文聯，文聯領導各協會，中宣部只抓文聯。」[184] 不過，到 1982 年 5 月，中央書記處批准，恢復中國作協原體制，確定中國作家協會是一個全國性的專業團體，同中華全國總工會、全國文聯是同級單位，同年 11 月，任命張光年為作協黨組書記，馮牧為第一副書記。[185] 自此而後，各地作協紛紛從文聯獨立，單獨建制。

總的來說，在改革初期，「國家的政治組織形式，包括文化（文學）的權力機構及其組織形式，並未有很大的變化」，「機構的組織方式和人員構成，基本延續『文革』發生前的格局。」[186] 可以說，重建後的文聯－作協系統由於基本延續「十七年」的模式，因而依然具有動員結構的特徵。

然而，討論初興的新時期文學，文聯－作協系統固然關鍵，但文聯－作協系統有其固有限度。最重要的歷史事實是，自 1949 年第一次文代會以來直到 1990 年代初市場化時代降臨之前，文聯－作協系統作為一種制度安排從未完全深入到縣一級及以下的基層，直到 1980 年代中期之前，縣一級很少建立文聯－作協組織。第一次文代會後成立的中華全國文學藝術界聯合會（其後的「文聯」）的章程中只涉及到省市；

184　劉錫誠：《在文壇邊緣上》（上冊），第 90 頁。

185　參見中國作家網：〈歷史沿革〉，2016 年 7 月 3 日，http://www.chinawriter.com.cn/n1/2016/0703/c403958-28519041.html，2022 年 1 月 17 日訪問。

186　洪子誠：《中國當代文學史》，第 188 頁。

1949 年全國 40 個地市先後成立地方性文聯組織，[187] 據《文藝報》（第 18 期）的統計，各地作協分會從 1954 年的 8 家發展 1959 年的 23 家，各地加入作協的人數達到 3136 人，1960 年有 3719 人，此後陸續發展。[188] 但對於新中國來說，如此規模的文聯－作協系統顯然是遠遠不像當前文學制度研究所描述的那樣，已經自上而下覆蓋全國。事實上，1950-70 年代文聯－作協系統最多只深入到部分地市一級，縣一級相當少見。直到 80 年代中期，縣一級文聯－作協組織才開始普遍建立，但直到 1991 年的統計，全國地市一級文聯平均組建率也只有85%，縣一級文聯平均組建率則僅為 50%。[189] 例如，1986 年之前，廣西壯族自治區共 13 個地市，組建地市級文聯 8 個，到 1991 年，仍有一個地市沒有成立文聯，而全區 83 個縣（市），1986 年前組建縣級文聯 25 個，到 1991 年也只組建56 個縣級文聯，縣級文聯組建率為 68%。[190]

　　從 1950 年代至 80 年代中期，由於文聯－作協系統在基層的制度性缺席，基層文藝活動包括文學生產另有制度承擔。1953 年，周揚在中國文學藝術工作者第二次代表大會上的報告中就指出，「輔導群眾的業餘藝術活動，是省、市文聯的另

187　張健主編：《中國當代文學編年史》（第 1 卷），濟南：山東文藝出版社，2012 年，第 74 頁。

188　轉引自王本朝：《中國當代文學體制研究（1949-1976）》，博士論文，武漢大學，2005 年，第 41 頁。

189　武劍青：〈團結鼓勁 開拓奮進 爭取我區文藝事業的更大繁榮——在廣西第五次文代會上的工作報告〉，《南方文壇》，1991 年，第 2 期。

190　同上。

一個主要的任務。這種輔導應當側重於供應群眾業餘藝術活動的材料和指導群眾的創作這兩方面，以便和政府文化主管部門的工作互相配合而不互相重複。」[191] 所謂政府文化主管部門的工作，其實主要是指各地文化館、群眾藝術館（以下簡稱「群藝館」）的文藝工作。1964 年，周揚又明確談到過，「要抓好文藝隊伍建設。隊伍無非是三個方面：文化隊伍（如文化館、書店），事業隊伍（搞表演的），創作隊伍（寫東西的）。這裡邊有專業的，但大量的是業餘的。在縣這一級，要靠業餘隊伍。」[192] 縣一級組織文化隊伍和業餘創作隊伍的工作，也主要是由縣一級文化館來承擔的。

不僅如此，新中國成立初期，就建成了完整的群眾文化系統（以下簡稱「群文系統」[193]），它包含四個支體系：

> 第一個支體系是政府文化部門主管的群眾文化事業體系，即省（市、自治區）群眾藝術館、縣（市轄區）文化館、縣以下的區或鄉鎮文化站、農村俱樂部。
> 第二個支體系是工會組織主管的群眾文化事業體系，即市工人文化宮、俱樂部，市轄區工人俱樂部，廠礦企業工人

---

191 周揚：〈為創造更多的優秀的文學藝術作品而奮鬥：一九五三年九月二十四日在中國文學藝術工作者第二次代表大會上的報告〉，《周揚文集》（第 2 卷），第 262 頁。

192 周揚：〈在河北省各地關於文藝問題的講話〉，《周揚文集》（第 4 卷），第 354 頁。

193 將「群文」作為「群眾文化」的簡稱，是群眾文化系統內部的習慣用法，並由此衍生出一系列簡稱，如群文單位、群文工作、群文活動等。

文化宮、俱樂部。

第三個支體系是共青團和政府教育部門主管的群眾文化事業體系，即市青年宮、少年官，市轄區、縣青年少年宮和街道農村青年、少年之家（活動站）。

第四個支體系是部隊的團俱樂部和連隊俱樂部。

以上4個支體系，綜合起來就構成中國群眾文化事業機構的總體系。

每一個支體系的群眾文化事業機構之間的縱向關係是業務指導關係。四個支體系的群眾文化事業機構之間橫向關係是業務的配合和協作關係。[194]

群文系統四支中的每一支，包括主管群文系統的各級文化局（廳）、主管軍隊群文系統的各級軍隊政治部或文化部，都或多或少地涉及文藝工作，本書第一章和第二章對此都會具體討論。在此要簡要指明的是，基本上，群文系統大致可以分解出兩個關鍵的子系統：首先是工會組織主管的群眾文化事業體系，尤以市級及以上的大中城市和廠礦、企業密集的地區面向工人、職工的省市兩級工人文化宮為核心。在部分省市一級的大中城市和廠礦、企業密集的地區，儘管有較為完善的文聯－作協系統的覆蓋，工人文化宮或工人俱樂部在發展工人文藝創作上依然扮演相當重要的角色（詳見第一章第二節）。不過，在改革初期，從機構數量、覆蓋面、文學生產功能等方面來說，周揚所說的政府文化部門主管的群眾文化事業體系都最為重要，而在這一支體系中，最重要的又當屬區縣一級文化館，

---

194 梁澤楚編著：《群眾文化史（當代部分）》，第32頁。

為論述方便，這一支體系簡稱「文化館系統」。

在改革初期，文化館系統的制度建設不斷完備，各地文化館工作開展非常活躍，並向基層深入推進，鄉鎮一級文化站從1976年的不到3千個，迅速增長到1984年的5萬餘個，這種增長速度為建國以來所僅見。[195] 有人認為，1980年代中前期「是建國以來群眾文化發展的最好時期。」[196] 值得注意的是，文化館系統發展最快的時期恰恰與新時期文學迅速興起繁盛的時期相重疊。這絕不是偶然的。改革初期文化館系統的迅猛發展與新時期文學的「空前繁榮」的密切關聯處正在於，文化館系統的重要任務之一正是推動群眾性的文學生產。可以說，文化館系統在基層的迅猛發展，正是新時期文學短時間內興起與繁盛的重要制度條件。

正如我們將在第二章看到的，面向廣大農村的基層文化館（特別是區縣一級文化館）是基層群文系統的核心制度，擔負著組織、輔導和培養文學愛好者、文學青年和業餘作者的任務，為此經常性地組織一系列的文藝創作學習班、創作組，或者以會代班的形式組織和輔導業餘文學作者，並創辦大量群眾文藝刊物，為業餘作者提供發表作品的園地。相當一部分業餘作者，特別是農村業餘作者，在成為專業作家之前，便是經由群文系統的培養才獲得相當程度的文學能力。陳忠實便是一個典型例子。從1958年到「文革」結束前，陳忠實的文學準備基本都來自群眾文化運動和群文系統，他在這一時期所發表的

195　中國藝術館籌備處、北京華人經濟技術研究所編：《中國群眾藝術館志》，北京：社會科學文獻出版社，1997年，第942頁。

196　梁澤楚編著：《群眾文化史（當代部分）》，第3頁。

文學作品，都與文化館系統關係密切。

　　與此同時，各地文化館、地方文工團（歌舞團、劇院）、群藝館、文化局等群文單位都設有文學組或創作組（室），這其實是吸收、培養、接納和安頓地方作家乃至全國性作家的制度空間：相當一部分地方作家在成為全國性作家之前，都是先進入這些群文單位的文學組織，依託於群文系統提供的制度性支撐，從而獲得進一步成長的空間；也有一部分作家在下放後進入基層的群文單位中的文學組織，成為暫時的棲身之所。這些群文單位對於作者（家）的文學生涯有什麼樣的影響，的確殊難判斷，而且因人而異。但群文系統中的文學制度空間為作者（家）的創作提供了諸多制度上的便利，這些便利包括較為充裕的創作時間、穩定的創作環境和基本的生活保障等，這無疑對於作者（家）有重要意義。因此，這些制度空間同樣是中國當代文學體制的重要組成部分。

　　不妨看看改革初期的新時期文學有多少「代表性作家」有過在群文系統及相關文化單位工作的經歷。1984 年底，中國作家協會第四次代表大會上，即將卸任的中國作協黨組書記張光年在大會上作題為〈新時期社會主義文學在闊步前進〉的主旨報告。這篇主旨報告具有代表中國作協、甚至是代表黨的意義。[197] 報告裡張光年全面總結了新時期文學的各方面成績，

---

197 按照張光年回憶，主旨報告的送審稿「發的較寬（為的向文藝界負責同志等徵求意見）」，而且經過「中央和中宣部審閱」，並且在中央書記處工作會議上也進行了討論，總書記胡耀邦、中宣部副部長賀敬之都出席會議並參加了討論。參見張光年：〈我的申辯和再檢討〉，載王曉中：〈中顧委生活會及張光年的答辯〉，《炎黃春秋》，2014年，第 3 期。

並且詳細列舉出一長串新時期文學的代表性作家。除卻老一輩
作家，新時期文學的代表性作家主要分為「活躍的創作隊伍
的中堅群」中年作家和「有才華的青年作家」，「中堅群」
中年代表性作家 69 人，青年代表作家 35 人，共 104 人，[198]
他們之中待過或改革初期仍在群文系統及相關單位與軍隊文藝
系統的共 32 人，占 30%，排除軍隊文藝系統後為 15 人，占
14.5%，[199] 如表 1：

---

198 全部名單如下。「中堅群」作家兩部分：（1）王蒙、張賢亮、陸文
夫、高曉聲、鄧友梅、劉賓雁、從維熙、林斤瀾、劉紹棠、張志民、
李瑛、白樺、流沙河、公劉、邵燕祥、張弦、李國文、李隼（蒙古
族）、魯彥周、徐懷中、胡石言、馮德英、鐵依甫江（維吾爾族）、
瑪拉沁夫（蒙古族）、庫爾班・阿里（哈薩克族）、巴・布林貝赫
（蒙古族）、金哲（朝鮮族）、饒階巴桑（藏族）、茹志鵑、劉真、
柯岩、宗璞、丁寧、王願堅、蘇策、彭荊風、高纓、楊佩瑾、曉雪
（白族）、孫健忠（土家族）、胡昭（滿族）、劉厚明、孫幼軍、葛
翠琳、任大霖、任溶溶、鄭文光等；（2）蔣子龍、劉心武、諶容、
張潔、張一弓、馮驥才、周克芹、莫應豐、古華、葉蔚林、蘇叔陽、
理由、何士光、汪浙成、溫小鈺、葉文玲、陳祖芬、孟偉哉、焦祖
堯、張鍥、陳沖、朱春雨等。青年作家代表：王安憶、賈平凹、李
存葆、朱蘇進、鄧剛、陳建功、烏熱爾圖（鄂溫克族）、張承志（回
族）、路遙、陳世旭、韓少功、陳國凱、孔捷生、金河、張抗抗、葉
辛、王潤滋、史鐵生、梁曉聲、鐵凝、矯健、凌力、達理、柯雲路、
成一、鄭萬隆、劉亞洲、海波、劉兆林、唐棟、楚良、舒婷、傅天
琳、程乃珊、張辛欣等。

199 各個作家的生平簡歷綜述自歷屆《全國優秀短篇小說評選獲獎作品
集》、《當代中國作家百人傳》（潔泯主編，北京：求實出版社，
1989 年）、《中國文學家辭典》（北京語言學院《中國文學家辭典》
編委會主編，成都：四川人民出版社，1979-1992 年，共 6 冊）、
《中國作家大辭典》（照春、高洪波主編，北京：中國文聯出版社，
1999 年）等，綜述時如信息相互衝突，以作家自述為準。後續凡涉及

表1　具有群文系統及相關文化單位經歷的新時期文學代表性作家

序號	作家	群文系統及相關文化單位經歷	時間（年）	備註
1	張弦	安徽省馬鞍山市文化局	1963-1983	「文革」中下放勞動，1979年重新調回馬鞍山市文化局，1983年調入江蘇作協
2	張一弓	河南省登封縣文化館	1982-1983	1983年調河南省文聯
3	周克芹	四川省簡陽縣文化館	1978-1979	1979年調四川省文聯
4	莫應豐	廣州軍區空軍文工團、湖南省長沙市群眾文化工作室	1961-1978	1978年調湖南省電影製片廠
5	古華	湖南省郴州地區歌舞團	1975-1983	1983年冬調湖南作協
6	理由	北京市豐台區文化館	1972-1978	1978年調《光明日報》記者
7	陳祖芬	北京市朝陽區文化館、北京市文化局	1964-1982	1982年調北京市文聯
8	葉蔚林	軍隊文工團、團俱樂部、湖南省歌舞團、湖南省江華縣劇團、湖南省零陵地區文化局	1950-1978	1950年參軍至1960年，轉業到湖南省歌舞團，「文革」中下放到江華縣勞動三年，後重回群文系統，1978年底調零陵地區文聯

各個作家生平簡歷，如無特殊說明，均來自於這些資料，不再注明。

序號	作家	群文系統及相關文化單位經歷	時間（年）	備註
9	張鍥	安徽省蚌埠市文化局	1962-1981	歷任蚌埠市文化局創作員、創作研究室副主任，1981年調蚌埠市文聯
10	王安憶	江蘇省徐州地區文工團（後改為徐州市歌舞團）	1972-1978	1978年調入上海《兒童時代》雜誌社
11	陳世旭	江西省九江縣文化館	1977-1981	1981年調江西省文學藝術研究所
12	韓少功	湖南省汨羅縣文化館	1974-1978	1978年考入湖南師範大學
13	楚良	湖北省荊門市文化局	1984-1985	1985年後仍供職荊門市文化局
14	王潤滋	山東省煙台地區文藝創作組、戲劇創作組（室）	1970-1985	1985年調煙台市文聯。文藝創作組後改為戲劇創作組（室），隸屬於煙台地區文化局，一度是煙台地區文化館（群藝館）組織
15	矯健	山東省煙台地區戲劇創作組（室）	1982-1985	1985年調煙台市文聯

　　全國層面的「代表性作家」已有不少來自群文系統及相關文化單位，往下走，省級作家乃至更基層的作者（家），這一比例只會更大，數量只會更多。無視這一數量龐大的非文聯－作協系統的、主要是業餘和半業餘的作者（家）的存在，難以全面把握住中國當代文學的整體面貌。1979年，周揚在第四

屆文代會上的報告〈繼往開來，繁榮社會主義新時期的文藝〉總結建國以來的文藝隊伍時，便是將群文系統的業餘、半業餘作者（家）和文聯－作協系統的專業作家都放進去，並且充分重視兩者的共同作用：建國以來「形成了一支專業和業餘的文藝工作者相結合的文藝大軍。不少文藝工作者是從工人、農民、士兵中成長起來的，給社會主義文藝事業輸入了新的血液。……發展社會主義文化藝術，光靠專業的文藝團體是不夠的，還必須依靠廣大群眾中的文藝愛好者、業餘文藝活動分子，和他們結合在一起，共同前進。」[200]

如果說文聯－作協系統的直接生產者是作家，群文系統的直接生產者卻是工農兵群眾；如果說文聯－作協系統的文學生產與工農兵群眾之間橫互著制度性的距離，那麼群文系統的文學生產卻直面工農兵群眾的需要。群文系統的文學生產儘管也是制度化的，卻是沿著文學與群眾的關係維度而展開制度化實踐的。如果說在現代，新式學校教育和白話文運動為五四新文學培育了特定的讀者群，那麼在社會主義中國，群文系統和群眾性文化運動也為中國當代文學培養了大量的讀者。與此同時，群文系統著力於業餘作者的組織和輔導，提高業餘作者的文學能力，幫助他們逐漸地成長為一個作家，並被文聯－作協系統所吸收，而群文系統內部的文學專幹或創作員，也往往是文聯－作協系統專業作家隊伍的後備軍。離開了群文系統所提供的文學教育和業餘作者的培養，中國當代文學既不會有如此

200　周揚：〈繼往開來，繁榮社會主義新時期的文藝——一九七九年十一月一日在中國文學藝術工作者第四次代表大會上的報告〉，《人民日報》，1979 年 11 月 20 日，第 2 版。

之多的讀者，也不會有如此之多的作者。中國當代文學能有如
此之大的影響力，全國性期刊和經典小說的發行量之所以如此
巨大、影響力之所以能深入基層，與群文系統實有莫大關係。

　　讓我們再次回到上引《新時期文學六年》的各項數據。
由這些數據可以知道，到 1982 年，省級以上的期刊超過 200
種，在不完全統計的情況下，地區、縣一級創辦的文學刊物達
到 800 種以上。而按照劉錫誠的計算，僅僅在 1980 年，「國
內大型文學叢刊 26 家，中央和省、市、自治區一級的文學刊
物 180 種，地區、縣以下的文學刊物 2000 種以上。」[201] 這些
地區、縣一級的文學刊物絕大部分是由深入基層的群文系統所
創辦，隨著群文系統的繼續發展，到 1980 年代中期，所辦刊
物只會更多。正是這些由群文系統所創辦的地方性刊物，從下
至上地支撐起改革初期全國性的、群眾性的文學參與，所謂改
革初期新時期文學全國性的繁榮，與這一時期群文系統所創辦
的各種刊物實有莫大關係。如此眾多的文學刊物，發行量也必
然龐大，上引《新時期文學六年》的數據表明，僅 1981 年全
國文藝期刊的年發行量便達到 12 億冊以上，這表明存在一個
數量極為龐大的讀者群；而圍繞著群文系統所創辦的數量眾多
且發行量龐大的期刊群而形成的廣大讀者群，無疑是重要組成
部分。

　　正如我們將在第二章更詳細地看到的，以文化館系統為主
體的群文系統憑藉自身的文學制度，由下而上地推動新時期文
學的興起與繁榮。一定程度上，如果不理解文化館系統為主體
的群文系統的歷史角色，不理解這一體制在改革初期所支撐的

---

201 劉錫誠：《在文壇邊緣上》（上冊），第 488 頁。

群眾性的文學生產實踐的基本情形，而僅僅從上層、從文學中心、從文聯－作協系統出發，那麼所謂「建國以來最活躍、最繁榮」的新時期文學，將的確是不可想像的。可以說，群文系統在改革初期的文學生產中介入極深，它組織、培養和團結了一大批身處基層的文學讀者和文學作者，他們是新時期文學的重要讀者群和作者群，這一切都使得新時期文學不只局限於中心地帶、中心城市，也不只局限於知識分子階層，而是得以從上層深入基層，從城市深入鄉村，獲得廣大而深厚的群眾性。總之，從組織性的角度而言，是群文系統有力地賦予了新時期文學以深厚的群眾性。

如果說初興的新時期文學是一場文學運動的話，那麼它也是一場突破城市和知識分子階層、深入到廣大鄉村和基層群眾之中的群眾性的文學運動，簡言之，一場「群眾運動」。

事實上，不只是新時期文學，也同樣存在以「群眾運動」的方式興起的其他領域，例如「新時期美術」就是一例。以「運動」的方式理解「新時期美術」也已是當時的認識，例如，1986 年魯樞元就以「新時期美術運動」描述改革初期的「美術新潮」，[202] 這種理解在今天已沉澱為學科知識。[203] 但值得注意的是，「新時期美術運動」實則是業餘作者、專業畫家和美術界領導幹部共同推動，並依託群文系統和群文空間而興起。這種模式延續毛澤東時代的群眾美術的傳統而來。以北

---

202 魯樞元：〈黃土地上的視覺革命——我國新時期美術運動的隨想〉，《美術》，1986 年，第 7 期。

203 高名潞：《85 美術運動》，桂林：廣西師範大學出版社，2008 年；張開封：《20 世紀兩個時期（1927-1937、1979-1989）的美術運動之比較研究》，碩士論文，魯迅美術學院，2017 年。

京為例，研究者發現，「1972 年以後，專業畫家和美術知青
返京，這一時期的群眾性美術活動以各城區、近郊區和遠郊區
的文化館、教育機構、工人俱樂部、群眾藝術館等為中心組織
開展。……1971 年之後，北京市少年宮、各區縣少年之家在
培養美術人才方面也做了許多基礎性工作。」[204] 到了 1979 年
1 月，在中國美協主席江豐的支持下，一些業餘美術青年和專
業畫家聯合起來，在中山公園舉辦了「新春畫展」。由於有了
美協主席江豐、北京美協副主席劉迅等美術界黨的文化領導幹
部的支持，各種畫會紛紛成立，北京很快就湧現出約 30 個，
除專業畫家組成的畫會外，還有很多業餘青年自發組織的群眾
畫會，例如無名畫會和星星畫會 [205]；這種熱潮很快蔓延全國，
1979 年至 1980 年全國各地就湧現出 166 個積極活動的實體畫

---

204 盧迎華：〈短暫的合流〉，載劉鼎、盧迎華編：《沙龍沙龍：1972-
1982 年以北京為視角的現代美術實踐側影》（展覽冊頁），北京：中
間美術館，2017 年。

205 以「星星畫會」的成員為例：「黃銳是皮件廠的工人，同時也是民刊
《今天》的主要創辦人和美術編輯。馬德升在機械廠研究所描圖，常
在各民刊上畫插圖。鍾阿城下鄉十幾年，是 1978 年雲南省生產建設
兵團知識青年大罷工的策劃人之一，剛調回北京，在《世界圖書》雜
誌當臨時編輯，其父是電影評論權威鍾惦棐。李永存化名薄雲，剛考
入中央美術學院美術史系研究生，也是民刊《沃土》的編委。曲磊磊
在中央電視台照明部，民刊上常有他署名『陸石』的鋼筆畫，其父是
著名作家曲波。我（王克平）在中央廣播電視劇團，也在民刊《北京
之春》、《沃土》發表劇本。……除了二、三十名藝術家之外，加上
直接參與『星星』活動的各階層的人士，足有上百人之多。」參見王
克平：〈「星星」往事〉，http://www.hxnart.com/cn/category/article-
list/detail!2008102541，2022 年 2 月 27 日訪問。

會。[206] 在這一美術運動中，值得注意的是中國美協、北京美協這些黨的組織與業餘美術作者的互動。除「新春畫展」外，1979 年「無名畫會」的舉辦固然首倡於周邁、趙文量這些業餘畫家，但卻也與北京市美協副主席劉迅的大力支持無法分開。星星畫展也同樣如此：黃銳、馬德升等業餘畫家的主動發起固然重要，江豐、劉迅親自看展支持，並幫助「星星畫會」正式註冊、為畫展提供展覽場地，這也是不可或缺的因素。正是這種黨群互動推動了「新時期美術運動」的興起。[207] 此外，「新春畫展」在中山公園舉辦，「無名畫會」、「星星畫會」在北海公園，「四人油畫聯展」在勞動人民文化宮，《彥涵作品展》由景山公園和西城區文化館聯合舉辦等，[208] 都彰顯了群文系統和群文空間在這一美術運動中的作用。總之，群眾性業餘作者的積極參與、黨組織的介入和領導、群文系統和群文空間的支撐，這些都使得「新時期美術運動」成為一場群眾運動。

可以說，「新時期」的開啟或改革的興起，是各個層面的

206 盧迎華：〈短暫的合流〉，載劉鼎、盧迎華編：《沙龍沙龍：1972-1982 年以北京為視角的現代美術實踐側影》（展覽冊頁）。

207 盧迎華在上引〈短暫的合流〉中認為：「周揚的這個講話（指 1978 年 12 月周揚的〈關於社會主義新時期的文學藝術問題〉）傳達了官方體制中高層對於文藝工作管控的鬆動，江豐、劉迅等文化官僚通過具體的實踐推動和落實藝術自由、思想解放的信號。體制與非體制內的藝術家在基層回應了這樣的信號，與官方信號形成良性的互動，在一個全新的領域裡探測、摸索與界定新時期文藝實踐的可能疆域。」

208 蘇偉：〈重新容納藝術的「空間」〉，載劉鼎、盧迎華編：《沙龍沙龍：1972-1982 年以北京為視角的現代美術實踐側影》（展覽冊頁）。

「群眾運動」互相交織、互相呼應和互相推動的產物。這些大大小小的「群眾運動」組成了以「新時期總任務」為名的總體性運動，或者換用張光年的說法，組成了「既廣又深的思想解放運動」。新時期文學則是匯入這一總體性運動的重要支流。

（三）非支配性動員：
新時期文學與新民歌運動的比較

必須指出，新時期文學作為群眾運動，與 1950-70 年代的群眾運動相比的確存在一些關鍵差別。我們不妨將新時期文學與 1950-70 年代最典型的群眾性文學運動——「新民歌運動」——做一對比。1958 年群眾性的新民歌創作被視為一場「運動」，已經成為中國當代文學史常識，例如 1980 年出版的《中國當代文學史初稿》便將其界定為「建國以後首次出現的規模很大的群眾文藝運動。」[209] 作為一場群眾運動，新民歌運動有如下特點。

首先，這場運動的目標之一是確立工農兵群眾的文化主體性，而確立的方式是以批判知識分子為前提的。新民歌運動前一年，主要是針對知識分子的「反右」運動爆發，全國各界劃出約 55 萬「右派」。在毛澤東看來，「反右」「解放了文學藝術界及其後備的主力軍的生產力，解除舊社會給他們帶上的腳鐐手銬，免除反動空氣的威脅，替無產階級文學藝術開闢了一條廣泛的發展道路」，道路開闢了，「一支完全新型的無產階級文藝大軍正在建成。」[210] 可以說，「反右」運動是為新民

---

209 馮剛等：《中國當代文學史初稿》，第 82 頁。
210 毛澤東：〈對周揚《文藝戰線上的一場大辯論》一文的批語和修

歌運動開闢道路的，因而在這場群眾運動中，已然從政治上先在地設定了工農兵群眾與知識分子的參與的不均衡性。

其次，新民歌運動首先是由黨和國家最高權威毛澤東直接發起。1958 年 3 月，毛澤東說：「印了一些詩，盡是些老古董。搞點民歌好不好？請各位同志負個責，回去搜集一點民歌。各個階層都有許多民歌，搞幾個試點，每人發三五張紙，寫寫民歌。勞動人民不能寫的，找人代寫。限期十天搜集，會搜集到大批民歌的，下次開會印一批出來。」隨後的漢口會議上，毛澤東又說：「各省搞民歌，下次開會，各省至少要搞一百多首。大中小學生，發動他們寫，每人發三張紙，沒有任務，軍隊也要寫，從士兵中搜集。」[211] 經過毛澤東三番五次地下動員令，全國各地都迅速動作起來。

再次，新民歌運動主要依靠黨政機構的具體發動和組織，文聯－作協系統和群眾文化系統反而成了輔助性組織。1958 年 4 月 14 日，《人民日報》發表〈大規模收集民歌〉的號召，全國各級黨政機關也紛紛發出通知，將收集、創作民歌視為「當前的一項政治任務」，有些省份甚至「要求全省所有黨組織都能做到書記動手，全黨動手。」[212] 從省委書記到地方各級領導，集體出動，許多地方黨委還成立創作委員會，主任委員大都由黨委書記或副書記擔任，號稱「全黨辦文藝」，「全

改〉，《建國以來毛澤東文稿》（第 7 冊），第 94-95 頁。

211　轉引自陳晉：《文人毛澤東》，上海：上海人民出版社，1997 年，第
　　　448 頁。

212　轉引自謝保傑：《主體、想像與表達：1949-1966 年工農兵寫作的歷
　　　史考察》，北京：北京大學出版社，2015 年，第 158 頁。

民辦文藝」。[213] 由於最高權威和地方各級黨政機關的發動和組織，新民歌運動直接地帶有政治運動的性質，而動員群眾的方式則更多採取行政動員，或者說「支配性動員」的方式。

最後，基於以上條件，運動的廣度和深度都極為驚人。1959 年，徐遲編選的《一九五八年詩選》中說：「幾乎每一個縣，從縣委書記到群眾，全都動手寫詩；全都舉辦民歌展覽會。到處賽詩，以致全省通過無線電廣播來賽詩。各地出版的油印和鉛印的詩集、詩選和詩歌刊物，不可計數。詩寫在街頭上，刻在石碑上，貼在車間、工地和高爐上。詩傳單在全國飛舞。」[214] 這一描述並不誇張。1959 年 1 月 1 日，文化部主辦的《新文化報》報導：「據不完全統計，現在全國已有工農業餘創作組 95 萬個。一年中創作的各種文藝作品達 8 億 8 千餘萬件。」[215] 河南省 96 個縣已有創作組 30571 個，創作量是幾百萬上千萬首；僅許昌一個專區，光有組織的業餘作者就是 57000 多人，「大躍進」以來，已創作作品 316 萬件。[216] 可見當時之盛。從新民歌運動可以看出，上自黨和國家最高權威，中間各級黨政機關，下至田間村頭，幾乎全被席捲，整個國家都被動員起來，堪稱一場總體性運動。

然而，新時期文學作為一場群眾運動，卻有著不同的特點。首先，相對於新民歌運動，新時期文學中工農兵群眾與知識分子的參與更為均衡。1950-70 年代針對知識分子在不同領

---

213 同上，第 166 頁。

214 同上，第 162 頁。

215 轉引自梁澤楚編著：《群眾文化史（當代部分）》，第 76 頁。

216 謝保傑：《主體、想像與表達：1949-1966 年工農兵寫作的歷史考察》，第 162 頁。

域發動了一系列批判運動，知識分子一度被界定為「資產階級知識分子」，政治身分變得曖昧不明。這種針對知識分子的政策體現在文學領域，就是工農兵作者常被各級期刊重點關注和培養，甚至獲得了優先發表的權利，而「右派」、「反革命分子」投稿時則要經受嚴格的政治審查，通常情況下難以獲得發表。但 1976 年以後，老幹部大規模復出，此後「平反冤假錯案」，為右派分子及在歷次政治運動中受迫害的人平反，特別是對知識分子的政治身分進行了重新劃定。1978 年 3 月，鄧小平在全國科學大會開幕式上正式宣布，絕大多數知識分子「已經是工人階級和勞動人民自己的知識分子，因此也可以說，已經是工人階級自己的一部分」，[217] 從而徹底根除了知識分子政治上的顧慮，知識分子獲得政治上的真正解放。這些政策同樣迅速反映到文學領域中，其中的一個表現，是從 1978 年開始，知識分子和工農群眾基本上都可以自由投稿，投稿也不再需要政治審查，即使是對於尚未「摘帽」的「右派」分子也是如此。例如，張賢亮自 1957 被劃為「右派」後，1960 年代為了發表作品、規避審查，不得不化名向《寧夏文藝》投稿，但即使如此，《寧夏文藝》也最終通過調查函發現了張賢亮的右派身分，從此張賢亮再也無法在《寧夏文藝》發表作品。[218] 但到了 1978 年底，尚未「摘帽」的張賢亮再向《寧夏文藝》投稿時，已經不再像 1960 年代一樣需要看「身分」證明，張賢亮因此得以在《寧夏文藝》發表了改變他人生命運的

217　鄧小平：〈在全國科學大會開幕式上的講話〉，《鄧小平文選》（第 2 卷），第 89 頁。

218　張賢亮：《心安即福地》，貴陽：貴州人民出版社，2013 年，第 160 頁。

第一篇小說〈四封信〉。[219]

正是因為新時期文學基本上向知識分子與工農群眾同等開放，給予他們平等的參與機會，使得新時期文學相比於新民歌運動，參與更平均、更自由，從而也最大程度地激發出知識分子和工農群眾的熱情與能動性，這是初興的新時期文學作為群眾運動具有空前活力和豐富性的根源。

其次，儘管新時期文學服務於「新時期總任務」的政治目標，承擔著群眾動員和形塑改革共識的政治功能，新時期文學卻並不是由最高權威直接發起的，其動員結構也主要不是各級黨政權力機關，而是文聯－作協系統和以文化館系統為制度主體的群眾文化系統。動員結構的不同決定了群眾動員的方式也不同。由於對從上至下的行政權力組織存在更大的依賴，新民歌運動動員群眾參與的方式具有更強的支配性，而新時期文學動員群眾參與的方式雖然也部分依賴行政組織，但主要依靠作為人民團體和事業單位的文聯－作協系統和群眾文化系統，因此組織動員群眾參與到文學生產之中的方式也全然不同。

仍以文化館系統為例，上文提到，縣級文化館主要從兩個方面推動群眾性創作，即組織文藝創作學習班（會）和創辦文藝刊物。這兩方面的工作並不構成對文學愛好者和業餘作者的強迫，即並不要求他們強制性參與，相反主要依靠他們自身的積極性。在這一意義上，文化館系統所提供的組織性，並不具有直接和強制動員的效力。的確，文化館系統也會主動地聯繫、輔導和組織業餘作者，但這同樣不具有支配性。從 1950-70 年代直到改革初期，各地文化館都要求文化幹部承

---

219 張賢亮：〈《寧夏文藝》與我〉，《朔方》，1990 年，第 3 期。

擔下鄉探訪、瞭解和指導業餘作者的任務，這種工作方式最終在 1981 年文化部發布的〈文化館工作試行條例〉中固定下來，其中明確規定了「文化館每年應有二分之一的時間，深入基層開展業務輔導工作」，[220] 而深入鄉村去探訪、輔導和動員業餘作者自然也是這種工作之一，但這絲毫不會對業餘作者構成強迫，而是相反，為業餘作者提供他自身渴望的發展空間。例如，據筆者採訪，湖南省漣源縣的農民業餘作者廖哲輝，自行投稿並在漣源縣文化館主辦的《漣源文藝》1973 年第 3 期上第一次發表作品後，縣文化館文學專幹就專門從縣城長途跋涉到他的農村家中探訪指導，此後就推薦、動員他參加縣文化館組織的各種類型的創作學習班，並幫助他修改作品和在《漣源文藝》及其後創辦的《演唱資料》上繼續發表作品；1977 年，廖哲輝因發表作品被選為鄉民辦教師；1979 年縣文化館創辦亦報亦刊的《漣河》（《漣源文藝》和《演唱資料》此時已停刊），地方性文學生產益發活躍，廖哲輝也日益頻繁地被推薦參加各種創作會議，並時有詩歌、散文在《漣河》上刊出；1980 年代中期以後，廖哲輝逐漸地不再參與縣文化館組織的活動，最終退出了漣源縣的新時期文學。[221]

　　從這一例子可以看出，文化館系統在組織和發動業餘作者參與新時期文學時，業餘作者擁有更充分的參與和退出的自由，這使得群眾動員的支配性基本不存在。總之，同樣作為群眾運動，與新民歌運動相比，新時期文學的動員方式主要是

220　中國藝術館籌備處、北京華人經濟技術研究所編：《中國群眾藝術館志》，第 917 頁。

221　2019 年 1 月 29 日筆者對廖哲輝的採訪。

非支配性動員，它更肯定群眾的積極性，更依賴群眾的自發性。[222]

最後，作為結果，新時期文學作為運動的廣度和深度也自然大不如新民歌運動。新民歌運動作為全國性的政治運動，從最高權威到最基層的農村家庭，各行各業、各級各地，都被不同程度地捲入，而新時期文學儘管也依賴文聯－作協系統和群眾文化系統深入到各地基層，並具有相當驚人的規模，但參與者主要是文學愛好者、業餘作者和專業作家，根本不可能具有「全黨辦文藝」、「全民辦文藝」的廣度和深度。可以說，從五四新文化運動、新時期文學到新民歌運動，運動的廣度和深度逐漸遞增，而以新民歌運動為最。

研究者指出，在 50-70 年代的群眾運動中，大部分的「政治參與並非是具有獨立選擇能力的行動者的自發行為，而是在其他組織或個人策動下發生的『動員型參與』。換言之，群眾運動之形成，須以運動群眾為前提，」[223] 新民歌運動或許並不例外。然而，新時期文學中群眾參與的自發性，卻構成了與新

---

222 有研究者在分析蘇聯和中國的社會動員的不同時，認為蘇聯是「命令式動員」（command mobilization），而中國則是「參與式動員」（participatory mobilization），參見 Thomas Bernstein, *Leadership and Mobilization in the Collectivization of Agriculture in China and Russia: A Comparison*. PhD dissertation, Columbia University, 1970. 但放在這裡似乎總有某種不相稱之處。新民歌運動與新時期文學可以說都是「參與式動員」，但其中仍然存在顯著的不同，這種顯著的不同直接來源於動員結構及其施加支配的強度差異，但也很難根據這種強度差異反過來判定新民歌運動是「命令式動員」。

223 李里峰：〈群眾運動與鄉村治理：1945-1976 年中國基層政治的一個解釋框架〉，《江蘇社會科學》，2014 年，第 1 期。

民歌運動相區別的關鍵特徵。雖然新時期文學的迅速興起同樣依賴對群眾的宣傳、動員和組織，但它並不像 50-70 年代那樣具有較強的支配性，而是給予群眾（工農群眾和作為「工人階級一部分」的知識分子）以平等參與、自由參與和自由退出的權利，其結果是，作為「運動」的新時期文學的形成極大地依賴群眾的自發性，而這正是新時期文學何以具有如此蓬勃的活力和創造性的根源。另一方面，比 50-70 年代更具包容性和制度彈性的文聯－作協系統和深入基層的群眾文化系統能夠有效地組織、動員和領導這種自發性的群眾參與，將其形塑為具有統一性的「運動」。在改革初期，由文聯－作協系統和群眾文化系統所組成的動員結構，固然也在時時「運動群眾」，但群眾的能動性卻並未淹沒在這種「運動」之中，相反，群眾甚至能夠順著動員結構的有效組織、動員和領導進行一定程度的自主「運動」。這是群眾的自發性參與和文學體制的自覺領導最為均衡、最為有效地結合在一起的歷史時刻，深而言之則是中國社會主義政治重煥生機的歷史時刻。總之，初興的新時期文學能夠短時間內「空前繁榮」，或許正在於它是群眾運動，而且是另一種群眾運動，即「新群眾運動」。

　　然而，相比於 50-70 年代的群眾運動，新時期文學還存在另一關鍵差別：50-70 年代的群眾運動帶有「反官僚化」的色彩，而新時期文學則存在日益增強的「官僚化」特點。毛澤東看重群眾運動的一個關鍵因素，正在於群眾運動是反官僚主義的。這一點在延安時期便已經非常突出。在延安時期，毛澤東就曾強調「農民的參與並削弱政府官僚機器的獨立性和權力」，因此，群眾運動經常構成「對行政機關的凝固化和官僚傾向的直接挑戰」，群眾運動本身具有「反對行政精英對

權力的壟斷以及狹隘的專業化」的指向性。[224] 斯考切波也指
出，新中國所建立的新型政權「不同尋常地推動廣泛的民眾參
與，令人驚訝地抵制科層化官員與職業專家式的常規型等級支
配。」[225] 新中國成立後，毛澤東多次強調反官僚主義，並為此
多次發動「反官僚主義」的運動。即使對於新民歌運動來說，
它也基本繞過了文聯－作協系統，直接訴諸黨政權力機構；而
各級黨委領導新民歌運動的方式，也是直接深入田間地頭，主
要訴諸領導與群眾的直接結合，發動群眾的直接參與，而不單
純依賴行政組織的等級秩序。

　　相比之下，新時期文學較為嚴格地依賴文聯－作協系統
和群眾文化系統的動員結構，並不構成對重建的文學體制的挑
戰，相反，作為思想解放運動的一部分，新時期文學既承擔著
論證改革秩序的合法性、塑造改革共識的功能，同時也推進著
文學體制的重建和發展，並同樣論證著重建後的文學體制的合
法性。重建後的文學體制發動群眾參與，推動新時期文學的興
起，但新時期文學的能量卻很快被吸納到主導的文學體制之
中。這種吸納主要有兩層內涵。首先，吸納指的是通過批評、
引導和文學評獎的方式，文學權力中心對新時期文學進行命
名、篩選和經典化，賦予新時期文學以統一的方向，轉移、弱
化乃至排除新時期文學所包含的批判性能量，「傷痕文學」的
經典化、「苦戀」風波、葉文福的詩歌〈將軍，不能這樣做〉
的評獎風波和人道主義、異化問題的批判等都是典型例子。其
次，吸納也指的是文學體制重建、鞏固和發展的方式。文聯－

224　[美] 馬克・賽爾登：《革命中的中國：延安道路》，第 206、210 頁。
225　[美] 西達・斯考切波：《國家與社會革命》，第 289 頁。

作協系統在每一層級的重建和發展，都需要文學作者的補充，都需要不斷吸納群眾性的新生力量作為其制度性支撐。通過聘選和調動等多種方式，體制外的業餘作者和處於基層群眾文化單位的文藝工作者源源不斷地進入專業化的文聯－作協系統，成為重建、鞏固和發展文學體制的有生力量。上文提及的陳忠實、韓少功、張一弓和歷屆全國優秀短篇小說獲獎者，絕大部分都先後成為文聯－作協系統中的專業作家。在改革初期，這是一個單向的體制化過程，經由此一過程，文學生產的重心從以文學體制為中心的內外互動，逐漸轉移到文學體制內部，使得文學生產逐漸科層化、專業化，即「官僚化」，從而也就逐漸終結了新時期文學成為「群眾運動」的可能性。事實上，1980 年代中期以後，作為「群眾運動」的新時期文學便逐漸向作為知識分子運動的新時期文學轉變了。

　　就此而言，相對於 50-70 年代的群眾運動，新時期文學也的確可以說是另一種群眾運動，或者說，「新群眾運動」。

　　新時期文學之所以成為「新群眾運動」，一定程度上根源於改革政治對群眾運動的負面性的警惕。經歷「文革」之後，鄧小平認識到了群眾運動的負面後果，開始將「群眾性」與「群眾運動」的關係進行切割：

> 歷史經驗證明，用大搞群眾運動的辦法，而不是用透徹說理、從容討論的辦法，去解決群眾性的思想教育問題，而不是用扎扎實實、穩步前進的辦法，去解決現行制度的改革和新制度的建立問題，從來都是不成功的。[226]

226　鄧小平：〈黨和國家領導制度的改革〉，《鄧小平文選》（第 2

在鄧小平的理解中，群眾運動與群眾性的關係發生了改變，在社會主義革命的歷史語境中，「群眾性」所意指的「普遍的群眾參與」，其最典型的表現形式就是群眾運動，「群眾性」所包含的「普遍性」、「參與性」的內涵是與「群眾運動」緊密關聯的。但經過「文革」進入改革時期後，鄧小平明確地認識到群眾運動的負面性，對「群眾性」產生了新的理解，開始切割「群眾性」所包含的「普遍性」、「參與性」與群眾運動的關係。群眾運動不再是塑造群眾主體性、使其成為「自為的階級」的有效的政治過程，普遍的群眾參與的典型表現形式不再是群眾運動。換言之，需要為「群眾性」重新尋找更有效的表現形式，它就是群眾路線，而群眾路線是可以與科層化的常規體制兼容的。

1962 年，劉少奇就曾說：「實行群眾路線，就要在群眾中做細緻的思想工作和組織工作」，也就是「經常工作」，「不把經常工作做好，就不會有真正的群眾運動」，在此基礎上，劉少奇認為「把群眾運動當作是群眾路線的唯一方式，好像不搞群眾運動就不是群眾路線」的觀念是不正確的。[227]鄧小平更是多次闡明群眾路線與群眾運動的關係，例如他說：「群眾路線要採取各種形式，其中包括熱鬧的形式」，這「熱鬧的形式」就是指群眾運動，但群眾路線「主要的是要做經常的、細緻的工作」；[228]「群眾運動是群眾路線的一種形式」，「不

卷），第 336 頁。

227　劉少奇：〈在擴大的中央工作會議上的報告〉，《劉少奇選集》（下卷），北京：人民出版社，1985 年，第 403-404 頁。

228　鄧小平：〈提倡深入細緻的工作〉，《鄧小平文選》（第 1 卷），第 288 頁。

能一提群眾路線就是搞運動」；[229]「經常工作是基礎。群眾運動只是群眾路線的一種形式。」[230]

　　鄧小平和劉少奇都清晰地區分了兩類治理，一類是「經常工作」或「日常工作」，一類是「突擊運動」或「熱鬧的形式」，具體而言就是群眾運動。群眾路線貫穿著這兩類治理，即貫穿著「日常工作」和反日常的「群眾運動」。基本上，日常工作是以層級清晰的行政結構為前提的，但在社會主義革命和建設時期，群眾運動作為普遍的群眾參與的形式，常常是以繞過乃至破壞行政結構為前提的。「文革」結束後，隨著普遍的「群眾運動」日益喪失合法性，也隨著行政結構的日益完善、穩固和發展，基於此一行政結構的「日常工作」取代了普遍的群眾運動，成為改革時期基本的治理方式。然而，如何既承認已有行政結構並以之為前提，又能夠在這一已有行政結構下繼續開展黨群互動、推動普遍的群眾參與，生產和再生產政黨的「群眾性」，這構成了改革時期的難題。

　　進而言之，新時期文學之所以成為「新群眾運動」，根本上歸結於黨群互動的群眾性模式在毛澤東時代與改革初期的不同形態。黨群互動的群眾性模式在毛澤東時代遭遇危機，這種危機的表現形式之一，是 1976 年爆發的「四五運動」。簡要地分析四五運動有助於具體地理解黨群互動的群眾性模式在毛澤東時代的危機與改革初期對這一模式的修復和再造的必然性。

229　鄧小平：〈大呼隆是違反群眾路線的〉，《鄧小平文集（1949-1974）》（下卷），第 127 頁。

230　鄧小平：〈重要的是做好經常工作〉，《鄧小平文選》（第 1 卷），第 295 頁。

在社會主義政治中，黨群互動是群眾運動的制度核心。群眾運動既包含著自發性的要素，但也依賴政黨的動員，政黨動員與群眾參與是社會主義政治中的群眾運動的雙重特徵。事實上，政黨動員與群眾參與幾乎是不能分離的。群眾的政治主體性的成型，依賴政黨的介入，而政黨的革命性與代表性的生成、保持和再形塑，也依賴群眾的積極參與；政黨不斷地具體化群眾的未完成性，不斷引導和吸納群眾的「溢出」，而群眾卻又始終保持著無法被徹底具體化和徹底實現的未完成性，始終「溢出」於政黨政治的框架。由於有了政黨的存在，群眾得以不斷地生成著政治主體性，由於有了群眾的存在，政黨得以不斷地自我改造，不斷地生成著更為普遍的革命性與代表性。這正是黨群互動的內涵，而群眾運動則正是黨群互動的最為充分的表達形式。

然而，四五運動的爆發卻基本不依賴政黨動員，而是自發地聚集形成，在這一運動中，固然存在群眾參與的要素，卻幾乎不存在政黨動員的要素。[231] 這表明，在改革前夜，黨群

---

231 官方黨史如此描述四五運動的爆發：「在『文化大革命』進入第十個年頭時，廣大幹部群眾長期鬱積的對『文化大革命』的不滿和對『四人幫』的憤恨，終於在 1976 年清明節前後爆發出來。這種不滿像火山熔岩一樣不可壓抑的迅速噴發，是由『四人幫』壓制人民群眾對周恩來的悼念而引起的。1976 年 1 月 8 日，黨和國家主要領導人之一、人民的好總理周恩來逝世，在人民群眾中引起巨大的悲痛。『四人幫』不僅發出種種禁令壓制悼念活動，而且加緊展開了對鄧小平的『大批判』。『四人幫』的倒行逆施使廣大群眾的悲痛心情迅速轉化成憤怒的情緒，並進而轉變為強烈的反抗行動。自 3 月下旬起，南京、杭州、鄭州、西安等城市的群眾衝破『四人幫』的阻力，自發舉行悼念活動。首都人民也彙集到天安門廣場悼念周恩來。4 月 4 日清

互動的群眾性模式已然遭遇了危機。政黨不再能夠創造出普遍的群眾性，不再能夠有效地引導和吸納群眾的「溢出」；或者說，相對於政黨所創制的舊有框架而言，群眾已經「過量溢出」，[232] 不再能夠被舊有的政治框架所引導和再次吸納。總之，群眾與政黨的互動發生了危機乃至斷裂。

　　經歷「文革」的洗禮，群眾已更加具備自我生成政治主體性的能力。四五運動中，群眾脫離政黨動員，獨自地自我運動，在政黨框架之外運動，從而將群眾運動轉變為社會運動——社會運動的特點正在於它處於「現有的正式政治體制之外。」[233] 群眾具備將群眾運動轉變為社會運動的能力，這或許是「文革」的遺產之所在。[234] 不過，儘管就其與政黨的結構關

　　明節這一天，聚集了 200 多萬京內外群眾的天安門廣場，悼念活動達到高潮。」參見中共中央黨史研究室：《中國共產黨簡史》，北京：中共黨史出版社，2001 年，第 154-155 頁。

232　群眾總是未完成的，總是「溢出」的，如長江之水源源不斷地滔滔奔湧，群眾「溢出」的「過量」與「不過量」，只有相對於政黨所創制的政治框架而言才有意義。

233　[英] 安東尼‧吉登斯、菲利普‧薩頓：《社會學基本概念》，王曉修譯，北京：北京大學出版社，2019 年，第 295 頁。此書為「社會運動」下的定義是：「一種集體努力，一般通過鬆散組織網絡的形式，在現有的正式政治體制之外的空間，比如公民社會，開展集會和採取行動，以尋求某種共同利益。」

234　《人民日報》轉載的《中國青年報》的評論員文章承認了這一點：「無產階級導師馬克思熱情稱頌的巴黎公社的人民民主政治局面和革命秩序，不是最生動地又展現在我們面前嗎？它也必將象巴黎公社那樣發生最深遠的影響。……四五運動正是在這種長期努力中應運而生的，是把十年無產階級文化大革命推向勝利終結的偉大高潮。這次運動最可寶貴的就是充分表現了人民要執行統治階級權力的覺悟和堅

係而言，四五運動趨近於社會運動，但它的政治性總的來說卻仍然具有群眾運動的特徵。對於群眾運動來說，群眾的政治目標和政黨的政治目標是統一的，政黨的合法性通過群眾運動獲得維持和加強。同樣，四五運動儘管缺乏政黨動員的要素，但它的政治目標卻並沒有根本性地質疑政黨的合法性，四五運動「反四人幫」的政治訴求是以肯定政黨的另一部分代表（周恩來、鄧小平等）為前提的，這正是四五運動起初被定性為「反革命事件」，後又被定性為一場「革命行動」的緣由。[235] 就此而言，四五運動介於群眾運動與社會運動之間，或者說，四五運動本身就是一場「新群眾運動」。

四五運動是改革興起的群眾性條件之一，[236] 但也暴露了毛澤東時代的黨群互動模式的危機。所謂改革，便是政黨重新創造新的政治框架，以再次有效地引導和吸納群眾的「過量溢出」（但同時仍然為群眾的「溢出」保留必要的空間），修復乃至再造黨群互動的群眾性模式。新的領導集體的重組、「實

強決心。四五運動由於充分顯示了人民的愛憎，人民的願望，人民的意志，人民的力量，使我們感到了人民當家作主的偉大能力。」參見《中國青年報》評論員：〈偉大的四五運動〉，《人民日報》，1978年11月22日，第3版。

235 本報工農兵通訊員、本報記者：〈天安門廣場的反革命政治事件〉，《人民日報》，1976年4月8日，第1版；〈中共北京市委宣布，天安門事件完全是革命行動〉，《人民日報》，1978年11月16日，第1版。

236 1981年6月27日中共十一屆六中全會通過的〈關於建國以來黨的若干歷史問題的決議〉中宣布：四五運動「為後來粉碎江青反革命集團奠定了偉大的群眾基礎。」參見中央文獻研究室編：《〈關於建國以來黨的若干歷史問題的決議〉注釋本》，第33頁。

踐」路線的重新確立、老幹部的復出（從而重構政黨的合法性和有效性[237]），知識分子重歸工人階級（從而重組「群眾」的構成）、農民經濟訴求和自主實踐的承認（從而重新認可和吸納群眾日益增強的自發性與首創性）等等，都是這種修復和再造的環節。這一修復和再造的過程和產物，就是改革的興起。同樣，新時期文學的興起和繁榮，既是修復和再造黨群互動的群眾性模式的條件，也是這種修復和再造的過程本身的一部分，還是這種修復和再造的產物之一。

然而，改革的興起的另一方面，則是同樣地積累著轉變黨群互動的群眾性模式的要素。為了應對群眾可能再次形成的「過量溢出」，改革不斷壓抑乃至消除群眾政治的可能性，日益倚重官僚體制和常規治理方式，將市場原則引入黨群互動的群眾性模式，剝離出維繫這一群眾性模式的輔助功能組織等等，這使得群眾所內在的「溢出」能力作為黨群互動的前提性條件也日益趨於削弱。簡言之，黨群互動的群眾性模式日益發展出一種「反溢出」的權力機制。作為這一進程的條件、環節和產物，新時期文學日益地減弱群眾參與的廣度和深度，日益地剝離群眾性，將新時期文學日益地轉變為一場旨在重建和鞏固專業化、科層化的文學體制的知識分子運動。正是在這個意

---

237 合法性（legitimacy）和有效性（effectiveness）源自李普塞特的論述，在他看來，一種穩定且民主的政治體制，「不僅取決於經濟發展，而且取決於它的政治系統的有效性和合法性。」有效性是政治系統滿足人民群眾所期待和需求的基本功能的程度，而合法性是指「政治系統使人們產生和堅持現存政治制度是社會的最適宜制度之信仰的能力。」參見 [美] 西摩·李普塞特：《政治人》，張紹宗譯，上海：上海人民出版社，1997 年，第 55 頁。

義上，新時期文學是一場「新群眾運動」。

　　如果從「新群眾運動」的角度解釋新時期文學的興起是可能的話，那麼，80 年代文學與 50-70 年代的連續和斷裂便同時得到了初步解釋：新時期文學的興起就其形式（「群眾運動」）而言與 50-70 年代具有連續性，然而，就動員結構、動員方式、群眾參與、運動性質等方面而言，又存在關鍵的差別，這是新時期文學何以「新」的根源。「新群眾運動」的解釋路徑嘗試在重新理解中國社會主義的文化－政治實踐的獨特性與複雜性的基礎上，繼續勘探新的文學制度因素和文學－政治坐標系內外的新維度，整體性地解釋新時期文學的興起與轉變，這或許有助於我們從另一角度去理解新時期文學與改革政治的關係，並進而促使我們重新思考改革政治的承繼性與新穎性。[238] 而它所朝向的最終目標，正是要竭盡全力將「20 世紀中國從對象的位置上解放出來，即不再只是將這一時代作為當代價值觀和意識形態的注釋和附庸，而是通過對象的解放，重建我們與 20 世紀中國的對話關係。」[239]

---

238 目前已有一些成果從「運動」的角度整體性地解釋新中國成立以來中國社會主義政治的特徵，參見馮仕政：〈中國國家運動的形成與變異：基於政體的整體性解釋〉，《開放時代》，2011 年，第 1 期；周雪光：〈運動型治理機制：中國國家治理的制度邏輯再思考〉，《開放時代》，2012 年，第 9 期。

239 汪暉：《世紀的誕生》，北京：生活・讀書・新知三聯書店，2020年，第 4 頁。

第一章 ————————————————————
群眾參與與新時期文學的興起

　　在改革初期，新時期文學是如何興起的？這一問題引發
了很多回答。主流的中國當代文學史通常有兩種主要敘述：或
描述改革初期從上而下的「撥亂反正」的歷史，從批判「文
革」、為「十七年」正名開始，通過修復和重建文學體制、調
整文學規範制度等過程，由此推動新時期文學的興起；或從知
識分子立場出發，以「五四精神的重新凝聚」為核心線索，作
為新啟蒙主義之表現的新時期文學逐步興起。[1]然而，如果從
群眾性的視野重新審視新時期文學的興起，我們將既不局限於
自上而下的角度，也不再單純地立足於知識分子立場，而是致
力於把握貫穿新時期文學興起過程的黨群互動關係，將此作為
理解新時期文學興起的核心機制。本章以此為前提，在嘗試重
述這一歷史過程時，邏輯上首先著重群眾參與的有關因素，然
後致力於探究使得群眾參與得以可能的上下互動關係與歷史條
件，所有這些構成了理解新時期文學的群眾性的關鍵。

———————————

1　洪子誠：《中國當代文學史》，北京：北京大學出版社，2007 年，第
　　185-199 頁；陳思和主編：《新時期文學簡史》，桂林：廣西師範大
　　學出版社，2010 年，第 1-22 頁。

第一節　黨群互動與傷痕文學的發生：
　　　　重審〈班主任〉、〈傷痕〉的出世

　　「傷痕文學」歷來被賦予起源性的意義。它不但標誌著新時期文學的興起，也指涉著改革政治的生成。已有眾多研究從傷痕文學與改革政治的關係來開展研究，本節也想沿此出發，嘗試基於中國社會主義政治中的基本政治機制來理解傷痕文學的發生。在文學與政治高度統合的歷史條件下，使得改革政治生成的政治機制，的確同時也是使得傷痕文學發生的政治機制。

　　眾多研究已經指出，從延安時期直到改革初期，文學與政治的統合關係，是與大眾動員、群眾參與的政黨政治密切相關的，其關鍵特徵之一是政黨與人民群眾的循環往復的互動。在文學領域，黨群互動主要體現為個體性、群眾性的文學實踐與黨的文學部門始終處於循環往復的互動過程之中，在其中黨的文學部門基於特定政治目標或政治價值，不斷地發動、組織和領導作家群體和讀者群眾的文學參與，又使這種文學參與始終保持在黨及其意識形態部門所設置的政治議程之內。然而，這種循環往復的黨群互動在文學實踐中需要什麼樣的具體條件，呈現出什麼樣的具體運作過程，這一過程又如何具體地反作用於政治領域，這些問題依然值得繼續追索。事實上，傷痕文學的發生實際上是文學領域的黨群互動的一個微觀案例，經由對此案例的細察，我們可以深入探究文學領域中的黨群互動的具體運作條件、具體運作過程及其對政治領域的反作用；由此出發，這種探究有助於我們繼續理解新時期文學的興起機制及其運作過程，也能為我們反過來從文學的角度出發理解改革政

治的興起及其複雜性，提供具體的立足點。為了更加聚焦，我們以標誌著傷痕文學發生的〈班主任〉和〈傷痕〉作為考察對象。

（一）「文學習性」與自覺的創作

在把握〈班主任〉和〈傷痕〉出世的歷史細節時，一個值得凸顯的方面，是劉心武和盧新華本人的創作心態以及由此展現出的主體性狀態。或許應當說，正是劉心武和盧新華得以創作出傷痕文學也是新時期文學的發軔之作的那個主體性條件，才構成我們要追索的關鍵。

「文革」前，劉心武是北京中學語文老師，已發表作品約70篇。經由毛澤東時代的政治教育和文學教育，劉心武早已經深諳文學與政治的辯證法，也洞察文學與政治的血肉聯繫所帶來的機遇和危險。例如，「文革」前期，劉心武受到衝擊，於是他明智地蟄伏起來，1972年以後，正常的文學生產逐漸恢復，劉心武也因時而動，開始「重新搞文學」，並且「從原來見過報的『熟人』來找線索」，而在具體寫作過程，劉心武也「一度按照當時的『第五種文學』的標準來考慮作品，比如說『三突出』的原則，我要發表，所以也是努力去學習的。」[2]果然，1974年，他成功被借調，離職寫作。為了真正調離中學，劉心武「為當時恢復出版業務的機構提供合乎當時要求的文稿，發表過若干短篇小說，一部兒童文學中篇作品，

2　劉心武、楊慶祥：〈我不希望我被放到單一的視角裡面去觀察——劉心武訪談錄〉，《上海文化》，2009年，第2期。

一部電影文學作品。」[3] 作為對他緊跟政治要求寫作的獎勵，
1976 年劉心武如願正式調到北京人民出版社（後復名為「北
京出版社」），成為專業文藝編輯。

在毛澤東時代，劉心武這樣的文學實踐者是非常典型的。
這種文學主體已經理所當然地認為，「文藝服從於政治，這政
治是指階級的政治、群眾的政治」，[4] 或「文藝是時代的風雨
表。每當階級鬥爭形勢發生急劇的變化，就可以在這個風雨表
上看出它的徵兆。」[5] 總之，毛澤東時代典型的文學主體自然
而然地將文學實踐理解為政治實踐，文學實踐總是緊密地因應
著政治形勢的變動。這一點即使在「文革」結束後的 1970 年
代末也並沒有顯著改變，正如〈班主任〉的責任編輯崔道怡所
回憶的，「文學與政治密不可分，在人們的意識中，文學幾
乎等同於政治，人們要從文學作品思想的傾向感悟政治的風
向。」[6] 正因為如此，即使「文革」造就了集體性的精神危機
和情感鬱積，但一如毛澤東時代一樣，如何表達這種危機，怎
樣發抒這種情感，仍然既是一個文學問題，也是一個政治問
題。1977 年的劉心武深諳於心。由於從中學調入了出版社，
他甚至感到比一般人更具有政治－文學敏感性，因為出版社

3　劉心武：《我是劉心武：60 年生活歷程之回憶》，天津：天津人民出
　　版社，2006 年，第 161 頁。

4　毛澤東：〈在延安文藝座談會上的講話〉，《毛澤東選集》（第 3
　　卷），北京：人民出版社，1991 年，第 866 頁。

5　周揚：〈文藝戰線上的一場大辯論〉，《人民日報》，1958 年 2 月
　　28 日，第 2 版。

6　崔道怡、白亮：〈我和《班主任》——崔道怡訪談錄〉，《長城》
　　2011 年第 7 期。

「提供了比中學開闊得多得多的政治與社會視野，而且能更『近水樓台』地摸清當時文學復蘇的可能性與徵兆。」[7] 問題在於，這種政治－文學敏感如何具象化到文本之中呢？

讓我們重回劉心武創作〈班主任〉的具體語境。1977 年 7 月，鄧小平復出抓科學教育工作，從該年 7 月到 9 月有三次講話提出恢復實事求是的優良傳統、教育戰線要撥亂反正和正確對待知識分子等觀點。[8] 涂光群曾回憶，《人民文學》聞風而動，想通過文學，「反映科學、教育戰線的撥亂反正，以便多少盡一點文學推動生活的責任」，於是就向劉心武約稿，後者就拿來了〈班主任〉。[9] 但事實上，〈班主任〉是劉心武自己主動創作、主動投稿，並有 1977 年 9 月的投稿信為證：

> 春天我寫的那篇〈光榮〉未能改好，主要還是因為我寫的是工人而我卻並不熟悉工人。這回寄上我上月寫成的短篇小說〈班主任〉，寫的是我所熟悉的生活和我所熟悉的人物。不知這個短篇您們讀後作何感想。也許仍然不好。但，我寫它時，自己是頗激動的。我希望這篇小說能使讀者感奮起來。[10]

7　劉心武：《我是劉心武：60 年生活歷程之回憶》，第 159 頁。

8　鄧小平這三次講話分別是〈完整地準確地理解毛澤東思想〉、〈關於科學和教育工作的幾點意見〉和〈教育戰線的撥亂反正問題〉，三次講話後來均收入《鄧小平文選》第 2 卷。

9　涂光群：《五十年文壇親歷記》（上冊），瀋陽：遼寧教育出版社，2005 年，第 243 頁。

10　崔道怡、白亮：〈我和《班主任》——崔道怡訪談錄〉，《長城》，2011 年，第 7 期。

按照崔道怡的回憶，〈光榮〉的寫作系崔道怡 1977 年春天向劉心武的約稿，因為寫的不理想，崔退稿了。[11] 這個細節至為關鍵。從寫工廠和工人的〈光榮〉到寫學校和知識分子的〈班主任〉，為什麼會發生這個重大轉變呢？照道理，〈光榮〉在當時應當是更加政治正確的題材。為了理解這一點，恐怕要回過頭去審視涂光群的回憶。即使涂光群的回憶有誤，但是鄧小平的復出及三次重要講話對實事求是、教育戰線和知識分子的肯定，無疑是一個強烈的政治信號。事實上，《人民文學》編輯部的確很快行動，邀請了徐遲一起創作知識分子題材的報告文學作品〈哥德巴赫猜想〉。[12] 對於身處北京人民出版社、作為專職文藝編輯而又政治敏感的劉心武來說，他也不可能不注意到這一政治變動。劉心武膽敢放棄當時看起來更為政治正確的工人題材而冒險拾起曾經是危險重重的知識分子題材，定然是他捕捉到了這一巨大的政治變動，才有足夠的勇氣賭一把。[13] 畢竟，彼時的意識形態語境依然並不明朗，對「文革」的正式否定是在 1981 年〈關於建國以來黨的若干歷史問

11　同上。

12　周明：〈春天的序曲：《哥德巴赫猜想》發表前後〉，《百年潮》，2008 年，第 10 期。

13　王蒙的回憶可以看到〈班主任〉的冒險性：「一九七七年冬，我在《人民文學》上讀到了劉心武的〈班主任〉，它對於『文革』造成的心靈創傷的描寫使我激動也使我迷惘，我的心臟加快了跳動的節奏，我的眼眶濕潤了：難道小說當真又可以這樣寫了？難道這樣寫小說已經不會觸動文網，不會招致殺身之禍？難道知識分子因了社會的對於知識的無視也可以哭哭自己的塊壘？天啊，你已經能夠哭一鼻子？」王蒙：《王蒙文集第 42 卷：大塊文章（自傳第 2 部）》，北京：人民文學出版社，2014 年，第 11 頁。

題的決議〉出台之後才蓋棺論定的。

如果說〈班主任〉的創作有賴於劉心武積極地因應政治變動的話，那麼〈傷痕〉的創作也同樣如此。純粹作為業餘作者的盧新華，1978 年時只是剛剛入學的大學新生，創作〈傷痕〉前只發表過一點詩歌，上大學後才剛剛開始學習作小說。距〈傷痕〉1978 年 8 月發表在《文匯報》僅月餘後，盧新華在創作談和答覆讀者的信中坦白了創作動機。盧新華提到，在創作〈傷痕〉之前，他曾嘗試創作過相似主題的小說：

> 我感到只有對「四人幫」恨得切齒，我們才會對華主席、黨中央愛得深摯。有了這種想法以後，我就一直在考慮用什麼樣的形式來反映和表達出我的這種思想。所以，入學以後，我參加了我們同學自發組織的小說組的活動，學起作小說來。在以上思想的指導下，入學後，我試寫過第一篇以暴露批判「四人幫」為題材的小說，但由於受真人真事的影響和限制，有些放不開手寫，而主題思想也挖掘得不深，最終還是把它擱下了。[14]

〈傷痕〉是盧新華抱著相似目的的第二次嘗試，其目的依然是「通過活生生的生活畫面更深刻地揭發和批判萬惡的『四人幫』對我們社會犯下的滔天罪行」，並且強調「主題思想的形成並不是別人從外部強加給我的，而是我自己通過對現實生

14　盧新華：〈談談我的習作《傷痕》〉，《文匯報》，1978 年 10 月 14 日。

活的體驗、觀察總結得來的。」[15] 從這一創作脈絡出發，可以發現盧新華創作〈傷痕〉無疑是自覺地回應政治的產物。

在當時的氛圍裡，盧新華自我辯護性地將他的創作動機歸之於「政治正確」。然而，「政治正確」並不意味著盧新華在說謊。作為一名大學生和文學愛好者，盧新華即使不如劉心武敏感，也依然明白文學與政治的辯證法。在彼時的具體語境中，他揭露「四人幫」造成的「傷痕」也的確是理所當然；因為，早在 1976 年 10 月 25 日，「兩報一刊」就發表題為〈偉大的歷史性勝利〉的社論，號召「徹底揭露王張江姚反黨集團的滔天罪行，深入批判他們反革命的修正主義路線，肅清其流毒」，全國範圍的揭批「四人幫」運動從此開啟。[16] 到 1978 年，「揭批查」運動依然如火如荼，而「抓綱治國」的「綱」就是「緊緊抓住揭批『四人幫』這個綱，」[17] 只是這一運動局限於政治的和社會的批判，而〈傷痕〉恰恰順承著這一政治風向，進一步深入到情感、心靈的層面來揭批「四人幫」。總之，〈傷痕〉的寫作，如果脫離開對「抓綱治國」、揭批查「四人幫」運動的政治變動的把握，也是不可能的。

問題在於，從什麼意義上去理解劉心武創作〈班主任〉和盧新華創作〈傷痕〉的文學實踐？

已經有人指出，無論是〈班主任〉還是〈傷痕〉，它們作

15　盧新華：〈關於《傷痕》創作的一些情況——答讀者問〉，《語文學習》，1978 年，第 7 期。

16　「兩報一刊」社論：〈偉大的歷史性勝利〉，《人民日報》，1976 年 10 月 25 日，第 2 版。

17　「兩報一刊」社論：〈學好文件抓住綱〉，《人民日報》，1977 年 2 月 7 日，第 1 版。

為新時期文學的開端性作品，其創造性中包含了很深的舊痕跡，這些舊痕跡包括敘事程式、人物塑造乃至語言表達，都有因循 1940-1970 年代的文學傳統的顯著特點。事實上，更重要的是劉心武和盧新華作為文學實踐者的主體性狀態的舊痕跡。劉心武和盧新華都敏感於政治的變動，並自然而然地嘗試將這種政治的變動直接地具象化為文學形式，在因應這種變動的過程中又自覺不自覺地注入能動性。這種文學實踐的狀態在 1940-1970 年代是習以為常的。

讓我們挪用布爾迪厄的「習性」（habitus）來對延安時期至改革初期的作家的典型的主體性狀態進行描述。對於布爾迪厄來說，「習性是一種社會化了的主體性」，「習性作為歷史的產物，是性情的開放系統」，[18] 也就是說，習性是一種內化了社會性且具有深刻的歷史性的主體性，它銘寫在個體的身心之中，化為個體的整個的性情。「習性」的概念對於理解此時期的作家的主體性狀態來說，具有借鑒意義。憑藉它，我們可以深入分析作家的主觀性的身心感知及其表達，將作家個體的身心狀態與其文學實踐有效地關聯起來，同時避免了將社會主義政治、文學體制與作家之間的關係理解為單一的壓制 / 抵抗的關係，從而開啟了更複雜地理解兩者之間的多重關係的可能。

可以說，從延安時期直到改革初期，黨群互動條件下的文學體制與作家的頻繁互動，培育出了作家的典型的文學習性。這種文學習性表現為作家對政治的高度敏感性，表現為自覺地

18　[法] 皮埃爾·布爾迪厄：《文化資本與社會煉金術──布爾迪厄訪談錄》，包亞明譯，上海：上海人民出版社，1997 年，第 173、180 頁。

將自身視為一種中介，一種將政治的變動及時、直接地具象化為文學形式的中介，一種使政治具體化並獲得感性的實踐方式的中介。然而，作家是能動地扮演文學與政治之間的轉換中介的，他體驗和察覺政治的變動並產生自身的回應，這種回應體現在人物塑造、故事情節乃是語言風格上，因而這種回應又是複雜的變形和探索的過程，有時無法避免地產生難以預知的政治後果，從而不知不覺地影響了政治的風向。就此而言，這種文學習性又包含著創造性。在這一意義上，文學作為一種技藝，是政治實踐的技藝，文學主體也是政治主體，在實踐政治的同時，也意味著創造政治，在因應政治的同時，也在推動政治的變動。正是通過這一過程，作家的文學習性不斷地生成和再生成，並經由這種文學習性生成文學創作、形成清晰的文學風格，例如「對『主題』、『題材』的迷戀，對『思想立場』的敏感，對文學作品重大的『社會意義』的追求與固執堅守」，[19] 而作為整體的風格特性與話語特性，李陀則稱之為「毛文體」。[20]

就這種文學習性所生成的歷史條件而言，它高度依賴黨群互動在文學生產之中的持續運作。可以說，文學習性的生成、表現、修復、鞏固和再生成的過程，正是循環往復的黨群互動在主體性層面的具體運作過程。從這一角度來說，這種文學習性具有深刻的歷史性，一旦文學領域中的黨群互動轉變為科層化的治理關係，或者文學生產走向市場化，這種文學習性也就

19　程光煒：〈「傷痕文學」的歷史局限性〉，《文藝研究》，2005 年，第 1 期。

20　李陀：〈丁玲不簡單〉，《雪崩何處》，北京：中信出版社，2015年，第 128-155 頁。

會逐漸消失。

　　關鍵的問題還在於，文學習性會因作家個人而有所不同。一方面的典型是丁玲。自延安整風後，丁玲逐漸領悟並習得一整套革命話語，養成了革命作家的文學習性，此後便始終不渝地參與塑造、維繫和鞏固文學與政治的關係的直接性、始終不渝地追求將自我改造為文學與政治之間的中介。直到晚年，丁玲依然堅持認為「創作本身就是政治行動，作家是政治化了的人。」[21] 這種文學習性的根深蒂固在改革初期使人不由稱其為「馬列主義老太太」。另一方面的典型或許以康濯和李准為例。多年對政治變動的高度敏感和在文學－政治關係之間的反復直接轉換，反使他們具有某種程度的投機性。康濯在 1950年代各項運動如「反右」、「大躍進」、「反右傾」等運動中表現的「忽左忽右」，以致被侯金鏡視為「一個臭名昭著的投機分子」；[22] 據王蒙回憶，李准也親口告訴旁人：「『四人幫』倒的時候我還壓在縣裡，我不知道發生了什麼事，我口袋裡裝著兩篇小說來到了北京探聽情況，一篇是批『走資派』的，一篇是批極左的……你不管怎麼變，你難不住咱們！」[23]

　　大部分的作家也許介於這兩方面之間，其文學習性既不那麼根深蒂固、也不那麼靈活多變，劉心武和盧新華正是這樣的文學實踐者。他們既自然而然地敏感於政治的變動並自覺地以文學的形式去能動地因應，卻也深知，在政治與文學的統合關

21　丁玲：〈漫談文藝與政治的關係〉，《丁玲全集》（第 8 卷），石家莊：河北人民出版社，2001 年，第 122 頁。

22　洪子誠：《材料與注釋》，北京：北京大學出版社，2016 年，第76 頁。

23　王蒙：《王蒙文集第 42 卷：大塊文章（自傳第 2 部）》，第 9 頁。

係中依然留有不小的空間。劉心武便回憶，1973 年，出版社
編輯「鼓勵我寫一些現在能發表的東西，不能完全照上面那
樣；打個比方，好像高等數學微積分，給你一個區間求一個
最大值。我就接受了這種意見。」[24] 順承而來的〈班主任〉和
〈傷痕〉的寫作也的確是以文學因應政治、實踐政治的產物，
但與此同時，如何因應政治、實踐政治，從什麼樣的路徑去因
應和實踐、以致發現新的政治的可能，這仍然是創造性的，並
且一旦所創作的文學作品引發廣泛的反響，文學就反過來成為
推動政治變動的一個因素。

　　〈班主任〉和〈傷痕〉的出現及其巨大反響正是這樣一個
推動改革政治興起的能動的因素。然而，使得傷痕文學誕生也
即新時期文學誕生的作家的主體性狀態──這種對政治變動高
度敏感、深諳文學－政治的直接轉換關係並自覺主動地扮演這
一轉換關係的中介的文學習性，則依然是毛澤東時代的產物。
如果說傷痕文學創造性地開啟了新時期文學，那麼這種創造性
也根源於這種文學習性的生成性，如果說傷痕文學因循舊物，
那麼這種因循同樣根源於這種文學習性的歷史性。[25] 然而，正

24　〈劉心武談中國的新寫實文學〉，載朱家信等編：《劉心武研究專
　　集》，貴陽：貴州人民出版社，1988 年，第 19 頁。

25　正是由於共享了這樣一種典型的文學習性，才會有研究者認為傷痕文
　　學與文革小說、建國初期的小說都有類似性。例如張法說：「從結構
　　上看，這（指〈班主任〉）仍是一篇『文革』模式的小說」，參見張
　　法：〈傷痕文學：興起、演進、解構及其意義〉，《江漢論壇》，
　　1998 年，第 9 期；路文彬說：「『傷痕』小說之於歷史敘事的『情節
　　模式』，同建國初期小說『前途是光明的，道路是曲折的』傳奇式歷
　　史『光明敘述』並無不同；在手法上多是現實主義的，而氣質上卻多
　　為浪漫主義的。」參見路文彬：〈公共痛苦中的歷史信賴──論「傷

是在這種文學習性所內在的歷史性與生成性的交叉地帶，新時期文學得以誕生。

　　文學創作者的這種文學習性，是文學領域中的黨群互動的歷史產物，在改革初期，又反過來構成了「撥亂反正」的文學生產中的黨群互動得以重新恢復和繼續運作的前提，也是新時期文學得以興起的主體性前提。如果不是存在著這樣一種普遍的文學習性，我們就很難想像劉心武、盧新華這樣的文學創作者會如此積極主動地介入到文學場域和政治場域，能動地與文學體制、黨的意識形態部門展開互動，我們也很難想像，致力於開闢改革新政治的新時期文學何以能夠迅速地調動起文學創作者的群眾性參與，從而得以短時間內興起且「空前繁榮」[26] 的。

（二）包容性的情感政治與「傷痕」作為政治過程的產物

　　一個常見的比較是，傷痕文學與蘇聯的「解凍文學」具有類似性。例如洪子誠便提到，〈班主任〉和〈傷痕〉「提示了文學『解凍』的一些重要徵象：對個體命運、情感創傷的關注，啟蒙觀念和知識分子『主體』地位的提出等。」[27] 事實

痕文學」時期的小說歷史敘事〉，《廣東社會科學》，2000 年，第 5 期；程光煒說：「『傷痕文學』是直接從『十七年文學』中派生出來的。它的核心概念、思維方式甚至表現形式，與前者都有這樣那樣的內在聯繫。」參見程光煒：〈「傷痕文學」的歷史局限性〉，《文藝研究》，2005 年，第 1 期。

26　中國社會科學院文學研究所當代文學研究室編：《新時期文學六年》，北京：中國社會科學出版社，1985 年，第 1 頁。

27　洪子誠：《中國當代文學史》，第 200 頁。

上，傷痕文學初起時，就有人寫匿名信給「『有關部門』，指斥〈班主任〉等『傷痕文學』作品是『解凍文學』」。[28] 然而，甚少被拿來比較的是，「解凍文學」在蘇聯經歷了兩個階段，1953 年至 1957 年是第一個階段，而第二階段則從 1957 年直到 1966 年左右才真正結束，前後經歷了十餘年。[29] 但傷痕文學自 1977 年由〈班主任〉肇始以後，1979 年就被〈喬廠長上任記〉所開啟的改革文學所中和，此後改革文學與傷痕－反思文學始終處在交織並進的過程之中，1981 年〈關於建國以來黨的若干歷史問題的決議〉頒布後，傷痕文學實際上已經讓位於改革文學。相比於解凍文學在蘇聯的歷史，傷痕文學顯得尤為短暫。兩者命運為何不同？其中的原因有很多，我們或許可以從「傷痕」情感是如何獲得發抒、共情和昇華的過程來初步把握。

〈班主任〉、〈傷痕〉的編發和反響都伴隨著眼淚，強烈的情感性構成了傷痕文學最為顯著的特徵。然而，仔細追索這一過程，可以發現這種「傷痕」情感既是自發生成的，也是一個政治過程的產物。

1977 年 9 月，崔道怡收到劉心武來稿，「馬上就看〈班主任〉，當即被它感動了」，「竟不禁眼熱鼻酸。好久好久沒有看到這樣的小說了」，便不顧違反正常編輯程序，立即回信，給予肯定。但沒有料到，提交終審時，副主編卻不敢拍板，理由應是怕「寫太尖銳了，屬於暴露文學」。[30] 於是小說

28　劉心武：《我是劉心武：60 年生活歷程之回憶》，第 162 頁。

29　譚德伶等：《解凍文學和回歸文學》，北京：北京師範大學出版社，2001 年，第 45-47 頁。

30　崔道怡：〈報春花開第一枝〉，《當代文學研究資料與信息》，1999

提交給時任主編張光年。不久，張光年召集編輯部討論這篇小說。張光年毫無疑問是從政治的角度看待這篇小說的：「題材抓得好，不僅是教育問題，而且是社會問題，抓到了有普遍意義的東西。如果處理得更尖銳，會引起人們的注意，以文學促進關於教育問題的討論」，並指示可以涉及到路線問題，將批判「四人幫」的政治目標更清晰地嵌入小說。為了實現這些目標，張光年對小說的修改意見甚至具體到了人物行為動機的細化和敘事手法的選擇問題。[31] 張光年的指示至關重要，正是他的支持，編輯部才敢把劉心武請來一同修改小說，並於 1977 年 11 期頭條位置刊發。

張光年作為黨的文藝部門的領導，對於如何使文學承擔和行使政治功能，負有直接使命。正是張光年基於自身對「文革」的認識，對改革形勢的判斷，對於「新時期」需要什麼樣的意識形態的理解，鼎力推出了〈班主任〉。張光年事實上與劉心武一致，他明確地把握到，「四人幫」的垮台和鄧小平復出抓科技、教育戰線，是當前最大的政治變動，因此，張光年才敏銳地從〈班主任〉中看到了小說對於教育戰線「撥亂反正」和批判「四人幫」這兩個政治任務的表達。這就好比是政治密碼在文學形式中的編碼和解碼。劉心武有意識地通過對舊有題材等級的顛倒（從重大題材的工業題材轉向教育）和形象譜系的變更（從工人到知識分子），得以將新的政治變動符碼化，但這種符碼化依然是基於原有的符碼系統而展開的，正如劉心武後來回憶所說：「開始的作品如〈班主任〉思想雖

年，第 4 期。

31　同上。

銳利，使用的符碼系統卻是舊的公用的政治性很強的符碼系統。」[32] 而題材等級和形象譜系這一整套文學成規，本來就是張光年這樣的文藝領導所設定和維護的，因此他也能迅速把握到這種顛倒和變更背後的政治指向，從而毫無障礙地將深嵌其中的政治性讀解出來，甚至能夠從文藝領導的角度，反過來要求作者劉心武將這種政治性更加深入和明晰地符碼化／文學化。這個循環推進的過程，是作家和文藝領導的互動，是作家和黨的文學部門的互動，是文學和政治始終處在一個總體性構造中的內在互動。正是通過這種互動，「傷痕」得以初步成形。

如果說〈班主任〉照亮了教育領域和少年一代的「傷痕」，使「傷痕」成形／成文，那麼〈傷痕〉則照亮了家庭領域和青年一代的「傷痕」，使「傷痕」成形／成文。事實上，〈傷痕〉的故事並不是盧新華自己的經歷，然而，正是這篇虛構的小說，既感動了自己，也感動了讀者。據盧新華回憶，動筆之前，他受魯迅的啟蒙思想所影響，〈祝福〉中「封建禮教吃祥林嫂」刺激盧新華想到「四人幫」造成的「最深重的破壞，其實主要是給每個人的精神和心靈都留下了難以撫慰的傷痕。」[33] 這的確是一個重要的契機，所謂啟蒙是「心的啟蒙」這一觀念，引領盧新華穿越革命話語和政治運動對人的階級身分的偏重，直接深入到主體性的內在層面，從而發現了「傷痕」。當盧新華「流著淚寫完」並刊登到學校牆報上後，迅速

---

32 劉心武：〈穿越八十年代〉，《斜坡文談》，南京：江蘇人民出版社，2012 年，第 43 頁。

33 盧新華：〈《傷痕》得以問世的幾個特別的因緣〉，《天涯》，2008年，第 3 期。

引發反響：

> 寢室門外一片嘈雜的人聲，打開門走出去，但見門外的走
> 廊上圍滿了人，正爭相閱讀著新貼出的牆報頭條位置的一
> 篇文章，大多是女生，不少人還在流淚。我忙探過頭去，
> 終於認出那稿紙上我的筆跡⋯⋯自此以後，直到〈傷痕〉
> 正式發表，這牆報前，便一直攢動著翹首閱讀的人頭，先
> 是中文系的學生，繼而擴展到新聞系、外文系以至全校，
> 而眾人面對著一篇牆報稿傷心流淚的場景，也成了復旦
> 校園的一大奇觀。難怪後來有人誇張地說：當年讀〈傷
> 痕〉，全中國人所流的淚可以成為一條河。[34]

小說沿著社會網絡爆發式地迅速傳播開來，並很快受到
《文匯報》記者鍾錫知的關注。鍾錫知讀後立即感到被「觸動
靈魂」，使他「驀然醒悟」，但作為編輯，他所感到的更多是
政治上的醒悟：「小說〈傷痕〉分明地觸動了路線是非、理論
是非和思想是非上的這些『禁區』。它好像一下閃電，照亮了
沉沉夜霧包圍下某些事物的本來面目。」[35] 對於盧新華自己和
鍾錫知來說，〈傷痕〉都具有一種情感啟蒙的力量，這種情感
啟蒙的力量指的是小說敘事呼應、照亮和整理了讀者心中的
情感，明確了情感的性質和起源（「文革」），命名了這種情
感（「傷痕」），並為他們的情感發抒指明了方向並提供了出

34　同上。

35　鍾錫知：〈小說《傷痕》發表前後〉，《新聞記者》，1991年，第
　　8期。

口。正是這種強烈的具有啟蒙色彩的情感性，構成了小說的核心特徵。也正是這種情感性，真正促發了讀者的情感共鳴，激發了他們的自覺性，從而引發了爆炸式的傳播。

　　但是〈傷痕〉在《文匯報》編輯部並沒有如願獲得很多支持。與此同時，盧新華將小說投遞給《人民文學》，甚至附上了同學們作證的小說引起校園轟動的說明，《人民文學》也沒有採用。[36] 此時差不多是 1978 年 5、6 月間，離〈班主任〉的發表已經大半年了。何以《人民文學》如此重視並推出〈班主任〉，卻沒有慧眼相中〈傷痕〉呢？從後見之明來看，同為傷痕文學代表作，《人民文學》本應該一視同仁。顯然，這裡涉及到〈班主任〉與〈傷痕〉的差異。有研究指出，〈班主任〉依然是『文革』時期常見的敘事模式，它依然「有一個光明的主調」，然而，盧新華的〈傷痕〉卻「將光明主調轉變為憂傷主調」。[37]〈班主任〉依然延續「文革」敘事模式——以代表正確路線的英雄為主體，團結人民群眾與反面勢力鬥爭，最終取得勝利——這種典型的敘事模式本身就是一種情感表達模式，在其中消極的情感只是作為敘事過程的一個過渡，敘事的力量最終需要穿越它，使其昇華為積極的情感。然而，〈傷痕〉以傷痕情感的更加無約束的宣洩為特徵，從而衝破了此前的敘事模式所構築的情感堤壩，就有可能產生截然不同的情感－政治後果。《人民文學》對此顯然並沒有準備。

　　由此可以發現，彼時無論是《人民文學》還是《文匯

36　盧新華：〈《傷痕》得以問世的幾個特別的因緣〉，《天涯》，2008 年，第 3 期。

37　張法：〈傷痕文學：興起、演進、解構及其意義〉，《江漢論壇》，1998 年，第 9 期。

報》，對於如何表述「文革」，如何理解、分析和命名「文革」所產生的諸般歷史和情感後果，仍然處在試探、摸索和猶疑之中，這與 1981 年出台〈關於建國以來黨的若干歷史問題的決議〉對「文革」徹底否定之前的意識形態氛圍相呼應。也就是說，後來我們所熟知的所謂「傷痕」，在彼時是否可以、能夠或應該被命名為「傷痕」，也同樣是一個問題。「傷痕文學」之前，是沒有「傷痕」情感及其話語的。「傷痕」情感及其話語是文學－政治過程的產物。

　　但鍾錫知沒有放棄，在幫助盧新華對小說做出一些增加政治保險的修辭調整之後，他找到機會把小說遞給了上海市文聯和市委宣傳部文藝處的負責人，得到了他們的肯定和支持。於是，鍾錫知就把小說重新遞給了文匯報總編輯馬達。馬達考慮到發表小說符合中央統一部署的揭批「四人幫」運動的方向，遂決定簽發。即使如此，小說發表前，馬達還是將小說的大樣送呈上海市委宣傳部副部長洪澤批示，並附信說明〈傷痕〉「對徹底否定『文革』很重要」，且是「文藝界的一個新動態」。[38] 按照盧新華的說法，洪澤之所以給予支持，除政治考慮外，還與其女「一口氣讀完，結果大哭」並強烈肯定小說有關。[39] 很快，〈傷痕〉在 1978 年 8 月 11 日的《文匯報》上以一個整版的篇幅發表了。

　　縱觀整個〈傷痕〉的發表過程，哭泣與眼淚伴隨始終，在小說寫作和發表的幾個關鍵環節，經手之人無不產生強烈的情

38　馬達：《馬達自述──辦報生涯 60 年》，上海：文匯出版社，2004 年，第 67 頁。

39　盧新華：〈《傷痕》得以問世的幾個特別的因緣〉，《天涯》，2008 年，第 3 期。

感共鳴。正是小說所具有的強烈的情感性及其所包含的啟蒙功能和政治能量，使小說贏得了群眾和幹部的支持，從而使小說被上海的宣傳部門所接納，最終獲得發表。

但同樣重要的是，從「傷痕」的形成過程可以看到，「傷痕」之成為「傷痕」，是一系列文本技術和政治操作的結果。〈班主任〉和〈傷痕〉的「傷痕」首先是劉心武和盧新華主動而自發地創作和激發的產物，小說敘事首先成功地捕獲、描述和命名了同時代人經歷「文革」後的情感狀態。當這種捕獲、描述和命名經由黨的意識形態部門驗收從而獲得普遍性和合法性，黨的意識形態部門就獲得了一個契機，其對政治目標的追求（批判「四人幫」、開啟「新時期」）便獲得了一個感性的實踐方案；黨的意識形態部門能夠經由這些文本，去激發、測度、動員乃至規訓群眾的情感狀態，使群眾情感性地動員起來，認同、支持和參與黨所設定的政治目標。至於這些文本能夠產生多大的效用，則是一個實踐問題，需要實踐的檢驗。但無論如何，「傷痕」的成形，一方面是群眾主動的創造和推動的結果（〈班主任〉、〈傷痕〉的文本創作與群眾性認同），另一方面，它也是黨的意識形態部門與作家互動的結果（〈班主任〉、〈傷痕〉的修改和發表過程）。

通過情感性及其群眾性共鳴來進行群眾動員，這是一種情感政治。而這種情感政治的實踐，與中國社會主義革命的實踐一脈相承。事實上，情感政治一直是中國革命的基本策略之一，正是依靠著對廣大人民群眾的情感的激發、調動、再造和轉化，情感成為了人民群眾革命行動的動力之一。[40] 左翼文

40　［美］裴宜理：〈重訪中國革命：以情感的模式〉，《中國學術》，

學與建國後的社會主義文藝更是直接地介入這一情感政治的建制。這一建制捕捉集體性的情感並政治性地提煉它，並通過文本特別是通過調動感官和群眾直接在場的文藝活動（例如戲劇演出），以戲劇化的形式再傳播給人民群眾，從而激發出更深刻的情感反應，促生政治傾向乃至政治行動。就此而言，「傷痕文學」的發生仍然因襲於此，傷痕文學與改革政治的關係也同樣需要從情感政治的角度來理解。

　　也正由於此，傷痕文學不可能成為「解凍文學」。因為傷痕文學的情感政治，是黨群互動條件下的情感政治。「傷痕」情感之所以爆發出強大的政治能量，既與作家個體的自覺創作有關，但也同樣與黨的意識形態部門的自覺介入和提煉有關。正是因為存在一種黨群互動的政治關係，「傷痕」情感才能被納入到政治之中，成為推動改革政治的有機因素而不是疏離性的存在。這個過程可以簡要表述如下。首先，作家的個體性創作及其情感策略所具有的政治潛能，從一開始就被黨的意識形態部門所定位和包容，成為激活或更新政黨對政治的理解的能動因素；進一步，黨的意識形態部門反過來主動地介入到文本的修改和發表過程中，使它能夠在契合政治議程的前提下最大程度地激發出集體性的情感反應。[41] 這個過程包含著對作家個體的情感策略和集體性情感共鳴的積極接納，但這種積極接納

2001 年，第 4 期。

41　由於不滿於傷痕文學一開始就是黨群互動的政治構造下的產物，有研究者反過來認為傷痕文學的批判的不徹底，參見周紹華：〈傷痕文學：戴著鐐銬跳舞〉，《齊魯學刊》，1988 年，第 6 期；朱壽桐：〈深切痛創的虛假癒合：「傷痕文學」重評〉，《時代文學》，1996 年，第 6 期。

同時包含著再加工（因而不可避免地伴隨著挪用和壓抑）。於是，那些能夠有效地納入黨的意識形態部門的情感政治方案的文本（例如〈班主任〉和〈傷痕〉）便被經典化並進入大眾傳播，而那些最終證明溢出這一情感政治方案的文本（例如白樺的〈苦戀〉和劉克的〈飛天〉）則被批判和分離。通過這種分類的政治，黨的意識形態部門保證了傷痕文學的「哀而不怨」，並將其有效地納入到新的政治議程之中，既使集體性的傷痕情感衝擊舊的政黨政治，拓展政黨政治的邊界和方向，又不使傷痕情感成為一個新的政治危機的引爆點。最終，傷痕文學的情感動能伴隨著新的政治議程的推進而功成身退，當「團結一致向前看」成為主調，「向後看」的傷痕文學最終會自然地淡去。

　　然而，「解凍文學」卻面臨不同的命運。赫魯曉夫的魯莽失策，蘇共文學部門自身的分裂（以蘇聯作家協會機關刊物《新世界》和俄羅斯作家協會機關刊物《十月》之間的對立為典型），以及最為重要的是蘇聯不再存在黨群互動的良性政治關係，這一切使得「解凍文學」所釋放的「解凍感」[42] 不斷地發酵，最終在 1960 年代初期醞釀成尖銳的批判性和顛覆性的力量，導致「解凍文學」的戛然而止。如果說傷痕文學的情感政治是包容性的，那麼「解凍文學」的情感政治則是疏離性的。傷痕文學成為改革政治興起和自我確立的有機因素，而解

42　「解凍感」是愛倫堡的用語：「我坐下來寫〈解凍〉——我想表現巨大的歷史事件對一個小城市裡的人們的生活發生了什麼影響，想表達我的解凍感、我的希望。」[蘇聯] 伊利亞·愛倫堡：《人·歲月·生活：愛倫堡回憶錄（下）》，海口：海南出版社，2008 年，第613 頁。

凍文學卻成為蘇聯自我反對的危機因素，這種不同命運，既根源於情感政治的不同實踐方式，更根源於不同的政治構造。傷痕文學與「解凍文學」的差異隱約地構成了理解中國改革和蘇聯解體的不同命運的一個線索。

（三）作為制度的「讀者」與作為群眾的「讀者」

〈班主任〉和〈傷痕〉的發表，是作者、權威刊物和黨的意識形態部門一起發明了「傷痕」。但傷痕文學之能成為一股潮流並參與塑造改革初期人們的情感結構，最終成為改革意識形態的一部分，這當然還需更多實踐。正如已經多有研究的，讀者來信，《人民文學》、《文匯報》和《文藝報》等權威刊物的持續介入，評論家的發聲，文學權力中心的領導，這四個方面交織在這兩個文本傳播、批判和獲獎的每一個環節。但從黨群互動的角度來說，讀者來信首先值得考慮。

1978 年 12 月，〈班主任〉發表後剛一年，劉心武回顧說：

> 他們發出去的時候，並沒有意識到這會有很大的影響，結果一出去之後，反響之強烈使他們吃一驚，我也吃了一驚。……剛剛開始發行的第二天就馬上有讀者來信——他是寄到《人民文學》然後轉給我的。然後沿著鐵路線下去，來信非常準確，《人民文學》到了無錫，無錫就有人來信，到了常州、蘇州、上海……就有來信。……現在就我過目和我自己手裡還有的算，大概有五千封左右。[43]

---

43 〈劉心武談中國的新寫實文學〉，載朱家信等編：《劉心武研究專集》，第 32 頁。

崔道怡也回憶說：

〈班主任〉出世即取得了空前絕後的巨大反響。我說「空前」，是因為在我四十多年編輯生涯之中，經手所發小說引起如此轟動效應者，前所未有。刊物一經發行，不斷收到來信，讀者對這篇小說表示熱烈歡迎和由衷讚賞。……我說「絕後」，是因為我估計此後恐怕不會再有這樣的情景了。[44]

〈傷痕〉發表後，盧新華也回憶說：

發表的第二天，我們班的信箱裡就塞滿了各界寄給我的讀者來信。據不完全統計，〈傷痕〉發表後，報社和我共收到近三千封讀者來信。這些信中的絕大多數都是因為小說和小說主人公的命運引起他們強烈的共鳴，故寫信對作品和作者表示支持的。[45]

群眾反應之熱烈，被稱為「空前絕後」。正是這種「空前」熱烈的群眾呼應，成為傷痕文學興起並確立合法性的最重要條件。推而言之，由於傷痕文學是新時期文學的第一個潮流，因此可以說，正是群眾的熱烈呼應，助推了新時期文學的迅速興起。難以想像，在改革初期，如果沒有這種廣大的群眾

44　崔道怡：〈報春花開第一枝〉，《當代文學研究資料與信息》，1999年，第 4 期。

45　盧新華：〈直面「傷痕」的心靈直白〉，《上海黨史與黨建》，2008年，第 3 期。

響應，新的文學圖景的開闢是否可能。因此，必須在最根本的意義上看待傷痕文學所根植的群眾性。這種群眾性既是傷痕文學興起並確立合法性的基礎條件，也是新時期文學興起並確立合法性的基礎條件。

小說發表後，《人民文學》、《文匯報》都組織了一批讀者來信，對兩篇小說表達贊同和支持。《人民文學》1978年第2期刊登了5篇熱烈響應〈班主任〉的讀者來信，特別加上編者按，其中談到：〈班主任〉發表後「陸續收到讀者的來稿、來信，讚揚這篇作品寫得好，提出並回答了社會上普遍關心的問題，反映了當前教育戰線抓綱治國的新思想、新面貌，塑造了人民教師張俊石的形象，把長期被『四人幫』歪曲了的知識分子形象重新糾正了過來。這裡選發幾篇，供讀者參考。」[46]1978年8月22日《文匯報》在「文學評論」專刊上一次刊出10篇讀者評論，並特別標明評論者的工農兵身分，以示工農兵群眾對〈傷痕〉的贊同；8月29日再次用了半個版面推出兩篇關於〈傷痕〉的讀者評論，9月19日第三次用一個專版推出幾篇評論，並特別加上編者按：「小說〈傷痕〉發表後，本報編輯部和作者收到了來信來稿一千餘件，絕大多數同志肯定了這篇小說，也有些同志提出了不同意見，現選擇幾篇發表，希望能引起進一步討論。」[47]

可以看到，傷痕文學迅速興起、擴散並獲得持續加強的合法性，與作者、刊物和黨的文學部門熟練地利用讀者來信有

46　〈歡迎《班主任》這樣的好作品〉，《人民文學》，1978年，第2期。

47　〈編者按〉，《文匯報》，1978年9月19日。

密切關係。大量而密集的讀者來信，確證了〈班主任〉和〈傷痕〉根植於群眾的需要，賦予這兩部作品充足的代表性和合法性，從而為傷痕文學被納入文學生產的主流並獲得示範性效應提供了關鍵支撐。因此，理解〈班主任〉和〈傷痕〉的出世和傷痕文學的興起，必須對讀者來信制度展開分析。

　　讀者來信制度的普遍建立始於新中國初期。如研究者所梳理的，1950 年代初，讀者來信被《人民日報》視為「人民報紙」「與人民群眾有著廣泛的親密的聯繫」的必要表現，毛澤東也將之視為「共產黨和人民政府加強和人民聯繫的一種方法」，[48] 基於此，全國各地刊物都相繼設置讀者欄目，雖歷經波折而大體上得到保留和加強。[49] 此外，讀者來信制度的進一步推進，還發展出了更為實質性的文藝通訊員制度。刊物往往通過讀者來信發現熱心積極的讀者，把他們發展為刊物的文藝通訊員，建構起刊物與讀者之間更為制度化的密切聯繫。[50] 讀者群眾正是通過這種讀者來信制度和文藝通訊員制度，直接地介入到文學生產和文學運動之中，成為文學場域的實質性力量，這種傳統延續到改革初期。

　　現有研究的著重點大都意在指出讀者來信制度的缺陷。這

48　社論：〈加強報紙與人民群眾的聯繫〉，《人民日報》，1950 年 4 月 23 日，第 1 版；毛澤東：〈必須重視人民群眾來信〉，《毛澤東文集》（第 6 卷），北京：人民出版社，1999 年，第 164 頁。

49　參見張均：《中國當代文學制度研究（1949-1976）》，北京：北京大學出版社，2011 年，第 103-117 頁；斯炎偉：〈「有意味的形式」：「十七年」文藝報刊中的「讀者來信」〉，《中國現代文學研究叢刊》，2011 年，第 4 期。

50　王秀濤：〈文藝與群眾：「十七年」文藝通訊員運動研究——以《文藝報》和《長江文藝》為中心〉，《文藝研究》，2011 年，第 8 期。

種缺陷的要害被表述為讀者的「虛構性」：從新中國初期到改革初期，讀者的身分和權威經常「被盜用」甚至蛻變為「被建構的權威」，讀者來信也成為喪失了真實內容並可被隨意挪用和填充的「有意味的形式」。[51] 誠然，此類研究都有扎實的史料支撐，然而，由於現有研究大都聚焦於讀者來信制度的缺陷，那些突出讀者群眾的生產性作用的史料反而甚少被處理。例如，梁斌曾提及，「《紅旗譜》自從出版之後，受到工農兵群眾熱烈歡迎。在那幾年裡，差不多每天接到讀者來信，其中有的讀者提出一些意見。我根據讀者意見做了兩次修改，到一九六六年，共有三個版本，三個版本各有不同。」[52] 在 1950 年代，《人民文學》也根據讀者來信的建議及時增加了與少兒相關的詩歌、小說和工人題材的作品。[53] 更為重要的是，現有研究過於偏重讀者來信制度的缺陷與危機，無形中模糊乃至解構了讀者來信制度所內在的政治性。或許首先需要歷史地理解讀者來信制度的政治性，才能沿此生發出有效的內在批判。

　　可以看到，讀者來信制度包含著三種力量的互動：讀者、期刊及其編輯、黨的意識形態領導部門。讀者向期刊投遞信

51　參見張均：《中國當代文學制度研究（1949-1976）》，第 103-117 頁；斯炎偉：〈「有意味的形式」：「十七年」文藝報刊中的「讀者來信」〉，《中國現代文學研究叢刊》，2011 年，第 4 期；馬煒：〈被建構的「權威」：全國優秀短篇小說評選中的「讀者來信」考察〉，《當代作家評論》，2017 年，第 2 期。

52　梁斌：〈《紅旗譜》四版後記〉，載劉雲濤等編：《梁斌研究專集》，福州：海峽文藝出版社，1986 年，第 72 頁。

53　樊保玲：〈「強大」的讀者和「猶疑」的編者——以 1949-1966《人民文學》「讀者來信」和「編者的話」為中心〉，《揚子江評論》，2011 年，第 2 期。

件，期刊編輯主動或被動地根據黨的意識形態領導部門的規
範、指令和要求，對讀者來信進行篩選並刊登。然而，這個過
程本身即表明，「讀者來信」的權威是讀者、文學體制和黨的
意識形態領導部門共同塑造的產物，是一個政治過程的產物。
更進一步說，讀者來信制度是整個文學體制的一種典型制度，
讀者群眾、文學體制、黨的意識形態領導部門三者處在一種
總體性結構之中，在其中，黨的意識形態領導部門能夠經由這
種結構直接與讀者群眾發生關聯，從而在必要的時候直接地引
導和動員群眾。而讀者群眾也在這一過程中逐漸地培育出特定
的文學習性——將文學直接讀解為政治和現實，文學是在表現
「我們的」生活而不只是「他們」知識分子自身，這種文學習
性使讀者群眾深深地感到他們與作者、刊物之間的連帶關係，
並由此感到他們與黨的文學部門的連帶關係。[54] 總之，在文學
體制中，群眾與政黨也是時刻處在緊密的關係之中，儘管這種
關係時常表現為對群眾的壓抑，然而，讀者來信制度始終是群
眾參與的文學制度之一，是社會主義文化政治的實踐，對這一
制度的批判性分析不應否認它所蘊含的群眾性。

　　更重要的是，在分析讀者來信時，必須區分兩種「讀者來
信」。一種是經由文學期刊、黨的意識形態領導部門所編輯和
審查過的公開發表的讀者來信，一種是群眾自發的來信。前者

54　這種文學習性的否定性內涵通常被理解為：「這個時期的文學環境，
　　也塑造了『讀者』的感受方式和反應方式，同時，培養了一些善於捕
　　捉風向、呼應權威批評的『讀者』。他們在文學界每一次的重大事
　　件、爭論中，總能適時地寫信、寫文章，來支持主流意見，而構成文
　　學界規範力量的組成部分。」參見洪子誠：《中國當代文學史》，第
　　25頁。

所建構的讀者形象可以稱之為「作為制度的『讀者』」，後者則可以稱之為「作為群眾的『讀者』」。作為制度的「讀者」是讀者群眾、文學體制與黨的意識形態領導部門共同建構的形象，是一個政治過程的產物，作為群眾的「讀者」則往往是讀者群眾自發展現的形象。

　　這兩種讀者雖然有所重疊，但作為制度的「讀者」具有特別的政治內涵。首先，作為制度的「讀者」仍然以讀者群眾的名義出現，因此，作為制度的「讀者」代表了作為群眾的「讀者」，汲取了作為群眾的「讀者」的權威，並將後者作為合法性的根據；其次，由於文學體制和黨的意識形態領導部門的介入，作為制度的「讀者」又是政治的產物，因而它又傳遞乃至代表黨的意識形態與政治意志。簡言之，作為制度的「讀者」具有雙重代表性。讀者來信制度作為一種黨群互動的微觀政治機制，生產出了作為制度的「讀者」及其代表性。

　　中國當代文學體制的讀者來信制度的要害，並不在於它受到了政治的介入而造成缺陷，而在於作為制度的「讀者」與作為群眾的「讀者」的代表性關係。由於期刊不可能刊登所有讀者來信，也不是所有讀者來信都合乎刊登標準，因而勢必有所選擇、編輯和修改，這一過程在中國當代文學體制中的特殊性在於它同時是一個直接的政治過程：這不僅是指期刊編輯根據黨的意識形態領導部門的指令、規範和要求進行選擇、編輯和修改，而且是指這是一個塑造代表性的政治過程，一個塑造出代表大多數讀者群眾的取向和內在訴求的政治過程，其結果便是公開呈現在刊物中的作為制度的「讀者」。一種能夠最大程度地允許群眾參與的讀者來信制度，是作為制度的「讀者」能夠最大程度地與作為群眾的「讀者」同一，或者說，能夠最大

程度地代表作為群眾的「讀者」。否則，便會出現代表性危機。讀者來信制度的諸多缺陷源於這種代表性危機，其根源則是黨群互動的危機，正是這一危機使得凝結了政黨意識形態與政治意志的（作為制度的）「讀者」不再能夠充分地代表作為群眾的「讀者」。

在改革初期，這種代表性危機得以修復，這是「傷痕文學」興起的關鍵條件。《人民文學》、《文匯報》和黨的意識形態部門合力所生產出的作為制度的「讀者」，基本上能夠實質性地代表作為群眾的「讀者」，基本上能夠代表那投給劉心武和盧新華的讀者來信中的大多數。盧新華就曾說：「據不完全統計，〈傷痕〉發表後，報社和我共收到近三千封讀者來信。這些信中的絕大多數都是因為小說和小說主人公的命運引起他們強烈的共鳴，故寫信對作品和作者表示支持的。」[55] 劉心武也曾大致估計了讀者來信的態度：

> 拿〈班主任〉來說，一開始都是正面意見，而且很激動，各階層的人都有……《人民文學》在收到第三百封信時統計了一下，反對意見是三百比三：三百封讚揚，三封反對。現在比例就不好算了，包括我後來寫的幾篇作品，在我看到過的四、五千封信裡面，一般提建設性意見的不算，全盤否定的大概有十幾封，是基本上比較激烈的、明顯的反對。[56]

---

55 盧新華：〈直面「傷痕」的心靈直白〉，《上海黨史與黨建》，2008年，第 3 期。

56 〈劉心武談中國的新寫實文學〉，載朱家信等編：《劉心武研究專集》，第 32-33、35 頁。

　　諸多回憶都表明這兩個文本確實博得了廣大讀者群眾的熱烈響應。而在文學體制和黨的意識形態部門內部，儘管關於傷痕文學是「暴露文學」的爭議不斷，但最終在胡耀邦、周揚、張光年、陳荒煤等黨和文藝界領導人的支持下，傷痕文學獲得黨的意識形態領導部門的認可，《人民文學》也在 1978 年 9月編印兩冊《作品選讀》，將〈班主任〉、〈傷痕〉都作為代表性文本選入。[57] 可見，期刊與黨的文藝領導都充分尊重讀者來信的整體態度，從而再次建構出了兩種「讀者」之間的代表性關係。

　　改革初期的確可以說是作為制度的「讀者」的代表性危機得以修復的時期。1978 年 9 月，直接受胡耀邦領導的《理論動態》（中央黨校理論研究室編）發表〈人民群眾是文藝作品最權威的評定者〉，呼籲文藝要依靠廣大人民群眾，「我們講文藝的繁榮和發展，離開最廣泛、最充分的社會主義民主，離開億萬人民群眾的積極參加，能夠談得上嗎？」[58] 更為實質性的是，1978 年底，首創性的全國優秀短篇小說評獎也決定「採取專家與群眾相結合的方法」，「由本刊編委會邀請作家、評論家組成評選委員會，在群眾性推薦的基礎上，進行評選工作。」[59] 直到 1983 年，這一評選活動都採用專家與群眾相結合的方法，並且的確充分尊重投票意見，這使得群眾推

57　劉錫誠：《在文壇邊緣上》（上冊），鄭州：河南大學出版社，2016年，第 104-108、289-291、111 頁。

58　沈寶祥編著：《〈理論動態〉精華本》，北京：中國三峽出版社，2009 年，第 96 頁。

59　〈舉辦 1978 年全國優秀短篇小說評選啟事〉，《人民文學》，1978年，第 10 期。

薦意見表一度有「選票」的效用。[60] 可以說，在改革初期，作為群眾的「讀者」重新發揮能動的作用並與作為制度的「讀者」建構了良性的代表性關係。正是在這樣的氛圍中，〈班主任〉、〈傷痕〉才迅速獲得合法性並得以經典化。

在改革初期，作為制度的「讀者」的代表性危機的修復，是文學體制中的黨群互動的危機得以緩解的結果。周揚、張光年、陳荒煤、馮牧等人重新成為文藝界的最高領導集體，他們所重建的文學體制致力於修復或重新建立與作家（作者）、讀者群眾的聯繫，給予讀者群眾、作家（作者）更多的民主參與的權利，文學期刊則充分注重作為制度的「讀者」的代表性。換言之，整個文學體制的群眾性重新獲得接納和表達。正是文學體制中的黨群互動危機的緩解，修復了作為制度的「讀者」的代表性危機，推動了傷痕文學的興起。而這也是新時期文學興起的基本條件。

在改革初期，文學領域中的黨群互動危機的緩解，折射的正是整個社會主義政治危機的修復。在「文革」結束之際，在舊有的政治實踐的條件下，群眾運動既無力改造政黨，政黨也無力再有效地動員群眾，相反，「文革」的災難性後果，「四五運動」作為自發的群眾運動的大爆發，緊接著「四五運動」被錯誤定性為反革命事件，這些都表明黨群互動關係出現了結構性的危機。在這樣的條件下，改革面臨的艱巨任務是必須創造新的黨群互動的框架，重新將群眾納入到與政黨的互

60　《人民文學》記者：〈報春花開時節：記 1978 年全國優秀短篇小說評選活動〉，載中國作家協會編：《1978 年全國優秀短篇小說評選獲獎作品集》，北京：人民文學出版社，1980 年，第 641 頁。

動關係之中，才可能重新將群眾政治的能量轉化為政黨政治的能量，簡言之，才能重建社會主義政治的群眾性。改革初期的新政治，既在於重新激活舊有的因素（如獨特的「文學習性」），使得政黨與群眾重新密切互動，更在於創造新的互動方式，使得曾經不被接納的能量（如「傷痕」情感）和群體（如知識分子），也得以作為群眾政治的有機部分被納入。知識分子群體、「文藝黑線」如何重新被納入新的政治之中，人民群眾的不滿、悲憤和「傷痕」如何被轉化為新的政治能量，這正是「新時期」新政治的任務。傷痕文學的生成，既是這種新政治生成的動力因素，也是這種新政治的產物。

　　1980 年代中期以後特別是 1990 年代以降，文學生產的市場化轉型改變了文學體制的運作邏輯，改變了文學領域與政治的關係，也改變了文學生產者個體與政治－文學的統合結構互動的方式，從而敏於政治風向的文學習性逐漸消失，敏於市場波動的文學習性逐漸生成。當文學生產主要立足於市場領域，當作家和讀者的文學習性逐漸轉變，當科層制的治理方式日益發展，當普通人的「新傷痕」[61]日益難以直接被轉化為政治的能量，我們或許已經需要站在新的政治地基上來理解當代文學的現實與未來了。

61　楊慶祥：〈「新傷痕時代」及其文化應對〉，《南方文壇》，2017
　　年，第 6 期。

第二節 工人文化宮系統與改革政治的生成： 以《於無聲處》為中心

　　在 1978 年末的歷史關口，上海市工人文化宮組織工人創作、排演的業餘話劇《於無聲處》影響巨大，甚至直接參與到黨內政治的改革進程之中：十一屆三中全會召開前夕，已在上海名聲大振的《於無聲處》劇組進京公演，轟動京城，直接推動了 1976 年天安門事件的平反。即使是〈班主任〉、〈傷痕〉、〈喬廠長上任記〉這樣影響頗深的新時期文學代表性作品，也遠沒有像《於無聲處》那樣，對改革政治起到如此直接的作用，被賦予如此崇高的政治意義。何以由一群上海普通工人創作、排演的業餘話劇，一到北京上演，竟能夠產生如此巨大的影響？這在今天是難以想像的。本節將圍繞《於無聲處》，重點梳理使話劇得以產生的群眾文化條件，並借此窺探改革初期使這部地方性的工人業餘話劇得以產生重大影響的黨群互動的文化－政治運作機制。而這正是新時期文學得以成為一場「新群眾運動」的關鍵因素。

（一）工人文化宮系統的文藝工作

　　我國最早建立的工人俱樂部是 1922 年鄧中夏參與創立的長辛店工人俱樂部，蘇區時期和延安時期都有過創建工人俱樂部的實踐。[62] 建國以前的工人俱樂部，「總是同黨的工作緊密結合在一起的。工人文化宮、俱樂部是革命總戰線中一條重要

62　全總宣教部編著：《工會文化體育工作手冊》，北京：工人出版社，1989 年，第 10-11 頁。

的戰線，是無產階級革命事業的一個組成部分。」[63]1950 年 1月，中華全國總工會（簡稱「全總」）發布指示，為了使新中國的工人階級「能夠名符其實地擔負起領導階級的任務，就必須提高工人階級的政治、文化和技術水平」，要求各地按照工廠企業規模、城市職工人數的不同規模設立俱樂部、圖書館、業餘劇團、文工團等機構，甚至提出要「創設職工創作獎金，出版職工創作選集。」[64]1950 年 6 月，《中華人民共和國工會法》頒布，繼續進行更為詳細的規定，包括場地、設備、經費等，[65] 推動各地普遍地建立工人文化宮、俱樂部。

　　一般而言，省會和市級工業城市建立工人文化宮（少數為勞動人民文化宮），區縣一級建立俱樂部或工人文化宮，基層單位一般建立工人俱樂部，廠礦、企業按不同級別建立工人文化宮或工人俱樂部，各級工人文化宮、俱樂部由各級工會相應管理，最高業務指導部門為中華全國總工會。[66] 在這一系統

63　同上，第 12 頁。

64　中華全國總工會：〈關於一九五〇年加強工人政治文化技術教育工作的指示〉，載全國總工會宣教部編：《工會群眾文化工作文件資料選編（1950-1987）》，北京：地震出版社，1988 年，第 1 頁。

65　「各級政府應撥給中華全國總工會、產業工會與地方工會以必要的房屋與設備，作為工會辦公、會議、教育、娛樂及舉辦集體福利事業等之用」，並詳細規定經費來源：「工廠、礦場、商店、農場、機關、學校等生產單位或行政單位的行政方面或資方，應按所雇全部職工實際工資總額的百分之二，按月撥交工會組織作為工會經費（其中實際工資總額的百分之一點五為職工文化教育費）。」引自全國總工會宣教部編：《工會群眾文化工作文件資料選編（1950-1987）》，第 4 頁。

66　胡霽榮：《社會主義中國文化政策的轉型：上海工人文化宮與當代中國文化政治》，上海：上海人民出版社，2016 年，第 42-43 頁。

中，省市一級工人文化宮占據著最為重要的位置，在許多大中
城市，基本上是「以市工人文化宮為中心的從市到區（縣）、
基層的三級職工文化事業體系」[67]。因此，本書將這一系統稱
為「工人文化宮系統」。儘管在大中城市，文聯－作協系統在
文學生產上顯然是最為重要的，但它也沒有取代工人文化宮系
統的作用，甚至可以說，在部分省市一級的大中城市和廠礦、
企業密集的地區，工人文化宮系統在發展群眾文藝上所扮演的
角色堪比文化館系統在區縣一級和廣大農村地區所起的關鍵作
用。以工人文化宮系統和文化館系統為兩個主要的子系統，作
為整體的群文系統有效地覆蓋了城鄉基層。[68]而群文系統又與

---

67 中華全國總工會：〈關於貫徹《關於關心人民群眾文化生活的指示》
的幾點意見〉，載全國總工會宣教部編：《工會群眾文化工作文件資
料選編（1950-1987）》，第 222 頁。

68 對於大城市中的文化館系統與工人文化宮系統有可能產生的功能重
疊，1954 年文化部和全總聯合發布〈關於加強廠礦、工地、企業中
文化藝術工作的指示〉，特別指出：「個別大城市設有區工會俱樂
部，其性質與文化館（站）相類似，應由當地政府文化主管部門商
同工會組織在機構或工作上加以適當調整，以避免重複現象，如兩者
並存，則應在工作上取得密切的配合。」1955 年，文化部和全總再
次聯合發布〈關於進一步開展廠礦、工地、企業中文化藝術工作的指
示〉，再次強調，「大城市的區工會俱樂部今後應不再發展，其中有
的與當地文化館重複，而文化館又有較好的工作基礎，應由工會組織
會同政府文化部門根據當地具體情況把它們和文化館合併；如暫時仍
有存在必要者，二者應在工作上密切配合，如成立聯合的工作委員會
或小組，聯合舉辦活動，交流經驗等」，並指示「各級政府文化部門
和工會組織，應當建立必要的聯繫工作的制度。」以上文件內容均可
見全國總工會宣教部編：《工會群眾文化工作文件資料選編（1950-
1987）》，第 26、101、103 頁。總體來說，在大中城市，文化館系
統的陣地以群眾藝術館為主，群眾藝術館的工作由於也以文藝表演活

文聯－作協系統共同構建了上下互動、各有側重的社會主義文藝生產的制度圖景。

　　1950 年 8 月，據 18 個城市統計，共建立 16 個市級工人文化宮、773 個基層俱樂部，[69] 到 1958 年，工人文化宮、俱樂部共計增加到 31604 個，其中基層、車間、宿舍俱樂部（室）增至 30675 個。[70]「從新中國建立到黨的十一屆三中全會以前的 30 年期間，我國新建的工人文化宮、俱樂部，大多數是在五十年代建設起來的。」[71]「文革」期間，工人文化宮系統與文化館系統相似，從 1966 年到 1969 年左右，基本處於癱瘓狀態，1969 年左右，工人文化宮系統或併入到毛澤東思想宣傳站（隊）或併入其他單位，1973 年起，隨著各省、自治區、直轄市及其以下各級工會組織和活動開始恢復，工人文化

　　　　動為主，因而會與工人文化宮有一定重合，但它們的服務群體各有側重，群眾藝術館為城市一般市民提供服務，其主要工作還包括業務上指導區縣一級文化館，為區縣一級文化館培養文藝人才和專職幹部，而工人文化宮則主要為工人職工及其家屬服務。只是在少數廠礦、企業密集的地區，文化館系統與工人文化宮系統存在功能重疊的現象。例如遼寧鞍山是中國特大型企業鞍山鋼鐵廠所在地，鞍山群眾藝術館除了服務一般市民和農民，也會重點服務工人，1972 年群眾藝術館甚至與鞍鋼職工俱樂部進行了合併。參見鞍山市人民政府地方志辦公室編：《鞍山市志・文化 衛生 體育卷》，瀋陽：瀋陽出版社，1992年，第 8-14 頁。

69　上海市工人文化宮：《建國三十年來文化宮俱樂部的發展概況（1980年）》，轉引自胡霽榮：《社會主義中國文化政策的轉型：上海工人文化宮與當代中國文化政治》，第 42 頁。

70　全總宣教部編著：《工會文化體育工作手冊》，第 14、17 頁。

71　梁澤楚編著：《群眾文化史（當代部分）》，北京：新華出版社，1989 年，第 40 頁。

宮系統也開始恢復獨立活動。[72]1978 年 10 月中國工會第九次
全國代表大會之後，文化宮系統開始快速增長。1980 年全國
的工人文化宮、俱樂部為 2.8 萬多個，到 1986 年已發展到 5.9
萬多個，90% 以上的縣城以及大中型廠礦企業都有了相當規
模的工人文化宮、俱樂部。[73]但 1986 年已經是建國以來工人文
化宮系統發展的最高峰，此後，數量大幅下降，到 1990 年，
全國文化宮、俱樂部共計 31730 個，[74]只是 1986 年最高峰的

---

72 以海口市工人文化宮為例，1951 年海口市工人俱樂部成立，1952 年
改為工人文化宮，1966 年「文革」爆發後直至 1969 年，文化宮停止
活動，1969 年至 1973 年，工人文化宮撥交市社會文化工作站領導，
1973 年 3 月後，由於工會組織的恢復，工人文化宮回歸工會，性質、
任務也恢復「文革」前所定。參見《海口市工人文化宮志》編輯委
員會：《海口市工人文化宮志》，海口：南方出版社，2010 年，第
3-4 頁。

73 梁澤楚編著：《群眾文化史（當代部分）》，第 150 頁。

74 〈各地區文化宮、俱樂部、圖書館、電影放映機構和工作人員數〉，
載鄭萬通主編：《中國工會統計年鑑（1991）》，北京：中國工人
出版社，1991 年，第 213 頁。具體的數據為：1981 年，基層工會文
化宮、俱樂部為 19550 個，1984 年增長到 34780 個，1985 年缺失
數據，1986 年增長到最高峰 56634 個，此後逐年減少，到 1990 年
為 28060 個；1981 年，基層以上工會文化宮、俱樂部為 1972 個，
1984 年增長到 2683 個，1985 年缺失數據，1986 年增長到 3026
個，到 1990 年為 3670 個。參見鄭萬通主編：《中國工會統計年鑑
（1991）》，第 217-218 頁。值得指出的是，這裡存在數據的不一
致，按照全總發布的〈關於貫徹中央《關於關心人民群眾文化生活
的指示》的幾點意見〉，到 1981 年，全國的工人文化宮、俱樂部是
14700 多個，而《中國工會統計年鑑（1991）》的統計，1981 年全國
工人文化宮、俱樂部總數是 21500 多個，兩者數目相差巨大，原因或
許在於全總的統計更為嚴格和正規。

53%，可以說基本又回縮到 1958 年的規模。自 1950 年代規模基本奠定以後，工人文化宮系統的快速擴張時期，可以說只是改革初期的短短數年。

　　從工人文化宮系統的初建開始，文藝工作就是重要一項。1950 年 8 月，全國工會俱樂部工作會議通過並由全總批准實施的〈工會俱樂部（文化宮）組織條例〉和〈工會俱樂部（文化宮）管理委員會工作條例〉，規定設立一系列工作組，其中文藝活動組是必要的一項，文藝組的任務具體規定為：「組織戲劇、音樂、美術、舞蹈、文學、曲藝等小組活動及比賽；培養工人的文藝鑒賞及創作能力；發動文藝工作者及團體，輔導各小組工作；舉辦文藝晚會及文藝講座；組織文藝座談，觀摩等。」[75]1954 年文化部和全總聯合發布〈關於加強廠礦、工地、企業中文化藝術工作的指示〉，指出開展文化藝術工作有助於「提高工人階級的社會主義覺悟和生產勞動熱情」，並提出具體的指導意見，例如「政府文化主管部門應會同文藝團體指導和協助文藝工作者建立與職工群眾的經常聯繫，組織作家、藝術家與工人見面」，「協同工會舉辦職工群眾藝術學校或訓練班，採取業餘學習或短期集訓的方式，培養和提高職工業餘文化藝術活動中的骨幹分子和具有特別文學藝術才能的青年。」[76]1964 年，全總批准〈基層工人俱樂部工作試行條例〉，其中規定基層工人俱樂部設立業餘文工團（隊）和創作

75　全國總工會宣教部編：《工會群眾文化工作文件資料選編（1950-1987）》，第 6、11 頁。

76　全國總工會宣教部編：《工會群眾文化工作文件資料選編（1950-1987）》，第 27-28 頁。

評論組，以組織業餘文藝演出和負責文學、戲劇等的創作和評論活動。[77]1965 年，全總發布〈關於籌備全國青年業餘文學創作積極分子大會的通知〉，其中指明全總和共青團中央、中國作協、解放軍總政文化部共同組成大會籌備領導小組，全總要求各地工會組織籌備工作組、選拔積極分子、總結業餘文學創作者成長的典型經驗、報送職工業餘作者的優秀作品等。[78]

改革初期，工人文化宮系統的重建和擴展都基本依循毛澤東時代，文藝工作也同樣如此。1979 年 1 月，全總發布 1979 年第 1 號通知，〈批發全總宣傳部關於職工業餘文藝座談會紀要的通知〉，要求各級各地總工會「狠抓創作，進一步活躍職工業餘文化生活」，認為「建立一支宏大的工人階級業餘文藝大軍，是繁榮工人文藝創作的重要條件」，這支大軍「既是我國文藝戰線上的輕騎兵，又是我國文藝戰線上的一個方面軍，是專業隊伍所不可代替的強大力量，我們一定要十分愛護這支隊伍。」並要求「基層工會和文化宮、俱樂部要大膽依靠現有的工人文藝骨幹，重新把大批的業餘文藝積極分子和業餘作者團結在自己的周圍，充分發揮他們的積極性。」[79]1979 年 8 月，全總發布〈批轉全總宣傳部召開的十四省、市文化宮、俱樂部工作座談會紀要〉，再次強調：「職工業餘文藝，從來就是黨的整個文藝事業的重要組成部分，也是我國文藝戰線的一支重要的方面軍，為了開展職工業餘文藝活動，首先要繁榮職

77　全國總工會宣教部編：《工會群眾文化工作文件資料選編（1950-1987）》，第 172 頁。

78　同上，第 183 頁。

79　同上，第 190-196 頁。

工文藝創作。」[80]1981 年 8 月中共中央發布〈關於關心人民群眾文化生活的指示〉後，全總發布貫徹指示的意見，其中同樣強調「組織文藝創作和文藝演出」是繁榮群眾文化生活的重要方面，「職工文藝活動要反映工人階級的特點，提倡寫工人、演工人、唱工人，把工人階級的崇高品質和革命進取精神表達出來，使之具有自己的風格和氣派」，並舉例說，上海、青島的職工話劇活動，天津的職工文藝創作活動，上海市工人文化宮的話劇《於無聲處》和天津工人蔣子龍的〈喬廠長上任記〉等，都是職工文化藝術活動的優秀例子。[81]

1983 年，中共中央批轉中宣部、文化部、全總和共青團中央四部門聯合起草的〈關於加強城市、廠礦群眾文化工作的幾點意見〉，可以說是改革初期針對城市、廠礦群眾文化工作的綱領性文件。這一意見指出：

在城市的居民裡，百分之九十以上是職工及其家屬，其中三分之一以上是青少年。他們……需要自己參加文體活動，進行自我表演、自我娛樂、自我教育。這是群眾文化生活很重要的一部分。我們有責任向他們優先提供場所、設備，組織和輔導他們開展活動，充分滿足他們的要求。[82]

80　全國總工會宣教部編：《工會群眾文化工作文件資料選編（1950-1987）》，第 201-202 頁。

81　同上，第 221-229 頁。

82　同上，第 242-243 頁。

　　這則意見充分意識到群眾參與的重要意義，而在城市、廠礦為群眾參與提供制度性支撐的主要力量，無疑就是工人文化宮系統。1983 年，中共中央批准這則意見之後，對於推動工人文化宮系統的加速發展，具有舉足輕重的作用。然而，在經歷迅速增長的三年後，驟然而起的市場化改革迅速使這一中央文件失效了。

　　1981 年，各種業餘文藝創作組織 8000 多個，參加業餘創作組的積極分子 57000 多人，1985 年增長到 3 萬多個，參加人數 20 餘萬，1986 年為 2 萬多個，參加人數 25 萬多人，[83] 為歷年來參加業餘文藝創作組最多的一年。此後，儘管業餘文藝創作組有所增加，但參加的積極分子已經日益減少，工人文化宮系統對業餘文藝創作積極分子的吸引力已經每況愈下。

　　可以看到，自建國初期開始，文藝工作就是工人文化宮系統的重要工作之一，組織文學創作和戲劇演出、培養文藝人才、出版文藝作品等均是工人文化宮系統的重要工作內容。正如全總宣教部在編著工人文化宮系統的教材時所指出的，「中國的工人俱樂部（文化宮），從誕生的那一天起，就和政治、經濟、社會發展和革命活動相聯繫，它從來就不是單純的文學或藝術團體，也從來沒有脫離過文學和藝術活動。」[84] 文學和藝術活動，既是教育工人群眾的方式，同時也是工人群眾自我教育的方式，其目標都在於培育和鍛造工人群眾的階級主體性。因此，工人文化宮系統的文藝活動，註定是群眾性的、業餘為主的，只有如此，文藝活動才能夠有機地嵌入到工人的日

83　鄭萬通主編：《中國工會統計年鑑（1991）》，第 218、221 頁。

84　全總宣教部編著：《工會文化體育工作手冊》，前言第 1 頁。

常生活世界，真正成為工人群眾的階級主體性的生產性要素。

　　相當一部分省、市級大中城市的工人文化宮都有文藝生產的具體記載。例如，成都市勞動人民文化宮成立於 1951 年，建宮以來，文藝工作主要有 5 項：首先，以訓練班、講座等形式，為基層培養文藝積極分子；其次，建立職工文藝積極分子隊伍，培養、輸送職工業餘文藝人才；第三，組織參與各級各類文藝演出；第四，舉辦各類陣地演出活動；第五，組織下基層慰問演出。值得注意的是第二點。建宮後，文化宮成立了各種興趣隊，1956 年成立市工人業餘藝術團，增加話劇隊、演唱資料創作組等，歷經數年後，1984 年，文化宮在演唱資料創作組的基礎上成立了「市職工文學創作協會」，出版《職工文藝》雜誌，1985 年改為《工人文學》雙月刊，內部發行，直至 1989 年停刊。[85] 成都市勞動人民文化宮的文藝工作是工人文化宮的普遍工作內容。

　　值得一提的是，相比於文化館系統在文學生產上的偏重，工人文化宮系統地處大中城市，資源調動能力強，其文藝工作的主要內容在於戲劇、歌舞、演唱等對文藝組織、規模和創作水平要求較高的文藝項目，單純的文學創作和出版反而並非重心。由於這個緣故，相比於深入農村的文化館系統，工人文化宮系統對於不能直接應用到文藝表演的文學類型如小說，並不那麼看重，對於話劇、曲藝等則更為注意，加之大中城市文聯－作協系統的覆蓋面廣，工人文化宮系統自然與之有所分工。從工人文化宮系統反觀文化館系統，可以看到，由於文化

85　成都工會志顧問、編纂委員會編：《成都工會志（1877-1993）》，成都：四川文藝出版社，1996 年，第 68-69 頁。

館系統主要處於區縣一級，又以面向廣大農村為主，活動於文聯－作協系統的空白地帶，文學創作的組織、輔導和培養也屬低成本工作，利於操作，反而普遍地得到更多重視。這在某種程度上可以解釋上海市工人文化宮何以能夠湧現出《於無聲處》這樣的話劇作品和劇作家群，卻沒有培育出代表性的小說作品或工人小說家的現象。

（二）上海市工人文化宮與《於無聲處》的生產

上海市工人文化宮（以下簡稱「市宮」）成立於 1950 年 9 月，陳毅為文化宮題寫「面向生產，學習文化」的題詞，並代表中共上海市委向文化宮贈送了親筆題詞的「工人的學校和樂園」的匾額。[86] 自成立始，市宮的文藝生產就相當活躍。例如，上海市工人文化宮文工團於 1950 年 10 月成立，下設歌詠、話劇、舞蹈、器樂等分隊，從那時開始，話劇創作與演出，就是市宮的主要工作內容之一；1954 年，文工團改組為上海市工人業餘藝術團，由各區縣、產業、基層工會推薦的文藝積極分子組成，下設分隊中依然有話劇分隊，到 1964 年年底，上海工人業餘藝術團發展到 36 個分隊，1200 多人。「文革」前，市宮組織、參與很多次文藝匯演、交流演出和觀摩演出等，文藝活動持續不斷。

文藝創作的組織和輔導也是常規動作。1951 年 4 月，市宮與《勞動報》、上海人民廣播電台聯合主辦上海工人文學第一期寫作班，邀請胡風、柯藍等擔任輔導老師，後來成為工

86　朱海平：〈「市宮」，上海工人的文化地標〉，《檔案春秋》，2013 年，第 3 期。

人作家的胡萬春、唐克新、費禮文等均報名參加；1952 年 10 月，市宮又成立上海工人文藝創作組；1956 年 2 月，作家與工人讀者聯歡會在文化宮舉行，巴金、靳以、周而復、羅蓀、峻青、吳強等 100 多位作家和工人業餘作者福庚、毛炳甫、胡萬春等都出席聯歡，參與的職工文學愛好者 2000 多人；1958 年 2 月，周揚到市宮與上海 100 多名工人業餘作者、演員見面，次月，由市宮編輯的《工人習作》第一期出版，周揚題寫刊名，出版 6 期後停刊。1966 年「文革」爆發，市宮停止活動，直到 1973 年恢復活動，重新對外開放，文藝工作也隨即復蘇。[87] 1980 年，市宮出版《工人創作》雜誌，1985 年改名《建設者》，1987 年劃歸勞動報社。[88]

　　市宮的文藝工作與上海整體的工人文藝的繁榮密切相關。「文革」前，上海是全國工業化程度最高的城市之一，工人文藝也極為繁盛。據費禮文的回憶，新中國初期上海就創辦了以發表工農兵作者作品和培養工農兵作者為主要任務的《群眾文藝》，上海各報刊的文藝部門也大力在廠礦企業中發展工人通訊員，輔導和培養工人作者；上海新文藝出版社在 1954 年和 1955 年，先後編選出版了《上海工人文藝創作選集》一、二集，收有二十名工人作者寫的近五十篇作品；與此同時，工人出版社出版了選有很多上海工人作者作品的《工人文藝

87　以上關於市宮的資料，均出自〈上海市工人文化宮大事年表〉，引自 http://tank90.com/shanghai/index.php?m=content&c=index&a=lists&catid =166&page=6，2022 年 12 月 1 日訪問。

88　《上海工運志》編纂委員會編：《上海工運志》，上海：上海社科院出版社，1997 年，第 613 頁。

創作選集》。[89]建國初，楊浦區的部分工廠已經開始有文藝組織和文學創作活動，例如上海電纜廠 50 年代初就成立文學創作組，到 1959 年成員已經有 200 多人，創作相當活躍，《工人日報》、《勞動報》、《文匯報》對此多有報導。[90]普陀區全區 300 多家工廠企業，建國初期一半以上都建立工人業餘文藝組織，1958 年，全區建立工人俱樂部 334 家，1960 年代初，滬西工人文化宮建立業餘藝術團和文藝創作組。[91]楊浦區的滬東工人文化宮也相類似。[92]黃浦區工人俱樂部 1955 年創辦群眾文藝刊物《長征》，後改名《黃浦文藝》，1960 年停刊。[93]1950 年代，上海已經產生了一批工人作家，以唐克新、胡萬春和費禮文「三駕馬車」為代表，此後一直有所延續發展。

　　1973 年市宮恢復對外開放，而市宮員工曲信先 1972 年就已創辦了市宮的業餘戲劇創作班（俗稱「小戲班」），[94]同時

89　費禮文：〈我們那一代工人作家〉，《檔案春秋》，2007 年，第 4 期。

90　上海市楊浦區志編纂委員會編：《楊浦區志》，上海：上海社會科學院出版社，1995 年，第 847-848 頁。

91　上海市普陀區志編纂委員會編：《普陀區志》，上海：上海社會科學院出版社，1994 年，第 792-793、799、805 頁。

92　上海市楊浦區志編纂委員會編：《楊浦區志》，第 829 頁。

93　上海市黃浦區文化志編纂委員會編：《黃浦區文化志》，內部出版，1995 年，第 125 頁。

94　惜珍：〈傳承者的傳承：曲信先先生訪談錄〉，載上海工人文化宮編：《〈於無聲處〉三十年》，上海：上海文藝出版社，2008 年，第 149 頁。曲信先畢業於上海戲劇學院，他是由郭沫若推薦進入上戲就讀的，就讀期間由熊佛西單獨指導，畢業後分配到市宮，被稱為上海市工人文化宮劇作家群的「祖師爺」。

創辦的是市宮員工蘇樂慈所負責的工人業餘話劇表演班，專門
負責排練和演出話劇，尤其注重排演小戲班創作的優秀作品。
參加小戲班的學員大都是上海各工廠的工人，不脫產，利用業
餘時間學習戲劇創作。據曲信先回憶，能夠參加小戲班的工人
「基本上都是各區縣局工會推薦報名者」，「進這個學習班要
政治審查，非常嚴格」，但他們的文化水平並不一定高，「當
時參加學習班的工人學員都是初、高中水平，從沒有寫過戲，
只能說是文藝愛好者」；小戲班主要是曲信先負責講授，有時
也會邀請上海戲劇學院的專家授課，例如余秋雨就曾受邀上
過課。[95]1973 年，時為上海熱處理廠工人的宗福先參加了小戲
班，他回憶說：

> 這個學習班，先後開了十幾期，每年一期，後來每年 2
> 期。一期上幾個月的課。基本都是業餘時間，難得有半天
> 時間，基本都是晚上上課。曲老師上課比較實際，他要求
> 我們上課寫東西，經常寫提綱、寫小品、寫片斷。他在創
> 作中教我們怎麼寫戲怎麼創作。然後在創作的過程中，他
> 覺得有創作潛力的，在每期結束的時候他就留二、三個
> 人，留在小戲創作組。
>
> 那時候學員清一色是工人，基本都是第一線的產業工人，
> 在工廠工作的，商業職工也有。沒有領導、幹部、學
> 生。……進去後就首先看他們演出的戲，那是蘇樂慈帶的
> 表演班演出來的。有些戲都是在文化宮的小劇場演出，通

95　胡霽榮：《社會主義中國文化政策的轉型：上海工人文化宮與當代中
　　國文化政治》，第 265、266 頁。

過工會。一般的工人都能來看，規模不大。後來從學習班
留下來到創作班，也是經常活動，半個月一次，討論一些
題材，大家共同討論，共同出主意。有的時候也會給你一
些任務。[96]

小戲班一共辦 15 期，早期報名的工人很多，選拔程序嚴
格，但到了 1980 年代中後期，隨著整個社會包括群文系統都
急劇市場化，參加報名的已寥寥無幾，1988 年小戲班甚至登
廣告公開招生，也只有 6 個人報名，[97] 勉強維持到 1990 年代
初期，便徹底停辦了[98]。小戲班的輝煌時期，也就定格在 1970
年代中期到 1980 年代中期。

但就在這一輝煌時期，市宮作為「工人的學校和樂園」，
分享了作為領導階級的工人階級的資源和地位，對工人群眾具
有相當大的吸引力。而作為群文單位，市宮的文藝生產具有一
種明顯區別於文聯－作協系統的特點：它以工人為主體，注重
群眾性和實踐性，不受專業文藝生產機制的限制，同時也隔絕
了市場機制的制約。曾以工人身分參加市宮小戲班的賈鴻源回
憶說：

全上海沒有一個劇作家有我們這樣一個實踐過程，哪有文
字上寫出來，明天就能（在舞台上）豎起來看，所以我們
對舞台的感覺，對文字的感覺，一定超越專業的不具備這

96　同上，第 238-239 頁。

97　同上，第 267 頁。

98　惜珍：〈傳承者的傳承：曲信先先生訪談錄〉，載上海工人文化宮
　　編：《〈於無聲處〉三十年》，第 151 頁。

種條件的劇作家，就是因為我們的實踐經驗，我們有點像莎士比亞，民間藝人白天寫，晚上演，每天都要寫然後就演，寫到後面就變得爐火純青了。我們的實戰能力比其他人強。他們可能理論儲備更多一些，但是他們缺少實踐。……文化宮既不是一個專業的團體，也不是藝術的專業場所，但是它有時候具備了某些專業文藝群體或場所的功能。我們上一個劇本，基本上誰看了算？是老師看了算，所以蘇樂慈既是一個導演，還是一個藝術生產的樞紐核心。她不僅僅是把關，用現在的話說，她還是一個藝術生產的組織者和最高負責人。她不僅是一個導演導戲，為了導一部戲她還需要去「拱」。拱什麼呢？比方說我們覺得這個戲好，要排這個戲，需要爭取一個場所來演出，需要組織一些人來看。所以她是一個多功能的角色，不是簡單的一個導演。她還兼生產組織者的身分，但是這個身分是含蓄的，不明確的，是模糊的。這個身分是和文化宮特定的形式與方式又是吻合的。[99]

可以說，市宮的文藝生產是一種群眾性的、業餘性的生產方式，它以工人群眾為生產主體，而文藝生產的目標也並非僅是文藝作品本身，而是使文藝生產成為工人群眾參與的方式本身，從而促生工人群眾的階級主體性，因此完全有別於專業化的生產方式。這正是文藝生產作為一種群眾文化工作的內涵。可以說，正是經由文藝生產和其他具體的活動，工人文化宮

99　胡霽榮：《社會主義中國文化政策的轉型：上海工人文化宮與當代中國文化政治》，第 256 頁。

成為工人群眾參與的文化空間，也是階級主體性生成的政治空間。

宗福先就是經由小戲班的培訓而走上了戲劇創作之路。1973 年，小戲班學習結束後，他被曲信先選中，業餘參加到了市宮戲劇創作組，參與市宮的群眾文藝工作。1978 年 5 月，宗福先為戲劇創作組創作了話劇《於無聲處》。這部反映 1976 年天安門事件、歌頌四五英雄的話劇第一時間交到蘇樂慈手上，很快就進入戲劇表演班排練。「演員都是在工廠裡的工人，包括那些從部隊文工團轉業回來的，也都在工廠裡當工人」，例如參演演員張孝中在上鋼一廠，馮廣泉在吳涇電化廠，朱玉雯在上鋼三廠，施建華在閔行汽輪機廠。[100] 可以說，從編劇到演員，都是業餘的，而導演蘇樂慈也屬於群文工作者，並非專業導演。

在 1978 年底《於無聲處》轟動全國後，這種業餘性一再地被突出。例如，1978 年 9 月 30 日，經過幾場公演後，市宮在《文匯報》國慶演出文藝廣告欄裡首次刊登演出小廣告，廣告中便特別指明是「群眾業餘文藝創作演出」、「演出單位：上海市工人文化宮話劇班」，而最先報導的也是《文匯報》專門負責群眾文藝新聞的記者周玉明。[101] 10 月 19 日，上海戲劇學院副院長吳仞之專程看戲後對劇組說：「業餘與專業的關係，我們一直很注意。我們看遲了，你們這是對我們的促進。」[102] 11 月 13 日，《人民日報》第 2 版刊發中央戲劇學

---

100 上海工人文化宮編：《〈於無聲處〉三十年》，第 12 頁。

101 周玉明：〈說真話永遠有知音——回憶《於無聲處》的採訪經歷〉，《新聞記者》，1999 年，第 1 期。

102 張孝中：〈《於無聲處》演出日記〉，載上海工人文化宮編：《〈於

院院長金山的文章〈歡迎話劇《於無聲處》來北京〉，文中說，「特別值得提出的是，這個劇的作者和演員，都是業餘文藝工作者，其中絕大多數是青年人，這是一股生氣勃勃的新生力量。……要進一步繁榮我國的社會主義文藝，還需要更多業餘和專業文藝工作者來進行創作。關心、發掘、保護、幫助廣大中青年業餘文藝創作人才並向他們學習，是我們專業文藝工作者的一個重要任務。」11 月 21 日，中國戲劇家協會組織座談會討論《於無聲處》，曹禺主持，近百位戲劇界前輩、同仁出席，業餘性同樣是被突出的特點。例如文化部副部長劉復之說，「你們是業餘的，創造群眾文化，是要走這條路子的。全國像這樣從部隊回來的有八千人，如果組織一下，力量是很強的。」[103] 陳荒煤則說：「聯想到四十多年前，作為左翼之一，我也搞過業餘戲劇活動，在上海楊樹浦一帶。我們今天能在這

無聲處〉三十年》，第 56 頁。日記中載，11 月 6 日，在上海戲劇學院公演，演後座談，文化部教育司司長李超說：「原來說業餘演出不會有高水平，要原諒著看。三十年代，趙丹他們有個業餘劇人協會，你們與他們不同。你們是生產之餘，工作之餘。作家、演員都是生產之餘。」與會的北京人藝導演夏淳也強調說：「業餘有個很大的特點，不受框框的限制。」參見同書第 64 頁。11 月 11 日，上海市委副書記嚴佑民與上海文化局局長李太成專程看戲，嚴佑民說：「我們是業餘團體，大量的是業餘的。往往有人看不起業餘的。兩年來，我們看到，在公園裡的業餘演出並不低於專業的，你們也是這樣的。」李太成也說，「你們給業餘樹立了榜樣，給專業一個促進。『青話』目前還沒有達到你們的水平。……你們的特點是業餘創作演出，帶有示範性。經過專業訓練與業餘的結合，這種現象是正常的。」參見同書第 69、72 頁。

103　同上，第 81 頁。

樣的大劇場演出，說明工人階級徹底翻身了。」[104]

　　11 月 16 日，《人民日報》的頭版頭條新聞是北京市委為天安門事件平反的通訊，同版配發「本報特約評論員」對《於無聲處》的特約評論，其中特別指出：

> 《於無聲處》的編劇、導演、演員，大都是群眾中的年輕的業餘文藝工作者。他們在創作和表演上所達到的水平，使人們驚訝讚歎，耳目一新。這個事實告訴我們，經過十多年階級鬥爭的教育和鍛煉，一代年輕的無產階級文藝工作者已經湧現；⋯⋯《於無聲處》的出現表明，一批年輕的業餘文藝工作者在向專業文藝工作者和老一輩文藝工作者挑戰了。這是一件非常之好的事情。人民殷切期望我們的專業文藝工作者和老一輩文藝工作者迎頭趕上，努力擴大已經取得的成果，和後起之秀共同組成社會主義新時期的無產階級文藝大軍，為開創群星燦爛、百花爭妍的社會主義文藝的新局面而奮鬥。[105]

　　業餘性是毛澤東時代群眾文藝生產的關鍵特點，《於無聲處》的業餘性被突出，意在突出作品是工農兵自己創造的，是不脫離生產和實踐的，是具有共產主義色彩的勞動形式的產物。《於無聲處》得以產生的最重要的歷史條件，正是漫長的毛澤東時代推動工農兵業餘創作的制度實踐，而改革初期正是

---

104 同上，第 83 頁。

105 本報特約評論員：〈人民的願望 人民的力量 —— 評話劇《於無聲處》〉，《人民日報》，1978 年 11 月 16 日，第 1 版。

這一艱苦實踐開花結果之時。難怪在看過劇後，日本新劇人活動家友好訪華團的成員津野海太郎會說：「上海劇組是業餘的。你們的成功，標誌『業餘』在中國占有很重要地位。」[106]

同樣，《於無聲處》也深深銘刻著工人文化宮系統的印記。在 1978 年 10 月被《文匯報》第一次公開報導而名動全國後，《於無聲處》被全國各地的工人文化宮、俱樂部所不斷模仿和重演，以致成為了推動工人文化宮系統乃至整個群文系統在改革初期高度活躍的一個因素。例如，1978 年 12 月，在《於無聲處》劇組調京演出期間，全總宣傳部借此契機，召集部分省市工會宣傳幹部、文化宮俱樂部主任和業餘作者集體觀摩《於無聲處》的演出，並召開工人文藝工作座談會，總結《於無聲處》的經驗，全總副主席宋侃夫、文化部副部長周巍峙和馮牧等都出席討論。座談會形成紀要，經由全總批准，作為 1979 年第 1 號文件下發至全國各級各地工會系統，旨在借著《於無聲處》轟動全國的契機，著力突出工人業餘文藝創作的重要性，推動全國工人業餘文藝工作的發展。[107]各地群文單位也都應時而動，紛紛結合地方特色排演各種版本的《於無聲處》。據統計，全國各地排演此劇的專業、業餘劇團多達 2700 多個，可謂是盛況空前。[108]例如，據陝西省報

106　張孝中：〈《於無聲處》演出日記〉，載上海工人文化宮編：《〈於無聲處〉三十年》，第 98-99 頁。

107　中華全國總工會：〈批發全總宣傳部關於職工業餘文藝座談會紀要的通知〉，載全國總工會宣教部編：《工會群眾文化工作文件資料選編（1950-1987）》，第 189-196 頁。

108　胡霽榮：《社會主義中國文化政策的轉型：上海工人文化宮與當代中國文化政治》，第 242 頁。

導，1978 年底，「西安市新城區文化館業餘話劇訓練班，寶
雞市話劇團，以及不少專、縣劇團，工礦業餘劇團，均紛紛排
演該劇。」[109] 又如，1979 年初蘇州市文化館業餘話劇隊排演
此劇；[110]1978 年底重慶鋼鐵廠話劇隊排演此劇，在廠內演出
28 場，觀眾 2 萬多人次；[111]1978 年 12 月至 1979 年 9 月，鄭
州鋁業公司文藝演出隊排演此劇，先後在公司內各俱樂部和鄭
州、洛陽等地頻繁演出。[112]《海口市工人文化宮志》較為詳細
地記載了排演此劇的過程：

> 1978 年 9 月，上海市工人文化宮業餘話劇隊演出的話劇
> 《於無聲處》，震動了上海，在全國各地也有極大的反
> 響。因此，全國各地紛紛派出專業和業餘文藝團體前往學
> 習和組織演出。⋯⋯當時，海口市總工會和海口市文化局
> 聯合向市委呈送請示，請求成立海口市職工業餘話劇演出
> 隊，學習排演話劇《於無聲處》。請示得到市委的同意
> 後，於 1978 年 11 月 21 日正式組建了海口市職工業餘話
> 劇演出隊，派出導演、演員、美工等共 15 人前往廣州、
> 上海觀摩學習，經費由市總工會負責。觀摩學習回來後，

109　〈《於無聲處》在我省普遍上演〉，《陝西戲劇》，1979 年，第
　　1 期。

110　蘇州市地方志編纂委員會：《蘇州市志》（第 3 冊），南京：江蘇人
　　民出版社，1995 年，第 723 頁。

111　重鋼文藝體育志編輯委員會：《重鋼文藝體育志》，內部出版，2001
　　年，第 36 頁。

112　鄭州鋁廠廠志編輯室：《鄭鋁志（1956-1985）》，內部出版，1988
　　年，第 436 頁。

馬上抓緊排練。該劇於 1979 年元旦期間在海口市正式公演，市總宣傳部李勃同志也參加了演出。在學習與排練演出期間，文化宮義不容辭，全力以赴地予以配合。（文化宮的）沈雄副主任是該演出隊的領導人之一。在海口市演完後，他又帶隊下到鄰近的瓊山縣、信縣、臨高縣、加來農場及加來機場等地演出，觀眾達 3 萬多人次。有些基層工會受到輻射，聞風而動。如海口糖奶廠工會主席鄭長益組織該廠業餘瓊劇團學習、排練《於無聲處》，用海南方言演出也很受歡迎。[113]

在 1978 年底和 1979 年初，除了演出內容的政治效應，《於無聲處》被廣泛觀看和排演還存在兩個重要因素。首先，它是業餘的，這就是說，它是工農兵的，是工人群眾參與的產物。在改革初期，工人階級仍然在意識形態和制度上享有崇高的地位，因此，《於無聲處》天然地擁有被接納的合法性。其次，它是工人文化宮系統的產物，是群文系統的產物，這就是說，它是根植於基層的。在改革初期，群文系統重新復蘇並繼續得到黨的文化政策的重點支撐，《於無聲處》憑藉整個群文系統深入基層的巨大網絡，得以迅速傳播到全國各城市基層和廠礦地區，創造出一個觀劇奇觀，同時也成為改革初期工人文化宮系統積極開展文藝生產的一個助推力。

---

113 《海口市工人文化宮志》編輯委員會：《海口市工人文化宮志》，第98頁。

（三）「進京」：《於無聲處》與改革政治的生成

　　《於無聲處》是文化宮系統中的工人利用業餘時間創作、排演出的「工人話劇」，這一信息在那時無疑是明確無誤地被接收到的。或許正因為如此，1978 年 9 月 22 日第一次公演後，10 月 12 日《文匯報》將報導話劇的通訊與 10 月 11 日開幕的中國工會第九次全國代表大會相關新聞報導編排在一起：頭版頭條是〈中國工會第九次全國代表大會隆重開幕〉，頭版下面是鄧小平的開幕致詞，第二版是大會開幕詞等，第三版用半個版面發表《於無聲處》的通訊。可以說，《於無聲處》首次經由《文匯報》的宣傳走向全國，是借用工人階級的階級優勢和話語優勢而成為現實的。正是這一反「四人幫」的「工人業餘話劇」標籤，暗示著它是「講政治」的工人群眾積極參與的產物，它的潛在內涵體現在鄧小平〈在中國工會第九次全國代表大會上的致詞〉對工人階級地位的重申之中：「鬥爭的實踐證明，我國工人階級不愧是一個久經考驗的立場堅定的革命領導階級。」[114]

　　其次，《於無聲處》的群眾性也體現在它是被群眾所熱烈讚揚的，是表達群眾所認同或默認的政治立場的，換言之，它是「代表群眾」的。宗福先曾回憶：「首場演出實際上是彩排，沒有想到觀眾有那麼強烈的反映。過沒幾天，買票就排隊了，當時在北海路上有個文化宮的售票窗口，（以前）從來沒有過群眾業餘演出排隊買票。……（公演後）報紙還沒有

114　鄧小平：〈在中國工會第九次全國代表大會上的致詞〉，《人民日報》，1978 年 10 月 12 日，第 1 版。

宣傳，但是名聲在外了。天天有人排隊買票，這個真的很不容易，然後就排隊也買不到了。」[115]《於無聲處》導演蘇樂慈也回憶：「話劇《於無聲處》沒有任何宣傳，也沒有任何廣告。而是由觀眾們口口相傳，一傳十十傳百，就這樣迅速傳遍上海。」[116] 這一點對於《於無聲處》來說至關重要，作為全國第一個反映天安門事件的文藝作品，《於無聲處》對天安門事件的讚頌態度深得群眾的認可，從而賦予它以「代表群眾」的合法性。其實早在 1977 年 1 月，就有人在北京街頭貼出大字報，呼籲為天安門事件平反。[117] 到了 1978 年 10 月排演時，宗福先和演員們都已經明確地感受到，天安門事件一定會平反。據宗福先回憶，「『天安門事件』過去了兩年，儘管當時還有『兩個凡是』不為它平反，但當時黨心、民心都認為應該為它平反，形成共識了。」[118] 而蘇樂慈也回憶，「人們心目當中，悼念總理反對『四人幫』是正義的，這件事情一定會平反」，演員們「沒有一個看了劇本後顧慮重重、猶豫不決，大家都沒有！」[119]《於無聲處》讚頌天安門事件，這正是群眾所認可或默認的立場。

　　既是「群眾參與」的產物，又是「代表群眾」的聲音，在

115 宗福先、木葉：〈心事浩茫連廣宇：《於無聲處》前前後後〉，《上海文化》，2009 年，第 4 期。

116 上海工人文化宮編：《〈於無聲處〉三十年》，第 16 頁。

117 李守仲：〈我採寫了第一次公開要求為天安門事件平反的內參報導〉，《黨史博覽》，2015 年，第 12 期。

118 胡霽榮：《社會主義中國文化政策的轉型：上海工人文化宮與當代中國文化政治》，第 245 頁。

119 上海工人文化宮編：《〈於無聲處〉三十年》，第 11 頁。

彼時的歷史語境中，《於無聲處》具有深厚的群眾性，並且這種群眾性是具有高度識別性的，這使話劇本身就蘊含著高度的政治性。

即使如此，這種群眾性能否被納入黨群互動之中並釋放出多大的政治能量，仍然並不確定。時至 1978 年 10 月，儘管黨中央並沒有明確為天安門事件平反，但實質上的平反進程已經啟動。1977 年 3 月中央工作會議上，陳雲、王震等提出鄧小平復出、天安門事件平反，華國鋒已經審慎地贊同，他策略性把天安門事件和廣大群眾悼念周總理區分開來，將天安門事件限定於「少數反革命分子」，這在實質上已經開啟了平反進程；而 1977 年 7 月的中共十屆三中全會全面恢復鄧小平的黨內職務，便是天安門事件平反的實質性標誌。[120] 這一點不可能不被政治敏感的黨內幹部心領神會，於是 8 月份北京市便迅速在北京公交系統中為事件參與者平反。[121] 此後，對於天安門事件的徹底平反來說，缺的只是臨門一腳，但由於是毛澤東親自確定天安門事件的「反革命性質」而汪東興等亦維持這一定性，當然也很難說沒有風險。[122] 身處在這一政治的微妙語境中，《於無聲處》先聲奪人，以其群眾性積極參與到改革政治的進程之中，這種政治能動性正是改革初期群眾性的最具活力

---

120 傅頤：〈北京市委與天安門事件的平反（上）〉，《百年潮》，2003年，第 9 期。

121 同上。

122 宗福先接受採訪時說：「我寫的時候天安門事件還沒平反啊，哪裡敢想出名？我說不定也會被抓進去。你們現在看到我出名，但你們沒體會到我的壓力、我的危險，對吧？這個戲的危險係數是最高一等，中央沒平反你就敢寫嗎？」參見附錄 B：〈宗福先訪談錄〉，未刊稿。

的部分。

不過，由於這種政治能動性仍然是從群眾內部所生發，其動力並非直接來自黨內，《於無聲處》最初上演時，儘管口碑日漲，但也並非沒有阻力。例如，為了調動各個工廠的工人到文化宮排戲和演出，導演蘇樂慈仍然需要「硬著頭皮再到廠裡去賠笑臉。」[123] 據參演演員張孝中日記，10 月 14 日，「去文化局聯繫劇場事，李太松（文化局『群文處』負責人）接待，不置可否，說再商量一下，提出演出前再看看戲。」10 月 20 日新華社文藝記者最初提出要為《於無聲處》寫報導，卻並不爽快，反而猶豫不決，21 日，總政文化部副部長沈西蒙來看戲，本來準備要提出劇組人員的歸宿問題，但看完戲後卻並沒有去後台慰問，歸宿問題自然也不了了之。[124]

直至 1978 年 10 月 28 日胡喬木親赴上海觀看《於無聲處》，話劇所內涵的政治能量才真正被發現和激活。10 月 23 日，時為中國社會科學院院長、專門負責為鄧小平起草文件的胡喬木抵達上海調研，抵滬當天即提出要看《於無聲處》。此前，發行量達 90 多萬份的《文匯報》刊發通訊後，胡喬木已經從秘書朱佳木那裡得知並細看了通訊，「認為這部話劇衝破了『兩個凡是』的框框，喊出了為天安門事件平反的聲音，值得重視。」[125] 10 月 27 日晚看劇後接見劇組人員，多有稱讚。很明顯，胡喬木的支持是一個足夠強烈的政治信號，至少表明了黨中央一部分人的態度。這一信號很快被上海和全國所

123　上海工人文化宮編：《〈於無聲處〉三十年》，第 13 頁。

124　同上，第 52、58 頁。

125　張金才：〈胡喬木調話劇《於無聲處》進京演出〉，《百年潮》，2008 年，第 2 期。

接收，從而大大降低了宣傳《於無聲處》的政治風險，自然也就引發了對話劇的第二波更為強大的宣傳。10 月 28 日，《文匯報》再次刊發通訊〈「於無聲處」響起最強音〉，另刊發觀眾、讀者來信四封，為《於無聲處》造勢，並破天荒地從 10 月 28 日起，用三天的時間全文連載劇本。據《文匯報》記者周玉明回憶，「10 月 28 日消息和劇本見報當天，多種新聞媒體聯動。上海人民廣播電台一天幾次播發消息。新華社和中國新聞社，也於當天向全國和海外摘編播發，這種快速和共鳴是史無前例的。」[126]

胡喬木無疑敏銳地捕捉到了《於無聲處》所內涵的政治能量，這種政治能量乃在於話劇來自黨外，來自工人群眾，它貨真價實地代表群眾——由工人業餘創作、並且為人民群眾所讚頌。在 1978 年 10 月底，群眾政治仍然充滿活力，這種群眾性的確能夠成為黨內政治的催化劑。而正是胡喬木識別出了這種群眾性，並推促黨內改革派吸納和徵用這一政治能量：

> 臨近 11 月 10 日中央工作會議開幕之際，胡喬木感到，此時調《於無聲處》劇組到北京公演，對天安門事件的平反，對思想解放運動，必將起到不可估量的推動作用。所以，他於 10 月底回到北京後，即給胡耀邦寫了一封信。胡耀邦非常贊成調《於無聲處》劇組來京演出。按照他們兩人的意見，11 月 4 日，文化部和全國總工會向《於無聲處》劇組發出邀請，並成立了以文化部副部長周巍峙為

---

126 上海工人文化宮編：《〈於無聲處〉三十年》，第 115 頁。

組長的接待組。[127]

　　《於無聲處》劇組 11 月 13 日啟程進京。進京之前，北京和上海、黨內和黨外有意識地提高了宣傳的規格。10 月 31 日，《解放日報》、《文匯報》繼續刊登相關報導；11 月 1 日，上海電視台、上海人民廣播電台轉播了該劇演出實況；11 月 4 日，《人民日報》第 4 版刊發通訊；11 月 7 日，中央電視台破天荒要求上海電視台向全國現場直播《於無聲處》，由中央電視台轉播，這是上海首次向全國直播節目，據宗福先回憶，「後來我遇到許多人，都說那天晚上在中央電視台的節目裡看了這個話劇。還有許多部隊的同志說，他們都是集體組織收看的」。[128] 在 11 月上旬，上海電視台已兩次轉播《於無聲處》的演出實況錄像。11 月 8 日，《人民日報》第 4 版刊發《於無聲處》圖片新聞；11 月 10 日，《光明日報》發表了趙尋的評論文章〈戲劇舞台上的一聲驚雷〉，高度讚揚《於無聲處》。13 日，《人民日報》第 2 版再次刊發中央戲劇學院院長金山的文章〈歡迎話劇《於無聲處》來北京〉，同版同時刊登一則消息：「為歡迎上海工人文化宮業餘話劇學習班來北京演出話劇《於無聲處》，《人民戲劇》編輯部於十日上午邀請首都戲劇界人士舉行座談會。到會的有周巍峙、賀敬之、曹禺、馮牧、吳雪、張庚、趙尋、鳳子、劉厚生、白樺等。」[129]

127　張金才：〈胡喬木調話劇《於無聲處》進京演出〉，《百年潮》，2008 年，第 2 期。

128　上海工人文化宮編：《〈於無聲處〉三十年》，第 22 頁。

129　本報訊：〈首都戲劇界人士舉行座談會 讚揚《於無聲處》是齣好戲 全國許多劇團積極排練準備公演〉，《人民日報》，1978 年 11 月 13

　　從 10 月 28 日到 11 月 13 日《於無聲處》劇組啟程進京，期間高規格、連續不斷的宣傳和動作，無疑是要在《於無聲處》進京前，將其提升為全國性的代表性作品，將其塑造為來自地方／代表地方、來自人民群眾／代表人民群眾的權威聲音。也就是說，這是一次借助跨媒介的高規格宣傳來鍛造、鞏固《於無聲處》的代表性的過程。在此之前，《於無聲處》在什麼意義上是群眾參與的產物，又在多大程度上代表群眾，這仍然是不確定的，只有經由這一過程，《於無聲處》才不再具體地代表上海，不再具體地代表一部分工人，而是抽象地代表工人階級，進而抽象地代表全國人民。經由胡喬木的推動和宣傳機器的鍛造，《於無聲處》作為來自上海的地方話劇得以成功進京，它所內涵的政治性一步步地激活，也一步步地被納入到黨群互動的內部。

　　絕非巧合的是，《於無聲處》劇組進京前夕和在京期間，正是中央工作會議和十一屆三中全會召開之際。中央工作會議 11 月 10 日召開，12 月 15 日結束，為期 36 天，三天后緊接著召開的，就是被黨史判定為正式開啟改革進程的十一屆三中全會，但十一屆三中全會只有 5 天，12 月 18 日召開，22 日結束。參與其會的于光遠認為：「在論述十一屆三中全會的成果和意義時，不能不把中央工作會議包括進去。在紀念三中全會時，不能不同時紀念中央工作會議。就當時的歷史事實來說，三中全會要確定的路線方針任務等問題，在中央工作會議上都已經提出來，並且得到了解決。」[130] 中央工作會議召開

日，第 2 版。

130　于光遠：〈改變中國歷史進程的 36 天〉，《百年潮》，1998 年，第

期間《於無聲處》劇組進京演出，直到十一屆三中全會閉幕之後，《於無聲處》劇組方才回到上海。可以說，在黨內政治博弈的關口，《於無聲處》作為代表人民群眾的工人業餘話劇，成為改革派在黨外的一份宣言書，一支宣傳隊，一支呼應黨內改革派力量、賦予黨內改革派合法性的群眾性力量，在這意義上，《於無聲處》所起的作用與「傷痕文學」、「改革小說」如出一轍，其程度則有過之而無不及。在改革初期，黨內外頻繁互動，黨內政治與群眾政治密切互動，正是改革政治生成的條件、過程。

相比於〈班主任〉、〈傷痕〉、〈喬廠長上任記〉這樣的作品，《於無聲處》可以說更是直接地介入到黨內政治之中。對於《於無聲處》來說，儘管此前的大規模高規格宣傳已經在全力塑造它的代表性，但這種代表性是否具有權威，還需得到中央的驗收。因此，《於無聲處》進京，是一種政治行動，意味著地方爭取被中央接納，爭取被全國接納，也就意味著地方性爭取抽象為全國性，爭取獲得代表全國人民的合法性。這個政治過程，同時也是黨內政治吸納、徵用《於無聲處》所內涵的群眾性的過程。11 月 11 日進京前夕，上海市委副書記嚴佑民和上海文化局局長李太成專程去看戲，都直接點破進京的政治性：「去北京，是光榮的政治任務，不單純是個文藝演出」，「這次去北京，是政治鬥爭的需要，人民的需要。」[131]進京後，《於無聲處》也的確不辱使命。

11 月 12 日，陳雲在中央工作會議東北組發言，列舉中央

5 期。

131　上海工人文化宮編：《〈於無聲處〉三十年》，第 70、72 頁。

需要考慮並作出決定的比較重大的 6 個問題，第 5 個便是關於天安門事件：「現在北京市又有人提出來了，而且還出了話劇《於無聲處》，廣播電台也廣播了天安門的革命詩詞。這是北京幾百萬人悼念周總理，反對『四人幫』，不同意批鄧小平同志的一次偉大的群眾運動，而且在全國許多大城市也有同樣的運動。中央應該肯定這次運動。」[132] 緊接著，中國科學院副院長李昌在中央工作會議華北組發言，也談到：「天安門群眾悼念周總理的活動，是個偉大的革命運動。……現在正在演《於無聲處》，請北京市委大力支持『四五』運動。」[133]11 月 26日，中央工作會議西北組討論會上，《光明日報》總編輯楊西光和中國社會科學院副院長于光遠作聯合發言：「最近幾個月，廣大群眾為天安門事件的性質平反，作了輿論上的準備。在廣大群眾的積極努力下，最近一個時期這個問題又取得較大進展。比如，北京第二外國語學院的廣大群眾用童懷周的名義，堅持不懈地宣傳天安門詩文和革命行動；有些工人同志編出話劇《於無聲處》；許多在天安門事件中受到迫害的英雄們報告了自己的鬥爭經歷和遭遇等。我們的宣傳戰線，包括報紙和《中國青年》雜誌，在這方面也作了積極的配合。」[134]

　　在陳雲、李昌、于光遠和楊西光的政論中，《於無聲處》已經成為代表廣大人民群眾呼聲的典型，話劇的公演為平反天

---

132 陳雲：〈堅持有錯必糾的方針〉，《陳雲文選（1956-1985）》，北京：人民出版社，1986 年，第 210 頁。

133 姜長青、劉莉：〈陳雲與「天安門事件」的平反〉，《文史精華》，2008 年，第 10 期。

134 于光遠：〈黨內高層一次真正民主的會議〉，《炎黃春秋》，1998年，第 7 期。

安門事件做了輿論準備。簡言之，它是平反天安門事件的一支力量，進而，它是形塑改革共識的一個因素。

《於無聲處》進京公演的作用遠不止此。11 月 14 日，《於無聲處》劇組抵達北京，正是在這一天，北京市委將實質上為天安門事件平反的常委會會議公報上報中央常委，並獲得批准，11 月 15 日，《北京日報》刊出會議公報，其中就包含為天安門事件平反的內容，但並沒有明確地宣示。[135]《人民日報》和新華社負責人經過商量，決定先斬後奏，將平反決議明朗化，便在 16 日單獨以「中共北京市委宣布，天安門事件完全是革命行動」的標題，作為頭版通訊刊發。[136] 正是在同一版上，配發「本報特約評論員」的特約評論〈人民的願望 人民的力量——評話劇《於無聲處》〉，此文正是在胡喬木精心指導下寫成的。[137] 文章開篇指出：

> 最近中共北京市委宣布，一九七六年天安門事件完全是革命行動。正在這個時候，上海《於無聲處》劇組來到北京，為首都人民演出。這是華主席為首的黨中央抓綱治國戰略決策的偉大勝利，是人民力量的偉大勝利。話劇《於

135　傅頤：〈北京市委與天安門事件的平反（下）〉，《百年潮》，2003年，第 10 期。

136　于光遠：〈1978 年北京市委為天安門事件平反真相〉，《百年潮》，1998 年，第 3 期。

137　張金才：〈胡喬木調話劇《於無聲處》進京演出〉，《百年潮》，2008 年，第 2 期。極為有意味的是，由於于光遠、胡績偉等人後來與胡喬木又分裂為改革派和保守派，前兩人在有關天安門事件平反的回憶中絕口不提胡喬木，但事實上，在 1978 年，他們都屬於共同的陣營，都是相對於華國鋒、汪東興等人的改革派。

無聲處》的出現，引起了強烈的社會反響。幾千萬人爭相閱讀這個劇本，在劇場，在電視機前，觀眾和演員一道悲哀、流淚、焦急和憤怒，和著歐陽平的聲音喊出：『人民不會永遠沉默！』一個話劇，在演出和發表之後極短的時間裡，就引起群眾如此廣泛的共鳴和讚賞，這並不是經常發生的。[138]

16 日晚，《於無聲處》在北京虎坊橋工人俱樂部第一次公演，觀眾上千，中宣部部長張平化、副部長朱穆之、廖井丹，文化部部長黃鎮和所有副部長包括劉復之、周巍峙、賀敬之、林默涵等，全國總工會主席倪志福和所有副主席，上海市委第一書記蘇振華，以及周揚、曹禺、馮牧、劉白羽、趙尋、張光年等都出席現場觀看演出，天安門事件英雄人物如韓志雄也現場觀看。正值《於無聲處》在北京連場公演之際，18日，華國鋒為人民文學出版社出版的《天安門詩抄》題詞，以最高領導人的身分對天安門事件平反表達了明確的支持態度，19日，《人民日報》頭版用大字標題刊登了新華社的電訊：〈華主席為《天安門詩抄》題寫書名〉。12 月 22 日，十一屆三中全會以公報的形式將天安門事件平反確定下來。[139]《於無聲處》進京的政治使命也得以完成。

在中國文化政治的語境中，「進京」意指頗深。就政治上

---

138 本報特約評論員：〈人民的願望 人民的力量 —— 評話劇《於無聲處》〉，《人民日報》，1978 年 11 月 16 日，第 1 版。

139 〈中國共產黨第十一屆中央委員會第三次全體會議公報〉，載中央黨校教務部編：《十一屆三中全會以來黨和國家重要文獻選編（一）》，北京：中共中央黨校出版社，1998 年，第 7 頁。

而言，「進京」傳統上通常是就地方權力與政治中心的關係而言的，「進京」意味著地方性力量被政治中心所承認或容納，以助推政治中心的自我更新，在極端的情況下還預示著地方性力量取代舊的政治中心，重建政治中心的合法性與普遍性。刊於正史、流布民間的「闖王進京」史事便是如此。對於中國社會主義政治來說，它首先承襲了舊有的政治意義，因此「闖王進京」一度與中國革命存在指涉關係，正如 1949 年毛澤東離開西柏坡前往北平時所說的，「進京趕考去」，「我們決不當李自成，我們都希望考個好成績。」[140] 不僅僅如此，中國社會主義政治中的「進京」還疊加了「進城」的內涵，它指涉著「人民解放軍進城」和「農村包圍城市」，地方與中央關係的重構進一步疊加了城鄉關係和階級關係的重構，這是其新穎性所在。

就文化上而言，「進京」與戲劇存在特別的關係。乾隆末年「徽班進京」，最終以徽劇為基礎，兼容並蓄，為國劇京劇的確立打下基礎。「徽班進京」是地方性文化力量重建文化的合法性和普遍性的典範，它展現了文化上的中央與地方互動的可能性，這種互動與「花雅之爭」即雅俗互動重疊在一起，構成了傳統文化內部互動和自我生成的基本方式之一。新中國成立以後，就戲劇而言，地方戲進京演出的傳統一直延續，成為文藝體制中戲劇交流的重要制度，是地方戲劇彰顯地方性存在的關鍵方式。例如 1950 年代，「戲改」中的傳統戲劇面臨艱難處境，崑曲《十五貫》和粵劇《搜書院》通過進京演出，得

140　中共中央文獻研究室編：《毛澤東年譜（1893-1949）》（下卷），北京：中央文獻出版社，2013 年，第 470 頁。

到中央認可，爭取到文化上的合法性，從而挽救了作為地方劇種的崑曲和粵劇。[141] 不只是個別劇種劇目會進京演出，大規模的進京演出制度也此起彼伏。新中國成立以後，地方戲劇通常以「觀摩演出」和「慶祝演出」的名義集體進京。對於戲曲而言，代表性的是 1952 年文化部舉辦的第一屆全國戲曲觀摩演出大會和 1964 年京劇現代戲觀摩演出大會；話劇方面，有 1956 年的第一屆全國話劇觀摩演出大會，1960 年的話劇觀摩演出，1964 年的「1963 年以來優秀話劇演出和授獎大會」，均由文化部舉辦；1959 年，全國各地以北京和上海為中心舉辦了聲勢浩大的慶祝新中國建國十週年獻禮戲劇演出活動，各地戲曲和話劇都參加慶祝演出。「文革」期間，「觀摩演出」和「慶祝演出」改為集中性的「文藝調演」。例如 1974 年的華北地區文藝調演，1975 年陸續舉辦的四批部分省以及自治區的文藝調演，其中話劇都是重要參與形式。[142]

因此，《於無聲處》進京的問題，需要放置在政治與文化的兩個「進京」脈絡中考察。一方面，進京公演本就是 50-70 年代社會主義戲劇制度的重要形式，《於無聲處》的進京依循著這一戲劇制度的成規，在文化中心彰顯了自身的地方性。這一過程同時也是改革初期沿襲 50-70 年代的文藝實踐傳統而創生新時期文藝的重要方式——通過吸納地方性文藝力量，新時期文藝中心得以保持活力，例如湖南作家群、陝西作家群、江蘇作家群等正是新時期文學得以繁榮的地方主力軍。另一方

---

141 傅謹：《20 世紀中國戲劇史》（下），北京：中國社會科學出版社，2017 年，第 137-146 頁。

142 陳成：《中國當代戲劇節的類型與特徵研究（1949-2017）》，博士論文，上海戲劇學院，2018 年，第 6-16 頁。

面，《於無聲處》作為上海的「工人業餘話劇」，成為了地方性力量與群眾性聲音的代表，它的進京還具有深刻的政治內涵。就此而言，《於無聲處》進京堪比《十五貫》進京。1956年，為了響應全國性的反主觀主義、反官僚主義運動，浙江昆蘇劇團的新編崑曲《十五貫》進京公演。按照周恩來的說法，由於《十五貫》改編恰當，具有「強烈的民族風格」，「一針見血地諷刺了官僚主義、主觀主義」，[143] 使得這部劇在北京產生了反響。隨著毛澤東兩次觀看《十五貫》，這部地方戲成功地被納入到反官僚主義、反主觀主義的運動中，成為推動全國性運動的一個因素。《十五貫》來自地方，本是一種邊緣化的「地方形式」，但一旦被中央接納，就迅速轉變為全國性的「民族形式」，成為推動全國性的政策或運動的一種動力。胡喬木顯然是熟悉《十五貫》的歷史及其命運的，但這並不是說胡喬木在有意借鑒，而是說，通過調動地方性力量進京，重塑中央的政治性，進而推動新的政治從中央輻射出去，形成全國性的影響，這種地方與中央的互動，本就是中國社會主義的傳統，這就是毛澤東所說的中央和地方的「兩個積極性」。[144]

總體來看，《於無聲處》被視為地方的、群眾的和黨外的代表性聲音，並以此為前提與中央的黨內政治密切聯動，這一過程不可謂不嚴絲合縫，配合默契。《於無聲處》的具體的地方性與群眾性，經由胡喬木和宣傳部門的識別和提煉，昇華為普遍的代表性，正如文化部、全國總工會為《於無聲處》劇組

143　周恩來：〈關於崑曲《十五貫》的兩次講話〉，《文藝研究》，1980年，第 1 期。

144　毛澤東：〈論十大關係〉，《毛澤東文集》（第 7 卷），第 31 頁。

舉行授獎大會時表彰宗福先的授獎詞所說的：「表達人民的願望，顯示人民的力量」[145]。在 1978 年底那懸而未決的政治時刻，《於無聲處》成為人民群眾在場的確證，它的政治能量多次被黨內改革政治所吸納和調用，不但它進京公演本身就是一次吸納和調用，它在中央工作會議和十一屆三中全會期間在京的每一次公演，都是吸納和調用。[146]

1978 年 11 月 19 日，《於無聲處》劇組在京西賓館為參加中央工作會議的中央領導、各省市領導舉行專場演出。[147] 舞台之上是工人業餘話劇《於無聲處》熱烈上演，舞台之下是改革政治的開創者集體觀看。舞台上下的聯動一體，似乎隱喻了改革初期地方與中央、黨外與黨內、群眾與政黨的聯動一體。此時，它既在黨內，又在黨外，既具體又抽象地賦予著平反天安門事件以合法性，同時也既具體又抽象地賦予黨內改革派以合法性。最終，平反成功意味著天安門的群眾運動最終也在黨內獲得了積極的回應，通過平反，黨重新修復自身的代表性，黨重新證明它代表四五群眾運動的立場和意志，並將這種代表性吸納為改革的合法性根據，由此，黨外的群眾運動與黨內政治重新建構起互動關係，黨群互動的循環重新修復。正是經由

---

145 宗福先、蘇樂慈：〈剪貼三十年〉，《〈於無聲處〉三十年》，第 39 頁。

146 劇組在北京從 11 月 16 日第一場公演一直持續到 12 月 24 日最後一場答謝演出，期間在中聯部、國務院各部委、中央黨校、北京市委、全國總工會、團中央、全國婦聯、北京市文藝界、財貿部、北京市教育局、北京化工廠、北京電子廠等單位都有演出，總計在京演出 38 場。

147 宗福先、蘇樂慈：〈剪貼三十年〉，《〈於無聲處〉三十年》，第 30 頁。

無數次黨內外互動的政治過程，正是通過無數次吸納和徵用群眾性的力量，正是由於黨群互動的循環的重新修復，改革政治才得以生成。

不止如此，四五群眾運動作為群眾政治的爆發點，其餘波仍然此起彼伏，西單民主牆運動可以說與四五運動一脈相承，屬於長江後浪推前浪的性質。一旦黨群互動的循環重新修復，群眾政治也立刻有所呼應，甚至更為活躍。天安門事件正式平反的消息一傳出，立刻推動西單民主牆運動到達高潮，然而，由於運動日趨激進，以及國內外形勢日趨複雜，黨內對群眾運動從支持、吸納和徵用逐漸轉向限制和壓抑，[148] 這標示了改革初期黨群互動的邊界。

第三節　群眾評選、制度支撐與全國優秀短篇小說評獎的舉辦

自 1978 年啟動的全國優秀短篇小說評選活動基本貫穿了整個 1980 年代。如眾多研究所顯示的，前幾屆評選活動既是新時期文學興起的重要條件，也是其重要產物。因此，探究新時期文學的興起與轉型，離不開對這一評選活動的考察。

現有關於這一評選活動的研究大都關注文學評獎作為文學體制的一種調試，作為一種新的引導和規範新時期文學生產的制度方式，一種形塑改革意識形態的新的探索等。本節不擬重複舊說，而是側重從讀者群眾參與的角度出發，嘗試重新敘

148　蕭冬連：《歷史的轉軌：從撥亂反正到改革開放（1979-1981）》，
　　　香港：香港中文大學出版社，2008 年，第 42-69 頁。

述 1978-1982 年的短篇小說評獎活動，著力於發掘評獎活動的群眾性及其背後的歷史與制度因素。這意味著，本節將評選活動視為一種政治實踐，評選活動的開展過程就是政治探索的過程，就是重新探索新的政治參與方式的過程。

（一）李季與群眾性評獎的發生

《人民文學》1978 年第 10 期刊登的〈舉辦 1978 年全國優秀短篇小說評選啟事〉中，「群眾」是關鍵詞。這則啟事談到，「群眾希望短篇小說迅速繁榮」，要「提倡那些能夠鼓舞群眾為新時期總任務而奮鬥的優秀作品」，最重要的是評選方法所體現出的「群眾性」：

> 評選方法：採取專家與群眾相結合的方法。熱烈歡迎各條戰線上的廣大讀者積極參加推薦優秀作品；懇切希望各地文藝刊物、出版社、報紙文藝副刊協助介紹、推薦；最後，由本刊編委會邀請作家、評論家組成評選委員會，在**群眾性推薦**的基礎上，進行評選工作。（粗體為筆者所加）

在《人民文學》編輯部草擬的評選啟事草稿中，就已經提議「採取專家與群眾相結合的方法」，並強調「發動廣大群眾推薦。」[149] 可見，從動議開始，「群眾推薦」的方法就已確立。此後直到 1982 年評選活動（1983 年舉行），都依此而行。對於這種制度設計，當時的《人民文學》編委葛洛在《人

---

149 劉錫誠：《在文壇邊緣上》（上冊），第 185 頁。

民日報》發文說：

> 群眾評選優秀文藝作品，也有利於調動群眾參加文藝評論
> 的積極性，推動無產階級文藝批評工作的發展。讓群眾參
> 加評選，請他們發表意見，就是走群眾路線，就是貫徹黨
> 的「百花齊放，百家爭鳴」方針。這樣做，群眾高興，群
> 眾歡迎，群眾會更加關心文藝，更加熱情地發表自己的意
> 見。也只有這樣做，才可能評選出名副其實的、真正受群
> 眾歡迎的優秀作品來。[150]

在評選設計中，評選的「群眾性」是突出的重點。如導論
所指出的，「群眾性」的核心內涵是指「普遍的群眾參與」，
「群眾性」與群眾的「參與性」密切相關，它構成了衡量政治
運動的關鍵標準。「群眾性」的概念指涉了有組織的、普遍的
群眾參與作為社會主義政治的基本實踐方式，甚至是路徑依
賴。因而，當改革初期基於「撥亂反正」和「思想解放」的政
治目標為新時期文學開闢道路時，也自然而然地沿襲了這種方
式。全國優秀短篇小說評獎活動也不例外。

評獎啟事所附的「評選意見表」醒目地邀請讀者群眾親
身參與，可說是群眾性的落實。評選意見表要求評選人填寫姓
名、性別、職業、工作單位等真實信息，這種實名投票方式進
一步凸顯了群眾評選的嚴肅莊重，賦予了每一張意見表以一種
表達真實可信的民意的政治性。這一切都被讀者群眾視為一種

---

150 葛洛：〈群眾評選的辦法好〉，《人民日報》，1978 年 11 月 8 日，
　　第 3 版。

「文學民主」，故稱「評選意見表」為「選票」：「本刊印發的『評選意見表』，被很多讀者稱為『選票』，他們懷著喜悅的心情，紛紛把『選票』投給自己喜愛的短篇小說佳作。」[151] 每次評選期間，四面八方、各行各業的讀者群眾紛紛寄來「選票」。1978 年評選收到 2 萬餘張，1979 年「一百天內共收到『選票』257885 張」，[152]1980 年收到 40 餘萬張，1981 年近 37 萬張，1982 年中篇小說及其評選活動開始搶占短篇小說評選活動風頭，但也收到了 37 萬餘張。讀者群眾反應之熱烈，可見一斑。

可以說，從動議到正式發布評選公告，再到制度設計者的說明，最後到實踐中的具體操作，前幾屆評選活動在在凸顯的正是評選的「群眾性」。這就難怪歷史當事人劉錫誠和崔道怡都將此重點突出：「關於 1978 年優秀短篇小說的評選所採取的群眾推薦與專家評選相結合的方式，是這次評選的一個重要特點」，「這是建國三十年來第一次舉行的大規模群眾性文學評獎活動。」[153] 為了理解這種「群眾性」所具有的新穎性，我們需要將 1978 年評獎活動與新中國成立以來真正的第一次文藝評獎活動──1953-1954 年全國兒童文藝創作評獎活動──相比較。

151　《人民文學》記者：〈報春花開時節：記 1978 年全國優秀短篇小說評選活動〉，《人民文學》，1979 年，第 4 期。

152　《人民文學》記者：〈欣欣向榮又一春：記 1979 年全國優秀短篇小說評選活動〉，《人民文學》，1980 年，第 4 期。

153　劉錫誠：〈餞臘催耕──大地回春前後的張光年〉，《新文學史料》，1998 年，第 3 期；崔道怡：《小說課堂》，北京：作家出版社，2012 年，第 238 頁。

　　1953 年 6 月，中國人民保衛兒童全國委員會（主任宋慶齡、副主任鄧穎超）在《人民日報》發布評獎公告，其中說明由「文藝作家及有關團體負責人」如丁玲、康克清、葉聖陶等 17 人組成兒童文藝作品評獎委員會，由丁玲、張天翼任正副主任，關於評選方法，公告說：「由全國文協、青年團中央、教育部等有關單位分別負責搜集，經過初步選定後，於一九五四年一月底以前，交評獎委員會最後評定。」[154] 按照這一評選方法，在具體操作中主要由四個方面推薦候選作品：其一是由教育部通知各地所屬部門推薦，其二是由地方文學藝術界聯合會、作家協會推薦至中國作家協會，再由中國作家協會轉遞給評獎委員會；其三是由中國青年出版社、中國少年報社、人民美術出版社等相關出版社推薦；其四則是邀請「經常為兒童寫作的文藝作家推薦自己的或別人的優秀創作。」[155] 可以看到，1953 年發起的全國兒童文藝創作評獎活動的評獎制度，基本上是由專業作家和文化官員組成評獎委員會，由各地專門機構組成推薦單位，完全不涉及群眾性參與的問題。可以說，相比於改革初期的全國短篇小說評獎活動，這是一次相當專業化和排斥群眾性參與的評獎活動，一次關門評獎。

　　何以 1953-1954 年的全國兒童文藝創作評獎如此專業化並且排斥群眾參與，而 1978 年的評獎活動卻一再地強調群眾性參與的重要性？

　　回答這一問題，或許需要我們回到改革初期的歷史語境。

---

154 〈文化簡訊：中國人民保衛兒童全國委員會發起獎勵兒童文藝作品〉，《人民日報》，1953 年 6 月 27 日，第 3 版。

155 〈關於四年來全國兒童文藝創作評獎的說明〉，《人民日報》，1954 年 5 月 31 日，第 3 版。

在 1978 年，文藝界在重建文學體制、構想新時期文學的方向時，所訴諸的首先是「人民群眾」。1978 年 6 月，中國文聯第三屆全國委員會第三次擴大會議召開，標誌著文聯的重建，會議決議重申「文學藝術必須為工農兵服務」；[156] 9 月，直接受胡耀邦領導的《理論動態》（中央黨校理論研究室編）發表〈人民群眾是文藝作品最權威的評定者〉，提出「人民群眾是文藝作品最權威的評定者」的命題，呼籲要依靠廣大人民群眾，「充分聽取、考慮廣大人民群眾的意見」[157]；10 月，文藝報召開座談會，呼籲「堅持實踐第一，發揚藝術民主」，巴金發言認為，堅持「實踐標準」和「藝術民主」，就是首先堅信「對作品最有發言權的人就是讀者，就是廣大人民群眾。」[158] 在 1976 年「四五運動」人民群眾展現出強大的政治能量後，處在「新時期」的開端和文學體制重建的時刻，「人民群眾」的位置似乎顯得前所未有地突出，這或許是群眾性參與的評獎方法得以順理成章地推行開來的緣由之一。再往前，我們或許還應該將「專家與群眾相結合」的評獎方法追溯到1950 年代後期形成制度性實踐並在「文革」期間普遍化和激進化的「三結合」路線：1958 年，周揚就已宣揚「依靠誰來辦文化」的解決方案是「在黨的領導下，專家和群眾結合，這是一切工作的路線。」[159]

---

156 〈中國文聯第三屆全國委員會第三次擴大會議的決議〉，《文藝報》，1978 年，第 1 期。

157 轉引自劉錫誠：《在文壇邊緣上》（上冊），第 110-111 頁。

158 巴金：〈要有個藝術民主的局面〉，《文藝報》，1978 年，第 5 期。

159 周揚：〈建立中國自己的馬克思主義的文藝理論和批評〉，《文匯報》，1958 年，第 17 期。

　　更具體地回答這一問題的方式，是考察評選活動所開創的「專家與群眾相結合的方法」的直接由來。崔道怡回憶說，這「是新接任《人民文學》主編的李季首創，在全國範圍內，根據讀者投票，結合專家評議，選定優秀短篇小說。」[160] 李季的評獎提議和評選方法，「經請示張光年同意，又取得茅盾支持。」[161] 從多方回憶來看，雖然張光年作為領導者作用無須多言，也為多方研究所突出，但 1978 年 6 月正式接任《人民文學》主編的李季所起作用同樣極為重要，評選活動尤其屬於李季「新官上任三把火」式的舉措。但相關回憶和研究均未深入談及如下問題：為什麼李季會想出「群眾推薦、專家評審」的評獎方法？為此應追溯李季最為主要的辦刊經歷。

　　1950 年 1 月，李季成為剛剛創刊半年的《長江文藝》的主編。有感於《長江文藝》最初幾期「群眾看不懂，幹部不願看」的問題，李季一上任便決定大刀闊斧進行改版，其中最重要的舉措，便是創立通訊員制度。李季認為，「廣泛徵求『《長江文藝》通訊員』，一方面打下刊物的群眾基礎，另一方面通過發展『《長江文藝》通訊員運動』，使《長江文藝》直接的能為廣大工農兵群眾服務，培養出一批新的文藝工作者。這是一個重要任務，也是一個新的嘗試。」[162] 通訊員制度

160　崔道怡：《小說課堂》，第 238 頁。

161　崔道怡：〈早春的記憶：復刊時期的《人民文學》〉，載靳大成編：《生機：新時期著名人文期刊素描》，北京：中國文聯出版社，2003 年，第 14 頁；涂光群也說：「自 1977 年起，在李季提議下，每年評選一次全國優秀短篇小說。」參見涂光群：《五十年文壇親歷記》（下），瀋陽：遼寧教育出版社，2005 年，第 696 頁。

162　李季：〈在《長江文藝》改版座談會上的講話〉，《李季文集》（第

創立一年後效果顯著：一年來《長江文藝》發展 800 餘名工農兵為主體的通訊員，收到通訊員來稿、來信近萬件，三分之二的刊物篇幅都用於發表通訊員的作品。在李季看來，「『《長江文藝》通訊員運動』，它已經超出了一般報紙和雜誌對通訊員的工作範圍，它已經具備了一種新的性質，它已經是（或者將要是）一個文藝的通訊社了。」[163] 由於通訊員制度的推行，編輯部大力承擔著輔導群眾性創作的任務，刊物成了「一個規模宏大的文藝的函授學校」，編輯部又部分承擔起為通訊員代購和介紹書刊與文化用品的責任，刊物又具有了「文藝書刊、用品服務社的性質」。[164]

　　「文藝通訊社、函授學校、服務社」，這些刊物的新屬性表明，由於通訊員制度的大力推行，群眾（通訊員）和刊物在文藝生產、生活和情感等各方面緊密地聯繫在一起，有力地打破了刊物與群眾之間的制度性邊界。由此出發，《長江文藝》已不再簡單地是一個專門性的文藝刊物，而是轉變為了一個群眾性運動的發動者、組織者和領導者。這就是李季何以稱之為「《長江文藝》通訊員運動」的緣由。

　　歷史總是存在某種反復。1950 年代初和七、八十年代之交都是歷史的新開端，也都是李季成為《長江文藝》和《人民文學》新任主編的人生新階段，李季回應的方式，都是採取開門辦刊的方式，或是改版《長江文藝》，創立通訊員制度，或是以《人民文學》為陣地，創辦群眾性的評選活動。不同的

---

　　　4 卷），上海：上海文藝出版社，1986 年，第 521-522 頁。

163　李季：〈初步的收穫：「在《長江文藝》通訊員運動」一週年紀念會上的報告〉，《李季文集》（第 4 卷），第 525 頁。

164　同上，第 527 頁。

歷史段落和刊物，卻是同樣的歷史契機和人生際遇，《長江文藝》通訊員制度和《人民文學》評獎制度也具有同樣的群眾性，即都致力於打破刊物與群眾的制度性邊界，建立兩者的密切互動關係，使刊物在與群眾的有機聯繫中互相包納、互相推動。在這一意義上，李季設計的群眾性評獎制度是對《人民文學》的革命性改造，是試圖將《人民文學》從體制化的位置解放出來，重建刊物與群眾的有機聯繫，重塑《人民文學》的刊物性質和政治品格，進而再造出《人民文學》作為群眾文藝運動的發動者、組織者和領導者的文化－政治角色。這一切恰如他對《長江文藝》的改造。

　　儘管暫時缺乏確切的史料證明兩者之間的直接關聯，但其中的巧合，或許並不是偶然的。兩者之間的關聯，或許正在於它們都能追溯到同一個起源，那就是李季在延安時期的辦報經驗。

　　1980 年 3 月 8 日凌晨，為 1979 年短篇小說評選活動一直忙碌的李季仍在寫作一篇名為〈三邊在哪裡〉的散文，文中他深情追溯 1942 年至 1947 年在陝北三邊地區度過的「一生中最美好的青春時代」：艱苦的三邊生活「把我磨煉成了一個道地的三邊人。像是有一條無形的鏈子，把我的生命，我的命運，同三邊人民緊緊拴在一起。三邊沙原變成了我的第二個故鄉本土。」[165] 同一天下午，李季猝然離世。這篇未完成的遺作，似乎在李季生命的最後時刻將他帶回到革命工作的最初歲月，帶回到使李季成為李季之所是的環境和經歷之中。

　　在三邊的歲月裡，值得一提的是李季 1945 年至 1947 年

165　李季：〈三邊在哪裡〉，《李季文集》（第 4 卷），第 382 頁。

擔任《三邊報》主編的歷史。1941 年創刊的《三邊報》是延安時期群眾性文化政治實踐的典型產物，這一實踐的核心特徵體現在毛澤東的表述中：「我們的報紙……靠全體人民群眾來辦，靠全黨來辦，而不能只靠少數人關起門來辦。」[166]「群眾辦報」、開門辦報，通過辦報幫助各級黨組織發動、組織和領導群眾，這既是中央黨報《解放日報》的辦刊路線，也是地方黨報《三邊報》的辦刊宗旨。除了追求語言通俗易懂、內容為群眾喜聞樂見，《三邊報》落實這一辦刊宗旨的最重要舉措，就是建立通訊員制度。報社在各區和縣機關發展和培養通訊員，要求各級通訊員組織做到「縣級幹部幫助區鄉幹部，會寫的同志幫助不會寫的」，報社專門開設「通訊往來」欄目，專門指導和交流各地通訊員工作的開展。[167]

　　李季的文學生涯和編輯生涯都發源於延安時期。李季生命的最後一刻仍在追憶他的延安歲月，這一事實提示著，或許延安時期是理解李季一生的文學事業和編輯事業的不變的參照系。事實上，從《三邊報》的通訊員制度到《長江文藝》的通訊員運動，再到《人民文學》的群眾性評獎活動，這三份他主編的刊物都致力於打破刊物與群眾的制度性邊界，對群眾性的注重一以貫之。經由李季這一中介，我們隱隱地看到這一文藝的群眾性傳統起起伏伏地從延安時期一直延伸到改革初期，也使我們反過來從這一傳統來歷史地理解《人民文學》所創立的群眾性評選活動的創造性與承繼性的兩面。

166　毛澤東：《毛澤東新聞工作文選》，北京：新華出版社，1983 年，第150 頁。

167　吳恩、田瑾：〈全黨辦報的實踐者：《三邊報》〉，《科學經濟社會》，2007 年，第 3 期。

（二）評獎：作為文學民主的操練

　　現有研究已從文學的視野出發對歷屆評選活動的具體過程進行了充分研究。不過，如果我們從政治的視野出發，將前幾屆的評選活動理解為文學民主的一次操練，我們或許會看到不同的風景。

　　評獎活動的一個關鍵問題是，群眾的投票到底是不是可以憑票數決定獲獎作品的嚴格意義上的「選票」？讓我們以1978年評選活動為例。此次評獎在1979年初共收到讀者來信一萬餘份、意見表兩萬餘份，《人民文學》編輯部很快提交給評獎委員會一份包含20篇初選作品的名單，並附上報告，其中指出，「如何體現群眾推薦與專家評選相結合的問題：我們必須充分重視群眾的意見，群眾投票多的作品應優先考慮。」[168] 後續活動的公開總結也基本肯定「初選篇目中的大部分作品，都是群眾『投票』最多和較多的。」[169] 然而，編輯部也認為存在兩個理由不能完全以投票為准：首先是考慮到報刊發行、作品傳播的問題，群眾投票會有遺漏，其次，編輯部認為「某些優秀作品暫時還不能被廣大讀者所欣賞」，有必要補選「得票雖少而確系優秀的作品」。[170] 因此，這次評選「不打算全按照投票多少決定，所以編輯部沒有稱『評選意見表』為『選票』」。[171]

168　劉錫誠：《在文壇邊緣上》（上冊），第186頁。

169　《人民文學》記者：〈報春花開時節：記1978年全國優秀短篇小說評選活動〉，《人民文學》，1979年，第4期。

170　劉錫誠：《在文壇邊緣上》（上冊），第186頁。

171　崔道怡：《方蘋果》，北京：作家出版社，2000年，第544頁。或許

除此之外，由德高望重的老作家、評論家（如茅盾、周揚、張光年等）組成的評獎委員會也另有考慮，最終，編輯部根據評獎委員會的意見又進行調整，評選出了 25 篇獲獎作品。作為群眾投票和專家評審的共同結果，25 篇中前 5 篇自成一檔，「在思想、藝術、作者、題材等方面，各有其特別和出色之處」，這前五篇可以說是專家評審意見為主，但也顧及了群眾投票；「前五篇之後，大體上就按得『票』多少為序」，[172] 也就是以群眾投票意見為主。群眾投票與專家意見通過分級排序的方式得以各自體現出來。

1978 年評選活動例示了改革初期兩種話語的參差交錯關係。一方面，改革意識形態繼續肯定人民群眾的首創性，另一方面，通過為知識分子平反、號召「向科學技術現代化進軍」，專家的重要性也被重新凸顯出來。如鄧小平所說的，「要發現專家，培養專家，重用專家，提高各種專家的政治地位和物質待遇。」[173] 作家和評論家自然而然地被視為專家：「我是把文學藝術家也劃入專家的範疇內的，我們應當怎樣評價和對待他們才恰當呢？」[174] 在改革初期，人民群眾的首創性和知識分子專家的重要性同時彰顯，都具有強大的合法性。

正是為了徹底規避「群眾推薦＝選票」的難題，從 1979 年評選活動開始，「意見表」的名稱改為「推薦表」。「意見」一詞表達了群眾更強的意願，而「推薦」則顯然弱化了群眾意願的強度，並將群眾意願轉化為可以商榷、更改和重塑的非確定性表達。

172 同上，第 546-547 頁。

173 鄧小平：〈解放思想，實事求是，團結一致向前看〉，《鄧小平文選》（第 2 卷），第 151 頁。

174 林林：〈從民主說到專家〉，《人民文學》，1979 年，第 4 期。

1978 年評選活動正是在這兩種話語的交錯之中開展的，它創造性地採取群眾推薦和專家評選相結合、獲獎篇目分級排序的方式，同時兼顧了兩者，從而回應了改革初期知識分子與群眾共同且平等地參與的情勢──這無疑是 1957 年「反右」以來的新情勢。

此後 1979-1982 年 4 次評選活動都發布推薦表，以便充分調動群眾參與投票，而群眾的投票結果也得到充分的尊重，正如 1980 年評選總結所說的：

> 幾年來的實踐證明，群眾與專家相結合原則的實施，並沒有出現群眾推薦與專家評議互不相容的矛盾。八〇年當選作品情況，跟七九年一樣，大部分都是得「票」最多和較多的。……雖然複雜的文藝問題難以用簡單的數字表示，但這數字也能反映出來：群眾和專家有著十分和諧的、很高程度的一致性。[175]

不可否認，在具體的程序操作中，群眾推薦和專家評審這兩個環節都各有難題。例如，群眾推薦出現了「拉選票」的問題。據崔道怡回憶，在 1979 年評選活動中，某篇作品短時間內得到同一地區的大量選票，這些投票者無不把這篇小說的名字填寫在推薦表的第一欄裡，崔道怡不得不甄別「選票」，「凡涉嫌拉票的，一律作廢。」[176] 而專家評審是否值得信任

---

175 《人民文學》記者：〈第三個豐收年：記 1980 年全國優秀短篇小說評選活動〉，《人民文學》，1981 年，第 4 期。

176 崔道怡：《方蘋果》，第 551-552 頁。

更是成為爭論焦點。1979 年評選活動結束後，陳荒煤便公開承認，「前兩天接到匿名信，要求公布票數，意思是說你們沒有以群眾為準。」[177]1980 年評選活動期間，也有人發表文章指責專家評選「走後門」、「認名家」，提出應該全由群眾決定，為此評獎委員會專門開會，討論是否應改進評審程序，例如是否公開票數；而對於專家評審內部的環節，嚴文井亦曾提議，「評委會應實行民主」，「我建議秘密投票，希望不要有『大國否決權』」，王蒙則認為專家評選無需秘密投票，「連評選小說都要保密，國家要保的密就太多了。」[178] 在新的參與情勢下，首創性的評獎活動所面臨的操作難題一如政治上的程序民主一般，既需要摸索出具體的程序安排，以整合群眾與專家的共同參與，形成評獎共識，也需要保證程序的公正透明。令人感慨的是，面對這些難題，改革初期的參與者表現出少見的真誠與熱情，這種真誠與熱情此後逐漸逸散在改革的波折動盪之中。

不過，文學評獎帶來的程序民主的難題固然重要，但更關鍵的是，在中國作協的相關部門和專家看來，群眾投票所表達的文學「眾意」和專家評審所理解的文學「公意」之間，是明顯存在張力的。

首先是群眾推薦本身的難題。例如，上引《人民文學》編輯部提出不能完全尊重推薦票的理由中，「某些優秀作品暫時還不能被廣大讀者所欣賞」這一理由並沒有出現在公開發布的評選活動總結裡。顯然，如此處理是有考慮的。如果人民群眾

---

177 同上，第 565 頁。

178 同上，第 578-579、585 頁。

的首創性意味著「人民群眾是文藝作品最辛勤的培育者，最有權威的鑒定人」[179]，那麼「某些優秀作品暫時還不能被廣大讀者所欣賞」的難題是為何以及如何出現的呢？其中必然涉及複雜的歷史和理論解釋，張光年就曾直言不諱地點明：「一個時期群眾總會喜歡某一種風格，完全聽群眾的，該突出什麼就顯不出來了。」[180]正是這裡暴露了文學民主的基本難題：獨創性的作品並不必然能被特定時代的一般群眾所及時識別，從而導致文學獨創與文學民主之間的緊張。這種緊張關係同時也是社會主義文藝實踐中的內在要素。

其次，評獎委員會的專家都並不認為群眾投票所表達的「眾意」就是「公意」。評委林默涵、孔羅蓀、馮牧、陳荒煤在評獎討論會上都同意：「評獎要群眾、專家、領導三結合，單純搞群眾評獎不合適。既不能長官說了算，也不能評論家說了算，要幾方面結合起來。這樣才能準確」，[181]「不能完全依靠票數，票數不能完全表現質量」，「選票反映了一定的群眾意見，但不能全面準確地反映作品思想藝術的實質」，「票數所反映的畢竟是一部分群眾，有其局限性。」[182]很明顯，對於群眾投票，評委們尊重但又有清醒的反思。不止如此，評委們認為，專家評審要旗幟鮮明，有所堅持。例如，沙汀認為，「中央的精神，要鼓舞人心」，故旗幟鮮明地「通過評選在思想上對讀者有所提高。我們就是『官方』評選，共產黨的『官

179　《人民文學》記者：〈第三個豐收年：記 1980 年全國優秀短篇小說評選活動〉，《人民文學》，1981 年，第 4 期。

180　崔道怡：《方蘋果》，第 579 頁。

181　劉錫誠：《在文壇邊緣上》（上冊），第 215 頁。

182　崔道怡：《方蘋果》，第 553-554、565 頁。

方評選』。」唐弢也認為，「人家承認我們是專家也好，罵我們是混蛋也好，反正是由我們來評，我們就要有傾向性。」袁鷹也說：「既然叫評獎，就得有所提倡，有所批評。絕對憑票，不叫評獎，那叫選舉」。[183] 對於評委會來說，群眾的投票只能代表「眾意」，而不能代表「公意」，唯有通過專家注入傾向性，使專家成為文學「眾意」的中介環節，才能賦予群眾投票以合法性，「眾意」才能被塑造為「公意」。正是在此意義上，是「評獎」不是「選舉」。

值得一提的是，張光年作為評選活動的關鍵人物，他的理解富有深意。在他看來，專家與群眾相結合的評獎方式，可以促進兩者「互相學習，對專家對群眾都是一次美學自我教育。這種無形的作用是巨大的，遠遠超過評獎本身。」[184] 對於張光年來說，專家與群眾相結合的方法，不僅僅有助於評選作品，而更是美學上的互相啟蒙，推而言之，「無形的作用」也可以理解為這同樣是一次文學民主的探索，一次群眾和專家共同參與、互相啟蒙的民主操練。這樣一次民主操練，或許需要放置在改革初期社會主義民主新探索的大環境中理解：1979 年選舉制度改革，制定《中華人民共和國全國人民代表大會和地方各級人民代表大會選舉法》與《中華人民共和國地方各級人民代表大會和地方各級人民政府組織法》，開啟基層民主新實驗，1980 年，鄧小平發表〈黨和國家領導制度的改革〉，開啟上層政治制度的改革。

不僅如此，張光年同時賦予了專家以政治的使命：

183　同上，第 579-580 頁。

184　同上，第 579 頁。

我們是在文藝面臨成敗興衰的關鍵時刻進行評獎的。根本的大辯論是：文藝形勢是好還是不那麼好？十七年包括「四人幫」的災難，還能不能在藝術上總結經驗？我們考慮的是不要因小失大，不是什麼膽小的問題、照顧不照顧的問題。我把話說到底，要你們在選作品時，幫幫黨的忙。[185]

張光年無疑非常清楚，改革初期是新時期文學興起的關鍵時刻，其成敗事關改革的前途。因此，他認為專家評審的功能是「幫幫黨的忙」，「讓文藝界得之不易的生動活潑局面能保持並發展」，無助於此的作品，即使「真實」，即使出自「真正有思想的作家」，也只能「先放在口袋裡」。[186] 這就意味著，與「群眾推薦一般來說側重於個人愛好，側重於對具體作品的估價」不同，專家評審需要「更著眼於文學運動的全域，有所倡導，有所調節。」[187] 對於張光年來說，評審專家並不僅僅是有所專長，而且更是政黨的有機知識分子，他們的政治使命是通過文學評獎，維繫、鞏固和重塑政黨的文藝領導權，就此而言，文學評獎本身就是改革初期重構黨群關係、鍛造改革共識的制度創新。

「推薦票」與「選票」、「評獎」與「選舉」之間既重疊又不等同的複雜關係，透露了新時期文學運動中群眾參與的特點：一方面，新時期文學的興起和改革合法性的塑造，都需要

185　同上，第587頁。
186　同上，第587-588頁。
187　《人民文學》記者：〈第三個豐收年：記1980年全國優秀短篇小說評選活動〉，《人民文學》，1981年，第4期。

重建的文學體制動員群眾參與並獲得群眾的認同，因而文學上的「群眾路線」不可避免；另一方面，這一群眾參與又被黨的領導與知識分子專家所共同中介，規導群眾性的能量沿特定方向轉化為有機的政治動能。不僅如此，這一複雜關係同時也是改革政治所創制的新的參與結構。自 1957 年「反右」直至改革初期，一般群眾、知識分子專家和黨的領導還從未如此和諧、均衡地共同參與到文學生產之中。然而，隨著 1980 年代中期城市改革和市場化改革的急促推進，這一尚未穩定的參與結構在改革的洪流之中迅速瓦解。

（三）軍隊文藝系統、基層群文單位與文學評獎的　制度支撐

評獎的群眾性也體現在評選委員會對業餘作者的重視。啟動短篇小說評獎的初衷之一，就有「主要是推薦新人作品」的意圖，[188] 而在這些獲獎者之中，工農兵業餘作者占據相當比例。例如，1978 年評選獲獎作者中，在發表獲獎作品時已經在文聯－作協系統從事專業創作或加入了中國作協的只有 6 人，其餘都可以說是業餘或半業餘作者，其中工人 3 名（莫伸、李陀、孔捷生），軍人 2 名（王亞平、劉富道），在基層群眾文化單位（以下簡稱「群文單位」）的 2 人（賈大山、祝興義），其他包括大學生、基層政府工作人員、出版社和報社編輯、大學老師等等。1979 年評選獲獎者中，在基層群文單位工作的業餘作者 5 人（陳世旭、母國政、張弦、陳忠實、張長），工人 4 名（蔣子龍、包川、孔捷生、樊天勝），其他作

---

188 劉錫誠：《在文壇邊緣上》（上冊），第 185 頁。

者的社會身分也很廣泛。1978-1981 年 4 屆獲獎者共 89 人，新人 61 人，這 61 人絕大部分來自普通群眾和基層群文單位。在這個意義上，獲獎者的群眾性也是突出特點。可以說，這幾屆的評獎完全突破文聯－作協系統，真正面向廣大人民群眾，面向業餘作者，這也是評獎活動能夠吸引群眾、動員群眾的關鍵因素。

　　重要的是最初幾屆評獎活動中的制度因素。首先是短篇小說評獎作為中國作協委託《人民文學》主辦的首創性活動，可以說是集中動用了文聯－作協系統的核心資源。除卻文聯－作協系統的領導核心的集體支持、《人民文學》著力承辦和文藝界聲名卓著的老作家組成評委會，還要求文聯－作協系統所掌握的「各地文藝刊物、出版社和報紙文藝副刊推薦併發消息；在《文藝報》及其他報刊發消息。」[189]1979 年，全國各地五十一家文藝刊物和報紙副刊進行宣傳和推薦作品，甚至連剛剛創辦的《西藏文藝》和面向國外發行的《中國文學》都被調動起來；而在北京，《文藝報》、《文學評論》等編輯部和文化部文學藝術研究院等文藝研究機構都召集座談會，支持評選活動。[190] 在改革初期，文聯－作協系統在省一級基本都已經重建，文聯－作協系統資源的調用，對於短篇小說的評選具有關鍵作用，正是這一體制的支撐，才能夠短時間內發動大量群眾參與進來。

　　然而，1978-1982 年的評獎活動不只是調用文聯－作協系統的核心資源，而且也充分借助軍隊文藝系統和地方群文單位

189　同上，第 185 頁。

190　《人民文學》記者：〈欣欣向榮又一春：記 1979 年全國優秀短篇小說評選活動〉，《人民文學》，1980 年，第 4 期。

的支持。

　　首先值得注意的是軍隊文藝系統對文學工作的重視。新中國初期，總政治部就召開兩次全軍宣教文化工作會議，向全軍要求，部隊文藝工作的具體方針是「面向連隊，為兵服務」，「全面發展我軍戰鬥性群眾性文化藝術工作」，並指出，「文化工作是政治工作的一個重要組成部分」，「把文化工作的重點放到連隊。」[191]1953 年，總政治部頒發〈中國人民解放軍連隊俱樂部工作條例（草案）〉和〈中國人民解放軍團俱樂部工作細則（草案）〉，要求全軍普遍建立和健全連隊俱樂部和團俱樂部，積極組織與指導群眾性的文藝創作活動。同年，解放軍總政治部發布〈對文化藝術工作的指示〉，指出「全軍各部隊在組織開展基層文化活動的同時，總政治部和各軍區、軍種、兵種相繼組建各類專業文藝團體和體育工作隊，成立文藝創作室，形成了一支以業餘為基礎、專業為骨幹的文化工作隊伍。」建國後，軍隊文化部門逐漸從宣傳部門分離，成為政治機關中的一個獨立工作部門，總政治部和各大軍區、軍種、兵種都設立了文化部；例如總政文化部成立於 1950 年，雖後來幾度撤銷、複建，但體系仍然逐漸健全；軍、師政治部也設立文化處（科），團政治處設立團俱樂部，連隊設立連俱樂部。[192] 全軍從上至下，單獨建設了從業餘到專業的文藝系統，從基層的連隊俱樂部、團俱樂部直到最上層的總政文化部，以致各層級的部隊文工團、期刊報紙、出版社、創作室等，無一不備。

191　梁澤楚編著：《群眾文化史（當代部分）》，第 55 頁。
192　同上，第 44-45、51 頁。

由於軍隊文藝系統的完備建制和重要地位，自毛澤東時代以來，部隊文學就構成了中國當代文學的重要組成部分。在改革初期，文聯－作協系統恢復重建後，劉白羽、李瑛這樣的總政文化部領導，《解放軍報》、《解放軍文藝》這樣的軍隊喉舌在其中也擁有相當重要的話語權。事實上，如果不是軍隊文藝系統的介入，改革初期的「苦戀風波」和葉文福〈將軍，不能這樣做〉的評獎風波，[193] 也就不會成為影響重大的事件，新時期文學的文學體制、文學規範和文學形態或許就是另一番面貌。可以說，新時期文學的興起也依賴軍隊文藝系統的孕育與支撐。

歷屆短篇小說評獎都很注重對部隊文學的發掘，軍事題材是獲獎小說的重要領域，相當一部分獲獎者都曾參過軍，在軍隊文藝系統有過相當重要的工作經歷，甚至其文學起步就是在軍隊完成的。例如 1978 年評選獲獎者盧新華，自述「我從事文學創作活動始於 1975 年，當時學寫一些新詩，有幾首發表於當地的《曲阜文藝》，主要表現和反映部隊生活（其時我參軍在 55212 部隊）。」[194]1979 年評選獲獎者蔣子龍，1960 年代加入海軍，業餘為部隊文藝宣傳隊編寫節目鍛煉寫作能力，1965 年蔣子龍根據部隊經歷創作了第一篇短篇小說〈新站長〉。[195]1979 年評選獲獎者、後憑藉〈沒有航標的河流〉獲

---

193 參見徐慶全：〈《苦戀》風波始末〉，《電影文學》，2008 年，第 23 期；亞思明、徐慶全：〈《將軍，不能這樣做》評獎始末〉，《新文學史料》，2013 年，第 3 期。

194 莫伸、張潔、盧新華：〈1978 年優秀短篇小說作者答本刊編者問（五）〉，《語文教學通訊》，1980 年，第 2 期。

195 蔣子龍：〈從兵團到文壇〉，《上海文藝》，1984 年，第 5 期。

得 1977 年至 1980 年全國優秀中篇小說獎的葉蔚林，1950 年
參軍，在部隊期間開始學習文學創作，並擔任過部隊文工團員
和團俱樂部主任，等等。

在 1978-1984 年數屆評選獲獎者中，發表獲獎作品時本身
正工作於軍隊或軍隊文藝系統的獲獎者如表 2：

表 2　發表獲獎短篇小說時單位為軍隊或軍隊文藝系統的作家

姓名 （筆名）	獲獎作品	發表獲獎作品時 所在單位和職務	獲獎屆別 （年）
王亞平	神聖的使命	瀋陽軍區普通士兵	1978
劉富道	眼鏡	武漢軍區創作組創作員	1978
李斌奎	天山深處的 「大兵」	烏魯木齊軍區話劇團創作員	1980
劉富道	南湖月	武漢軍區創作組創作員	1980
方南江、 李荃	最後一個軍禮	方南江，軍隊宣傳股長；李 荃，濟南部隊文化部創作室創 作員	1980
簡嘉	女炊事班長	四川解放軍某部隊政治處幹事	1981
宋學武	敬禮！媽媽	瀋陽部隊大連第一療養院政治 部宣傳幹事	1982
王中才	三角梅	瀋陽軍區政治部專業創作員	1982
石言	漆黑的羽毛	南京軍區政治部文藝科創作室 主任	1982
海波	母親與遺像	空軍某部政治處幹事	1982
石言	秋雪湖之戀	南京軍區政治部文藝科創作室 主任	1983
唐棟	兵車行	烏魯木齊軍區政治部話劇團創 作員	1983
劉兆林	雪國熱鬧鎮	瀋陽部隊政治部創作組創作員	1983

姓名 （筆名）	獲獎作品	發表獲獎作品時 所在單位和職務	獲獎屆別 （年）
宋學武	乾草	瀋陽部隊大連第一療養院政治部宣傳幹部	1984
王中才	最後的塹壕	瀋陽軍區政治部專業創作員	1984

軍隊文藝系統之所以能為新時期文學提供重要支撐，有其特殊條件，兩屆評選獲獎者劉富道回憶說：

> 現在回想起來，那時候軍隊為什麼能出那麼多人呢？關鍵是全國處於萬馬齊瘖的局面，軍隊相對寬鬆些，不是說有多自由，軍隊也有軍隊的特殊性，但上上下下都非常重視創作。1972 年《解放軍文藝》就在全國率先復刊。軍隊還有報紙，有出版社，也有財力。軍隊作家體驗生活，天上地下，海島邊疆，都可以去。而且無論到什麼地方采風，走到全國各地，都暢通無阻。所以說，軍旅作家能在中國當代文學史上占有一席之地。還有政治環境，在普遍受到壓制的時期，軍隊作家大多數被保護起來了。在突破禁區這一點上，有些地方上不敢搞，挨整挨怕了，但部隊作家敢於寫。[196]

軍隊之外的地方群文單位同樣以或隱或顯的方式參與到新時期文學之中。從隱的方面來說，相當一部分的業餘作者在獲獎前或獲獎時都曾在地方群文單位工作過。如 1979 年評選獲

---

196 劉富道、陳智富：〈我拿雕蟲小技奪先聲〉，《長江文藝》，2018年，第 7 期。

獎者葉蔚林，1960 年從部隊轉業後，便在湖南省民間歌舞團
擔任過創作員，「文革」後也在湖南省零陵地區歌舞團創作組
工作過；1980 年評選獲獎者、後發表〈許茂和他的女兒們〉
並獲得第一屆茅盾文學獎的周克芹，1978 年 10 月從家鄉公社
調四川省簡陽縣文化館工作，1979 年 3 月由簡陽縣文化館調
四川省文聯從事專業創作；1980 年評選獲獎者韓少功，他發
表在《人民文學》的第一篇小說〈七月洪峰〉，就是在湖南
省汨羅縣文化館工作期間創作的；1981 年評選獲獎者、《芙
蓉鎮》的作者古華，1975 年由農工身分調入湖南省郴州地區
歌舞團任創作員，1979 年再調郴州地區文聯；1981 年評獎獲
得者王安憶，1972 年在插隊三年後考入江蘇省徐州地區文工
團，直到 1978 年才調回上海；1983 年評選獲獎者、尋根文學
的主要代表李杭育，1981 年杭州大學中文系畢業後便分配在
浙江省富陽縣廣播站擔任編輯，1984 年獲獎後才調到杭州市
文聯。文化館、歌舞團、文工團和縣廣播站這些群文單位對於
他們的文學生涯有什麼樣的影響，的確殊難判斷，然而，在這
些群文單位裡，他們所從事的是文學或文藝工作，同時群文單
位也為他們的創作提供了制度上的便利，使得他們有較為充裕
的時間和穩定的條件進行文學創作，這無疑對於還未成為專業
作家的他們來說，具有重要意義。此外，有人分析，在「文化
館或地方劇團工作過」的作家如古華、葉蔚林，「比較擅長滿
足民眾對『文革』的想像與趣味。」[197]

　　從顯的方面來說，在 1978-1984 年歷屆獲獎者中，有相當

197　許子東：《重讀「文革」》，北京：人民文學出版社，2011 年，第
　　6 頁。

一部分獲獎者正是在文化館系統工作期間發表了他們的獲獎作品，如表3：

表3　發表獲獎短篇小說時單位為文化館系統的作家 [198]

序號	姓名（筆名）	獲獎作品	發表獲獎作品時所在單位	獲獎屆別（年）
1	賈大山	取經	河北省正定縣文化館	1978
2	祝興義	抱玉岩	安徽省懷遠縣文教局創作組	1978

---

[198] 需要對此表說明的是：王潤滋和張弦分別兩次獲獎，如重複計算，則1978-1984年發表獲獎作品時屬於文化館系統的獲獎者共18人，如不重複計算，則為16人。表中王潤滋所在的單位煙台地區創作組、煙台地區戲劇創作室和1982年評選獲獎者矯健所在的煙台地區文化局創作室，實則是同一單位，且曾屬於煙台地區文化館。王潤滋1970年調至煙台地區創作組（歸煙台地區文化局管理，又稱文化局創作組）。煙台地區創作組成立於1963年，初名煙台專區戲劇創作組（煙台專區1967年改為煙台地區），主要從事戲劇創作，兼搞文學創作。彼時煙台專區並沒有文化館，也沒有文聯，只有群藝館。戲劇創作組在「文革」前就承擔了文化館和文聯所承擔的文藝創作的任務。1968年，戲劇創作組與群藝館合併，成立煙台地區文化館，1970年又合併其他單位成立毛澤東思想文藝宣傳站。1972年恢復成立地區文化館。1978年春，文藝創作組從文化館分出，成立煙台地區文藝創作組，1980年更名為煙台地區戲劇創作室。因此，王潤滋也算是從文化館系統出來的，他還擔任過創作研究組（室）副主任。1984年，煙台地改市。1984年7月，文藝創作室一分為二，分別成立煙台市戲劇創作研究室、市文學創作研究室。與此同時，1984年5月開始籌備煙台市文聯，1985年底正式成立煙台市文聯，王潤滋、矯健都調入文聯，王潤滋任主席，矯健任副主席，兩人同時身兼作協主席、副主席。參見煙台文化志編纂委員會編：《煙台文化志》，北京：人民出版社，1999年，第50-51、265-266頁。

序號	姓名 （筆名）	獲獎作品	發表獲獎作品時所在單位	獲獎屆別 （年）
3	陳世旭	小鎮上的將軍	江西省九江縣文化館	1979
4	母國政	我們家的炊事員	北京市崇文區文化館	1979
5	張弦	記憶	安徽省馬鞍山市文化局	1979
6	陳忠實	信任	陝西省西安市郊區文化館	1979
7	張長	空谷蘭	雲南省西雙版納傣族自治州文化館	1979
8	張弦	被愛情遺忘的角落	安徽省馬鞍山市文化局	1980
9	京夫	手杖	陝西省商縣文化館	1980
10	王潤滋	賣蟹	山東省煙台地區創作組	1980
11	王潤滋	內當家	山東省煙台地區戲劇創作室	1981
12	魯南	拜年	山東省禹城縣文化館	1981
13	姜天民	第九個售貨亭	湖北省英山縣文化館	1982
14	矯健	老霜的苦悶	山東省煙台地區文化局創作室	1982
15	楚良	搶劫即將發生	湖北省荊門市文化局	1983
16	彭見明	那山那人那狗	湖南省平江縣文化館	1983
17	映泉	同船過渡	湖北省遠安縣文化局	1984
18	白雪林	藍幽幽的峽谷	內蒙古自治區哲盟群眾藝術館	1984

　　可以說，1978-1984 年歷屆評選都有獲獎者出自文化館系統。這實與文化館系統作為區縣一級的「小文聯」或「創作室」的角色分不開。文化館系統作為培養、安置地方文學作者的制度，不但支撐著地方性的群眾文藝創作，更為重要的是，

文化館系統從群文工作的要求出發，制度性地規導著地方文學作者，促使他們關注群眾生活、留心現實，以群眾喜聞樂見的題材、主題和形式來進行文學創作。或許，正是通過這種制度性的、潛移默化的規導，文化館系統在為文學上層輸送新鮮血液的同時，也一定程度地賦予或增添了新時期文學的現實主義底色。

如果從這一角度來看，陳世旭的〈小鎮上的將軍〉、張弦的〈記憶〉〈被愛情遺忘的角落〉、陳忠實的〈信任〉、王潤滋的〈內當家〉、彭見明的〈那人那山那狗〉等新時期文學的經典作品，它們對現實變動的敏感、現實主義敘事的扎實，都可以從作者的群文工作者的身分重新理解，甚至新時期文學的現實主義的復蘇及其所展現出來的特點，也都可以由此重新獲得理解。這意味著，新時期文學的現實主義傳統的制度性根源，這種現實主義能夠不斷得到維繫和再生產的制度性根源，都部分地與群文系統特別是文化館系統有關；而這種現實主義之所以呈現如此形態，也要從群文系統所追求、展現、創造和再生產的群眾性來理解。改革初期的現實主義與群文系統的群眾性之間，存在一種未被揭示的實質性聯繫。

軍隊文藝系統和地方群文單位並不僅僅培育部分獲獎作家及其創作，而且還具體地參與到評獎活動之中來。1978 年評獎活動總結提供了一個生動的案例：

> 這次評選活動還得到全國各地兄弟報刊、出版社、圖書館、文化館的熱情支持和幫助，他們都把搞好這次評選當作自己義不容辭的責任。許多單位專門組織了讀者座談會，通過座談進行評選、推薦，有的還寄來了會議記錄。

河南省圖書館為了協助做好這次評選工作，開闢了宣傳專欄，舉辦了短篇小說閱讀周，把近兩年來全國各地出版的文藝刊物，設專架陳列，供讀者閱讀，為讀者評選提供條件。今年一月中旬，他們特別邀請了三十多位業餘文藝工作者、新聞工作者、大中學教師、青年讀者舉行座談會，進行評選和推薦。正巧那幾天鄭州地區大雪，冰天凍地，天氣奇寒，但不少人聞訊自動趕來，參加座談的竟達五十多人，這充分反映了人民群眾熱情關懷這次評選活動。[199]

1979 年評獎活動總結也例舉說：

解放軍某部政治處組成了有副政委和宣傳、新聞幹事參加的評選小組，積極參加評選。山東、貴州、四川等省的總工會向所屬地市廠礦企業工會和文化宮行文轉發了推薦表，號召他們發動和組織群眾推薦。江南光學儀器廠六車間團支部召開了評選座談會，寄來了座談記錄。麗水師範專科學校中文系團支部以評選為題，「過了一個很有意義的團日」，他們並且同推薦表、意見書一起寄來了五枚團徽，「作為三十七名團員的一點心意」。[200]

可以說，最初幾屆評獎活動不但調用文聯－作協系統，也調用群文系統、軍隊和黨團支部，而這些系統都屬於高度組織

199　《人民文學》記者：〈報春花開時節：記 1978 年全國優秀短篇小說評選活動〉，《人民文學》，1979 年，第 4 期。

200　《人民文學》記者：〈欣欣向榮又一春：記 1979 年全國優秀短篇小說評選活動〉，《人民文學》，1980 年，第 4 期。

化的體系，都具有強大的動員能力。有了這些具有強大動員能力的制度的支撐，也就難怪這幾年的評獎活動能夠動員如此之廣的群眾參與，產生巨大的影響力。

討論：個人性、地方性與群眾性

本章致力於從群眾性的視野重探新時期文學興起的具體過程。從文學創作者、文藝生產單位到讀者群眾，從基層、省市到中央，從工人文化宮系統、軍隊文藝系統到地方群眾文化單位，從《人民文學》、《文匯報》到全國優秀短篇小說評獎，新時期文學的興起過程不但需要文學－政治中心的號召與領導，也需要基層和地方的呼應與參與，不但需要調動文學生產者個體的積極性，也需要調動讀者群眾的大規模參與，不但需要依賴文聯－作協系統自上而下的動員與組織，也需要獲得軍隊文藝系統、群文系統等組織自下而上的輔助與支撐。只有充分調動各個方面的因素，新時期文學才能短時間內迅速興起且「空前繁榮」。在這一過程中，值得提出來繼續討論的，是個人性、地方性與群眾性的關係。

首先是個人性與群眾性的關係。

如已論述的，改革初期的新時期文學依然延續十七年時期的「當代文學」傳統，從大名鼎鼎、身居高位的專業作家，到默默無聞、位處基層的業餘作者，這些文學生產者似乎都具有一種獨特的文學習性。這種文學習性是文學生產者與政治體制、文學體制的制度性互動而生成的一種獨特的主體性。其獨特性首先在於，它是歷史的產物。只有在大約 1940-1980 年代，或者說，自 1942 年〈講話〉要求「文藝為群眾」從而也

就要求知識分子改造為與人民群眾相結合的革命知識分子開始，到1980年代中期明確「以經濟建設為中心」並迅速推動文學體制的市場化轉型這一歷史時期內，這種文學習性才是凸顯的存在。其次，用布爾迪厄的話來說，「習性是一種社會化了的主體性」，[201] 這種文學習性即是如此。文學生產者的文學習性是一種內化了社會性的主體性，社會性銘寫在個體的身心之中，這裡的社會性主要是由政治體制和文學體制的嵌合結構所構成。以這種文學習性為中介，文學生產者個體與政治體制－文學體制形成了直接的連通和密切的互動：一方面，前者敏感於也密切呼應於後者的變動，另一方面，後者也易於影響、波及、觸動、動員和組織前者。最後，正由於此，文學習性也使我們超越政治與文學的二元對立關係，從生成性的角度來理解政治體制－文學體制與文學生產者個體的關係。正如傷痕文學的創造性所表明的，文學習性內在地包含著「一種生成性的自發性。」[202] 也就是說，上述的這種連接和互動並不簡單的是支配與被支配的關係，而是包含著互相推動和互相生成的可能性與現實性。

正是在這裡，文學生產中的黨群互動獲得了具體性。從一般的制度互動的角度來說，群眾路線構成了黨群互動的一般描述，即「從群眾中來，到群眾中去。」這種一般描述也適用於1940-1980年代中期的文學生產。然而，這種一般描述缺乏具體的中介，以使我們深入到文學形式中去描述黨群互動的具

---

201 [法] 皮埃爾·布爾迪厄：《文化資本與社會煉金術——布爾迪厄訪談錄》，第173頁。

202 同上，第24頁。

體過程和微觀結果。文學習性正是這樣的具體中介，它是文學生產者個體與政治體制－文學體制互動的基礎，也是一個生成性的場域，在其中兩者不斷互動，生成新的文學習性和政治契機，這種互動和生成性甚至體現在敘事形式和語言風格等具體的文學形式之中。文學生產中微觀的黨群互動，就體現為文學習性的表現、修復、鞏固和再生成的過程。

通過文學習性，文學生產者的個人性與群眾性連接到一起，或者說，通過文學習性，文學生產者的個人性才得以構成群眾性的內在組成部分。群眾性並不意味著對個人性的壓抑，恰恰相反，群眾性要充分依賴個人性的積極行動，只有如此，群眾的「溢出」潛能才是可以理解的。然而，文學生產者的個人性也可能對抗群眾性，正是在這裡，文學習性開始運作，它限定乃至壓抑這種對抗，但更重要的是將這種對抗轉化為有機互動，從而使無數的個人性生成為群眾性。正由於此，社會主義現實主義的文學成規和「文藝為工農兵」的文學傳統才得以生成。

對於改革初期來說，文學生產者所普遍具有的這種文學習性是使得改革前後的歷史獲得連續性的歷史前提，也是新時期文學得以興起的主體性前提。如果不是存在著這樣一種普遍的文學習性，我們就很難想像劉心武、盧新華這樣的文學生產者會積極主動地介入到文學場域和政治場域，能動地與文學體制、黨的意識形態部門展開互動；我們也很難想像新時期文學何以能夠迅速地調動起廣泛的群眾參與，從而得以短時間內興起且「空前繁榮」。[203]

---

203 1980 年代中期以後，文學生產的市場化轉型不但改變了文學體制的運

　　其次，是地方性與群眾性的關係。

　　文學的地方性問題，自五四新文化運動以來就已凸顯。這是因為文學的地方性事關中國現代民族國家的創構，這種創構不可避免地面臨著如何整合地方、如何將地方想像、敘述到一個現代民族國家的框架之中的任務。1939-1942 年的「民族形式」論爭，進一步將文學的地方性問題上升到「民族形式」的高度。[204] 1942 年〈講話〉以後，「『民族形式』問題並未因〈講話〉對階級政治主體的強調而消失，毋寧說〈講話〉正是對普遍意義上的『民族形式』問題的深化和具體化。」[205]

　　「文藝為群眾」以開展階級政治的過程，與將人民群眾在地方基層所創造出來的舊形式、民間形式、方言土語等地方形式重構為「民族形式」的過程，在中國革命中合二為一。這就是說，文學的地方性問題，經由「民族形式」探索和〈講話〉及其後「文藝為工農兵」的文化實踐，與中國社會主義的獨特政治密切關聯著，這種獨特政治既要將地方性吸納為民族國家的有機構成要素，也要使地方性成為群眾性的具體化。——就前者而言，「地方性是可以轉化為全國性」[206] 的，因而是一

作邏輯，改變了文學體制與政治體制的關係，也改變了文學生產者個體與政治體制 - 文學體制互動的方式，從而敏於政治風向的文學習性逐漸消失，敏於市場波動的文學習性逐漸生成。

204　汪暉：《地方形式、方言土語與抗日戰爭時期「民族形式」的論爭》，《現代中國思想的興起》（下卷第二部），北京：生活・讀書・新知三聯書店，2008 年，第 1493-1507 頁。

205　賀桂梅：〈「民族形式」問題與中國當代文學史（1940-70 年代）的理論重構〉，《文藝理論與批評》，2019 年，第 1 期。

206　柯仲平：〈介紹「查路條」並創造新的民族形式〉，《文藝突擊》1939 年 6 月 25 日新 1 卷第 2 期，轉引自汪暉：《現代中國思想的興

個普遍化的過程，是一個將地方性中的民族性（或國族性）提煉和重述出來的過程。就後者而言，地方性文藝是群眾在特定地域集體創造的產物，這種歷史的、文化的長久存在通過持續的黨群互動與「文藝為群眾」的文化實踐，政治性地成為群眾性文藝的具體表達。

然而，地方性與群眾性的關係還可以從地方性如何作為一種構成性的力量介入到黨群互動之中的角度來理解。正如已論及的，在改革初期，《於無聲處》的「進京」是通過調用地方性力量來推動全國性的改革新政治的過程。在這裡，黨群互動是以中央與地方互動的形式表現出來的，從而與「地方形式」－「民族形式」的辯證過程區別開來。

《於無聲處》的「進京」實際上意味著：地方性文藝由於它與群眾性的深厚關係，它具有代表群眾的合法性和政治賦能的潛能，在這意義上，群眾性是以地方性的方式來介入到黨群互動之中的。然而，這種潛能的現實化則又依賴地方與中央的「兩個積極性」的制度性互動。地方與中央的互動，是中國社會主義革命與建設的基本模式，無論是政治和經濟上的集權與分權，還是文化上的「百花齊放、百家爭鳴」或「文化革命」，都是如此。在改革初期，家庭聯產承包責任制改革從安徽最初出現到被中央接納，再到成為全國性的農村改革，以及胡喬木調《於無聲處》進京，借助地方力量推動中央開展思想解放運動，都需要在這一傳統下才能充分理解其政治與歷史內涵。在改革初期，就都需要充分調動地方基層的群眾參與而言，黨群互動與中央－地方的互動又一定程度上交織在一起。

起》（下卷第二部），第1504頁。

在文學生產領域也同樣如此。新時期文學的繁榮有賴於地
方性文學力量的迅速崛起。在改革初期，湖南作家群（古華、
葉蔚林、孫健忠、莫應豐、韓少功等）和陝西作家群（陳忠
實、路遙、賈平凹、鄒志安、京夫等）是最重要的兩個地方作
家群，即文學史上的「湘軍」和「陝軍」。湘軍與陝軍的崛起
得益於很多因素，例如湖南自晚清以來的文脈傳承、革命志
士風氣，建國後湖南作家如周立波的扶持與影響，而陝軍則接
續「解放區」文學的傳統、也有賴於柳青和王汶石等作家的扶
持與影響等。[207] 然而，當我們更深入地考察兩支地方性文學
力量的內部構成時，我們無法不注意到其中大部分作家的基層
背景。例如古華是多年農業工人，孫健忠當過小學教師，韓少
功由知青調到縣文化館，陳忠實也是多年擔任公社幹部後調入
區文化館，鄒志安、京夫也都是縣文化館的基層幹部；與此同
時，我們也無法忽視培育與支撐這兩支文學力量的群文系統的
重要作用（詳見第二章）。可以說，從新時期文學整體來說，
湘軍和陝軍是兩支重要的地方性文學力量，而從這兩支文學力
量的生成條件和成長歷程而言，則又具有深厚的群眾性。在這
裡，群眾性的文學參與凝聚成了地方性文學力量。

綜合如上論述，當我們將文學生產者的個人性、文學生產
的地方性與群眾性連接到一起討論時，群眾性的豐富層面就被
更具體地打開了。一方面，個人性與群眾性通過文學習性而連
接，地方性與群眾性通過代表性的塑造而連接；另一方面，如
已論述的，群眾性的核心內涵是「群眾參與」，群眾參與的具

---

207 張志忠：〈論中國當代文學流派〉，《中國社會科學》，1985 年，第
　　5 期。

體實現形式包括文學生產者個體能動地介入政治，也包括地方性文學力量經由中央－地方的互動而參與到新的文學、新的政治的創造之中。在這意義上，個人性、地方性內在地形構了群眾性，成為群眾性的不同層面和差異性表現。

　　需要再一次強調，無論是以個人性還是地方性的形式，群眾性參與都預設了黨群互動的群眾性模式。只有在黨群互動的群眾性模式中，文學生產者的個人性參與和地方性文學力量的參與才直接地具有群眾性的內涵。正是在黨群互動的群眾性模式中，政黨及其文學部門才始終保持著對個人性參與和地方性參與的介入，無論是組織、動員還是領導，無論是包容、吸納還是排斥，這種介入總是在發生著。這種介入首先依賴個人性參與和地方性參與，但同時也將之轉換為群眾性參與。離開普遍而能動的個人性參與和地方性參與，我們就無從理解群眾性何以可能，離開政黨及其部門的普遍而能動的介入，我們也同樣無從理解群眾性何以生成。

　　就文學生產而言，政黨及其文學部門的普遍而能動的介入，就包括創制一系列具體的制度安排以支撐不同層次上的群眾參與。

　　如已論述的，文學刊物不但在具體的編輯策略上注重通過編輯和發表個人創作來推動實現個人性參與的政治潛能，也注重「開門辦刊」，強調刊物與文學生產者個人、讀者群眾的制度性互動，由此文藝通訊員制度、讀者制度都發展起來。不但如此，為了進一步推動群眾參與，改革初期還創造了文學評獎制度。這種文學評獎制度對群眾參與的強調和突出，使得文學部門得以迅速地調動和組織起群眾參與的積極性。在具體的過程中，文學評獎活動一方面將群眾投票視為「選票」，充分尊

重群眾的趣味和選擇，另一方面將群眾投票和讀者來信提升為開創新時期文學新局面的重要力量，由此群眾參與獲得了政治性。不但如此，工人文化宮系統、軍隊文藝系統和基層群眾文化單位也都參與到評獎活動中，表明它們也都成為新時期文學群眾參與的制度支撐。群眾不僅可以通過文學部門，而且可以通過廣泛的非文學制度和組織參與到新時期文學之中，群眾參與獲得了多種多樣的制度渠道。

因此，不但需要從參與主體（個人與地方）的多重構成來理解群眾性，也需要從制度（從編輯制度到社會性的基層文化單位）的多重構成來理解群眾性。群眾性的具體性由兩者共同構成。在下一章，我們將更為深入地考察群眾性的制度內涵。

第二章
文化館系統與新時期文學

　　正如導論所述，改革初期新時期文學從上到下的空前繁榮，與以文化館系統和工人文化宮系統為主體的群文系統存在密切關係。工人文化宮系統的作用已有所論及，本章著重探究文化館系統的重要作用。

　　在改革初期的新時期文學中，存在兩個代表性的地方作家群：湖南作家群和陝西作家群。這兩個作家群都以其鮮明的地方特色群體性地湧現，例如湖南作家群的古華、莫應豐、葉蔚林、韓少功、孫健忠、彭見明、何立偉等，都曾創作出獲得茅盾文學獎或全國優秀中短篇小說獎的重要作品，陝西作家群的路遙、陳忠實、賈平凹、鄒志安、京夫等也同樣如此。1981年，中國作協便選定湖南和陝西作為新時期中國南北兩個形成作家群體的代表性省份，並組織兩省作家互相交流經驗。[1] 從群眾性的視野來看，這兩個省份之所以能夠群體性地湧現出作家，與根植於基層的文化館系統存在不可忽視的關係。本章在概述文化館系統及其文學生產的總體面貌之後，將聚焦於這兩個省份的某些側面，以探索文化館系統在地方基層的具體運作方式、文學生產樣態與作家的文學實踐。

1　陳忠實：《陳忠實文學回憶錄》，廣州：廣東人民出版社，2020年，第65頁。

第一節　同步與互補：作為「小文聯」的文化館系統

現有新時期文學研究基本上忽略的是，在改革初期「撥亂反正」的過程中，新中國成立以來即開展的群文系統建設，也是作為「反正」的「正」而獲得重建和繼續發展的。特別是群文系統中的文化館系統，它在改革初期的重建基本延續著毛澤東時代的傳統，並獲得長足發展。

1990 年代後期，當群文建設已告一歷史段落時，有人回顧說，「在中華人民共和國建立以來的近半個世紀中，建立了自己的區別於任何時代的有鮮明歷史特徵的群眾文化事業」，「40 多年來，中國的群眾文化事業有了很大的發展，形成了覆蓋全國的巨大的群眾文化工作網絡。在群眾文化事業當中各級群眾藝術館、文化館、文化站起著脊樑的作用。」[2] 本節將以縣一級文化館為中心，初步勾勒那孕育、支撐和賦予新時期文學以活力和群眾性的文化館系統。正是這一初步勾勒顯示著，與新時期文學同步興起、補充著文聯－作協系統在基層的缺位的，正是以文化館系統為核心的群文系統。

（一）同步：文化館系統的建設

新中國的群文系統有兩個直接的制度來源：群文制度是中國革命實踐的產物，也通過接受、改造民國時期的民眾教育體制而來。「群眾文化」概念的正式提出，可以追溯到 1934 年

2　中國藝術館籌備處、北京華人經濟技術研究所編：《中國群眾藝術館志》，北京：社會科學文獻出版社，1997 年，前言第 1 頁。

毛澤東在第二屆全國蘇維埃代表大會上的報告，彼時他以「蘇區群眾文化運動」來描述中央蘇區舉辦的列寧小學、夜校、識字組、婦女教育、政治學習、讀報、工農劇社、俱樂部以及體育運動等。[3] 蘇區群文系統的核心制度是俱樂部。俱樂部是蘇區開展群眾文化活動最主要的基層組織，一般設置在機關、學校、工廠、合作社和鄉鎮，其下還設置列寧室。1934 年 4 月蘇區頒布「最早的完備的指導革命群眾文化工作的文件」〈俱樂部綱要〉，將俱樂部界定為「廣大工農群眾的『自我教育』的組織」，其目的是「發揚革命情緒，贊助蘇維埃革命戰爭，從事於文化革命。」[4] 不過，俱樂部的群文活動以文化教育和政治教育為主，涉及的文藝創作大部分是戲劇和詩歌。蘇區的群文活動及其單位彼時屬於教育部門，歸社會教育機構管理，瞿秋白 1934 年到 1935 年初擔任蘇區教育部長，他充分借鑒蘇聯群文建設的經驗，於蘇區的群文制度有草創之功，可以說是「革命群眾文化工作最早的領導者」。[5] 延安時期，蘇區的群文制度獲得移植和發展，基層單位都建有俱樂部作為群文活動的制度空間，延安更是建立了各式各樣、活動規模較多的專業俱樂部，例如作家俱樂部、青年俱樂部、文化俱樂部、世界語俱樂部等，與此同時，各種群眾文藝組織也都紛紛成立，各地的農村劇社，民眾劇團、業餘劇團、延安合唱團等，軍隊中

3　中國現代史資料編輯委員會編：《蘇維埃中國》，中國現代史資料編輯委員會翻印本，1957 年，第 284 頁。

4　〈俱樂部綱要〉，載江西教育廳編：《江西蘇區教育資料選編》，南昌：江西教育出版社，1960 年，第 83 頁。

5　榮天璵編著：《中國現代群眾文化史（1919-1949）》，北京：文化藝術出版社，1986 年，第 32-62 頁。

除卻連隊俱樂部，也成立劇社或劇團、宣傳團、服務團等。[6]
由於人民戰爭的條件和「文藝為工農兵」的取向，延安文藝體
制的核心機構「陝甘寧邊區文化界救亡協會」（「文協」）、
中華全國文藝界抗敵協會延安分會（「文抗」）和魯迅藝術學
院（「魯藝」）與各種群文組織的關係非常密切，專業的作家
藝術家都被稱為「文藝工作者」，致力於與工農兵結合，這使
得延安文藝體制中群文制度與專業文藝制度的界限相對模糊。

群文系統的另一直接制度來源，則是民國政府統一支持的
民眾教育館。1928 年以後，各地改名或新設的民眾教育館紛
紛出現，除省立、縣立和區立民眾教育館外，還有城市民眾教
育館、鄉村民眾教育館、工人教育館等，到 1936 年，各地民
眾教育館發展到 1612 所。民眾教育館內部設有民眾圖書館、
民眾學校、民眾閱報處等。其中省立或縣立民眾教育館設立
遊藝部和出版部，涉及電影、戲劇、評書等文藝形式的活動。
1937 年到 1942 年，由於形式上歸屬國民政府管轄並實質上獲
得國民政府的補助，陝甘寧邊區也逐漸在人口較多的縣或集鎮
中心設立民眾教育館，邊區教育廳還發布了民眾教育館的組織

6　同上，第 91-100、110-125 頁。1942 年，周揚描述說：「現在八路軍
　　的政治宣傳部門裡面，文藝工作占了一個相當的地位。部隊裡有不少
　　規模相當大的劇團，有各種廣泛群眾性的文藝組織，如文學小組、音
　　樂小組、美術小組、戲劇小組，進行了舉行座談會，出版文藝牆報，
　　作業餘演出等等文藝的活動。地方文藝工作也是蓬勃開展著的，許多
　　地區設立了地方性的文藝領導機關，農村劇團成立了不少。這些都是
　　文藝上的普及工作，做這工作的同志大都是從民眾本身和實際工作者
　　中間應著需要自然湧現出來的。」參見周揚：〈藝術教育的改造問
　　題〉，《周揚文集》（第 1 卷），北京：人民文學出版社，1984 年，
　　第 409 頁。

章程，據統計，1938 年至 1940 年，邊區 23 個縣，其中 16 個
縣成立了民眾教育館。邊區民眾教育館的功能也是綜合性的，
集文化教育、政治宣傳、文藝娛樂、體育衛生於一體。[7]

　　新中國所建立的文化館的實體最初就是通過接收、改造
民國時期的民眾教育館而創建。以湖南省為例。1949 年 8 月
湖南和平解放，湖南省立長沙民眾教育館很快被接管，並更名
為長沙市人民教育館，此後，湖南各地的民眾教育館紛紛被接
管，但接管後並沒有要求立即更名。1950 年 8 月，省人民政
府要求各地根據「先建機構，逐步改進」的方針，繼續建立民
眾教育館，以配合開展宣傳工作；9 月，省文教廳發出關於恢
復、建立民眾教育館的具體指示。1951 年 9 月，省文教廳通
知各地民眾教育館統一更名為文化館，此後召開會議，要求文
化館面向工農兵開展工作。[8]四川省的情況也大略如是。1950
年接收、改造民眾教育館後，名稱不統一，大多稱為人民文
化館，1952 年 10 月，四川省政府發布通知要求統一改名為文
化館。1953 年 5 月底，文化部正式發布通知，要求各地「凡
稱 ×× 縣（區）人民文化館或人民教育館者一律改稱 ×× 縣
（區）文化館。」[9]自此，全國文化館名稱統一。

　　與此同時，文化站、農村俱樂部也逐漸發展起來。仍以湖
南省為例。1952 年 6 月，湖南省政府發出重點建立文化總站

7　榮天璵編著：《中國現代群眾文化史（1919-1949）》，第 68-73、87-
　　91 頁。

8　湖南省文化廳政策法規室、湖南省文化廳文化志編纂室編：《湖南文
　　化工作大事記（1949-1989）》，內部出版，1990 年，第 3-11 頁。

9　四川省群眾藝術館、《四川省群眾文化志》編委會編：《四川省群眾
　　文化志》，內部出版，1998 年，第 85 頁。

的工作指示，要求湖南各縣每個縣試辦一個文化總站，每站幹部 2 人，行政屬區政府，業務上接受縣文化館領導。文化站的任務是組織農村劇團、幻燈隊、圖書室、歌詠隊、讀報組和黑板報等活動，此後文化站開始逐步鋪展。1953 年 6 月，省文化事業管理局通知各地，明確文化館工作面向農村，規定文化站為文化館下屬組織，是文化館派往區鎮的「派駐所」，需要在文化館的統一領導下工作，同時也要接受區鎮領導的指導。1953 年 5 月，省文化事業管理局通知各地於當年秋後在農村開始試辦農村俱樂部；到該年底，全省農村俱樂部試點 90 個。[10] 湖南省漣源縣文化館成立於 1952 年，1954 年始辦村俱樂部，1955 年開始在鄉鎮設立文化站，到 1966 年，全縣 56 個公社 4 個鎮，文化站發展到 56 個，大隊俱樂部 820 多個。[11] 上海農村鄉鎮文化站也是 1950 年代初期開始建立，由區農村俱樂部改名而來，1957 年撤區並鄉，文化站由鄉鎮舉辦，1958 年成立人民公社，文化站由人民公社舉辦；同時，1958 年開始，市區街道文化站也開始普遍建立起來。[12]

　　1952 年 5 月的〈中央人民政府教育部、文化部通知〉決定將各地文化館劃歸文化部領導，同時確定文化館的工作以「識字教育、政治宣傳、文娛活動及普及科學知識為其主要任

10　湖南省文化廳政策法規室、湖南省文化廳文化志編纂室編：《湖南文化工作大事記（1949-1989）》，第 14-23 頁。

11　參見漣源市文化館編：《漣源市文化館建館 50 週年專集》，內部出版，2002 年，第 1-10 頁；漣源市志編纂委員會：《漣源市志》，長沙：湖南人民出版社，1998 年，第 626 頁。

12　上海群眾文化志編纂委員會編：《上海群眾文化志》，上海：上海文化出版社，1999 年，第 74 頁。

務」。[13]在 1952 年劃歸文化部之前，文化館系統由教育部社會教育司管理，此時期文化館的工作性質並不明朗，工作任務多種多樣，被稱之為「小文委」（彼時中央人民政府政務院文化教育委員會簡稱「文委」）。[14]1953 年，〈文化部關於整頓和加強文化館、站工作的指示〉認為全國文化館、站的發展太多太快，工作質量不高，特明確規定，「文化館、站是政府為開展群眾文化工作、活躍群眾文化生活而設立的事業機構」，並為其規定具體任務：政治宣傳、組織和輔導群眾文化學習和群眾業餘藝術活動、普及科學技術知識。[15]1956 年，文化部、共青團中央發布〈關於配合農村合作化運動高潮開展農村文化工作的指示〉，要求七年內基本做到每個縣都有縣報、文化館、圖書館等，同時規定縣文化館和區文化站集中或分片地輪流訓練業餘文藝活動骨幹，輔導群眾文藝創作、供應宣傳教育和文藝活動資料等工作。[16]此後，文化館、站的工作性質和規模基本確定，一直到 1978 年中央部門也沒有再發布關於文化館、站工作的重要指示。

自 1978 年 12 月文化部發布〈關於開展一九七九年春節文化藝術活動的通知〉始，群文系統的建設工作開始迅猛推

13　〈中央人民政府教育部、文化部通知〉，載《中國群眾藝術館志》，第 875 頁。

14　梁澤楚編著：《群眾文化史（當代部分）》，北京：新華出版社，1989 年，第 33 頁。

15　〈文化部關於整頓和加強文化館、站工作的指示〉，載《中國群眾藝術館志》，第 875-877 頁。

16　文化部、共青團中央：〈關於配合農村合作化運動高潮開展農村文化工作的指示〉，載《中國群眾藝術館志》，第 890-891 頁。

進。1980 年初，中宣部發布〈關於活躍農村文化生活的幾點意見〉，要求加強縣、社文化館、站建設，推進群眾文化工作。1981 年 8 月，由中共中央發布改革時期群眾文化工作的綱領性文件〈關於關心人民群眾文化生活的指示〉，規定群眾文化工作的任務是：服務於社會主義方向的宣傳教育工作、組織文化娛樂活動，創造群眾文化活動的物質和制度條件，並特別將文學、藝術活動頭條列舉，將藝術館、文化館作為主要的制度形式。隨這一文件同時發出的，是經過修改的中宣部、文化部、共青團中央〈關於活躍農村文化生活的幾點意見〉，提出要逐步建立一支群眾文化骨幹隊伍，特別是業餘文藝創作和業餘文體隊伍，要求文化館在內的單位加強面向農村的輔導工作。1983 年 9 月，中共中央再次批轉中宣部等四部門〈關於加強城市、廠礦群眾文化工作的幾點意見〉，意見認為，不少城市的群眾文化設施還沒有恢復到「文革」前的水平，市、區工人文化宮、俱樂部絕大多數還都是新中國初期辦起來的，要求加強和改進群眾文化工作，真正實現「六五」計劃所提出的「基本上做到市市有博物館，縣縣有圖書館和文化館，鄉鄉有文化站」的要求。[17] 新中國成立以來，中共中央從未為了加強群眾文化工作而專門頒發文件，1981 年和 1983 年這兩個分別針對農村和城市的中央文件，成為 1980 年代指導群眾文化工作的綱領性文件。

　　1981 年 7 月，文化部發布〈文化館工作試行條例〉，如此界定文化館的性質：

17　以上文件均收錄於《中國群眾藝術館志》，第 898-938 頁。

> 文化館是政府為了向廣大人民群眾進行宣傳教育，組織、
> 輔導群眾開展文化活動而設立的綜合性群眾文化事業機
> 構，是當地群眾文化藝術活動的中心。[18]

在其「工作任務」條例中，規定文化館工作任務是「組織輔導群眾業餘文藝創作和業餘文化藝術、娛樂活動」，文化館要面向農村、廠礦、企業、街道，輔導群眾開展業餘文藝創作、文化藝術活動和娛樂活動，舉辦訓練班，開辦業餘學校、培訓各種業餘文藝骨幹，組織業餘文藝創作，編印群眾文藝演唱材料等。[19]

群眾藝術館的創建始於 1955 年。1955 年初，文化部決定在全國省一級建立群眾藝術館，以北京和浙江分別作為面向城市和農村的試點，並派出考察團赴蘇聯和東歐國家考察。同年 5 月，北京市人民政府批准成立「北京群眾藝術館籌備處」，次年正式成立「北京群眾藝術館」。1955 年 5 月，在原浙江省文化局音樂工作組、美術工作組和省群眾藝術學校的基礎上，建立浙江省群眾藝術館。[20]1956 年 8 月，文化部正式發布〈關於群眾藝術館的任務和工作的通知〉，決定 1956 年起「在各省、自治區、直轄市普遍建立群眾藝術館」，「專門負責從業務上研究和指導群眾業餘藝術活動。」通知明確，要使群眾藝術館區別於文化館，在其任務規定中，只是指出其應當

18　文化部：〈文化館工作試行條例〉，載《中國群眾藝術館志》，第915頁。

19　同上。

20　洪筱陽等：〈浙江省群眾藝術館志〉，載《中國群眾藝術館志》，第284頁。

與當地文聯各協會、各藝術院校、各劇院劇團密切合作，並沒有專門的指導文藝創作的規定。[21]

　　但群眾藝術館（以下簡稱「群藝館」）在其創建初期，依然承擔了一定的文學創作培訓和輔導工作，到後來，這一功能日益弱化，與戲劇、歌詞創作相關的藝術門類則有所延續。以北京群藝館為例。1955 年成立群藝館籌備處後，規定任務是「培養群眾業餘藝術骨幹，提供群眾文藝演唱材料，輔導群眾業餘文藝活動，搜集整理民間藝術資源」，彼時仍然會舉辦文學、曲藝等各類培訓班，例如 1956 年，就舉辦「北京市職工業餘文藝創作徵文活動」；但後來日益專注音樂、舞蹈、戲劇、美術四個方面；1979 年 1 月群藝館恢復建制後，分設音樂、舞蹈、戲劇、美術、說唱等七個組，其中並沒有專門的文學組，但說唱、戲劇與文學有所重疊。[22] 事實上，1980 年 7 月文化部發布〈全國群眾藝術館工作彙報座談會紀要〉，進一步明確群藝館是「研究和指導群眾業餘藝術活動的事業機構」，[23] 文學只是在與藝術活動有所重疊時才獲得一定程度的支撐。1981 年〈關於活躍農村文化生活的幾點意見〉就指出，省、地群藝館的主要任務是培訓、輔導文化館幹部和群眾文藝骨幹，而縣文化館則直接面向農村，直接參與和組織群眾文藝活動。

21　〈中華人民共和國文化部關於群眾藝術館的任務和工作的通知〉，載《中國群眾藝術館志》，第 893-894 頁。

22　石振懷：〈北京群眾藝術館志〉，載《中國群眾藝術館志》，第 8-10 頁。

23　〈全國群眾藝術館工作彙報座談會紀要〉，載《中國群眾藝術館志》，第 903 頁。

　　雖然 1956 年〈關於群眾藝術館的任務和工作的通知〉規定省一級以下不建群藝館，但地市一級仍有創建群藝館的，到了改革初期，地市一級群藝館已經相當普遍。以四川省為例。1956 年 11 月重慶市建立群藝館，次年成都市建館，到 1978 年，加上省群藝館，四川已有 5 個，到 1984 年，達到 11 個，到 1989 年達到 23 個，基本上地市一級都已建立起群藝館；但除卻省館、重慶和成都館是新建之外，其他大多都是在文化館的基礎上，改設為群藝館。[24] 這種情況在各地也普遍存在，地市一級群藝館很多就是曾經的地市文化館，只是名稱變換。例如，山東煙台地區（專區）1960 年成立群藝館，1963 年額外成立戲劇創作組（兼搞文學創作），1968 年，兩個組織合併成地區文化館，幾經變換之後，1981 年，地區文化館又更名為群藝館，而戲劇創作組則單獨成立戲劇創作室。[25] 即使有些地市一級群藝館並非由文化館改換而來，其職能與縣區一級文化館的職能也有相當重合。但在文聯－作協系統建制完善的地市一級，群藝館的文藝創作和組織工作，很大程度被文聯－作協系統所接管。

　　以文化館系統為核心的群文系統的組織主要是兩類，一類是行政管理機構，一類是事業機構。[26]1977 年以後到 1988 年

24　四川省群眾藝術館、《四川省群眾文化志》編委會編：《四川省群眾文化志》，第 83-84 頁。

25　煙台文化志編纂委員會編：《煙台文化志》，北京：人民出版社，1999 年，第 229-230 頁。

26　一本出版於 1990 年的《群眾文化概論》將群眾文化機構分為三類，除行政管理機構和事業機構之外，還有協調機構，協調機構分為常設和臨時兩類，常設協調機構如群眾文化委員會、文化市場管理委員

國務院第二次機構改革之前，群眾文化行政管理機構從上到下主要有四級，分屬於各級人民政府。第一級是國家文化部所屬的群眾文化事業管理局；[27] 第二級是省、自治區和直轄市文化廳（局）所屬的群眾文化處；第三級是行署、自治州及省轄市文化局所屬的群眾文化科，第四級是縣、市轄區文化局。而群眾文化事業單位從上至下也是四級，第一級是省一級的群眾藝術館，第二級是地市一級的群眾藝術館或文化館，第三級是縣一級的文化館，第四級是鄉鎮一級的文化站。[28] 群文事業機構在業務上接受上一級群文事業機構的指導，行政上接受同級文化行政管理機構的領導。如圖 1：

會、鄉（鎮）文化中心管理委員會，但這類協調機構在不同地方有不同形式，變動較大。參見孫潮編著：《群眾文化概論》，貴州省文化廳群文處、貴州省群眾文化學會出版，1990 年，第 179-189 頁。

27　1975 年恢復設立文化部之後，文化部在藝術事業管理局內設立群眾文化處，負責管理群眾文化工作，1979 年初恢復設立群眾文化事業管理局。1988 年，群眾文化事業管理局改為社會文化事業管理局，1989 年，又改為群眾文化司，1994 年，再改為社會文化司，2012 年，社會文化司再度更名為公共文化司。從「群眾文化」到「社會文化」再到「公共文化」，名稱的變遷折射著歷史的變遷，折射著「群眾文化」不斷常規化的歷史過程。參見彭澤明：《中國文化館（站）的歷史演變》，重慶：重慶出版社，2012 年，第 15-16 頁。

28　中央群眾藝術館最初成立於 1956 年 10 月，但次年反右之後被撤銷，此後再未恢復，雖在改革初期有過恢復的努力和嘗試，未果。參見孫進舟：〈中央群眾藝術館的興衰與中國藝術館的籌建〉，載《中國群眾藝術館志》，第 5 頁。村級單位也有農村文化中心或農村文化室，不過基本是沒有事業編制的，只是由當地農村抽調人員兼職，因此不算在內。

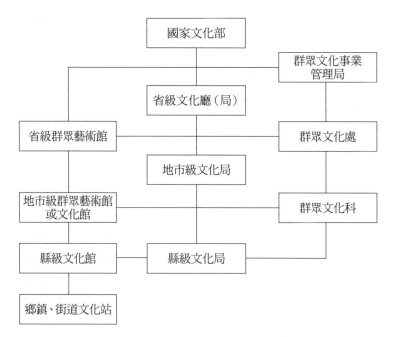

圖 1：文化館系統的組織架構圖

　　全國各群眾文化事業機構，1964 年是 4467 個，1978 年是 6893 個，到 1980 年，猛增到 28403 個，經過六年的發展，1986 年增長到最高峰 56849 個，此後開始逐步穩定並漸趨下降，1989 年為 55231 個。[29] 以上海為例。截止 1986 年，市一級有群藝館、工人文化宮、青年宮、少年宮和圖書館各 1 個，全市工廠、企業有俱樂部 889 個，區縣有文化館 25 個、分館 19 個，工人文化宮、俱樂部 48 個，少年宮 22 個，圖書館 29 個，街道、鄉鎮有文化站和文化中心各 235 個，「少年

29　〈按年份各地區群眾文化事業機構數〉，載《中國群眾藝術館志》，第 943 頁。

之家」33 個，少年圖書館和圖書館各 226 個，農村「文藝工廠」181 個。[30]

從數據上可以看出，當代中國史上，群眾文化事業機構增長最快的時期是 1978-1986 年，恰恰與新時期文學興起繁盛的時期重疊。這絕不是偶然的。以區縣一級（部分包含地市一級）文化館、鄉鎮一級文化站的發展歷史為例。1952 年，全國文化館為 2430 個，「文革」前的 1965 年增長到 2598 個，「文革」前期稍有減少，「文革」後期開始恢復，1976 年與 1965 年基本持平，為 2609 個文化館，此後，一路漸增，直到 1984 年增長到最高峰 3016 個，此後幾年穩中略降。從歷史趨向來說，從 1952 年開始，全國文化館基本規模便已然奠定，從 1952 年到 1984 年的最高峰，三十餘年只增長了 586 個。這一事實表明改革初期的群文系統與毛澤東時代的延續關係是何等密切。鄉鎮一級的文化站 1952 年開始設立，迅速地突增到 4100 多個，到「文革」前的 1965 年減少到 2100 多個，從「文革」開始到 1978 年，文化站數量時增時減，1978 年為 1700 多個。從 1979 年開始，數量不斷攀升：1979 年陡增到 2.2 萬多個，此後幾乎以每年數千個的速度遞增，到 1986 年增長到最高峰，為 5.3 萬多個。此後直到 1980 年代末，文化站數量穩中略減，基本穩定。[31] 從鄉鎮一級文化站的歷史而言，文化站的規模直到 1979 年才初步奠定，而文化站增長最快的時期正是 1978-1986 年。可以說，新中國初期即開始的群文系統的建設，群文系統逐漸地從城市到鄉村、從省市到鄉

30　上海群眾文化志編纂委員會：《上海群眾文化志》，第 41 頁。

31　〈文化事業機構數〉，《中國群眾藝術館志》，第 942 頁。

鎮的持續鋪展和下沉，直到 1986 年左右才宣告結束。也就是說，改革初期是新中國成立以來所開始建設的群文系統的迅速發展和完成時期，這與新時期文學迅速興起和繁榮的節奏基本同步。正是在 1980 年代，「一個以縣文化館為『龍頭』，以鄉鎮文化站、文化中心為樞紐、以農村文化室（俱樂部、青年之家）和農村文化戶為『基腳』的農村群眾文化網已經形成」，「這是建國以來群眾文化發展的最好時期」，[32]「群文工作者稱 80 年代為群文工作的『黃金時代』」[33]。這就是新時期文學興起與繁盛的群眾文化條件。

（二）互補：文化館系統的文學工作

　　導論部分已經指出，對於新時期文學的興起與繁盛而言，縣一級文化館系統之所以至關重要，一個主要的制度性原因是，直到 1980 年代中期之前，縣一級很少文聯組織。毛澤東時代以至 1980 年代中前期，由於縣一級文聯－作協系統的缺席，縣一級文藝活動主要是由文化館系統組織和輔導，即使是部分已經成立文聯、作協的地市一級，也是與地市群藝館、文化館乃至文化局合作組織和輔導文藝活動，甚至在省一級，省文聯和主管群文系統的省文化局（後改為文化廳）也經常聯合工作，甚至聯署辦公。以湖南為例。1953 年 5 月開始，湖南省委就決定，省文聯籌委會與省文化局合署辦公，成立聯合黨

32　梁澤楚編著：《群眾文化史（當代部分）》，第 150 頁、緒論第 3 頁。

33　孫進舟：〈中央群眾藝術館的興衰與中國藝術館的籌建〉，載《中國群眾藝術館志》，第 5 頁。

支部，到 1955 年 11 月才分署辦公，但此後全省性的文藝活動，很多都是聯合舉辦；1968 年，省革委會撤銷省文化局，設文化組，原文化局、文聯工作均歸文化組管理；改革初期，省文化局與省文聯恢復，聯合工作開始減少，但依然存在。[34] 湖南大部分市縣直到 1980 年代才開始成立文聯組織，例如婁底地區 1982 年底才成立文聯，1986 年才成立文學、戲劇、美術等各協會，下屬漣源縣、新化縣直到 1985 年才成立縣文聯。即使部分地市文聯成立較早，也經常和群文系統聯合。例如，郴州市文聯成立於 1958 年，但 1960 年即併入地區政府文化科，幾經反復後，1978 年，郴州文聯重建，但與地區文化局合署辦公，文聯主席由郴州地委宣傳部兼任，副主席則由文化局長兼任。[35] 又如，1962 年 9 月，益陽市文化館、市文聯聯合創辦《益陽文藝》季刊，「文革」期間停刊，1973 年底復刊，改為半年刊，因經費困難，1982 年停刊，1984 年繼續聯合創辦《文化生活》小報，發市內及省內有關文化單位。[36]

　　當我們討論文學制度時，如果不將群文系統納入其中，就很難理解毛澤東時代和改革初期的群眾性的文學參與的歷史面目。從群眾性的視野出發，文學制度的研究必然包含群文系統（特別是文化館系統），因為文聯－作協系統與群文系統實在密不可分，在區縣一級，文化館更是名副其實地充當了「文聯」的角色。1983 年 1 月，文化部印發〈全國文化館工作座

34　參見《湖南文化工作大事記（1949-1989）》有關活動和事項的記載。

35　曾廣高：《郴州文學志》，北京：中國文聯出版社，2007 年，第 181 頁。

36　益陽市文化局編：《益陽市文化志》，內部出版，1989 年，第 100-101 頁。

談會紀要〉時甚至批評文化館過於重視文藝創作活動，把文化館辦成了「小文聯」或「創作室」。[37] 在改革初期，恰恰是群文系統重建並高速發展，而區縣一級文聯－作協系統才剛起步因而仍需大力依賴文化館系統的過渡時期，文化館系統作為綜合性的群眾文化制度，順理成章地承擔起了組織、輔導和培養群眾性的文藝創作的任務，這就是何以文化館系統會成為新時期文學興起與繁盛的關鍵條件的根源。

　　事實上，文化館系統在組織、輔導和培養業餘文學作者方面，可以直接追溯到 1950 年代。以四川省為例。1956 年 1 月，全省文化館館長會議，省文化局建議建立文藝創作組作為俱樂部的重要組成部分，此後文藝創作組成為四川各地群文工作的常規規劃。據統計，1956 年全省農村俱樂部 23699 個，基本都匹配了相應的創作組。此後，還建立了鄉、村之間的創作聯組，文化館成立中心創作組，機關、工礦、學校也都有相應創作組織。1957 年，重慶市召開創作組聯席會議，業餘作者上千人。1958 年，全省 150 多個文化館培訓文藝骨幹 37259 人，其中便包含業餘文學作者。1965 年，什邡縣馬井鄉成立農民文藝創作組，竟然發展到 50 餘人，沙汀、馬識途都曾去馬井為創作組看稿、指導創作。由於文化館系統的組織、輔導和培養，五、六十年代四川出現了第一代工農兵文學作者。[38]

　　改革初期，文化館系統延續毛澤東時代的傳統，繼續組

37　文化部：〈全國文化館工作座談會紀要〉，載四川省文化廳編：《群眾文化工作文件選編》，內部資料，1984 年，第 52 頁。

38　四川省群眾藝術館、《四川省群眾文化志》編委會編：《四川省群眾文化志》，第 220-226 頁。

織、輔導和培養群眾性的文藝創作。一般區縣文化館，包括地
市群藝館和少數的文化（教）局都會設專門的文學組或創作組
（室），由專門的文學幹部負責，而這些文學專幹基本上便是
地方文學圈比較有成就的地方作家。到 1984 年，全國文化館
3016 個、群藝館 315 個，[39] 合 3331 個，全國文化館系統中的
文學組或創作組（室）便幾乎也有這麼多。一般而言，文學組
或創作組（室）基本上依託於文化館，它們常常就是文化館內
部的組織架構，即使有些名義上歸屬文化局，但實際上絕大部
分還是落實在文化館內（2019 年 4 月 25 日白雪華訪談）。全
國文化館系統中的文學組或創作組（室）是推動群眾文化工作
的重要制度，同時也是推動和支撐文學生產的重要制度。相比
於專業化的文聯－作協系統，群眾性的文化館系統對於中國社
會主義文藝的推動和支撐而言，作用恐怕更為直接。

在這一制度之下，文學組或創作組主要通過兩個方面組
織、輔導和培養群眾性的文藝創作。首先是組織一系列的文藝
創作學習班、創作組，或者以會代班的形式組織和輔導業餘文
學作者；其次是創辦文藝刊物，為本地區的業餘作者提供發表
園地。這兩方面都延續了毛澤東時代的群文工作的傳統。

文化館系統的組織和輔導工作是正式文件所規定的常規
動作，從省市群藝館、區縣文化館到鄉鎮文化站，輔導群眾文
藝活動都是各級群眾文化單位的日常工作，這其中就包括文
學創作活動的輔導和組織。而組織文藝創作學習班，乃至以
會代班的形式組織培訓，也是文聯－作協系統的常用方式。
例如，1956 年 3 月，中國作協和團中央聯合召開第一屆全國

39　〈文化事業機構數〉，載《中國群眾藝術館志》，第 942 頁。

青年文學創作者會議，業餘文學作者占 82%，這次青創會就是採取以會代班的形式，「採取短訓班方式開會」，由作協的茅盾、老舍、陳湧、張光年等授課，同時老舍、趙樹理、康濯、曹禺、馮雪峰等老作家到各組具體輔導。[40] 這一方式基本與文化館所組織的文藝創作輔導活動相似。對於文化館來說，以會代班的輔導活動，是同時兼顧文化館的兩大工作方式：館辦活動和輔導工作。[41] 在北京，北京市豐台區文化館 1974 年恢復館名後設文學組、基層輔導組等業務組，創辦業餘文學創作小組等，1980 年前後，多次舉辦文學培訓班，蕭軍、浩然、劉紹棠、從維熙、鄧友梅、林斤瀾、陳建功等人都曾講過課，1983 年起，還成立了文學創作協會；燕山區文化館 1977 年成立文藝組，舉辦各類培訓班 9 期，培訓文藝骨幹 285 人，1978 年創刊《燕山》；通縣文化館 1972 年組織了第一期文學創作學習班，請浩然等作家來館輔導；平谷縣文化館 1978 年舉辦各種文藝學習班，浩然、劉紹棠、林斤瀾等應邀輔導。[42] 在四川，內江市文化館 1976 年組織工農兵業餘文藝創作評閱組，1978 年，工廠、學校和事業單位建立業餘文藝創作組十餘個，1979-1981 年，文化館舉辦文學講座、作品討論會 23

40　王蒙：《半生多事（自傳第一部）》，北京：人民文學出版社，2014年，第 146-147 頁。

41　館辦活動，是指文化館以自有設施組織舉辦的活動，又稱陣地活動，如報告會、講座、學習班、文藝晚會等；而輔導工作，則是面向群眾、輔導群眾開展業餘文藝創作等活動，例如舉辦訓練班、開辦業餘學校、組織業餘文藝創作。

42　以上材料均參見中國藝術館籌備處、北京華人經濟技術研究所編：《中國文化館志》，北京：專利文獻出版社，1999 年。

次，組織業餘作者深入生活 11 次，創作作品 2235 件。[43] 在湖南，益陽市文化館 1979 年舉辦戲劇創作培訓班和曲藝創作筆會，1984 年 8 月，舉辦曲藝創作學習班，1985 年 3 月舉辦青年文學創作學習班，1985 年 5 月舉辦戲劇創作學習班，學員 7 名，訓期 16 天，創作大型劇本 3 個，小型劇本 1 個，電視劇本 2 個，1986 年 6 月，由文化局、文化館聯合舉辦散文詩創作座談會，莫應豐、洛之應邀參加。[44] 婁底地區新化縣文化館 1976 年舉辦縣文學創作訓練班，433 人參加培訓，1982-1989 年，共舉辦各種創作學習班 34 期，其中文學 8 期、戲劇 4 期、曲藝 2 期，舉辦專題講座 14 次；[45] 從 1952 至 1989 年，漣源縣文化館參與舉辦各種文藝骨幹培訓班 232 期，大中型文藝匯演 112 次。[46] 這就難怪青年時曾在廣東省潮安縣文化館創辦的《潮安文藝》上發表過作品的陳平原斷言：「但凡『文革』後期開始文藝創作的，大都曾得到各地文化館的培養。」[47]

　　其次是創辦一系列文藝刊物。毛澤東時代各地群文機構都創辦刊物。借著「百花齊放、百家爭鳴」的契機，1956-1957 年文化館系統有過短暫的辦刊熱，但此後基本都因「反右」而停辦；1960 年代初期又接著續辦，但「文革」爆發後又都停

43　內江市市中區編史修志辦公室編：《內江市志》，成都：巴蜀書社，1987 年，第 808-809 頁。

44　益陽市文化局編：《益陽市文化志》，第 93-95 頁。

45　新化縣志編纂委員會：《新化縣志》，長沙：湖南出版社，1996 年，第 921 頁。

46　漣源市志編纂委員會：《漣源市志》，第 626 頁。

47　陳平原：〈文化館憶舊〉，《南方都市報》，2020 年 8 月 2 日，GA12 版。

辦。1970 年代初期，文化館系統的刊物開始穩定增多，但改革初期才算是文藝刊物的黃金時代。此時，全國各地的群文機構紛紛辦刊，刊物有的延續毛澤東時代的舊有刊名，但更多的是創辦新刊物。這些新刊物形式多樣，定期或不定期，公開發行或內部發行，期刊形式或報紙形式乃至亦刊亦報，油印或鉛印，層出不窮，數不勝數。可以說，凡是毛澤東時代創辦過刊物的基層群文單位，改革初期基本都有再次創辦刊物的嘗試。

北京市可以說是全國各類刊物創辦最多的地區，但基層文化館依然辦有群眾性刊物。《中國文化館志》收錄北京市19 個區縣文化館志，有 10 個明確記載創辦過刊物。例如豐台區文化館 1975 年創辦文學刊物《豐收》，培養、扶植了一批業餘作者，其中包括毛志成、肖復興等人。密雲縣文化館1980 年代創辦文學刊物《寸草》，得到過浩然、劉紹棠的支持和輔導，甚至還發表過林斤瀾的文章；通縣文化館 1972 年創辦《通縣文藝》，1975 年停刊後重新恢復 1960 年代停刊的《群眾文化》小報，1977 年，文化館組稿出版了詩集《運河之聲》，集詩 80 餘首；1979 年在劉紹棠、浩然的支持下，《群眾文化》停刊，改出不定期刊物《運河》，同年 6 月，大型文學刊物《運河》出版，劉紹棠、孫犁、浩然等為該刊物撰稿。[48] 在南京，省群藝館、市群藝館和區縣文化館都辦有刊物。例如 1979 年市群藝館創辦《金陵百花》，6 年出版 30餘期，每期發行 13000 冊；江寧縣文化館辦有不定期內部刊物《江寧文藝》，堅持數十年；浦口區文化館辦有《浦口文

---

48 以上材料均參見《中國文化館志》關於各館的介紹。參見中國藝術館籌備處、北京華人經濟技術研究所編：《中國文化館志》。

藝》，1979 年至 1985 年共編印 35 期，10500 冊。[49]

　　在四川，各地文化局、群藝館、文化館都辦有各種群眾文藝刊物。《四川群眾文藝》、《群眾文化探索》等由省群藝館創辦，《涪江文藝》（1981 年改為《劍南》）、《沫水》、《沱江文藝》、《涼山文藝》等由各地區文化局主辦，《三峽》、《錦江》、《藝術廣場》、《自貢文藝》等由各地區群藝館主辦，此外尚有群眾文藝刊物 30 餘種，加上縣文化館、文聯主辦的油印、鉛印的各種文藝、文化報刊約 200 多種。[50]《沱江文藝》1974 年創刊，初為不定期刊物，由內江地區文教局創作室主辦，1977 年後改為綜合性文藝刊物，1981 年開始省內公開發行，周克芹的〈許茂和他的女兒們〉便是 1979 年在這一刊物上首發。內江文化館創作組還接辦不定期內部刊物《甜城文藝》，每月一期，後改由市文化局創作組主辦，到 1982 年底，共出刊二十餘期，印小報 18800 份。內江群藝館 1980 年還辦有不定期內部刊物《沱江浪花》，以刊登群眾文藝演唱資料為主。[51] 湖南省婁底地區下轄婁底市、漣源縣、冷水江市、雙峰縣和新化縣，1979-1980 年，婁底市文化館先後創辦《花山》綜合文藝雜誌，《婁底新歌》音樂專刊和《婁底文藝》小報；漣源縣文化館 1979 年起辦有亦報亦刊的《漣河》，不定期出版，直到 1990 年代初期才停辦（詳見下節）；冷水江市文化館 1979 年創辦《冷江文藝》，每年出

49　南京市群眾文化學會、南京市群眾藝術館編：《南京群眾文化志》，合肥：黃山書社，1994 年，第 227-229 頁。

50　四川省群眾藝術館、《四川省群眾文化志》編委會編：《四川省群眾文化志》，第 291-294 頁。

51　內江市市中區編史修志辦公室編：《內江市志》，第 808-610 頁。

刊 1-2 期；雙峰縣文化館 1981 年創辦《雙峰文化報》，辦至
1985 年，共出 48 期；新化縣文化館資料不詳，但 1980 年代
文學社團最多時達 29 個，各文學社團出版刊物 40 餘種。[52]

按照劉錫誠的計算，僅僅在 1980 年，「國內大型文學叢
刊 26 家，中央和省、市、自治區一級的文學刊物 180 種，地
區、縣以下的文學刊物 2000 種以上。」[53] 到 1984 年，隨著區
縣文化館的繁榮，所辦刊物只會更多。地區、縣一級如此數量
巨大的文學刊物，絕大部分是文化館系統所創辦。正是這些地
方性刊物從下至上地支撐起改革初期全國性的、群眾性的文學
參與，新時期文學全國性的迅速繁榮，與這一時期文化館系統
所創辦的各種刊物實有莫大關係。也正是由於文化館系統的力
量，才使得新時期文學不只局限於中心地帶、中心城市，也不
只是局限於知識分子階層，而是深入到基層與農村，培育出廣
大的文學讀者和文學作者。

然而，1980 年代中後期開始，區縣一級地方文聯陸續成
立，逐漸接管基層文藝創作事業。例如，湖南婁底地區冷水江
文聯 1986 年成立後，創辦《冷江文學》，冷水江文化館 1979
年創辦的《冷江文藝》便停辦了；漣源縣文聯也如此，自
1985 年縣文聯成立，從縣文化館調出文學專幹進入文聯，緊
接著文聯創辦《沃土》，漣源縣的文藝事業也逐漸轉向文聯。
這樣的例子全國各地所在多有。總而言之，隨著文聯－作協系
統自 1980 年代中後期開始逐漸下沉到基層，真正實現從上到

52　湖南省婁底地區的資料綜述自《婁底市志》、《漣源市文化館建館 50
　　週年專集》、《冷水江市志》等地方志。
53　劉錫誠：《在文壇邊緣上》（上冊），第 488 頁。

下的體制化，原本附著於群文系統的文學生產功能也開始被文聯－作協系統所吸收，加之 1980 年代中期開始市場化改革，群文系統的文學事業也逐漸地退出了歷史舞台，我們在第三章會對此展開詳細討論。

第二節　新時期文學在基層：以湖南省漣源縣為例

現今主流的新時期文學研究，大都關注中心地帶如北京、上海，至多拓展到次中心地帶例如天津、南京等大中城市，而這同時意味著關注全國層面的新時期文學，總而言之，關注的大都是具有「中國當代文學史」價值的，是具有「著之竹帛、傳之後世」的資格的。這是新時期文學研究的「正史」傳統，其重要性不言自明。然而，這一「正史」研究的局限性也顯而易見，因為它難以深入到地方基層，難以具體描述文學與群眾交織得最為緊密的層面。例如，這一「正史」傳統難以具體地回答：文學生產在地方基層是如何展開的呢？地方基層的文學樣態如何呢？產生全國性影響的文學作品又是如何制度性地滲入地方基層的呢？本節將以湖南省中部一個較為典型的縣城為例，以第一手的地方史料，探究基層的新時期文學的組織方式和文學樣態，以具體地回答這些問題。

（一）縣文化館與基層文學生產的組織

新時期文學在基層如何組織起來？這個問題最簡明的答案，不在文聯－作協系統中，而是蘊藏在毛澤東時代以來就廣泛推進的文化館系統之中。

　　自 1950 年代開始，漣源縣 [54] 的文學事業便是群文工作的重要一環，它由一整套群文系統所支撐，而縣文化館在其中扮演關鍵角色。漣源縣文化館成立於 1952 年，其前身是民國的民眾教育館。1950 年代，縣文化館就開始在鄉、村建立鄉文化站和村俱樂部，「文革」期間，文化館改成縣毛澤東思想宣傳站下屬革命文化組，1974 年，恢復縣文化館名稱。[55] 整個毛澤東時代，以村俱樂部、鄉文化站為固定支點，以縣文化館組織的文藝宣傳隊、電影隊、業餘劇團為流動組織，再輔之以縣文化館具體負責的縣一級的各種文藝輔導班、學習班、創作會議和文藝期刊，這就是漣源縣在毛澤東時代的群文工作的基本圖景。

　　特別要指出的是，縣文化館舉辦的各種文藝創作會議，是具體地組織和培養文藝業餘作者的常見制度。事實上，自 1950 年代開始，舉辦各種文藝創作會議，發現、組織、輔導和培養業餘文藝作者，就已經是縣文化館群文工作的重要部分。縣文化館志載，1955 年，縣文化館主辦首屆農村業餘文藝輔導班，為期三天，培養文藝積極分子 400 餘人；1969

54　漣源縣位於湖南省中部，春秋戰國時為楚地，清代分屬長沙府和寶慶府，1951 年 8 月建縣，建縣前分屬安化、湘鄉、邵陽三縣，建縣初名藍田縣，1952 年 8 月改名為漣源縣。建縣後區劃幾經變動，1977 年 9 月設立漣源地區，漣源縣劃歸漣源地區。1982 年 12 月，漣源地區改名婁底地區，漣源縣屬婁底地區管轄。1987 年 11 月 1 日，漣源縣正式撤縣改市，成立漣源市。見漣源市志編纂委員會：《漣源市志》，長沙：湖南人民出版社，1998 年，第 53-54 頁。

55　參見漣源市文化館編：《漣源市文化館建館 50 週年專集》，內部出版，2002 年，第 1-10 頁；漣源市志編纂委員會：《漣源市志》，第 626 頁。

年，文化館併入縣毛澤東思想宣傳站，成為宣傳站下屬的革命文化組，同年舉辦工農兵毛澤東思想文藝骨幹學習班；1972年，召開工農兵業餘文藝創作會議，地址設在縣內公社，42人參加；1973年，召開工農兵業餘文藝創作會議，到會87人；同年，舉辦文學、戲劇學習班，25人參加，時間10天；1974年，再次召開工農兵業餘文藝創作會議。[56]

　　「文革」後漣源縣新時期文學的起步和發展，仍然依託這一整套群文系統，特別是對於文學業餘作者的組織和培養來說，就更是如此。按照縣文化館志載，1978年至1980年代中期仍有幾次比較大的文藝創作會議：1978年6月，縣召開大型文藝創作座談會，其中文學業餘作者36人參加會議；1980年2月，縣召開文藝創作總結表彰會，表彰1978年至1980年發表的優秀作品；1983年11月底，縣辦文藝講習班，時間半個月，固定學員87人，旁聽200餘人；1984年8月，召開縣農村小戲創作座談會，22人參加。[57]縣辦的文學會議一般都是由縣文化館具體組織和負責。此外，有條件的單位也開辦文學講習會，邀請縣文化館專幹參與和指導。例如，縣文化館館辦刊物《漣河》1984年3月10日第2版就刊登了一則群眾文化簡訊：「最近，湘中機械廠業餘文學創作小組在廠黨委及廠工會的關心和支持下，舉辦了文學創作講習會，有省、地作家到會講學，縣文化館文學幹部也應邀出席。」按照《漣源市志》統計，1952至1989年，縣文化館參與舉辦各種文藝骨幹

56　漣源市文化館編：《漣源市文化館建館50週年專集》，第1-10頁。
57　同上，第11-15頁。

培訓班 232 期，大中型文藝匯演 112 次。[58]

　　像漣源縣文化館這樣重視文藝創作活動的機構，全國各地想必並不少見，這就難怪 1983 年 1 月文化部印發〈全國文化館工作座談會紀要〉時甚至批評各地文化館過於重視文藝創作活動，把文化館辦成了「小文聯」或「創作室」了。[59] 事實上，漣源縣文聯直到 1985 年 5 月才正式成立，文聯成立之初的第一個專職幹部便是從文化館的文學幹部中抽調，在 1985 年之前，漣源縣文化館的確事實上承擔著縣「文聯」的工作，是名副其實的「小文聯」。

　　可以看到，1980 年代中期之前，縣文化館發現、組織、輔導和培養業餘作者、發展地方文學事業的基本制度仍然延續毛澤東時代的群文系統，其中最為重要的要數針對業餘作者的各種文藝創作會議。由於受訪的業餘作者和文化館文學幹部對 1983 年底舉辦的文學講習班都記憶猶新，我們不妨對此予以「深描」。

　　1983 年底的這次文學講習班事先有一個預通知。農民業餘作者石安國就收到了參會通知，通知以鉛字印刷，全文如下：

　　石安國同志：

　　　　您好！

　　　　為了進一步繁榮我縣的文學創作事業，我館將於一九八三年十一月份，邀請一些創作了較好作品初稿的同

58　漣源市志編纂委員會：《漣源市志》，第 626 頁。

59　文化部：〈全國文化館工作座談會紀要〉，載四川省文化廳編：《群眾文化工作文件選編》，內部資料，1984 年，第 52 頁。

志，來縣參加預計為期半個月左右的文學講習班，講習班上，我們將邀請一些有經驗的作者（家）來縣講課，並安排時間討論、修改作品，力爭出些成果。因此，現特將此計劃告知您。您如果願意爭取參加的話，請您於十月上旬以前，將您自己認為也還比較滿意的作品，寄來縣文化館審查備選。

　　順祝

　　創作豐收！

漣源縣文化館

一九八三年七月二十五日

　　這屆文學講習班共選拔了業餘文學作者 36 人參會，「其中農民作者 10 人」，[60] 據農民業餘作者石安國回憶，與會業餘作者主要是農民、中小學老師、機關幹部和廠礦工人，農民作者應該算是最多的群體。與此同時，講課期間，慕名而來「旁聽的青、中年業餘文學愛好者，多達 200 人」[61]。工農為主的文學講習班可以說是延續和模仿毛澤東時代的文學會議模式，例如 1956 年和 1965 年舉辦的全國青年業餘文學創作積極分子大會（「青創會」），參加這兩次會議的主力都是工農兵業餘作者，會議的目標也是進一步推動工農兵業餘文學創作。特別是 1965 年的青創會，更是本身就與群文系統關係密切，正如周揚在會議發言中對工農兵業餘作者們說的，「農村

60　劉雨：〈我縣舉辦文學創作講習會〉，《漣河》，1983 年 12 月 30 日，總第 9 期，第 2 版。

61　同上。

群眾業餘文化活動是以俱樂部（文化室）為中心展開的。你們參加會的，有很大一部分人是俱樂部的積極分子。」[62]

受邀來講習班講課的是作家蕭育軒、作家譚談、作家劉漢勛和詩人于沙。蕭育軒可以說是建國後漣源籍最早成名的工人作家，1962 年開始發表小說，1964 年在《人民文學》發表成名作〈迎冰曲〉，「文革」後，蕭育軒在《人民文學》1977年 4 月號發表小說〈心聲〉，可以說是最早揭批「四人幫」的文學作品之一，並曾入選 1978 年全國優秀短篇小說評選活動最後的候選名單，可惜最終未能得獎。[63]1983 年的蕭育軒已經是湖南作協副主席；譚談也是漣源籍作家，他在《芙蓉》1981年第 1 期發表中篇小說〈山道彎彎〉後，獲得 1981-1982 年全國優秀中篇小說獎，一時名聲大振。劉漢勛也是漣源籍作家，當時為湖南省《主人翁》雜誌編輯；詩人于沙雖非漣源籍，但那時他作為省級刊物《湘江歌聲》的編輯負責編印《湘江歌聲》帶辦的小型不定期歌詞刊物《百靈鳥》，而《百靈鳥》是在漣源縣印刷廠印刷再發行全國的，因而與漣源縣文化館關係密切。[64] 正是因為籍貫和業務聯繫，這幾位才受邀前來講課，而他們也可算是漣源縣的業餘文學作者所能接觸到的最有名、地位最高的新時期文學作家了。此外，講課老師還有彼時婁底

62　周揚：〈高舉毛澤東思想紅旗，做又會勞動又會創作的文藝戰士——1965 年 11 月 29 日在全國青年業餘文學創作積極分子大會上的講話〉，《紅旗》，1966 年，第 1 期。

63　崔道怡：〈春花秋月系相思——短篇小說評獎瑣憶〉，《小說家》，1999 年，第 1 期。

64　劉風：〈百靈鳥，從漣源飛出……〉，http://www.hnlyxww.com/Info.aspx?ModelId=1&Id=22720，2019 年 2 月 17 日訪問。

地區文聯幹部和地區文化館文學幹部，其餘則是縣文化館的文學專幹。一次縣文學講習班能夠聚集這麼多專業作者，其中不乏全國知名作家，這對於大部分連小說都寫不完整的業餘文學作者來說，已經是大開眼界，這恐怕是現實的創作生涯中他們離新時期文學最近的場合，這無疑極大地激發出業餘文學作者的創作積極性。

　　文學講習班從 1983 年 11 月 20 日正式開始，於 12 月 5 日結束。按照業餘作者石安國和會議組織者劉風（系文化館文學專幹）的回憶，受邀講課的專業作家所講內容大部分是介紹自身的創作歷程和體會，傳授創作經驗，地區文學專幹也是如此。而縣文化館的文學專幹作為組織者和輔導者，則會詳細地教授創作技巧，負責點評和指導業餘作者所提交的作品，事實上，討論業餘作者們的作品占據了講習班討論時間的絕大部分。業餘作者們也會尋找與受邀前來講課的專業作家們交談的機會，同時遞上各自的作品請求指點，學習期間業餘作者們也會互相閱讀各自的創作，一起交流切磋。

　　不過，講習班主要的時間，是由業餘作者們各自創作和根據文學專幹的指導修改自己的作品。這一點尤為重要，文學講習班的主要功能，便是為業餘作者提供相對穩定的條件，供他們集中精力創作。業餘作者的時間往往被日常勞作所占據，特別是對於工農業餘作者來說，繁重的日常體力勞動往往使他們難以騰出充裕的時間來專注於創作。文學講習班的制度能夠在短時間內解放業餘作者，使他們得以從日常工作中真正抽離出來，無後顧之憂地投入文學創作之中；而文學專幹此時也能夠集中指導全縣業餘作者。文學講習班的這種形式特別有益於小說的創作和修改：對於業餘作者來說，小說創作歷時更

久、需要投入的整段時間和精力的要求更高，持續時間較長的
文學講習班恰好能夠提供這一條件。這種講習班其實包含著
「創作假」的制度形式。1956 年第一屆青創會上，周揚就明
確地對業餘作者們說：「應該以業餘創作為主，專業作家是少
數的，將來也是少數，要培養大量的業餘作家。……有些確實
有東西可寫的人，可以給他一定的創作假期。」[65] 此後，周揚
也說過，「對於有些業餘作者寫大作品，我看，可以在有可
行的創作計劃時，採取給創作假的辦法，專門搞寫作，寫完一
個作品再回到生產上去，不要離開生產，脫產就沒有生活，就
寫不出東西來了。」[66]「創作假」的制度，既保持了創作者的
業餘性，同時又能夠使業餘作者擁有一段如專業作家一樣的自
由時間，以便集中創作。文學講習班的制度設計的目標也同樣
如此。

　　文學講習班也是上層的新時期文學下滲的制度中介。授課
作家、文學專幹一般會講授作品並組織大家討論，內容除了中
央的文藝政策，「雙百」方針、「二為」方針等，還會時不時
談及上層的新時期文學的主流文學標準和代表性文本。1983
年的文學講習班也是如此。受邀作家在講習班上講授自己的代
表作，例如譚談講〈山道彎彎〉，蕭育軒講〈迎冰曲〉，與
此同時，縣文化館文學專幹也組織大家學習討論上層新時期文
學的代表性小說，特別是湖南本土作家的代表性作品，例如莫
應豐 1980 年出版的《將軍吟》、葉蔚林 1980 年發表的〈在

65　周揚：〈在第一屆全國青年文學創作者會議上的講話〉，《周揚文
　　集》（第 2 卷），第 388 頁。

66　周揚：〈在河北省各地關於文藝問題的講話〉，《周揚文集》（第 4
　　卷），第 361 頁。

沒有航標的河流上〉和古華1981年出版的《芙蓉鎮》等。這些上層的新時期文學代表性文本成為業餘作者學習模仿的「樣板」作品。總之，文學講習班是一個重要的制度中介，它將上層的新時期文學所形成的文學標準、文學範式導入到地方的具體制度空間之中，經由集體性的學習模仿，落實為業餘作者創作的「樣板」，最終在基層形塑出新時期文學的地方性，實現新時期文學在基層的再生產。

新時期文學在基層再生產的結果，便是業餘作者們的優秀作品獲得了集體面世的機會。1984年6月，縣文化館主辦的《漣河》出版第11期，副題為「漣源縣1983年文學講習會作品選集」，共收入46篇作品，其中「新人新作」名目下17篇。此期的「編後絮語」熱情追溯漣源籍的現代文學傳統，從第一個漣源籍的現代著名作家蔣牧良，到而今的蕭育軒、譚談、劉漢勛，並著重強調後三位作家的「成功之道不僅是給了我們極大的鼓舞，也提供了不少的可以學習的經驗。」[67]而「選集」中大多數作品也的確都是「學習」上層新時期文學的產物（詳見下文），這表明，新時期文學似乎的確再生產出了某種地方形式。[68]

---

67 編者：〈編後絮語〉，《漣河》，1984年6月，總第11期。

68 1983年12月30日第9期《漣河》第2版發表了一則〈我縣舉辦文學創作講習會〉的通訊，介紹1983年文學講習班：

　　為了清除和抵制精神汙染，進一步繁榮業餘文藝創作事業，培養更多的文學創作新人，我縣於1983年11月20日至12月5日，舉辦了為期半個月的「漣源縣文學創作講習會」。到會男女作者，共36人，其中農民作者10人。

　　會議期間，學習了馬列主義和毛澤東文藝思想，學習了《鄧小平文選》和黨中央的有關文件精神。並且，還請作協湖南分會副主席蕭

　　在全國各地，與漣源縣相似的例子所在多有，《中國文化館志》收錄了全國各地縣一級文化館的資料，其中大都有縣一級文化館創辦文藝刊物、舉辦講習班、培養業餘作者的記載。可以說，縣文化館是推動基層新時期文學興起和發展的制度性力量，這種制度性力量源自毛澤東時代的群文系統。而縣級層面的文學講習班制度，則是群文系統為支撐、培育基層文學而創造的主要制度形式，是落實、再生產新時期文學、形塑出新時期文學的基層性的重要中介。本節所做的勾勒，對於回答新時期文學如何在基層組織起來，或許能夠提供某些線索，從而填補新時期文學的基層研究的空白。

（二）《漣河》：基層刊物中的新時期文學

　　1979 年新時期文學的基層陣地《漣河》創刊之前，漣源縣曾斷斷續續創辦過一些刊物。1957 年 1 月，縣文化館成立縣業餘文藝創作委員會，創編鉛印文藝月刊《新芽》，到該年

育軒，我省著名青年作家譚談，以及作家劉漢勛，詩人于沙等同志到會講課。地文聯楊梅生同志，地文化館安鵬翔同志，也到會介紹了創作經驗和體會。講課期間，旁聽的青、中年業餘文學愛好者，多達200 人。

　　講習班於 12 月 5 日如期結束。總結會上，縣宣傳部副部長袁一安同志作了重要講話。講習會不僅提高了到會作者的政治、藝術水平，提高了如何抵制、清除精神汙染的認識，為今後出成果打下了良好的基礎，而且，還大大激發了大家的創作熱情。會議期間，共創作和加工修改了 30 多萬字的各種形式的文學藝術作品。

　　為了彙集此次講習會的初步成果，縣文化館正在組織力量，準備編印一本「漣源縣 1983 年文學講習會作品」專集，擬明年一季度出書。

底出至第 6 期，因「反右」整風停刊；此後，縣文化館辦有一種不定期的《演唱資料》，用於刊載工農兵文藝作品；1971年 6 月，為迎接中國共產黨成立 50 週年，縣毛澤東思想宣傳站下屬的革命文化組（即「文革」前的縣文化館，1974 年恢復館名）舉辦一系列文學、戲劇、音樂等創作學習班，培訓業餘作者，學習結束後結集出版，名為《工農兵文藝——慶祝中國共產黨成立 50 週年專集》，從此《工農兵文藝》作為不定期刊物就延續下來；1972 年《工農兵文藝》改名為《漣源文藝》，每年出版 7 到 8 期，1974 年停刊。[69]此後漣源縣文化館仍辦有不定期的《演唱資料》。

1979 年 10 月，縣文化館正式創辦《漣河》，第一期為「熱烈慶祝中華人民共和國成立三十週年文藝專集」。這一刊物的創辦，意味著漣源縣正式開啟了在地的新時期文學。作為 1980 年代漣源縣最重要的文藝刊物，《漣河》創刊方式與1971 年的《工農兵文藝》創刊方式極為相似，都是文化館借助某一重大事件的推動而創辦，這表明《漣河》和《工農兵文藝》所依託的文化館制度及其運作方式的延續性，換言之，在漣源縣，新時期文學只是老樹開新枝而已。

《漣河》由縣文化館的文學專幹編輯。1983 年 5 月 20 日第 6 期第 4 版的「編後」如此介紹《漣河》：

> 《漣河》是我館面向農村，面向基層，為群眾文化服務的

69　漣源市文化館編：《漣源市文化館建館 50 週年專集》，第 1-10 頁；聶玉文：〈《漣河》情絲〉，《謎話人生》，長沙：湖南文藝出版社，2011 年，第 130-132 頁。

綜合性內部刊物；以總結交流群眾文化工作經驗，滿足群
眾文化生活的需要，培養提高業餘作者，提供習作園地為
宗旨。

1985 年之前，《漣河》共計出版了 13 期，[70] 第 1 期以期
刊形式出版，第 11 期也為期刊形式，題為「漣源縣 1983 年文
學講習會作品選集」，其餘各期均以報紙的形式不定期出版，
每期 4 版，每次印數大多為 500 份左右，分送有關的業餘作者
和有關單位，同時也會寄送數十份給與縣文化館有交流的外地
文化館，這些外地文化館既有省內的，也有省外的。

就《漣河》的性質而言，它可以說是基層文化館群文工作
的一部分，在這個意義上，它首先是縣文化館的「館報」，各
期的《漣河》對文化館及其所屬文化站的重要事件一直保持密
切關注和報導；其次，由於服務於全縣的群文工作，它也經常
關注和報導全縣的群文活動，因此，它又是漣源縣的「群眾文
化報」；最後，作為群文工作的一部分，縣文化館同時負有
「培養提高業餘作者」的任務，於是，《漣河》又是發表文學
作品的「文學報刊」乃至「文學期刊」。總而言之，漣源縣的
新時期文學，就寄生在這樣一份多功能的刊物上。《漣河》亦
報亦刊的形式，正是因其根植於作為整體的群文工作的多種多
樣的需求之中。

由於《漣河》所承擔的多重功能，它所刊登的稿件也就多

---

70 本節所分析的《漣河》，時間截止到 1984 年，1984 年之後，《漣
河》繼續不定期出版直到 1990 年代初期完全停刊，但 1984 年以後的
《漣河》已無法找到詳細資料，故暫不涉及。

種多樣，1981 年底，《漣河》第一次以報紙的形式出版，並在第 4 版上刊登了一則「徵稿小啟」：

> 本館編印刊物《漣河》，自 1982 年元月起，將改為四開小報，暫不定期出版。歡迎廣大作者，提供短小、精悍的，有思想性、知識性、趣味性的稿件。稿件形式不限，小說、詩歌、評論、小戲劇、小曲藝、歌曲以及各種兒童文學作品等，均所歡迎。有關漣源風土人情，歷史傳說的地方性色彩濃厚的小稿件，尤其歡迎。來稿一經採用，即致薄酬，以表謝意。稿件請寄本館文美組收。
>
> 漣源縣文化館
> 1981 年 12 月

以報紙形式出版的《漣河》，1985 年之前有 11 期，共發表 232 件稿子，其中小說 7 篇（含小小說），散文 10 篇，故事 8 篇，通訊 12 篇，曲藝 23 篇，詩歌 80 篇，歷史人物 4 篇，地方小考 6 篇，作家談創作 1 篇，其他 46 篇，中小學生作文 11 篇，攝影 14 張，歌曲 1 首，美術 9 件。當然，各類型之間的分別也不總是明晰的。例如，《漣河》所發表的小說與幾篇敘事性散文之間的界限常常很模糊。小說通常較簡單而短促，字數一般在五千字上下，通常圍繞一個較簡單的衝突展開，同時結尾常以一個寓言性的昇華做收束；敘事性散文事實上也是這個寫法，區別大致在於其抒情色彩稍微濃重一點。這一事實表明基層業餘作者尚未確立清晰的文類意識。[71] 從統計

71　這種文類意識的模糊，即使是名作家也經歷過。例如，陳忠實早年是

上可以看出，創作最多的還是詩歌，這是基層文學生產的最為重要的形式。可以說，基層的新時期文學與上層的新時期文學，存在一種文類上的落差：當上層的新時期文學從 1976 年的「天安門詩歌」迅速過渡到 1978 年以後的小說和報告文學為主體的文類時，基層仍然將詩歌作為新時期文學的主要開展形式。

在漣源縣，小說的集中刊出只出現在第 1 期和第 11 期以期刊形式出現的兩期中，這兩期都是圍繞著特定事件而組織出版的。第 1 期有 6 篇小說，其中編輯者劉風一篇，縣委宣傳部副部長袁一安一篇，這兩篇都屬於約稿性質，其他都是從諸多來稿中所挑選出來的。第 11 期有 18 篇小說（含小小說 2 篇），則是 1983 年文學講習班結束後專門約稿、改稿後集合而成。此外，通過自由來稿而發表在報紙形式的《漣河》上的小說，從第 2 期到 1984 年最後一期第 13 期，也只有寥寥 7 篇（含小小說）。總起來，1979 年到 1984 年《漣河》共發表 31 篇小說（含小小說），數量並不多。可以說，由於小說創作對文學素養的要求較高，因此小說並不是業餘作者的主要創作體裁，它在基層的生產，也難以依靠工農兵業餘作者的自

西安郊區的業餘作者，經常參加郊區文化館的文化活動，〈陳忠實年譜〉載，1972 年 7 月，「短篇小說〈老班長〉刊陝西省工農兵藝術館編的《工農兵文藝》第七期小說欄目頭條。此文原題為〈寄生〉，陳忠實是作為散文寫的，寫好後寄給《西安日報》文藝部編輯張月賡，張月賡已經編好並排版，審稿人認為此文觀念上有問題，未發表。後轉投《工農兵文藝》，《工農兵文藝》將原題改為〈老班長〉，發在小說欄目。」參見邢小利、邢之美：〈陳忠實年譜〉（上），《東吳學術》，2018 年，第 4 期。

發創作，而主要只能依賴制度性力量的持續支撐才勉強有所收穫，這與上層的新時期文學自然而迅速地轉向以小說為主要文類截然不同。

　　整體上分析《漣河》上的文藝創作，的確會發現諸多與上層的新時期文學的關聯處與不同處。新時期文學如何從上層通過縣文化館及其運作方式逐漸下沉到基層，影響基層的文學創作，這一點在上文已經有所揭示。然而，落實到具體的創作實踐中，新時期文學在基層又呈現出何種樣態？基層的文學創作又如何與上層關聯、呼應乃至相區別？

　　首先要指出的是，《漣河》從未出現過新時期文學這樣的字眼。從縣文化館的群文工作的角度而言，所謂新時期文學，只不過是又一個政治變遷之後，以原有的群文系統做出的新的調整。對於群文工作者來說，改革初期的文學工作與 1970 年代初期並沒有根本不同，從整體的文學形態上，事實上也並沒有出現與毛澤東時代的文學創作截然不同的文學形態，只不過呼應、服務的政治主題發生了變動而已。甚至可以說，此時期的文學創作，基本上仍然的確是毛澤東時代文學傳統的延續。這種延續性特別指的是，基層的文藝創作仍然是群眾性的。這種群眾性既意味著基層的文藝創作依託於群文系統，是群文系統的產物，也意味著這種文藝創作是面向群眾的，是群文工作的一部分。當上層的新時期文學向著專業化、「現代化」和商業化大步邁進時，基層的新時期文學仍然沿著毛澤東時代的群文系統所設定的軌跡運行，除卻政治主題的變幻，其底色仍然是業餘性的、群眾性的和非商業性的。基層與上層的這種日益突出的差別，或許是整體的新時期文學日益走向分裂乃至終結的原因之一。

　　基層的文學生產本身是群文工作的一部分，而群文工作的基本目標，就是制度性地將人民群眾帶入群文活動，從中開展政治宣傳、政治動員和政治教育。在這種條件下，群文工作者和依託於群文系統的業餘作者，長久以來的文學習性自然是緊跟政治形勢的變動、緊密地貼合主導性的文學標準。這種文學習性的發展，不可避免地產生著「向心性」的寫作模式，這種「向心性」表現為緊跟政治形勢，隨著政治形勢的需要而創作，並且有意識地將表達政治認同視為主要目標。

　　詩歌、歌詞和詩詞，往往是這種「向心性」寫作的典型體現。分析發表在《漣河》的 80 篇（組）詩歌，會發現它們大部分都是「向心性」的。例如，1979 年《漣河》創刊號上頭條刊登〈民歌十首〉，為四位農民、三位工人、一位解放軍、兩位幹部所作，大都是歌頌黨、「四化」、社會主義和改革開放。1984 年第 11 期《漣河》是以期刊的形式發行，集中收入參加 1983 年文學講習班的業餘作者的作品，其中刊登的詩歌也大略如此，例如〈會計工作者之歌〉歌頌會計工作者是「四化」建設的先鋒，警惕著經濟領域裡的「糖衣炮彈的進攻」，〈奇特的小樹〉歌頌農村富裕，有了電視機，能夠傳遞「祖國振興的喜訊。」總體來說，這種「向心性」寫作占所有詩歌、歌詞和詩詞的大部分。以 1983 年 9 月第 7 期《漣河》頭版的這首〈利劍‧明燈‧戰鼓‧春風——讀《鄧小平文選》〉（作者丁日吉）為例：

　　《鄧小平文選》，
　　真理的光輝閃。
　　是利劍，

將「兩個凡是」的精神枷鎖斬斷，
毛澤東思想獲得了堅持和發展。

《鄧小平文選》，
表達了我國人民的心願。
像明燈，
照亮了四化征途，
為建設有中國特色的社會主義指點！

《鄧小平文選》，
是智慧和力量的源泉。
似戰鼓，
激勵人們勇於探索，
聲聲催促大步向前！

《鄧小平文選》，
是驅寒解凍的偉大詩篇。
如春風，
吹醒了祖國的山山水水，
溫暖著各族人民的心田。

1983 年 7 月 1 日，《鄧小平文選（1975-1982 年）》正式出版發行，顯然，全國各地負有宣傳「文選」的任務。《漣河》一如既往緊跟政治形勢，發表這首詩歌，它可以說是《漣河》的「向心性」詩歌的典型代表。無論是文化館自己的文藝幹部創作也好，還是業餘作者投稿也好，這樣的「向心性」寫

作是常見的模式。

　　今天，這樣的「向心性」創作當然也是氾濫無窮，無甚可言之處。但追溯這些作品至改革初期，如何理解這種向心性寫作呢？在改革初期，由於《漣河》仍是群文系統的一部分，這種「向心性」是與群文系統的政治功能息息相關的。一方面，社會主義文化實踐的目標正是要在具體的群眾文化工作中促發、培育出人民群眾的政治主體性，因而，政治性總是群眾性文學生產的要素、風格和目標，從而產生「向心性」寫作；另一方面，當「政治」只是成為捉摸不定但又流於表面的政策，而不能潤物無聲地真正與人民群眾的日常生活結合在一起，那麼這種政治就會「去政治化」，「向心性」寫作也會日益喪失實質內容，成為陳腔濫調。在改革初期，群文工作者和業餘作者普遍的「向心性」寫作，既展現了文學生產的群眾性及這種群眾性與毛澤東時代的延續性，也展示了這種群眾性的內在危機。

　　如果說，詩歌類創作的主要特點是「向心性」寫作，那麼小說創作的主要特點則是「模仿性」寫作。以縣文化館文學專幹劉風為例。在 1979 年《漣河》創刊號上，劉風發表小說〈一顆紅星獎章〉。這篇小說從寫法、人物（包括人物關係）到故事情節，都是對 1958 年茹志鵑發表的〈百合花〉的模仿，甚至連小說開頭都神似：

一九三三年的三月，正是紅軍全力以赴進行第四次反圍剿鬥爭的時候。

我參加紅軍不久，上級因為我是鉗工出身，就決定派我到兵工廠去工作。與我同去的，據說還有一位不到二十歲的

本地小夥子。我心裡想，當工人去就當工人去吧！（〈一顆紅星獎章〉）

一九四六年的中秋。

這天打海岸的部隊決定晚上總攻。我們文工團創作室的幾個同志，就由主攻團的團長分派到各個戰鬥連去幫助工作。

大概因為我是個女同志吧！團長對我抓了半天後腦勺，最後才叫一個通訊員送我到前沿包紮所去。

包紮所就包紮所吧！（〈百合花〉）

在 1984 年出版的期刊形式的《漣河》第 11 期上，劉風還發表了一篇〈茶花〉，目錄標注為「散文」，不過這篇散文的敘事性很強，具備一個完整的故事，並塑造了完整的人物「茶花」。這篇散文可以清晰地看出周立波 1958 年發表的〈山那面人家〉的影響：兩篇作品講述的都是一個農村婚禮的故事，都是以花襯人，帶著淡淡的抒情氣息。可以說，整篇散文的抒情敘事都以〈山那面人家〉為模本。

其他較為成熟的小說，也都能在文學上層找到其對應模本，或總是感到似曾相識。1979 年創刊號《漣河》發表時任漣源縣委宣傳部副部長袁一安的〈初春之夜〉，刻畫了朝鮮戰場因傷退伍後帶領村民開山造田的村支書的英雄形象，無論是「高大全」的人物形象，還是艱苦奮鬥開山造田的「創業史」，這些小說元素都是毛澤東時代耳熟能詳的。劉風、袁一安已經是比較成熟的地方作者（家），而對於初出茅廬的業餘作者來說，他們的模仿性更強。1983 年第 11 期《漣河》上的

小說〈啊，夏天〉（作者李述文）有鐵凝的 1982 年全國優秀短篇小說獲獎作品〈哦，香雪〉的影子，〈賣魚女〉（作者黃曉農）與 1980 年全國優秀短篇小說獲獎作品〈賣蟹〉和 1981 年全國優秀短篇小說獲獎作品〈賣驢〉多少有些相似。縣文化館館長循綱在讀完「漣源縣一九八三年文學講習會作品選集」後，也意識到了這個問題，他感到「我們有的同志，讀了幾部好小說，看了幾場好電影或戲劇，受了感動，產生了共鳴，也想寫個類似的小說、電影或戲劇。……只能是重複和襲舊。人家寫了〈傷痕〉，你就寫〈傷印〉；人家寫作家受『四人幫』摧殘，你根本沒有接觸過作家而也去寫作家住牛棚，其結果不是憑空臆造，就是千人一面。」[72]

　　整體上分析這些小說，的確會發現敘事的模仿性無處不在。不過，這裡仍然存在一個落差。基層的模仿，並不總是模仿著同一個上層。對於基層作者劉風來說，他所理解的文學上層並不總是改革時期的小說及其主導形式，而更是毛澤東時代那些與「新時期」的氣質依然能夠相容的經典文本，例如茹志鵑的〈百合花〉和周立波的〈山那面人家〉。通過對這些經典文本的模仿和再創造，基層作者所指向的上層，並不總是新時期文學所呈現的上層。或者說，基層作者所指向的「上層」，是上層的新時期文學在其表面的「新」之深處那更具延續性的「舊」，而那個「舊」或許才是改革初期的新時期文學的真正內核。的確，〈班主任〉、〈喬廠長上任記〉這樣的新時期文學開端性作品仍然依賴毛澤東時代的敘事成規，而這正是新時

72　循綱：〈試談文學作品的生活積累與藝術構思——讀《漣源縣文學講習班作品選》稿件之後〉，《漣河》，1984 年，總第 11 期。

期文學能夠短時間內迅速崛起的前提。在這個意義上，基層文學比上層文學要更為直接坦白，它拋開新時期文學所標榜的「新」，直接將自身呈現為「舊」，也因此，基層文學才是測度新時期文學的新穎性及其影響深度的最基本的標尺。

不僅如此，通過借用民間故事的基本模式，基層的文學創作也一定程度上嘗試把握變動的現實。《漣河》1984 年第 11 期的小說〈壁燈〉（作者黃強明）只有 4 千餘字，講述縣五金公司門市部主任劉應生向女兒索回裝飾婚房的壁燈，因為壁燈是用公款變相獲得的，想到解放前作為戰士的他曾因繳獲一支鋼筆沒有上交而受批評並獲得教育的故事，劉應生認為「傳統不能丟」，不能「揩國家的油」，於是堅決索回這盞壁燈上交，最後重申「傳統不能丟」。整個小說敘事的設置與民間故事的模式非常相似：獲得某物或遭遇某事 —— 發現某物不屬於自己或某事需要自身堅持原則的行動 —— 某物回到應有的位置或某事因為自身堅持原則而回到正確的 / 好的軌道，在這個過程中自我得到一次考驗，原有的價值、立場或原則得到一次重申。這樣的敘事在《漣河》中比比皆是。第 11 期的〈賣魚女〉講述的是賣魚女遭遇偷奸耍滑的市場行為而排除困難揭發之；同期的〈野雞嶺上金鳳凰〉（作者梁利根）則是農村姑娘發現一起承包黃花農場的同夥去廣州換購走私手錶，而堅決與之分手；1983 年 5 月第 6 期《漣河》上的〈夏夜，在鄉村〉則是講述農村姑娘發現並制止農村男青年捕捉青蛙，並利用捕蛙者貪錢的毛病而懲罰他們的故事。可以看到，這一敘事模式所致力於把握和處理的現實變動恰好是改革所帶來的。尤其是上文所引〈賣魚女〉、〈野雞嶺上金鳳凰〉和〈夏夜，在鄉村〉所回應的，正是市場原則和逐利行為進入到原有的生活秩

序和價值秩序之中，造成了後者的動搖乃至危機。這一敘事模式的功能，正在於理解、應對和具體化這種動搖或危機，並在想像層面上化解這種動搖和危機，從而重申原有的秩序和價值的重要性。就此而言，基層的新時期文學同樣具有現實的敏感性。儘管與上層相比，基層文學對這種歷史變動的把握是不自覺的，但這種頻繁出現的敘事模式確證著市場原則是如何一步步深入到基層的日常生活之中，危及那一切原以為是「堅固的東西」，並將一個「群眾社會」重構為一個日益市場化的「市民社會」的。

　　總的來說，根植於群眾文化空間的「向心性」寫作和「模仿性」寫作，或多或少也可以在全國其他地方的縣一級文化館所創辦的刊物中看到，[73] 或許可以說，這是改革初期基層的新時期文學的基本特徵。關於這種文學生產，有三點需要提請關注。首先，它依託於群文系統，沒有群文系統的支撐，就不可能形成這種群眾性的文學生產；其次，由於群文系統是文學生產的內在條件，這種文學生產本身就是社會主義政治實踐，群眾通過文學生產，既呼應、跟隨政治變動，也潛移默化地生成著政治覺悟乃至政治主體性；最後，群眾的政治覺悟乃至政治主體性的生成，在文學生產中也是經由對上層的模仿而實現的，這種模仿既是借用、也是挪用和再創造。不可否認，「向心性」和「模仿性」寫作既是一個政治過程，也始終包含著

73　例如，筆者收集到一些 1970 年代末到 1980 年代中前期各地文化館創辦的文藝刊物，如山東省肥城縣文化館創辦的《肥城文藝》、浙江省鄞縣文化館創辦的《鄞縣文藝》、四川省自貢市文化館創辦的《自貢文藝》、山西省古縣文化館創辦的《溪水》等，都不同程度地具有「向心性」和「模仿性」寫作的特點。

「去政治化」的趨勢，如果社會主義政治不能與群眾日常生活真正結合，成為內在地、自然而然地培植群眾的政治感覺、政治覺悟乃至政治主體性的生活要素，那麼這種「向心性」和「模仿性」寫作的政治投機的程度必然與日俱增，最終，群眾將通過這種政治投機，使得社會主義政治在基層逐漸形式化、空洞化，甚至將這種文學生產轉變為一種嘲弄性的、解構性的（反）政治。事實的確是，毛澤東時代以至改革初期，這一難題始終未獲真正解決。

第三節　文化館系統、文聯－作協系統與社會流動：以陳忠實為例

　　對於從新中國成立到改革初期文學領域開啟市場化轉型之前的中國當代文學體制來說，其功能總體上來說是清晰明瞭的，那就是「文藝為政治服務」。可以說，文學與政治的關係構成了理解此時期的中國當代文學的主要坐標系。然而，當我們將深入基層社會的群文系統納入到中國當代文學體制之中來考察時，文學生產的社會性功能便被凸顯出來了。現有文學社會學研究大都關注稿酬制度、作家身分制度等相關問題，或探究這一時期的文學體制所包含的提高經濟收入和改變文化－社會身分等多種現實功用。不過，現有研究較少焦點明確地詳細討論這一時期文學體制所具有的輔助社會流動的功能。事實上，對這一功能的觀照或許能使我們從社會性的視野來更為開闊地理解這一時期中國當代文學體制的歷史性、獨特性與複雜性。本節將以陳忠實的文學經歷為例，同時結合其他作家的相似經歷，立足於文化館系統所提供的視野，嘗試將這一時期的

文學生產與文學體制置於更大的社會結構中，以探究中國當代文學體制為何以及如何為相當一部分身處基層的文學創作者提供社會流動的可能性。

（一）城鄉壁壘與文學之路的凸顯

有關陳忠實的生平、文學道路的整理和研究迄今已經非常豐富。不過，把握陳忠實從農民業餘作者一步步成為專業作家的文學道路，值得凸顯如下暫未被重視的三個方面。

首先是陳忠實走上文學之路的動力問題。陳忠實生於1942 年，農民出身，1962 年高中畢業回村成為民請教師（後來的民辦教師）。在這一階段，儘管陳忠實少時即愛好文藝，高中還與同學發起文學小組並創辦過文學牆報，但文學之路並未如他羨慕的少年天才劉紹棠一樣，一開始就成為他的現實選擇。直到 1962 年，陳忠實參軍不成，高考又落榜，被迫回鄉，實現社會流動的主要通路中斷，文學之路才被凸顯出來，成為他人生出路的可能選項：

> 我說過，在初始階段，純粹是一種愛好。高中階段，有當作家的理想。我最近寫過一篇文章〈我與軍徽擦肩而過〉，說的是我高中畢業三年困難時期的情形，從軍不成，高考不成，招工不成，幾乎人生的每一條道、每一個憧憬都被堵死，而作為一個知識青年，我又不甘於當一個農民，不甘於當只有六、七十個學生的民辦教師，於是集中心力走文學創作的道路。……我們這一茬農民出身的作家，投身文學，不能說沒有改變生存狀態、人生命運的動機，世俗的和精神的剝離過程很難機械劃分，很難說哪一

位作家走上專業道路了，他就剝離乾淨了。[74]

　　需要將這段話放在歷史語境中理解。1958 年頒布〈中華人民共和國戶口登記條例〉以後，國家戶籍制度開始嚴格限制農村人口向城市流動。問題的關鍵是戶籍既限制人口流動，也是資源分配和權益享有的基礎：「在經濟短缺、產品供不應求的條件下，人們的生活必需品供應、住房、就業、教育、醫療、養老、勞動保險等逐漸和戶籍掛靠在一起。這樣，非農業戶口逐漸附著大量資源、權益以及機會，而農業戶口則少得多。」[75] 直到改革初期，農村經濟已更上一層樓，路遙還是在感慨城鄉壁壘與農村青年的苦惱：「國家現在對農民的政策顯有嚴重的兩重性，在經濟上扶助，在文化上抑制（廣義的文化——即精神文明）。最起碼可以說顧不得關切農村戶口對於目前更高文明的追求，這造成了千百萬苦惱的年輕人。」[76]

　　由城鄉分工和戶籍制度所共同構築的城鄉壁壘，成為農民難以逾越而又渴望逾越的「農門」。正如陳忠實所說的，從十七年到改革初期，參軍、升學和招工可以說是農村青年實現社會流動[77] 的三種主要方式。同為陝西人，初中畢業的路遙

74　李國平、陳忠實：〈關於四十五年的答問〉，載李清霞編選：《陳忠實研究資料》，濟南：山東文藝出版社，2006 年，第 49 頁。

75　馬福雲：《當代中國戶籍制度變遷研究》，博士論文，中國社會科學院，2000 年，第 58 頁。

76　厚夫：《路遙傳》，北京：人民文學出版社，2014 年，第 133 頁。

77　按照社會學家李路路的定義，「社會流動從廣義上講，指的是人們在社會地位結構中從一個地位向另一個地位的流動。簡單來說，就是個人社會地位的變化。」社會流動包括向上、水平和向下的社會流動，此處用法主要是指從農村到城市的、向上的社會流動。參見李路路：

在 1960 年代末到 1970 年代初也曾試圖通過參軍、招工改變命運，但由於各種原因，參軍和招工都未實現，最終通過上大學實現了向城市流動的目標。[78] 不過，這三種方式所實現的社會流動亦有限。就參軍而言，有抽樣統計認為，改革前的合格青年的參軍率約為 6.6%，但由於城市青年在參軍的優勢上超過農村青年，且農村青年參軍後也需要爭取入黨、提幹，才有被安置在城市工作的機會，因此農村青年依靠參軍實現社會流動並不容易。[79] 就招工而言，隨著工業城市建設和第一個五年計劃告一段落，各方面招工用人大規模減少，1962 年中共中央還發出〈嚴禁私自招收職工的通知〉，原則上要求一律停止增人，如非必要，不得從社會上招收，更不得從農村招收；此後農村招工數量也被嚴格限制，直到 1970 年代後期才開始有所鬆動。[80] 就升學而言，1949-1981 年作為整體來統計，三十餘年全國全日制高等學校大專畢業生僅 331.8 萬，而普通中等專業學校和工農高等、中等專業學校的畢業生總共只略微超過 1000 萬，直到 1981 年，高中畢業生升高等學校的比例也只有 5% 左右，可見升學率之低。[81] 總體上，「1980 年以前，農業勞動者階層是高度穩定的階層，流出率（6.4%）和流入率

《社會分層與社會流動》，北京：中國人民大學出版社，2019 年，第 106-107 頁。

78　厚夫：《路遙傳》，第 60、62、89-94 頁。

79　汪建華：〈參軍：制度變遷下的社會分層與個體選擇性流動〉，《社會》，2011 年，第 3 期。

80　李飛龍：〈改革開放以前中國農村社會的人口流動（1949-1978）〉，《天府新論》，2011 年，第 2 期。

81　中國教育年鑑編輯部編：《中國教育年鑑（1949-1981）》，北京：中國大百科全書出版社，1984 年，第 86、154 頁。

（3.7%）極低」。[82] 可見，從十七年到改革初期，農村青年實現社會流動的道路相當不易。

正是在社會流動的主要通路被阻斷的條件下，「不甘於當一個農民」的陳忠實轉而選擇文學作為人生出路：「高考失敗後幾乎一切人生出路都堵死了，就立志搞創作。」[83] 這對於彼時的知識青年來說，恐怕並不是一個孤立的選擇。1957 年，趙樹理與文學青年夏可為的通信及其引起的廣泛爭論便是一個案例，表明當時的知識青年已經普遍地將文學視為一條可行的出路，[84] 以至於趙樹理不能不規勸「不安心正當的學業而把主要精力用在四面八方找個人出路上」的知識青年「不要這樣多的幻想」。[85] 很清楚，在城鄉壁壘分明、社會流動有限的新中國前三十餘年，文學一定程度上被賦予了輔助社會流動的功能，而這一功能是被陳忠實們所心領神會並沉澱為一種或默認或明示的共識的。

文學之所以普遍地被視為能夠承擔輔助社會流動的功能，

82　陸學藝主編：《當代中國社會流動》，北京：社會科學文獻出版社，2018 年，第 393 頁。

83　李國平、陳忠實：〈關於四十五年的答問〉，載李清霞編選：《陳忠實研究資料》，第 48 頁。

84　牛菡：〈文學青年與作為職業的文學 —— 從 1957 年「夏可為的來信」出發〉，《北京社會科學》，2018 年，第 9 期。

85　趙樹理：〈青年與創作 —— 答為夏可為鳴不平者〉，《趙樹理全集》（第 4 卷），太原：北嶽文藝出版社，2018 年，第 384 頁；趙樹理：〈不要這樣多的幻想吧？ —— 答長沙地質學校夏可為同學的信〉，《趙樹理全集》（第 4 卷），第 351-353 頁。柳青也有過類似經歷，一位初中學生「一心想當作家」，找柳青指導，後來因「遲遲不能成名」而自殺。參見劉可風：《柳青傳》，北京：人民文學出版社，2016 年，第 197 頁。

首先與新中國普遍的平等主義政治密切相關。身處基層的農村知識青年之所以普遍地相信經由文學能夠實現社會流動，必須基於他們認為在政治上與城裡人是平等的這一觀念前提。其次，也與「當代文學」的獨特形態密切相關。已有諸多研究指出，自延安時期以來，一種獨特的文學形態逐漸生成了，這種文學形態在新中國成立後被稱為「當代文學」，按照洪子誠的論述，作為歷史概念的「當代文學」正式確立於 1950 年代，並在 1980 年代發生重大轉變。[86] 這一重大轉變或許應該以 1984 年底發布的政策為標誌：1984 年 12 月，〈國務院關於對期刊出版實行自負盈虧的通知〉發布，要求文學期刊一律「獨立核算、自負盈虧」，這是期刊業俗稱的「斷奶」——取消財政撥款——的開始，從此以後，文學領域被迫向市場化轉型，並在 1990 年代迅速成為現實。[87] 從新中國成立到 1980 年代中期開啟市場化轉型之前，作為歷史建制的「當代文學」擁有一套獨特的文學生產方式，其主要特點是組織化與中心性。「組織化」是指文學生產的組織方式的特點，洪子誠亦將此稱為「一體化」。[88] 通過文聯－作協系統與基層文藝組織的協同運作，「當代文學」從基層到上層都建立起一套高度完整的統合機制，而高度組織化意味著文學體制占據著一定的組織化資源，這些組織化資源由一系列關乎物質福利、人事編制、象徵資本等的占有權和分配權所構成。「中心性」是指「當代文

86　洪子誠：〈「當代文學」的概念〉，《文學評論》，1998 年，第6 期。

87　參見邵燕君：《傾斜的文學場》，南京：江蘇人民出版社，2003 年。

88　洪子誠：〈當代文學的「一體化」〉，《中國現代文學研究叢刊》，2000 年，第 3 期。

學」在 1950 年代到 1980 年代中期的中國社會主義歷史中的重要位置。由於社會主義新文化建設的緊迫性、冷戰結構中意識形態鬥爭的尖銳性以及最高領導集體對文藝的重視，「當代文學」被賦予了中心性的歷史位置，具有強大的政治勢能和社會影響力，文藝劇本《海瑞罷官》竟然能夠成為「文革」的導火索，證明了這一點。

正由於從十七年到改革初期的「當代文學」具有中心性的歷史位置並占據一定的組織化資源，「當代文學」成為如趙樹理所說的「離名利兩字最近」的領域。[89] 這一點也幾乎是被普遍地把握的。1950 年代初，被邊緣化的沈從文就感慨，在新社會裡文學被當成了「過渡工具」，「只要肯聽黨的話，老老實實用心認真寫下去，過不到二、三年，便自然會有出路。」[90] 孫犁在後來的回憶中也有類似感受：「寫一、兩篇成名之作，國家就包下來，養其終身。」[91] 這種狀況即使在「文革」尚未結束的 1970 年代也大體不變。例如，1970 年代早期，農村落戶知青王安憶「不能甘心做一名農民」，「想找一條出路，手中的武器唯有這一門半生不熟的文字」，於是開始學習寫作，「這便是我當一個作家的想法最初的萌芽。」[92] 1975 年，農村知識青年閻連科無意中瞭解到知青張抗

89　趙樹理：〈戲劇為農村服務的幾個問題〉，《趙樹理全集》（第 4 卷），第 576 頁。

90　沈從文：〈覆沈雲麓〉，《沈從文全集》（第 21 卷），太原：北嶽文藝出版社，2002 年，第 345 頁。

91　孫犁：〈我與文藝團體〉，《孫犁全集》（第 9 卷），北京：人民文學出版社，2016 年，第 362 頁。

92　王安憶：〈自述〉，載王志華、胡健玲編選：《王安憶研究資料》，

抗因為寫作小說《分界線》，出版社將她從東北農場調到哈爾濱工作，這使閻連科立刻意識到，「原來寫這麼一部小說，就可以從農村調到城裡去工作」，從而萌發了文學創作的念頭；對於閻連科來說，「寫作完全是為了逃離土地。為了逃離土地，離開鄉村，不再像父母、姐姐們那樣每天面朝黃土背朝天地耕作和勞動，因此，寫作有著具體、實在動力。」[93]而在 1980 年代初，由於「一名士兵能在省級報刊上發表文章就能記三等功」，一直謀求提幹以徹底逃離農村的老兵管謨業（莫言）「對此非常關切，也想通過寫作成功而改變自己的人生。」[94]

　　在把握陳忠實這樣的農村知識青年的文學起步乃至他們成為專業作家之前的文學道路時，不能不從他們所分享的那一時代對文學的特有的共識性理解出發。這絕不意味著否認陳忠實們的文學理想、文學生涯和文學成就，恰恰相反，只有從文學的具體的歷史性出發，陳忠實們的文學道路才是能夠完整深入把握的。

　　顯然，並不是所有的職業行為都會被共識性地理解為具有輔助社會流動的現實可能性，而是需要從特定的歷史條件出發。從十七年到改革初期，這些特定的歷史條件就包括清晰的城鄉壁壘和有限的社會流動，以及文學「離名利兩字最近」的制度性現實。是這些特定的歷史條件使文學生產凸顯出來，外

　　濟南：山東文藝出版社，2006 年，第 67 頁。

93　閻連科、張學昕：《我的現實，我的主義：閻連科文學對話錄》，北京：中國人民大學出版社，2011 年，第 11-12 頁。

94　葉開：《野性的紅高粱：莫言傳》，南昌：二十一世紀出版社，2012年，第 167 頁。

部性地獲得了輔助社會流動的功能，從而為農村的部分業餘作
者提供了向城市流動的現實可能性。只有在 1980 年代中期以
後，隨著城鄉壁壘的日益鬆動，社會流動大大增強，文學領域
也日益向市場化轉型，文學生產才逐漸地剝離輔助社會流動的
功能。因此，需要將十七年到改革初期的文學生產置於更大的
社會結構之中，才能理解「當代文學」何以具有獨特的歷史位
置和強大的歷史勢能。

（二）作為制度階梯的文化館系統

其次，把握陳忠實的文學道路，需要提請注意的是，陳忠
實「不甘於當一個農民」的追求首先是依靠以文化館、群眾藝
術館為制度核心的文化館系統的支撐，才開始逐步實現的。

陳忠實發表的第一篇作品，是 1958 年新民歌運動期間被
發動而寫作的一首新民歌。1964 年，已是民請教師的陳忠實
工作之餘為所在公社的春節文藝演出創作了一篇老貧農憶苦思
甜的快板書，並獲得發表。此後，陳忠實與其他業餘作者一起
參加本區和西安市文化館系統舉辦的各種文藝活動。例如，
1965 年 4 月，西安灞橋的 10 位業餘作者一起參加在西安市群
眾藝術館舉辦的文藝創作匯演，陳忠實便在其中，除卻一人
是文化館幹部，陳忠實與其他人都是農民；後來，陳忠實與這
些業餘作者就組成了互相交往的文學團體。[95]1972 年，陳忠實
的故事作品〈老班長〉被推薦給陝西省工農兵藝術館（此後恢
復名稱為「陝西省群眾藝術館」）編辦的《工農兵文藝》並

95　張君祥：〈灞橋文界十弟兄〉，《西安晚報》，2016 年 12 月 11 日，
　　第 11 版。

且作為小說欄目頭條刊出；不久，他又發表革命故事〈配合問題〉，之後又重刊在《工農兵文藝》上。1972 年，作為西安郊區的業餘作者，他還進一步與當地文化館發生了密切關係：

> 大約是 1971 年之後，文藝機構和文藝創作開始恢復。我所在的西安郊區，由文化館召集本區內的業餘文學作者開會，創辦了《郊區文藝》自編自印的文學刊物。我和郊區一幫喜歡創作的朋友興奮不已，寫作熱情不必說了，而且到印刷廠裡親自做校對。我的散文〈水庫情深〉就刊登在《郊區文藝》創刊號上。[96]

「文革」結束前，陳忠實與群眾文藝運動、文化館系統還有一些關係。例如，1973 年，陳忠實受命與其他業餘作者一同合作，編寫反映工農群眾血淚史和階級鬥爭反抗史的村史《灞河怒潮》，此書 1975 年出版。[97]

從 1958 年到「文革」結束前，陳忠實的文學準備一部分是來自群眾文藝運動和文化館系統的。他在這一時期所發表的新民歌、快板書、革命故事、村史這幾種體裁，正是這一時期群眾文藝運動發動工農兵業餘作者所創作的常見形式。儘管在陳忠實後來的回憶中，這些都不被視為「文學的正宗」[98]，然而，離開對這些群眾文藝經歷的理解，農民業餘作者陳忠實如何成為專業作家的歷程，將無疑是殘缺的。同樣不可忽視的

96　陳忠實：《陳忠實文學回憶錄》，第 62 頁。

97　邢小利：〈陳忠實年譜〉（上），《東吳學術》，2018 年，第 4 期。

98　陳忠實：《記憶》，北京：中國社會出版社，2012 年，第 52 頁。

是，在陳忠實的業餘作者階段，支撐他的文學發表的是陝西省工農兵藝術館及其所編的《工農兵文藝》和西安郊區文化館及其所編的《郊區文藝》，簡言之，都是文化館系統及其所辦刊物。陳忠實如全國各地無數的工農業餘作者一樣，受到群眾文化運動的文學啟蒙，並在文化館系統的支持下獲得最初的發表機會，這對於處於文學起步階段的陳忠實們來說，極為重要。如果不是因為群眾文化運動和文化館系統根植於基層的啟蒙、組織和培養，陳忠實們即便想通過文學找到人生出路，也不容易順利地獲得文學創作的信心和專業寫作的能力，繼而也就難以獲得專業發表的機會並成為作家。

1973 年，陳忠實被任命為公社革委會副主任，這意味著陳忠實正式從農民身分變成了幹部身分。「不甘於當一個農民」的陳忠實實現了最初的目標，但他依然沒有離開農村，城鄉溝壑並沒有被陳忠實跨越。1973 年以後，由於在《陝西文藝》（其後恢復刊名《延河》）發表散文和小說並產生影響，陳忠實與文聯－作協系統發生了越來越多的聯繫，並於 1976 年在《人民文學》上發表小說。「文革」結束時，陳忠實已經成為陝西省代表性的業餘作者。但很快，由於在揭批「四人幫」運動中受到清查，陳忠實被撤銷職務，政治仕途蒙上陰影，也暫時淡出了文學活動，從而結束了他文學生涯的第一階段。

1978 年春，重新思考人生出路的陳忠實讀到劉心武發表在《人民文學》上的〈班主任〉，這使他「強烈地意識到文學春天的到來，文學可以當事業幹了。」[99] 對於此時的陳忠實來

99　陳忠實：〈關於四十五年的答問〉，載李清霞編選：《陳忠實研究資

說，文學成為事業，不但意味著文學成為志業，而且在現實的層面也意味著能夠成為職業，這就是說，此時的陳忠實重新萌發了告別「業餘作者」的身分、成為一名「專業作家」的念頭。當然，「『業餘作者』、『分會會員』、『中國作協會員』，是不同的級別」，[100] 業餘作者在這一身分序列裡無疑是最低的，如要成為專業作家，需要經過一段漫長的制度通道。

　　陳忠實明智地選擇西安郊區文化館作為從業餘作者到專業作家之間的制度跳板。陳忠實清楚地意識到，相比於他所工作的公社，郊區文化館對於他的文學事業來說有顯著的優勢：「那兒（郊區文化館）的活兒比公社輕鬆得多，也有文學創作輔導幹部的職位，寫作時間很寬裕，正適宜我。」[101] 經過申請，1978 年 9 月陳忠實如願正式調入郊區文化館擔任副館長，此後，作為區文化館副館長的陳忠實一邊讀書創作，一邊開展工作。1980 年 4 月，灞橋區恢復建制後成立區文化局，陳忠實被任命為區文化局第一任副局長兼灞橋區文化館副館長，分管全區的農村業餘文化，主抓農村業餘文化創作活動。[102]

料》，第 48 頁。

100　洪子誠：《問題與方法（增訂本）》，北京：生活・讀書・新知三聯書店，2018 年，第 228 頁。

101　陳忠實：《陳忠實文學回憶錄》，第 99 頁。

102　邢小利：《陳忠實傳》，北京：人民文學出版社，2018 年，第 100、102 頁。在陳忠實 1982 年底離任之前，灞橋區的一系列重要群眾文化活動，應當與陳忠實的參與有關。例如，1981 年 1 月，灞橋區舉辦全區民間文藝匯演，觀眾達到 16 萬；1981 年 7 月，撤銷為宣揚階級鬥爭、開展階級教育的「車丈溝展覽館」，而在 1973 年，也正是陳忠實參與寫作村史《灞河怒潮》，以配合這一展覽館開展活動；1982

　　此前已指出，以區縣一級文化館為制度核心的文化館系統
在改革初期所承擔的文學生產功能對於新時期文學的迅速興起
和繁榮具有重要作用。這一文學生產功能的典型體現，就是幾
乎每個文化館都會設置文藝創作組（室）和文學創作輔導幹
部之類的職位，並提供正式編制，以安頓具有一定文學能力
和發表成果的業餘作者。1981 年發布的〈文化館工作試行條
例〉正式規定，依據所服務區縣的人口不同，文化館工作人
員的編制也有所不同，30 萬以下人口的區縣編制為 5-16 人，
30-80 萬區縣編制為 10-25 人，80 萬以上的區縣編制為 15-30
人，在沒有專業劇團的區縣，根據需要還可以增加編制 10-15
人。[103] 在這些編制安排中，一般會包括負責文藝創作和群眾文
藝活動的文學幹部 2 人或更多。以陝西省為例，《中國文化館
志》收錄陝西省 73 個區縣文化館志，大部分都有成立相關的
文藝創作組織並配備專門幹部的記載。例如，陝西延長縣文化
館 1974 年以後設立文藝創作組、群文創作組，創辦油印小報
《浪花》，配備文學創作幹部和戲劇幹部，1982 年以後各門
類專業幹部達到 6 名。[104] 對於需要充裕時間來提高自己的文學

年 2 月，舉辦首屆灞橋區民間鑼鼓賽；1981-1983 年，灞橋區新建 5
個文化站，其中包括陳忠實曾經工作過的毛西公社。參見西安市灞橋
區志編纂委員會編：《灞橋區志》，西安：三秦出版社，2003 年，第
34、746 頁。從 1981 年開始，陳忠實連續舉辦 9 期「文學創作講習
班」，邀請西安的作家、學者授課，培養灞橋區的業餘作者。參見邢
小利：《陳忠實傳》，第 102-103 頁。

103　中華人民共和國文化部：〈文化館工作試行條例〉，載文化部社會文
化司編：《社會文化文件選編（1949-1996）》，1996 年，內部業務
資料，第 100 頁。

104　中國藝術館籌備處編：《中國文化館志》，第 1601 頁。

能力而又暫時不具備資格進入文聯－作協系統的基層業餘作者來說，這無疑是一個好去處。在改革初期，與陳忠實同樣認識和想法的基層業餘作者想必也不少。例如，1980年代初期，年青的牙醫余華正是因為「看到在文化館工作的人整日在大街上遊手好閒地走來走去，心裡十分羨慕」，決心靠寫作獲得進入文化館的資格，而在成功進入海鹽縣文化館後，余華對文化館能提供自由寬裕的時間感到尤其滿意，「覺得自己是在天堂裡找到了一份工作。」[105]

事實上，從1950年代直到改革初期，基層文化館都是安置具有一定創作成績的業餘作者的重要制度空間。例如，雲南作家張長，1957年後發表了幾篇作品，1960年便從衛生所改行調入西雙版納州文化館，直到1973年調離；北京作家理由，1960年代後期發表了一些短篇小說後，1972年調入豐台區文化館，直到1978年調離；北京作家母國政，因寫作並出版一部中篇小說，1976年調入崇文區文化館，直到1981年調離；陝西作家吳克敬，1985年因在《當代》發表中篇小說，得以擺脫「以農代幹」的身分，從縣農機局調入扶風縣文化館，為他進一步提高創作成績、尋找人生出路提供了保障。

可以說，基層文化館因能夠為部分業餘作者提供時間充裕且與文藝創作高度相關的制度空間，而具有特別的文學制度意義，這樣的制度空間往往是業餘作者走向專業作家的中間加油站，具有重要的制度支撐作用。例如，同為陝西作家的鄒志安，1971年調入禮泉縣文化館，在文化館工作期間發表了一

105　余華：《沒有一條道路是重複的》，北京：作家出版社，2014年，第109、98頁。

系列作品之後，1982 年調入陝西作協成為專業作家；北京作家陳祖芬 1964 年即進入北京朝陽區文化館，從 1977 年開始發表一系列作品後，1982 年調入北京市文聯成為專業作家；江西作家陳世旭，1977 年調入九江縣文化館，期間發表一系列作品後，1981 年加入中國作協並調入江西省文學藝術研究所；湖北作家熊召政，1975 年調入英山縣文化館，期間發表一系列作品後，1985 年調入湖北作協成為專業作家。退一步說，即使衝刺專業作家失敗，基層文化館也是業餘作者們的不錯的安家之所，能為衝刺的失敗提供穩定的制度保險。事實上，基層文化館的文學幹部已經是幹部編制，對於農民業餘作者來說已然是一種身分改變，有著不小的吸引力。例如，插隊知青韓少功就是「想到要通過發表作品來躋身『國家糧』者列」才跟風創作小說的，1974 年，韓少功果然通過文學創作如願調入汨羅縣文化館。[106] 正是經由這一既可瞻前又可顧後的中間環節，相當一部分業餘作者得以一步一步、穩健地成長為專業作家。可以說，如果一部分基層業餘作者沒有先獲得以文化館為核心的群文系統的支撐，他們憑靠文學尋找人生出路的前景將是更為艱難的。

　　正是在 1978 年到 1982 年工作於郊區文化館（後為灞橋區文化館）期間，陳忠實獲得了進一步提高文學能力、創作更多優秀作品的制度保障。他重新調整自我，創作了一系列優秀作品，從而迅速在陝西文壇確立自己的位置。

---

106 韓少功：〈難在不誘於時利〉，載張獻會、張來民編：《文學之路》，鄭州：河南人民出版社，1983 年，第 411 頁。

（三）向下銜接的文聯－作協系統

最後，把握陳忠實的文學道路，需要提請注意文聯－作協系統是如何與文化館系統相銜接，從而為陳忠實成為專業作家、實現最後的社會流動提供制度支撐的具體過程。

從 1972 年開始，陝西省癱瘓的文聯－作協系統通過成立陝西省文藝創作研究室而改頭換面地逐步恢復，但與文化館系統一樣，同屬省文化局領導。不只是歸屬單位一致，文化館系統的文學幹部與文聯－作協系統的專業作家也常會一起活動。例如，1977 年，《陝西文藝》恢復刊名《延河》後，編輯部邀請部分專業作家、文藝評論工作者和青年業餘作者舉行座談會，到會的既有胡采、王汶石、杜鵬程等文聯－作協系統的專業作家和幹部，也有省群眾藝術館、乾縣文化館、禮泉縣文化館、周至縣文化館等文化館系統的文學幹部。[107] 逐步恢復的文聯－作協系統與文化館系統協同一致的最重要體現，是兩者的目標群體都是工農兵業餘作者。例如，《陝西文藝》復刊後，便召集西安地區業餘作者座談會，「希望大家給刊物寫稿，並推薦工人、農民、解放軍（工農兵）新作者。那時候，許多著名作家被『打倒』，有的未被『解放』有的雖被『解放』了，仍心存餘悸，無法進入創作，刊物主要靠業餘的『工農兵』作者寫稿」，「『工農兵』業餘作者一下子吃香了。」[108]

陝西省文藝創作研究室和《陝西文藝》恢復活動前期，召

---

107 邢小利、邢之美：《陳忠實年譜》，西安：陝西人民出版社，2017年，第 25 頁。

108 陳忠實：《陳忠實文學回憶錄》，第 61-62、49 頁。

開了一系列的工農兵業餘作者會議，旨在發現和培養工農兵業餘作者。陳忠實獲得了推薦，他 1972 年刊登在《郊區文藝》的散文〈水庫情深〉於 1973 年重新發表在《陝西文藝》創刊號上，標誌著他「由此跨進了陝西最高級別文學雜誌的門檻，從而也進入了全省和全國的文學視野。」[109]〈水庫情深〉同時在文化館系統刊物和文聯－作協系統刊物上發表，且是陳忠實第一篇在文聯－作協系統權威刊物發表的作品，這一事實表明了這兩個系統在 1970 年代中前期密切互動的關係。也正是這種密切互動，使這一時期的陳忠實順利地經由文化館系統初步進入文聯－作協系統，並最終獲得機會，以業餘作者的身分在《人民文學》發表作品。

　　「文革」結束後，陳忠實的文學生涯發生重大轉變。前文提及，1978 年春，短暫放棄文學事業的陳忠實認識到將文學繼續當做事業的可能性。然而，如果沒有同一時間諸種文學建制的正式恢復和重建，陳忠實恐怕也難作如此想。例如，「文革」期間稿酬制度基本取消，但 1977 年底稿酬制度重新恢復，陳忠實迅速意識到，繼續文學創作可以獲得相比於工資而言的可觀稿費，「一旦注入家庭經濟」，就能改善「家庭的困窘和拮据」，這給了陳忠實重操文學舊業的現實動力。[110]當然，最重要的是文聯－作協系統的正式重建。從 1978 年初開始，全國各地的文聯－作協組織都已開始復蘇重建，1978年 4 月底，陝西省委決定中國作協西安分會（後改名為陝西作協）正式恢復重建。差不多同一時間，或許是得知消息後備受

109　邢小利：《陳忠實傳》，第 69 頁。
110　陳忠實：〈有劍銘為友〉，《延河》，2004 年，第 4 期。

激勵，陳忠實與灞橋的業餘作者們一起成立了郊區文藝中心創作組，也重新開始文學活動。[111] 不難理解，1978 年的陳忠實重新萌發「文學當事業幹」的念頭，是只有在確切地意識到文聯－作協系統正式重建的條件下才是真正可能落實的。歷史的假設是，如果沒有文聯－作協系統的正式恢復，陳忠實或許還會像在「文革」期間一樣，一直作為業餘作者，或者進入文化館系統，成為熱衷於文學創作的群文工作者，但不會成為專業作家。一旦文聯－作協系統重建，它必然產生一種向心力，這種向心力對於夢想把「文學當事業幹」的陳忠實們來說，當然是巨大的。在這種條件下，它也就必然會再次改變文學創作者的文學想像和文學實踐，推動他們改變業餘作者、群文工作者的身分，轉而追求一條專業作家的道路。

　　1978 年 10 月，中國作協西安分會恢復活動舉行會議，吸收陳忠實加入西安分會，但這離正式進入文聯－作協系統、成為專業作家仍有本質之別。事實上，即便後來文聯－作協系統不斷吸納新鮮血液，很多群文工作者得以加入省級作協乃至中國作協，但他們中的大部分依然停留在文化館這樣的文化館系統中。他們雖創作了一些作品，獲得了正式發表的機會，乃至衝擊過國字號刊物，但其編制仍然在文化館系統，最終文化館系統成為了他們文學生涯的制度終點，也是社會流動的終點。如果要依靠文學實現進一步的社會流動，文學創作者需要獲得更高程度的承認。1978 年開始的全國性的各類文學評獎適逢其時地出現，為文學創作者謀求這種承認提供了合法而權威的制度渠道。

111　西安市灞橋區志編纂委員會編：《灞橋區志》，第 750 頁。

　　1979 年，陳忠實發表的小說〈信任〉被《人民文學》轉載，反響強烈。當年 9 月，陳忠實獲准加入中國作協。1980年 3 月，1979 年全國優秀短篇小說獎評選結果揭曉，陳忠實以〈信任〉獲獎，一個月後，陳忠實被任命為灞橋區文化局副局長兼灞橋區文化館副館長。在改革初期，一篇好小說的確具有「轟動效應」：小說在《人民文學》的轉載無疑對陳忠實加入中國作協有幫助，而獲全國獎對於他成為區文化局副局長也當有關係。好戲仍在後頭。1981 年 6 月，中國作協西安分會舉行茶話會，祝賀陳忠實在內的陝西獲獎作家，並正式動議調陳忠實到西安分會創作組搞專業創作。

　　對於身處文化館系統中的陳忠實來說，獲得權威全國獎具有關鍵意義，它直接決定了陳忠實這樣的業餘作者是否具有成為專業作家的資格。在改革初期，這一級別的獲獎即是獲得文聯－作協系統的權力中心的認可，即是獲得成為專業作家的資格，也就開啟了從文化館系統進入文聯－作協系統的制度性通道。1982 年 10 月，陳忠實如願以償地調入了作協西安分會，成為專業作家，由此進入了「人生最佳生存狀態」。[112]陳忠實從文化館系統到文聯－作協系統的轉換，是業餘作者到專業作家的轉換，是群文工作者到專業作家的轉換，也是戶籍身分的轉換，即縣城戶口到省城戶口的轉換。不只是作家個人，整個家庭都是如此：根據「專業技術幹部的農村家屬遷往城鎮」的相關政策，陳忠實的妻子和子女四人的戶口由灞橋農村遷到西安市，成為省城人。[113]無論是從文學的角度，還是從現實的角

112　陳忠實：《陳忠實文學回憶錄》，第 83 頁。

113　邢小利：〈陳忠實年譜〉（上），《東吳學術》，2018 年，第 4 期。

度，這種轉換對於陳忠實們來說，都至為關鍵。而使得這兩個系統之間的轉換成功實現的樞紐，就是全國優秀短篇小說獎。

事實上，正如陳忠實的例子所呈現的，改革初期的數屆優秀短篇小說獲獎者（特別是業餘作者）大部分都憑藉獲獎加入了各個級別的作協，同時他們的工作單位一般也會隨之調動。通常的情況下，是從原單位調入文聯－作協系統，有時也會調入文化館系統和其他文化單位，再進一步調入文聯－作協系統成為專業作家。例如，1978 年全國優秀短篇小說獲獎者莫伸，本是貨場裝卸員，獲獎不到半年就調入《西安鐵道》報社工作；工人李陀獲獎當年（1979 年）便加入中國作協，次年從工廠調入北京作協從事專業創作；趙本夫獲獎次年（1983 年）從縣廣播站調入縣文化館，並加入中國作協，1985 年再調入江蘇作協。全國優秀中篇小說獎也有相似效果。例如，張一弓曾是「文革」期間的造反派，改革初期屬於被清理的「三種人」，被下放到農村公社從事體力勞動，他發表的〈犯人李銅鐘的故事〉在 1981 年獲得第一屆全國優秀中篇小說獎後，迅即擺脫「三種人」的身分，結束體力勞動，成為登封縣文化館副館長，之後他加入中國作協，1983 年成為河南省文聯專業作家。[114]

這些獲獎者的例子在在表明，在改革初期，獲獎是文學創作者加入中國作協、調入文聯－作協系統或文化館系統的重要條件，甚至是關鍵條件。由此，他們實現了向上的社會流動，從體制外進入體制內，從農民變成幹部，從業餘作者成為專業作家。文學評獎成為文學生產方式的新的組成要素，儘管它並

---

114 劉錫誠：《在文壇邊緣上》（下冊），第 540、904 頁。

不如文化館系統那樣直接服務於廣大業餘作者，而只是為少數優秀的文學創作者提供進一步向上流動的資格，但它產生的示範效應仍然是巨大的。文聯－作協系統也正是通過各種級別的文學評獎，不斷從基層、從文化館系統吸納新鮮血液，使自身的重建保持活力和開放。得益於此，文學在改革初期繼續承擔了輔助社會流動的功能。在改革初期，文學評獎與同時期啟動的高考、知識分子平反、知青回城、招工、頂班等政策和制度一道，都起到了加強社會流動的作用，多方面、多層次、多方式地將「文革」期間沉積在基層的大量人才輸送到社會中上層。

就十七年到改革初期的歷史來說，陳忠實完整地經歷了一般作家所能經歷的每一階段，這也是文學創作者通過文學實現社會流動的每一階段。在第一階段，陳忠實受到群眾文藝運動的薰陶，成為業餘作者，繼而在文化館系統專為業餘作者創辦的刊物上發表初級程度的文學作品，並參加文化館系統組織的文學活動，初步「入圈」。在第二階段，陳忠實以業餘作者身分進入文化館系統，成為群文單位的文學幹部，具備了基本的創作條件和制度保障，為進一步提高文學能力、衝刺專業作家身分打下堅實基礎。在第三階段，通過獲得全國優秀短篇小說獎，陳忠實得到文學權力中心的承認並調入文聯－作協系統，成為專業作家。經過這三個階段，「不甘於當一個農民」的陳忠實通過文學尋找人生出路、實現社會流動的目標一步步地實現。

這一目標能夠順利實現的關鍵在於，從十七年到改革初期，文化館系統與文聯－作協系統構成了一個互相銜接的制度支持體系，一列連續的、步步上升的制度階梯（兩個系統均短

暫崩潰的「文革」前期除外），經由這一制度階梯，部分業餘作者得以步步為營地成為專業作家，從而實現向上的社會流動。在這一時期，這兩個系統都服務於廣大基層業餘作者，為業餘作者的不同階段提供相應的制度性支撐，源源不斷地培育「工農兵作家」，生產「群眾文藝」和「人民文學」，正是這些經受兩個系統培養的業餘作者（如上文提及的陳忠實、韓少功、余華等），構成了新時期文學的重要力量。可以說，文聯－作協系統與文化館系統的這種銜接關係是新時期文學興起、繁榮的重要條件之一。同樣重要的是，這種銜接在文學體制內部為文學創作者構築了一條從農村基層到大中城市、從農民業餘作者到專業作家的制度通道，並在這一通道的每一節點設置穩妥的安身之所。在城鄉壁壘高聳、社會流動有限的歷史時期，這無疑是一條可行的出路。

討論：群文系統、文學基層與作為社會建制的　　「當代文學」

本章聚焦於文化館系統，致力於從宏觀和微觀兩個層面把握文化館系統在改革初期的文學生產功能，由此，隱藏於新時期文學的新面向得以初步地得到揭示。不僅如此，一旦我們將文化館系統納入到中國當代文學研究之中，就意味著已經是在不同的立足點上來探索從新中國成立到改革初期這一整體的「當代文學」了，這一不同的立足點正是群眾性的視野。本章的探索至少提示我們思考如下兩個方面的問題。

第一個問題是「基層」作為中國當代文學史的研究領域的可能性。

　　無論是批判性地審視還是肯定性地總結，近些年來中國當代文學研究的「史學化」或「史料學轉向」已日趨明朗，中國當代文學史的「下沉期」似乎也的確在逐漸降臨，[115] 很多研究者認為，對史料的重視構成了中國當代文學史研究的新的學術生長點，是中國當代文學沉澱為一門學問的重要一環。[116] 伴隨著新的史料的不斷發掘，中國當代文學研究領域也的確得到了明顯的拓展，但如論者所言，「當代文學研究中的史料其實一直是以全國性或者中央層面的史料為主，地方性史料還沒有得到充分的重視和使用。」[117] 近年來，地方性史料的發掘也逐漸湧現出了關注地方及其與中心互動的優秀研究成果，然而，這些成果所涉及的地方，大多也只是抵達「省一級」或「市一級」的「地方」，卻甚少深入到過「縣一級」的「地方」。這使得相關的中國當代文學史研究（特別是中國當代文學制度研究）總體上依然局限於從中央到省市的「上層建築」，而對廣闊的地方基層的研究則幾近空白。本章對漣源縣在改革初期的新時期文學圖景的初步勾勒，就是試圖以個案的形式填補這方面的研究空白，既為相關的歷史研究提供新史料，也嘗試借此提請關注縣一級的「地方」這一新的文學空間。

115　郜元寶：〈「中國現當代文學研究」的「史學化」趨勢〉，《中國現代文學研究叢刊》，2017 年，第 2 期；吳俊：〈新世紀文學批評：從史料學轉向談起〉，《小說評論》，2019 年，第 4 期；程光煒：〈中國當代文學史的「下沉期」〉，《當代作家評論》，2019 年，第 5 期。

116　李超傑：〈「中國當代文學史料建設與研究」會議綜述〉，《中國現代文學研究叢刊》，2019 年，第 2 期。

117　王秀濤：〈地方性史料與中國當代文學研究〉，《文藝爭鳴》，2016 年，第 8 期。

從當代中國的政治文化的用詞習慣來說，「省一級」的確常常被稱為是與中央相對應的「地方」，對於學術研究來說，稱之為「地方」還可以與西方理論的「地方」（local）相匯通，從而具有對抗抽象的普遍性和同質的全球化的理論內涵。[118] 在這樣的論述中，「縣一級」稱之為「地方」也固然不錯，但對於中國當代文學史研究來說，或許稱之為「基層」更為精確。

「基層」在辭典中有兩種釋義，一是建築物的底層，二是各種組織的最低層。可以說，與「地方」這一概念相比，「基層」的概念明確地預設了一個完整的組織結構。對於中國當代文學來說，文學「基層」所預設的這個完整的組織結構便是文學體制。由於中國當代文學作為體制化的文學生產，其主導性的特徵是從上至下地對文學生產進行組織，因此，對縣一級「地方」的文學研究稱之為「基層」的文學研究或許更為恰切。事實上，從中國當代文學的組織性出發，文學的「基層」意味著，中國當代文學的「地方」已被體制性地吸納，並轉化為了文學體制內部的有機構成，即轉化為了「基層」。

基層與文學組織的關係在漣源縣的例子中展露無遺。漣源縣新時期文學的具體開展，是依託縣文化館而實現的組織化過程。這種組織化過程在漣源縣這樣的基層幾乎是必需的：在改革初期，在工農業餘作者的創作基礎普遍不高的前提下，依賴縣文化館的組織力量輔導和培養業餘作者，幾乎是發展基層文學的唯一出路。就全國層面而言，我們亦可看到，基層的新時

---

118 [美] 克利福德·格爾茨：《地方知識》，楊德睿譯，北京：商務印書館，2018 年。

期文學並不是專業化的文學體制和專業化的文學活動的產物，而是群文系統和群文工作的產物。因此，離開了制度性支撐著的、組織化的群文活動，就難以產生在基層的新時期文學。

一旦將「基層」納入中國當代文學史研究，它就會使我們更為立體地理解中國當代文學體制。正如上文所說，從毛澤東時代乃至 1980 年代中期，作為總體的中國當代文學體制實際上由文聯－作協系統和群文系統所構成，文聯－作協系統主要作用於上層（中央一級）和中層（省、市兩級），群文系統主要作用於基層（縣一級及以下）。上層和中層的文學生產主要發生在文聯－作協系統的組織結構之中，而基層的文學生產主要發生在群文系統之中。文聯－作協系統與群文系統既互相區分，也互相聯繫，共同賦予中國當代文學以組織性的制度內涵。從 1980 年代中期開始，由於文聯－作協系統和群文系統迅猛地進行市場化改革，群文系統迅速地剝離群眾性的文學生產的功能，這兩種體制的互動關係才告瓦解，群文系統到此時才基本上喪失了其作為文學制度的面向。因此，當我們繼續推進毛澤東時代至 1980 年代中期的中國當代文學制度研究時，本章的討論提請將研究視野拓展到基層，將群文系統納入，以便建構起中國當代文學制度的完整圖景。

此外，中國當代文學史研究的傳統視角是自上而下的，即主要是從文學權力的高層，從文學政策、文學運動的策源地出發來展開研究，而中國當代文學的「基層」視角使得我們能夠從下而上地觀察中國當代文學，從下而上地描述它的結構、理解它的功能、勘定它的邊界、照亮它的遮蔽。這一「基層」視角意味著一種限度意識，一種邊界性視野，從此出發，我們得以審慎地勘探上層的文學權力所能深入的限度，測量上層的

文學運動所能波及的廣度，把握上層的宏大敘事所能具有的普遍性和有效性的程度。這一「基層」視角也是一種在地性視野，它從文學與人民群眾的真實、日常而具體的關係出發來理解中國當代文學，因此它不會將中國當代文學視為知識分子的獨創，也不會單純地將文學理解為與現實生活疏離的「純文學」。

　　同樣重要的是，由於新時期文學的興起與文化館系統密切相關，我們必須將新時期文學的基層理解為群眾性所具體展開的空間。正是這種根植於群眾、致力於「使文化真正成為工人農民和勞動人民自己的文化」[119]的文化館系統，為地方基層的工農群眾參與到文學生產提供了具體實際、可操作性強的制度方案，使得任何一處基層的工農群眾，都能夠清晰地把握到文學參與如何可能、如何實現。如果沒有文化館、文學講習班等制度，我們很難想像，工農群眾如何能夠集體性地、在地地參與到毛澤東時代以至改革初期的文學生產之中，我們也很難想像，作為「新群眾運動」的新時期文學，是如何能夠從下到上地組織、動員起全國如此數量巨大的工農群眾的參與的。因此，唯有具體地把握住新時期文學的基層，群眾性的內涵才能清晰可辨，群眾性的生成才是可以理解的。

　　將文學「基層」納入到中國當代文學史研究，必然遭遇到這樣一個疑惑：「基層」文學是「文學性」意義上的文學嗎？

　　我們或許可以引歷史學領域作為參照物來展開初步討論。自 1990 年代以來，廣義的社會史研究已經大量地觸及到縣一

119　周揚：〈建立中國自己的馬克思主義的文藝理論和批評〉，《周揚文集》（第 3 卷），北京：人民文學出版社，1990 年，第 33 頁。

級乃至村一級的歷史，它致力於將縣、村的地方社會視為政治運作、文化變遷和經濟交往的複雜空間，並將之與宏觀的歷史進程密切關聯起來；相比於傳統的經濟史和政治史的宏觀視角，廣義的社會史研究更注重區域性、地方性，更注重自下而上地展開微觀視野。[120] 支撐這一社會史研究的是一種具有普遍性的「史」的觀念，它與全球歷史學的一系列革命相共振；在具有普遍性的問題意識的引導下，今天的歷史學已經成功地將社會上層、中層、下層的各個方面都納入研究視野。然而，在中國當代文學史的研究領域，這一脈絡卻遲遲未展開，我們只知道全國性的或全省性的文學作品、文學期刊、文學現象、文學網絡等，卻很少能夠繼續深入到縣一級乃至鄉村，去探查基層的文學圖景。與對「史」這種普遍性理解相比，我們的文學史研究始終被一種高度專業化的「文學」觀念所導引，似乎能夠登堂入室的文學作品應當首先具有某種美學上的創造性因素，而中層特別是基層的文學，由於它常常缺乏這種創造性，自然難以納入到中國當代文學史的宏大敘事之中。

　　「基層」如果能夠成為中國當代文學史的研究領域，那麼我們或許需要繼續重新理解毛澤東時代到 1980 年代中期的「當代文學」中的「文學」。雷蒙・威廉斯面對他所生活成長的英國農村，堅持認為「文化是通俗的／日常的」（Culture is ordinary），這一意義上，「文化一詞蘊含兩種含義，一指群體意義上的整體生活方式，一指個體致力於藝術和知識探索的創新過程」，「文化兼具共性意義和個體意義，既是集體的產

---

120 楊念群：〈「地方性知識」、「地方感」與「跨區域研究」的前景〉，《天津社會科學》，2004 年，第 6 期。

物，也是人類凝聚個體、社會經驗所提煉出的精髓。」[121] 或許我們可以接著說，從毛澤東時代到 1980 年代中期市場化深入群文系統之前，文學也是通俗的／日常的。文學是通俗的／日常的，是因為它既是個體的創造性結晶，也是集體生活的產物。尤其是在市場化改革之前的中國當代文學的歷程中，我們的確發現，由於群文系統深入到基層並扮演積極角色，文學生活前所未有地彌散在人民群眾的日常生活之中，成為人民群眾的日常生活的有機組成，它構成了基層群眾的日常需要，這就是為何此時期從農民、工人到幹部，各行各業都會湧現出大量的業餘作者和文學愛好者的原因。文學的通俗性／日常性是漫長的社會主義文化實踐的產物，它與各個階級的政治平等化的持續推進有關，它也與文學所承擔的政治功能或政治對社會主義文學的遠景規劃有關，更與支撐這種大規模的、深入基層的群眾性參與的群文系統有關。如果我們從「文學是通俗的／日常的」這一觀念出發來理解中國當代文學史，或許有助於我們重新激活中國當代文學史中的「文學」，抵抗中國當代文學史研究的定型化和體制化，使其向基層、向更廣大的人民群眾的活生生的文學實踐開放。

如果「基層」能夠成為中國當代文學史的新的研究領域，那麼我們或許可以以「基層」為方法，自下而上地重構中國當代文學的歷史圖景，並從更為具體的層面把握住新時期文學的群眾性及其具體展開。

第二個問題是從群文系統出發，我們得以把握中國當代

---

121 ［英］雷蒙・威廉斯：〈文化是通俗的〉，高路路譯，《上海文化》，2016 年，第 10 期。

文學的社會性維度，並由此重新理解作為社會建制的「當代文學」。

已經提到，從十七年到改革初期文學領域開啟市場化改革之前，作為歷史建制的「當代文學」具有組織化和中心性的特徵。新中國成立之前，組織化尚未成形，1980 年代中期以後市場化改革加速推進，文學的中心性位置也迅速喪失。這一整套歷史建制的核心功能，早在〈在延安文藝座談會上的講話〉中就被明確：「文藝服從於政治，這政治是指階級的政治、群眾的政治」，換言之，「當代文學」所要求承擔的最重要功能，是政治性的。[122] 作為歷史建制的「當代文學」與社會主義政治的關係，是直接而多層次的，目前在文學與政治的坐標系中展開的對這一關係的研究，已經卓有成果。本章以陳忠實為例所展開的討論，則是想從作家個體的角度出發，較為具體地理解「當代文學」在它的政治功能運作的歷史空間裡，還承載著什麼樣的其他重要功能。

可以看到，「當代文學」所處的歷史時期正是城鄉壁壘分明、社會流動受限的時期，加之大批知青下鄉、高考一度停招的狀況更加強了從城市到農村的逆流動並導致基層沉積大量人才。在這樣的條件下，對於文學創作者個體來說，高度組織化和中心性的「當代文學」由於占有一部分社會資源而被賦予了輔助社會流動的功能。陳忠實們就是試圖通過主動地介入文學生產來實現社會流動的。問題的關鍵在於，作為歷史建制的「當代文學」也確實為這種社會流動提供了制度通道。通過文

---

122 毛澤東：〈在延安文藝座談會上的講話〉，《毛澤東選集》（第 3 卷），北京：人民出版社，1991 年，第 866 頁。

聯－作協系統與文化館系統的協同運作，「當代文學」為部分文學創作者從農村基層到大中城市、從農民到幹部的轉換提供了切實可靠的制度階梯。就此而言，作為歷史建制的「當代文學」也是作為社會建制的「當代文學」。

更寬廣地說，從十七年到改革初期，即使不借助文學體制內部的制度通道，文學生產也依然能夠帶來社會流動的效果。在這一歷史時期，文藝人才依然較為稀缺且為社會所重視，有一定創作成績的業餘作者往往得以進入體制內文化單位，成為有編制的幹部並獲得城市戶口。例如，1960年，轉業軍人葉蔚林因文學創作成績進入湖南省歌舞團，1975年古華因創作成績而由農工身分調入湖南省郴州歌舞團，前文提及的莫伸，1979年也因創作成績以貨場裝卸工身分調入《西安鐵道》報社，1982年莫言也通過發表文學作品而獲得部隊提幹，1983年全國優秀短篇小說獲獎者楚良，獲獎後當年（1984年）就從縣農業幹部學校調入荊門市文化局。這樣的例子不勝枚舉。事實上，舉凡地方性的報刊雜誌社、劇團、廣播站（台）、工人文化宮、地方文化局等地方文化單位乃至部隊相關部門，往往成為基層業餘作者實現社會流動的（最初或最終）目的地。這樣看來，從十七年到改革初期，文學生產所具有的輔助社會流動的功能並不局限於文學體制內部，而是在更大的社會領域內運作。因此，作為社會建制的「當代文學」具有更寬廣的內涵。

歷史的複雜性在於，一方面「當代文學」承擔了輔助社會流動的功能，另一方面，通過管控和延緩文學生產的專業化進程，這一功能也被一定程度地抑制。1956年，在第一屆全國青年文學創作者會議上，周揚就對青年作者們說：「應該以業

餘創作為主，專業作家是少數的，將來也是少數，要培養大量的業餘作家」，還說「今後我們一定要大力幫助青年作家，我們特別注意工農出身的青年作家，但對於這些人我們決不使他們脫離工作。」[123]1950 年代中後期，工人作家唐克新、胡萬春和費禮文即使加入了中國作協和中國作協上海分會，也一度長期生活、工作在工廠裡。[124]然而，鼓勵和制度化業餘創作，就意味著呼籲和要求文學創作者安於原有的勞動分工和社會身分之中，這樣自然就不會產生社會流動。最終，「當代文學」在「文革」期間經歷了整體性的、然而又是短暫的顛覆與重構，文聯－作協系統一度癱瘓，基層業餘作者通過文學生產實現社會流動的通道被暫時性地阻斷了，但這同時也造就了「當代文學」全面的危機。

對「當代文學」的這種社會性功能的抑制、吸收與超克，也體現為一些作家的個人追求。柳青可以說是典範。從 1952 年開始，柳青到農村深入生活，開啟了「長安十四年」的生活創作生涯。柳青的「深入生活」足夠徹底：與從農村流動到城市不同，柳青下定決心「終生在農村群眾中生活、工作、學習」，[125]主動要求到陝西農村安家落戶。支撐柳青的信念，是「時刻考慮自己對勞動人民的責任心，不要把文學事業當做個

---

123 周揚：〈在第一屆全國青年文學創作者會議上的講話〉，《周揚文集》（第 2 卷），第 388、389 頁。

124 費禮文：〈我們那一代工人作家〉，《檔案春秋》，2007 年，第 4 期。

125 蒙萬夫等編：《柳青寫作生涯》，天津：百花文藝出版社，1985 年，第 171 頁。

人事業。」[126] 與大部分的文學創作者謀求向上的社會流動不同，柳青可以說是向下的社會流動，或者說是城鄉之間的逆流動。柳青之所以有如此選擇，固然與他經受的革命磨練有關，與「當代文學」的自我批判的面向所內在的感召力有關，但也是「當代文學」另一制度性實踐的產物。這一制度性實踐與自延安時期即開始的號召、動員乃至下放作家到基層中去「深入生活」的政治要求、文學傳統和制度安排有關，[127] 同樣與新中國成立以後對「作家地方化」的號召和要求有關。1954 年，周揚就曾強調：「作家要地方化。北京、上海應有許多作家，但作家都集中在北京、上海這是錯誤的辦法。就是中央的作家，也應在地方上有根據地」，並以作家舉例說，「柳青就是一直在西北。有許多作家同志有這種長期打算，有的同志準備長期在鞍山待下去，李季準備在玉門油礦待下去，這種辦法很好。」[128]

「深入生活」與「作家地方化」的號召和要求，與業餘創作的制度化和常態化，都是「當代文學」延緩向上流動、推動文學創作者向下流動的制度性實踐。與這些制度性實踐處在同一時期、同一歷史脈絡中的，是知識分子的下放改造、知青的

126　柳青：〈毛澤東思想教導著我——《湖南農民運動考察報告》給我的啟示〉，《人民日報》，1951 年 9 月 10 日，第 3 版。

127　王本朝：〈「深入生活」：當代文學的價值建構與創作方式〉，《中國現代文學研究叢刊》，2013 年，第 12 期；程凱：〈「深入生活」的難題——以《徐光耀日記》為中心的考察〉，《中國現代文學研究叢刊》，2020 年，第 2 期。

128　周揚：〈在中國共產黨第二次全國宣傳工作會議上的發言〉，《周揚文集》（第 2 卷），第 299 頁。

「上山下鄉」、幹部進入「五七幹校」下放勞動等大規模的激進運動。這無疑提示著，作為社會建制的「當代文學」，不僅具有推動向下的社會流動的內在動力和制度機制，而且是更廣闊的超克「三大差別」的激進的社會實踐的一個環節。

但無論是制度化實踐還是個人化追求，無論是向上的社會流動還是向下的社會流動，都遭遇了重重危機。因為「當代文學」的社會性功能不僅根源於「當代文學」自我構成的基本方式，而且還是更大的制度性實踐生產出來的。對於陳忠實的文學道路來說，他以農民業餘作者的身分，積極地、也不能不追求成為一個專業作家，凸顯出的並不僅僅是文化館系統與文聯－作協系統的等級問題，也不僅僅關乎「當代文學」如何制度化地平衡業餘創作與專業創作的問題，即不僅僅是文學生產方式內部的問題，它更凸顯出的是嚴格限制社會流動的戶籍制度和不平等的城鄉結構所帶來的重重問題。正是城鄉分化且壁壘高聳的社會結構創造出了使得「當代文學」輔助社會流動的功能得以可能的大前提。因此，陳忠實的例子，展現的是「當代文學」的內在危機與改革之前的更廣闊的社會主義實踐的危機之間的密切關係。對於「十七年」到改革初期的社會主義實踐來說，危機的表徵之一是克服城鄉差別的目標與城鄉二元結構的制度化實踐之間的矛盾衝突，「當代文學」的危機與之同構，表現為推動向下流動的目標及其激進方案與向上流動的客觀需要及其制度安排之間的矛盾衝突，兩者都統一於中國社會主義克服「三大差別」的內在困難之中。

問題還在於，「當代文學」的輔助社會流動的功能是歷史的。只有在新中國成立到 1980 年代中期的歷史段落裡，「當代文學」才可能以這樣的方式承擔輔助社會流動的功能。自

1980 年代中期開始，城市改革啟動，城鄉結構明顯鬆動，社會流動顯著加速，文學領域包括文化館系統也迅猛地開啟市場化改革，文學體制的組織化和中心性特徵迅速淡化，文學日益商品化並「失卻轟動效應」（王蒙語），這一切都迅速地消解了文學生產所承擔的輔助社會流動的功能。儘管轉變並不徹底，但文學生產方式已經發生了革命性變更，而進城打工、經商等經濟活動也取代文藝創作、招工、參軍等，成為普遍認可的實現農村青年的社會流動的重要方式。這樣，一個重新想像文學、「使用」文學的新的歷史階段不可避免地到來了。

　　作為社會建制的「當代文學」甚少被從事文學社會學的研究者所關注，事實上，它既不屬於以埃斯卡皮為代表的基於成熟的文學市場而發展起來的經典文學社會學的關注點，[129] 也與洪子誠為代表的國內文學制度研究存在清晰有別的問題意識。它也甚少為國內從事社會分層與社會流動的社會學研究者所關注。社會學家陸學藝曾提及，在 1978 年改革之前，「整個社會的流動渠道變得單一化，只有從政、參軍、升學、招工、從事文藝工作，才會有向其他社會地位較高的社會階層流動的機會。」[130] 此處文藝工作與從政、參軍、升學、招工等並列，但語焉不詳，此後亦沒有被他本人或其他研究者所深入和拓展。本章以陳忠實為例的討論希望提請關注的是，在城鄉壁壘分明、社會流動有限的外部條件和文學體制具有高度組織化和中心性特徵的內部條件的共同作用下，從十七年到改革初期的

129　[法] 羅貝爾・埃斯卡皮：《文學社會學》，于沛選編，杭州：浙江人民出版社，1987 年。
130　陸學藝主編：《當代中國社會流動》，第 57-58 頁。

「當代文學」所具有的獨特的社會性功能及其歷史複雜性。

這一討論也嘗試以新的方式進一步複雜化基於文學與政治、作家與權力的坐標系而開展的「當代文學」研究。事實上，從陳忠實和相關的例子來看，「當代文學」的高度組織化和政治性，不僅僅僅意味著行政管理、權力支配或權威壓制，即並不僅僅意味著自上而下發動、組織乃至支配文學生產。情況往往是，由於「當代文學」的高度組織化和政治性同時提供了社會流動、經濟收入和文化－政治權力的積極改變等多種現實可能性，文學創作者個體往往會積極主動地投身於「當代文學」的生產之中，併發展出相應的文學想像、文學習性與文學策略，即使明知文藝作品「完全以政治為權衡，一本書中式，則作者桂冠加頂；一書被批，則作者流於災難。」[131] 這種情況對於身處農村、身處基層的文學創作者來說更是如此。

這一討論更是嘗試在文學與政治、作家與權力的坐標系之外，探索理解「當代文學」的複雜性與歷史性的新維度。這一新維度的核心是文學與社會的互動關係，是文學創作者與社會結構的互動關係。由此出發，理解作為社會建制的「當代文學」，需要將它放置在更寬廣的社會領域之中。「當代文學」是一種特定歷史條件下的社會建制，它不是在一個純粹的政治場域之中運作，而是鑲嵌在特定歷史條件下的宏觀社會結構和諸種社會制度之中並與之纏繞在一起，整體性地勘探這種鑲嵌與纏繞關係，或許有助於我們全面理解「當代文學」的群眾性及其危機所內在的複雜性。

---

131 孫犁：〈我與文藝團體〉，《孫犁全集》（第 9 卷），第 362 頁。

第三章 ————————————————————
新時期文學的群眾性危機

　　作為「新群眾運動」的新時期文學，一方面湧現著延續群眾性、再造群眾性的歷史實踐，另一方面，卻也積累著群眾性自我瓦解的危機。在本章中，新時期文學的群眾性危機主要從觀念與制度兩個層面表現出來。在觀念層面，關涉到群眾與幹部的關係、群眾與知識分子的關係的再建構，也同樣關涉到幹部和知識分子的身分意識的再建構。在制度層面，關涉到新時期文學體制的變革與群眾參與的關係，以及這種體制變革所導致的新的文學生產方式與群眾性的關係。觀念與制度層面的雙重危機，導致了作為「新群眾運動」的新時期文學的終結。

第一節　「群眾」的再想像與改革寓言的生成：
重述喬廠長的故事

　　蔣子龍發表於 1976 年的〈機電局長的一天〉、1979 年的〈喬廠長上任記〉和 1980 年的〈喬廠長後傳〉，完整地講述了一個由前傳、正傳和後傳組成的「喬廠長的故事」。由於是改革小說的發軔之作，且與七、八十年代之交的現實政治極其密切地交織在一起，[1] 也由於小說所跨越的時間恰好是從 1976

1　參見吳俊：〈環繞文學的政治博弈 ——《機電局長的一天》風波始

年到 1980 年（在這裡，文本講述的時間和講述文本的時間高度重疊），這就是說，恰好連接了兩個時代，使得後來者常常把「喬廠長的故事」視為改革時代的一個起源性寓言。

從現有研究來看，20 世紀 50-70 年代到 1980 年代的轉變，就生產方式來說，是從「抓革命，促生產」變為「抓管理」，或者說，從「鞍鋼憲法」重新回到「馬鋼憲法」，從意識形態來說，則是從「革命」變為「改革」，這種轉變，在喬廠長的故事誕生的時刻，就已經獲得明確的把握，此後也在當代研究者那裡不斷獲得迴響。[2] 從「寫工人」到「寫廠長」的轉變及其意識形態意義，也為研究者所洞察，他們指出，與喬廠長的光輝形象相比，工人群眾的形象變得模糊而消極，喬廠長的故事表述著工人階級主體性的消解和新的改革主體（老幹部＋知識分子）的出現。[3] 然而，作為改革寓言，它的寓言性的根本內涵到底是什麼？儘管已有很多回答，但仍有繼續深入

末〉，《當代作家評論》，2004 年，第 6 期；徐勇：〈「改革」意識形態的起源及其困境——對《喬廠長上任記》爭論的考察〉，《中國現代文學研究叢刊》，2014 年，第 6 期。

2　[法] 夏爾・貝特蘭：《大躍退》，見夏爾・貝特蘭、尼爾・伯頓：《毛澤東逝世後的中國》，《編譯參考》1979 年 6 月增刊；老田：〈蔣子龍在兩種身分認同之間的糾結〉，烏有之鄉網刊 2015 年 11 月 3 日；黃平：〈《機電局長的一天》、《喬廠長上任記》與新時期的「管理」問題——再論新時期文學的起源〉，《當代作家評論》，2016 年，第 5 期。

3　李靜：〈新中國工人階級的形成和消解——從《百煉成鋼》、《乘風破浪》到《喬廠長上任記》〉，《文藝爭鳴》，2014 年，第 12 期；張文聯：〈《喬廠長上任記》與新時期文學的文化政治〉，《文學評論》，2010 年，第 3 期。

的廣闊空間。本節將從這一故事所暴露的「群眾」想像入手，繼續探索這一改革寓言所濃縮的具有根本意義的歷史內涵。把握這些歷史內涵對於理解改革的起源、改革時代的意識形態底色，以及新時期文學的群眾性危機，都至為關鍵。

（一）「政治衰老－精神萎縮」與「社會主義精神」的轉移

首先需要提出的問題是，作為工人作家，蔣子龍為什麼「寫廠長」而不是「寫工人」？蔣子龍有一個清楚的自我辯護：

> 以我師傅為代表的一批真正老工人的變化引起了我的深思，使我筆下人物的身分不自覺地升格了。……我的師傅是個八級鍛工，中國第一代地地道道的產業工人。……五十年代他的精神狀態可以用十六個最恰當的字來形容：大公無私、任勞任怨、勤勤懇懇、以廠為家。……可是到了七十年代，他對個人的事情斤斤計較，上班幹私活，給家裡打個菜刀，做個斧頭，工作時間睡覺，甚至遲到早退。……可悲的是有這種變化的不僅是我的師傅一個人。我太瞭解自己的師傅了，有這種變化絕不能歸罪於他。工人變了，怎樣寫工人？[4]

1950 年代的工人階級確實是光輝高大的形象，如艾蕪

4　蔣子龍：《不惑文談》，上海：上海文藝出版社，1984 年，第 30-31 頁。

長篇小說《百煉成鋼》（1957）中的秦德貴和草明長篇小說
《乘風破浪》（1959）中的李少祥，工人作家胡萬春的小說
《特殊性格的人》（1959）甚至將工人形容為「特殊性格的
人」。這種想像／敘述也呼應著現實。梁漱溟在 1950 年代初
遊歷東北重工業基地時就觀察到，「現在國營企業的職工已
差不多人人相勉著愛護關切他們的事業」，過去工人懶散磨
洋工，而今則「一般都積極起來，其特殊的更是迸發了生命活
力，所向無前。」[5]1950 年馮友蘭也感慨：社會主義制度下的
工人是「覺悟了的」工人，「不僅工作對於他有了新的意義，
生活對於他也有了新的意義。」[6]由於這種「階級覺悟」的普
遍生成，1950 年代的工人群體的確顯示出朝氣蓬勃的狀態，
展現出「社會主義新人」的精神氣質。

　　然而，在 1970 年代末的蔣子龍看來，工人作為 1950
年代的「社會主義新人」，在 1970 年代已經退化成了「舊
人」。這在「干預眼皮子底下的生活」[7]的〈喬廠長上任記〉
（以下簡稱〈上任記〉）中有相當表述。

　　在〈上任記〉中，重型電機廠的工人群眾普遍呈現出消極
怠工、懶懶散散的狀態。小說特別描述了「頑劣」的青年工人
杜兵作為典型。總體上，電機廠的工人：

　　思想混亂，很大一部分人失去了過去崇拜的偶像，一下子

5　梁漱溟：〈中國建國之路〉，《梁漱溟全集》（第 3 卷），濟南：山
　　東人民出版社，2005 年，第 387 頁。

6　馮友蘭：〈《新理學》的自我檢討〉，《人民日報》，1950 年 10 月
　　11 日。

7　蔣子龍：《不惑文談》，第 52 頁。

連信仰也失去了，連民族自尊心、社會主義的自豪感都沒有了，還有什麼比群眾在思想上一片散沙更可怕的呢？這些年，工人受了欺騙、愚弄和呵斥，從肉體到靈魂都退化了。[8]

事實的確是，「新人」變「舊人」是改革初期那些影響廣泛的文本和討論的主題，特別是「傷痕文學」的主題。[9]例如，劉心武的〈班主任〉（1977）、葉文福的〈將軍，不能這樣做〉（1979）、高曉聲的〈陳奐生上城〉（1980）、「潘曉來信」（1980）等都訴說著少年、青年、農民、老幹部等各種群體的蛻變。

這當然也是蔣子龍的焦慮所在。在喬廠長的故事裡，不只是工人杜兵，就連代表「紅」的黨委書記石敢和代表「專」的總工程師童貞，都已經開始蛻變。小說生動形象地將這種「由新變舊」命名為「精神萎縮症或者叫政治衰老症」。例如，曾經心懷壯志的石敢，「思想殘廢了」，「熱情的細胞消耗完了」，對於同樣曾經獻身於社會主義建設的童貞，「喬光樸從童貞的眼睛裡看出她衰老的不光是外表，還有她那顆正在壯年的心苗，她也害上了正在流行的政治衰老症。」

這種「政治衰老－精神萎縮」的命名，1950 年代已有類似用法。在《百煉成鋼》中，黨委書記梁景春批評他的妻子丘

8　蔣子龍：〈喬廠長上任記〉，《人民文學》，1979 年，第 7 期。以下對該小說和其他小說原文的引用，不再注明。

9　符鵬：〈再造社會主義新人的嘗試及其內在危機〉，《文學評論》，2015 年，第 5 期；黃平：〈再造「新人」〉，《海南師範大學學報》，2008 年，第 1 期。

碧芸政治熱情不高了，丘碧芸自我批評說，「我就疑心，我是在老起來了」，梁景春回應說：「看年紀，看面貌，你都比我年輕的多！可是你的精神，你的思想，確是有點老了！」[10]這恰如喬廠長批評他的妻子童貞一樣。在 1950 年代，「政治衰老－精神萎縮」是被視為個別存在的，是可以通過批評與自我批評克服的，但在改革初期，卻被表述為時代的普遍精神狀況。

　　為了便於分析，我們或許可以將「政治衰老－精神萎縮」與「社會主義精神」相聯繫。1955 年，毛澤東直接提出過「社會主義精神」的說法：「反對自私自利的資本主義的自發傾向，提倡以集體利益和個人利益相結合的原則為一切言論行動的標準的社會主義精神。」[11]顯然，「社會主義精神」的核心意涵是集體主義。由這種「社會主義精神」所驅動的主體，以充沛的革命熱情和深刻的政治覺悟，獻身於中國社會主義的價值和目標。這種主體就是「社會主義新人」。「社會主義精神」的有無是區分「新人」與「舊人」的標準。因而，當改革初期的文學展現出人民群眾中彌漫的「政治衰老－精神萎縮」的面貌時，它實質上暗示著改革初期「社會主義精神」的普遍危機。

　　蔣子龍的應對方式，是在「政治衰老－精神萎縮」的工人群眾的對立面，創造「一個社會主義企業家的典型」[12]喬廠

10　艾蕪：《百煉成鋼》，北京：人民文學出版社，1959 年，第 186-187 頁。

11　毛澤東：〈《中國農村的社會主義高潮》的按語〉，《毛澤東選集》（第 5 卷），北京：人民出版社，1977 年，第 244 頁。

12　蔣子龍：《不惑文談》，第 65 頁。

長，一個頑強地堅守「社會主義精神」的「新企業家」。當然，首先需要提及喬廠長的「前史」，那就是 1976 年發表於《人民文學》的〈機電局長的一天〉（以下簡稱〈一天〉）中的霍大道。霍大道大公無私到沒有任何私人生活，他將一切獻給了社會主義事業，始終充滿革命熱情，「身上總有一種刺激人的東西」。與之相似，喬廠長也似乎從來沒有精神危機，始終湧動著充沛的激情。喬廠長一心為社會主義事業，他勇於向前，有魄力、「鐵腕」，具有強烈的權力意志卻又厭惡權力鬥爭，同時精通資本主義的管理經驗和技術知識。總而言之，與「政治衰老－精神萎縮」的群眾與幹部相比，霍大道和喬光樸都與「精神危機」絕緣，他們是「社會主義精神」堅定不移的擔綱者。

改革初期，喬廠長這一人物形象激起普遍的時代共鳴，被譽為新時代的「帶頭人」[13]，在評選 1979 年全國優秀短篇小說獎時的群眾投票中，〈上任記〉在所有候選小說中居第一，[14]「喬廠長」更是成為了改革初期「改革者」的代名詞。從此以後，類似形象大量湧現，光是蔣子龍，就創造了一個「開拓者家族」（霍大道、喬光樸、車篷寬等），改革文學的其他作品也各有創造，〈三千萬〉（1980）裡的丁猛、〈沉重的翅膀〉（1981）裡的鄭子雲和〈新星〉（1984）裡的李向南，都是這樣的人物形象，都是不存在或能自我克服「精神危機」的「社會主義新人」。

13　宗傑：〈四化需要這樣的帶頭人 —— 評短篇小說《喬廠長上任記》〉，《人民日報》，1979 年 9 月 3 日。

14　崔道怡：〈春花秋月繫相思——短篇小說評獎瑣憶〉，《小說家》，1999 年，第 1 期。

　　不過，喬光樸、霍大道等這些典型的「改革者」形象，他們的精神氣質很容易讓我們想到 1950 年代的梁生寶、秦德貴和李少祥。這種類似性在於，他們都是在根底上沒有「精神危機」的「新人」，是「社會主義精神」的擔綱者。例如，在《創業史》中，梁生寶政治覺悟高、富於集體主義，熱情積極、堅定自信、敢想敢幹，始終展現出一種精神飽滿的狀態，最終帶領蛤蟆灘農民開創了互助合作的新天地，這與喬廠長及其改革事業的確頗有類似性。可以說，從精神氣質上，作為農民的梁生寶與作為廠長的喬光樸，看起來的確沒有多少不同。

　　正是這種「精神氣質」的相似性，勾連出改革時代與 50-70 年代的連續性關係。至少喬廠長的時代仍然延續了 50-70 年代的「社會主義新人」理想。事實的確是，儘管「社會主義新人」作為專有名詞直到 1979 年鄧小平在第四次文代會上的講話中才正式提出，[15] 但在革命時期毛澤東就已經在〈為陝北公學成立與開學紀念題詞〉、〈為人民服務〉、〈紀念白求恩〉等名篇中一再為「社會主義新人」的精神特質提供了說明和榜樣；不但如此，對這一理想的強調不只是一種意識形態虛構，新中國成立以後，我們在各種勞動競賽和大小運動中也都能看到「社會主義新人」的身影。

　　對於中國社會主義的歷史來說，具備「社會主義精神」的革命者、建設者和改革者，構成了中國社會主義的主觀保證，而更注重從發揮人的主觀能動性的方面來建設社會主義（因而

15　鄧小平：〈在中國文學藝術工作者第四次代表大會上的祝辭〉，《鄧小平文選》（第 2 卷），北京：人民出版社，1994 年，第 209-210 頁。

某種程度上不同於機械唯物主義的教條），也是中國社會主義獨特的實踐方式。莫里斯・邁斯納曾認為，毛澤東的思想中存在著一種「主觀能夠創造客觀」的信念，毛澤東對中國社會主義建設充滿信心的「根據是對人的思想和人的意志將能完成這種轉變的深刻信念。正如毛澤東主義在革命戰爭年代是立足於由正確的思想和道德價值觀念武裝起來的意志堅定的人能夠克服巨大的物質障礙的信念一樣，現在毛澤東主義又以類似的信念來處理革命勝利後的社會和經濟發展問題。……（毛澤東）寄希望於歷史的『主觀因素』，即他所說的人民群眾的『無限創造力』和『極大的社會主義熱情』。」[16] 喬廠長的時代共鳴意味著，如同革命和建設一樣，開創改革「新時期」的動力之一也來自於人，來自於人的主觀方面，來自於「社會主義精神」的內在驅動和由這種「社會主義精神」所造就的「新人」。因此，「社會主義新人」的精神氣質在兩個時代的呼應，所表明的是社會主義理念及其特有的實踐方式在改革時代的延續。

　　然而，這種延續又是以一種深刻的變化為前提的。在50-70 年代，「社會主義新人」的最重要的想像是針對人民群眾的，特別是工農兵。在人民群眾中普遍地造就「社會主義新人」被視為是創造社會主義物質前提的前提。事實上，如果不是將「新人」與人民群眾嫁接起來，那麼這種「新人」的確難以在原初的意義上稱之為「社會主義新人」。「社會主義新人」不但內在地充盈著「社會主義精神」，更重要的是，「社

16　[美] 莫里斯・邁斯納：《毛澤東的中國及後毛澤東的中國》，杜蒲、李玉玲譯，成都：四川人民出版社，1989 年，第 268-269 頁。

會主義新人」必須是群眾性的。正如梁漱溟在 1950 年代初期
所理解到的，「必個個人都是主人而組成的社會方才是社會主
義社會。」[17] 即使是作為「社會主義新人」的幹部甚至領導，
他們也應該不同於官僚，應該是不「脫離群眾」的存在。1950
年，馮友蘭曾用「領頭人」來形容領導幹部與人民群眾的關
係：「『領頭人』這個名詞很能表示出來領袖與群眾的關係。
領袖一方面是群眾中的一員，一方面也是領導群眾的，……領
頭人則恰好正表示這兩方面的意思。」[18] 然而，在改革初期，
作為「社會主義新人」的喬廠長，卻明確地區分於群眾：喬廠
長領導工人群眾，卻又與工人群眾有著本質的區別，這個本
質的區別就在於「社會主義精神」的有無。喬廠長不再是「領
頭人」，他並不身處群眾之中，恰恰相反，正因為他並不身處
「政治衰老－精神萎縮」的群眾之中，他才能領導群眾改革。

　　「喬廠長的故事」寓示了這樣一個前提性想像／預設：在
改革初期，「社會主義精神」已決定性地從大多數群眾向少
數先進分子轉移了。為了理解這一想像／預設所導致的深遠後
果，我們還需要轉到另一層面繼續考察。

（二）「群眾」想像的轉變與「反官僚主義」的置換

　　霍大道和喬光樸都是改革時期的「社會主義新人」，他
們共享「社會主義精神」，但研究者已經指出，霍大道是依靠
「鞍鋼憲法」組織生產，核心是繞過官僚制，「依靠群眾，大

17　梁漱溟：〈人類創造力的大發揮大發展——試說明建國十年一切建設
　　突飛猛進的由來〉，《梁漱溟全集》（第 3 卷），第 511 頁。

18　馮友蘭：〈參加土改的收穫〉，《三松堂全集》（第 14 卷），鄭
　　州：河南人民出版社，2001 年，第 408 頁。

搞群眾路線」，而喬光樸則是依靠「馬鋼憲法」，核心是專家治廠，技術官僚占支配地位，依靠嚴格的官僚制自上而下地進行管理。[19] 形式上看，霍大道與喬光樸是採取了截然相反的管理方案：一是克制和削弱官僚制，一是重建和加強官僚制。然而，被現有研究忽視的是，在中國社會主義的話語中，這兩者其實都被表述為「反官僚主義」的方式。原因何在？

在革命時期乃至 50-70 年代，官僚主義的核心問題，就是毛澤東在不同場合經常說的「脫離群眾」。克服官僚主義的方法，是採取黨內整風、群眾參與乃至群眾運動等方式，以抑制和削弱官僚制所帶來的形式主義和等級性。改革初期的話語表述也同時包含對脫離群眾的官僚主義的批判，但同時更批判官僚主義的「效率低下」，克服的方式則是建立一個專業化、理性化、高效率的官僚體制。1978 年 12 月，鄧小平在重要講話中說：

> 在管理方法上，當前要特別注意克服官僚主義。官僚主義是小生產的產物，同社會化的大生產是根本不相容的。要搞四個現代化，把社會主義經濟全面地轉到大生產的技術基礎上來，非克服官僚主義這個禍害不可。現在，我們的經濟管理工作，機構臃腫，層次重疊，手續繁雜，效率極低。政治的空談往往淹沒一切。……我們要學會用經濟方

19　蔡翔、羅崗、倪文尖：〈八十年代文學的神話與歷史〉，《21 世紀經濟報導》，2009 年 2 月 16 日；黃平：〈《機電局長的一天》、《喬廠長上任記》與新時期的「管理」問題——再論新時期文學的起源〉，《當代作家評論》，2016 年，第 5 期。

法管理經濟。[20]

　　總結地說，中國社會主義的話語表述中存在兩種「反官僚主義」，其一是經濟上的，從提高效率的角度來肯定「反官僚主義」，其二是政治上的，從群眾參與的角度肯定「反官僚主義」。這兩種反官僚主義不是截然分離的，而是始終混合在一起，依不同的形勢突出不同的面向。

　　在向蘇聯學習的 1950 年代，劉賓雁發表於《人民文學》（1956 年第 4 期）的〈在橋樑工地上〉就是例子。作品中的橋樑隊隊長羅立正是官僚主義者，工程師曾剛則與之相反，積極主動，有決斷敢負責，不但注意發動和組織隊員的積極性，而且一切都安排地「有條有理，秩序井然」，「人，機器，工具都安放在最合理的地方」，還成立了監督崗，大大推動了「行政管理、施工組織的改進」，因而總是能夠以更少的人力物力追求更高的計劃指標和更高的生產效率。在這裡，羅立正的官僚主義既不合理又脫離群眾，因而效率既低又壓制群眾積極性，而曾剛的反官僚主義則意味著以合理化、專業化的管理計劃，充分結合和組織群眾的生產積極性，高效率地實現生產目標。由於這篇小說從 1950 年代後期的「毒草」，變成了1980 年代初期的「香花」，並在 1979 年出版的《重放的鮮花》中列篇首，這個故事的複現似乎把 1950 年代所包含的兩種反官僚主義的命題又帶入了「新時期」。

　　然而，如果說強化理性化、專業化的管理計劃同時意味著

20　鄧小平：〈解放思想，實事求是，團結一致向前看〉，《鄧小平文選》（第 2 卷），第 149-150 頁。

兩種反官僚主義的話，那麼這是通過將低效率和脫離群眾這兩種官僚主義分配給同一個對立面而實現的。正如〈在橋樑工地上〉所展示的，這兩種官僚主義由橋樑隊長羅立正同時占有，相應的，工程師曾剛既能提高效率又不脫離群眾。這種敘事分配實際上遮蔽了兩種反官僚主義的內在張力。斯考切波曾指出，新中國所建立的新型政權「不同尋常地推動廣泛的群眾參與，令人驚訝地抵制科層化官員與職業專家式的常規型等級支配。」[21] 在斯考切波的論述中，官僚制與群眾參與是存在張力的，防止脫離群眾的「反官僚主義」，其要害是群眾參與，它在 50-70 年代的典型方式是群眾運動，但官僚制卻是以理性化、專業化和等級化的常規治理代替群眾自下而上的參與。這就是說，在是否最大程度地容許群眾參與的問題上，兩種「反官僚主義」是存在張力的。[22]

　　這種張力與 50-70 年代後期激進化的實踐有密切關係。到了改革初期，這種張力其實依然沒有獲得真正解決，反而被遮蔽，其在想像／敘述上的表現，就是作為改革寓言的「喬廠長的故事」依然延續了〈在橋樑工地上〉的敘事模式，即將兩種官僚主義都分配給同一對立面。

　　〈一天〉和〈上任記〉中，霍大道和喬光樸不但共享「社會主義精神」，而且也同樣可以說是反官僚主義者。在霍大道和喬光樸的對立面，則是徐進亭、冀申這樣的雙重官僚主義

21　[美]西達‧斯考切波：《國家與社會革命》，何俊志、王學東譯，上海：上海人民出版社，2007 年，第 289 頁。

22　蔡翔則將科層制和群眾參與的張力歸之於社會主義危機的典型特徵之一。參見蔡翔：《革命／敘述：中國社會主義文學－文化想像（1949-1966）》，北京：北京大學出版社，2010 年，第 369-372 頁。

者。例如，〈一天〉中的徐進亭遇事拖延不決，每逢大事就上
醫院裝病，以致延誤生產，他同時又「老虎屁股摸不得」，聽
不到「群眾的聲音」；而〈上任記〉中的冀申則是善於人際
關係卻不懂生產，導致電機廠的生產計劃一再延誤，同時，他
從不為群眾著想，一心謀取個人私利。相對於這種雙重官僚主
義，霍大道和喬光樸則是雙重反官僚主義的象徵，無論「鞍鋼
憲法」還是「馬鋼憲法」，都是反官僚主義的：「鞍鋼憲法」
意在通過克服生產中的脫離群眾而發展生產，而「馬鋼憲法」
意在克服生產中的低效率。這是喬光樸何以能夠如此輕車熟路
地轉變管理模式的歷史根源，因為他與霍大道一樣，都是「社
會主義精神」的擔綱者，他們共享同樣的社會主義價值和目
標，他們對不同管理模式的選擇，只是基於反官僚主義傳統內
部的不同方案的選擇。喬光樸絕沒有任何與霍大道決裂的主觀
因素，他們只是不同意義上的「反官僚主義者」。

喬光樸與霍大道同而不同，或許折射了中國社會主義轉
變的複雜性。歷史的挫折並沒有終結「反官僚主義」這一內在
於中國社會主義實踐的主題，改革的開啟只是以社會主義傳統
內部的一種反官僚主義置換另一種反官僚主義，這種置換並
不是以斷裂的方式開創出全新的方案，而只是偏轉方向，調整
重心。

問題在於，如果〈一天〉和〈上任記〉以同樣的敘事方式
處理和遮蔽官僚主義的難題，為何又會發生這種置換呢？

事實上，兩者的敘事中存在一個根本性差異，那就是「群
眾」想像的不同。儘管〈一天〉中並沒有出現面目鮮明的「群
眾」，但「群眾」卻總是被小說中的主要人物所談論和援引，
並被表述為決定性的力量：工人群眾是有「沖天幹勁」的，他

們的積極性甚至超過了部分領導幹部，工人群眾沒有被發動起來，生產計劃就不可能完成。小說最後，「群眾」以群像的形式出現並展現出對抗洪水、與天奮鬥的集體力量。總體上說，〈一天〉中的工人群眾是一個積極主動的群體，具有強大的能動性和創造力。但〈上任記〉卻截然相反，「群眾」被表述為集體性地「政治衰老－精神萎縮」，他們渙散為一團散沙，蛻變為市民化的群體，不再是決定性的力量。

正是對「群眾」的不同想像，推動了政治的反官僚主義置換為經濟的反官僚主義，從而推動了理性化、專業化和等級化的官僚制的全面興起。蔣子龍的創作談也不忘提出佐證：

> 許多工廠的工人都懷念老廠長，懷念過去的年代。但是老廠長回來以後，發現工廠還是原來的工廠，甚至人還是原來的人，可就是精神面貌不一樣了，人與人之間的關係不一樣了，矛盾的內容和表現形式也起了變化，原來管理工廠的那一套辦法不靈了。用什麼辦法，怎樣領導好現在的企業呢？這就是喬光樸上任後所遇到的問題。[23]

的確，政治上的反官僚主義必須基於對「群眾」的積極信念才能有效地推展，因為這一意義上的反官僚主義必須有效地發動群眾參與，依靠群眾的能動性和創造力破除官僚體制與群眾的制度性邊界。一旦「群眾」被消極地理解和想像，那麼就自然無法再構想依靠群眾的能動性和創造力來行動的任何理論和實踐方案了。唯有基於對「群眾」的消極性想像，官僚制的

23　蔣子龍：《不惑文談》，第72頁。

重建和強化才是必要和合理的：在「群眾」已然普遍遭受「社會主義精神」危機的前提下，滿足人民群眾的物質需要和國家經濟發展的目標，就無法再在方法上依靠群眾自下而上的參與而實現，而只能依靠高效率的官僚制，畢竟，理性化、專業化和等級化的官僚制「在純技術層面上始終優越於任何其他形式的組織。」[24]

正是改革初期「喬廠長的故事」寓示著，具有「社會主義精神」是群眾參與的前提，「政治衰老－精神萎縮」的群眾的集體參與只能導致「無政府主義」，導致普遍的生產混亂和派系鬥爭，因而，依靠群眾的反官僚主義只能被置換為依靠專家的反官僚主義，群眾自下而上的參與只能被置換為自上而下的官僚制管理。然而，這種置換其實並不能根本上解決兩種反官僚主義的張力關係，也無法創造出新的機制來保持群眾參與與經濟效率之間的平衡，相反，單向度地為了提高效率而反對經濟上的官僚主義卻不顧及群眾參與的問題，必然強化官僚制的支配程度，從而導致政治上的官僚主義的強化。隨著市場經濟的改革和官僚制的迅猛推進，兩種反官僚主義的張力關係逐漸被遺棄，最終導致了反官僚主義作為一個社會主義命題的瓦解——1990 年代以後，不再有反官僚主義小說，而只有反腐小說。

（三）「群眾」的「治癒」與改革敘事的誕生

在 1980 年發表於《人民文學》的〈喬廠長後傳〉（以下

24　[德] 馬克斯・韋伯：《經濟與社會》（第二卷上冊），閻克文譯，上海：上海人民出版社，2010 年，第 1112-1113 頁。

簡稱〈後傳〉）的第一部分中，喬廠長將組織科長叫到辦公室，劈頭蓋臉就是一問：「像孫悟空這樣的人能入黨嗎？」這一問其來有自。在〈上任記〉結尾，喬廠長的改革讓一部分工人極為不滿，他們紛紛寫信控告喬廠長，〈後傳〉緊承這一敘事而來，所謂的「孫悟空」便是暗指這些心懷不滿的工人。

　　孫悟空的形象在中國社會主義的話語中有很多內涵，毛澤東就多次將群眾比作孫悟空，並特別看重孫悟空的反抗性。[25]喬廠長將工人群眾與孫悟空相聯繫，包含了複雜的態度。一方面，工人群眾是神通廣大的存在，生產任務的完成、電機廠的發展，都依賴他們，另一方面，工人群眾並不那麼順從喬廠長以官僚制為核心的管理模式，簡言之，「不服管」。孫悟空的比喻暗示著，如果說「工人群眾」患有「政治衰老－精神萎縮」的症狀，那麼這種症狀卻並不能完全取消他們的主體性，他們依然是具有強大的反作用力的集體。

　　但〈後傳〉第一部分的敘事，就是講述「孫悟空」被「降服」的經過。這部分敘事以青年工人杜兵為代表性例子。杜兵是「政治衰老－精神萎縮」的工人典型，他被喬廠長從車間調到服務大隊幹雜活，因此對喬廠長極為不滿，在工棚牆壁上畫漫畫肆意諷刺喬廠長任人唯親、壓迫工人群眾。杜兵是一個孫悟空式的工人，他有美術專長，卻不服管。善於管理的喬廠長迅速地識別出杜兵的美術專長，並將他改造為專業的噴漆工，成為工廠的「幹才」。喬廠長降服「孫悟空」的法術，也是治癒「政治衰老－精神萎縮」症狀的藥方：識別出工人的專長，

25　趙維江：〈毛澤東與孫悟空的藝術形象〉，《毛澤東思想研究》，1991年，第3期。

並根據這種專長將其安置在專業化的官僚制所規劃的特定工序和生產空間中，並輔之以物質刺激，從而有效地激發出工人個體的勞動積極性和精神動力。

對喬廠長來說，這是他學習國外企業「人力開發」的管理模式的結果。這種管理模式與理性化、專業化的官僚制正相匹配，但其特點是不將工人視為階級的組成，而是將工人群眾細分為一個個的利益主體。對於這樣的利益主體，問題的核心已不再是工人的階級覺悟和集體主義，也不再追問什麼樣的制度安排最有利於工人當家作主，也就是說，工人群眾的階級意識和政治角色被基本忽略，而只考慮如何通過物質利益有效地驅動工人個體與官僚制管理下的分工體系相匹配。在這樣的管理模式下，工人群眾的「精神萎縮」的確被治癒了，但「政治衰老」則被強化了。在〈上任記〉中，「政治衰老」和「精神萎縮」是等同的，「政治衰老」必然導致「精神萎縮」，反之亦然，其中的邏輯在於「社會主義精神」是一種「覺悟」，由於這種「覺悟」，個人生活的意義是與社會主義事業緊密聯繫在一起的，這樣，精神的飽滿程度與政治覺悟的程度密切聯繫。[26] 然而，在人力資源管理的模式下，精神的高漲程度只是與物質利益的多少直接相關，而與政治覺悟了無聯繫。

因此，工人群眾的被「治癒」並不意味著工人群眾的「社會主義精神」危機的克服，毋寧說，由於工人群眾的主觀精神的重新高漲，這一危機及其克服的緊迫性被懸置和遮蔽了。就此而言，在〈上任記〉裡展露的對群眾的「社會主義精神」之

26　賀照田：〈當代中國精神的深層構造〉，《南風窗》，2007 年，第18 期。

危機的想像／預設，依然被〈後傳〉所沿用。

　　我們需要從此出發來理解〈後傳〉的後兩部分。這兩部分的主題都是圍繞著喬廠長與副廠長冀申的上層鬥爭而展開，但直至小說收束，這一鬥爭都未有明確結局。有趣的是，〈一天〉是有完滿結尾的，但〈上任記〉和〈後傳〉都沒有，喬廠長及其改革的命運在這兩篇小說的結尾處都是懸而未決的：〈上任記〉結尾，喬廠長收到很多群眾控訴信，他處在一種孤立無援、四面受敵的狀況中，在〈後傳〉結尾，喬廠長與冀申的上層鬥爭依然處於僵持狀態，喬廠長及其改革的命運並不明朗。「根據真實的生活寫作」[27]的蔣子龍為何無法如創作〈一天〉一樣，賦予〈上任記〉和〈後傳〉同樣完滿的結局呢？

　　從「形式的意識形態」[28]的角度而言，在 20 世紀中國，存在兩種主導性的象徵性敘事：啟蒙敘事與革命敘事。兩種敘事的本質差異的表徵之一，或許正在於敘事結尾如何處理先進分子與群眾之間的關係。魯迅的〈藥〉是啟蒙敘事的典範：夏瑜這樣的先進分子為了人民群眾而流血犧牲，但人民群眾如老栓卻漠然地將他們的鮮血用作人血饅頭，小說結尾處夏瑜與小栓的墳並置於一處，既表明先進分子與人民群眾的聯繫，但更暴露兩者是多麼疏遠。革命敘事的結尾則往往是先進分子與人民群眾合為一處，無論是通過人民群眾深切緬懷已犧牲的先進分子的方式（例如茹志鵑的〈百合花〉），還是先進分子帶領人民群眾最終反抗或戰勝惡勢力的方式（例如《白毛女》），

27　蔣子龍：《不惑文談》，第 20 頁。

28　[美] 弗里德里克・詹姆遜：《政治無意識》，王逢振、陳永國譯，北京：中國社會科學出版社，1999 年，第 66 頁。

重心都在凸顯兩者的合一。〈一天〉也同樣如此，在小說結尾，霍大道堅持走入了抗洪的工人群眾之中，帶領他們一起組成一個幹群關係密切的集體。

但無論是〈上任記〉還是〈後傳〉，都無法重現〈一天〉的革命敘事。其原因，依然在於作為敘事前提的「群眾」再想像。〈一天〉延續革命敘事的表現之一，正在於它依然預設了人民群眾作為「社會主義精神」擔綱者的角色，並且始終將是否與人民群眾結合視為塑造「社會主義新人」霍大道的人物形象的關鍵因素。作為這一敘事的邏輯的結果，霍大道在與工人群眾的合而為一中完成人物形象最終的塑造和最後的昇華。但在〈上任記〉中，由於先在地將工人群眾和一般幹部都想像為「政治衰老－精神萎縮」的存在，整個敘事的重心便在於通過喬廠長與工人群眾和其他幹部的鬥爭來塑造喬廠長的人物形象，其必然的發展，是喬廠長與後兩者明確的區分乃至對立，才完成對喬廠長人物形象的塑造和昇華。當然，作為「社會主義精神」的擔綱者，喬廠長被塑造出來的目的並不是要使之根本性地對立於工人群眾，而是要使喬廠長最終實現對工人群眾的重新領導。這是改革小說不可回避的政治任務。在〈後傳〉中，以杜兵為工人代表，喬廠長通過官僚制和物質刺激「治癒」了工人群眾的「精神萎縮」，的確實現了對工人群眾的重新領導。但這種重新領導並不意味著政治上的團結。在政治上，喬廠長作為「社會主義精神」的擔綱者，與「政治衰老」的工人群眾依然明確地相區分——事實上，喬廠長作為改革者的合法性權威的確立，正是以工人群眾的「政治衰老」為前提的。因此，「政治衰老」的工人群眾無法與「社會主義精神」的擔綱者喬廠長合而為一，而只能以二者的明確區分作為互相

建立關係的基礎。

　　總之，由於將「群眾」的「社會主義精神」危機視為不能更改的敘事前提，〈上任記〉和〈後傳〉從一開始就無法再重複〈一天〉的敘事模式，它們再也不能重新書寫革命敘事中那種先進分子與人民群眾政治性地合而為一的結局。

　　從這一意義上來說，〈上任記〉和〈後傳〉的確是名副其實的改革寓言，它們真正地開創了一種敘事模式，一種改革敘事。改革敘事不同於啟蒙敘事。啟蒙敘事往往症候性地表達為啟蒙者與被啟蒙者之間的疏離，但作為改革敘事的〈上任記〉和〈後傳〉，它們的症候性在於改革者實現了對被改革者的重新領導，改革者與被改革者並不是互相疏離，而是服從與領導的關係。改革敘事也不同於革命敘事。革命敘事往往症候性地表達為革命先進分子與革命群眾的政治性結合，在這種政治性結合中，革命先進分子和革命群眾都是積極的政治主體，甚至這種結合的穩固度也依賴於兩種主體的積極程度；但作為改革敘事的〈上任記〉和〈後傳〉的症候性在於改革者對被改革者的領導是以代表性的形式表達出來的，改革者是積極的政治主體，被改革者則是消極的政治客體，改革者代表被改革者而展開政治行動。

　　對於這種改革敘事來說，儘管它開啟了向啟蒙敘事滑動的可能性，但它不會如啟蒙敘事一樣，徹底地想像／預設「群眾」處於「政治衰老」和「精神萎縮」的雙重症狀之中——這種雙重症狀常被啟蒙敘事命名為「國民性」或「小生產者劣根性」，阿 Q 便是如此；改革敘事也不再如革命敘事那樣，先在地將「群眾」想像／預設為積極的政治主體——這樣的政治主體本質上與「政治衰老－精神萎縮」絕緣，他們是「社會

主義新人」或具有成為「社會主義新人」的巨大潛能，即使是阿 Q 也「要求革命」[29]。改革敘事以「精神高漲」但卻「政治衰老」的「群眾」作為敘事前提，這一方面保證了改革者作為「社會主義精神」的擔綱者明確區別於「政治衰老」的群眾，並基於這種區別塑造出領導改革的合法性權威，另一方面也保證了群眾在改革者的領導下參與到改革大業之中的資格與作用——這就是「孫悟空能不能入黨」的答案。

在這一意義上，「喬廠長的故事」是真正富於創造性的，它開創了前所未有的改革敘事，一種獨屬於我們的改革時代的敘事模式。

改革敘事基於特定的社會主義方案，正如 50-70 年代的革命敘事和 1980 年代以來的啟蒙敘事也都基於不同的社會主義方案一樣。革命敘事所對應的社會主義方案依賴於幹部／先進分子和群眾的兩個積極性，即幹部／先進分子和群眾同時作為積極的政治主體，他們的互動與共同參與是中國社會主義事業的保證。而啟蒙敘事所對應的則是專家治國的方案，有人曾指出，在改革初期，知識分子開始逐漸形成為一個「新階級」並以「新階級」為主體構想社會主義建設的新方案，其核心特徵之一是知識精英與人民群眾的清晰的等級關係。[30] 改革敘事所對應的則是另一種社會主義方案，這是一個既堅持「社會主義

29　據唐弢回憶，毛澤東與馮雪峰談話時曾說：「阿 Q 是個落後的農民，缺點很多，但他要求革命。看不到或者不理會這個要求是錯誤的。魯迅對群眾力量有估計不足的地方。」唐弢：《狂狷人生》，西安：華嶽文藝出版社，1989 年，第 160-161 頁。

30　[美] 阿爾文・古爾德納：《新階級與知識分子的未來》，杜維真等譯，北京：人民文學出版社，2001 年，第 54-55 頁。

精神」，又毫無保留地接納理性化、專業化和等級化的官僚制以發展生產力的方案。在這個方案裡，喬廠長們是基於「社會主義精神」而推行改革的，包括引入官僚制也是如此。正是喬廠長這樣的「新企業家」作為「社會主義精神」的擔綱者，保證了整個改革的社會主義性質。同時，這個方案也是容許人民群眾以「精神高漲」同時「政治衰老」的主體性狀態最大程度地參與改革的方案：在「社會主義精神」的擔綱者的領導下，人民群眾得以深度介入社會主義改革之中。

　　但問題是，喬廠長終將老去，誰將是喬廠長的後繼者呢？在〈後傳〉的結尾部分，喬廠長在與冀申的上層鬥爭中陷入困境，幾乎被逼辭職，危急時刻，竟然是工人群眾第一次集體發出自己的聲音，表達對喬廠長的支持。但轉瞬之間，工人群眾的這種直接在場迅速被黨委書記石敢所代表，於是「工人們也分散開來，向各車間走去。」這一結局正是喬廠長改革的結果：工人群眾不但被代表，而且被「分散」到由官僚制所規劃的各個具體的生產空間中，如青年工人杜兵在工廠專業化的生產體系中找到了自己的一席之地那樣。喬廠長的改革成功了，然而，他也失敗了。正是喬廠長改革的成功，塑造出無數基於工具理性的利益主體，他們早已經被想像為喪失了「社會主義精神」的擔綱者的資格，進而又被理性化、專業化和等級化的官僚制所規訓，從而不再是「社會主義新人」，他們已經是「常人」，甚至是「末人」。正因為如此，喬廠長也不再能夠指望他們中可以再次崛起新的一批「社會主義精神」的擔綱者，來接續喬廠長的改革了。這就是說，喬廠長改革的成功似乎也危及了使「社會主義精神」的擔綱者不斷再生產的條件。

　　回首「喬廠長的故事」，並不是要否認這一改革寓言所

包含的新穎性和現實性。然而，這一故事之所以屬於「新時期」，正在於它蘊含著一種截然不同於 50-70 年代的「群眾」想像。如果考慮到社會主義革命的一切理論得以確立的關鍵前提正是對「群眾」的積極性的想像和認識，那麼「喬廠長的故事」所包含的這種「群眾」的再想像就具有根本的重要性。可以說，正是將這種再想像視為不能再回溯的「絕對原點」並從此出發，改革初期的意識形態才得以迅速向「新啟蒙主義」轉變，文學形態也才得以迅速從群眾喜聞樂見的現實主義轉向知識分子自產自銷的「純文學」。最後，也正是這一「絕對原點」構成了改革政治的起源性要素。

顯然，「社會主義精神」容易讓人聯想到韋伯的「資本主義精神」的概念。在韋伯的論述裡，「資本主義精神」主要指的是「力爭上游的產業界的中產階層」[31] 所具有的特殊的精神氣質，這些「資本主義精神」的擔綱者，開創了資本主義新秩序。或許僅就以革命性的「超凡魅力」（Charisma）開創歷史新秩序而言，「社會主義精神」的擔綱者確實有些類似「資本主義精神」的擔綱者。然而，對於韋伯而言，歷史新秩序的開創與大多數人民群眾無關，只能是少數精英的事業，這些精英基於價值理性而行動，又擁有超凡魅力，從而能夠得到人民群眾的追隨，這是尼采主義的「超人」與「末人」的關係的重述。[32] 而「社會主義精神」的擔綱者與人民群眾一起開創中國社會主義新秩序的歷史則與之截然不同。如果要重新書寫我

31　[德] 馬克斯・韋伯：《新教倫理與資本主義精神》，康樂、簡惠美譯，桂林：廣西師範大學出版社，2010 年，第 40 頁。

32　Wolfgang J. Mommsen, *The Age of Bureaucracy*. New York: Harper & Row publishers, 1977, pp.96, 106.

們時代的改革寓言，使之再次迥異於韋伯式的寓言，那麼，超越「喬廠長的故事」，解構這一「絕對原點」的起源性，真正地使之歷史化，並在新的歷史條件下重新探索使人民群眾普遍地成為「社會主義精神」的擔綱者的道路，或許正是今天的使命。

第二節　知識分子的「去群眾化」：
　　　　以張賢亮為中心

　　新時期文學的主力軍之一無疑是知識分子作家。聚焦於知識分子作家而展開的新時期文學研究，也是目前的主導取向。從群眾性的視野出發，本節不再聚焦於知識分子作家在改革初期的新時期文學中的直接作用，而是重點關注如下問題：在改革初期，知識分子的政治地位和身分認同都發生了劇烈的轉變，這一具體過程是怎樣的？為了探究這一問題，本節首先將概述改革初期的知識分子政策所產生的影響，然後以張賢亮為案例，具體地透視改革初期知識分子的身分意識從「群眾化」到「去群眾化」的轉變過程，目的是為理解新時期文學的群眾性危機提供必要的線索和參照。

（一）知識分子政策與「群眾」的重構

　　「文革」結束後，老幹部大規模復出，此後「平反冤假錯案」，為右派分子及在歷次政治運動中受迫害的人平反。正是這批平反復出的「右派」，成為改革初期「重放的鮮花」，是新時期文學兩支最為重要的力量之一。1984 年 12 月，作協黨組書記張光年在中國作協第四次代表大會上的報告〈新時期社

會主義文學在闊步前進〉，全面地總結新時期文學的歷程，認為新時期文學的「中堅群」主要由兩撥人組成，其一是「在新時期才在文壇上以其優秀作品馳名的文學新人」，如蔣子龍、劉心武、諶容、張潔、張一弓、馮驥才等，其二則大部分是復出的「右派」作家：

> 一部分是在新中國成立後陸續開始其文學生涯、放出異彩的作家。他們或在五七年、或在十年動亂中，先後受到「左」傾思潮的誣害，受到生活的嚴酷的磨煉，在人民中得到了充分的營養。一旦禁錮解除，他們的創作活力有如蘊藏豐厚的優質油井，猛然出現了持續的井噴現象。如王蒙、張賢亮、陸文夫、高曉聲、鄧友梅、劉賓雁、從維熙、林斤瀾、劉紹棠、張志民、李瑛、白樺、流沙河、公劉、邵燕祥、張弦、李國文、李準（蒙古族）、魯彥周……[33]

如果只是平反，或許並不足以激發作家們如此積極地投身新時期文學，更為重要的應是改革初期整個知識分子政策的巨大轉變，才真正地解放了知識分子，真正地動員起了知識分子參與改革的熱情和積極性，從而開創新時期文學的輝煌。改革初期知識分子政策的最大成果，就是知識分子重新被接納為「工農群眾」的一部分。

黨內領導人在追溯黨的正式的知識分子政策時，大都追溯

33　張光年：〈新時期社會主義文學在闊步前進〉，《人民文學》，1985年，第 1 期。

到 1939 年 12 月毛澤東為中共中央起草的〈中央關於吸收知識分子的決定〉[34]。在這一決定中，毛澤東宣布：「沒有知識分子的參與，革命的勝利是不可能的」，並批評軍隊中「恐懼甚至排斥知識分子」的現象，呼籲「大量吸收知識分子」。[35] 1944 年 10 月，在〈文化工作中的統一戰線〉中，毛澤東明確提出，文化「統一戰線的原則有兩個，第一是團結，第二是批評、教育和改造」。此後直到建國初，「團結、教育、改造」就成為知識分子政策的主要內容。1956 年以後，由於社會主義三大改造的完成與社會主義建設的新要求，黨內開始重新討論知識分子問題。但受到「反右」影響，毛澤東在 1957 年轉而認為，「現在的大多數的知識分子」，「世界觀基本上是資產階級的，他們還是屬於資產階級的知識分子。」[36] 這一判斷

34 周恩來：〈關於知識分子問題的報告〉，《周恩來選集》（下冊），北京：人民出版社，1984 年，第 161 頁；胡耀邦：〈為什麼對知識分子不再提團結、教育、改造的方針（1978 年 10 月 31 日）〉，載中共中央組織部、中共中央文獻研究室編：《知識分子問題文獻選編》，北京：人民出版社，1983 年，第 45 頁；宋任窮：〈在知識分子工作聯繫小組第一次會議上的講話（1981 年 5 月 5 日）〉，載《知識分子問題文獻選編》，第 149 頁；聶榮臻：〈努力開創我國科技工作的新局面（1982 年 11 月 25 日）〉，載《知識分子問題文獻選編》，第 238 頁。

35 毛澤東：〈大量吸收知識分子〉，《毛澤東選集》（第 2 卷），第 618-620 頁。〈大量吸收知識分子〉原名〈中央關於吸收知識分子的決定〉，收入《毛澤東選集》時內容大體未動，參見竹內實編：《毛澤東集》（第 7 卷），東京：株式會社蒼蒼社，1983 年，第 87-90 頁。

36 毛澤東：《毛澤東文集》（第 7 卷），北京：人民出版社，1993 年，第 273 頁。

幾經反復後在 1971 年〈全國教育工作會議紀要〉中的「兩個估計」中確定下來：「知識分子的大多數世界觀基本上是資產階級的，是資產階級知識分子。」

　　1977 年，復出的鄧小平推動撥亂反正。1977 年 5 月，鄧小平要求，「要反對不尊重知識分子的錯誤思想。不論腦力勞動，體力勞動，都是勞動。從事腦力勞動的人也是勞動者。要重視知識，重視從事腦力勞動的人，要承認這些人是勞動者。」[37]9 月，又宣布「『兩個估計』是不符合實際的。」[38]1978 年 3 月，鄧小平在全國科學大會開幕式上正式宣布：

> 總的說來，他們的絕大多數已經是工人階級和勞動人民自己的知識分子，因此也可以說，已經是工人階級自己的一部分。他們與體力勞動者的區別，只是社會分工的不同。從事體力勞動的，從事腦力勞動的，都是社會主義社會的勞動者。[39]

　　這個結論實現了撥亂反正，賦予知識分子在「新時期」以合法地位。此後，落實知識分子政策就成為改革初期的重要工作之一。1978 年 11 月，〈中共中央組織部關於落實黨的知識

37　鄧小平：〈尊重知識，尊重人才〉，《鄧小平文選》（第 2 卷），第 41 頁。

38　鄧小平：〈教育戰線的撥亂反正問題〉，《鄧小平文選》（第 2 卷），第 67 頁。

39　鄧小平：〈在全國科學大會開幕式上的講話〉，《鄧小平文選》（第 2 卷），第 89 頁。

分子政策幾點意見〉發布，強有力地推動知識分子的平反摘帽工作。此後又發布了一系列文件、召開一系列會議，持續地落實知識分子政策。[40] 最終，知識分子的地位獲得了憲法保證。1982 年 11 月，彭真在第五屆全國人民代表大會第五次會議上作〈關於中華人民共和國憲法修改草案的報告〉，宣布：

> 憲法修改草案第一條規定：「中華人民共和國是工人階級領導的、以工農聯盟為基礎的人民民主專政的社會主義國家。」……在建設社會主義的事業中，工人、農民、知識分子是三支基本的社會力量。憲法修改草案根據全民討論中提出的意見，在〈序言〉中概括地加寫了：「社會主義的建設事業必須依靠工人、農民和知識分子，團結一切可以團結的力量。」這裡，把知識分子同工人、農民並列，是從勞動方式上講的。那麼，為什麼草案第一條不提「工人、農民、知識分子聯盟」？這是因為，在社會主義制度

40　例如，1981 年 9 月，胡耀邦在一封人民來信中批示要檢查中央機關落實高級知識分子政策的情況；1981 年 10 月，〈中共中央組織部關於中央機關落實高級知識分子政策情況的通知〉下發，1982 年 1 月，〈中共中央關於檢查一次知識分子工作的通知〉正式下發全國，要求盡快落實知識分子政策；1982 年 2 月，〈中共中央組織部關於貫徹中央第十號文件的通知〉，繼續督促全國各單位切實檢查知識分子工作，落實知識分子政策；1983 年 12 月，為了徹底清除對知識分子的歧視和不信任，1983 年 3 月 21 日 -27 日中宣部召開全國宣傳工作會議，討論、部署 1983 年的宣傳工作，特別把關於重視知識和知識分子的宣傳問題列為全年要突出抓好的三個重要方面之一。以上文件均參見中共中央組織部、中共中央文獻研究室編的《知識分子問題文獻選編》。

下，知識分子和工人、農民的差別並不是階級的差別，就
他們對生產資料的占有狀況及階級性質來說，知識分子並
不是工人、農民以外的一個階級。這一條是規定我國的國
家性質即國體，是從階級關係上講的。「以工農聯盟為基
礎」，這裡就包括了廣大的知識分子在內。[41]

從此，知識分子再次成為黨群互動的群眾性模式中的構成
性要素，知識分子短暫而輝煌的「新時期」也由此開啟。[42]

在這裡，需要解釋的是，為什麼「知識分子已經是工人
階級的一部分」呢？換言之，為什麼知識分子能夠再次進入了
「工農群眾」的範疇呢？鄧小平的理由是，在社會主義時期，
知識分子「與體力勞動者的區別，只是社會分工的不同。」
1981年，時任中組部部長的宋任窮更清楚地進行了回應：

知識分子隊伍的狀況也發生了深刻的變化。一方面，在舊

41　彭真：〈工人、農民、知識分子是建設社會主義的三支基本社會力
　　量〉（1982年11月26日），摘自彭真在第五屆全國人民代表大會第
　　五次會議上所作的〈關於中華人民共和國憲法修改草案的報告〉，載
　　《知識分子問題文獻選編》，第247、249頁。

42　與憲法修改同時進行的，是《光明日報》對吉林長春光學精密機械研
　　究所副研究員蔣筑英的長達一個多月的宣傳，以及《工人日報》對陝
　　西驪山微電子公司工程師羅健夫的宣傳，這兩位知識分子都在1982
　　年6月逝世，成為知識分子獻身科學、獻身祖國、獻身社會主義但
　　是卻條件艱苦、飽受不公待遇的典型。胡喬木特別在《人民日報》
　　撰文，呼籲全國黨員和公民向他們學習，並且希望各宣傳部門加大對
　　兩位知識分子模範的宣傳力度，參見胡喬木：〈痛惜之餘的願望〉，
　　《人民日報》，1982年11月29日，第2版。

社會曾經在經濟上依附於剝削階級的知識分子，早已脫離了這種依附，成為社會主義國家的工資勞動者；在政治上，他們接受黨和工人階級的長期教育，在十年動亂中受到嚴峻的考驗，表現了對祖國、對人民、對黨的忠誠。最近報紙上介紹的樂茜同志，就是他們中的一位優秀代表。另一方面，三十多年來，我們自己培養了八百多萬大學和中專畢業的知識分子，如果加上普通高中畢業的知識分子和幹部中通過在職自學達到相當大學水平的知識分子，數量就更大。根據這些情況，中央明確指出，我國的知識分子已經是工人階級的一部分，是黨的一支依靠力量。[43]

舊知識分子經濟上已成為工資勞動者，政治上已改造成功，而新中國又培育了自己的知識分子。這就是說，無論新舊，都已經是社會主義國家的知識分子。這個解釋避免了從知識分子與人民群眾的內在關係上的解釋，即知識分子是否從主體性層面實現了「與人民群眾的結合」。

伴隨著對知識分子階級屬性的重新判定的，是一系列知識分子政策的落實，這種落實包括摘帽、平反、改正，恢復工作，物質生活條件的改善等。隨著政治待遇的提高，特別是知識分子入黨和進入各層級的領導集體之中，知識分子階層很快又主要地以「幹部」身分存在，從而再次成為「群眾」之外／之上的階層。

1980 年 12 月召開的中央工作會議上，陳雲指出：「幹部

43　宋任窮：〈在知識分子工作聯繫小組第一次會議上的講話〉，載《知識分子問題文獻選編》，第 149-151 頁。

隊伍的革命化、年輕化、知識化、專業化、制度化仍是幹部政策上的大方針」，[44] 鄧小平很贊成。[45]1981 年 6 月的十一屆六中全會正式將這些提法寫入〈關於建國以來黨的若干歷史問題的決議〉：「要求在堅持革命化的前提下逐步實現各級領導人員的年輕化、知識化和專業化」。[46] 此後，「幹部四化」（革命化、年輕化、知識化、專業化）成為新時期幹部政策的方針和目標。[47]

44　中共中央文獻研究室編：《陳雲年譜（1905-1995）》（下卷），北京：中央文獻出版社，2000 年，第 265 頁。

45　「要在堅持社會主義道路的前提下，使我們的幹部隊伍年輕化、知識化、專業化，並且要逐步制定完善的幹部制度來加以保證。提出年輕化、知識化、專業化這三個條件，當然首先是要革命化，所以說要以堅持社會主義道路為前提。」參見鄧小平：〈貫徹調整方針，保證安定團結〉，《鄧小平文選》（第 2 卷），第 361 頁。1980 年 8 月，鄧小平又說：「陳雲同志提出，我們選幹部，要注意德才兼備。所謂德，最主要的，就是堅持社會主義道路和黨的領導。在這個前提下，幹部隊伍要年輕化、知識化、專業化，並且要把對於這種幹部的提拔使用制度化。」參見鄧小平：〈黨和國家領導制度的改革〉，《鄧小平文選》（第 2 卷），第 326 頁。

46　中共中央文獻研究室編：《十一屆三中全會以來重要文獻選編》，北京：中共中央黨校出版社，1981 年，第 171 頁。另見宋任窮在回憶錄中的確認，「幹部四化」的提法正式寫入決議標誌著幹部政策的確立，參見宋任窮：《宋任窮回憶錄》（續集），北京：解放軍出版社，1996 年，第 109 頁。

47　「幹部四化」的正式提法，最初見於 1981 年 7 月 19 日，鄧小平會見美國前總統國家安全事務助理茲比格涅夫·布熱津斯基，首次使用幹部隊伍的「四化」：「過去我們實際上存在幹部領導職務終身制問題，這要廢除，要逐步實現幹部隊伍的四化，即革命化、年輕化、知識化、專業化。」參見《鄧小平年譜（1975-1997）》（下冊），北京：中央文獻出版社，2004 年，第 761 頁。「幹部四化」方針的歷史

「幹部四化」的政策直接推動著知識分子政策的進一步落實。1978 年 11 月發布的〈中共中央組織部關於落實黨的知識分子政策的幾點意見〉已經提及要提拔知識分子，發展知識分子入黨的問題。1982 年 9 月，〈中共中央組織部關於加強在中年知識分子中發展黨員工作的報告〉繼續提出這一問題，並進一步明確：「在知識分子中發展黨員的主要對象應是中年知識分子中的優秀分子。中年知識分子是我國知識分子隊伍的主要組成部分。全國近六百萬科技幹部中，百分之六十以上是中年科技幹部。」[48]

不僅如此，領導幹部的選拔也開始有重點地偏向知識分子。1980 年，時為黨的總書記的胡耀邦在中共中央組織部召開的選拔優秀中青年幹部工作座談會上講話，宣布：「今後，脫產幹部從哪裡來？主要應當根據幹部條件，從大中專畢業生和具有相當文化水平的青年中挑選，一般不直接從文化低的工人農民中提拔。」[49] 作為工農聯盟的政權，這一政策為何是可行的呢？1980 年 7 月，時任中組部部長宋任窮解釋說：

有人會問：不直接從文化低的工人、農民中提拔幹部，是不是違背了黨的階級路線？對於這個問題，也要用新觀點來看。我們不是說這些同志不行，而是說提拔文化程度很

的詳細闡釋，參見王蕾：〈新時期幹部隊伍「四化」方針的形成〉，《當代中國史研究》，2016 年，第 2 期。

48　中共中央組織部、中共中央文獻研究室編：《知識分子問題文獻選編》，第 189 頁。

49　胡耀邦：〈今後兩年組織工作的幾件大事〉，載《胡耀邦文選》，北京：人民出版社，2015 年，第 194-195 頁。

低的工人、農民當幹部不行。連報紙都不能看，連中央文件都讀不下來，怎麼能做好領導工作呢？應當明確認識，我國的階級狀況早已發生了根本變化，我國知識分子已經成為工人階級的一部分，社會主義的工人、農民、知識分子都是我們國家和社會的主人，都是四化建設的主力軍。認為提拔工人、農民是執行黨的階級路線，提拔知識分子是違背黨的階級路線，這種看法是不對的，錯誤的。對待知識分子的看法，不能因襲過去的陳舊觀念。[50]

中央推行這種知識分子政策，地方也接踵而上。1980 年 6 月，遼寧省委宣布：「爭取在今後三年左右的時間內，在縣級以上領導班子裡知識分子所占的比例，經濟部門要達到百分之五十左右；科研、教育、文藝、衛生、體育等部門要達到百分之七十左右。」[51]1983 年 1 月，遼寧省委又進一步要求，「今明年不僅要使縣級以上企事業單位和業務部門的領導班子中專業技術幹部和懂專業的幹部達到三分之二以上，而且要有三分之一企事業單位的領導班子由中青年知識分子擔任黨政一、二把手。」[52]1983 年 4 月，鐵道部也要求，「到一九八五

50　宋任窮：〈樹立新的用人觀點〉，載《知識分子問題文獻選編》，第 124-125 頁。

51　遼寧省委：〈中共遼寧省委、遼寧省人民政府關於加強領導，充分發揮知識分子作用的若干規定〉（1980 年 6 月 17 日），載《知識分子政策文件彙編》，第 62 頁。

52　〈《中共遼寧省委、遼寧省人民政府關於加強領導，充分發揮知識分子作用的若干規定》補充規定〉，載《知識分子政策文件彙編》，第 666-667 頁。

年，局、院、廠、校級領導班子中，具有大學、中專程度的爭取達到百分之七十左右。」[53]

這一系列政策推行的成果也非常顯著。1982 年，中組部檢查高級知識分子的政策落實情況，十一屆三中全會以後入黨的高級知識分子，占中央機關各部、委、局所有高級知識分子黨員的十分之一。[54] 儘管 1985 年時，黨員的大多數還是文化水平低下，例如 10% 的黨員是文盲、42% 僅上過小學、30% 初中畢業、14% 高中畢業，僅有 4% 是大學畢業，但是，知識分子新黨員的比例，已經從 1979 年的 8% 上升到 1985 年的約 50%。[55] 知識分子擔任領導幹部方面，1982 年據中央 79 部、委、局的統計，在 12862 名高級知識分子中，擔任各級領導職務的有 4088 人，占 31%；[56] 1983 年 5 月，《人民日報》報導，政協第六屆全國委員會中的知識分子委員 813 人，是 1978 年 3 月第五屆政協的兩倍半，「文化知識界委員的比例，由五屆時占委員總數的 16% 上升到了 40%」；[57] 1980-

---

53 〈中共鐵道部黨組關於加強知識分子工作的決定（1983 年 4 月 19 日）〉，載《知識分子政策文件彙編》，第 137 頁。

54 〈中共中央組織部關於中央機關檢查對高級知識分子落實政策情況的報告（1982 年 3 月 7 日）〉，載《知識分子政策文件彙編》，第 124 頁。

55 Lee Hongyung, *From Revolutionary Cadres to Technocrats in Socialist China*. Berkeley: University of California Press, 1991, pp.302-308.

56 〈中共中央組織部關於中央機關檢查對高級知識分子落實政策情況的報告（1982 年 3 月 7 日）〉，載《知識分子政策文件彙編》，第 125 頁。

57 鄒愛國、何平：〈政協第六屆全國委員會委員構成有較大變化 文化知識界委員上升到 40%〉，《人民日報》，1983 年 5 月 8 日，第

1986 年，約有 137 萬老幹部退休，同時有 46.9 萬大學畢業幹部被提拔到縣級以上的領導崗位中。[58]「從 1982 至 1984 年，僅僅三年中，有大學文憑的市級領導人的比例從 14% 增長到 44%，有大學文憑的縣級幹部的比例從 14% 增長到 47%。在最高層，黨中央委員會中的大學畢業生比例，從 1977 年的 26% 上升到 1982 年的 55%，1987 年的 73%，1992 年的 84%。」[59]

正是由於知識分子政策的落實，整個政黨成分的大規模改造，知識分子逐漸地進入到改革的權力中心，成為名副其實的「改革者」，他們通過幹部身分、專業知識與大學文憑再一次明確地與工農群眾區分開來。

「群眾」的重構，意味著一種新的黨群互動的框架的成型，意味著創造更為普遍的政治框架，從而將知識分子和工農兵一道吸納為內在於黨群互動的群眾性模式中的構成性力量。這是根本性的轉變，也是改革政治得以生成的基本條件。無論如何評價，都不能否認這種轉變的根本意義。然而，在改革初期，知識分子重新成為「工農群眾」的制度化過程，同時疊加了知識分子的「幹部化」取向。這一「幹部化」取向的過度發展，則又隱隱地孕育著知識分子重新「去群眾化」的危機。事實上，這一危機在改革初期的確已有所表現，張賢亮或許是典

---

4 版。

58　Li Cheng and Lynn White, "Elite Transformation and Modern Change in Mainland China and Taiwan: Empirical Data and the Theory of Technocracy." *The China Quarterly* No.121 (Mar., 1990), p.14.

59　［美］安舟：《紅色工程師的崛起》，何大明譯，香港：香港中文大學出版社，2017 年，第 241 頁。

型例子。

（二）從「反革命分子」到「既得利益分子」：
　　　張賢亮的上升之路

在改革初期，張賢亮命運的翻天覆地的變化，不但代表性地說明了知識分子政策曾產生的巨大效果，也同樣症候性地折射了知識分子是如何從「工農群眾」之下進入到「工人階級」的行列，繼而以「幹部」身分的名義重新與「工農群眾」相疏離的過程。

張賢亮出身「官僚資本家」家庭，1954 年與家人遷居甘肅務農，1956 年，高中肄業的張賢亮被甘肅省委幹部文化學校錄用為語文教員，[60]1957 年因發表〈大風歌〉而被打成「右派分子」，在寧夏農場經歷了長達 22 年的勞動改造生涯，期間還曾被另外冠以「反革命分子」和「反革命修正主義分子」的帽子。

「文革」結束後，老幹部和知識分子大規模地平反復出，特別是 1978 年 4 月和 9 月，中共中央批准發布〈關於全部摘掉右派分子帽子的請示報告〉和〈貫徹中央關於全部摘掉右派分子帽子決定的實施方案〉兩個中央文件，為右派分子摘帽、平反。1978 年冬，張賢亮還在寧夏農場勞動改造，瞭解到中央已經發布文件，得悉同在 1957 年被打成「右派」的王蒙、李國文、劉紹棠等都獲「改正」，於是也開始要求農場落實政

60　關於張賢亮家世的詳細介紹，參見趙天成：《重構「昨日之我」：「歸來作家」小說自傳性研究（1977-1984）》，博士論文，中國人民大學，2018 年，第 68-69 頁。

策，但場部以張賢亮劃為右派後又連續「犯罪」為由，拒絕為其「改正」。[61] 此時的張賢亮，「不甘寂寞，一心想從土裡往外爬」，[62]「想方設法找對策尋出路」。[63] 想到勞改、勞教期間熟讀馬列，張賢亮起初嘗試通過寫文章發表來引起注意，進而改變個人命運，「不妨學舊時代的寒士靠寫文章脫穎而出吧。『上條陳』，不也是中國古代讀書人一條走上仕途的捷徑嗎？」[64] 他寫了兩篇哲學和政治經濟學的長文章，但兩次投稿都被拒。不得已，張賢亮又轉而拾起老本行，搞起文學來。在張賢亮後來的自白中，走上文學之路的初衷，毫無疑問是現實的，是「作為敲門磚和晉升之階」。[65]

1978 年底，政治嗅覺敏銳的張賢亮寫了他第一篇小說〈四封信〉，投寄給《寧夏文藝》。此時，劉心武的〈班主任〉、盧新華的〈傷痕〉正在引起全國性轟動，〈四封信〉也是一篇與傷痕文學非常類似的作品。它講述老革命的縣委書記剛剛恢復工作就因病去世，而這病是在「文革」期間關在牛棚被折磨而致，他的夫人在他死後翻出了四封給她的信，透露了他所遭受的折磨和對人民的熱愛。政治嗅覺敏感、文學功底過硬而又搭上了傷痕文學的快車，《寧夏文藝》編輯部很快來信告知，已決定採用。果然，《寧夏文藝》1979 年第 1 期就以

61　張賢亮：《小說中國》，貴陽：貴州人民出版社，2013 年，第30 頁。

62　張賢亮：《心安即福地》，貴陽：貴州人民出版社，2013 年，第161 頁。

63　張賢亮：〈《寧夏文藝》與我〉，《朔方》，1990 年，第 3 期。

64　張賢亮：《小說中國》，第 31 頁。

65　張賢亮：〈《寧夏文藝》與我〉，《朔方》，1990 年，第 3 期。

頭條位置刊發了這篇小說。一擊得手，張賢亮再接再厲，《寧夏文藝》也是來者不拒，1979 年第 2 期、第 3 期又連續頭條位置刊發張賢亮的〈四十三次快車〉和〈霜重色愈濃〉，張賢亮可謂連中三元。〈四十三次快車〉歌頌革命老幹部護佑參與「天安門事件」的青年工人，而〈霜重色愈濃〉則是一個關於知識分子「右派」與曾打倒他的領導，雙雙復出重歸於好，團結一致參與建設社會主義的故事。這兩個故事顯然也頗為符合彼時的政治走勢：1978 年底「天安門事件」平反，鄧小平在十一屆三中全會閉幕時發表〈解放思想，實事求是，團結一致向前看〉的講話，號召全國團結一致，攜手共建社會主義現代化。

　　對於明確地要依靠文學來為自己爭取「平反」的張賢亮來說，連續三篇小說緊密呼應文學形勢和政治變化，顯然是有意之舉。如第一章對於文學習性的討論所表明的，改革初期的文學生產方式依然延續著十七年時期的傳統，即文學總是高度政治性的。這種高度政治性使得無論是業餘作者還是專業作家，其創作總是密切地呼應政治。一旦這種呼應通過文學發表產生效果，文學創作者個人的命運也便與政治的變動共振起來。這種共振對不同的人會產生不同的效果。例如，1980 年何士光發表〈鄉場上〉，破天荒獲得黨的最高刊物《紅旗》雜誌的轉載，從此根本性地改變了他作為邊遠鄉村的中學教師的生活道路與職業道路。[66] 對於張賢亮來說，這種共振便是他「平反」的契機。正是在這裡，我們可以看到張賢亮的「文學習性」的

66　劉錫誠：《在文壇邊緣上》（上冊），鄭州：河南人民出版社，2016年，第 460-462 頁。

複雜性：文學習性既是「當代文學」場域中的作家得以與政治密切互動的主體性條件，但同時，在這種密切互動的過程中，又不可避免地生產出投機性。這與作家的品性無關，而是政治所包含的權力運作的社會過程所必然帶來的。一旦權力運作的社會過程覆蓋政治價值運作的社會過程，這種投機性也將危及到文學習性的政治性，並繼而在文學生產中產生「去政治化」的後果。

不過，一個省級文學刊物連續三期頭條位置刊登一個還未改正的「右派」兼「反革命」的小說，這在 1979 年的文學環境中也總歸是不容易的。時為《寧夏文藝》編輯的馮劍華回憶說：

當時大家看了稿子以後，感覺眼前一亮，特別是和其他作品比起來非常突出。因為寧夏的文學力量比較薄弱，所以不管是文字也罷，文章的立意也罷，他的小說都比其他作品高出一截子，有種鶴立雞群的感覺，就立刻引起了編輯部的重視。當時我們的主編是哈寬貴，原來是上海《萌芽》的，參加過學生運動，也是支邊來寧夏的。他當時的態度就是大力支持，說這幾篇連續發，而且是在重要位置發。因為按常規來說，一般不會這樣做，同一個作者的稿子，一般要隔一期兩期再發，但當時哈主編就決定打破常規，連續發，發出以後就引起很大的反響。[67]

67　趙天成、馮劍華：〈馮劍華訪談錄〉，載趙天成：《重構「昨日之我」：「歸來作家」小說自傳性研究（1977-1984）》，第 180 頁。

這裡有很多值得注意的細節，特別值得注意的是主編哈寬貴打破常規、唯才是舉。對於改革初期的這種清明風氣，何新曾回憶說，「80 年代的中國還是一個平民社會。有才則舉，主要不是靠關係或世襲。全社會禮賢下士，重才德不重身分，重能力不重學歷。所以才能破格用人。」[68] 何新自己作為黑龍江大慶師範學院大專班的肄業生，1979 年被中央財政金融學院破格錄用為教員，1980 年又破格調入中國社會科學院，成為著名歷史學家黎澍的學術助手，便是一個鮮明的案例。而改革初期的很多文學編輯，也充當了發現人才的伯樂角色。例如《上海文學》原副主編李子雲，就是一個代表性的例子：那時，程德培和吳亮是工人，蔡翔是一家技工學校的教師，李子雲在自由來稿中發現了他們，1983 年，蔡翔就從技工學校調進《上海文學》編輯部。[69] 改革初期整個社會對人才的渴求，以及一種平等主義的氛圍，是張賢亮能夠破土而出的基本條件。

連中三元之後，產生多大程度反響？按照張賢亮的回憶，馬上就被當時的寧夏自治區副書記兼宣傳部長陳冰所發現。《寧夏文藝》由寧夏自治區文聯主辦，隸屬於陳冰的管轄。陳冰長期從事革命宣傳工作，是典型的革命年代出身的幹部，長期在毛澤東時代的文宣體制之中歷練。[70] 他對轄下的重要文

68　何新：《命運與思考：何新自述》，香港：中港傳媒出版社有限公司，2011 年，第 32 頁。

69　陳競：〈懷念她，就是懷念那個時代──追憶李子雲〉，http://www.shzgh.org/renda/node5661/node5663/node11831/userobject1ai1602508.html，2021 年 5 月 21 日訪問。

70　關於陳冰的生平，參見新華社：〈天津市委原副書記、天津市政協

藝刊物的動態總是隨時掌握，這是此一文宣體制所要求的，何況是對《寧夏文藝》這樣的省級刊物。因此陳冰很快發現張賢亮，實屬必然。很快，陳冰指示有關單位成立專案組調查張賢亮的平反問題，在陳冰的催辦下，1979 年 9 月，張賢亮「獲得徹底平反（不只是『改正』），並當上了農場的中學教員。」[71]而在等待平反期間，張賢亮又在《寧夏文藝》刊發〈吉普賽人〉，這當然更有利於張賢亮的平反。順理成章的，1979 年底，張賢亮又從農場中學調到了寧夏文聯，具體工作單位為《寧夏文藝》編輯部。張賢亮自此安下家來，而他依靠文學爭取平反、改變個人命運的目標，也基本達成。

改革初期，在張賢亮通過文學爭取「平反」的過程中，有多重條件的共同作用：撥亂反正與思想解放的政治背景，改革初期的平等主義氛圍，文學刊物的政治性質，文學創作者通過文學建構出的與政治的共振關係，密切關注文學創作的文宣體制與文宣幹部等。這一切都構成了張賢亮以文學爭取平反的不可或缺的條件，而張賢亮也的確敏銳地捕捉到了這些歷史條件提供的機遇，一舉改變自己的命運。

政治上平反，又進入了文聯－作協系統，張賢亮的爆發期也接踵而至。短短 3 年，張賢亮先後發表〈邢老漢和狗的故事〉（1980）、〈靈與肉〉（1980）、〈肖爾布拉克〉（1983）等短篇小說，〈龍種〉（1981）、〈河的子孫〉（1983）、〈男人的風格〉（1983）等中長篇小說。特別值

原主席陳冰同志逝世〉，http://www.ce.cn/xwzx/gnsz/szyw/200810/23/t20081023_17163464.shtml，2021 年 7 月 1 日訪問。

71　張賢亮：《小說中國》，第 32 頁。

得一提的是，1981 年〈靈與肉〉獲得全國優秀短篇小說獎，1982 年由〈靈與肉〉改編的電影《牧馬人》上映，觀影人次達 1.3 億次，一時使張賢亮名動全國，一躍成為著名作家。政治榮譽繼之而來。1983 年 5 月，名聲大噪的張賢亮被選為中國人民政治協商會議第六屆全國委員會委員，與久負盛名的丁玲、巴金等同列，與同時成名的馮驥才、何士光、葉文玲並肩，並作為新增加的全國政協委員的代表被《人民日報》報導。[72] 這一事件很快就被張賢亮寫到〈綠化樹〉的結尾。此後，伴隨著〈綠化樹〉（1984）、〈男人的一半是女人〉（1985）等卓有影響的作品的發表，1984 年張賢亮當選寧夏文聯副主席、寧夏作協主席，1985 年當選中國作協第四屆理事、主席團成員，1986 年當選寧夏文聯主席。[73] 短短數年時間，張賢亮從一個掙扎在底層的「右派」，迅速成為名動全國的作家、掌握話語權和實質性文化權力的高級文化幹部，並且具備了參政議政的資格和條件。這樣翻天覆地的變化，恐怕連張賢亮自己也難以想像，難怪同樣短短幾年經歷這種巨變的王蒙會如此感慨：「人還是同一個人，但是他的歸類，他的屬性，他的使命、身分、頭銜、帽子與角色卻是說變就變，大升大闊，決定於歷史的大手筆時代的大潮流人生的大際遇。」[74]

　　從政治地位比工農群眾還不如的「反革命分子」，短短

72　〈中國人民政治協商會議第六屆全國委員會委員名單〉，《人民日報》，1983 年 5 月 8 日，第 2 版；鄒愛國、何平：〈政協第六屆全國委員會委員構成有較大變化 文化知識界委員上升到 40％〉，《人民日報》，1983 年 5 月 8 日，第 4 版。

73　吳惟珺：〈張賢亮年表〉，《朔方》，2014 年，第 11 期。

74　王蒙：《王蒙文集第 42 卷：大塊文章（自傳第 2 部）》，第 254 頁。

數年內成為高居一般群眾之上的高級文化幹部，張賢亮的身分意識也益發清晰，他反過來從這種新的身分意識出發進行參政議政。1983 年 5 月，在參加中國人民政治協商會議期間，張賢亮和其他新當選的政協委員與中央統戰部部長閻明復等人座談，張賢亮語驚四座，提出要大力吸收知識分子：

> 我認為在歷史的新時期，當務之急是改造中國共產黨。我這樣說也許很犯忌：共產黨怎麼能改造？！但我們共產黨人有改造世界、改造社會改造自然的氣魄，怎麼不敢提改造自己？我這裡所說的改造共產黨首先是指改變共產黨的黨員結構。一個黨員人數占 90% 以上都是農民，其中還有不少文盲的黨，是無法建設社會主義現代化的。十一屆三中全會以後，中國無疑步入了一個嶄新的時代。……知識分子是最大的受益者，他們不僅擺脫了臭老九的身分，不再為政治運動所苦惱，人身安全有了保障，而且受到了社會應有的尊重，因為建設現代化絕對離不開知識、離不開知識分子。所以我覺得現在我們應該大力吸收知識分子入黨，逐步改變中國共產黨的黨員結構，使中國大多數優秀人物都進入到黨內來。試想，執政黨裡集中的都是優秀人物，多數黨員都掌握現代科學知識、多數黨員都有高度的文化修養，這對中國的改革會起到什麼樣的作用！[75]

這一段可以說極為直白地將張賢亮的抱負、訴求和身分意識都表達出來了。事實上，這番言論儘管被王蒙視為「愛出風

75　張賢亮：《小說中國》，第 46 頁。

頭愛一鳴驚人」[76] 的表現，但張賢亮的中心意思並沒有與改革初期的知識分子政策和幹部政策背道而馳：深諳知識分子改造話語的張賢亮，借用了「改造」二字，用來描述黨的「幹部四化」政策。但這一番話也表明，張賢亮無疑極為清醒地意識到他作為一個知識分子和高級文化幹部的身分及其政治意義。這就是何以在經歷這一番翻天覆地的變化後，張賢亮會坦言自己就是「三中全會的既得利益分子。」[77] 這種明確的知識分子幹部的身分意識和階層意識，僅僅三年以前恐怕還是張賢亮難以想像的。為了具體考察這種意識的轉變，我們還需要分析張賢亮在改革初期的代表性作品，以進一步把握這種轉變的軌跡及其由來。

（三）從〈靈與肉〉到〈綠化樹〉：
　　 張賢亮的思想轉向

　　張賢亮的身分意識和政治地位的巨大變遷，同時反映在他的文學創作之中，兩者是一個同時性的過程。為此，我們可以著重分析〈靈與肉〉與〈綠化樹〉兩個文本。張賢亮在改革初期的代表作，應數〈靈與肉〉（1980）和〈綠化樹〉（1984）。然而，在這兩個作品之間，發生了一個立場上的轉變，即從對知識分子改造的肯定性認識轉變為否定性認識。

　　處在傷痕潮流之中，1980 年的〈靈與肉〉可以說是「反傷痕文學」的「傷痕文學」：許靈均作為資本家遺棄的後代，長在新中國，卻被錯劃為「右派」，下放到邊疆底層，經受著

76　王蒙：《王蒙文集第 42 卷：大塊文章（自傳第 2 部）》，第 249 頁。
77　同上，第 129 頁。

二十餘年的勞動改造，在這過程中，他逐漸開始認同體力勞動者的身分，開始體悟勞動人民的偉大和淳樸、感受大自然的魅力與美麗，並與逃荒來的體力勞動者李秀芝結合，組建了一個勞動者家庭，改革開放初期，資本家父親榮歸祖國，試圖說服兒子到美國去繼承父業的時候，許靈均卻拒絕了。

〈靈與肉〉富於爭議之處，是張賢亮仍然試圖從知識分子改造的角度為「新時期」知識分子主體性的重建而辯護。對於知識分子許靈均來說，漫長的勞動改造終於將他改造為了體力勞動者，他是與勞動人民有著血肉聯繫的新主體，這就是毛澤東時代的社會主義政治所想像和召喚的「社會主義新人」。這一故事的確暗示著，知識分子將自身轉變為與時代同行的「改革者」的方式，不僅可以像傷痕文學那樣通過創造「受難者」的身分，而且仍然可以通過重構「勞動者」的身分——如果知識分子在毛澤東時代漫長的改造運動中重構了自身的主體性，成為了「社會主義新人」，成為了勞動人民的一部分，那麼知識分子在「新時期」當然也理應贏得歷史的位置，承擔起社會主義改革的重任。

在小說敘事中，勞動改造的力量是通過身體的改造而獲得具體性的。敘事開始處，許靈均與父親身體特徵極為相似，五官輪廓神似，甚至「舉手投足之間都表現出基因的痕跡。」這種相似性尤其凸顯在父子第一次彼此凝視之時。那時，他們見面不久，父親滿懷著父子團聚並且兒子順從自己的願望之時，似乎形體的相似性給予父親一種自信，使他相信彼此的凝視是父子之間的象徵性行動，以相互指認為各自的鏡像，指認為同一種階級主體、同屬一個世界，從而確認這種「父與子」在血緣和階級上的雙重聯繫。然而，從已經改造為勞動者的許靈均

的眼光看來，「父與子」卻已然不再同屬一個世界了，許靈均從父親的形體的相似上所感受到的，是一種更為內在的分離，一種從同一性中所分化而來的差異性。隨著敘事的推進，許靈均不再凝視父親，而是在深夜裡獨自凝視自己的身體，最終辨認出他與父親哪怕形體上的根本差別：肌肉凸起的胳膊，靜脈曲張的小腿肚，繭子發黃的手掌與腳跟。這種差別是由他自己的主體性勞動所造就的，因而徹底不同於他父親所給予的那原初的生命形態，那作為「鐘鳴鼎食之家的長房長孫，曾經裹在錦緞的襁褓中」的身體。經由這種自我凝視，他辨認出他的勞動者的身體，辨認出他的勞動者身分，辨認出他作為勞動者的主體性和他所歸屬的別一個世界。

在改革初期，仍然有很多讀者相信「知識分子勞動化」的故事。他們相信，許靈均在體力勞動的漫長磨練中，的確最終實現了與勞動人民的真正結合，「不但在外表上，在生活方式上，而且在內心深處，在內在氣質上，脫離了知識分子的氣味，真正成了一個名副其實的、貨真價實的普通勞動者。」[78]因此，小說不僅是愛國主義的讚歌，更是「對勞動人民的讚歌」，正是這種歌頌勞動的態度，「是無產階級文學同一切剝削階級文學相區別的顯著標誌之一」，更何況，勞動更新了許靈均的「靈與肉」，鍛造了他的美德，正如勞動鍛造了勞動人民的美德。勞動改造使知識分子成為體力勞動者，使他與勞動人民、與腳下的土地和生養的祖國，產生血肉聯繫，使許靈均

78　本刊評論組：〈對於《靈與肉》的不同意見——來稿來信綜述〉，《朔方》，1981年，第9期。

堅決地抗拒了出國的誘惑。[79] 張賢亮自己也說：「〈靈與肉〉
是一支讚美勞動、特別是體力勞動、體力勞動者的頌歌。」[80]

在新中國以來的知識分子改造運動中，是否具有勞動觀
點，已然成為衡量一個知識分子是否改造過思想的基本標準之
一；經由普遍而深入的政治教育，勞動觀點也已經成為中國馬
克思主義的基本常識。不但如此，由於勞動的人類學維度和政
治內涵，勞動作為新中國成立後知識分子改造運動中的基本手
段，要求知識分子（特別是脫離直接物質生產活動的從事人文
學科的知識分子）參加體力勞動，強迫他們進入直接的物質生
產勞動之中，由此再造知識分子的主體性，更獲得了充足的正
當性論證，並為知識分子在內的人民群眾所接受。熟讀馬克思
的張賢亮正是在主體性生產的意義上理解體力勞動的意義：

> 寫〈靈與肉〉，……我想表現體力勞動和與體力勞動者的
> 接觸對一個資產階級家庭出身的小知識分子的影響，以及
> 三十年歷史變遷對人與人的關係的新調整。……一個資產
> 階級出身的小知識分子，通過長期的嚴酷的體力勞動，他
> 從肉體到靈魂一定會發生巨大的甚至是根本性的變化；不
> 僅會背叛自己的階級出身，重新組合人與人的關係，而
> 且會獲得更深刻、更廣闊、更豐富、更高尚的感受與情
> 操。[81]

79　曾鎮南：〈靈與肉，在嚴酷的勞動中更新——談《靈與肉》內在的意
　　蘊〉，《朔方》，1981年，第9期。

80　張賢亮：〈牧馬人的靈與肉〉，《張賢亮選集》（第1卷），天津：
　　百花文藝出版社，1985年，第204頁。

81　張賢亮：〈從庫圖佐夫的獨眼和納爾遜的獨臂談起〉，《張賢亮選

　　〈靈與肉〉是一個資產階級知識分子通過勞動改造而重構主體性的故事，它是一個知識分子改造的主題如何在改革初期獲得延續和重構的文本，是對改革時期的「社會主義新人」的人類學描述。正是在這一點上，使他真正地不同於改革文學所創造的「社會主義新人」：喬光樸這樣的改革者的前史是模糊的，他如何成為改革者的過程是抽象的，他被抹去了前史，這使改革者的形象仿佛更為堅固可信。但是〈靈與肉〉則真正人類學地描述了改革者成為／作為「社會主義新人」的前史，從社會主義主體性的生產角度，毛澤東時代與改革時代關聯起來了。

　　然而，在 1984 年發表的〈綠化樹〉中，這一認識和立場發生了隱蔽然而重大的轉變。作為「唯物論者啟示錄」之一，〈綠化樹〉「描寫一個出身於資產階級家庭，甚至曾經有過朦朧的資產階級人道主義和民主主義思想的青年，經過『苦難的歷程』，最終變成了一個馬克思主義的信仰者。」[82] 張賢亮對〈綠化樹〉所寄予的雄心是明確的，[83] 他決不是要簡單處理一

集》（第 1 卷），第 183-184 頁。

82　張賢亮：〈綠化樹〉，《張賢亮選集》（第 3 卷），天津：百花文藝出版社，1986 年，第 162 頁。以下關於〈綠化樹〉的小說引文出自此書，不再注明。

83　「我寫這部中篇時，正是清除和抵制精神汙染被一些同志理解和執行得離譜的時候。……那些背離了黨中央精神的理解（有的是可以見諸報端的），激起了我理智上的義憤，於是我傾注了全部情感來寫這部可以說是長篇的中篇。……我正是要在這一切中寫出生活的壯麗和豐富多彩，寫出人民群眾內在的健康的理性和濃烈的情感，寫出馬克思著作的偉大感召力，寫出社會主義事業不管經歷多麼艱難坎坷也會勝利的必然性來。」參見張賢亮：〈必須進入自由狀態〉，《張賢亮選

個愛情故事，而是要對知識分子改造的歷史進行總結，對知識分子與勞動人民的關係做隱喻性的陳述。如果說〈靈與肉〉深情歌頌知識分子在苦難中成功地實現了改造、與勞動人民結合，而1985年的〈男人的一半是女人〉則簡單明確地批判知識分子改造、強調知識分子的主體性，那麼〈綠化樹〉則最為複雜。小說竭盡全力試圖證明知識分子改造的合法性，證明知識分子與勞動人民結合的可能性，然而，這種證明最終卻是一種反向證明：批判知識分子改造所造就的殘酷，以及最為重要的，知識分子與勞動人民結合的扭曲和知識分子最終的「去群眾化」。

在〈綠化樹〉中，資產階級知識分子章永璘從勞改隊釋放後分配農場勞動，和農場員工馬纓花發生了故事。起初，章永璘與馬纓花之間無論從語言還是行為，都存在清晰的鴻溝。章永璘在別無選擇地接受改造時，他努力地嘗試跨越鴻溝去理解馬纓花。他開始以勞動人民的價值標準來進行自我衡量，並終於領悟到，在馬纓花的世界裡，「只有體力勞動的成果才是衡量人的尺度。」於是，他下定決心，「我有充分的信心能成為一個『自食其力的勞動者』」，但他又馬上接一句：四年的禁錮、饑餓和右派帽子，「已經把我任何別的志向都摧毀了。」——在整個敘事中，章永璘每次表明他的勞動認同，同時就又要表明他的不甘、他的抵抗。勞動能力的自我確證並沒有長久地給予章永璘由衷的喜悅，反而使他感到苦惱、無趣和抑鬱，他在體力勞動中所感到的本質上的異己性，從未從他的自我改造的歷程中消失。有些瞬間，他會覺得已屬於這個世界

集》（第3卷），第683-684頁。

了，但很快又瞬息間幻滅。章永璘與勞動者階級的關係總是如同在一個天平上搖搖擺擺，不能平衡：認同了，又不甘心；希望著，又幻滅了；融入了，又陌生起來，始終是「在」而「不屬於」的感覺。

但這種搖擺最終獲得了解決，不是因為章永璘覺察到了強迫的勞動改造作為一種主體性實踐的內在缺陷並由此生發出內在的批判，而是因為他找到了知識與勞動重新結合的新形式。

面對勞動者階級，接受改造的知識分子章永璘並不是一開始就直接轉變為「勞動者」，而是首先成為一個勞動者階級的「闡釋者」。[84] 剛剛進入勞動者世界的章永璘總是調用各種知識來分析、闡釋勞動者階級，試圖借此理解勞動者階級。章永璘作為「闡釋者」的角色，在整個與馬纓花的愛情故事裡從未減弱其分量，且始終一以貫之。他無時無刻不在試圖利用知識分子的知識話語精確地觀察、分析和闡釋勞動者世界的一切日常生活形式，把這種生活形式用知識分子的話語重新加以組織和編碼，從而使其呈現為一種知識分子話語所闡釋過的樣式。在章永璘的闡釋中，唐詩宋詞、莎士比亞、亞里士多德、聶魯達、聲樂學、語言學、生理學、物理學等各學科知識無不秘密地然而是貼切地對應著勞動者世界的一言一行、一山一水，也包括勞動在內。

這種「闡釋」表面上是向勞動者階級的價值標準和生活形式的逐漸靠攏，但總體上看，章永璘總是按照自己的闡釋，在

84　在齊格蒙・鮑曼看來，隨著後現代世界的降臨，知識分子開始放棄啟蒙時代以來的「立法者」身分，轉變為「闡釋者」，此處借用這一術語。參見 [英] 齊格蒙・鮑曼：《立法者與闡釋者：論現代性、後現代性與知識分子》，洪濤譯，上海：上海人民出版社，2000 年。

話語上不斷地改造著勞動者的世界，使它投射到章永璘的內在世界裡。這其實仍然是對他自己的世界的確證，也是對他自己的知識分子主體性的確證。與其說章永璘在分析、闡釋勞動者的世界，不如說他也是在話語層面改造著世界，將世界改造成他所理解、所想像的樣子。因此，章永璘事實上既覺察到了知識與勞動的對立，也覺察到了知識與勞動結合的新形式：通過闡釋，建構起知識與勞動之間互相轉換的關係，知識描述、分析和闡釋著勞動，知識在無數的具體勞動形式之間，扮演著中介的關係，扮演著「一般闡釋者」的角色，正如貨幣扮演著一般等價物的角色。知識成為了勞動的中介、勞動的說明，勞動的辯證法。——章永璘一邊從事勞動，一邊刻苦攻讀《資本論》，或許是《資本論》所描述的資本與勞動的關係啟發了他去發現知識與勞動的關係。作為後果與象徵，章永璘與馬纓花有了愛情和共同生活。

這種知識與勞動的辯證法，這種抽象與具體的辯證法，正是章永璘這樣的知識分子與勞動人民關係的核心。這不由讓人聯想起，在故事開頭，章永璘和哲學講師討論貫穿《資本論》的辯證法「用抽象理論來闡釋具體的價值形成過程」。對於章永璘來說，知識分子是勞動人民的抽象形式，而勞動人民是知識分子的具體內容；按照黑格爾的邏輯，意識是對象的「真理」，知識分子也是勞動人民的「真理」。知識分子與勞動人民的結合，在章永璘的理解裡，仿如抽象理論與具體歷史的結合，仿如抽象勞動與具體勞動的結合，仿如資本與勞動的結合。就這樣，知識分子章永璘成功地將一個由唐宋詩詞、19世紀現實主義文學、西方古典傳統、運籌學、數學、古典音樂所構成的抽象的世界，上升到了具體，與由打炕、翻肥、種地

等勞動和稗子、土豆、白菜、白麵膜、稗子乾飯等五穀雜糧所構成的具體世界，神奇地結合在一起。這就是知識與勞動的辯證法，也是知識分子與勞動人民的辯證法。然而，這種意義上的結合，卻並沒有使得章永璘成為一個有機知識分子，使他經由闡釋進入勞動者的世界，並為他的主體性改造鋪設道路，而是相反，經由闡釋對勞動者的世界進行重新組織，並最終在認識上重新駕馭它。

與這種邏輯相似，章永璘對《資本論》的研讀也並沒有改造他自身的主體性，而是鞏固了他的抽象的知識分子主體性。《資本論》對於他來說，是他脫離原始、粗蠻的自然，成為自覺自為的主體的中介，是幫助他脫離勞動者的世界的輔助，是他重建知識分子主體性的象徵。因此，一旦他消除了饑餓開始研讀《資本論》，就使他獲得了自覺，使他感到「發展了自己，『超越自己』！」正是從這時開始，從獲得《資本論》所給予的自覺性開始，他馬上意識到，他與作為勞動者的世界的象徵的馬纓花，有著「很難拉齊的差距」。但諷刺的是，他又本能地不願馬纓花「自覺地」意識到這種差距，他甚至不願意馬纓花窺見《資本論》被他翻開的樣子，因為「我不願意她從書本上意識到我與她之間有一種她很難拉齊的差距。」

章永璘對《資本論》的「使用」方式，未嘗沒有被他明確意識到，在回憶他的資本家父輩時，章永璘說：

> 我記得，我第一次知道有《資本論》這部書，還是我在十歲的時候，在那間綠色的客廳裡，偶爾聽四川大學的一位老教授向我父親介紹的。他說，要辦好工廠，會當資本家，非讀《資本論》不行。可見，只要是客觀真理，她對

任何人都有用。正如肯尼迪會研究「毛澤東的游擊戰術」
一樣——這是不久前我從一個去鎮南堡買鹽的農工那裡知
道的。[85]

《資本論》如同毛澤東的游擊戰術一樣，「去階級化」
了，成為純粹的「客觀真理」，成為「對任何人都有用」的利
器。這就是《資本論》弔詭的命運。章永璘求助於《資本論》
的，並不是它的階級真理，而是它的「客觀真理」，以便借此
鞏固他自身的知識分子抽象的主體性。

作為現實的對應，《資本論》不但鞏固了張賢亮的抽象主
體性，也的確把他「武裝」成為了企業家。1992 年市場經濟
體制改革大幕拉開後，「下海」弄潮的張賢亮雖然「從來沒有
接觸過商業操作，但憑在勞改隊通讀過二十幾遍《資本論》，
有一些市場經濟知識，就赤膊上陣了。」[86] 他宣稱，「如果把
它（《資本論》）作為一種方法論，它仍然是一部能夠指導我
們怎樣建設市場經濟的必讀書」，「在我下海後也時時指導我
應該怎樣實事求是地去經營企業。」[87] 於是，作為靠熟讀《資
本論》而成功的企業家，張賢亮毫無違和感地宣布：「要讓
員工認識並且感覺到：員工是因有老闆才有飯吃」，也要「向
每一個員工說清楚：企業的主人是我而不是你，你是國家的主
人，但不是企業的主人（因為群眾一直受的是『工人是企業的

---

85 張賢亮：〈綠化樹〉，《張賢亮選集》（第 3 卷），第 298 頁。

86 張賢亮：〈出賣「荒涼」〉，《美麗》，貴州：貴州人民出版社，
    2013 年，第 136 頁。

87 張賢亮：〈西部企業管理秘笈〉，《美麗》，第 142 頁。

主人』的教育）。」[88]

可以說，在改革初期，張賢亮經歷了一個從重新「群眾化」到再次「去群眾化」的過程。這一過程之所以發生，與知識分子改造的後果有關。由於知識分子改造從 1950 年代初的靈活而容忍度高的積極實踐逐漸異化為強迫的、肉體傷害和精神折磨的消極管控，一旦知識分子獲得解放，他們反而更加悖逆知識分子改造的政治期許。可以說，中國知識分子改造始料未及的後果之一，是成功地鞏固和確證知識分子的抽象主體性，並催生出充滿「資本主義精神」的知識分子，一種能夠以其抽象能力組織和剝削具體的勞動人民的生活世界的主體，一種「去群眾化」的主體——這就是〈綠化樹〉所昭示的知識分子的一種可能的未來道路，也是知識分子改造的歷史吊詭之處。

第三節 「反溢出」與「剝離」：新時期文學的制度性危機

從群眾性的視野出發，新時期文學的制度性危機可以表述為「反溢出」。導論已經論及，群眾始終保持著「溢出」的狀態，這種本體論意義上的「溢出」在具體的實踐中表現為多維度的群眾參與。新時期文學的興起與繁盛也正在於創造新的制度形式，來引導和吸納群眾的這種「溢出」，這一過程表現為「新群眾運動」。然而，新時期文學一面發展著引導和吸納群眾「溢出」的制度形式，一面卻也發展著阻斷和壓抑群眾「溢

---

88 同上，第 151 頁。

出」的制度形式，這就是新時期文學的「反溢出」，主要表現為兩個層面：群眾參與的制度渠道日益狹窄，文學體制的重建和發展日益以體制化和專業化為主導取向。

與此同時，新時期文學自身也進行著市場化轉型。在這種轉型中，新時期文學體制從黨群互動的群眾性模式中部分「剝離」出來，並日益注重市場原則。這是作為「新群眾運動」的新時期文學的另一重制度性危機。「剝離」是黨群互動的群眾性模式逐漸向國家－社會二元結構轉變的方式，新時期文學的轉變與危機正是這一「剝離」的表現方面之一，也是「剝離」的產物。深入到文學體制內部，「剝離」也是指在市場化轉型中，群文系統迅速喪失文學生產的功能，不再構成文學體制的一部分。

本節將分別關注 1983 年以後全國優秀短篇小說評獎活動、1985 年左右新時期文學潮流的轉變與文學體制的市場化轉型，前兩者涉及文學體制的「反溢出」問題，後者涉及文學體制的「剝離」過程。

（一）群眾參與的衰落與群眾性評獎的終結

自 1978 年全國優秀短篇小說評獎之後，各種文藝評獎層出不窮。僅僅是全國層面的評獎，除了短篇小說評獎和茅盾文學獎，影響較大的還有全國少年兒童文藝創作評獎、全國優秀中篇小說獎、全國優秀報告文學獎、全國優秀新詩評獎、全國少數民族文學創作評獎、中國電影金雞獎、《大眾電影》百花獎等。[89] 文學評獎無疑是中國當代文學體制的一次重大改革，

89　趙普光：〈體制的「磁場」──文學評獎與 20 世紀 80 年代文學制度

它不但意味著文學體制的功能、運作方式的變化，也意味著文學體制的群眾動員和群眾參與方式的變化。相比於新中國前三十年，改革初期的文學評獎動員群眾參與的方式更多依賴非行政動員，更依賴群眾的自發性和主動性。1978 年短篇小說評選所開創的群眾投票制度，一度成為發動群眾、調動群眾積極性的最大因素，也推動了此後幾屆短篇小說評獎的空前繁榮。然而，轉變也孕育其中。

1980 年初，張光年「提議人民文學社再辦一個選粹型的刊物，以便有一個能為每年小說評獎做前期工作的機構。」[90]同年 10 月，《小說選刊》創刊，茅盾在〈發刊詞〉中說：「為評獎活動之能經常化，有必要及時推薦全國各地報刊發表的可作年終評獎候選的短篇佳作。因此，《人民文學》編委會決定編輯部增辦《小說選刊》月刊。」[91]正由於此，《小說選刊》創刊後最初幾年的廣告語都是「為全國中、短篇小說評獎提供候選篇目」。

《小說選刊》的創辦，並不必然意味著排斥群眾通過投票的方式參與到評選活動中來。事實上，《小說選刊》作為《人民文學》的子刊物，1980 年、1981 年、1982 年三屆評選活動都積極參與其中，而此時群眾投票的熱情也依然高漲。一定程度上，《小說選刊》甚至推動了評選活動。首先，《小說選刊》創刊後發行量一直很高，1981 年就已發行超 100 萬份，此後幾年雖有所下降，但始終可觀，高漲的發行量無疑有助於

的重建〉，《文學評論》，2017 年，第 6 期。

90　傅活：〈《小說選刊》創刊始末〉，《傳媒》，2001 年，第 4 期。

91　茅盾：〈發刊詞〉，《小說選刊》，1980 年，第 1 期。

擴大評選活動的影響力；其次，憑藉日益增長的發行量和影響力，《小說選刊》對作品的選擇自然影響到讀者群眾和評審專家對候選篇目的選擇。事實的確是，1981 年獲獎的 20 篇作品中，有 14 篇在《小說選刊》上選載過，1982 年獲獎的 20 篇作品全都被選載過。[92]

《小說選刊》既縮小又限定了讀者群眾和評議專家的選擇範圍，實際上是改變了群眾與專家相結合的評獎方式，使之轉變為選刊、群眾、專家共同參與的評獎方式，即選刊出篇目、群眾出投票、專家出決定。這是新時期文學的「三結合」。然而，儘管《小說選刊》從群眾和專家那裡分割出一部分評獎的權力，但由於並不排斥群眾和專家的共同參與，且同時便捷了評選活動的「經常化」，1983 年以前的《小說選刊》並未根本上顛覆群眾與專家相結合的評獎方式，依然籲請和吸引著讀者群眾的積極參與。

1983 年 6 月，《小說選刊》與《人民文學》分開，單獨成立編輯部，由中國作協直接領導，獨立的「最主要的理由是，作協將要把每年全國小說評獎的工作交給《小說選刊》承辦，《小說選刊》應有獨立對外處理業務的機制。」[93] 獨立後的最大舉措，就是徹底變更評獎方法。1983 年第 11 期《小說選刊》刊登的〈一九八三年全國優秀短篇小說評獎啟事〉宣布：

三 評獎仍然採取群眾推薦與專家評議相結合的方法。評

92　傅活：〈《小說選刊》創刊始末〉，《傳媒》，2001 年，第 4 期。

93　同上。

獎的具體工作由《小說選刊》編輯部承擔。

1. 熱烈歡迎廣大讀者來信推薦優秀作品。

2. 懇切希望各地文藝部門、文藝刊物、出版社、報紙文藝
   副刊大力支持，積極推薦優秀作品。

3. 由《小說選刊》編輯部抽出人力，並邀請評論工作者，
   共同組成初選小組，閱讀各方面推薦的作品，提出初選
   篇目。

4. 邀請作家、評論家和編輯家組成評獎委員會，對初選作
   品進行評議，商定候選篇目，最後通過無記名投票確定
   當選作品。

　　表面上，評獎仍然遵循群眾與專家相結合的方法，實際上
評獎啟事並未如前幾屆那樣附上推薦表，加之又設置「初選小
組」和「評獎委員會」雙層評委，這顯然已經不再需要讀者群
眾的參與，轉而由《小說選刊》和評審專家組成評選活動的主
體。果然，由於不再印發推薦表，無論初選還是最終評審都
「不再統計讀者推薦票數」[94]，讀者群眾不再是評選活動的直
接在場的主體之一，而成為被代表的符號。

　　評選活動的新舉措的要害，是由《小說選刊》編輯部和
專家組成的初選小組替代讀者投票。《小說選刊》編輯部邀請
《文藝報》和各地文聯－作協系統所轄核心文學期刊的編輯部
組成工作組，進行初選工作。初選工作組分為南北兩組，以各
期刊編輯部工作人員作為推薦人，然後集體就推薦上來的數百
篇作品進行閱讀、討論和篩選，最後選出 40 篇預選作品，交

94　崔道怡：《方蘋果》，第 644 頁。

付評選委員會。[95]1984 年評獎同樣採取工作組的方式。從這一初選方式來看，正是由專家組成的工作組接管了讀者群眾參與的通道，代替群眾來挑選優秀作品。結果，1983 年評選活動收到群眾推薦信僅 2000 多份，1984 年 500 餘份，與 1982 年評選活動收到的 37 萬多張推薦票相比，可謂是天差地別。

從歷史後果來看，從《小說選刊》創辦到評獎方式的變革，實際上是文學權力中心逐漸收繳讀者群眾投票選擇優秀作品的權利，由《小說選刊》代行接管，重建起群眾與刊物之間的制度性壁壘，將群眾參與的評選活動轉變為體制內部的常規程序運作，從而完成了文學評獎的體制化。文學權力中心先是發動群眾參與，以汲取文學評獎的合法性並實現所設定的文化－政治目標，而在評選活動確立合法性之後逐漸地體制化，由常規機構代行職權，將群眾排斥在外，這一過程聽來如此熟悉，仿佛是過去歷史的微型重演。

由於《小說選刊》和初選工作組制度的確立，作為群眾性參與的評選活動也就徹底終結。1982 年以後中長篇小說崛起、思想解放運動依賴短篇小說突破禁區的探索達到飽和，這些都影響了短篇小說的吸引力從而制約了評選活動的發展，但評選本身成為文聯－作協系統內部的常規程序，剝離其本有的群眾性，恐怕也是其迅速式微的原因之一。1987 年，中國作協邀請工、青、婦各界有關人士就評獎工作問題舉行座談，有與會者便尖銳地指出，「尤其是近年的全國性評獎，越來越多

95　《小說選刊》記者：〈姹紫嫣紅又一年：記 1983 年全國優秀短篇小說評獎活動〉，載中國作家協會編：《1983 年全國優秀短篇小說評選獲獎作品集》，北京：作家出版社，1984 年，第 473 頁。

地忽視了群眾性的問題。」[96]

全國優秀短篇小說評獎活動從「開門評獎」蛻變為體制內常規運作，從大規模的群眾參與到少數人的專家評選，這一歷史可以讓我們具體而微地透視改革初期群眾參與的渠道如何一步步被壓縮，群眾「溢出」的可能性如何被一步步壓抑的。正是這種「反溢出」的制度化過程，使我們得以把握改革初期文學體制的重建與鞏固的特點，使我們清晰地看到新時期文學是如何一步步剝離群眾性的；也使我們有助於從另一維度理解，何以從 1984 年開始，評獎活動就開始失去轟動效應，勉為其難地舉辦完 1985-1986 年兩年合併的評獎後，曾引發轟動效應的全國優秀短篇小說評獎活動從此不了了之了。[97] 由於全國優秀短篇小說評獎對於推動新時期文學的興起具有重要作用，它的式微與終結一定程度上預示和指涉了新時期文學的式微與終結。

文學生產的群眾性參與一方面逐漸為體制內常規運作所

96　〈中國作協邀請工青婦各界人士座談徵求人民群眾對評獎工作的意見〉，《文藝報》，1987 年 9 月 19 日。

97　1985 年第 11 期《小說選刊》發布「重要啟事」，聲明：「中國作家協會舉辦的全國優秀短篇小說獎，從 1978 年開始，一年一度，已舉辦七屆。現經中國作協書記處研究決定，今後全國性的短篇小說、中篇小說、新詩、報告文學等項創作獎均定為每兩年舉辦一次。據此，1985 年不舉辦全國短篇小說獎，第八屆全國優秀短篇小說獎定於 1986 年底同其他幾項創作獎同時舉辦。」1985-1986 年的評獎啟事直到 1987 年才發布，受「反資產階級自由化」的影響，評獎活動並未在 1987 年完成，直到 1987 年 12 月《小說選刊》重發評獎啟事，1988 年春才勉強公布獲獎作品。最後，在 1989 年的歷史動盪中，評獎活動停止，《小說選刊》也停刊。

替代，另一方面，則逐漸轉化為大眾性參與。如果說《小說選刊》接管全國優秀短篇小說評選例示了前者，那麼《小說月報》的「百花獎」評選則體現了後者。

1980 年 1 月，天津的百花文藝出版社創辦《小說月報》。作為地方出版社，百花文藝出版社兼辦雜誌之初就首先考慮發行量和盈虧的問題，其辦刊宗旨也是希望「辦成一份能反映當代小說創作（主要是短篇小說和中篇小說）成就的雅俗共賞的雜誌。」[98] 盈虧的考量和雅俗共賞的追求，一開始就決定了《小說月報》與《小說選刊》截然不同的定位，其關鍵在於，《小說月報》顯然更依賴市場和讀者，正如其創刊號所言的，「為了幫助讀者用較短的時間，每月讀到值得閱讀的小說，特創辦了這個刊物。」[99]

正由於此，當 1983 年文化部出版局將各大出版社定性為「事業單位，實行企業管理」並於 1984 年迅速推進出版社和期刊「自負盈虧」的市場化改革之際，百花文藝出版社和《小說月報》對此特別敏感，並進一步強化了依賴市場和讀者的辦刊方針。在此情形下，《小說月報》1984 年第 3 期刊發了「百花獎」的評獎啟事。「百花獎」的評選範圍完全限於《小說月報》所選載小說，且完全由讀者投票決定，「評獎方式：由廣大讀者投票評選，得票最多的十篇獲獎。」從第二屆（1986 年啟動）開始，「百花獎」還與企業合作，由贊助企業冠名舉辦。大眾評選與企業贊助，一起將「百花獎」辦成了

98　徐柏容：〈《小說月報》的創意與創刊〉，載《小報月報》編輯部編：《我與〈小說月報〉》，天津：百花文藝出版社，2015 年，第 40 頁。

99　〈編者的話〉，《小說月報》，1980 年，第 1 期。

一個大眾性和市場化的評選活動。

「百花獎」的大眾評選方式與前幾屆採取「群眾推薦、專家評審」的全國優秀短篇小說評選很相近，即都將讀者投票視為最重要的評獎標準。就此而言，投票都具有文學「選票」的意義。然而，兩者卻基於完全不同的語境，前者受激於文學體制市場化改革的條件，因而已隱然將讀者預設為消費者，讀者成為「大眾」，後者則誕生於文學體制「撥亂反正」的政治情勢中，讀者依然被預設為具有政治能量的「群眾」。

「百花獎」評選和「全國優秀短篇小說評選」鮮明地展現了新時期文學的體制化和市場化兩個方向的交織發展。改革初期，在文學體制的體制化進程中，群眾性參與的文學生產逐漸轉變為體制內常規運作，體制內的科層化力量成為主導者。與此同時，文學體制的市場化進程同時也將群眾性參與轉變為大眾性參與，與群眾性參與具有鮮明的政治性相比，大眾性參與相對而言更基於市場邏輯。正是在這裡，展現了群眾性變異的兩個方向：體制化和市場化的進程一方面將文學的群眾性參與轉變為專業性和體制性的，另一方面則轉變為大眾性和市場性的。這兩種轉變方式同時交織在新時期文學的轉變過程之中，從不同方向合力吸納、轉化乃至瓦解了文學生產的群眾性。我們從此迎來了新的文學時代，正如我們也從此迎來了新的歷史進程。

（二）新時期文學的「體制化」與「專業化」

群眾參與的衰落與文聯－作協系統的體制化進程相伴而行。已經論及，正是在改革初期，文聯－作協系統得到了重建、鞏固和發展，但這是以它在每一層級都不斷吸納新生力量

為條件的。

　　在改革初期，幾乎每個區縣都有一群相當數量的文學業餘作者，但能在省級以上刊物發表作品的並不多，能加入省級及以上文聯－作協系統的當然更是寥寥。改革初期與毛澤東時代相似，省級及國家級作協基本上是認定「作家」的身分系統。「在五、六十年代，『業餘作者』、『分會會員』、『中國作協會員』，是不同的級別」，[100] 在改革初期，這一點也沒有根本性改變：加入中國作協通常意味著成為真正的作家，這通常要求在國家級文學刊物上發表作品或獲得國家級文學獎項，而加入省作協則仍然只是地方作家。但即使是加入省級作協也並不容易。以湖南省部分地區為例。汨羅縣 1970 年代初從事文學戲曲創作的業餘作者 200 餘人，直到 1993 年，全縣包含各類文藝門類的業餘作者雖達 400 餘人，但省作協會員只有 3 人。[101] 益陽市文聯 1985 年有會員 300 餘人，包括 8 個協會，但到 1988 年底，只有 1 人是中國作協會員。[102] 平江縣從建國初到 1985 年，共舉辦文藝創作培訓班 20 多次，參與培訓的文藝創作人員 300 多人，這 300 多人不只是文學業餘作者，還包括音樂、美術方面的業餘作者在內，而全縣這麼多年在省市以上刊物共發表中篇小說 23 篇、短篇小說 164 篇。[103]

100　洪子誠：《問題與方法（增訂本）》，北京：生活・讀書・新知三聯書店，2018 年，第 228 頁。

101　汨羅市志編纂委員會編：《汨羅市志》，北京：方志出版社，1995年，第 472 頁。

102　益陽市文化局編：《益陽文化志》，益陽：益陽市人民印刷廠，1989年，第 107 頁。

103　湖南省平江縣志編纂委員會編：《平江縣志》，北京：國防大學出版社，1994 年，第 593 頁。

在婁底地區，從 1970 年代到 1980 年代先後有 600 多人次在省級以上報刊發表文學作品，[104] 下屬漣源縣在改革初期比較活躍的業餘文學作者大約為 30 人左右（參見第二章第二節），但無一人加入中國作協；下屬新化縣 1978 年業餘文藝作者共116 人，1989 年為 330 人，但僅有省作家協會會員 5 人。[105]然而，儘管每一縣加入省作協和中國作協的人數都是個位數，但考慮到全國近 3000 個區縣，總數也是相當可觀的。

　　在改革初期，由於重建的文聯－作協系統的需要，群文系統、軍隊文藝系統和其他基層單位源源不斷地培養和吸納業餘作者、安頓尚未具備專業作家資格的地方作家，同時也為文聯－作協系統培養、輸送人才，而文聯－作協系統則通過這種輸送保持活力和生機，以實現專業作家「圈子」的再生產。以1984 年底張光年代表中國作協和黨所做的〈新時期社會主義文學在闊步前進〉中列舉的代表性作家為例，在這些作家中，改革初期從非文聯－作協系統直接調入文聯－作協系統的代表性作家如表 4。

　　除表 4 中所列，還有很多代表性作家先是調入其他群文單位或文藝創作單位，例如省市文化局、電影廠等，然後再調入文聯－作協系統。如果加上這些例子，基本上改革初期的代表性作家最終都殊途同歸。隨著文聯－作協系統的重建與發展，它們成為吸收、安置毛澤東時代曾被排斥在體制之外的知識分子的重要制度。

104　婁底地區地方志編纂委員會編：《婁底地區志》，長沙：湖南人民出版社，1997 年，第 1336 頁。

105　新化縣志編纂委員會編：《新化縣志》，長沙：湖南出版社，1996年，第 921 頁。

表 4　改革初期從非文聯－作協系統直接調入文聯－作協系統的代表性作家

作家	原單位	調入時間（年）	調入單位
王蒙	新疆自治區文化局	1979	北京市文聯
張弦	安徽省馬鞍山市文化局	1983	江蘇作協
李國文	中國鐵路文工團創作組	1980	中國作協
胡石言	南京軍區政治部創作室	1980	江蘇作協
馮德英	空軍政治部文化部	1980	濟南市文聯
馮驥才	天津市文化局創作評論室	1982	天津作協
周克芹	四川省簡陽縣文化館	1979	四川省文聯
古華	湖南省郴州歌舞團	1983	湖南作協
陳祖芬	北京市文化局	1982	北京市文聯
張鍥	安徽省蚌埠市文化局	1981	蚌埠市文聯
蔣子龍	天津重型機器廠	1982	天津作協
張一弓	河南省登封縣文化館	1983	河南省文聯
葉蔚林	湖南省零陵地區文化局	1978	零陵地區文聯
葉文玲	河南省鄭州機械工具廠	1979	河南省文聯
陳沖	河北省保定列車電站基地工會	1984	河北省文聯
烏熱爾圖	大興安嶺林區鄂溫克族獵業生產隊	1980	內蒙古自治區呼倫貝爾盟文聯
陳國凱	廣東省廣州氮肥廠	1979	廣東作協
孔捷生	廣東省廣州展華鎖廠	1980	廣東作協
葉辛	貴州省修文縣某小學	1979	貴州作協
王潤滋	山東省煙台地區戲劇創作組（室）	1985	煙台市文聯
鐵凝	河北省保定地區文化局	1980	保定地區文聯
矯健	山東省煙台地區戲劇創作組（室）	1985	煙台市文聯
柯雲路	山西省榆次錦綸廠	1985	山西作協
舒婷	福建省廈門回城臨時工	1981	福建省文聯

　　文聯－作協系統的體制化進程只是整個社會體制化進程的一部分，其他文教宣傳單位也同樣存在這種體制化進程。例如，《瀋陽市鐵西區文化志》詳細列舉了 1978 年至 1988 年間被「時代的大潮」「推向專業的崗位」[106] 的 25 名鐵西區工人業餘作者，他們因小說、散文、詩歌、評論等創作才能進入各類文教宣傳單位，例如報社、文學雜誌社、電視台、文學研究所等（詳細列表見附錄 D）。《上海楊浦區志》也詳細列舉了 1949 年至 1990 年部分調入文教宣傳單位的 47 名工人業餘作者名單，其中絕大部分是 1980 年代調入的（詳細列表見附錄 E）。正是改革初期整個社會的體制化進程，有助於制度性地解釋，何以改革初期文學發表仍然能夠具有輔助社會階層流動的功能。文聯－作協系統和其他文教宣傳單位的體制化進程為業餘作者、地方作者（家）提供了跨越城鄉壁壘、提升經濟待遇、改變社會身分的動力和條件。新時期文學的興起和繁榮，也正是以文聯－作協系統和其他文教宣傳單位的體制化為動力和條件的。

　　在改革初期，這種全方位的體制化是與重建科層制的改革規劃相一致的，本章第一節對「喬廠長的故事」的分析已經有所論及。問題的關鍵還在於這一體制化進程的複雜性。一方面，探討分析新時期文學的「空前繁榮」，不能忽視文聯－作協系統和其他文教宣傳單位的體制化進程這一制度性條件。如果沒有改革初期這些系統和單位的全面重建和發展所產生的對文學人才的制度性需求，新時期文學作為「新群眾運動」或許

106　瀋陽市鐵西區文化局修志委員會編：《瀋陽市鐵西區文化志》，內部出版，1991 年，第 31 頁。

不會影響如此廣大。甚至可以說，在改革初期，這些系統和單位的體制化進程本身就是一場群眾運動，它吸引、召喚和調動全國各地的業餘作者、地方作者（家）積極主動地投身文學實踐，以便贏得進入體制的機會。另一方面，一旦這種制度性需求達到飽和，體制化進程所產生的動員效果便會消失，文學生產方式就進入常規運作，難以激發廣泛的群眾性參與。作為「新群眾運動」的新時期文學之所以趨於消退，或許正在於這場「新群眾運動」的動力機制，並非僅僅是政治性的，而且也是體制性的。當政治性的目標初步實現而體制化的進程也趨於完成，新時期文學也就難以避免地走向另一方向。

從新時期文學的「體制化」的角度出發，或許也有助於重新理解「現代派」何以興起、「85 新潮」何以能夠「截斷眾流」，開闢新的文學圖景。[107] 如此前已分析的，由於改革初期的知識分子政策與幹部「四化」，知識分子日益開始成為體制內主導性力量。在文學體制中，老作家大規模平反復出、新作家大量加入重建和發展起來的文聯－作協系統，這種情形尤為突出。與此同時，在意識形態上，「知識分子改造」話語的

107　文學史如今已普遍承認，1985 年成為 1980 年代文學形態的轉折，「1985 年發生的眾多文學事件，使這一年份成為作家、批評家眼中的轉變的『標誌』」：從文學形態上，出現了與改革初期的文學形態完全不同的作品，從文學潮流上，出現了「尋根文學」、「現代派」和「第三代詩」，從文學意識形態上，「回到文學自身」和「文學自覺」日益占據主導；人們用「85 新潮」、「雪崩式巨變」等說法來形容 1985 年前後的變化。參見洪子誠：《中國當代文學史》，北京：北京大學出版社，2010 年，第 252-254 頁。在本書的使用方式中，1985 年標誌著作為「新群眾運動」的新時期文學的終結，標誌著「改革初期」這一特定歷史時段的終結。

失效和「作為現代化意識形態的新啟蒙主義」[108] 在 1980 年代中期的興起，也逐漸改造了知識分子的自我意識，從而在意識形態上重建知識分子與人民群眾的啟蒙者／被啟蒙者的等級關係。[109] 這就是知識分子的「去群眾化」。這一過程與文學制度的「體制化」同時發生，互相推動，以至於這種知識分子的「去群眾化」迅速地被轉化為推動新時期文學「體制化」的條件之一。

群眾參與的衰落和知識分子的「去群眾化」，這一切都使得文學生產的知識分子化、專業化日益增強，其後果是知識分子的文學生產日益地不再以「文藝為工農兵」為取向，而是走向注重語言、形式創新的「純文學」[110]、「詩到語言為止」[111] 和注重知識分子自我的「向內轉」。[112]1985 年以後，「第三代詩」、尋根文學、「現代派」、先鋒小說的潮流式興起表明，群眾性參與的新時期文學正在逐漸轉變為知識分子為主導

108　汪暉：〈當代中國的思想狀況與現代性問題〉，《天涯》，1997 年，第 5 期。

109　賀桂梅：《「新啟蒙」知識檔案（第 2 版）》，北京：北京大學出版社，2021 年，第 21 頁。

110　關於「純文學」的觀念在 1980 年代的狀況，李陀說：「『純文學』這個概念最早什麼時候出現，它的形成歷史是什麼樣的？這恐怕要做仔細的梳理和研究才成。大約 80 年代初，開始有純文學的提法，但是當時沒有成為大家都認可的文學規範。這樣一種觀念為什麼到 80 年代後期才在中國得到普遍的贊同？」參見李陀、李靜：〈漫說「純文學」——李陀訪談錄〉，《上海文學》，2001 年，第 3 期。

111　韓東：〈《他們》略說〉，《詩探索》，1994 年，第 1 期。

112　魯樞元：〈論新時期文學的「向內轉」〉，《文藝報》，1986 年 10 月 18 日。

的知識分子文學。問題的關鍵並不在於語言、形式創新與知識分子自我書寫的強化本身，恰恰相反，隨著商品經濟的引入、西學的洗禮、社會組織（農村集體組織和城市單位）的鬆動等一系列新的歷史狀況的出現，語言形式創新和知識分子自我書寫的強化依然可能成為把握新的歷史狀況的新工具；問題的關鍵在於，這種創新、強化與「作為現代化意識形態的新啟蒙主義」的牢固綁定關係，使得這種創新和強化掉入後者的意識形態陷阱——語言形式越是創新、知識分子自我書寫越是強化，作家在傳統／現代、中國／西方、「文革」／「新時期」的意識形態框架下就越是難以通過文學直接而鮮明地把握住真實的歷史進程與歷史關係，也就越是偏離知識分子的文學生產與一般群眾的現實需要相結合的道路。

由於與新啟蒙主義的這種綁定關係，「純文學」和「向內轉」成為文學生產的主流，傳統現實主義日益邊緣化。「85新潮」之後，在文學體制的權力中心，最好的文學被認為是現代主義的、先鋒的、純文學的，而傳統現實主義則是前現代的、落伍的、僵化的。路遙的《平凡的世界》這本擁有廣大讀者的「長銷書」在文學中心的命運或許是最好的例子。1986年春，《當代》編輯以《平凡的世界》的現實主義風格而拒稿，因為「80年代中期，是現代主義橫行，現實主義自卑的時代」，「讀小說，都是如饑似渴，不僅要讀情感，還要讀新思想、新觀念、新形式、新手法。那些所謂意識流的中篇，連標點符號都懶得打，存心不給人喘氣的時間。可我們那時候讀著就很來勁，那就是那個時代的閱讀節奏。」[113] 文學中心的這

113　周昌義：〈記得當年毀路遙〉，《文藝理論與批評》，2007年，第

種現代主義取向，實際上使得文學寫作喪失了它的普遍的易操作性，而成為一門需要長久的專業訓練的技術：

> 「文學精英集團」所推崇的文學潮流和普通讀者的理解力和趣味之間已隔了一兩個世紀。要讀懂先鋒文學的作品，必須先從包法利讀到博爾赫斯，要做完這番功課，非大學文學專業十年、八年的訓練不可。每一種文學上的創新獲得「權威機構」的認可到教育機構傳播普及都需要一段很長的時間，但中國的當代文學卻沒有一個相對單純、平穩的發展環境，這樣，文學沒法不成為「圈內人」的事。[114]

　　新啟蒙主義支配下的「純文學」和「向內轉」，並沒有幫助知識分子更有效地捕捉和回應一般群眾的真實需要，也沒有更有效地幫助知識分子通過文學把握住歷史變革的真正內涵。相反，知識分子通過這樣的「文學革命」，只是鞏固了自身的主體性幻覺，將文學生產、傳播和消費日益圍於知識分子階層內部，並且排斥了仍具有廣大而深厚的群眾性的傳統現實主義。這是新時期文學「反溢出」的另一方面。

　　從群眾性的視野來說，這也是導致文聯－作協系統與群文系統逐漸脫節的因素之一。事實上，如前所述，新時期文學的興起與繁盛，有賴於文聯－作協系統與群文系統的互動和互補。但這種互動和互補的前提之一正在於文學形態和文學取向

---

6 期。

114　邵燕君：〈《平凡的世界》不平凡：「現實主義常銷書」生產模式分析〉，《小說評論》，2003 年，第 1 期。

上的一致。與群文系統有密切關聯的業餘作者和地方作家大多沒有經受深厚的現代主義文學訓練，相反，他們多年來浸淫在傳統現實主義之中，其創作取向和文學趣味也自然大多是傳統現實主義的。在這樣的條件下，現代主義文學取向的盛行，使得處於中心和上層的文聯－作協系統的文學形態不可避免地與處於地方和下層的群文系統相脫節。「85 新潮」只能在中心城市的知識分子中流行，只能贏得依附於中心城市的文聯－作協系統的青睞，卻難以成為地方基層的文學群眾、業餘作者和地方作家的時尚，更不可能成為以廣大基層為根據地的群文系統的主流。

以湖南地方作者（家）為例。在改革初期，湖南作家中代表性的應數古華、莫應豐、葉蔚林等，他們或獲得茅盾文學獎（古華、莫應豐），或多次獲得全國優秀短篇或中篇小說獎（葉蔚林），但此時期他們的創作取向基本上與傳統現實主義一脈相承，而其他省內著名作家，例如改革初期深受基層群文單位所追捧的譚談、蕭育軒等，則更是如此。正因為如此，他們的作品能夠輕易地進入群文系統，成為地方作者（家）、業餘作者和文學群眾的樣板。而本身就身處基層的地方作者，其文學根底基本來自 19 世紀和 20 世紀蘇俄文學、毛澤東時代的社會主義現實主義和中國民間文藝傳統，對現代主義根本就沒有任何嘗試，也沒有任何興趣。在這種狀況下，「85 新潮」只會導致上層、中心的文學潮流與地方基層的文學主流、上層文聯－作協系統的文學偏好與下層群文系統的文學趣味的雙重脫節。

與這種文學形態的脫節同步的，是文學創作方式的脫節。與群文系統有密切關係的大多是業餘作者，他們的創作方式主

要是業餘創作。即使是文化館系統中的文學專幹或創作員，他們的文學創作的任務之一，仍然部分是為群眾的文化生活需要而創作，帶有群文工作的性質，因此這種創作方式仍然具有業餘的特點；而傳統現實主義寫「真人真事」的現實取向[115]、與民間通俗文學的親和性及在毛澤東時代的長久沉澱，都有利於業餘作者迅速習得文學創作方法，他們不需要經過多少時間就能潛移默化地成為現實主義的創作者。然而，「85 新潮」後，文學生產的主流整體上日益偏向於現代主義及更專業的文學技術，文學創作已越來越難以成為工農出身的業餘作者的職業，或至少是難以成為沒有受過較高程度的文學訓練的業餘作者的職業。文學創作的門檻提高了，文學創作方式也日益專業化，這種創作方式更適合文聯－作協系統的專業作家，卻大不利於與群文系統有密切聯繫的業餘作者。

　　文學創作方式的專業化所造就的後果是複雜的。一方面，文學的創造一定程度上需要專業主義和精英主義的探索，另一方面，由於文學教育的局限性，它也不可避免地造成了「85 新潮」後的文學生產方式與毛澤東時代以來的文學生產方式的斷裂，推動了文聯－作協系統與群文系統的脫節。這種斷裂和脫節的連鎖效應，不僅導致了推動新時期文學興起和發展的那

---

115 林默涵在 1978 年召開的《人民文學》、《詩刊》和《文藝報》三刊編委會聯席會議上指出，「『四人幫』批『真人真事』論，把大量的群眾創作給摧毀了。工農兵作者還不能脫出真人真事。不許寫真人真事，就是不要群眾創作。」參見劉錫誠：《在文壇邊緣上》（上冊），第 146 頁。可見寫「真人真事」的現實主義對於群眾創作的重要意義，現代主義試圖建立「敘事的圈套」，這需要專業的敘事能力，無疑是業餘作者難以做到的。

一代文學作者的邊緣化，也是群文系統逐漸從文學體制剝離的因素之一。

（三）「自負盈虧」、「以文補文」與文學體制的市場化改革

1980 年代中期以後，推動新時期文學轉型的最為重要的力量毫無疑問是市場化改革。關於文聯－作協系統的市場化轉型，目前已多有研究，[116] 本節將繼續補充相關論述，但更側重從群眾性的視野來透視這種市場化改革對群文系統和地方基層所產生的影響。

1984 年啟動城市改革之前，文學體制的改革方向其實並不那麼明朗，甚至還時常有警惕文學商品化的聲音。例如，1982 年 6 月中國文聯四屆二次全委會上，周揚、胡喬木等領導人一面「為文藝與政治的關係鬆綁」，但一面也警惕文藝的商品化：全委會上集體討論周揚主持起草的〈關於文藝工作的若干意見〉（文藝十條），其中明確指出，「當前的文藝體制片面追求經濟收入，以致一些文藝團體不顧藝術產品的思想和藝術質量，出現完全商品化的傾向。……決不能把提高經濟收入作為改革的中心目標。」[117] 但隨著 1984 年 10 月中共十二屆三中全會通過〈中共中央關於經濟體制改革的決定〉，正式啟動城市改革，文學體制的市場化改革也突然加速。

主要由文聯－作協系統創辦、管理的期刊系統的市場化

---

116 參見邵燕君：《傾斜的文學場》，南京：江蘇人民出版社，2003 年；吳義勤主編：《文學制度改革與中國新時期文學》，北京：文化藝術出版社，2013 年。

117 劉錫誠：《在文壇邊緣上》（下冊），第 732、750 頁。

改革可以說是改變文學體制的關鍵變化。[118]1978 年到 1980 年，各級文聯－作協系統和出版社系統復刊、創刊，大型刊物如 1979 年復刊的《收穫》、北京出版社 1978 年創辦的《十月》、花城出版社 1979 年創辦的《花城》，人民文學出版社 1979 年創辦的《當代》等，此時期文學期刊飛速增長，1970 年代末文學藝術類期刊（多為文學期刊）已居各類期刊之首，文藝類期刊總數占全國期刊總數的 1/8，印數占全國期刊總印數的 1/5。[119]1978 年到 1985 年前後，可以說是「文學期刊發展的『黃金期』，特別是 1980、1981 這兩年，是這一時期的頂峰。一些著名文學期刊的訂數都在這兩年達到了歷史最高點，如《人民文學》達 150 萬份，《收穫》達 120 萬冊，《當代》達 55 萬份。」[120] 這種高速發展既創造了新時期文學的輝煌，也埋下了供過於求的隱患。

1984 年 12 月底，〈國務院關於對期刊出版實行自負盈虧的通知〉發布，除少數指導工作、推動科學技術進步和少數民族、英語等類別的期刊，其餘一律「獨立核算、自負盈虧，一律不得給予補貼，現有的補貼從 1985 年 1 月 1 日起一律取消」，並特別說明，「省、自治區、直轄市以下的行署、市、

---

118 另一相關的變化是出版系統的市場化改革。1984 年 6 月在哈爾濱召開全國地方出版工作會議，明確提出出版單位要由「單純的生產型」逐步轉變為「生產經營型」，同時提出要擴大出版單位的自主權。1984 年 9 月，中宣部批准並印發文化部黨組《關於地方出版工作會議的報告》，推動出版系統的市場化改革。

119 高江波：《期刊求索錄》，北京：北京師範大學出版社，1998 年，第 134 頁。

120 邵燕君：《傾斜的文學場》，第 25-28 頁。

縣辦的文藝期刊，一律不准用行政事業費給予補貼」，[121] 這是期刊業俗稱的「斷奶」——取消財政撥款——的開始。[122]1985年4月，又發布〈國家工商行政管理局、廣播電視部、文化部關於報紙、書刊、電台、電視台經營、刊播廣告有關問題的通知〉，1985年6月發布〈文化部關於出版社兼辦自費出版業務有關事項的通知〉。文化、文學體制的市場化轉型迅猛鋪開，迅速地波及到文學生產的每一層面。作為新時期文學的重要作家，陳忠實回憶說：

> 在 1986 到 1987《白鹿原》書構思的這兩年裡，……出書有點難了。作家們正忙著追求新的文學流派和別致的寫作方式，不太留意出版業已經完成了一次體制改革，由政府支配的計劃經濟性質，改為純商品運作的市場經濟體制了。一本書能否出版，商品利潤的判斷已成為一條硬杠子，具體到征訂數目，如同一道判決書。出版社最基本的一條原則是要出能賺錢的書，賠本的買賣再不做了。道理很簡單也很冷酷，政府不再給出版社撥款，過渡性的補貼也取消了，編輯的工資得靠編書出書贏得利潤賺到錢才能獲得，想靠人情和長官意志出書，在這個冷冰冰的硬杠子面前都開不了口了。……我自己出書的經歷才是最可靠的體驗，一本頗得好評的中篇小說集征訂不足 3000 冊，遲遲不得開印，據說此訂數在不賠也不賺的及格線上，後來

121　〈國務院關於對期刊出版實行自負盈虧的通知〉，國家法制局編：《中華人民共和國現行法規彙編（1949-1985 教科文衛卷）》，北京：人民出版社，1987 年。

122　邵燕君：《傾斜的文學場》，第 29 頁。

還是僥倖面世了。另一部中篇小說集收集的作品，被轉載或得過發表刊物優秀作品獎，征訂數仍然不景氣。至於短篇小說，全部堆在書櫃裡，沒有哪家出版社問津，據說短篇小說和散文隨筆最難贏得市場效益了。自以為還算是中國實施改革的擁護者，不料市場經濟的觀念和意識，竟是以這種切身壓迫的方式讓我領受的，而且別無選擇。[123]

大作家如此，身處基層的地方作家有過之而無不及。1985年 5 月，湖南省漣源縣文聯成立，地方作家劉風從縣文化館調到縣文聯，擔任縣文聯唯一的專職幹部。不久，劉風創立文聯的不定期刊物《沃土》，最初，每期印數約 1000 份，寄給業餘作者和有關單位為主。[124] 然而，此時《沃土》的生存已十分艱難，即使不久改為《漣源文藝報》後也是如此。由於已經規定不准用行政事業經費給予補貼，劉風只能歷經艱難地四處拉贊助，借此給作者發稿酬、維持小報的生存（2019 年 1 月 28日採訪）。

1980 年代中期開始，群文系統與文聯－作協系統遭遇同樣的市場化轉型的風暴。使得區縣一級文化館系統逐漸剝離「小文聯」功能並最終喪失群眾性的，主要並非由於文聯、作協系統在 1980 年代中期開始下沉到區縣一級，[125] 逐漸取代了

123　陳忠實：〈尋找屬於自己的句子〉（連載四），《小說評論》，2008年，第 1 期。

124　漣源市志編纂委員會：《漣源市志》，第 175 頁。

125　武劍青：〈團結鼓勁 開拓奮進 爭取我區文藝事業的更大繁榮——在廣西第五次文代會上的工作報告〉，《南方文壇》，1991 年，第 2 期。

文化館系統；根本的緣由在於群文系統的市場化轉型。可以說，1985 年以後群文系統迅速開啟市場化轉型，是毛澤東時代以來的群文系統衰落的開始。

1980 年代初期，群文系統的市場化改革就有萌芽。1980 年 1 月中宣部、文化部、共青團中央聯合發布的〈關於活躍農村文化生活的幾點意見〉中，關於經費問題就提出，因為農村文化事業經費很少，「我們要體諒國家的困難」，並提出，「文化工作也要加強經營管理，學會理財，不要認為搞文化都得賠錢。在可能的條件下，不斷增強文化事業本身的收入來發展自己。」但 1981 年 7 月這一文件正式發布時，這一表述全部消失，反而特別指出，「一切面向廣大群眾的專業文化事業，都要滿腔熱情地為群眾服務，而不能以賺錢為主要目的。」1981 年中共中央發布的綱領性文件〈中共中央關於關心人民群眾生活的指示〉也明確提出，「不能以盈利為主要目的，而無視宣傳教育的任務。」[126] 同年，全國總工會在貫徹這一綱領性文件時也指出，「絕不能過分強調經濟利益，更不能把這些文化事業當做純營業單位而要求『以宮養宮』，或用不健康的活動來追求盈利。」[127] 市場化的步伐剛剛開啟而未及風馳電掣的改革初期，整個群文系統仍然是注重群眾性而輕盈利性的，因而即使提出了市場化改革的初步設想，也被限定在次要層面。然而，1985 年以後，隨著市場化改革的加速和國家

---

126 以上文件和引文均載中國藝術館籌備處、北京華人經濟技術研究所編：《中國群眾藝術館志》，第 902、926、923 頁。

127 中華全國總工會：〈關於貫徹中央《關於關心人民群眾文化生活的指示》的幾點意見〉，載全國總工會宣教部：《工會群眾文化工作資料選編（1950-1987）》，第 225 頁。

撥款的減少，群文系統的市場化已成必由之路。

　　這一市場化改革被稱為「以文補文」。「以文補文」活動的主要內容是「文化事業單位充分發揮自己的優勢，挖掘內部潛力，利用本單位的技術、設備，根據群眾的需要，開展有益的文化活動，並根據當地群眾經濟負擔的能力和舉辦這些活動所消耗的人力、物力適當地收費，然後用所取得的收入，進一步擴大業務服務範圍，為群眾提供更加豐富的文化生活。」[128] 對應於工人文化宮系統則是「以宮養宮」。「以文補文」、「以宮養宮」的實質是在國家財政撥款迅速減少的情況下，群文單位轉向市場，部分地自負盈虧。這可與針對文聯－作協系統的「自負盈虧」政策等量齊觀。1988 年，時任文化部副部長高占祥在全國文化事業單位「以文補文」經驗交流會上報告說：

> 以文補文活動作為群眾的一種創造，一開始就得到了中央的肯定與支持。1983 年中共中央在 [1983] 34 號文件（即中央批轉中宣部、文化部、全國總工會、共青團中央〈關於加強城市、廠礦群眾文化工作的幾點意見的通知〉）中明確指出：「有些群眾文化活動，可以適當收費，以補助活動經費的不足。」在中央這一精神的指引下，「以文補文」活動從群眾文化事業單位，逐步擴展到文化事業的其他方面。[129]

128　孫建平、鄒曉岩：〈總結「以文補文」經驗 促進文化事業發展──全國文化事業單位「以文補文」經驗交流會綜述〉，《財政》，1988 年，第 9 期。

129　高占祥：〈開展以文補文活動 促進文化事業發展〉，《圖書館學通

　　按照這種表述，「以文補文」在政策上的正式起源，要追溯到 1983 年的中央 34 號文件。這一文件的確同意「適當收費」，但緊接著又說「不該收的，堅決不收。不能為了增加收入，而削弱甚至擠掉沒有收入，但又富有思想教育意義的活動。」[130] 的確，從中共中央的通知中既可以提取「以文補文」的合法性根據，也同樣可以提取出反對「以文補文」的證言，這表明這一時期政策話語對群文系統的市場化改革的謹慎和猶疑。然而，這種謹慎和猶疑很快被國家撥款的迅速減少沖散了。

　　全國群文事業預算撥款，在 1980-1986 年間穩定增長，從 1980 年的約 1.1 億增長到 1986 年的 2.6 億，但一方面通貨膨脹率不斷提高（1985 年通脹率為 9.3%，1988 年更飆升至 18.8%），一方面群文單位在 1984 年左右增長到最高峰，而預算撥款增幅卻並沒有相應匹配，1986 年之後反而減緩。湖南省的預算撥款 1980 年約為 600 萬，1985 年增長到 1100 萬，此後幾年都保持在 1100 萬左右浮動。[131] 預算撥款的影響立竿見影。作為群文系統的間接一環，縣級圖書館可以為例。1980 年代初是圖書館系統發展的黃金時期，自 1978 年開始，圖書館迅速增長，1977 年為全國 851 所，1978 年已有 1218 所，到 1986 年增長到 2406 所，而縣級圖書館書刊入藏量也

訊》，1988 年，第 3 期。

130　中國藝術館籌備處、北京華人經濟技術研究所編：《中國群眾藝術館志》，第 937 頁。

131　〈按年份各地區群眾文化事業預算撥款情況〉，載中國藝術館籌備處、北京華人經濟技術研究所編：《中國群眾藝術館志》，第 948 頁。

逐年遞增，種類齊全，複本充足；但 1985 年之後，一方面縣級圖書館增長幅度大幅下降，另一方面經費日益短缺，1986年以後，圖書館系統年購新書總數比上一年平均逐年遞減 100萬冊，平均降幅為 10% 左右。[132]

對於文化館系統來說，同樣如此。事實上，「以文補文」活動的濫觴，起於文化館系統。高占祥在追溯「以文補文」的起源時，追溯到 1980 年代初期：「以文補文活動，是從一些文化館、站開展有償服務開始的。80 年代初，廣東省台山縣沖蔞鎮文化站是開展以文補文活動的第一隻『春燕』。」[133]而按照《台山縣文化館志》記載，1975 年沖蔞公社文化站就創造了「以文補文」的經驗：當時文化站將公社戲院和球場劃歸文化站，由文化站經營有償活動。1976 年 4 月、1979 年 10月，佛山地區和廣東省文化工作現場會先後在台山召開，推廣台山辦站及開展「以文補文」的經驗。[134]江蘇省沙洲縣兆豐人民公社文化站也算是先行者。1974 年 10 月，文化站組織一批業餘文藝青年，試辦小五金廠，同時又組織成文藝宣傳隊開展群文活動，這些業餘文藝青年既做工、又演戲，以工廠盈餘補貼群文活動，成為文化站最早實行「以工養文」的「文藝工

---

132 參見〈按年份各地區群眾文化事業機構數〉，載中國藝術館籌備處、北京華人經濟技術研究所編：《中國群眾藝術館志》，第 943 頁；陳涓：〈縣級圖書館開展「以文補文」活動反思〉，《圖書館》，2008年，第 1 期。

133 高占祥：〈開展以文補文活動　促進文化事業發展〉，《圖書館學通訊》，1988 年，第 3 期。

134 陳傑華：《台山縣文化館志》，載中國藝術館籌備處、北京華人經濟技術研究所編：《中國文化館志》，北京：專利文獻出版社，1999年，第 1250 頁。

廠」之一。[135] 然而，在毛澤東時代乃至改革初期，當群文系統的整體結構仍然是群眾性導向時，所謂的「以文補文」、「以工養文」永遠只是邊緣化的個案，只有當結構性的趨勢和目標發生轉變，個案作為「起源」才會被發明出來。

因此，研究者一般認為，全國群文系統的「以文補文」活動 1985 年以後才成為普遍現象，[136] 我們也應當將「以文補文」的真正起源歸於 1984 年之後隨著城市改革加速而來的市場化改革，而它的直接條件則是 1985 年之後財政撥款的日益匱乏。曾擔任文化部公共文化司文化館處處長的白雪華也認為：「後來全民重視 GDP，文化館、圖書館是需要政府投入的，當時中央財政沒那麼多錢，所以呢，就產生了『以文補文』。」（2019 年 4 月 25 日訪談）可以看到，從 1980 年代中期開始，文化館系統開始普遍地開展「以文補文」活動，翻閱《中國文化館志》中全國各地的眾多文化館，此時期基本上都有「以文補文」活動的記載。最終，1987 年 2 月，文化部、財政部、國家工商行政管理局聯合頒布〈文化事業單位開展有償服務和經營活動暫行辦法〉，正式合法化「以文補文」，將群文系統的市場化改革推進到新階段。

工人文化宮系統也同步改革。1983 年 7 月，全國第三次工會文化宮、俱樂部工作會議開始啟動改革，1984 年底十二屆三中全會後，改革迅猛加速，許多省市總工會開始進行改革

---

135 梁澤楚編著：《群眾文化史（當代部分）》，北京：新華出版社，1989 年，第 204 頁。

136 參見陳涓：〈縣級圖書館開展「以文補文」活動反思〉，《圖書館》，2008 年，第 1 期；孫丹：〈新時期文化產業建設考察〉，《當代中國史研究》，2003 年，第 1 期。

試點。[137]1985 年，全總、國家經濟委員會、財政部等多部門聯合發布〈關於工會舉辦為職工服務的第三產業的通知〉，明確認可各級工會及其所屬事業單位興辦獨立核算、自負盈虧的第三產業，例如有償技術服務、有償業餘培訓學校等。[138]

　　預算撥款的急劇減少同樣是工人文化宮系統改革的直接條件。以海口市工人文化宮為例。1983 年，海口市總工會撥付文化宮的全年活動經費是 1.4 萬元，到 1984 年銳減為 7000 元，到了 1985 年，不但不再撥付活動經費，還要求文化宮全年必須結餘 3 萬元，這迫使文化宮在 1984 年下半年迅速開始市場化改革，開展有償服務和經營性活動，舉辦收費講座和培訓班，開辦銷售部、音樂廳等，建立起一套獨立核算、自負盈虧的市場化機制。[139]又如，由於上海市工人文化宮的活動經費來源由上海市政府和上海總工會全額資助逐漸轉向部分負擔，市宮也在 1984 年底啟動市場化改革，建立了第三產業經濟實體，成立上海市職工文體服務中心，並對若干部門實行經濟承包。[140]

137　全總宣教部編著：《工會文化體育工作手冊》，第 25 頁。

138　全國總工會宣教部編：《工會群眾文化工作文件資料選編（1950-1987）》，第 262-265 頁。

139　《海口市工人文化宮志》編輯委員會：《海口市工人文化宮志》，海口：南方出版社，2010 年，第 122-129 頁。

140　1990 年代以後，「文化宮從擴大經營自主權著手，劃小承包經營單位，推進內部機制改革，實行雙向選擇、競爭上崗，建立效率優先、兼顧公平的分配制度；加強對影視劇場、舞廳、桌球、卡拉 OK、咖啡茶座、圖書展銷、培訓展覽、集郵服務、酒家食苑等文化經營項目的管理，積極參與文化市場的競爭；還開設大潮夕文化發展實業總公司，向外投資歡樂文華休閒村、東方建築五金有限公司等。」參見上

　　將市場化維度引入群文系統的最為直接的後果，是使得群文系統逐漸地以營利為導向，而不是以服務群眾為導向。凡是可以用來營利的項目，都開始陸續上馬，這甚至包括公共空間的出租和改造：相當一部分群文單位將自有的公共空間出租給私人，或者改造為商業場所，這使得群文單位內部空間錯亂、魚龍混雜，群文系統的群眾性被商業性逐漸取代。白雪華說的很坦白：「也就是那段時間的『以文補文』，那種創作室、研究室啊，全部撤了。為什麼呢？這些部門產生不了經濟效益。說實話，當時對群眾文化是巨大的打擊，人才流失很嚴重，整個的社會形象也是一落千丈，整個行當的從業人員的榮譽感、事業歸屬感啊，也受到很大打擊。」（2019 年 4 月 25 日訪談）其後果，是「以文補文」營利持續上升。1987 年，初略統計，全國文化事業單位開展有償服務和經營活動的純收入為1.4 億，相當於國家撥給文化事業單位經費的 13.6%；[141]1987年，重慶全市群文單位「以文補文」總收入達 388 萬，同期國家撥款則為 178 萬元。[142]

　　在這種情況下，群文系統的整體發展逐漸停滯、甚至倒退。全國各地的文化館 1984 年增長到最高峰 3016 個之後便開始逐漸減少，而文化站 1986 年增長到最高峰 53519 個之後，也開始逐年下降，1993 年作為社會主義市場經濟體制改革正式開啟的第一年，文化館下降到 2886 個，文化站下降到

　　海群眾文化志編纂委員會：《上海群眾文化志》，第 64 頁。

141　高占祥：〈開展以文補文活動 促進文化事業發展〉，《圖書館學通訊》，1988 年，第 3 期。

142　胡攀：〈重慶文化體制改革回顧與反思〉，《重慶郵電大學學報（社會科學版）》，2011 年，第 11 期。

46212 個。[143]1995 年，一則報導憂心忡忡地認為，彼時全國依然有 5515 個鄉鎮沒有文化站，而依然保留的 11000 個鄉鎮文化站中，相當一部分名存實亡，在一些省市自治區，一半以上的文化站處於癱瘓狀態；館舍建築面積始終停滯不前，離標準相差甚遠：全國三級文化館近 3000 個，平均每館面積只有 1000 平方米，而按照標準，縣級館最低也是 2000 平方米。[144]

　　以湖南省郴州地區和漣源縣文化館的「以文補文」活動為例，或許可以更微觀地觀察到群文系統的沒落。《郴州地區志》簡要記載了郴州地區的「以文補文」情況：

> 1984 年起，為適應經濟體制改革新形勢，地、縣市各文化單位開展一些有償服務的文化活動，如承像放映、音樂茶座、桌球、代制美術宣傳廣告和開辦收費的文學藝術講習班、補習班等，有的用租賃、承包方式開辦飲食店、商店、兒童娛樂場地和歌舞廳，其收入大部分彌補事業費的不足，小部分作職工的福利，稱「以文補文」。1985 年 5 月，桂陽縣文化館出席湖南省文化廳在常德市召開的「以文補文」經驗交流會。8 月，湖南省文化廳、財政廳、稅務局聯合頒發〈關於文化事業單位開展有償服務和經營活動的暫行辦法〉，1987 年 2 月，國家文化部、財政部、工商行政管理局聯合頒發〈文化事業單位開展有償服務和經營活動暫行辦法〉，使「以文補文」漸

143　〈文化事業機構數〉，載《中國群眾藝術館志》，第 942 頁。

144　楊朝嶺：〈公共文化設施萎縮何時休〉，《瞭望新聞週刊》，1995 年，第 48 期。

上正軌。1989 年，全區文化事業單位「以文補文」收入
200 萬元。1990 年，收入 212.7 萬元，1991 年，收入 250
萬元，1992 年，收入 283 萬元，1993 年，收入 629 萬
元。[145]

漣源縣文化館的例子更為具體而微。1983 年 5 月，漣源
縣文化館主辦的不定期刊物《漣河》第 6 期中第一次出現商業
性的廣告：

> 漣源縣文化館為四化建設服務，為滿足社會需要，承辦下
> 列文化服務項目：繪製廣告，美化店堂，包裝設計，書籍
> 裝璜，書寫招牌，布置會場，文藝講座，展銷書畫，代登
> 廣告，新聞照相。保證質量，收費合理，交貨及時，歡迎
> 惠顧。
> 業務洽接：本館文美組，電話號碼：2625

1984 年 9 月 30 日第 13 期《漣河》又刊登第二則廣告：

> 慶祝中華人民共和國成立 35 週年 漣源縣文化館文化藝術
> 服務部隆重開業
> 服務項目：錄像投影放映，彩色圖像清晰；各種遊藝設
> 施，新置電子遊戲；文藝用品經銷，時新美術工藝；繪製
> 商標廣告，招牌路標設計；承辦展覽展銷，廳堂布置華

---

145 郴州地區地方志編纂委員會編：《郴州地區志》（下冊），北京：社
會科學文獻出版社，1995 年，第 1597-1598 頁。

麗；彩色藝術攝影，室內室外皆宜；堅持文明服務，講求
信譽第一；最近陸續開業，請君注意日期。

地點：漣源縣文化館，電話：2625

　　據《漣源縣文化館館志》1984 年紀事載，「是年，館
建立工藝美術服務部，經營生產石膏像、製作標牌、承擔
廣告裝潢等業務。館開辦文化用品商店門面，專人承包經
營。」[146]1985 年，館志載，縣文化館獲得「以文補文」先進
單位稱號。[147] 自 1984 年開始，縣文化館的發展整個地朝向以
盈利為目的，有償項目日益增多，館內業務幹部也日益轉向有
償服務項目。「以文補文」活動層出不窮的後果，是縣文化館
的整體發展遲滯不前，逐漸地從地方群眾文藝事業中淡出。

　　《漣河》商業廣告的出現，標誌著縣文化館「以文補文」
的開始，而《漣河》也不可避免地成為「以文補文」的工具，
最終成為犧牲品。《漣河》的出版經費本是由縣文化館承擔，
從 1981 年開始，縣文化館每年都會撥付一定的款項用於《漣
河》的出版，但由於縣文化館經費日益捉襟見肘，自 1985 年
開始，出版週期延長許多，也多了一重市場化考慮。作為後
果，《漣河》的報導日益向有償寫作推進，例如刊登廣告，為
縣內的企業寫報告文學和通訊，以賺取一定的贊助費，這不可
避免地擠占業餘作者發表作品的空間，扶持業餘作者的力度也
自然而然逐年下降。越到後來，《漣河》的性質日益市場化，
越來越喪失了群文工作的性質，隨著縣文化館自身也同步地

146　漣源市文化館編：《漣源市文化館建館 50 週年專集》，第 15 頁。
147　同上，第 16 頁。

喪失群文工作的動力和功能，1990 年代初《漣河》的停刊已經是必然的了。《漣河》的停刊與「以文補文」活動的愈演愈烈，不僅意味著縣文化館的「小文聯」角色的徹底喪失並從地方文藝事業中淡出，也意味著縣文化館的群眾性的深重危機：1985 年之後，漣源縣業餘作者也很快星散，縣文化館再也不能將他們聚集起來，漣源縣的新時期文學創作群體從此消失，迄今再未群體性地出現業餘作者群。

　　工人文化宮系統也出現類似危機。市場化改革直接摧毀了工人文化宮系統因分享工人的階級優勢而具有的吸引力，這一系統所具有的一部分公共文化資源也被迫轉向營利為主，一部分則流失和轉移到市場上，工人文化宮已經不再是令人嚮往的「工人的學校和樂園」。作為後果之一，工人文化宮系統的文藝生產功能也衰落了。以上海市工人文化宮為例。曾培養出以宗福先為代表的工人文化宮劇作家群的市宮業餘戲劇創作班和表演班，可以說是市宮最為重要的文藝生產機制，但從 1980年代中後期開始，已經逐漸招不到業餘工人學員。[148] 加之工廠因日益自負盈虧而增強獨立性和剝削性、日益式微的工會權力不再能夠有效地介入到工廠內部管理，工人業餘演員也已經越來越難以無償地參與文化宮的話劇生產。市宮以業餘戲劇創作班和表演班的形式來組織、輔導和培育工人業餘作者的功能也就從此逐漸萎縮和轉型。到了 1990 年代初，創作班徹底停辦，市宮的文藝生產也徹底轉向以專業化和精英化的生產方式為主，工人群眾的參與性逐漸消失。[149]

148　胡霽榮：《社會主義中國文化政策的轉型：上海工人文化宮與當代中國文化政治》，第 267 頁。

149　同上，第 175-178 頁。

文學體制的市場化轉型所產生的後果極為深遠。從文學創作者的角度來說，廣大的文學創作者長久以來依賴舊有的文學體制，這一文學體制與政治體制緊密地嵌合在一起，它能夠穩定、可預期和持久地動員起文學群眾的大規模參與，穩定、可預期和持久地滿足他們對個人物質利益、社會流動和身分認同等諸種需要。正因如此，文學創作者特別是地方基層的地方作家和業餘作者，長久以來的文學習性是「向心性」的，即創作總是緊跟政治形勢（從階級鬥爭到經濟建設，從「抓革命、促生產」到「四個現代化」）的變動、緊密貼合主導性的文學標準（傳統現實主義）。正是這一文學體制培育了千千萬萬的業餘作者、基層作者和地方作家，加之文學體制的群眾動員功能，他們往往圍繞著各層級的文學權力中心成群結隊地出現。總之，正是群眾性的文學生產鞏固和維繫著文學體制及文學－政治的嵌合結構，而後者也需要動員數量廣大的文學群體來實現文化與政治的目標。然而，市場化改革使得文學體制與政治體制相疏離，文學體制不再要求文學創作者緊跟政治形勢，而是緊跟市場行情，這使得他們的「向心性」的文學習性不再適用──不只是由於他們失去了創作的政治目標和政治要求，而且也由於此前習得的一整套固定的文學程式不再受到消費文化的歡迎。這樣，這群數量廣大的文學創作者迅速邊緣化，並很快在市場大潮的推動下轉換了陣地。

從文學制度來說，如果說新時期文學的「體制化」和「專業化」逐漸推動文聯－作協系統與群文系統相脫節、斷裂，從而使群文系統逐漸地從文學體制「剝離」，那麼「以文補文」的市場化改革，則從另一面加速了這種脫節、斷裂和「剝離」。市場化改革使得群文系統自身也逐漸喪失了組織、輔導

和培養業餘作者的機制和功能，從而終結了群眾性的文學生產方式。群文系統逐漸加強商業性、減弱群眾性的過程，也是它逐漸從文學體制「剝離」的過程。隨著這種「剝離」從 1980 年代後期開始加速，基層的群眾性文學活動的盛況再也沒有恢復，群文系統也很難再從文學制度的角度來理解和分析了。

文學體制的「反溢出」和「剝離」，是黨群互動的群眾性模式轉變的表現之一。在改革初期，黨群互動的群眾性模式經歷了一系列改革，包括逐漸放棄理論辯論和路線辯論，放棄以群眾運動的形式展開群眾參與的制度探索，大規模發展科層化的常規治理等。從群眾性的角度而言，在改革初期，這種轉變不是迅速表現為整個政治構造的轉變，而是首先表現為政黨將黨群互動的群眾性模式中的輔助性功能組織部分地改造為常規功能結構，並逐步地回縮到核心的政權結構，在政權結構的核心仍保持群眾動員的基本結構的同時，其輔助性組織卻經歷了常規化的轉變。表現在文學體制上，就是「反溢出」的諸種制度性實踐。與此同時，黨群互動的群眾性模式轉變的過程伴隨著市場化改革。市場化改革同樣是黨群互動的群眾性模式中的輔助性功能組織轉變為常規結構的動力。就文學體制而言，它一方面發展著「反溢出」的制度機制，另一方面，也經歷了市場化改革，這種市場化改革使得文學體制不但轉變為常規結構，而且從黨群互動的群眾性模式中「剝離」。經歷「反溢出」和「剝離」這兩個互相交織、互相加強的轉變之後，新時期文學的文學體制、生產方式都已發生了根本性轉變，從而終結了作為「新群眾運動」的新時期文學。文學體制的制度性危機必須放置在黨群互動的群眾性模式的轉變之中理解。

討論：從「新群眾運動」到知識分子運動

在改革初期，新時期文學是以「新群眾運動」的方式展開的，1980年代中後期的文學生產也仍然表現為「運動」的方式。一個個文學潮流此起彼伏，「尋根文學」、「現代派」、「先鋒小說」、「新寫實」等等，這種潮流式的發展，如導論已經分析的，正是「運動」的另一說法。例如，「尋根文學」就有明確的發起形式（1984年底的「杭州會議」）和清晰的綱領（韓少功的《文學的「根」》、鄭萬隆的《我的根》和李杭育的《理一理我們的「根」》等），也有領導者或代表性人物（例如韓少功、阿城、鄭萬隆等）和代表性作品（韓少功《爸爸爸》、王安憶《小鮑莊》和李杭育《最後一個魚佬兒》等），還有全國各地的刊物、評論家與讀者的熱烈參與。[150]這表明，「尋根文學」無疑是作為一場運動來組織和發起的。現代派、先鋒小說、新寫實也都是作家、期刊和評論家三者聯動，以集體宣言、多地聯動、同步參與等方式形成一種「運動」的景觀。然而，從「尋根文學」到「新寫實」，這都已經不是作為「新群眾運動」的新時期文學，而毋寧是作為知識分子運動的新時期文學。1985年是新時期文學的分界點，這一分界點的實質性內涵正在於它是文學運動的性質轉變的分界點。

本章的討論可以延伸出兩個論點。首先，從知識分子重新「去群眾化」、群眾參與的弱化、文學生產的「體制化」和

150　洪子誠：《中國當代文學史》，第349-353頁。事實上，洪子誠已經使用「文學運動」一詞來描述「尋根文學」了，參見該書第349頁。

「專業化」到群文系統的市場化，各個方面都表明新時期文學逐漸從「新群眾運動」轉變為一場知識分子運動。其次，從「新群眾運動」到知識分子運動，這一過程並不是在 1985 年前後突然發生的，而是「新群眾運動」的興起過程本身就包含著它轉變為知識分子運動的要素。改革小說對「群眾」的再想像、知識分子憑藉新啟蒙主義重建與人民群眾的啟蒙者－被啟蒙者關係、文學權力中心以重建專業化的文聯－作協系統為中心任務等，都是從一開始就孕育在新時期文學興起的過程之中。作為「新群眾運動」的新時期文學從一開始就孕育著自我解構的因素，這些因素不斷積聚，並在 1985 年之後將新時期文學轉變為知識分子運動。

現在有必要綜合本章的基本觀點，並以此為基礎繼續推進，著重關注新時期文學從「新群眾運動」轉變為知識分子運動的三個方面的內在因素。

首先，在整個 1980 年代，知識分子群體一定程度上存在一種逐步「去群眾化」的趨勢，或者說，生成為「新階級」的趨勢。這個「去群眾化」或「新階級」生成的過程依賴三個重要條件：其一是知識分子改造的失敗和廢棄，其二是知識分子的「幹部化」，其三則是新啟蒙主義的主導性地位的形成。

改革初期知識分子平反的過程，伴隨著對知識分子改造實踐的否定和廢棄。在毛澤東時代，無窮無盡的知識分子改造的確製造了無數的悲劇，這一改造的邏輯被批判、改造的實踐被譴責、改造的政策被最終廢棄，這一切都有著堅實的歷史正當性。然而，隨著知識分子改造的實踐與政策一同被拋棄的，也是改造作為一種主體性生產的實踐的理解的消逝。這種理解，本來是有可能通過將勞動擴展為非物質勞動（例如知識分子的

腦力勞動）和物質勞動的總和而獲得拯救的，相應的，知識分子改造也可能在這一新的基礎上被重新批判性地反思，在避免重蹈覆轍的同時依然在理論上和制度上重視知識分子與人民群眾結合的問題。遺憾的是，知識分子改造的理念與實踐的徹底否定，以及這種被重新理論化與制度化的可能性的喪失，使得再也沒有一種觀念機制，能夠積極引導知識分子生成一種與工農群眾認同的身分意識，也再也沒有一種制度機制，能夠為知識分子與工農群眾相結合提供某種制度安排。換言之，不再存在防止或延緩知識分子轉變為一個脫離於人民群眾、追求自身利益的「新階級」的制度性力量。

　　在 1980 年代，知識分子的平反、知識分子階級屬性的重新判定（「知識分子是工人階級的一部分」）和「幹部四化」（革命化、專業化、年輕化和知識化）政策及其落實開始承認並提高知識分子的政治地位和待遇，儘管這種承認和提高總是伴隨著大棒的威嚇，並且還不那麼穩固，但畢竟只是一個落實問題了。特別是黨的幹部的「專業化」、「知識化」政策同時意味著知識分子的「幹部化」。如下一組數據值得重提：到 1985 年，知識分子新黨員的比例，已經從 1979 年的 8% 上升到 1985 年的約 50%，1980-1986 年，約有 137 萬老幹部退休，同時有 46.9 萬大學畢業幹部被提拔到縣級以上的領導崗位中。1977 年恢復高等教育體系，正如古爾德納所言，也成為了「新階級繁衍的主要機制」[151]，為知識分子的生產與再生產提供了制度條件。更為重要的是，正是在 1980 年代，知識分子的再生產機制逐步被整合到幹部的再生產機制之中，使知

---

151 [美] 阿爾文・古爾德納：《新階級與知識分子的未來》，第 125 頁。

識分子群體逐漸地內在於體制，並為知識分子群體制度性地疏
離於工農群眾提供了條件。[152]

　　以知識分子改造的理念與實踐的徹底否定為前提，新啟
蒙主義在 1980 年代中期也開始占據主導地位，並形成穩定的
「新啟蒙」文化[153]，這意味著知識分子群體爭奪、創造或接
收文化領導權的部分成功，更意味著知識分子身分意識的轉
變。在新啟蒙運動中，「文明與愚昧的衝突」、「古今中西之
爭」和「救亡與啟蒙的雙重變奏」等代表性論題，是獨屬於具
有明確的文化訴求的啟蒙知識分子的論題，而與工農群眾沒有
什麼關係；它們也與革命知識分子關係不大，革命知識分子的
核心問題是知識分子如何與人民群眾結合的問題。這意味著，
1980 年代中期以後，知識分子的自我認同逐漸發生了轉變。
如果說，在改革初期，知識分子仍然向人民群眾認同，仍然重
視與人民群眾結合的問題，那麼在 1980 年代中期以後，他們

---

152 安舟認為，正是這種整合推動了技術官僚階級意義上的「新階級」
　　在 1980 年代的最終形成：「在 1949 年中國革命之後的頭些年」，
　　「中共實際上已經消滅了經濟資本，因此把其注意力轉向重新分配文
　　化資本，旨在進一步削去昔日精英的優勢，這一舉措在文革中登峰造
　　極。然而，文革的主要目標，卻是要把政治資本集中在新一撥中共精
　　英的手中。在毛澤東的號召下，草根層面的造反者向中共地方官員的
　　權力發起挑戰，引發了兩年的派別武鬥。劇變最初加劇了昔日精英與
　　新精英之間的緊張關係。但是，毛澤東同時對兩大群體的攻擊，反而
　　在最後凝聚了兩大精英內部的團結。1976 年毛澤東死後，新的中共
　　領導層摒棄了剷平階級之舉，並與昔日精英和解。此舉促進了技術官
　　僚階級秩序的鞏固，以及一個『新階級』的出現；這個『新階級』植
　　根於新、舊兩大精英，並兼有了兩者的政治資產和文化資產。」參見
　　[美]安舟：《紅色工程師的崛起》，第 15 頁。
153 賀桂梅：《「新啟蒙」知識檔案：80 年代中國文化研究》，第 41 頁。

逐漸地不再自我認同為是工人階級的一部分，甚至不再是人民群眾的一部分，而是自我認同為「無階級的階級——脫離肉體的思想」[154]，自我認同為區別於並高於工農群眾的啟蒙者，並能夠抽象地代表所有階級、整個民族。[155]「新啟蒙」文化，顯然是獨屬於新興的啟蒙知識分子的文化，而不是工農群眾的文化。

　　值得指出的是，知識分子身分意識的轉變與新啟蒙文化的主導地位的形成是互為因果的，新啟蒙文化作為現代化的意識形態既是知識分子身分意識轉變的產物，同時也是知識分子身分意識轉變的重要條件。作為身分意識轉變的後果，一些知識分子在 1980 年代前後兩期表現出了截然相反的立場，典型的是張賢亮：1980 年的〈靈與肉〉與 1985 年的〈男人的一半是女人〉在對待知識分子自我改造時的立場是完全對立的。正是這種或有意或無意的自我否定，也使得張賢亮這樣的知識分子不再能夠整全地理解自身的歷史起源，這一後果一直延續至今。

　　所有這一切表明，1980 年代中後期開始，知識分子群體

154　[美] 芭芭拉・埃倫賴希：〈再談職業管理階級〉，載 [美] 布魯斯・羅賓斯編著：《知識分子：美學、政治與學術》，王文斌等譯，南京：江蘇人民出版社，2002 年，第 174 頁。

155　甘陽 1985 年寫作、1987 年發表於《文化：中國與世界（第 1 輯）》（北京：生活・讀書・新知三聯書店，1987 年）上的〈八十年代文化討論的幾個問題〉，可謂典型。在這一篇「文化熱」的代表性文獻裡，除了作為整體的中國知識分子，沒有任何其他主體的位置，通過把「文化的現代化」問題視為整個社會、整個民族、整個國家的急迫問題，知識分子理所當然地成為中國文化的唯一主體和代表。知識分子的這種自我意識的出現，在 1980 年代是極具症候性的。

已經在文化上逐漸分享領導權，政治地位得到承認和提高，他們已經逐漸地成為一個獨立的階層，一個具有自身利益訴求的階層，也就是「新階級」。這一「新階級」的浮現表明重構「群眾」的有機構成的失敗，「群眾」分裂了。不過，在啟蒙知識分子的自我意識中，這種「新階級」意識仍然是未完成的，事實上，啟蒙知識分子仍然試圖代表所有階級發言，也仍然沒有明確地追求將知識轉化為文化資本。不過，越是臨近1980 年代的終結，這種作為階級的自我意識就越是明晰。[156]儘管作為未完成的「新階級」，1980 年代中後期知識分子的文學生產還是已經日益地專業化和精英化，知識分子不再作為「群眾」參與文學生產，而日益傾向於生產屬於知識分子自己的文學；其文學生產也逐漸不再「代表群眾」或「文藝為群眾」，而日益傾向於自我代表、自我表達，或者抽象地代表所有階級、整個民族。

　　其次，是新時期文學「體制化」與「專業化」進程的後果。本章已經指出，新時期文學的「體制化」與「專業化」進程造成了文學創作者身分、文學生產形態和文學制度運作等方面的重大轉變。為了進一步理解這種轉變，我們或可將之與毛澤東時代進行比較。

---

156 正如蔡翔所說的：「在二十世紀八十年代後期，對商業化的批判當中，多多少少含有知識分子的階層利益在內。這時候，知識分子已經不再願意繼續扮演『普遍利益』的代表，而是直接提出了自己的『收入要求』。『造導彈的不如賣茶葉蛋的』，這句話曾經流行一時，相當經典地概括了那一時期『腦體倒掛』的社會現象，也經典地表達了知識分子作為一個階層的意識開始逐漸形成。」參見蔡翔：〈專業主義和新意識形態〉，《當代作家評論》，2004 年，第 2 期。

　　中國當代文學生產中的業餘與專業的問題，產生於 1942
年〈講話〉中的普及與提高的關係問題，此後一直是「文藝為
工農兵」的理論與實踐中的關鍵問題。普及與提高的問題，落
實到文藝生產的制度性環節，其實就是業餘與專業的問題。
1942 年，周揚就將「提高工作與普及工作，職業性的文藝工
作者的活動與民眾業餘性的文藝活動」相提並論。[157] 普及與提
高的結合，意味著業餘與專業的結合，意味著知識分子與人民
群眾的直接結合。「為工農兵服務」的文藝，其目標是將普及
與提高結合，在群眾的、業餘的基礎上提高，而不是局限於技
巧上和書本上的提高，即要使文藝成為「好像是他們（指工農
兵群眾）中間生長出來的東西」，而不是「僅在知識分子中間
傳播」。[158]

　　業餘是群眾文藝生產的特點，工農兵群眾的職業是勞動
和戰鬥，因此，群眾文藝不能不是業餘的產物，「不講業餘是
忽視革命文化工作的根本特點——工農兵自己的文化。」[159]
不僅僅如此，「業餘」更是中國社會主義對勞動者的自由狀態
的描述和想像，「業餘」被視為社會主義制度克服體力勞動與
腦力勞動的差別與等級關係的制度化方式。因此，在毛澤東時
代，不但在文學制度，而且在勞動制度和教育制度中都應該進
行「業餘化」的探索。從文學生產的「業餘化」引發開去，周
揚說：

157　周揚：〈藝術教育的改造問題〉，《周揚文集》（第 1 卷），第
　　　413 頁。

158　同上，第 415 頁。

159　周揚：〈在全國少數民族群眾文化藝術工作座談會上的講話〉，《周
　　　揚文集》（第 4 卷），第 367 頁。

「知識分子工農化，工農大眾知識化」。通過體力勞動與腦力勞動相結合，最後到達共產主義。工人農民一方面作八小時工作，一方面受業餘文化教育，根據他們愛好，又是科學家、文學家，又是管理幹部。他的業餘活動，一是搞科學技術創造，一是搞文藝。而專業作家呢，也都要參加體力勞動，那時實際上不存在什麼專業作家了，只有這樣，才談得上共產主義文化。[160]

在這種仍然還是「共產主義實踐」而不只是「共產主義假

---

160 周揚：〈和工人業餘作者的談話〉，《周揚文集》（第3卷），第26頁。而在更為基本的勞動制度和教育制度的「業餘化」探索上，毛澤東說：「幾千年來，都是教育脫離勞動，現在要教育勞動相結合，這是一個基本原則。」參見毛澤東：〈在第十五次最高國務會議上的講話〉，《建國以來毛澤東文稿》（第7冊），北京：中央文獻出版社，1992年，第396頁；「教育必須為無產階級政治服務，必須同生產勞動相結合。」參見：《毛主席論教育革命》，北京：人民出版社，1967年，第11頁。劉少奇則認為應該採取「兩種教育制度、兩種勞動制度」，就是「半工半讀的學校教育制度和半工半讀的勞動制度」，因為這種制度實踐「可以逐步地消滅腦力勞動與體力勞動的差別」，培育出「既能腦力勞動，又能體力勞動」的「新人」。進一步，劉少奇說：「我們還可以設想，共產主義社會的勞動制度和學校制度會是什麼樣的呢？到那個時候，體力勞動者即工人農民，每天只要勞動四五小時就夠了。其餘時間幹什麼呢？就是學習，或者辦公、寫作，或者唱歌、演戲，或者做政府工作、計劃工作。到那個時候，沒有什麼專業的作家、演員、畫家，也沒有我們這種專業的黨委書記、廠長、市長、省長、國家主席，都得要做工，都是業餘的。國家主席也可以業餘當嘛，有半天還不夠呀？」參見劉少奇：〈半工半讀，亦工亦農〉，《劉少奇選集》（下卷），北京：人民出版社，1985年，第465、466、468頁。

設」[161] 中，「業餘」並不是「專業」的低級階段，恰恰相反，業餘是勞動分工的最高階段，是自然的、強迫的勞動分工的自我消泯，一切勞動分工最終都將是業餘的，人的最理想的勞動狀態，也應該是業餘的，這就是說，是全面、自由發展著的。只有一切勞動都具有業餘的性質，人的存在才是整全的。[162]

　　制度性地抑制業餘作者脫離生產邁向專業化，是毛澤東時代黨和文藝界領導人制定文藝政策的方向之一。然而，新時期文學作為「新群眾運動」的過程，卻日益以「體制化」和「專業化」為主導目標。在改革初期，隨著管理學熱潮、「三論」（系統論、控制論、信息論）熱潮、幹部「四化」熱潮的風起雲湧，「業餘」即使在文學生產中也日益喪失合法性：「業餘」不再是克服腦體差別的方式，而只是技術、知識和能力不夠格的表現。新時期文學的體制重建和發展的過程，很重要的部分是建立在群眾性的業餘文學生產的基礎上的，但是其目標，卻是導向一個以「體制化」和「專業化」為主導取向的文學體制，並沒有為「業餘化」保留多少制度空間。

　　以「體制化」和「專業化」為主導目標的文學體制的重建和發展，必然會隨著這一目標的逐步完成而逐漸減弱乃至喪失

161　[法]阿蘭・巴迪歐：〈共產主義假設〉，羅久譯，《當代國外馬克思主義評論》，2010年，第1期。

162　這似乎讓人聯想起列文森在討論中國古典傳統時說的：「生活在高度專業化的社會之中，非職業化在任何時候都要服從於職業化。在職業化的社會裡，『業餘』與其說發展的是無偏見的愛心，還不如說是不完善的技術的顯示。……（中國士大夫）是整全意義上的『業餘愛好者』，和人文文化的嫻雅的繼承者。」參見[美]列文森：《儒教中國及其現代命運》，鄭大華等譯，北京：中國社會科學出版社，2000年，第15-16頁。

對業餘作者和業餘文學生產方式的制度性依賴。從 1985 年左右開始，群文系統特別是文聯－作協系統的「體制化」與「專業化」進程趨於完成，群文系統與文聯－作協系統的發展速度迅速回落，業餘作者越來越難以通過發表和獲獎調入群文系統特別是文聯－作協系統，這使得文學體制所能提供的輔助社會階層流動的功能被嚴重削弱。例如，改革初期因古華為代表的作者群體而有「小說之鄉」的郴州地區從 1978 到 1985 年，共有 27 人加入省作協，僅 1979 年，就有 22 人入會，但 1985 年直到 1994 年，都不再有人加入湖南作協。[163] 1985 年和 1987 年，湖南省漣源縣業餘作者石卓秋獲得了兩次調入群文單位的機會，均告失敗後，他再也沒有獲得第三次機會。[164]

更重要的是，業餘文學生產方式和業餘作者在新時期文學中的日益邊緣化，不但意味著新時期文學生產方式的轉型，而且意味著其自身的群眾性的日益弱化，因為業餘性正是群眾性文藝生產的根本特點。從群眾政治的角度而言，改革初期「業餘」的合法性的日益喪失，是在文學生產領域中展開的對群眾「溢出」潛能的壓抑。「業餘」正是群眾「溢出」給定的勞動分工的方式，因而意味著「溢出」基於給定的勞動分工而形成的社會等級及其所規訓出的主體性形態，從而也就意味著群眾自我生產出全新的勞動協作關係和主體性形態的可能。因此，新時期文學生產的「業餘化」的日益消退和「專業化」的日益強化，指涉著文學領域中群眾參與的弱化和知識分子參與的

---

163 曾志高：《郴州文學志》，北京：中國文聯出版社，2007 年，第 51、114-115 頁。

164 石卓秋：〈我的創作歷程〉，未刊稿，見附錄 A。

加強。

　　以「體制化」和「專業化」為主導目標的新時期文學也同時推動文聯－作協系統日益減弱對群文系統的依賴。群文系統以組織和輔導群眾性的業餘文學創作為主要工作，而文聯－作協系統卻日益地追求「專業化」，這很難不造成文聯－作協系統與群文系統的脫節。這種脫節一方面導致文聯－作協系統的文學生產日益減弱群眾性，另一方面也阻礙文聯－作協系統所占有的資源流入群文系統，從而大大減弱群文系統對業餘作者的吸引力，最終推動群文系統的文學生產走向敗落。1985 年左右開始的市場化轉型則加速了這種敗落。如已論述的，群文系統是新時期文學成為規模巨大的「新群眾運動」的關鍵制度條件。然而，1985 年以後，群文系統迅速地市場化，背負起經費不足和自負盈虧的壓力，也就日益缺乏動力來組織群眾性的文藝生產。這一切導致了群眾參與的迅速減弱，基層群眾不再能夠普遍、直接地參與到文學生產之中，從而逐漸集體性地退出了新時期文學的舞台，知識分子逐漸成為唯一主角。

　　究根而言，使得新時期文學從「新群眾運動」轉變為知識分子運動的最為重要的根源，在於黨群互動的群眾性模式中群眾參與的弱化。

　　對於新時期文學來說，貫穿其中的核心機制正是黨群互動。在改革初期，由於文聯－作協系統和群文系統的聯合動員與組織，群眾得以普遍、直接地參與到文學生產之中，推動文學生產迅速地「空前繁榮」。在這一過程中，群眾參與表現為兩個方面：一個是群眾的自發性創作，其次是對群眾性創作的組織。群眾創作的自發性和組織性密不可分地交織在一起，構成了理解作為「新群眾運動」的新時期文學的關鍵詞。

　　可以看到，新時期文學具有強烈的自發性。四五詩歌、《於無聲處》、〈班主任〉、〈傷痕〉等，無一不是自發性創作的產物，自發性的讀者來信和讀者投票的數量巨大，也表明此時期一般讀者群眾的積極性。如何理解群眾的這種自發性？這或許是由於毛澤東時代群眾參與的頻繁，使得人民群眾已擁有相當程度的政治感覺，這種普遍的政治感覺或許是毛澤東時代最為重要的遺產之一。的確，在黨群互動的群眾性模式中，無論是被迫捲入還是主動投入，人民群眾始終是在場的，始終內在於這一政治構造之中，因而這種普遍的政治感覺是與黨群互動的群眾性模式密切相關的。正是這種政治感覺構成了新時期文學自發性的前提，或者說，就是這種自發性本身。[165] 也是這種群眾自發性，成為新時期文學興起的基本動力，賦予新時期文學以真正的活力。與此同時，群眾的自發性總是伴隨著組織性的發生。〈班主任〉、〈傷痕〉的發表過程，「傷痕文學」的成形和經典化，無不伴隨著黨組織的介入或黨的意識形態部門的加工，而《於無聲處》的上演、群眾性文藝創作的全國性鋪展，也都與群文系統的高度組織性密切相關。文聯－作協系統和群文系統對新時期文學的群眾性參與的組織，對於作為「新群眾運動」的新時期文學的興起與繁盛具有至關重要的作用。

　　起於群眾自發，成於黨群互動，這就是作為「新群眾運

---

165 的確，「文革」之後整個社會不斷滋生著政治虛無感，但這種政治虛無感，如同潘曉的討論所展現的，是政治理想失落後的逆反，它仍然包含著強烈的政治自覺。參見賀照田：〈從「潘曉討論」看當代中國大陸虛無主義的歷史與觀念成因〉，《開放時代》，2010 年，第7 期。

動」的新時期文學的基本過程。在這一過程中，群眾參與的自發性和組織性總是交織在一起的，正如黨群互動的群眾性模式中，黨群關係總是處在一種運動狀態之中。群眾總是不斷自發地生成著政治能量，而政黨總是同時應激而起，組織著這種政治能量。群眾既是自發性地參與新時期文學，也是組織化地參與新時期文學。沒有這種自發性，群眾參與就會異化為強制參與，也就難以形成真正有活力的運動；沒有這種組織性，群眾參與就難以持續，也就難以形成全國層面的巨大規模。由於這種自發性和組織性，群眾普遍、直接的參與才能成就一場真正的群眾運動。

然而，在改革初期，黨群互動的修復、鞏固的過程，同時也是不斷轉變的過程。群眾參與的弱化，是定義這一轉變的最重要因素。一方面，改革的開啟是經由一場場相互重疊和關聯的群眾運動和黨內運動而發生的，它的總題被稱為「思想解放運動」。「思想解放運動」如果沒有群眾普遍、直接的參與，就不可能開創嶄新的改革政治。然而，不可否認，改革政治興起的過程，同樣也是群眾參與逐漸弱化的過程。例如，1979年底，歷時一年多的「西單民主牆運動」逐漸被管控，1980年4月五屆人大常委會議和8月全國人大五屆三次會議通過相應決議，取消憲法中關於「四大自由」（大鳴、大放、大辯論、大字報）的規定。與此同時，「以經濟建設為中心」的導向，法制進程的開啟，官僚體制的恢復和強化，在在致力於以常規治理方式替代群眾運動。群眾參與的削弱、管控和壓抑同樣體現在新時期文學之中。全國層面的文學評獎的讀者投票機制的取消和對專家的依賴、文學生產的專業化和精英化、群文系統的市場化轉型，都使得群眾普遍、直接地參與到文學生產

之中的制度渠道日益狹窄。新時期文學從「新群眾運動」轉變為知識分子運動，只是整個政治機制的群眾參與的弱化的表現之一。

在黨群互動的群眾性模式中，「群眾性」生產出「代表性」，或者說，普遍的「群眾參與」生產出「代表群眾」的可能性。事實上，「群眾性」意味著，只有在「群眾參與」的條件下才能「代表群眾」。在毛澤東對「群眾性」的理解和使用方式中，他顯然更強調「群眾參與」的內涵。馬克・賽爾登所說的「延安道路」，其核心也在於「將群眾參與作為一個基本原則。」[166] 普遍、直接的群眾參與正是黨群互動的群眾性模式的核心，換言之，是中國社會主義政治的核心。因此，改革初期群眾參與的逐漸弱化，是黨群互動的群眾性模式發生轉變的關鍵，也是改革政治的「新穎性」之所在。

然而，在群眾的參與性弱化的同時，政黨的代表性卻並未削弱，反而被持續地修復、鞏固和再創造。「四人幫」的倒台、四五運動的平反、全國層面的冤假錯案的糾正、「地、富、反、壞」的摘帽和知識分子的平反、知青上山下鄉運動的終結、農村改革和國有經濟的適時調整等等，政黨的每一次重大決策都基本代表群眾的意願。改革初期的新時期文學也是如此。知識分子的文學生產一方面是作為群眾參與的一部分，另一方面則是代表群眾／「為群眾」：在改革初期，王蒙、張賢亮、張承志、高曉聲以及數屆全國優秀短篇小說獲獎作品，都不乏歌頌人民群眾、表達人民群眾聲音的作品。更為重要的是，作為黨的功能性組織的文聯－作協系統和群文系統所

---

166 [美] 馬克・賽爾登：《革命中的中國：延安道路》，第 201 頁。

動員和組織起來的新時期文學，儘管被改革意識形態所引導和規訓，但它依然是代表群眾／「為群眾」的產物：「傷痕文學」、「改革文學」作為主導性的文學形態，的確真切地表達著群眾的聲音，《於無聲處》、〈班主任〉、〈傷痕〉和〈喬廠長上任記〉等作品受到讀者群眾的普遍歡迎，數屆全國優秀短篇小說獲獎作品都經由全國各地的讀者群眾的投票而產生。在改革初期，改革之所以獲得普遍的支持，正是因為改革不斷地修復、鞏固和再創造出這種代表性。群眾參與性的弱化和政黨代表性的強化，在〈喬廠長上任記〉中淋漓盡致地體現出來：喬廠長以官僚制的重建壓抑工人群眾的參與，但與此同時，他也的確代表了工人群眾對穩定秩序和物質利益的需求。這正是〈喬廠長上任記〉作為改革寓言的真正內涵。從群眾性的角度而言，黨群互動的群眾性模式轉變的實質，正在於群眾參與性的弱化和政黨代表性的強化。

可以說，在 1980 年代，黨群互動依然保有較為深厚的群眾性，但日益偏向於「代表群眾」的一面，同時弱化「群眾參與」的一面。我們或許可以將之命名為黨群互動的「後群眾性」。正是這種黨群互動的「後群眾性」為 1980 年代後期所謂的「新權威主義」的討論提供了靈感：存在一個代表群眾的領導權威，在弱化群眾參與的前提下推行改革。[167] 不僅如此，

---

167 1980 年代後期「新權威主義」的討論也受到亨廷頓的《變動社會中的政治秩序》的影響。1989 年，有人描述道：「如今，亨廷頓在中國成為時髦人物。去年歲末，風寒地凍未能阻滯北京的一批『人物』會集北京大學，來討論十年改革之得失。在這個為期一天的會議上，與會者常常把兩位美國政治學家掛在嘴邊，一位是大衛·伊斯頓，另一位就是塞繆爾·亨廷頓。……他們似乎在亨廷頓那裡發現了新大陸，一

這一「後群眾性」模式始終延續、鞏固和發展著，直到「中國模式」的形成。在關於「中國模式」的一系列討論中，「中性國家」[168] 和「代表型民主」[169] 等對「中國模式」的概括，其實都是在表述這一「後群眾性」模式的核心特徵；可以說，「中國模式」是與中國社會主義革命實踐所形成的黨群互動的群眾性模式有所連續的，它的起源是「延安道路」。然而，如果說「延安道路」注重群眾參與，那麼相對而言，「中國模式」則

股所謂的『新權威主義』的思想開始在中國學界湧動。」參見顧昕：〈民主與權威：讀亨廷頓《民主的危機》〉，《讀書》，1989 年，第 6 期。正是亨廷頓在《變動社會中的政治秩序》中談到，政治參與的擴大化是現代化政治的特點，政黨正是組織這種擴大化的政治參與並使之制度化的機制。但在亨廷頓的闡釋中，政治參與在政治秩序中主要地表現為選舉的形式，事實上，選舉正是整本書中具體討論的政治參與的唯一形式。例如，他認為，政黨的功能在於組織群眾參與，而群眾參與的方式就是「政黨引導著政治參與步出歧途，進入選舉渠道」，參見 [美] 薩繆爾・亨廷頓：《變動社會中的政治秩序》，王冠華等譯，上海：上海人民出版社，2008 年，第 336 頁。因此，將亨廷頓所說的政治參與理解為「政治代表」也許更為合適。亨廷頓的政治理論的核心或許可以理解為：政治秩序必須隨著現代化的進展而有效地擴展自身的代表性，從而容納、調和或整合日益增多的社會群體和集團的利益，政治參與只能經由政黨的中介以選舉的方式實現，以被代表的形式成為政治秩序的一部分，群眾政治或社會運動這種事物，對於亨廷頓來說會導致參與爆炸，造成政治秩序的不穩定乃至衰敗。由此出發，或許有助於理解，何以亨廷頓對常規政治之外的群眾運動和容易游離出政治秩序之外的知識分子持懷疑態度。

168 姚洋：〈中性政府：對轉型期中國經濟成功的一個解釋〉，《經濟評論》，2009 年，第 3 期。

169 王紹光：〈代表型民主與代議型民主〉，《開放時代》，2014 年，第 2 期。

注重代表群眾。

　　根本重要的問題是，在「代表性危機」[170]普遍彌漫的時刻，如果不存在基於黨群互動條件下的普遍、直接的群眾參與，政黨的代表性是否會日益僵化、缺乏靈活性？這種代表性又如何可能持續地維繫、鞏固和再創造？作為「新群眾運動」的新時期文學的興起、轉變與終結，已經凸顯了這一對於中國社會主義改革及其前途來說至為關鍵的難題。[171]

170　汪暉：〈代表性斷裂與「後政黨政治」〉，《短二十世紀：中國革命與政治的邏輯》，香港：牛津大學出版社，2015 年，第 371-375 頁。

171　新冠疫情時期中國大陸的諸種應對，既展現了「延安道路」到「中國模式」的連續性，也使得這一難題變得更為尖銳。

結語

　　新時期文學終結之後，賦予文學以歷史重任的時代似乎已成難以複現的往事。從毛澤東時代到改革初期，文學承擔歷史重任的最重要的歷史條件，恐怕是黨群互動的群眾性模式的存在。黨群互動的群眾性模式既是文學生產的制度性環境也是文學生產的內在條件，從而文學生產直接就是政治生產：文學生產就是群眾「溢出」，文學生產就是群眾參與，群眾在文學生產中既親身參與，也是以代表的形式，如影隨形地間接在場。今天，重新回顧新時期文學興起與轉折的歷史之所以仍然必要，是因為這一歷史展現了文學生產如何直接成為政治生產的具體過程，從而也就提供了從文學出發抵達政治的中介，使我們得以超越文學與政治的二元對立，「再政治化」地將文學與政治的關係把握為形式與內容的辯證關係，把握為生產與再生產的循環關係。

　　改革以來，隨著市場經濟的成熟，黨群互動的群眾性模式已發生重大轉變，這一漫長的轉變持續到今天也遠未完成，其未來也有待探索。但清楚的是，文學部門已很大程度地轉變為常規組織，群文系統甚至已經喪失群眾性。與此同時，相比於改革初期「群眾」的清晰的階級構成，如今的知識分子與工農群眾的階級關係、工人與農民之間的內部關係都發生了重大變化。在這樣的條件下，文學生產似乎已經越來越難以直接成為政治生產。事實上，如今的文學生產常常直接就是商品生產。

無論如何，使得文學生產直接就是政治生產的歷史條件似乎已經決定性地消逝了。

或許是歷史的某種反復，今天，網絡文學體制似乎再一次提供了大規模的群眾參與的可能性。原則上，如今任何人都可以加入到網絡文學的生產之中，而閱讀網絡文學的讀者群也極為龐大，從少年到中老年人，從小學生到出租車司機，都在廣泛閱讀。按照〈2020年度中國網絡文學發展報告〉，2020年，網絡文學用戶規模達到4.6億人，日均活躍用戶約為757.75萬人，2020年累計創作2905.9萬部網絡文學作品，網絡文學作者累計超2130萬人。[1] 如此龐大的用戶和作者群，其規模甚至也遠超新時期文學。那麼，他們是我們時代的文學生產中的「群眾」嗎？如今，已經不再有直接深入到文學生產中的政治機制了，那麼，他們能超克資本和消費主義的宰製與束縛，自主地生產出新政治嗎？

對這些問題的追問，與對當代政治危機的疑慮，具有同構性：什麼是我們時代的「群眾」？我們時代的群眾參與形式是什麼？如何創造我們時代的新政治？無論如何，新的歷史需要新的想像和創造，新時期文學的歷史或許為我們的時代提供了靈感。

1　〈2020 年度中國網絡文學發展報告〉，http://literature.cssn.cn/wlwhywx_2173/202103/t20210317_5319242.shtml，2022 年 12 月 7 日訪問。

附錄 A
石卓秋：我的創作歷程

　　1957 年我出生於湖南省漣源縣財溪鄉一個貧窮的農民家庭，父親在我出生前就不知道什麼原因病死了，留下我的母親，她只能算半個勞動力。

　　我十一歲（1968 年）的時候無意中救了村裡的另一個小孩。這事給我帶來了一時光彩，最少是吃了幾天只有幹部才有機會吃到的好飯菜。我被作為捨己救人的典型豎立起來了，儘管我什麼都不懂。學校老師表揚我，認為我是一棵好苗子。校長和老師決定讓我更上層樓，再接再厲，當時救人的事是造不出來的，其他的光榮事蹟是可以創造出來的。於是他們教我關心集體、愛護集體，給五保戶挑水送柴，看見路上有一堆牛屎或狗屎，就用手捧到田裡去，因為這是肥料，莊稼需要它。為了樹立我這典型，校長決定，每天早晚讓我在村後的高崗上，拿一個土喇叭，向全村廣播。因為當時是沒有電廣播的，最起碼我們這個山村裡還沒有。廣播的內容無非是當時人民日報社論，頭版頭條是國家的重大政治事件，無非是打倒誰，反對資本主義等，批判劉少奇的修正主義，批判「三自一包」，宣傳「四大自由」，總之都是當時「大鳴大放」的重要內容。我不認識的字，老師還給我標上別的同音字。就因為這些，我當上了活學活用毛澤東思想的紅旗手和標兵。公社開會，我都去參加了活學活用講用會，都是校長給我寫好了講用稿，每天在

會上宣講，還在公社的食堂吃幹部們吃的好飯好菜，三兩米另加一小碗肉，三菜一湯，三兩米我自然不夠，幹部就另給一坨飯，待遇已是高人一等了。會議結束後，學校讓我在全校大會上發言，把我請上講台，我一臉通紅，什麼都說不上來，因為老師沒有告訴我怎麼講。

1972 年我小學畢業，上初中了。小學時的光環沒有了，土喇叭也丟了，初中階段，不知道是什麼原因，總覺得枯燥無聊，課文大都是老三篇，對英語數學又厭煩，只好搜集課外書來看。我記得看的第一本小說是《迎春花》，看的如饑似渴。每天上課時總是把書放在課桌下偷看，作業不會，總抄同學的完事。第二本書好像是《苦菜花》，第三本是《野火春風鬥古城》，應該是禁書，因為在課堂偷看，被老師沒收了。以後又看了《林海雪原》、《紅岩》，但都是殘頭殘尾，沒有看全。我其他功課不好，語文課總拔尖，尤其是作文，凡我寫的作文，總被老師拿出來宣讀，甚至拿到別的班去作範文，語文老師時不時表揚我。可是往往書讀了半學期也沒有發到課本，原因很簡單，家窮交不起三元錢一期的學費。我的初中班主任是化學老師，叫李長青。他上課，好多同學都睡著了，李老師拍桌子大罵，說我們是不是冬眠了！正好學校發動學生大膽檢舉，寫大字報。於是我提議放李老師一張大字報，得到同學們的叫好。於是我執筆寫好草稿，用黑筆寫在毛邊紙上，貼到貼滿大字報的牆上，題目是「什麼叫冬眠，我們是人！」過後不久，我們的化學老師莫名其妙地換成了另外一名女老師。

1974 年，我初中畢業了。畢業了就畢業了，回家出工掙工分是唯一的出路，因為要讀高中是不行的，讀高中是按名額由幹部推薦的，讀大學也一樣，我家沒有幹部，是萬萬不可能

的。第一天參加生產隊勞動，是上山地裡翻紅薯藤，勞動兩個小時後，中間有半小時的休息時間，鄉親們坐在樹蔭下閒談說笑，我一個人默默地坐在那裡看著遠處，看到大路上放學回家的學生，我才一下子感到失落和空虛。啊，我讀書的時候已經過去了。於是，我有一種非常想讀書的渴望，可是，沒有了。

隨著時間的流逝，農村各生產大隊的毛澤東思想文藝宣傳隊也逐漸開始淡化，高考恢復後，取而代之的是電影隊了。我記得當時文藝宣傳非常火爆，每一個生產大隊都有文宣隊，而每個文宣隊的隊員都是各生產小隊抽調勞動力，生產隊負責記工分和負責供應隊員糧食。文宣隊隊員農忙時也一樣出工勞動，農閒時就上大隊部參加排練和演出。有些稍有水平的宣傳隊也自編自演，但更多是由縣文化館提供演唱資料。我曾聽縣文化館一位老師講過，他曾經是農辦小學教師，由於喜歡編編寫寫，那時有文化的人不多，能寫的更是鳳毛麟角，他寫過很多演唱、歌詞、曲藝類的作品，在縣、省一級刊物都有發表。由此調入了文化館，擔任輔導員，以後當了幹部，再以後成了我的老師。

那時文宣隊勁頭很足，演得好的是要調出地縣一級參加調演比賽的。如果調演獲勝，肯定會有一面繡有「優秀文藝宣傳隊」的錦旗，其他還有什麼我是不知道，當然去城裡風風光光，吃上幾天免費的好飯菜，住住招待所也是好的。但我記得，演得好的宣傳隊很有名氣，各村各大隊的人都會想法請他們來大隊演出。而我們大隊的文宣隊也是要到他們那裡去慰問演出的。像是對調演出一樣，一來一往，禮尚往來。那時每逢春節農村最熱鬧不過，每天晚上看演出，過了元宵都看不完，東家去了西家來。每次臨近傍晚，村前拐彎處，紅旗飄飄，鑼

鼓震天響，只見宣傳隊抬著龍套行頭、長矛大刀等物事，浩浩蕩蕩地來了，在田間地頭勞作的社員總會駐足觀看，滿心的快樂，甚至羨慕。

那時沒有電燈，演出用的燈是煤氣燈，燈座裡加上煤油，打滿氣，在絲制的燈泡上用火柴一點，噗的一聲，燈亮了。那燈越燃越白，整個舞台很快就雪亮了。於是早早來看戲的人也隨著燈亮一聲哄叫。當然過去的舞台不像現在這樣洋派，都是在一村一姓的宗族祠堂。欄杆上，大堂裡都是一天勞作下來的男女社員，最可笑的我們這些半大不小的孩子在人縫中東竄西跳，尋開心。

演出開始了，也有報幕員。當然是女的，而且是這支文宣隊裡最漂亮、最能幹的一個。報幕的台詞都一樣：「尊敬的田井大隊領導，尊敬的田井大隊革命群眾，我們是荷葉公社、十甲大隊毛澤東思想文藝宣傳隊，今天來到財溪公社田井村慰問演出，現在演出開始。」一場下來，報幕員又從幕布鑽出來說：「下一個節目，夫妻雙雙學毛選。」於是一男一女兩個老人登場，我記得幾句唱詞，大體是這樣的：「老頭子呦老婆子呦咱們兩個學毛選，你看學不學，咱們兩個學起來呦，一天不學，心裡不明亮的。」當然，每個宣傳隊的演出節目都不一樣，大都是京劇，如《紅燈記》、《智取威虎山》、《沙家浜》、《白毛女》等，也有《北京有個金天陽》，也有憶苦思甜的戲：「天上有顆星，地上亮晶晶，生產隊裡開大會，訴苦把冤申」等。看得多了，好多唱詞也能背下來了。戲看到妙處，有膽子大的人在人群裡喊了起來，「唱得好不好」？人群中也隨著一聲大喊：「好！」「唱的妙不妙？」「妙！」「再來一個要不要？」「要！」一時一陣大鬧，最後只好多演一個

節目了。我聽說有一個大隊祠堂裡因演出時人太多，欄杆上壓滿人，最後欄杆被壓塌，摔傷不少人，當時成了一個事故，這個大隊還被處理了。

這時我大概也就是十來歲人，是讀小學的時候，不過通過這些文藝演出，在我朦朧初開的心裡留下非常美妙的記憶。這對我將來的文學創作的影響，是潛移默化的。

但隨著文宣隊退出舞台，電影隊就慢慢火起來了。文宣隊退出歷史舞台之前，電影隊也有，但是一年一般只有一兩場，放映一開始，先是宣傳片，關於農業學大寨，文化大革命，批這個批那個等等，之後就放正片，以《智取威虎山》、《白毛女》等樣板戲為主，唱詞都會以字幕形式播放出來，這對我搞詩歌創作、戲曲創作都有很大影響。隨著文宣隊逐漸淡出，電影放映的越來越頻繁了。那時，村裡自然有一些二愣子，每當放電影，他們總是樂不可支地到前一村放映的地方把電影機接過來。放映當然大都是京劇《紅燈記》、《智取威虎山》、《沙家浜》、《紅色娘子軍》、《杜鵑山》、《南征北戰》、《地道戰》、《地雷戰》、《平原游擊隊》、《敵後武工隊》，戲劇片如《寶蓮燈》、《鯉魚記》，歌劇片如《江姐》、《白毛女》、《洪湖赤衛隊》，後來就有《紅樓夢》。越劇電影《紅樓夢》我非常喜愛，人物也美，唱詞也美，場景也美，到現在我都能背誦很多唱詞。這些戲看來看去，其中好多唱詞我都背下來。我經常為了看電影不惜走十幾裡山路，跑到其他村大隊去看。好的影片由於時間關係，是同時在兩個大隊放映的，這裡放完，立即有跑路的把它傳到下一站接著放。我記得看《洪湖赤衛隊》和《紅樓夢》就看了三個大隊。電影有的在曬穀場放映，有的在割了晚稻的田裡放映，嗚啦嗚啦一

大片人。那時農村放電影成了喜慶的一個場面，建房竣工放電影，結婚辦喜事放電影，做壽生孩子放電影，小孩滿十歲放電影，甚至還有下一窩豬仔放電影的。一年到頭，頻繁的時候一個月一次。那時的農村雖然不富裕，但也很快樂。

1979 年下半年，我哥哥當時已經這年 9 月去漣源地區師專讀書了，我是一個二十來歲的小夥子了。在生產隊除了出工勞動，晚上聽到哪個大隊放電影，就會有幾個夥伴一同去看電影。我記得看《寶蓮燈》和《鯉魚記》，深深為裡面的歌詞所感動，與其說為歌詞所動，不如說為裡面的美所動吧。尤其看到銀幕上的職員表，看到某某編劇的名字，就無比地嚮往和憧憬。我想如果我也寫一場戲，在上面亮出我的名字，你說多美就多美。當然，寫完之後，我也有另外一些想法了，想通過寫一場戲出名，改變命運，住個好房子，好娶個老婆，甚至能夠搞個正式工作，鯉魚跳農門。至於為什麼只有想到這個方法才能出風頭改變命運，現在想來，我想這是那時候只能給我這個可能，讀大學、參軍都不可能了。參軍那時候只有幹部子弟才有這種可能性，而且我當時被生產隊社員欺負打了腦袋，腦袋受傷，不能參軍，而且我只有初中畢業水平，根本沒辦法考大學。

那時我家很窮，沒有紙筆，就弄一些別人不用的作業本，買一包二分錢的藍墨水粉，用開水泡一瓶墨水，拿一支沒有膽的破鋼筆寫了起來。我一共才讀了七年書，五年小學，兩年初中，十四歲初中畢業，以後就在生產隊勞動。在學校讀書，也無非是毛主席語錄、老三篇，很少正兒八經讀過什麼書，也沒有什麼書讀。但我總是想把別人的書借來看，這樣就看了一些破破爛爛的書，如《三國演義》、《水滸》、《西遊記》、

《紅樓夢》等，每一章回看下來，篇首的引詩或篇末的收尾詩詞，我總會看完，時間長了就給我留下了一些記憶。

僅憑這些基礎寫劇本都是件難事，不過好在我對寫這東西沒有什麼目的，因為什麼也都不懂，僅憑感覺和無知，也就沒有什麼壓力。我記得在初中時學過京劇《龍江頌》的選段，就按這個格式如場景、人物、地點、時間，寫時就根據電影裡的場景記憶寫了起來，寫的時候我發現寫唱詞蠻有趣，而且很好寫，也許是因為喜歡看書上的引詩有關，跟喜歡看電影戲劇有關。1979 年，我的第一部沒有成功或流產的戲劇寫成了。我給它取名為《鴛鴦珮》。

寫完後幹什麼呢？不知道。農曆五六月的時候，有一次趕十幾裡路，上城送麥子，無意中看到了漣源文化館的牌子，這時我心裡一動，記在心裡。下次再來，我就把我的用作業本寫的稿子帶來了。懵懵懂懂，不知深淺踏進門去，卻不知往哪裡去，去找誰。最後我在走廊拐角處推開一扇門，往裡一看，昏黑的屋裡亮著微弱的燈光，屋裡一對夫妻，男的戴著眼鏡，四十來歲，面色和順，平易近人，我一時的局促不安也就鬆下來了。他就是上面我說的那個老師，叫聶玉文。這是我生平第一次見到有學問的人，他問我有什麼事。我不好意思地說：「我寫了個劇本」。他很驚訝，也很高興。我拿出來給他看，他翻了翻，看了其中幾段唱詞，大加讚賞。他很熱情地招呼我怎麼寫，怎麼改：要有一個貫穿全劇的道具，也就是說主題，中心，圍繞這一點發揮，什麼是鋪墊，什麼是過場，什麼是高潮。他送了一些他寫的演唱資料，他已發表的劇本《春暖花開》，這是在湖南《群眾文藝》上發表的，和其他的群眾文藝刊物。最後給我幾本印有文化館標籤的創作稿紙。我如獲至

438 | 重返開端：新時期文學的「群眾性」（1977-1984）

寶，興沖沖回家連續抄寫了幾稿。

我以為這事就這麼過去了。1980 年上半年左右，我有生以來第一次收到一張通知書，上面稿紙便箋是漣源縣文化局稿紙，下面蓋有漣源縣宣傳部、漣源縣文教局和漣源縣文化館公章，正文內容大概是通知我參加文藝創作學習班（戲劇類），學習時間有兩個月。文件是由財溪人民公社專幹送給大隊的，再由大隊支書送給生產隊長。這事我一時蒙了，這可是一個重大事件。一時在公社大隊、生產隊有些議論，有奇怪的，有嫉妒的，有驚訝的，也有爭執的，因為我畢竟只是生產隊的勞動力，一個勞動力出外兩個月是要向生產隊投資抵扣工分的。最後由文教局派人和公社達成協議，由於參加會議，有工資，1.5 元一天，應向生產隊繳納 0.7 元一天抵扣工分，事情才算定下來。

不久我來到縣文化館，見到了聶玉文老師，我遞交了劇本。聶老師馬上定火車票，我和聶老師下車後就來到了地區招待所報到。已經有很多人先到了，有新化縣文化館陳景輝老師，有冷水江市文化館的范國姿老師，他是電視劇創作員，有冷水江機械廠保衛室的李德元，有雙峰縣文化館的朱劍宇，有婁底文化館的俞景洛，有湘鄉縣的幾位老師，其中一位是後來改編譚談小說〈山道彎彎〉的作者，有新邵縣的石勁松老師，當然還有不少來自各縣的文化幹部。就在這天下午，地區文化館的幾位主持會議的老師來了，其中有周崢嶸老師，聽說是資深的戲劇創作者，他就在戲劇工作室工作；有舒楠材老師，有楊真一老師，都是有一定的作品和名望的。他們告訴我們，今天就交換作品，互相學習，到後天就正式開會。晚上就餐在招待所，我記得有四桌人。生活對我來說很是樂觀，前所未有，

也許是見世面太少的緣故。

　　第二天早晨，我記得當時我們宿舍的房門被推開了，進來幾個人，其中有范國姿、李德元、石勁松、陳景輝等，他們都向聶玉文老師打招呼祝賀，因為他們都互相認識，他們說了不起，聶老師招了個好學生，說我的本子寫得好，等等。我不懂，也不會應酬，就在那裡傻笑。聶老師就一一謝謝各位。

　　大概在火車站招待所有一個月時間，每天開會，都是討論某某的作品，發一些劇本類的書籍給大家閱讀學習，討論百花齊放百家爭鳴，圍繞文藝創作的中心，基本上離不開時代精神。有書我非常高興，因為我都沒有讀過。但會議我沒有發言，因為什麼都不懂，也沒有發言的機會。

　　有一天大會宣布，明天下去體驗生活。什麼是體驗生活，我自然也不懂。我就隨聶老師回到文化館，他把我安排在文化館進門左邊的樓板房裡住下，也是吃文化館的。他叫我寫些新的東西，以便開會時有些準備。我每天就這麼渾渾噩噩地過去了。十天之後，我又隨聶老師再次來到了地區。地區的老師說改了地方了，將會場改到了漣鋼招待所，人都先到了。後面還是討論，我記得當時討論學習的劇本是《於無聲處》，這是寫文化大革命的話劇，還有電影劇本《飛賊》，什麼內容現在也不記得了，只是聽到有關《飛賊》這個本子觸到了什麼不該寫的東西，未能搬上銀幕，被扼殺了。

　　兩個月的時間很快過了。我也不知道做了什麼，寫了什麼，反正沒有一點成果，因為那時確實不懂什麼。最後一天會議結束，舒楠材等老師就說我這本子題材陳舊，都是小姐進花園，公子考狀元的路子，沒有新意，不能被扶植。後來想起來，如果被扶植的話，也許人生就是另一番樣子。當然那時候

不懂，本也不知道什麼叫希望，所以也沒有多大失望。這天就發放了工資，每天 1.5 元，另加晚上討論學習等的加班費，共發了百來元。這倒是我高興的，因為我還沒有見過這麼多錢。從此以後，我得到了很多書籍，都是縣文化館和地區文化館發的。

以後的路怎麼樣我也不知道，白天還是勞動，晚上我還是寫，因為花了很多功夫，總捨不得放下。後來我打聽到我親戚的老鄉叫文藝萱的老師，是湖南省戲劇工作室的。我把稿子寄給了她，請她給我看看改改，也是指導的意思。後來她回信說：戲劇在文學創作上是最難的，既需要文學功底，也要音樂功底，還要舞台經驗，她教我不妨寫寫其他東西，如詩歌，短篇小說、散文等，從小處著手，以後有機會再寫戲劇。到此時我才徹底失望，再者我還要生活，要勞動，要養家糊口，想創作就更難了。

後來我就寫了一些小東西，詩歌和歌詞，在地縣一級等刊物發表過。聶玉文老師在他主編的《漣河》小報上給我發過幾首小詩，現在不記得了。1981 年、1982 年，這幾首詩短短幾行，小豆腐塊，就能得到 4 塊錢稿費，而那時農民一天工也就是 1.5 元。後來還在地區楊梅生主編的《新風》文學期刊、《漣水》等期刊發表過，也在地區文化館黃勝泉老師主編的《漣水新歌》上發過幾次小歌，在婁底市報《花山》上發過一些。那時有點稿費，5 到 7 元。

從此以後，凡地縣召開文學創作學習班我或多或少都參加過，在八十年代前中期，基本上每年我至少參加一次，有時會有兩次。我記得 1983 年，是譚談的小說〈山道彎彎〉聞名全國的時候，也記得是「桃花盛開」這首歌唱得最響的時候（那

時候在招待所，早晚都放廣播，其中經常聽到這首歌），縣文
化館發來通知，叫我去參加創作講習班，這類會大都是為繁
榮我縣文藝創作的活動會議。會上見到很多愛好文學創作的
人，如楊衛星、李秋華、童素、李商林、梁利堅、王進求、蔣
山等。有知名的，也有不知名的，有的或多或少在各類報上發
表過文章的，也有一事無成的，也有一些由此而走上領導崗位
的，進入《婁底日報》社的。總共好幾十人，有工人，農民，
中小學老師，但是農民居多，農民應該大都是我這樣的經歷，
因為業餘搞創作，通過地方文化站和文化館的人推薦，獲得機
會來參加座談會。會上見到了由文化館邀請回家鄉講學的作家
譚談、湖南作協副主席蕭育軒、工人作家劉漢勛、湖南著名詩
人于沙等，也見到了縣文化館館長劉繼剛，文化局長周旭成，
宣傳部長袁一安等人。

　　會議總共半個月，當時會議地點設在縣黨校招待所，一間
房子住 4-6 個人，吃飯時好幾大桌子，都是好飯好菜，一般業
餘創作人員是由文化館管吃管住的，還有點工資，按當時工價
2-3 元一天。

　　會上首先由縣文化部門領導致開幕辭，談當前文藝創作
的成果和不足，談文藝創作的中心主題，為人民服務、為社會
主義服務，百花齊放百家爭鳴等等，總之是順應當時的政治要
求。以後就聽各位有成就的作家講課，談創作感受、經歷和成
就。一般一個作家講一個上午，下午是大家座談，講課的作家
不參與。發言一般就是談聽了課之後有什麼啟發、心得，受到
什麼鼓舞，決心要努力創作，等等。

　　我記得最深的是譚談的講話。他講述他走上創作這條道路
的歷程。首先是家裡窮，吃飯是大事，於是招兵的時候就去報

名當兵，當兵吃糧填肚子，沒有什麼志向。到部隊後除了每天
訓練，也要參加部隊勞動，最重要的是部隊是一個很好的熔
爐，部隊能鍛煉人。因為部隊有圖書室，他掉進了書海，從此
愛上了書，一有空就往圖書室跑。後來他寫了篇報導登在連隊
的牆報上，誰知團部宣傳幹事下來檢查，看到這篇報導，他說
寫得好，以後連隊表揚了他。他的創作熱情一發不可收拾，後
來寫了一篇短篇小說，被《解放軍文藝》發表了，受到師團部
的表彰，這就是他踏上寫作這條路的過程。後來他復員轉業來
到了漣邵礦務局金竹山煤礦當工人，一邊上班一邊創作，寫
出了〈山道彎彎〉這部中篇小說，並且榮獲全國優秀中篇小
說獎，這當然是振奮人心的事──當然這不是他說的原話，只
是我們這些學員聽後的感受。以後他談到〈山道彎彎〉被改
編成電影的全過程。由於小說獲獎，自然有多家電影廠找他改
編，由於他對電影也不專業，自然有些編導提出與他合作，被
他拒絕了，最後確定了西安電影製片廠，因為西影同意他自
己改編。當他來到製片廠招待所，導演找他談話，也有合作的
意思，但他不同意，最後導演丟下一些電影劇本，叫他先讀劇
本、多看電影。此事就成了。以後他又寫了很多部小說，如
《小路遙遙》、《風雨山中路》、《美仙灣》等，後來聽說當
過冷水江市市長，益陽市領導，最後調任湖南省文聯。

　　在學習期間，我們學員都紛紛把自己的創作作品遞給他，
請他指點，我也把我寫的電影劇本給他看過，他是個平易的
人，沒有架子，很好說話，他還真看了我的作品，給我提出了
看法，現在記不清了，但一句話我永遠不會忘記，他說你寫的
這些，你所用的電影技巧、方法，比我的還要好，我不知道是
好話還是取笑，總之不明所以。

　　後來幾天也聽過省作協副主席蕭育軒講話，也聽過劉漢勛講話，但大都忘了。蕭育軒也是講他的創作歷程，傳授創作經驗，並以他發表在《漣水》上的短篇小說〈金鹿峰〉為例，他還說文學就是人學，要注意寫人的心靈世界，文學為社會服務，文學要積極，不能消極，等等。最後聽詩人于沙講課，因黨校會議室需要招待幹部開會，所以會議室遷到電影院的小放映室裡。當于沙走進會場，大家都像前幾場一樣非常羨慕地看著他，當他走上講台，發現講台桌子搖動，他用手搖了搖桌子，說了一句：「不平則鳴！」當時會場爆發一陣大笑，而他卻不笑。我記得這是詩人于沙的幽默，還記得他說的一句話：把寫詞當做詩來寫。

　　會議結束後合影留念，現在我還保留了當年的兩張照片，就在黨校大廳門口的階梯前。當時拍照時，所有學員都想往名家近旁靠，但畢竟是上面領導和幹部們站前排和名家站在一起。會後集中收錄了一些文學作品，擬在文化館主辦的刊物《漣河》上刊發，我有一篇題為「她，是笑著死去的」，登在上面。有一位高中語文老師蔣山，也是參加過創作學習班的，他對此大加讚賞，說《漣河》裡的文章，文筆和描寫沒有一篇比得上這篇。

　　也不記得是什麼時候，我又陸續參加多次文藝創作學習班。其中一次地區文化館《新風》雜誌主編楊梅生老師也來學習班講過話，我記得當時他提及過很多人，很多作品，其中提到我的一首〈野草〉他很欣賞，就是其中一句話讓他決定發表，這句是：「我願是一株野草，為人類吐獻一葉之翠。」他說這是亮點。在會上文化部門領導表彰了一批卓有成就的創作人員，如楊衛星，李秋華，李郁林等，也批評了一些創作人

員「為一百個女人而創作」的不良傾向。「為一百個女人而創作」的口號是李秋華說的，他當時在一本叫做《醜小鴨》的雜誌上發表過一篇小說，非常豪氣。會後宣布了獲獎名單，頒發了獎金，我不與其列。

應該是 1985 年下半年，聶老師見我狀況不佳，家貧，很關心我。他告訴我縣文工團、也就是湘劇院需要一名編劇，他給極力提了名，應該是很有希望的，因為當時能寫戲曲劇本的人也就我一個。那時候，政審都已經過了，還是聶老師親自陪著我去財溪鄉政府辦理的。我抱著很大的希望，在家等消息，結果從部隊轉業回來一位叫聶如良的軍人，他寫過話劇，又是黨員，又有一些關係，也是文藝愛好者，他條件比我好，就上了，我就沒有進去。大概是 1987 年的下半年，我在建築工地打工。有一天我接到聶玉文老師寄來的通知，教我立即回縣文化館參加文化輔導員考試。我還真的感謝我這位恩師，他時時關心著我的動態，到文化館的第二天就參加考試，第一門是政治，考哲學、矛盾論之類，第二門是文化方面的，第三門是做文化輔導員方面的知識，第四門是唱歌，這些課程我是全沒有涉及過，也沒有準備過，只好望門興歎，至於唱歌更是門外漢了。所以我又落榜了。

在當時和我一起搞創作的人，有些原本就是有正式工作的，有的沒有正式工作，後來也悄悄趕上了工作單位，有好幾位有成就的人，至今已經出版了好幾部作品。而我不久就轉行做別的去了。

（本文已由作者確認）

附錄 B
宗福先訪談錄

宗福先，1947 年生，話劇《於無聲處》的編劇，其他代表性作品包括話劇劇本《血，總是熱的》、《道拉斯先生到來之前》等，電影劇本《血，總是熱的》、《鴉片戰爭》、《高考 1977》等。曾獲文化部・全國總工會特別嘉獎、文化部・中國劇協 1980-1981 年優秀劇本獎、文化部・財政部舞台精品工程優秀劇本獎、第 27 屆中國電影金雞獎最佳編劇獎、「文化部優秀話劇藝術工作者」榮譽稱號等。

採訪時間：2021 年 11 月 25 日

採訪地點：上海市閔行區南方商城鬥牛士西餐廳

石岸書（以下簡稱「石」）：宗老師您好！感謝您接受採訪。我想請您從早期生活開始談起。首先，請您先聊聊 1968 年進入上海熱處理廠之前，您的童年和少年生活中與您的文學環境、文學教育有關的方面。具體說來，您小時候在家庭、學校受到什麼樣的文學薰陶、文學教育？您什麼時候開始萌發了文學創作的念頭？1968 年之前，您讀的哪一些作品對您影響比較大？我看過您的一些採訪，但是我覺得可能還可以再展開聊一聊。

宗福先（以下簡稱「宗」）：我一直到 1973 年以前沒有想過當作家，也沒有寫小說這方面的念頭。但是我們家和文學

是有點淵源的。我的祖父是中國比較早的大學中文教授之一，老舍先生就是他學生，他學了五年。我的父親文學功底很好，他後來出了一本古典詩詞，是他幾十年的成果，但他是搞交通運輸管理的。我母親是中學語文教師，她也沒有在文學方面對我有什麼要求，可是她做了一件大好事，就是我從小先天性哮喘，在我媽媽概念裡，我不能累，她為了管住我，不讓我到外面去皮、去鬧，就從學校裡借了大量的圖書給我看，每次借一大摞，這樣就培養了我讀書的習慣。很多世界名著，我都是在小時候看的。那個年代，給我印象深刻的是《牛虻》、《鋼鐵是怎樣煉成的》、《遠離莫斯科的地方》、《卓婭和舒拉的故事》等一大批。也有一些我讀不懂的，最極端的是《約翰克里斯多夫》，這部作品我小時候怎麼可能讀懂呢，但是在我後來進工廠後重新讀，就覺得這本很熟，感覺小時候看過。讀書成了一生的習慣，一直到現在我最喜歡的事兒還是讀書。那麼這無形當中也培養了我對文學的濃厚興趣，雖然我沒想過要當作家，可是以後當我真的提筆寫東西的時候，我發現我是能寫的。

石：我看您在接受採訪時也提到一些書，從文藝復興到19 世紀的文藝作品，包括所謂的資產階級文學家、藝術家有關人道主義、人性論的言論選集，資產階級政治家關於人權、自由、平等、博愛的言論，這些書您是什麼時候接觸到的？

宗：在「文革」中。

石：大概是「文革」前期還是後期？

宗：貫穿「文革」吧。大概 1968、69 年開始。

石：怎麼來的？

宗：朋友幫我借來的。

石：那個時候能借這些書嗎？

宗：那個時候大學亂了，大學圖書館跟抄家一樣，書全都流到社會上，所以反而看的比原來多。表面上嚴禁，私底下暗流湧動。

石：所以您其實是比較早地接觸到這些資產階級文學、藝術家的人道主義的作品了。您覺得那些書對您產生了什麼樣的影響？

宗：蠻大的影響。在「文革」封閉的環境下，我卻看了大量的各種書籍，包括其他一些革命的、不革命或者反革命的書，其實都是對我有影響的。我那個時候看的書算是一個大雜燴。毛選、馬恩選集四卷本，都認真看過。

石：您是出於什麼原因要去借這些書？是隨便感興趣看還是有目的地要找這些書來看呢？

宗：有目的會找一些書。「文革」前，那時候就知道聽老師的話，聽爸爸媽媽的話，讓幹什麼幹什麼，對吧？我們是共產主義接班人，那時候沒有自己的思維，自己的想法，完全沒有，非常正統。「文革」來了以後，一下子把整套價值標準全部給砸爛了，不得不重建。而且那時候沒有任何人可以幫助我，父親母親都被關起來，不說家破人亡，也是家敗人散，也沒有人引導我，我只能自己一個人去闖、去走、去想，逼著我去認真思考很多問題。

我從小受教育就是要當一個革命者，在「文革」中因家庭方面的原因受到衝擊很大，那個年代我是被排斥在革命之外的。有一件給我印象最深的事，當時我們工廠有 50 名學徒工，49 個人加入了造反隊，只有我一個人沒被批准。那個時候我覺得十分沮喪，不甘心，不服氣，潛意識中我在思考究竟

什麼是革命，革命者的標準是什麼。但那時候十分混亂，我自己就通過閱讀這些書去思索，給自己找出路。後來我當然意識到，什麼叫革命者？各個不同歷史年代、各個不同信仰人群，都有不同的標準，都不一樣。在我心目中，革命就是順應歷史潮流的，順應民心民意的，推動國家民族歷史向前進的這麼一項事業。個人是微不足道的，但是你加入這個事業，那你就是革命者。這是我現在的看法。當時就是憋了一口氣，憑什麼不承認我是革命者？我不服氣。我堅定地認為我就是革命者，可是我怎麼證明自己？那我就要從理論上、從書籍中尋找根據。那些書，實際上是人類多少年來文明進步所積累下來的巨大財富，我是這麼看的。這些東西綜合起來，後來逐漸改變了我的人生。

石：我還看到您在採訪中提到一本書叫《兩漢文學史參考資料》，為什麼您要特別提到這本書？

宗：如果單挑幾本書出來說對我影響最大的話，那麼它是一本。這書裡面我一直看的其實是一篇文章，司馬遷的〈報任安書〉。

石：是他的境遇讓您有觸動嗎？

宗：是的。這篇文章裡有這麼一段話，就是自己受了羞辱以後：「雖累百世，垢彌甚耳！是以腸一日而九回，居則忽忽若有所亡，出則不知其所往。每念斯恥，汗未嘗不發背沾衣也！」就那種受到羞辱以後的感覺，讓我讀了以後真的是如遭雷擊。這文章我 64 年看的，然後「文革」抄家中這本書不知道怎麼漏網了。這段文字前面還有一句：「恥辱者，勇之決也」。我覺得這句話是他的主題。別人的翻譯跟我不一樣，我不管他，我的理解是：不恥於受羞辱的人，會有一種決絕的

勇氣。

石：64 年，那時候「文革」還沒有來，您的那種恥辱者的感受指的是什麼？

宗：就是 63 年底我生病，然後醫生說這個孩子再也不能念書了，讓我休學，還下了病危通知。然後就覺得我這人廢了，書都不能念，長大了還能做什麼。那時我 16 歲，你想 16 歲的青年，那是做夢的時候，做彩色夢，突然告訴你完了，那種壓力、那種恥辱！但是「文革」中還有更沉重的恥辱。「文革」中工會被砸爛了，王洪文、葉昌明他們認為叫工會就是復辟了，所以就叫造反隊，「文革」結束以後，造反隊員集體轉為工會會員。我剛才說，我不是造反隊員，所以等於我連工會都不能參加。有一天造反隊開會，車間裡嘩一下人都走了，我回頭一看傻了，留下來的除了我就是一群牛鬼蛇神，我感覺我被踢出了革命隊伍，那時候那種羞辱感啊！64 年司馬遷這段話我沒全懂，但這一次我完全明白了。這段話後面還有司馬遷的一大段排比：「蓋文王拘而演周易，仲尼厄而作春秋；屈原放逐，乃賦離騷；左丘失明，厥有國語；孫子臏腳，兵法修列；不韋遷蜀，世傳呂覽；韓非囚秦，說難、孤憤；詩三百篇，大抵聖賢發憤之所為作也。」發憤而作為，不是奮，憤是憤怒。我就懂了，「恥辱者，勇之決也」。這是「文革」中 70 年的時候。

石：您那時候也讀過毛選、馬列經典等，那裡面的東西沒有像〈報任安書〉那樣給您很大影響的語句或者言辭嗎？

宗：像那麼具體一句話刻到我生命裡頭去的，沒有。「文革」期間，大概 69 年 70 年，我還自己編了一本毛主席跟馬恩的語錄，那時候外面很多紅衛兵油印的語錄，我自己也編了一

本。回過頭看，我對社會上發生的很多事情不理解，比如北京那時打死了 350 個地富及其兒孫，上海我們學校延安中學自殺了六位老師，我們廠裡的階級鬥爭搞得也是一塌糊塗，我都不能理解。那麼我在幹嘛？我就在馬克思主義經典作家的著作中，替我的思想尋找支撐，非常實用主義的支撐。我要知道他們到底怎麼說的，可是我挑的都是合我胃口的。舉個例子，毛主席說「政策和策略是黨的生命」，這句話成為我很長時間內對「文革」判斷的一個支柱，我覺得你們做的不符合毛澤東思想。這個摘編當時還給一些同學看。後來 2005 年我去美國旅遊，旅居美國的一位老同學一天對我太太說：我懷疑文化大革命就是從看宗福先的語錄摘編開始的，並且後來列舉了幾個例子。其實我那時還沒有那麼大膽子。

石：您那時候有記日記的習慣嗎？

宗：沒有，「文革」前我有，「文革」開始後我不寫了。

石：「文革」後您也不寫別的文字。

宗：我只做摘記。

石：摘誰呢？

宗：摘得最多的就是魯迅，厚厚一大本。我也摘各種文學作品，《牛虻》、《歐根·奧涅金》、《羅亭》等，很多。

石：這是在「文革」期間也一直在做的事？

宗：是的，一本一本。

石：我看魯迅對您的影響很大，您讀魯迅的經歷，可否簡單分享一下？

宗：魯迅的雜文集，我每一本從頭念到尾，每一篇從頭念到尾。他對我影響極大極大。

石：是從小就開始念嗎？

宗：沒有，從小就看，但是沒有感覺。「文革」中看，感觸太深了。我覺得他把社會看得太明白了，他那種不妥協，那種強硬，那種犀利，那麼通透的眼光，從根本上講，他改變了我原來比較柔弱的那種性格。

石：您家裡有魯迅全集嗎？

宗：有。

石：那時沒有被抄掉？

宗：那時候魯迅的作品是不禁的。但是我真正讀不是讀那套全集，而是當時一本一本的冊子，「文革」中出了所有魯迅的雜文集、小說集、書信集，都是「文革」中出的，所有的我都買了，一本一本翻。

石：那您覺得最影響您的小說或者雜文，還記得哪一些篇目嗎？

宗：小說給我印象最深的是〈傷逝〉，當然〈阿 Q 正傳〉誰看了都會留下深刻印象。雜文我不能說他的哪一篇是我最喜歡的，但是他的很多警句都在我的腦海裡。比如 1976 年天安門事件的時候，我腦子裡跳出來的就是魯迅的詩句，「忍看朋輩成新鬼，怒向刀叢覓小詩。吟罷低眉無寫處，月光如水照緇衣。」比如我在「文革」中長期自我感覺就是一個多餘的人，跟涓生、羅亭、歐根・奧涅金同類，「兩間余一卒，荷戟獨彷徨。」我覺得那就是我，扛著一把大戟，遊蕩著，找不到自己的位置。

石：好的，那我們現在進入第二部分。第二部分是關於您 1968 年到 78 年在上海熱處理廠的經歷。首先我想請問，您到熱處理廠上班的通勤時間大概多長？

宗：坐公交 40 分鐘。從我們家坐過去 1 毛錢，那時候我

沒錢，所以先走兩站再坐車，五分錢。

石：您在熱處理廠工作期間，工廠有沒有相關的文學活動或文學氛圍，比如文學小組、文學牆報、文學刊物之類的？

宗：沒有。「文革」初期哪裡可能，「文革」後期都沒有，不允許。

石：讀報小組呢？

宗：讀報小組也沒有。學習毛主席語錄、毛主席最新指示、學習社論，那個經常學，但是沒有任何什麼現在意義上的讀書小組學習。

石：好的。1972 年的時候，您寫作了〈政策〉，我就想請您介紹一下您這部作品的寫作目的、主要內容和創作過程。

宗：出發點是，我覺得我們廠裡的階級鬥爭脫離了毛主席革命路線的軌道，不講政策。不到 300 人的廠，先後點名批判 70 多個人。那時候我不知輕重，跟車間裡的總支書記說，毛主席說的，壞人占 5%，我們廠怎麼那麼多階級敵人？總支書記臉馬上拉下來了，他說了一句很哲學的話：「階級敵人，你睜開眼睛看就有了，你閉上眼睛就沒有了。」然後過了沒兩天，廠裡揭我的大字報就出來了，說我是五一六分子。

石：那是在林彪事件之後？

宗：林彪事件之前。但我這個家境出生的，從來沒有當過紅衛兵，怎麼可能是五一六分子？實際上廠裡就是因為當時中央正在抓五一六分子，我們廠沒有人，就把我提出來了，我就想你這總支書記報復得也太快了，你講理不講理？他們的理由是什麼呢？因為我曾經把「文革」中的紅衛兵小報帶到廠裡。

石：為什麼呢？

宗：「文革」初期不是有許多紅衛兵的小報嘛，有些印刷

的很好，那時清華北大什麼的都在出小報。

石：您是覺得小報好看，出於好玩帶到廠裡去嗎？

宗：我是覺得值得一讀，雖然我不是完全贊成他們。他們就以此為據，說我是五一六，我哭笑不得，當然也沒對我採取什麼措施，沒有什麼關押。

石：就貼了一張大字報？

宗：好幾張大字報，但內容都一樣。

石：但沒有把您批鬥什麼的？

宗：沒有。紅衛兵小報當時全中國流傳的，批鬥我是沒有依據的。所以貼大字報點了我，我不服氣，更覺得「恥辱者，勇之決也」。我就想，我只是一個普通工人，我不能怎麼樣，我寫小說！

石：為什麼會想到寫小說？正常道理不是應該也貼上大字報啊。

宗：不允許啊，當然不允許，所有大字報都是在領導統一指揮下貼的，「文革」後期不允許隨便貼的。

石：只有廠裡領導同意貼，你才貼的上去？

宗：對。而且我要貼我說什麼呢，我不是五一六，除了自辯之外，我沒法說，因為我不能說抓五一六不對。

石：那您還可以有別的方式，為什麼就想到寫小說呢？

宗：我自然而然就想到寫小說了，我就覺得我沒別的本事，我沒法去投訴，我沒法跟他們講理。我跟誰去講？打又打不過，吵又吵不過，我還有什麼渠道能夠發洩呢？我就覺得我要寫小說。當然這跟我看東西多也有關係，小說是可以傾訴我所有的感受的。那時正好我生了一場大病，病危，救過來以後休長病假 8 個月，我就在這 8 個月裡寫了一部長篇小說，題目

就叫〈政策〉，中心思想是：階級鬥爭要搞，但是要講政策。

石：主要內容是什麼？

宗：寫我自己廠裡，那故事是編的，不是真的。大概就是說廠裡有壞人，也有不是壞人，要分清，要講政策，不要誤傷那些不是壞人的好人。寫了 37 萬字，可是沒有完整的故事。

石：那麼寫的過程之中您有沒有產生一種感覺，覺得自己寫的還可以，然後產生可以當作家的念頭。

宗：沒有，也沒有想，我不認為我有資格做作家。開始我想寫個短篇小說〈政策〉，寫廠裡錯誤地把一個犯了錯誤的人當成敵人，然後上面怎麼甄別，當然小說裡總支書記是好人，他要掌握政策，寫著寫著到了 37 萬字，你就知道我有多不懂創作。

石：但是一上來就能寫 37 萬字，證明您的基礎很好。

宗：我認為這是我讀了這麼多書的作用。表面看我沒有目的，但實際上在我心裡積累下來了很多文學創作必須的基礎素養。比如知道怎麼遣詞造句，知道怎麼轉折，知道些皮毛，雖然是皮毛，但是讓我信手寫來似乎還有模有樣。

石：在別處您提到，〈政策〉您寫完之後，您就想送給別人看，最後找到茹志鵑老師。那麼寫完之後您為什麼這樣處理，不是送給廠裡的人看，而是要去給一個作家看呢？

宗：那是存著一個能出版的想法，當然是做夢。那麼正好我的妹夫認識茹志鵑，他有一天就帶我到茹志鵑家裡去拜訪。當時王安憶也在，還是個小姑娘，我查了一下，那年她 17 歲。當時茹志鵑也沒說什麼，就說你放著吧。37 萬字，這麼厚一摞我手寫的，我就把稿子留在那兒就走了。可是沒想到過了幾個月，茹志鵑到我家來了。

石：不請自到？

宗：不請自到。她在巨鹿路作家協會工作，我也住在巨鹿路，她就走過來了。

石：她認識您的父母嗎？

宗：不認識。她把這個東西送到我家，我一看受寵若驚，因為我跟她只是一面之交。然後她就跟我說，宗福先，你一看就不懂什麼叫創作，37 萬字居然沒有一個故事。但是我不知道為什麼你那麼年輕，卻有那麼多群眾性的語言。還有你有自己的想法。憑這個，你能夠在這條路上走下去。因為我那個小說在當時肯定是通不過的，你怎麼可以對階級鬥爭挑刺兒？但是粉碎「四人幫」以後，茹志鵑老師跟我說，宗福先你那個小說可以拿出來發表了。我說還是通不過的，因為小說又是肯定階級鬥爭的，只不過要講政策，出來的話就是極左。但這就是我的真實思想的發展過程，那個時期對「文革」有反感有抵觸，可還是一個折中派。

石：我梳理一下，您寫了 37 萬字的小說，您覺得既然寫完了，也許可以找一個爭取出版的機會，就想先給作家看一下，結果茹志鵑老師說您沒有完整故事但有語言基礎，希望您去學習一些基本的技巧，那麼這個時候您開始產生了一個當作家的念頭。

宗：自從茹老師肯定了我能夠在這條路上走下去，我就沒有改過初衷。也不叫當作家，那個年代作家都是牛鬼蛇神，但反正就是寫下去吧。

石：發現了人生出路的明確方向。以前您沒有別的職業理想嗎？

宗：沒有。

石：也沒有對自己在做工人上有太多的職業上的考慮？

宗：也沒有。因為我實在不適合。我是個哮喘病人，最不合適的就是當熱處理工人，高溫、有毒氣體和重體力勞動對我的身體是一種摧殘，我不可能在那方面有一個考慮。但是我覺得寫作可能是適合我的。不過那個時候也沒想過我要以寫作跳出工廠。沒這個想法，不可能。那時，一個人一生只能分配到一個飯碗，砸了就沒飯吃了。

石：但是從此之後您就開始有意識地往這方面走了，所以1973年您在朋友推薦下去上海市工人文化宮參加曲信先老師的小戲班。這個方面您以前聊的比較詳細了，我就想再請您談一下您去參加小戲班的時候市宮的文藝環境和氛圍，對此您有什麼特別的印象嗎？

宗：那時候有個特殊性，就是所有想搞創作的人是沒有出路的。不像現在，你可以念大學，可以去讀碩士博士，你也可以業餘時間找個老師輔導。現在有很多關於寫作的輔導書，那個年頭一樣都沒有。

石：沒有那些輔導書？

宗：沒有。書店裡就馬克思、恩格斯、列寧、斯大林、毛澤東選集，魯迅作品，沒幾本書，小說就是《豔陽天》、《金光大道》兩部，哪有什麼輔導書，也沒有任何一個訓練班學習班。大學都關了，你想怎麼可能呢？毛主席說大學還是要辦的，也是指理工科，根本沒必要培養你去歌頌帝王將相。沒地方去，沒有路，所以所有扔在社會最底層，各種各樣有抱負、有才華、有理想的一批人，就集中到一個窄窄的通道，其中就有工人文化宮。為什麼？工人文化宮是在上海市總工會領導下培養工人作家的，這個「四人幫」是認可的，文化宮是王洪文

的直系部隊。那麼很多人就從這條路進來，所以我們文化宮出了很多中國著名的演員、作家。這是一種獨特性。為什麼？因為你現在人才有那麼多方向可走，幹嘛到工人文化宮？當年沒路可走，所以才有那麼多業餘的，後來很多人就自學成才了。

石：在文化宮裡面，您每次去都是去參加小戲班嗎？參加完就回來？不會跟那些業餘作者們聚會什麼的？

宗：聚啊。我們一個禮拜兩次。開始是需要上課，包括曲信先老師請他的同學余秋雨、榮廣潤等一批人來給我們上課。幾個月後畢業了，他認為有苗子的就留下幾個，搞了一個小戲創作班。我們每個禮拜聚會，討論劇本。輪流寫一個提綱或者劇本，大家就傳看，提意見討論，互相挑刺、互相出主意，最後是曲老師總結、概括，把具體實例上升到戲劇創作的理論、理念。這樣子，在這當中磨練，學習戲劇創作技巧。這種集思廣益的形式非常好，實際上我們主要是在創作和實踐的過程中學習的。

石：那時候市宮裡面應該不只有導演班、小戲班，還有一些別的文藝活動吧？

宗：民樂班、美術班、舞蹈班。

石：然後各個工廠的工人都經常到那裡去？

宗：有愛好的經常去。那個時候工人文化宮是最熱鬧的，因為其他地方不允許這麼熱鬧，這裡允許。

石：進去是不要錢的？

宗：不要錢，那時候不講究經濟效益。

石：《於無聲處》出來之後，很多評論家、文化官員都強調說《於無聲處》是業餘的，但是又說這個話劇竟然有這麼高的專業水準，無論是劇本也好、演出也好。那麼我就還想再問

一問，為什麼當時市宮能夠將業餘的作品提高到這麼專業的水平？這跟市宮的各種各樣的條件有些什麼樣的關係？比如說您談到過曲信先和導演班的蘇樂慈，他們是科班出身，進入到了市宮來培養你們。在今天來看，這樣專業水平的老師是不可能去市宮的，起碼也是在高等院校或者是專業劇團裡面，不可能落到市宮裡面去。那麼這是一個條件。您覺得除了這個條件之外，還有別的條件嗎？

宗：主要是這個條件。他們兩位是非常專業的老師，把一群毫無戲劇背景、從來沒想過寫戲的白丁培養出來了。我1973 年進訓練班，78 年寫《於無聲處》，5 年的業餘時間，每個禮拜上兩次課，禮拜三、禮拜六晚上。因為只是業餘，不能利用工作時間，他們就能把我培養成為一個能寫出《於無聲處》這樣比較有專業水準（不是自己誇自己）的劇本。這個劇本具有一定的藝術水準，我自己也認為是的，對吧？這個不用謙虛，你說經典呢我認為還不夠，這也不是謙虛。但只用了5 年業餘時間，這說明什麼？他們的教學水平極高，這在我們中國的戲劇教育史上堪稱一個典範。不只是我一個人培養出來了，我們工人文化宮的話劇在當時中國的戲劇舞台上是有一席之地的，這個很不容易。這就是老師的本事，這個是第一位。第二位是我們當時得天獨厚，我們有這麼兩個班，一個小戲創作班，一個小戲表演班，我們寫出劇，如果比較成熟，表演班就會演。寫戲跟寫小說不一樣，小說你寫完了就完成了，一個戲劇本寫完了，它還不是作品，只是半成品，跟沒燒好的菜一樣，它必須在舞台上立起來，那個才叫作品，這是有極大區別的。一般的業餘作者哪裡找劇團給你排戲，對吧？在我們，你寫出來就有人給你排。這種在舞台實踐中成長的條件，是極為

難得與寶貴的。

石：排戲需要先去詢問蘇樂慈老師嗎？

宗：就是她定的哦。曲老師和蘇老師商量好，曲老師建議，蘇老師看了說可以啊，那就排。那麼蘇老師是什麼意思呢？她要用這個排練來訓練她的演員，對吧？你光朗誦有什麼用，你得會演戲啊，就只能在實踐中鍛煉。對於我們作者來說，劇本在台上一立起來你就知道哪裡好哪裡不好。

石：所以他們在排的時候你們也是在現場的？

宗：在現場看。而且後來養成習慣，我的戲只要在排，我幾乎每場必到，我坐在底下看。導演在中間指導，然後演員就罵：這話不是人說的，太拗口了，太文字化了，我就當場改，有時候一個地方導演覺得兩人感覺不對，我也在一邊看，然後該怎麼改就怎麼改。這樣我們文化宮出來的這幫編劇舞台感比專業學校出來的學生強，我們理論基礎可能不如他們，但是我們的直覺、舞台直覺比他們好，因為我們有個表演班供我們實踐。

第三個原因是，當時我們有特殊的優越條件，因為我們在總工會的領導下，有些事別人不能幹的事我們能幹，整個社會不允許，但是我們可以。辦創作學習班本身就是，我再舉個例子，曲老師有一本書，美國人貝克寫的《戲劇技巧》，禁書，社會上是封禁的，但曲老師對領導說我們要批判它，領導就特批到印刷廠，翻印幾十本，發給創作班的每個學員。這種事情在「文革」當中是絕無僅有的。

石：我看滬東工人文化宮和滬西工人文化宮就沒有這樣的成就，雖然後面的幾個條件似乎都有，但是培養不出來。

宗：遇到曲老師蘇老師確實是我們的大幸運。

石：關於業餘去上課上班的事情，我還有一些問題。比如說每週是週三和週六晚上，幾點鐘開始？

宗：一般是晚上 7 點到 9 點。

石：那麼你們後面開始排戲的時候，您也說過，很多工人演員離市宮很遠，要來回奔波，時間不就趕不贏嗎？要不要向廠裡請假？

宗：開始都沒有請假，因為向廠裡請假不容易。廠裡給你工資，是要你來上班，你憑什麼請假排戲，對吧？極少數開明的領導允許，一般領導都不肯，只能是業餘，所以說他們非常累。但是到最後要合成演出了，要從頭演到尾了，一個都不能缺，這時就要到各個廠去請假。

石：誰去請假？

宗：我們啊，我跟蘇樂慈兩個人跑，也有互相跑，我先把我自己借出來到了文化宮，然後我們倆去到各個工廠去跑去借演員。

石：借的時候要手續嗎？比如說要寫一個文件？

宗：要手續，要上海市總工會的介紹信。

石：要上海總工會開介紹信才能借出來。那個時候工資是總工會補貼嗎？

宗：廠裡發。

石：廠裡願意讓你去演戲，同時還可以繼續給你發工資？

宗：對。

石：他們就這麼認可總工會的章？

宗：總工會那時候權威很高的。因為每個廠都有工會，都是它的下屬，要管你的，所以你廠工會不能不給總工會面子。而且那個年代不講經濟效益。

石：所以到了合排的時候就基本上都可以請到假。

宗：基本上。但那個時間我們也是壓縮的最短。

石：大概會請假多久？

宗：大概也就一個禮拜。

石：後來成名了之後，你們再去請假，是不是可以請更多了？

宗：後來就不用我們自己去請假了，《於無聲處》後來轟動了，要演出是政治任務。

石：總工會直接向廠裡下文，然後你們就拿著廠裡的工資繼續排。

宗：是的。文化宮排戲沒錢，一分錢沒有。超過晚上 9 點，有 2 毛 7 分的中班費，超過 11 點有 3 毛 5 分的夜班費，由文化宮出。這是統一規定的，全上海的系統都這樣，中班費、夜班費。別的一分錢沒有。像我編劇，還有導演、演員，都沒有。我們還是靠工資。

石：那麼《於無聲處》從 5 月份寫出來到 9 月底開始演，中間 4 個月排了幾個月？

宗：7 月份開始排，到 9 月份。因為業餘的，不可能一下子很快。

石：然後一周排兩次？

宗：不止，好像不止。有一段我看他們天天夜裡排。

石：天天夜裡排是因為他們市宮對您這個戲有了期待，要把它公演嗎？

宗：是為了公演，但不是說有什麼很大的期待。因為我們寫的戲總歸要演的，只是不賣票而已。業餘演戲嘛，排了總歸是希望演的。當然演員們排這個戲，特別激動。但絕對想像不

到後來的場面，使勁做夢都想不到。

石：這個會算作市宮的活動，或作為總工會領導下的一些公開活動，記錄到他們每年活動的統計裡面去嗎？

宗：事先沒有吧。我不知道。那時候工會系統還在恢復之中，粉碎「四人幫」不久。但事後鬧那麼大，應該有吧。

石：好的，那我們進入重頭部分，關於《於無聲處》本身的問題。您此前接受過很多採訪，討論的比較充分了，我覺得可能還需要再問幾個問題。首先想請問，在創作《於無聲處》之前，您說您還創作過五六個劇本。比如說您曾接到任務和賀國甫老師一起創作打擊投機倒把的劇，除了這個之外，您還創作一些其他什麼劇本嗎？

宗：那個實際上都是我所說的練習時期，具體寫過什麼記不清了，但那些都很粗糙。有一個叫《9號爐》，寫煉鋼工人的，那還是「四人幫」時期或「四人幫」剛下台時期。內容連我自己都忘了，後來導演拿出她當年的筆記，我一看《9號爐》下面編劇中有我，就是我寫的。那些劇本都不完整，寫是寫完了，根本不成熟，只能算練筆。但是我也很感謝，因為沒有這種練筆我後面怎麼可能一氣呵成寫成《於無聲處》呢。

石：前幾天我又重讀了《於無聲處》，我注意到了一個細節，就是人物的職業身分。您給不同的人都設置了象徵性的職業身分，比如說何是非，您設置他曾經是外國洋行的小職員，然後「文革」期間變成了外貿系統進出口公司的革委會主任。我很好奇為什麼把他的出身設置成外國洋行的小職員？

宗：這就是我受「四人幫」的影響，概念先行，覺得這樣的人腦子活，滑頭，就把他設置成外國洋行小職員，後來我自己覺得這是敗筆。于光遠先生當時給我寫了一封信，他請人轉

給我。我覺得很妙的是，當時我們的《於無聲處》在北京演出，報紙如《光明日報》，這面是褒獎《於無聲處》，說怎麼怎麼好，反面就是批判于光遠的，批判他的價值論。然後于光遠請于伶先生把這封信轉給我，說《於無聲處》很好，但是你把何是非設置為這樣一個出身，我認為是有問題的，你們的概念裡搞商業的都是不好的。他批評得一點不錯。我當時自己就意識到了這個錯誤，可是我後來都沒改。2008 年《於無聲處》再次演出，我本來想改，後來王安憶和我說，你的作品是個歷史，你改了就不是歷史，所以我就一個字不動，這個錯誤就保留下來。

石：我還想問一下，《於無聲處》78 年 10 月份在公演期間，恰好和工會第九次代表大會召開重疊，然後《文匯報》關於您這個劇的第一次公開報導發在 10 月 12 號，它的頭版是九次工會大會的召開，還有鄧小平的致詞，第三版就是關於您這個劇的報導，所以就是把您的劇和工會系統的會議放在一起，在這個框架裡面把它推出來。所以我就想問，當時您的工人業餘作者身分和《於無聲處》的工人話劇的性質，對它從上到下的接受並產生影響，您覺得有沒有關係？

宗：我們這個跟工會大會沒有關係。因為這個事怎麼說呢，它開始不是全國性的、轟動性的、能夠介入政治活動的，一開始就是我們工人文化宮業餘的一個演出，觀眾很喜歡，劇場挺熱鬧。那麼到什麼時候性質變了呢？就是當胡喬木看到《文匯報》的通訊報導，然後來上海調研，提出要看《於無聲處》，從他看《於無聲處》就開始變了，那以後就說它成為了一個政治現象。

石：好的。《於無聲處》這部話劇受到中央關注，特別是

胡喬木特意關注這部劇，我就想和這部劇來自上海是不是有關係？我的猜測是這樣的，首先上海是經濟文化重鎮，工人階級聚集地，然後對全國有廣泛影響力，同時又算是「四人幫」的大本營。現在在「四人幫」的大本營裡面出來了一個劇，這個劇是反「四人幫」的，為天安門事件平反的，那麼這對胡喬木、包括中央對《於無聲處》的接受和宣傳，有沒有關係？您覺得有這樣的類似因素影響中央和宣傳部門接受這樣一個劇嗎？

宗：我感覺跟是上海的沒有特別關係。因為只有這一部麼，連北京都沒有。很多人問：為什麼事發地北京沒有？這我不知道，但是確實當時北京一部文藝作品都沒有。後來中國社科院有一位研究員張金才採訪胡喬木的秘書朱佳木，寫了一篇文章〈胡喬木調話劇《於無聲處》進京演出〉。你看這篇文章就知道，朱佳木是胡喬木當時的秘書，他說的應該就是準確的。在那個時候，我覺得在胡喬木的考量裡面至少沒有那麼重要。對他來說，是不是出自上海不是最要緊，他要的是推動天安門事件平反的一個推手，一個抓手。而事後很多人說為什麼在上海，為什麼北京沒有？甚至上海有一張大字報就說「北京人流血，上海人出名。」後來我心想，我寫的時候天安門事件還沒平反啊，哪裡敢想出名？我說不定也會被抓進去。你們現在看到我出名，但你們沒體會到我的壓力、我的危險，對吧？這個戲的危險係數是最高一等，中央沒平反你就敢寫嗎？後來我正面回答了這個問題。為什麼《於無聲處》出在上海？我認為有幾大因素。第一，上海曾是「四人幫」統治的天下，鐵桶一片，實際上上海人受「四人幫」壓迫最深；第二，上海人民沒有宣洩的渠道，也沒有機會像北京人走上天安門廣場吶喊

吼叫，我們沒有啊，就只能憋在心裡頭；第三，北京人的行動
給了我們極大的刺激，人家敢，我們為什麼不敢，我們就那麼
窩囊嗎？對吧？所以就刺激我一定要寫。魯迅先生，我又說魯
迅先生，魯迅先生說，「中國一向就少有敢撫哭叛徒的吊客，
見勝兆則紛紛聚集，見敗兆則紛紛逃亡」，這是魯迅先生的原
話，中國少有有骨氣的人，對吧？天安門英雄就是我心目中最
崇拜的英雄，他們敢於在天安門廣場大聲吶喊。後來中央決議
裡面也寫了，天安門事件實際上是黨中央推翻「四人幫」的群
眾基礎，華國鋒他們都看著呢，知道中國人是什麼感覺，他們
才下這樣的決心，這是群眾基礎。而我，作為一個上海人，我
願意以此也參加到這支隊伍中去，所以才激發我去寫了這樣一
個戲。

　　石：您回憶中有一個片段，說曾經一個紅衛兵從北京來找
您，拿一個材料，然後他質問您，你們上海怎麼就沒有任何聲
音？好像是以一種北京人的身分居高臨下地表示對你們上海人
的不滿，那個時候是不是觸動了您作為上海人的尊嚴？

　　宗：準確的說是喚醒了我上海人的自尊。我們那時候還根
本不知道，那時候信息不像現在，根本不知道北京還有這麼大
的事。他一說我肅然起敬，我就覺得，我一直在尋找革命者的
隊伍，一直沒找到，兩間餘一卒，我長期在那荷戟獨彷徨，現
在一下就找到隊伍了。我應該站在這個隊伍裡，那個時候真是
興奮，我覺得我個人一定要表達這種態度。

　　石：他給您的材料是什麼材料？

　　宗：〈寫給四屆人大〉。

　　石：對，那個材料是怎麼到您手裡的？

　　宗：我鄭州一個朋友，是我母親一個同學的兒子。「文

革」中到上海來，我們倆交流，都對「文革」不滿意，但是也不敢怎麼樣，是他通過別人帶給我的。

石：這麼敏感的東西，他為什麼要帶給您呢？

宗：那時候不敢寄，有鐵哥們、可靠的朋友到上海來，他就讓人帶過來。所謂在地下流傳，就是這麼來的。

石：帶給您的目的是讓您看嗎？

宗：讓我看。這個是當時一個反革命要案，1978 年平反的，〈寫給四屆人大〉是個「反動」文章，他帶過來讓我看，那時候我們實際上就是一群對「文革」不滿的人。

石：他找人帶這個東西給您看，看完了之後他又找人來取？所以其實你們在地下、在全國層面，似乎有一個不滿的網絡？

宗：對。

石：當時跟您相熟的這些對「文革」不滿的人，您知道有多少？

宗：沒有，那我不知道。我只是當中一環，我就是他傳給我，我傳給別人。其餘我沒有參與，但是我認為他們一定是有一條線的，而且不止一條，不知道多少條。

石：那您在上海有沒有跟您這樣的，同樣秘密交往，互相表達對「文革」不滿的這些青年友人、工友？

宗：我同學當中大家對「文革」不滿，但是也只限於底下悄悄說兩句。

石：也沒有聚集在一起，私密地集中去抨擊「文革」，也沒有這樣的活動？

宗：也沒有。私下談話是有的。

石：明白了。那麼，《於無聲處》到北京公演之後，引起

了很大轟動，在京期間您和劇組參加了很多座談會，我看記載有十幾個座談會，可不可以請您描述一下讓您印象比較深的座談會？

宗：印象最深的當然是中國戲劇家協會召開的、曹禺主持的那個會，有 94 位專家學者出席，幾乎文藝界特別戲劇界的最高層全部來了，除了周揚、夏衍他們倆沒有出席，曹禺之外，張光年、陳荒煤、賀敬之、李伯釗等，那一批老革命的藝術家都出席了，空前規模，空前規格。

石：那次印象深是因為除了規模大，裡面還有什麼沒有公開的一些私人談話或者事件，讓您覺得印象深嗎？

宗：比如那次的評論極高，給了很高的評價。我最記得的一件事是，在那次會上李伯釗老太太，原中央戲劇學院副院長，他是楊尚昆的夫人，她就說：我跟梅林一樣，在「文革」中他們開除了我的黨籍，但是我仍然繼續交黨費。開完會以後她找我，她告訴我，尚昆同志住在中組部招待所，等待中央的結論，我們想請你有空過來坐坐，塞給我張紙條，寫著具體地址和電話，我沒敢去。

石：為什麼？

宗：我就覺得楊尚昆大人物，我是個普通工人，去打擾他不好意思。還有夏衍。夏公是請日本新劇作代表團看了《於無聲處》以後跟我們座談，完了夏衍宴請，他邀請我作陪。他也給我張紙條，寫著他家具體地址和電話，他說你有空到我家來坐坐，我也沒敢去。那時候我有一種感覺，就是這些是大人物，我是普通工人，不好意思打擾。

那時候，我已經知道被捧得太高了，早晚有一天要摔下來。所以我在北京演出時，一直說你們一定要把《於無聲處》

捧到挨罵為止。那時候我也不會從政治上考慮，我就覺得哪有這麼捧的，不就一個戲，說的好像跟什麼似的。去北京之前，胡喬木來看戲，然後《文匯報》連著三天登我的劇本，中央電視台11月7號向全國轉播，第一次上面寫著「試驗轉播上海電視台節目」，過去中央電視台也沒向全國轉播過一個地方台的節目，怕技術上出問題，就寫「試驗轉播」，但沒想到全國那麼多人看，部隊、大學裡，部隊裡頭組織收看，戰士拿小板凳坐那，圍著一台黑白電視。我就跟周玉明說我害怕，怕《於無聲處》成為樣板戲（全國2700個劇團演出），歷史的經驗證明樣板戲絕無好下場，我也怕我這個人成為暴發戶，因為歷史的經驗證明，暴發戶絕沒有好下場，所以我是害怕而不是興奮。

當然，後來我懂了。到了北京，第一場演出結束了，然後就通知我們待命，說有一場重要演出，我就想首演以後不應該公演嗎，但就是不公演，要到哪去也不告訴我們。到了京西賓館才知道，原來是給中央工作會議演出。那是三中全會的預備會議，是改變中國命運的。後來知道，中央工作會議的與會者202人觀看了《於無聲處》。但是當時我不知道，所有的演員也都不知道。當時我們去了就讓我們在一個區域呆著，不可以隨便走動。開演了就看到劇場中央區遠遠地坐著的人。我看到陳永貴，陳永貴綁著大白布巾，可是沒看見鄧小平，沒看見華國鋒，其他人好多也不認識，但是認識的都是中央領導人，都是只能在報上看到的。這個時候我有點明白了，我想為什麼會這樣，不是這個戲有多好，而是一種政治的推動。我們在北京公演的第一天，首演的第一天，《人民日報》頭版頭條，「天安門事件完全是革命行動」，下面就是《人民日報》一萬字的

評論〈人民的願望 人民的力量〉。後來給我的獎狀上寫著：表達人民的願望，顯示人民的力量。這是對我最大的褒獎，而我這個戲的主題就是戲裡的一句台詞：人民不會永遠沉默。

石：您那個時候就非常清楚，讓劇組去北京的目的是什麼？

宗：是，逐漸清楚了。到了京西賓館演出之後，我們就全明白了調我們來北京的目的。不是這個戲有多好，而是一種政治鬥爭、1978 年的思想解放運動把這個戲推上去了，當然我完全擁護這個運動。那以後我就釋然了，不是說這個戲有多好，你別自作多情是吧。所以我曾經一再說有兩個《於無聲處》。第一個是我們文化宮業餘話劇隊的一個戲，觀眾歡迎、老師們讚揚、我們自己也高興的一個戲；第二個是走向政治舞台、走向北京、走向政治中心的戲，那個不是我們的功勞，而是時代、那個思想解放的年代的功勞，這不歸功於我。

石：我注意到《於無聲處》產生影響的時候，您父親還沒有完全平反吧？

宗：沒有。

石：這個劇演出產生重大影響後，對您父親的平反產生過具體影響嗎？

宗：也沒有。

石：那您父親是什麼時候平反的？

宗：在《於無聲處》演出的期間，他從監督勞動中被放回來，真正平反是年底，第二年年初，78 年底、79 年初，把他找到單位的專案組，專案組當著他的面把這麼厚一摞的調查材料全都燒毀。那時，全國都在平反冤假錯案。

石：所以您的劇沒有對他產生影響？

宗：沒有。

石：那麼《於無聲處》成功以後，想請問別的地方的工人文化宮有請您去做講座、參加活動嗎？

宗：有。比如說山西、浙江、江蘇，包括北京，好多請我去講課，給大家講一講《於無聲處》。

石：都是文化宮系統的嗎？

宗：都是文化宮系統。

石：那請您去指導他們排演話劇，還是只講創作經驗？

宗：只講創作經驗。

石：好的，我們的訪談到這裡，非常感謝您！

（訪談經宗福先確認）

附錄 C ————————————————————

採訪對象簡介

順序	姓名	工作（創作）經歷簡介	採訪時間
1	石卓秋	湖南省漣源縣農民業餘作者，1990 年代初放棄業餘創作	2019 年 1 月 22 日
2	聶玉文	「文革」期間調入漣源縣文化館任文學幹部，直至退休，已出版作品多部	2019 年 1 月 25 日
3	蔣昌起	漣源縣業餘作者，1981 年中專畢業後成為中學語文老師，後轉入漣源縣政府工作，一直堅持業餘創作，現出版一部講述毛澤東少年時代的長篇歷史紀實小說《鄉關》	2019 年 1 月 27 日
4	蔣昌典	「文革」前進入漣源縣文化館擔任美術幹部，自學成才，參與多次全國美展，直至退休	2019 年 1 月 27 日
5	劉風	1970 年湖南師範學院畢業，1975 年調入漣源縣文化館任文學幹部，1985 年調入漣源縣文聯，已出版作品多部	2019 年 1 月 27 日、2019 年 1 月 28 日
6	廖哲輝	1970 年代中期成為漣源縣農民業餘作者，後成為民辦中學語文老師，直至退休，退休後，創作出長篇紀實小說《煙溪築夢》，自費自印出版	2019 年 1 月 29 日

順序	姓名	工作（創作）經歷簡介	採訪時間
7	梁春生	1970 年代中期湖南第一師範學校畢業後分配到漣源縣文化館擔任音樂幹部，曾擔任縣文化館館長，現退休	2019 年 1 月 29 日
8	白雪華	現任中華人民共和國文化和旅遊部全國公共文化發展中心主任，曾任文化部公共文化司文化館處處長	2019 年 4 月 15 日
9	宗福先	作家，《於無聲處》編劇	2021 年 11 月 25 日

附錄 D

瀋陽市鐵西區輸送業餘作者表
（1978-1988）

姓名	專長	去向	職務
劉介民	評論	遼寧省社會科學院文學研究所	助理研究員
宋學琦	評論	中央文化部中國戲曲研究所	助理研究員
仲偉民	評論	遼寧經濟報	記者
鄭廉清	評論	衛生與生活報	主任編輯
侯成路	小說	遼寧省少年文學雜誌社	編輯
孟祥棣	小說	瀋陽晚報社	記者
蘆林	小說	瀋陽電視台	編輯
隨斌	小說	瀋陽工人日報社	記者
黃興武	小說	中國實業與中國文化報	記者
顧威	小說	工人日報社	記者
趙春梅	詩歌	瀋陽日報社	記者
蘇開	詩歌	遼寧省共產黨員雜誌社	記者
張瑞	詩歌	中國實業與中國文化報	記者
萬軍	詩歌	作家生活報	記者
劉振明	詩歌	遼寧省作家協會	編輯
王文石	詩歌	瀋陽日報	記者
孫牧	詩歌	遼寧群眾文化報	編輯
王希令	詩歌	瀋陽晚晴報社	編輯

姓名	專長	去向	職務
門躍宏	歌曲	深圳太平洋公司	編輯
張兆銘	戲劇	瀋陽晚報社	編輯
牟崇明	戲劇	遼寧省小學生報社	編輯主任
李兵	記者	工商信息報	記者
王凱元	戲劇	遼寧電視製作中心	編輯
韓白雲	散文	瀋陽日報社	記者
王傳章	曲藝	瀋陽晚報社	編輯主任

資料來源：瀋陽市鐵西區文化局修志委員會編：《瀋陽市鐵西區文化志》，內部出版，1991年，第32頁。

附錄 E

上海市楊浦區部分工廠輸送工人業餘作者表（1949-1990）

原工廠名	本人姓名	現單位名	擔任工作
上鋼二廠	劉希濤	中國城市導報	編輯
中華造船廠	朱宏才	文匯報	總編辦公室副主任
中華造船廠	羅達成	文匯報	《文匯月刊》副主編
中華造船廠	劉緒源	文匯報	編輯
中華造船廠	高志仁	上海人民出版社	哲學編輯部主任助理、室主任
中華造船廠	周林發	上海人民出版社	編輯
中華造船廠	倪為國	上海人民出版社	編輯
中華造船廠	張福榮	上海人民廣播電台	戲曲科副科長
中華造船廠	錢國梁	上海市場信息報	總編輯
中華造船廠	錢勤發	新民晚報	記者
中華造船廠	顧行德	新民晚報	記者
中華造船廠	徐振秋	上海工業經濟報	記者
滬東造船廠	徐大康	上海人民廣播電台	記者
滬東造船廠	袁金康	新聞報	記者
滬東造船廠	史美誠	新民晚報	記者
滬東造船廠	虞敏	上海電視台	編導
滬東造船廠	朱良儀	萌芽	主編

原工廠名	本人姓名	現單位名	擔任工作
四八〇五廠	張建軍	上海畫院	缺
四八〇五廠	劉香蘭	上海人民廣播電台	記者
四八〇五廠	高寶根	上海人民廣播電台	記者
四八〇五廠	楊新宇	上海人民廣播電台	記者、播音員
上海光學儀器廠	張森	上海畫院	畫師
上海電磁線一廠	毛時安	《上海文論》雜誌	副主編
上海冶煉廠	王一魯	勞動報	編輯
上海冶煉廠	鄒國維	解放日報	編輯
上海冶煉廠	張攻非	新民晚報	編輯
上海冶煉廠	魯嶺雯	上海有色金屬報	編輯
上棉三十一廠	王仁禮	解放日報	編輯
上棉三十一廠	徐國英	文匯報	記者
上棉三十一廠	賀旭東	文學報	二版主編
上棉三十一廠	倪慧玲	工人創作	副總編
上海電纜廠	張守恆	《小夥伴》月刊	編輯部副主任
上海電纜廠	陳錦堂	上海人民滑稽劇團	演員
上海電纜廠	劉小曼	曲陽二中	美術教員
上海電纜廠	蔣仲波	上海科技情報所	美術編輯
上海電纜廠	李莉	上海音樂學院	缺
上海電纜廠	董海鳴	上海音樂學院	缺
上海電纜廠	陳筱玲	多靈電子輕音樂團	缺
楊樹浦發電廠	潘文祥	華東電子報	美術編輯
上海建築機械廠	王國榮	上海社科院《環球文學》	副主編

原工廠名	本人姓名	現單位名	擔任工作
新華無線電廠	邱陶峰	上海中國畫院	高級美術師
上海銅材廠	鄒越非	上海社科院出版社	美術編輯
上海柴油機廠	張立元	上海電影製片廠	缺
新滬鋼鐵廠	朱煜善	寶鋼教培中心	講師
上海工程機械廠	謝其規	上海電視台	編劇
上海第二絲織廠	馬開元	上海環境報	編輯
上港二區	顧林發	大眾電視上海站	站長兼影視部主任

資料來源：上海市楊浦區志編纂委員會編：《楊浦區志》，上海：上海社
　　　　會科學院出版社，1995 年，第 851-852 頁。

主要參考文獻

[1] 北京語言學院《中國文學家辭典》編委會主編：《中國文學家辭典（現代）》（6冊），成都：四川人民出版社，1979-1992年。

[2] 蔡翔：《革命／敘述：中國社會主義文學-文化想像（1949-1966）》，北京：北京大學出版社，2010年。

[3] 陳思和主編：《中國當代文學史教程》，上海：復旦大學出版社，2006年。

[4] 程光煒：《文學講稿：「八十年代」作為方法》，北京：北京大學出版社，2009年。

[5] 程光煒編：《重返八十年代》，北京：北京大學出版社，2009年。

[6] 崔道怡：《方蘋果》，北京：作家出版社，2000年。

[7] 鄧小平：《鄧小平文選》（3卷），北京：人民出版社，1994年。

[8] 杜潤生：《杜潤生自述：中國農村體制變革重大決策紀實》，北京：人民出版社，2005年。

[9] 二十二院校編寫組：《中國當代文學史》，福州：福建人民出版社，1980年。

[10] 賀桂梅：《新啟蒙知識檔案：80年代中國文化研究》，北京：北京大學出版社，2010年。

[11] 洪子誠：《問題與方法：中國當代文學史研究講稿》，

北京：生活・讀書・新知三聯書店，2002 年。

[12] 洪子誠：《中國當代文學史》，北京：北京大學出版社，2007 年。

[13] 胡霽榮：《社會主義中國文化政策的轉型：上海工人文化宮與當代中國文化政治》，上海：上海人民出版社，2016 年。

[14] 潔泯主編：《當代中國作家百人傳》，北京：求實出版社，1989 年。

[15] 靳大成編：《生機：新時期著名人文期刊素描》，北京：中國文聯出版社，2003 年。

[16] 梁澤楚編著：《群眾文化史（當代部分）》，北京：新華出版社，1989 年。

[17] 劉復生編：《「80 年代文學」研究讀本》，上海：上海書店出版社，2018 年。

[18] 劉錫誠：《在文壇邊緣上（增訂本）》，鄭州：河南大學出版社，2016 年。

[19] 羅崗：《英雄與丑角——重探當代中國文學》，上海：東方出版中心，2020 年。

[20] 馬國川：《我與八十年代》，北京：生活・讀書・新知三聯書店，2011 年。

[21] 毛澤東：《毛澤東選集》（4 卷），北京：人民出版社，1991 年。

[22] 毛澤東：《毛澤東文集》（8 卷），北京：人民出版社，1993-1999 年。

[23] 全國總工會宣教部編：《工會群眾文化工作文件資料選編（1950-1987）》，北京：地震出版社，1988 年。

[24] 榮天璵編著：《中國現代群眾文化史（1919-1949）》，北京：文化藝術出版社，1986 年。

[25] 邵燕君：《傾斜的文學場：當代文學生產機制的市場化轉型》，南京：江蘇人民出版社，2003 年。

[26] 涂光群：《五十年文壇親歷記》，瀋陽：遼寧教育出版社，2005 年。

[27] 汪暉：《去政治化的政治：短 20 世紀的終結與 90 年代》，北京：生活·讀書·新知三聯書店，2008 年。

[28] 汪暉：《短二十世紀：中國革命與政治的邏輯》，香港：牛津大學出版社，2015 年。

[29] 汪暉：《世紀的誕生》，北京：生活·讀書·新知三聯書店，2020 年。

[30] 王本朝：《中國當代文學制度研究（1949-1976）》，北京：新星出版社，2007 年。

[31] 王秀濤：《中國當代文學生產與傳播制度研究》，北京：文化藝術出版社，2013 年。

[32] 王堯：《作為問題的八十年代》，北京：生活·讀書·新知三聯書店，2013 年。

[33] 吳俊、郭戰濤：《國家文學的想像和實踐：以〈人民文學〉為中心的考察》，上海：古籍出版社，2007 年。

[34] 吳義勤主編：《文學制度改革與中國新時期文學》，北京：文化藝術出版社，2013 年。

[35] 蕭冬連：《歷史的轉折：從撥亂反正到改革開放（1979-1981）》，香港：香港中文大學出版社，2008 年。

[36] 謝保傑：《主體、想像與表達：1949-1966 年工農兵寫作的歷史考察》，北京：北京大學出版社，2015 年。

[37]　徐慶全：《文壇撥亂反正實錄》，杭州：浙江人民出版社，2004年。

[38]　查建英：《八十年代：訪談錄》，北京：生活‧讀書‧新知三聯書店，2006年，第196頁。

[39]　張光年：《文壇回春紀事》，深圳：海天出版社，1998年。

[40]　張均：《中國當代文學制度研究（1949-1976）》，北京：北京大學出版社，2011年。

[41]　張旭東：《改革時代的中國現代主義：作為精神史的80年代》，北京：北京大學出版社，2014年。

[42]　趙天成：《重構「昨日之我」：「歸來作家」小說自傳性研究（1977-1984）》，博士論文，中國人民大學，2018年。

[43]　中國社會科學院文學研究所當代文學研究室：《新時期文學六年》，北京：中國社會科學出版社，1985年。

[44]　中國藝術館籌備處、北京華人經濟技術研究所編：《中國群眾藝術館志》，北京：社會科學文獻出版社，1997年。

[45]　中國藝術館籌備處、北京華人經濟技術研究所編：《中國文化館志》，北京：專利文獻出版社，1999年。

[46]　中共中央文獻研究室編：《鄧小平年譜（1975-1997）》，北京：中央文獻出版社，2004年。

[47]　中共中央組織部、中共中央文獻研究室編：《知識分子問題文獻選編》，北京：人民出版社，1983年。

[48]　中央黨校教務部編：《十一屆三中全會以來黨和國家重要文獻選編（一）》，北京：中共中央黨校出版社，1998年。

[49] 周揚：《周揚文集》（5 卷），北京：人民文學出版社，1984-1994 年。

[50] 朱寨主編：《中國當代文學思潮史》，北京：人民文學出版社，1987 年。

[51] 鄒讜：《二十世紀中國政治》，香港：牛津大學出版社，2000 年。

[52] 阿爾文·古爾德納：《新階級與知識分子的未來》，杜維真等譯，北京：人民文學出版社，2001 年。

[53] 布爾迪厄：《文化資本與社會煉金術——布爾迪厄訪談錄》，包亞明譯，上海人民出版社，1997 年。

[54] 馬克·賽爾登：《革命中的中國：延安道路》，魏曉明、馮崇義譯，北京：社會科學文獻出版社，2002 年。

[55] 莫里斯·邁斯納：《毛澤東的中國及其後》，杜蒲譯，香港：香港中文大學出版社，2005 年。

[56] 西達·斯考切波：《國家與社會革命》，何俊志、王學東譯，上海：上海人民出版社，2007 年。

後記

　　本書根據我 2019 年 10 月答辯的博士論文修訂而成。此書的完成，意味著我學術練習期第一階段的結束。我希望它是一個標誌，標誌著我可以嘗試著走向成熟的學術境界，去探索我渴望的新的可能性。

　　本書的部分章節曾刊發在《中國現代文學研究叢刊》、《文學評論》、《文藝研究》、《文藝理論與批評》、《文藝爭鳴》、《中國當代文學研究》等刊物上，感謝這些刊物及其編輯的認可和刊發，特別感謝齊曉紅、李蔚超、羅雅琳、李松睿、李靜、張濤、陳澤宇等師友編輯的支持和幫助。其中刊發的部分文章還得到了唐弢青年文學研究獎評委會的持續關注，這是我的榮幸。部分內容刊發後也獲得了《人大複印資料‧中國現代、當代文學研究》和《新華文摘》（網絡版）的全文轉載，對我亦是一種認可和鼓勵。

　　在我學術練習期的最初時刻，就得到了諸多師友的幫助和支持。感謝我的導師汪暉老師，他的思想印記銘刻在本書的方方面面，正是在他的指導下，我能寫出本書。此刻，我還是繼續想起我在博士論文後記中就提到的汪老師曾說過的話：創造一點東西是很難的。我原以為，論文答辯完成後，我會以三年的時間顯著提高書稿的學術水平，現在看來，我依然不敢說我真的創造了一點什麼。唯有希望這本書是一個不壞的開始。

　　在本書修改和成書過程中，還得到了很多師友的幫助，特

別感謝程光煒、王堯、呂新雨、何吉賢、賀桂梅、邵燕君、馮金紅、李海波、趙天成、康凌等師友的關注與指點。學院的領導和同事方奇華、王峰、鄧香蓮、陳虹、路鵬程、亓濤、劉瑞華等老師也支持本書的出版，並通過學院給予慷慨資助。人間出版社和呂正惠老師大力支持本書的出版，本書責編曾筠筑老師認真負責，推動此書的順利面世。在此一一感謝！在找資料的過程中，湖南省漣源市原文化館幹部劉風老師接受採訪並慷慨提供了《漣河》等寶貴的基層資料，聶玉文、蔣昌起、蔣昌典、廖哲輝、梁春生等漣源市有關人員，以及文化和旅遊部的白雪華司長、作家宗福先老師，他們都抽出時間接受採訪，在此一併感謝。

我最應該感謝的，當然是我的親人。我的父母艱難撫養我，正是他們的生命經歷激發我關注1980年代，給予我研究的靈感和方向。我的研究動力和歷史感根植於此。在論文答辯完成和書稿修改完畢之際，我的伯父不幸離世，我的父親中風，他們都曾是1980年代的文學青年，他們的境遇使我產生一種歷史的緊迫感，讓我強烈地感到，父輩那一代開始老去，是時候開始為他們書寫歷史了。本書就是獻給父母並以此紀念伯父。我姐姐一家、我的岳父母也都一直關注、支持和幫助我，沒有他們，我的生活會艱難得多。我的妻子，也是我的同行，從我寫博士論文，到修改書稿，從生活到工作，每一處都有她的幫助，每一刻都有她的支持。沒有她，就不可能有這本書。她是我的太陽和月亮。

本書的整個修改過程伴隨著新冠疫情，直到書稿完成，病毒依然在肆虐。新冠三年來，我經常處在焦慮之中，也目睹了整個國家和世界的劇變。經歷了這三年，我已非昨日之我，中

國與世界也都不再能夠回到過去。2019 年疫情前,當我完成博士論文時,感到自己經過艱難摸索後似乎窺視到了進入歷史的門徑,如今,2022 年即將結束之際,我感覺我們每一個人都被拋擲在歷史的大浪之中。希望未來能有所不同。

2022 年 12 月 31 日於蘇州

國家圖書館出版品預行編目資料

重返開端：新時期文學的「群眾性」(1977-
1984) / 石岸書作. -- 初版. --
臺北市：人間出版社, 2023.11
488面；14.8×21公分

ISBN 978-986-98721-6-4(平裝)

1.中國當代文學　2.文學評論　3.群眾

820.908　　　　　　　　　　　　112016489

重返開端：新時期文學的「群眾性」(1977-1984)

作　　　者　石岸書
發　行　人　呂正惠
社　　　長　陳麗娜
總　編　輯　林一明
執 行 編 輯　曾筠筑
封 面 設 計　仲雅筠
出　　　版　人間出版社
　　　　　　台北市萬華區長泰街59巷7號
　　　　　　（02）2337-0566
郵 政 劃 撥　11746473・人間出版社
電　　　郵　renjianpublic@gmail.com
排 版 印 刷　龍虎電腦排版股份有限公司
總 經 銷　　聯合發行股份有限公司
　　　　　　新北市新店區寶橋路235巷6弄6號2樓
　　　　　　（02）2917-8022
初 版 一 刷　2023年11月
Ｉ Ｓ Ｂ Ｎ　978-986-98721-6-4
定　　　價　520元